明清白话小说字词考释

MINGQING BAIHUA XIAOSHUO ZI CI KAOSHI

李伟大 著

·广州·

版权所有　翻印必究

图书在版编目（CIP）数据

明清白话小说字词考释/李伟大著. —广州：中山大学出版社，2022.10
ISBN 978 - 7 - 306 - 07447 - 8

Ⅰ. ①明…　Ⅱ. ①李…　Ⅲ. ①古典小说—文学语言—研究—中国—明清时代　Ⅳ. ①I207.41

中国版本图书馆 CIP 数据核字（2022）第 031574 号

出　版　人：	王天琪
策划编辑：	嵇春霞
责任编辑：	罗雪梅
封面设计：	曾　斌
责任校对：	邱紫妍
责任技编：	靳晓虹
出版发行：	中山大学出版社
电　　话：	编辑部 020 - 84111946，84113349，84111997，84110779
	发行部 020 - 84111998，84111981，84111160
地　　址：	广州市新港西路 135 号
邮　　编：	510275　传　真：020 - 84036565
网　　址：	http://www.zsup.com.cn　E-mail：zdcbs@mail.sysu.edu.cn
印　刷　者：	广州市友盛彩印有限公司
规　　格：	787mm×1092mm　1/16　20.5 印张　366 千字
版次印次：	2022 年 10 月第 1 版　2022 年 10 月第 1 次印刷
定　　价：	68.00 元

如发现本书因印装质量影响阅读，请与出版社发行部联系调换

国家社科基金后期资助项目
出版说明

后期资助项目是国家社科基金设立的一类重要项目，旨在鼓励广大社科研究者潜心治学，支持基础研究多出优秀成果。它是经过严格评审，从接近完成的科研成果中遴选立项的。为扩大后期资助项目的影响，更好地推动学术发展，促成成果转化，全国哲学社会科学工作办公室按照"统一设计、统一标识、统一版式、形成系列"的总体要求，组织出版国家社科基金后期资助项目成果。

全国哲学社会科学工作办公室

目 录

凡例 …………………………………………………… 1
引言 …………………………………………………… 1
音序索引 ……………………………………………… 8
正文 …………………………………………………… 1
常引文献目录 ………………………………………… 289
参考文献 ……………………………………………… 291
待质录 ………………………………………………… 300

凡　　例

一、本书按词条第一字的汉语拼音顺序排列，首字相同的以第二字的音序排列。同音字以笔画多少为序，笔画少的在前。俗讹字以正字之拼音排序，如"掩"为"押"之讹，则以 yā 音参与排序。

二、同一词语有若干异写形式者，不另立词条，于同一条以"/"隔开。本书以"即××"指同一词语的异写形式，以"同××"指同一词语的异序、省略或重叠等形式，以"犹××"指两词义同或义近。意义密切相关的词语亦列为一条，如"楂儿/楂子帐""治事/治政/治公"。

三、语料。

1. 本书语料尽量使用原始文献。文献主要来源为《古本小说集成》，部分语料因原始文献不易得，使用今人整理本。为方便覆案，所引语料皆标明页码（以词条所在页为准）。如无另外说明（详下），引文后圆括号内页码皆为《古本小说集成》所收小说之页码。其他语料以当页脚注标明所据版本，如有页码，亦于脚注标明。

2. 本书所引《西游记》如未注明，皆为《古本小说集成》影世德堂本；所引《水浒传》如未注明，皆为《古本小说集成》影容与堂刊李卓吾评百回本；所引《红楼梦》，前80回如未注明，皆为庚辰本，后40回如未注明，皆为书目文献出版社1992年影印之程甲本；所引《金瓶梅词话》如未注明，皆为香港太平书局1982年影印明万历本；所引《姑妄言》为《思无邪汇宝》排印本；所引明臧懋循《元曲选》、明毛晋汲古阁《六十种曲》、金董解元《西厢记》为《续修四库全书》影印本；所引二十四史如未注明，皆为商务印书馆于20世纪30—40年代刊行的百衲本；所引方志语料皆用原刊本之影印本。

四、常引文献采用简称。《汉语大词典》简称《大词典》，《汉语大字典》（2版）简称《大字典》，《古本小说集成》简称《集成》，《古本小说丛刊》简称《丛刊》，《明清善本小说丛刊初编》简称《善本初编》，《文渊阁四库全书》简称《四库》，《续修四库全书》简称《续四库》，《四库全书存目丛书》简称《存目》。在注明出处时，"续四库243-256"指《续修四库全书》第243册第256页，"四库654-36"指《文渊阁四库全书》第 654 册第 36 页,"存目子 48 - 62"指《四库全书存目丛书·子部》第 48 册第 62 页。《古本戏曲丛刊四集》影《脉望馆钞校本古今杂剧》简称"脉",影顾曲斋《古杂剧》简称"顾";明臧懋循《元曲选》简称"臧"。"《苏九淫奔》(脉)"指《脉望馆钞校本古今杂剧》本《苏九淫奔》,"《陈州粜米》(臧)"指《元曲选》本《陈州粜米》。《清车王府藏曲本》简称《曲本》,《曲本》分上下两栏,每栏又分为三竖栏;本书用"1"指上栏,"2"指下栏,"a"指第一竖栏,"b"指第二竖栏,"c"指第三竖栏;"395/1/a5"指《曲本》第 395 页上栏之第一竖栏第 5 行,"358/2/c4"指第 358 页下栏之第三竖栏第 4 行。《未刊清车王府藏曲本》简称"未刊","未刊 10 - 451"指《未刊清车王府藏曲本》第 10 册第 451 页。《俗文学丛刊》简称"俗","俗 402 - 440"指《俗文学丛刊》第 402 册第 440 页,《民间宝卷》简称"民","民 19 - 68"指《民间宝卷》第 19 册第 68 页。另,"升 100 - 59033"指《中国国家图书馆藏清宫升平署档案集成》第 100 册第 59033 页,"绥 39 - 183"指《绥中吴氏藏抄本稿本戏曲丛刊》第 39 册第 183 页。

五、在说明某个词时,本书以今天的通行字外加 ｛｝表示词,以与文字(词的书写形式)相区别,如 ｛爬｝这个词的书写形式有"爬""扒""巴"等。

六、为求简洁,本书正文称引前贤时彦著作时,于姓名后不赘"先生"等字,敬祈谅解。

引 言

  明清白话小说字词考释目前已经做了许多工作。有些小说较早出现了校注本，20世纪30年代上海少年书局出版的清郭友松《玄空经》每回末即有注释凡60多条，20世纪50年代《红楼梦》《西游记》与"三言""二拍"等小说亦出版了校注本，对其中的方言俗语做了一些简单注释。1964年，陆澹安《小说词语汇释》出版，至1979年又重版修订，该书释义大多可靠，其疏漏之处先后又有白维国、隋文昭等学者补正。这一时期，关于白话小说字词考释的论文亦陆续发表。至90年代前后，白话小说字词研究进入繁荣阶段，先后有多部与白话小说词语相关的辞书和著作出版，既有周汝昌《红楼梦辞典》（1987）、王利器《金瓶梅词典》（1988）、胡竹安《水浒词典》（1989）、白维国《金瓶梅词典》（1991）、曾上炎《西游记辞典》（1994）、周定一等《红楼梦语言词典》（1995）等专书辞典，又有张季皋《明清小说辞典》（1992）、王贵元《诗词曲小说语辞大典》（1993）、《汉语大词典》等综合性辞典；相关著作有董遵章《元明清白话著作中山东方言例释》（1985）、张惠英《金瓶梅俚俗难词解》（1992）、李申《金瓶梅方言俗语汇释》（1992）、徐复岭《醒世姻缘传作者和语言考论》（1993）等。这些辞书和专著多能吸收前人散见的研究成果，亦融入了作者的研究心得，反映出小说字词研究已经达到了较高水平。90年代中期以来，对白话小说字词的研究全面展开。相关专著和学位论文有张鸿魁《金瓶梅语音研究》（1996）、遇笑容《〈儒林外史〉词汇研究》（2001）、周志锋《明清小说俗字俗语研究》（2006）、雷汉卿《近代方俗词丛考》（2006）、曾良《明清通俗小说语汇研究》（2009）、王毅《〈西游记〉词汇研究》（2012）、陈敏《〈西游记〉俗语词俗字研究》（2012）等。这些论著除了字词考释外，亦涉及明清小说中的词汇系统问题、常用词演变问题、方言问题、多种字面、俗音问题等诸多方面。许少峰《近代汉语大词典》（2008）、白维国《白话小说语言词典》（2011）及《近代汉语词典》（2015）、徐复岭《〈金瓶梅词话〉〈醒世姻缘传〉〈聊斋俚曲集〉语言词典》（2018）后出转精，释义多精准可信。曾良《明清小说俗字研究》（2017）及曾良、陈敏《明清小说俗字典》（2018）总结了白话小说俗字研究的方法和价值，考释了大量俗字。20世纪30年代以来，发表的白话小说字词考释相关的单篇论文更是数量可观。相关研究情况可参看武振玉、韦露选《近20年明清小说词汇研究综述》（2017）。可以说，白话小说字词考释已经取得了非常可喜的成绩。

据石昌渝主编《中国古代小说总目·白话卷》（2004）之凡例，该书共收白话小说1251种（部分小说仅具书名，未见传世版本）。白话小说卷帙浩繁，版本众多，因语料甄选、语料不足等原因造成字词考释失误和错漏情况也有很多。本书在已有研究基础上，做了以下几方面工作：（1）考释已有研究未涉及的字词。白话小说中有一些"字面普通而义别"的词语尚未引起学者们的注意，如"擦"有"瞪"义，"跳"有"算；筹办"义等。（2）对已有研究的失误和疏漏进行补正：①释义失误。如"楂""挨光""打砖"等。②义项缺失。如"簇新""变兆""不鸣一钱""滥小人""入港"等。（3）词语溯源。如"打皮壳""抹不开""舍""背黄"等。（4）文字考释与校勘。如"搹""喔""遍"等字。（5）字词读音考释。如"裁划""出矿"等。

在以上工作的基础上，我们将白话小说字词考释需特别注意的方法概述如下。

第一，重视类推构词和类同引申规律。

类推构词又称类化构词，江蓝生（2010）指出："所谓类化构词，是指甲、乙两个语素以某一结构方式组合为合成词，那么跟甲或乙词性、意义相同的语素，可以替换甲或乙进入这一结构，构成两个或两个以上跟原合成词同义的词。"在考释字词、探求语源时，有时需充分考虑类推构词机制。如《铁冠图全传》第十五回有"泧面"一词："宋炯直止住道：'大王，这处是贫道家乡，乞赐泧面，免遭残害。'""泧"字费解，根据句意，此处当是"大大的面子"之义。文献中另有"满脸""全脸"二词，与"泧面"义同，如清归锄子《红楼梦补》第六回："凤姐更以黛玉回家，一刀两断，陈平妙计已得收功，可以在王夫人面前挣个满脸。"清王兰沚《绮楼重梦》第一回："宝玉喜喜欢欢忙在脚上拴了一拴，且不送还，又跪下道：'还要相求老祖宗、老太爷、老伯伯赏个全脸。'"由此可推知，"泧面"应即"满面"，"满"之草书或作"泻""沥"等，故刻作"泧"。

类同引申又称相因生义、同步引申，如果A、B两个词有A_1、B_1两个相同、相近或相反的义位，那么可能会朝着同一方向引申出A_2和B_2两个相同、相近或相反的义位（参看周俊勋、吴娟2008）。虽然引申过程中A_1

与 B_1 两义是否存在互相影响、A_2 与 B_2 是否同步产生不好判断，但从结果的角度来看，这种现象是客观存在的。类同引申可以作为词义引申的旁证。如《大词典》"蛆虫"条："比喻令人厌恶的东西。明单本《蕉帕记·闹婚》：'呸呸呸，就扭死这些蛆虫不许啼。'"此乃随文释义。清瘦秋山人《金台全传》第二十一回："小二道：'娼根，告诉了你罢。这只蛆虫叫作罗纹鸟，外国飞来，无价的珍宝，能说人言，天下少的。'"《六十种曲·蕉帕记》第二十三出："江水上一对鸳鸯弗走开，好像梁山伯了祝英台。雌个蛆虫乃亨偏要搭子雄个走也。"此"蛆虫"指鸳鸯。明谈迁《枣林杂俎》中集《赜动·海雕》："正德末，有鸟黑色，大如象，舒翅如船蓬，飞入长安门内大树上，啖人鹅如拾蛆虫然。数月方去，人以为海雕也。""拾"有"抓；捉"义，此"拾蛆虫"当为抓捕小鸟之义。可以参证的是，"虫蚁"亦有此义，如《六十种曲·琵琶记》第三出："（丑）春昼，只见燕成双，蝶引队，莺语似求友。（贴）呀，贱人！你是人，却说那虫蚁做甚么？"（参看《大词典》"虫蚁"条）可知，《大词典》对"蛆虫"的解释确有问题。

第二，注意分辨不同义位间的细微差别。

在考释白话小说词语时，需尽可能多地排比语例，分析义位间的细微差别。如有"厘头"一词：

（1）我而今不拘那项，总要扣个厘头下来，叫做培原。（清逍遥子《后红楼梦》第七回）

（2）到了这日斗的日期，果真请李纨过来，将各人的蟋蟀儿入了白纸封，兑了天平准了码子，情愿饶个厘头的，加些花儿，议定了打了数。（清逍遥子《后红楼梦》第十五回）

（3）众人饭后茶罢，李纨就排起次序来。宝琴配李绮，惜春配岫烟，李纹配平儿，探春配湘云，紫鹃配芳官，晴雯配香菱，恰好的黛玉配宝玉。其余不配厘头，收进了罐子不斗，许他们帮猜。（清逍遥子《后红楼梦》第十五回）

（4）我的意思要叫他们出来，或在本地，或到南边，四个人分开了，不拘跟那一位爷们当铺、绸缎局里去分上一分子厘头，告诉琏二哥哥对外边说一句就是了。（清归锄子《红楼梦补》第三十二回）

（5）只要二爷说一句话，不拘那里，送他们进去帮办些事，派一点厘头，就够他们沾光一辈子，吃着不了。（清归锄子《红楼梦补》第四十五回）

（6）黄坤赚得押帮工银，又有花红厘头。（清佚名《万年清奇才新

传》第七回)

(7)（蒋礼）眉头一皱，计上心来，对那人道："我的哥，罢罢，你我辛苦一场，必须要括个厘头贴补脚步钱，不知你大哥意下何如？"那人道："蒋二哥，你说的什么傻话，谁不想好处呢？只是没有法儿。"（清西泠野樵《绘芳录》第五十三回）

(8) 还有借着捐款放利钱，抽些厘头，做个发财生意。（清忧患余生《邻女语》第四回）

(9) 失火之后，赔款是公司中出的，不关他们痛痒，他们反可在赔款上揩几分厘头，这就叫幸灾乐祸。（民国朱瘦菊《歇浦潮》第六十一回）

(10) 戴春如数找清，外又重谢了刘王二人。那乌阿有到刘六处去分了二厘头的引进礼，都不细表。（清俞万春《结水浒传》第九十七回）

以上十例中，"厘头"一词实际有三个义位：例(1)—(6)指"一定比例的利润或分红"，例(7)—(9)指"办事所得的一定比例的回扣"，例(10)指"回扣的比例"。在考释词义时，需仔细分辨，不能一概而论。

第三，重视系联异写词。

异写词指词义相同、语音相同或略有差别（如与方言有关的增音或韵尾脱落等）而书写形式不同的词语。白话小说中，一词多种字面情况颇多，不同字面反映了汉语与汉字关系的复杂性。通过读音将同一口语词在白话小说中的不同文字形式统一起来考虑，可使释义更为准确。

(1) 系联异写词，排比语例，有利于解决口语词和疑难字词的形音义问题。

异写词往往是对口语中某一词的记音，其读音或完全相同，或略有差异，可以通过语音系联而准确释义。如《金瓶梅词话》第八十七回有"楂儿"一词："伯爵听了，点了点头儿，说道：'原来你五娘和你姐夫有楂儿，看不出人来。'"第一百回又作"揸儿"："王六儿原与韩二旧有揸儿，就配了小叔，种田过日。"王利器《金瓶梅词典》(1988：363)释"楂（揸）儿"作"指不正当的男女关系"，白维国《金瓶梅词典》(1991：55)释作"关系（多指隐秘的）"。二者皆是随文释义，在这里"楂儿"指"以前发生的某件事情"，可以通过系联异写词得到证明。该词又记作"渣儿"，庚辰本《红楼梦》第六十回："莫不成两个月之后还找出这个渣儿来问你不成？""这个渣儿"即"这件事"。又作"岔儿"，《儿女英雄传》第三十一回："张姑娘想道：'天呢却不早了，此时我要让他早些儿歇着罢，他有姐姐早间那句话在肚子里，倘然如东风吹杨柳，顺着风儿就飘到西头儿来了,可不像为晌午那个岔儿,叫他冷淡了姐姐?'"《曲本》第二十一册《于公案·布店》:"于老爷腹内说:'此案必有缘故,丧家弃丧逃走,必有岔儿。'"从上下文来看,"岔儿"就是事情的意思。又写作"碴儿",民国徐剑胆《杨结实》五续:"但是德王二人,心中都很诧怪吉升,他是个穷苦哥们,他同我们是一个样,怎么今天手里会有二两银票,并且还是非常慷慨?想着实在纳闷,一边往回走着,一边想碴儿。""想碴儿"即"想事"。因此,在进行词语考释时,需尽可能搜集研究异写词的不同字面,综合考虑词义。

有些疑难字词必须利用异写形式综合考虑形音义,才能考释清楚。如《西游记》第十八回:"好行者,却不迎他,也不问他,且睡在床上推病,口里哼哼噴噴的不绝。"人民文学出版社校注本《西游记》(第3版)将"噴"校作"啧 zé",《大词典》《大字典》皆作"噴 lài",《白话小说语言词典》引作"喷 jī",争议颇大。该字第五十五回、五十七回、六十六回、七十七回又作"噴",八十四回又有"噴噴哇哇"一词。综合分析该词的形音义,作"哼哼噴噴"比较合适,"哼哼噴噴"即"哼哼唧唧",又作"哼哼吱吱""哼哼吸吸""哼哼唧唧""哼哼咀咀",义皆相同。通过对音义的分析,可以得出上述诸词为异写词,"噴噴"当读如"唧唧"。文献中又有"吱吱哇哇""唧唧哇哇""唧唧哇哇"等词,即"噴噴哇哇",可为旁证。《西游记》又有"哄哄搴搴"一词,《新说西游记》作"哄哄翕翕",可知"搴"是"翕"的讹写,该词亦是"哼哼唧唧"之异写。

(2)系联异写词,可确定新产生口语词的来源,认识字面的历时差异。

词语溯源是汉语词汇史研究的重要组成部分,新产生的口语词往往来源不明,通过对异写词字面语音关系的探究,可以找到词语的来源。如《醒世姻缘传》第四十六回有"离母"一词:"我见他说的话离了母,我恐怕他后来改了口,所以哄他叫写个禀帖给我做了凭据。""离母"为"离谱"之义,该词实即"离模",《绮楼重梦》中习见,如第三十一回:"我早知道有乱子的,物极必反,原也闹得太离模了。""离模"与"离谱""离格"构词理据相同。有的异写词是因文白音不同,后人不识,不知其语源。如有"裁怀"一词,或作"裁划","划"于元代读如怀,《中原音韵·皆来韵》阳平收"怀",入声作平声收"划(劃)","划""怀"同音,至明清时期,有的方言中"裁划"白读仍读如"裁怀",故记作"怀","裁划"又是"裁画"的记音,其语源可追溯至《新唐书》。有的口语词是增音或语音脱落造成的，通过不同字面的语音联系可以找到语源。清代白话小说中有"一股脑儿"一词，或作"一古脑儿""一裹脑子""一箍脑儿"等，来源亦不明。王实甫《西厢记》卷二第四折有"一股那"一词："费了甚一股那，便待要结丝萝。"《西游记》第五十四回有"一股辣"一词："那八戒那管好歹，放开肚子，只情吃起，也不管甚么玉屑、米饭、蒸饼……一骨辣噇了个罄尽。"某些方言中 n 和 l 是同一音位的自由变体，"一股那""一骨辣"为一词。两词增加语尾 u 即"一股脑"，这种增音现象明清文献中常见，如"叉手"又作"抄手"。"一骨那"又是"一滚"的增音，辅音韵尾字有时可以带出一个音节来，如"荨"之变为"荨麻"，"鸭"之说成"鸭巴"，"寻"又说成"寻摸"，"眨"又说成"眨巴"等。

第四，重视通过俗音考释词义。

曾良（2009：185）指出："研究近代汉语，必须注意俗音问题。""记录俗音、俗语的文字，往往不能按正规字书去解读。"明清小说中，有些汉字记录的是俗音，只有联系俗音才能辨别语义。如清刊本《三侠五义》第三十四回："金生道：'这么样罢，咱们两个结盟拜把子罢。'雨墨暗道：'不好，他要出矿。'""出矿"一词颇费解，"矿"俗读有 gǒng 音，清刊本《三侠五义》于"矿"字下亦注"音拱"。《白话小说语言词典》（2011：159）"出矿"条："chūkuàng 耍手段骗人。"书证即为本例，此注音误，亦属随文释义。"出矿 gǒng"为当时口语词，今北京话仍言"出拱"，乃"弄出别的事情"之义，《红楼复梦》亦有用例。再如《西游记》第七十五回有"券"一词："他想道：'我把身子长一长，券破罢。'"该词《白话小说语言词典》（2011：1273）注为 quàn，释为"拱；撑"，不确，"券"无"拱"义。这个词就是"楦（揎）"的记音，指"将物体的中空部分填实或撑大"，其例再如《三教开迷归正演义》第六十三回："惹起他怒，剥了你皮，还要券草！"

第五，重视文字俗写通例及草书写法。

所谓通例，是指字形相近或表义相通的文字（或部件），在书写时可以互相通用、互相讹混的情况。关于二字相通相混的情况，前人多有提及①，曾良《俗字及古籍文字通例研究》（2006）第四章列举了81则古籍

---

① 如张涌泉《汉语俗字丛考》（2000/2020）多处提到"俗写通例"，杨宝忠《疑难字考释与研究》（2005）在考释疑难字时，亦常指某某相混相乱。曾良《明清小说俗字研究》（2017）又重申了古籍俗写相混例在考释俗字中的作用。近又有陆忠发、李艳《敦煌写本汉字形体变化研究》（2019）及梁春胜《楷书异体俗体例字表》（未刊稿）可供参考。

文字相通、相混的通例,并指出:"目前这方面还没有进行系统研究,前人和时贤有过一些零星的论及。"在考释疑难字和俗字时,俗写通例尤为重要。如"衤""扌"相混,故"板礼"即"板扎",俗书"走""辵(辶)"相通,故"邋"即"赵",俗书"杀""束"相混,故"刹心"即"刺心",俗书"幼"通作"勾",又作"匀",故"拗"又作"拘""拘"等,不一而足。现有明清小说多为刻本,刻工文字水平参差不齐,在写样上板时,遇到不认识的字往往据形摹写,为了刻板方便,又要摹成印刷体,其间笔势变化、笔画增减的情况随处可见。尤其遇到抄本稿本中不识之草书时,往往径直摹刻为印刷体,如与楷书字形差异较大,则读者辨识难度大增。所以在释读白话小说中的疑难字时,不但要熟悉汉字俗写规律,还要熟悉行草写法。如考释"访(满)""脖(睁)""唉(睡)"三字,即要熟悉"满(访、氻)""睁(脖)""睡(唉)"的草书写法。

另按,本课题获得立项后,五位匿名评审专家分别反馈了非常宝贵的修改意见,在宏观结构、研究方法、全书体例、材料来源乃至具体字词考释等方面为本书的修改指明了方向,使得本书的修改有的放矢,大大提高了工作效率和书稿质量。遵照评审专家的意见,本书做了较大的修改,如删除了多条价值不大或证据不足的字词,拓宽了语料范围,为部分词语提供了新的例证,补充修正了一些字词的释义,增加了部分有考释价值的字词,注意从词义引申、语音联系、字形关系等方面探求词语的得义之源等。但限于笔者能力、时间及本书体例等原因,有的修改意见未能完全采纳,如评审专家建议应有一篇类似"序言"的文章,对白话小说字词研究做出理论阐析,特别要注意总结字词考释方法。考虑到本书体例及明清小说已有的研究成果(如周志锋《明清小说俗字俗语研究》、曾良《明清通俗小说语汇研究》《明清小说俗字研究》等对明清小说字词研究的各个方面做了较系统全面的总结),本书没能再对白话小说字词研究的理论、方法、应用等进行系统总结,仅对以往研究进行了回顾,总结了白话小说字词考释中应特别注意的方法问题,使得本书的理论深度不够,有负各位专家的期望。

目前,很多白话小说仍未引起研究者的关注,加之一些孤本、善本小说仍束之高阁难以得见,白话小说字词考释工作仍大有可为,本书仅仅是抛砖引玉,以待来者!

音序索引

A

捱光/挨光（1）
矮/倭/矬/㝾（8）
嗷（8）
熬淡/熬口（9）
鏖糟/嗷嘈/噢嘈/傲慒/吷蹧（9）

B

把信（12）
板礼（板扎）（12）
半光不糙（21）
包荒/包慌（13）
饱子手（17）
跑跳如雷/豹跳如雷/蹚跳如雷（14）
背本（14）
背黄（15）
备卷（15）
本情（16）
绷/朋/棚（16）
崩子手（17）
变兆（18）
别力朴六/别立扑六（202）
剥削（18）
博饭（20）
不成拉器（20）
不光不糙（21）

不鸣一钱/不名一钱（21）
不知玎玲/不知丁东（22）
步位（23）

C

擦/搽（25）
裁怀/裁划（26）
仓庚（27）
禃（27）
蹭₁/蹭/撙（28）
叉瓶（叉瓶）（30）
楂儿/揸儿/渣儿/岔儿/磋儿/查子帐（31）
抄前（37）
䌐（超）（37）
挃（扯）（38）
扯鸡儿/扯筋（39）
撤头/扯头（40）
陈众/陈重（40）
逦（趁）（41）
趁嘴（43）
撑（43）
呈头（44）
齿角（44）
冲家（45）
冲头（45）
抽₁/掬/搊/挡/週/周（46）
抽₂/绌/抽抽/皱皱（47）

8

出矿（48）
除（49）
吹（50）
搋（52）
刺心（剌心）（52）
聪明孔（53）
醋客（53）
簇新（54）
跮（54）

D

搭撒/搭搭撒撒（56）
打常（56）
打掉/打调（56）
打滚龙（57）
打和局（113）
打还风阵（57）
打明（58）
打皮瓜子/打皮科/打皮壳/打皮磕/打皮额（59）
打跮/打扦/打迁（60）
打砖（60）
大大/达达/答答（62）
大市（63）
呆包（63）
呆事（64）
吪/䜣/哈（64）
单单别别/单单另另（64）
淡白（66）
蛋卷（66）
叨誊/叨噔/叨蹬/刀登（66）
倒鬼/叨鬼/祷鬼话（67）
底笑（68）

抵粧/抵赃（69）
地根儿/地跟儿/弟起喂/弟起/苐起（69）
递年（70）
捵/垫/点/掂（71）
刁蹬/刁顿/扚蹬/倒腾（71）
吊（72）
跌跶一疏（73）
跌蓍（224）
迭/叠（74）
顶对/丁（75）
顶戴/顶带（76）
动寿气（76）
兜兜（77）
兜索子（78）
独自各（102）
笃/督（78）
肚脐/肚脐尾（79）
短（80）
短童（81）
堆子（82）
对冲银（82）
对夹（83）
对门主顾（83）
钝/屯（260）
疳（86）
多了去（87）
妥/脱（87）
鬟（88）

F

番巢（89）
翻青/番青（89）

翻冤/番冤（90）

放鸽（91）

放路（91）

放信（92）

坟客（92）

浮店（268）

妇娘（93）

G

改常（94）

干₁（乾）（94）

干₂（乾）（95）

干阁/干搁（96）

干隔涝汉子（96）

干子₁（乾子）（99）

干子₂（幹子）（99）

阁/搁（96）

趷踏/躠踏（100）

釳（100）

各自各/各自哥（102）

羹饭主（103）

埂/耿/硜（103）

拱（104）

钩儿麻簵/钩儿麻藤/钩儿蔴藤（104）

古里古董/古里古东/骨里骨董（104）

茄瓢（105）

刮削（18）

观洒（106）

光光（107）

躬/臕/旷/徨/匡/恍/跾/趏/胱/逛（107）

规例/规矩（108）

H

呼腰（110）

害燥/害懆/害噪（110）

罕磕/寒伧/寒尘/寒蠢/寒咕/罕岔/含缠/顸村/寒瞋（111）

行行（112）

好没因儿的/好没样的/好莫样的/好模样的/好吗大样的（112）

呵哗（113）

和局（113）

哏/恨（114）

哼哼喷喷/哼哼喷喷/哼哼唧唧/哼哼啧啧/哼哼吱吱/哼哼吸吸/哼哼哧哧/哼哼咀咀/哼喷（115）

哼哼腾腾/哼腾（120）

哄哄拿拿（121）

烘凳（218）

后程/后成/后呈（123）

花（123）

花赌（124）

花色（124）

滑俐/猾利（125）

化（125）

J

机灵/机伶/及伶伶/激冷冷/踢律律（127）

积套（128）

几何（128）

寄/继/纪（128）

家原/家园/家元（129）
夹夹胖胖/夹夹壮壮（130）
撷（擷）（130）
见外/见小外儿（131）
伐（贱）（131）
姣姣/娇娇（132）
娇生/姣生（132）
脚地（133）
脚脚洒（134）
借因（135）
借影（135）
尽多尽少（儘多儘少）/尽多尽了（136）
尽（儘）着（136）
紧自/紧只/紧之/紧仔（137）
犯（罨）（137）
经由（138）
净场/静场（138）
酒点（139）
局气（139）
撅（140）

K

开翁（142）
看破（142）
杭/炕（143）
科小（科钱）（143）
磕/磋（145）
壳脸（250）
坑儿卡儿（146）
坑坎（146）
抠幺坐六（206）
口角（44）

口丫（147）
苦（147）
夸子（148）
块（149）
快燥（149）

L

拉（151）
喇/喇喇/拉拉（151）
擸/捼（152）
腰（153）
滥小人/烂小人（154）
狼（154）
老官（155）
老官同/老上青（156）
类考（156）
厘头（157）
俚拉/捋拉（158）
礼拉歪斜/离留喳邪（267）
离模/离母（160）
两歧（161）
蹽丫子（191）
烈烈烘烘/立立烘烘（161）
留酒碗（162）
拢共拢儿/椪共椪儿/笼共笼/笼箍笼/笼古笼（163）
囉囉梭梭/啰啰嗦嗦/噜噜嗦嗦（165）
啰子/罗子/乐子/噜子（165）
落平（166）

M

抹（抹）刷/吗扱（167）

麻花踢煞/麻化搭杀（168）
埋（168）
埋灭（169）
㳠（满）面/满脸（170）
模/昧（172）
毛包/毛暴（172）
卯孙（173）
没料儿/没溜儿（174）
闷信（239）
迷了门了/迷离魔乱/迷里魔乱/迷离麻拉/迷离么乱（175）
绵搭絮（177）
名工/名功/明公（177）
磨脐/磨腹（79）
么不开/磨不开/抹不开（178）
脬（脟）（180）
木樨/木樨花/木穉花（183）
目顿口呆（184）

N

拿鸭子（191）
拿主（185）
那把刀儿（185）
那道儿（186）
男的（187）
喃/㕯/精（187）
挠鸭子（191）
捏鬼（193）
纽儿邱儿（193）
拗/拘（拗）（194）
噜/帑/扐/呶/哆（196）
怒子（196）

P

拍/㕠/㿟/色/仆（197）
八/秋/㘗/把/㿟/色/抓/㿟/摇/跑/䟐/吧/仆/扒（197）
扒脚扒手/扒手扒脚（199）
班驳/班卜/搬拨（199）
胖胖壮壮（130）
咆哮/跑跻（200）
跑马（200）
胚/坯/坏/盃/䟐/呸（201）
碰方子（247）
匹立扑六/劈立朴六/别力朴六/别立扑六/劈立拍陆（202）
批削（18）
挤（147）
平班（202）
奴（仆）妇（203）
普里普儿（204）

Q

齐（205）
起根（69）
千般百样（239）
牵扳/牵绊（205）
箝红做六/撑红坐六/箝红捉绿/钳红捉绿/钳红坐绿（206）
嵌字眼（207）
敲订（208）
眧破（142）
青昌七尺/青昌七折（208）
轻强（209）

清书（209）
蛆虫（210）
圈声（210）
全脸（170）
拳教（212）
雀剥/雀薄/屈薄/切薄（212）
群墙（213）

R

绕鸭子（191）
惹骚（214）
入港（215）

S

扱（216）
搔号（搔号）（216）
杀野/煞野（217）
煞白/沙白（217）
山招（218）
烧化（249）
烧火凳（218）
舍（218）
愼/𢠳/甚/慎/渗/瘆（220）
生花（248）
生活（223）
笡（箸）（224）
识（識）（224）
事头（224）
是一是二（225）
寿头码子/受头（226）
耍皮科（59）
刷白（217）

水皮泡儿/水皮（227）
唗交（睡觉）（227）
四脚/四脚子（228）
耸（229）
苏甦（229）
算（230）
锁头/𠫓头（231）

T

汰化（232）
汤（233）
提携（233）
调拜（234）
跳（234）
跳包/挑包（236）
听档（236）
听头（237）
统固拢儿（163）
退（237）

W

挽抹（238）
忘情（238）
威风子（196）
文星/问心（239）
我子（165）
乌嘈嘈/乌蹧蹧（239）
无般百样/无般不样/无般不识/无般不识样（239）
秃情（无情）（241）
五更半夜（242）

音序索引

13

X

稀呼脑子烂/稀糊脑子烂/希糊脑子烂/稀乎脑子烂/希脑子烂/西恼乱/奚脑烂/西胡脑子乱遭/希破遭拦/希扒脑子乱（244）

稀希（244）

溪毛（245）

媳妇/媳粉/媳妢（245）

瞎钱（247）

仙戏（247）

想方（子）（247）

像生花（248）

消翯/销翯（248）

销化/消化（249）

蟹壳脸（250）

行达（251）

削（18）

虚神（251）

絮答/絮搭/絮搭搭/絮絮答答（251）

筌/撷/圈/卷/镟/揎/旋/喧/宣（252）

券（253）

揎头（253）

削刮（18）

学/学骗（254）

Y

丫/枒杞（255）

揞（押）（256）

押静/押净/哑静（259）

砑光（1）

醃（259）

厌钝（260）

扬花（261）

仰爬脚子/仰把脚/仰八脚子（262）

样子（263）

一个字（264）

一股脑儿/一古脑儿/一箍脑儿/一柢脑儿/一篐脑儿/一筐脑儿/一裹脑子/一股脑子/一孤恼子/一古恼子（265）

一钱不名（21）

倚柳歪斜/一溜歪斜/一六歪斜/一六歪邪（267）

义媳（268）

游店（268）

有一手/有一首（268）

腴（腴）（269）

月亮（269）

Z

砟/碴/碴/砸（272）

葬埋/脏埋（168）

灶凳（218）

燥踱/燥蹕（272）

燥头（149）

燥头骡子/躁头骡子（273）

躁力/燥力/煤力（273）

站驴（274）

招₁/照₁/撮/着₁（274）

招头₁（275）

招头₂（276）

着₂/照₂/啫/召/啫（276）

招$_2$/照$_3$（278）
找项（279）
这把刀儿（185）
这道儿（186）
真病（279）
蹭$_2$（挣）（280）
治政/治公/治事（281）
转身（282）
转手（282）
转折（283）
撞影（283）
谆谆（284）

拙智/拙志/拙想（285）
捉绿箍红（206）
子舍（218）
自己各/自己个/自家各（102）
喥（285）
嘴丫（147）
作娇/作姣（286）
作料（287）
坐六箍红（206）
坐命（287）
做嘴（288）

正　文

A

捱光/挨光/砑光①

《水浒传》第二十四回："王婆道：'大官人，你听我说，但凡捱光的两个字最难，要五件事俱全，方才行得。'……王婆道：'大官人，休怪老身直言。但凡捱光最难，十分光时，使钱到九分九厘，也有难成就处。'……这便有一分光了……这光便有二分了……若是他不做声时，此是十分光了。"（762页）《金瓶梅词话》第三回："大官人，你听我说，但凡'挨光'的两个字最难。怎的是'挨光'？似如今俗呼'偷情'就是了。"（109页）从《金瓶梅词话》云"怎的是'挨光'？似如今俗呼'偷情'就是了"可知，"挨光"这个词其时还不常用，需要做出解释。"挨光"一词，辞书多据《金瓶梅词话》例释作"偷情"，《大词典》"挨光"条："谓偷情。"正举此例。白维国《白话小说语言词典》（2011：5）"挨光"条："偷情的隐语。挨光景、做工夫的意思。"徐复岭（2018：4）"挨光"条："挨磨时光；挨工夫。借作调情、偷情的隐语。"

按："捱（挨）光"本义恐非"挨光景""挨磨时光"。"捱（挨）光"初为"占便宜；沾光；蹭吃蹭喝"义。明袁于令《隋史遗文》第四十一回："自此一路，将他四人极其奉承，到一处定买许多酒肉，这二十多人内，时常去捱光擦他。"（1084页）例中"擦"是"蹭"的意思，明佚名《天凑巧》第二回："穷得极，与人做些打油的庆寿庆号诗、写轴擦些酒食，得一二百铜钱。"（67页）《隋史遗文》例中，"捱光"显然不能解释为"偷情"，而是"占便宜"的意思，是说负责押解的官差蹭犯人酒肉吃。又明佚名《七十二朝人物演义》卷四十："（姜尚）数年之间，却也穷到极干净的田地。就有几个亲戚朋友，也都挪借到了，也都挨光到了，还有甚么好伸缩处？"（1707页）此例中，"挨光"亦是"占便宜；

---

① 本条曾在"第五届出土文献与上古汉语研究暨汉语史研究学术研讨会"（2019，上海）上宣读，得多位与会专家指正，后又得张小艳先生指正，在此一并感谢。文中错谬，概由作者负责。

1

蹭吃蹭喝"义。"揑（挨）"有"摩擦；蹭"义，与"擦"义近，贯华堂本《水浒传》第十六回："何清笑道：'嫂嫂，倒要你忧！哥哥放着尝来的一班儿好酒肉弟兄，闲尝不睬的是亲兄弟！今日才有事，便叫没捉处。若是教兄弟闲尝揑得几杯酒吃，今日这伙小贼倒有个商量处！'"（902页）明陆人龙《型世言》第三十回："未得时时节，相与上等是书手、外郎，做这副腻脸，揑他些酒食。"（1298页）文献中又有"挨擦""挨痒""揑摩""挨肩擦背""挨门揼户"等语。据《大字典》，"光"有"光宠；恩惠；好处"义，近代汉语有"叨光""借光""沾光"等词，明孙扬《外甥卢尧皋书一首》："况皋在舅父膝下之人，而不获沾光，岂不为深长恨耶？"① 明天然痴叟《石点头》第八回："合分司的役从，只有这土兵，沾其恩惠，做了吾爱陶的心腹耳目。"（485页）"沾光"犹"沾其荣宠""沾其恩惠"，参看白维国《近代汉语词典》（2015：2604）"沾光"条。"揑光"构词理据与"沾光"相同，即"蹭别人的好处；沾别人的好处"。

"挨光"又专指"占女人便宜"，《型世言》第二十六回："至若耳目所闻见，杭州一个秀才，年纪不多，也有些学问，只是轻薄好挨光，讨便宜。"（1092页）此例中，"挨光"与"轻薄""讨便宜"连言，指"占女人便宜"。又《拍案惊奇》卷二十六："杜氏不十分吃酒，老和尚劝他，只是推故。智圆斟来，却又吃了。坐间眉来眼去，与智圆甚是肉麻。老和尚硬挨光，说得句把风话，没着没落的，冷淡的当不得。"（1089页）此例中，"挨光"亦非"偷情"，杜氏与年轻的智圆相悦，嫌恶老和尚，老和尚"硬挨光"是指其死皮赖脸占点言语、手脚上的便宜。可以参证的是，"揩油"有相似的引申过程，清徐珂《清稗类钞·方言类·上海方言》："揩便宜，讨便宜也，殆有获得意外利益之义。揩油，与'揩便宜'同。"② 后亦引申出"占女人便宜"义，许宝华、宫田一郎《汉语方言大词典》（1999：6002）"揩油"条："调戏妇女。吴语。上海。伊见仔女人就想揩油。"鲁迅有专文《"揩油"》："因为所取的是豪家，富翁，阔人，洋商的东西，而且所取又不过一点点，恰如从油水汪洋的处所，揩了一下，于人无损，于揩者却有益的，并且也不失为损富济贫的正道。设法向妇女调笑几句，或乘机摸一下，也谓之'揩油'。"③ 今东北、北京等多地方言中"揩油"亦有以上二义。

---

① 《孙石台先生遗集》，《四库未收书辑刊》（第5辑第18册），北京：北京出版社，1997年，第507页。

② 《清稗类钞》（第5册），北京：中华书局，1984年，第2232页。

③ 《"揩油"》，《鲁迅全集》（第5卷），北京：人民文学出版社，1981年，第253页。

由"占女人便宜"又引申指"与女人调情；偷情"，清天花主人《云仙啸》第三册《都家郎女妆奸妇》："你道那少年生得如何？乜斜眼，最能凑趣；顽皮脸，专会挨光。"（103页）清佚名《隔帘花影》第十一回："原来沈子金才十八岁，一手好琵琶，各样技艺，无般不能，又惯会偷寒送暖，自幼儿和人挨光，极是在行。"（174页）"挳光"词义引申过程如下：

挳光$_1$(占便宜)—挳光$_2$(占女人便宜)—挳光$_3$(与女人调情；偷情)

文献中又有"砑光"一词，明杨尔曾《韩湘子全传》第三回："那先生姓元名自虚，号若有，先年是一个游手游食砑光的人。"（71页）此例中，"砑光"为"占便宜；蹭吃蹭喝"义。顾之川（2000：242）"砑光"条正释作"占便宜"。清艾衲居士《豆棚闲话》第十则："过了半塘桥，那一带沿河临水住的，俱是靠着虎丘山上养活不知多多少少扯空砑光的人。"（288页）以上两例《白话小说语言词典》（2011：1791）"砑光"条释作"表面上空好看而无实际内容"，《近代汉语词典》（2015：2386）"砑光"条释作"谓虚饰其表而招摇撞骗"，《豆棚闲话》例《白话小说语言词典》（2011：129）"扯空砑光"条释作"弄虚作假骗人"。实际上两条所释皆侧重"扯空"之义，"扯空"即"扯空头话"，即"说些难以实现的话；说谎"。"扯空砑光"即"弄虚作假占人便宜"，下文说完各种"扯空砑光"的铺面、人物后，又云："以上说的都是靠着虎丘做生意的，虽则马扁居多，也还依傍着个影儿，养活家口，也还恕得他过。"（296页）可见，"砑光"是扯空的目的，是占人便宜，混些银钱吃喝。又省作"扯光"，清萧湘迷津渡者《锦绣衣·换嫁衣》第一回："本村有一个扯光的闲汉，姓乌，号心诚，文理略通，会做几句词状，会写几句启书。"（6页）"砑光"与"挳光"同义，是"占便宜；蹭吃蹭喝"的意思。又引指"占女人便宜"，明冯梦龙《万事足传奇》卷下："丑脸全凭老，砑光不放空。"①《大词典》"砑光"条："眉来眼去；调情戏谑。《醒世恒言·陆五汉硬留合色鞋》：'须寻个人儿通信与他，怎生设法上得楼去方好。若只如此砑光，眼饱肚饥，有何用处。'《古今小说·新桥市韩五卖春情》：'吴山初然只道好人家，容他住，不过砑光而已。'明徐复祚《投梭记·折齿》：'恨你个砑光傻角，全无忌惮。'"《大词典》所举前两例即"占女人便宜"义，即多看两眼，在言语、视觉或手脚上占些便宜之谓，如《古今小说》例后有"谁想见面，到来刮涎，才晓得是不停当的"之语，吴山开始留宿女子只是想饱饱眼福，不期女子反来"刮涎"，他才觉不停当。又引指

---

① 《万事足传奇》，《古本戏曲丛刊二集》影长乐郑氏藏明墨憨斋刊本。

"偷情",《投梭记》例是老鸨骂谢鲲的话,言其是"偷情"的傻角,该例前文言"你这一位财主不肯接,偏要与谢穷偷情",后文又有"正是他,又在那里调戏我女儿"之语。石汝杰、宫田一郎《明清吴语词典》(2005:690)"砑光"条:"占便宜;调情。……姐儿见子有情郎,好似云游僧投饭入斋堂。咦像染坊店里画石贪色块,砑子多多少少光。(山歌2卷)……席公嘱咐春燕去后,即思走来砑光,又恐陆氏寻问。(载花船3回)"似混淆了"占便宜""调情"二义,当分列义项。另外,值得注意的是,在表"调情"义时,"捱光/砑光"侧重男子主动占女子便宜,向女子调情。

刘瑞明(2015)认为《明清吴语词典》所举四例(即《古今小说》《山歌》《韩湘子全传》《载花船》四例)实际上应分三种情况:《古今小说》《载花船》二例中,"砑""讶"谐音,指惊讶而欣赏,"光"是"光景"的省说,指光彩美貌;《山歌》例中,"砑""压"谐音,"光"是"光景"的省说,而谐音"逛井",指性交;《韩湘子全传》及《醒世恒言》例中,"砑""捱"谐音,"光"是"光景"的省说,指捱磨时间。刘文以为"砑光"有三义,"砑"分谐三字,恐怕难以成立。如上文所述,《韩湘子全传》例中"砑光"是"占便宜;蹭吃蹭喝"义,"捱光"亦非"捱光景"之义,文献中少见"捱光景"的说法,且由"捱磨时光"难以引申出"占便宜"及"偷情"义,王婆曾云"但凡'捱光'的两个字最难",如只是打发时间,似亦并非难事。另外,如释为"捱磨时间",又与上揭《隋史遗文》《七十二朝人物演义》二例不符。《古今小说》《载花船》《醒世恒言》三例中"砑光"同义,是"占女人便宜"义,与"惊讶而欣赏"无关。以《山歌》中"光景"为"逛井"之谐音,恐亦是臆断,文献中暂未见"逛井"的说法,"压逛井(压光景)"更是不辞,何以省为"砑光"?

汪如东(1996)讨论了《古今小说》例中的"砑光",指"砑"由"碾压"又引申为"靠近""紧挨"的意思,举《拍案惊奇》卷二十五"几番要砑在小娟处宿歇"为例,认为与"砑"同音的"挜、桠、亚、压"等皆有这个意思,"砑光"应理解为"借光""沾光","吴山当初以为是个好人家,让他住下,是借光了。没想到刚见面就被勾引、挑逗,才知道是不妥当的"。这种说法值得商榷。首先,《拍案惊奇》例中"砑"不是"靠近"义,而是同"挜",义为"强行使人接受",参看《白话小说语言词典》(2011:1791)"砑"条。"亚"有"接近"义,《玉篇·亚部》:"亚,就也。"《水浒传》中的"亚肩迭背"、《古今小说》中的"挜身就你"皆此义。但是,除"砑光"外,"砑"字暂未见"靠近;挨蹭;

摩擦"的用法①，且文献中也暂未见"亚光""挜光"等写法。另外，"调情"义也不能是"碾磨而使紧密光亮"义直接引申的结果，从"砑光"一词的结构看，"光"是"砑"的结果，不是"砑"作用的对象，无法分析为如"挜光"一样的结构。其次，"砑光"在《古今小说》例中理解为"借光"或"沾光"都说不通，而是"占点言语上的便宜，饱饱眼福"的意思。

汪维辉（1993）指出："在吴方言区的某些地方，砑、挨二字读音相同，故得通假，'挨光'又写作'砑光'，可为确证。"我们赞同这种看法，"砑光"即"挜光"之记音，今更申述之。首先，"砑光"与"挜光"意义逐一对应。其次，后世作品中存在异文。明陈忱《水浒后传·论略》作"砑光"："潘金莲之淫浪，王婆用十砑光，似皆小题大做。"（5页）又贯华堂本《水浒传》第四十四回金圣叹评亦作"砑光"："王婆十分砑光，以整见奇；石秀十分瞧科，以散入妙。"（2497页）再次，吴语中"挜""砑"音同或音近。据我们掌握的语料，凡用"砑光"的作品，作者皆为吴语区人，如冯梦龙（苏州）、徐复祚（常熟）、杨尔曾（杭州）、艾衲居士（杭州）、陈忱（湖州）、金圣叹（苏州）、沈璟（苏州）、西泠狂者（《载花船》作者，杭州）等，"挜""砑"吴语中多音同或音近（见表1）。另，周志锋《吴方言词例释》(1998：193) 指表"硬把东西送给或卖给人；主动硬凑上去"义的"挜"又作"挨""挜"，亦可证"挜""砑""挨（挜）"同音。

表1 吴语中"砑""挨""挜"之读音②

	上海	常熟	高淳古柏	萧山	苏州	杭州	宁波	绍兴柯桥
砑	ŋA 阳去/阴平	ŋA 阳平	ŋa 阴去	ø	ŋa 阳去	ø	ø	ŋa 阳去
挨	ø	A 阴平	ŋɛ 阴去	ø	ɑ 阴平	ø	a 阴平	ø
挜	ŋA 阳去/阴平	ø	ø	ŋa 阳去	ŋa 阳平	ia 阴平	ø	ŋa 阳去

---

① 我们理解，汪如东（1996）认为"砑"先引申出"靠近"义，又与"光"重组而产生"沾光"义。作为一种工艺，砑光是靠踹石（又名元宝石）的碾压使布匹、纸张等紧密光滑，故"砑光"中的"砑"侧重"压"而非"靠近"；摩擦，言"砑光"中的"砑"有"靠近"义，需提供除"砑光"外的例证。

② 本表所据为许宝华、汤珍珠《上海市区方言志》（1988：83），袁丹《江苏常熟梅李方言同音字汇》（2010），谢留文《江苏高淳（古柏）方言同音字汇》（2016），张洁《萧山方言同音字汇》（1997），《明清吴语词典·苏州方言同音字表》（2005），王启龙《杭州方言音系》(1999)，高志佩、辛创、杨开莹《宁波方言同音字汇》（1991），盛益民《吴语绍兴柯桥方言音系》（2012）。"ø"表示所引材料中未录该字。

"挨光"写作"砑光"与词语表达的生动化有关，姜亮夫（2002：141）云："民族语言之变，多有以恒见事物比附语音特义者……由纯语音表达之义变从通俗人人能了解之物象，此语言发展之一例也。"杨琳（2012）指出："词语生动化是指为了表达的生动将抽象的概念或者既有的抽象词汇改用富于形象色彩或是诙谐色彩的词语表达。词汇生动化的方式主要有比拟、移就和谐音三种。"谐音式的生动化如"死没腾"说成"死木头"，"谝"说成"谝椽子"，"装酸"说成"装蒜"，"老班"说成"老板"等，再如网络中"微博"作"围脖"、"旅友"作"驴友"、"海归"作"海龟"等。砑光作为一种工艺为人们所熟悉，吴语中"砑光"与"捱光"音同，故用以生动化"捱光"一词。《六十种曲》明沈璟《义侠记》第十二出："（丑笑云）大官人，最是那砑光的两字儿偏难也，直待要十分光才凑着。（净）怎么唤做十分光？（丑）但凡砑光一事极不容易，须得一分一分砑上去，砑到十分完全了，才得上手。"《义侠记》故事来源于《水浒传》，改"捱光"为"砑光"，并言"须得一分一分砑上去"，正是词语生动化的表现。

补记：本文草就后，读到杨琳《偷情为什么叫"挨光"》（2019，以下简称"杨文"）一文，颇受启发。杨文对"挨光""砑光"来源的解释与本书不同，其主要观点是，"光"由"美丽"引申指"美色；情色"，"挨"有"磨蹭"义，"挨光"即"磨美色"。"砑"由"碾磨"义引申为"磨蹭；缠磨"，因此，缠磨美色也说"砑光"。"砑光"是"挨光"的同义语素替换，正如也可替换为"磨光"，"砑"与砑光工艺没有直接关系。另，文章指《古今小说》《山歌》二例中"砑光"是"消磨时光"义，与"调情"义的"砑光"是同形词，其中的"光"一指时光，一指美色，理据各不相同。《豆棚闲话》例中的"砑光"是耍花招，是"碾磨光亮"义的隐喻，也跟调情无关。

按：杨文所引姚灵犀《瓶外卮言》（天津书局 1940 年版）曰："挨光，即占便宜也。"与我们的理解相同。我们赞同"挨"有"磨蹭"义，"砑"与砑光工艺没有直接关系，但杨文亦有以下可商之处。一是文章未举"光"有"美色"义的直接语例（山西晋南隐语的例子偏晚）。《醒世恒言》卷十四："女孩儿道：'借问则个，范二郎在那里么？'酒博士思量道：'你看二郎，直引得光景上门。'"（728 页）例中"光景"杨文认为是"美色"义，我们以为这个孤例是对不便明言事物的一种临时的隐晦说法①,《近代汉语词典》(2015:704)释作"偷情的对象",近是。二是"砑"有"缠磨"义较为可疑。《拍案惊奇》例"几番要砑在小娟处宿歇"中"砑"当非"砑光"之"砑"的引申,关于此点前文已有讨论。"磨光"一词后出,只见于《续金瓶梅》中,当是同步构词所致。三是杨文没有注意到《隋史遗文》《七十二朝人物演义》《韩湘子全传》等小说中"捱光""砑光"可释为"占便宜;蹭吃蹭喝"的例子,这些语例中"光"皆与美色无关,亦不宜释为"消磨时光"。明东鲁古狂生《醉醒石》第八回:"光得着,光人些;光不着,也被人光些。"(282页)例中"光"指"占便宜",该义也不能由"缠磨美色"义引申出来,当与表"占便宜"的"捱光"有关。"捱光"的意义有"占便宜—占女人便宜—与女人调情;偷情"这一引申过程,能较好地对上述语例做出统一解释。

另,我们认为"调光"是"调情""捱光"的杂糅,《续金瓶梅》第七回有"当日西门庆调情磨光"之语,可参证。关于"做光",杨文指"犹今言'搞女人'",然"搞"乃"设法获得"义,"做"则未见此义,故即便"光"有美色义,"做光"似亦难理解为"搞女人"。《近代汉语词典》(2015:2786)"做光景"条:"即'做光'。明《二刻拍案惊奇》卷一七:'想就妆出些风流家数,两下做起光景来。'""做光"当是"做光景"之省。"光景"有"模样;样子"义,"做……光景"就是"做出……的样子",明徐渭《云合奇踪》第五十七则:"古人说得好:'心慌意乱,自没个好光景做出来。'那尹晖枪法渐乱,茂才转过一刀,结果了残生。"(661页)清李渔《连城璧》卷九:"你从今以后,对了这些妇人,只是不言不语,长嗟短叹,做个心事不足的光景。"(689页)明天然痴叟《石点头》第四回:"方氏便出来半遮半掩,卖弄风情。渐渐面熟,渐渐笑脸盈腮,秋波流动,把孙三郎一点精灵,都勾摄去了。孙三郎想着:'这女娘如此光景,像十分留意的。我拼一会四顾无人之际,撞进门去,搂抱他一番。他顺从不消说起,他不顺从,撒手便出。他家又没别个男子,不怕他捉做强奸。'"(251页)明陆人龙《型世言》第十六回:"况且夫妻们叫做君子夫妻,定没那些眉来眼去、装妖撒痴光景,觉得执板。"(690页)又以"光景"特指"调情的言语、行为",《拍案惊奇》卷十八:"推逊了一回,单不扯手扯脚的相让,已自觌面谈唾相接了一回,有好些光景。"

---

① 明东鲁古狂生《醉醒石》中,"光景"又有"钱财"义,雷汉卿(2006:311)指出:"'光景'的词义丰富,辞书已经收释,但'钱财'这个义项未收列。"此可与《醒世恒言》例互参。

(741页)"做光景"特指做出调情光景,明谢国《蝴蝶梦》第三十出:"俺想山妻今日必来浇奠,不免做些光景,挑起他那情根,彻底磨炼过一番。"① 文献中又有"做眼眼"的说法,指"眉来眼去"(参看《明清吴语词典》2005：785),可与"做光景"比勘。又省为"做光",《拍案惊奇》卷三十二:"唐卿定要强他老儿上去了,止是女儿在那里当梢。唐卿一人在舱中,像意好做光了。"(1372页)《二刻拍案惊奇》卷七:"(吕使君)趁此就与董孺人眉目送情,两下做光,已此有好几分了。"(342页)《二刻拍案惊奇》卷七:"谁晓得借酒为名,正好两下做光的时节。……两人饮酒中间,言来语去,眉目送情……"(346页)"两下做光"侧重双方互相调情,此种用法似更难从"做美色；搞女人"引申得来。从语例来看,在表"调情"义时,"捱光""做光"略有差异,前者一般是男方主动,后者则可以"两下做光"。之所以有这种差别,正因二者来源不同。

婑/倭/矬/䞟

"矮"的俗字。清古吴憨憨生《飞英声·闹青楼》:"只是在他婑檐下,怎敢不低头?"(8页)旧抄本《一枝兰宝卷》:"倘然一定来执法,割落头颅做婑人。"(民19-75)石派书《三矮奇闻》第三回:"又见他,婑小身形多奇丑。"(俗401-473)《唱本一百九十册·十三月古人名》:"身量婑小是冯茂,豆一虎把守锁阳关。""婑"作"婑"属字的内部类化。因用以形容人,故字或作"倭",《游寺》串关:"高人来说长话,倭子来说短话。"(升51-27189)旧抄本《玉蜻蜓宝卷》卷下:"三十交到三十一,可比倭子上楼亭,走一步来高一步,上一档来升一升。"(民20-110)"矢""禾"形近,又或讹作"矬",清石玉昆《忠烈侠义传》第三回:"说罢在那壁厢拿了三条腿儿的矬桌放在榻上。"(137页)俗书"禾""米"相通,又或作"䞟",影戏《三贤传》卷六:"房䞟檐窄风又大,却又难挡雪纷纷。"(俗186-228)

嗷

呕；故意逗引使人生气。清秦子忱《续红楼梦》卷七:"晴雯跑着笑道:'你不用拿这个话打趣,我不已经是"老虎不吃人,恶名儿在外"'的

---

① 《蝴蝶梦》,《古本戏曲丛刊三集》影上海市历史文献图书馆藏明末刊本。

了？我的脸早已就是城墙了，还怕什么呢！一会儿你可不用和林姑娘嗷着顽儿，饶是他已经哭的怪可怜见儿的了。'"（281页）又卷十二："当日他家下聘之时，我哥哥就和我嗷着顽儿，我就急了，狠狠的啐了他一口。"（538页）子弟书《俏东风》第十一回："再不得问安同你鸡鸣起，再不得悬望听郎马步儿归。再不得笑倚栏杆嗷杏姐，再不得闲评淑女吊湘妃。"（俗396-533）石派书《包公案铁莲花》卷八："赖氏听了此言心中欢喜，自己暗道：'老头子顺着胳膊爬了来咧，待我再用话儿嗷他一嗷。'"（俗402-440）又有"嗷呕"同义连用者，《白话小说语言词典》（2011：13）"嗷呕"条："说玩笑话。[例]今日见了，且不说正经话，只是嗷呕。（龙图·七八）"《曲本》第二十一册《于公案·布店》："小二闻听朴哧笑，尊驾竟是嗷呕人。"（358/2/c4）

熬淡/熬口

饮食寡淡无酒肉。明长安道人国清《警世阴阳梦·阳梦》第二回："三人收拾行李包裹，雇了三头骡子，即便离了涿州，一径望北京城来，但过村坊镇店，买些酒肉面饭吃。不甚辛苦，也不熬淡。"（23页）清曹去晶《姑妄言》第三回："我见娘这几日熬淡得慌，心里急得了不得。今日造化，弄得了几分银子，买二斤肉打斤酒来孝敬你。"（357页）明朱有燉《豹子和尚自还俗》："（付末云）你坐禅修行，干受了苦，又熬了淡，有甚好处？"① 又有"熬口"一词，《曲本》第二十一册《于公案·打水》："当老道，吃斋把素竟熬口，想吃鸡鱼万不能。"（152/2/c1）鼓词《阴阳斗》卷十："弟子一生鲁又奔，爱吃鸡子与烧刀，与我写在册子上，省得我，腰内无钱把口熬。"（未刊96-115）清佚名《续西游记》第三十六回："只因大王爱窈窕细腰，我两个生的肥胖，都是那饮食丰美养的，乃熬口不食，岂知饿伤成病而亡。"（638页）明清小说中常以"熬苦受淡""熬清守淡"形容生活清苦，可以比勘。

鏖糟/嗷嘈/噢嘈/憹慒/吪蹧

（1）委屈；窝囊；命途多舛。清夏仁虎《旧京琐记》卷二《语言》：

---

① 《豹子和尚自还俗》，吴梅《奢摩他室曲丛·诚斋乐府》，上海：商务印书馆，1928年。

"失意曰'鏖糟'。"①《红楼梦》第九十回回目为"失锦衣贫女受嗷嘈 送果品小郎惊叵测"。(2441页)"嗷嘈"一词《白话小说语言词典》(2011:13)释为"吵闹",《近代汉语词典》(2015:19)释为"数落报怨",周汝昌等《新编红楼梦辞典》(2019:5)释为"喧嚷吵闹的声音",皆未确。"嗷嘈"为"委屈;窝囊"之义。此回言岫烟丢了锦衣,因被婆子吵闹而心里极失意委屈,同回下文有"岫烟被那老婆子聒噪了一场,虽有凤姐来压住,心上终是不安。想起许多姊妹们在这里,没有一个下人敢得罪他的,独自我这里,他们言三语四,刚刚凤姐来碰见,想来想去,终是没意思,又说不出来,正在吞声饮泣"之语,可为证。其例再如清秦子忱《续红楼梦》卷十四:"香菱道:'宝姑娘可还好?只怕心里嗷嘈的模样儿也未必像先了。'"(623页)或作"噢嘈",《续红楼梦》卷二:"鸳鸯叹了一口气道:'说起来话长。大老爷弄出事来了,家产也抄了,和东府里的珍大爷一同发往军台效力去了;又搭着二老爷在江西作粮道,也革职回家来了;宝玉又疯的人事不懂的。姑娘你想,老太太是上了年纪的人,如何禁得这些噢嘈呢?'"(47页)该词较早又写作"腌臜""肮脏",参看王锳(2015:3)"肮脏"条及王学奇、王静竹(2002:1)"腌臜"条。②

(2)气闷;烦闷。清胡文英《吴下方言考》卷五:"吴中谓执拗生气曰'鏖糟'。"③"执拗生气"即言"气闷;烦闷",与"失意"相通。清西泠野樵《绘芳录》第二十五回:"且说王兰回到自己的书房内坐下,心中嗷嘈万分道:'可恶这蠢妇,一点情趣不解,只有唠唠叨叨学他老子那一派酸腐悭吝的性格。难道我王者香顶天立地的男儿,还受妇人挟制不成?也是我命运不佳,偏生娶了怎么一个妻子,与我意见不合。'……正在闷闷不乐,忽见洪鼎材走进,无奈起身侍立。"此上言"嗷嘈",下言"闷闷不乐",可证"嗷嘈"为"烦闷;气闷"义。或作"懊憎",清花月痴人《红楼幻梦》第七回:"宝玉道:'姊姊且慢点儿,听我说。我瞧妹妹的形色,喜中带忧,想因我未点元,怕我闷的慌,替我懊憎。殊不知我的心事,这些浮云富贵,淡然漠然。琼弟这个连中三元,真正妙极了,正与他这个人相当。'黛玉道:'我原想如此,又要望你中元,这件事万万不能如心,所以闷得什么似的。'"(332页)前言"喜中带忧",可知

---

① 《旧京琐记》,北京:北京古籍出版社,1986年,第45页。
② 王虎(2019:18)认为"鏖糟"之"烦躁、苦闷"义乃"拼命厮杀"义之引申,亦可参看。
③ 徐复《吴下方言考校议》,南京:凤凰出版社,2012年,第87页。

"㤿㦬"非指"委屈；窝囊"，下文言"闷得什么似的"，可证其为"烦闷"之义。或作"鏖糟"，王学奇、王静竹（2002：16）云："今亦谓心绪烦乱为'鏖糟'。"清佚名《说呼全传》第二十回："自从救脱了守勇去后，音信全无，不觉倒有八个年头了。俺女儿金莲时常想起了他就要啼啼哭哭，俺与院君的心里好不鏖糟。"（338页）此"鏖糟"非言"委屈；窝囊"，是言心里烦闷不堪。或作"吪蹧"，早稻田大学图书馆藏嘉庆十四年心斋顾光祖序本《绣像义妖传·辞伙》："慌忙急走出门前，心内吪蹧油沸煎。"此前文有"一腔怨闷在胸""一直气昏""店中呆坐闷无言"等语，可知"吪蹧"义为"气闷"。①

---

① 该词清梦花馆主《九尾狐》中又作"懊躁"，参看石汝杰（2005）。另据姜亮夫（2002：122），"吕希哲《杂记》以鏖糟为烦恼、令人不快之义，今昭人亦有是义"。该词今东北方言仍言，参看任玉函（2013：77）。

B

把信

送信；报信。明佚名《梼杌闲评》第十六回："次日七官辞了回去，进忠送到城外，临别嘱咐侯七道：'嫂子若到宝坻去，你务必来把信与我，我同你去耍些时；若没有去，你也寄个信来，千万勿误，我在此专等哩。'"（598页）清佚名《云钟雁三闹太平庄全传》第三十回："我就回到家中，这云文不肖的哥哥也是到刁家把信的，那时反惹风波，反为不美。"（654页）清花月痴人《红楼幻梦》第二十三回："碧痕又哭道：'奶奶合里外姨娘们都拿去了。我赶出来把信，看见拿人的人来，我躲在山子石里才脱了身。'"（1122页）《明清吴语词典》（2005：16）"把信"条："捎信，传递信息。把，给。□进去一纤吃子朝饭勒，让我再到唐伯虎乢去，把一勾信渠。（才人福19出）"可参考。

板礼

"板扎"之讹。清花月痴人《红楼幻梦》第十四回："黛玉道：'到底是二嫂子想的周到，又板祀，又把稳，不像咱们想的玩意滉滉荡荡。'"（639页）"板祀"春风文艺出版社校本①、北京大学出版社校本《红楼幻梦》②皆径录为"板礼"，未确。"礼"为"扎"之俗讹，鼓词《蜜蜂记》第十八回："满堂撒下针蒺藜，祀得个，小姐浑身血染红。"（未刊95-292）"祀"即"扎"。《唱本一百九十册·王天宝》："玉秋女儿十八岁，将他招个倒礼门。""倒礼门"即"倒扎门"。俗书"礻（衤）""扌"不分，《唱本一百九十册·枕头案》："叫爹哭妈喊不应，扎拉歪斜望前行。""扎拉歪斜"即"礼拉歪斜"之讹（参看"倚柳歪斜"条）。笔者藏唱本《胡晏昌辞店》："哥归家，休要走，烟花院𧚄。""𧚄"即"裡"。又：

---

① 《红楼幻梦》，杨爱群校，沈阳：春风文艺出版社，1988年，第196页。
② 《红楼幻梦》，陈杏珍校，北京：北京大学出版社，1988年，第195页。

"为相公,人面前,自*衵*头低。""*衵*"为"把"之俗讹。影戏《绣绫衫·居部》:"喔呀呀,好求*攃*的!"(未刊78-193)"*攃*"即"攘"。"礻"作"衤"古已有之,如北魏《元愔墓志》:"风流名誉,擅美一时。"其中"擅"原拓作"襢"。① 又《龙龛手镜·衤部》:"棒,俗,音奉。""棒"即"捧"之俗写(参看梁春胜2010)。柳宗元《段太尉逸事状》"衵臂徐去"中"衵"一本作"把"②,"把""衵"形近而讹。③"板扎"为"结实;牢固"之义,参看曾晓渝(1996:8)及《汉语方言大词典》(1999:3097)"板扎"条。言"板扎""把稳"正与下文"滉滉荡荡"相对。

包荒/包慌

本指替人掩饰。吴连生等《吴方言词典》(1995:117)引《嘉定县续志·方言》:"包荒,俗谓代人掩过也。"《白话小说语言词典》(2011:41)"包荒"条释义②:"掩饰;遮盖。[例]只求老爷包荒,在大老爷跟前不提起此事。(野叟·八六)还要求老先生函盖包荒。(儿女·三九)"《醒世恒言》卷七:"颜俊道:'常言无谎不成媒。你与我包荒,只说十二分人才,或者该是我的姻缘,一说一就,不要面看,也不可知。'"(351页)④ 或作"包慌",《醒世恒言》卷九:"这句话王三老却也闻知一二,口中只得包慌:'只怕没有此事。'"(485页)参看王学奇、王静竹(2002:48)"包荒"条。又引申指帮人周旋。明周清原《西湖二集》卷十六:"倒是金三老官过意不去,道:'难得少江与我作伐,但我儿子十分丑陋,恐令亲未必肯允。'吴少江道:'我家舍妹,凡事极听我的说话……你儿子实是帮家做活之人,说甚么丑陋不丑陋!'金三老官连声称谢道:'全要少江包荒。'"(663页)明东鲁古狂生《醉醒石》第十四回:"莫南轩见说不入,只得议做一会助他。去见这两个姨夫,都推托没有银子。事急了,又见莫氏,费尽口舌,拿得二三两当头。莫南轩包了荒,府间取得一名,道间侥幸一名。"(536页)此"包荒"指帮人周旋,与遮掩无关。清西泠野樵《绘芳录》第五十八回:"五官笑道:'何谢之有!只恐画得不好,

---

① 毛远明《汉魏六朝碑刻校注》(第6册),北京:线装书局,2008年,第184页。
② 《新刊增广百家详补注唐柳先生文》卷八,《宋蜀刻本唐人集》(第42册),上海:上海古籍出版社,2012年,第328页。
③ 关于"礻(衤)""扌"不分,又可参看曾良(2006:163)。
④ 此例《白话小说语言词典》引作"包谎",未知所据版本。

不合大太太的意,却要请老爷包荒,说得好听些。须说他本是学手初画,不能画大件的。'"此亦指周旋说好话。清忧患余生《邻女语》第九回:"沈道台道:'……我知贵国军律,国旗、军旗不得分作两起。我代贵统帅包荒,代贵国示武,贵统帅当知所感,而顾全尔我两国交谊。不然,我一待死罪囚,有何所畏!'"此指沈道台帮德国统帅弄来国旗,以使其免"辱国之罪",亦指帮其周旋。

跑跳如雷/豹跳如雷/蹼跳如雷

即"暴跳如雷"。清瘦秋山人《金台全传》第四十九回:"华云龙等三十二人一闻此言,跑跳如雷。"(420页)或作"豹跳如雷",清佚名《万年清奇才新传》第一回:"公子一闻此信,豹跳如雷,即刻传集府内一班打手家丁教头人等,约有一百余名,执齐五色军器,飞奔杏花楼而来。"(22页)或作"蹼跳如雷",《万年清奇才新传》第十三回:"朱胡吕蹼跳如雷,大骂……"(385页)"暴"受"跳"影响类化作"蹼"。或言"爆燥如雷",明周清原《西湖二集》卷五:"(刘娘子)火上浇油,惹得那孝宗爆燥如雷。"(173页)或作"暴燥如雷",石派书《包公案铁莲花》卷八:"(刘自明)登时气得暴燥如雷,咬牙切齿。"(俗402-471)或作"暴懆如雷",清嗤嗤道人《警寤钟》第十一回:"杭童登时暴懆如雷,跳下床来狠嚷道……"(147页)该词《金瓶梅词话》第二十回又作"暴叫如雷"(536页)。

背本

原指背着奏折上京。明佚名《梼杌闲评》第八回:"遂发牌到均州上院,把老道士拿去补状,连夜做成本章,次日差人背本进京。"(285页)清佚名《善恶图全传》第三十八回:"且说旗牌背本进京,见了天子,呈上奏章。"(784页)又第三十九回:"单言大人退了大堂,用过饮食,在书房取过文房四宝,修了一道本章,差旗牌背本进京。"(804页)引申指告御状。清笔炼阁主人《五色石》卷六:"众家人骂道:'好光棍!凭你去首告,便到御前背本,我老爷也不怕你。'"(414页)笔者藏晚清刻本《保命金丹》卷二《七岁翰林》:"闻听人言他父上控不准,今进京背本去了。"

背黄

背着冤黄,指有大冤在身。黄,冤黄,用黄纸或黄绢等书写的冤状。明吴甡《忆记》卷三:"袁继咸至京,诸证犯皆背黄鸣冤。"① 清刘兆麟《总制浙闽文檄》卷六《再布告期条约》:"告人背黄、抹颈、撒泼逞刁者,或家有壮丁而搀扶妇女稚子肤诉者……"② 明东鲁古狂生《醉醒石》第五回:"谢奶奶道:'有这事?白占人产业,咱背黄也要与他讲一讲。'"(176页)清薇园主人《清夜钟》第八回:"其时因法祖背黄散揭,哄动了盇学。"(293页)"背黄"即背着冤黄,《清夜钟》第八回:"他便连夜做起冤黄背了,赴抚按告理。"(291页)清李渔《无声戏》第七回:"(王四)就去央个才子,做一张四六冤单,把黄绢写了,缝在背上……终日背了这张冤黄,在街上走来走去,不识字的只晓得他吃了衙衙的亏,在此伸诉,心上还有几分怜悯。"(409页)程志兵(2010)亦讨论了"背黄"的来源,指"近现代,有些地方的百姓在觉得自己冤枉极大时,也有背黄钱到官府或者公共场合喊冤诉苦的事情",举《巴蜀文化大典·民俗卷》所引《简阳县志》及《广元市文史资料·民国年间剑阁商业市容》所录为证,认为"黄"乃"黄钱",未确。"背黄"一词中的"黄"实为"冤黄",《清夜钟》《无声戏》里明确说到"做起冤黄背了"。从现有语料来看,该词见于明末清初,《忆记》《醉醒石》《清夜钟》《无声戏》等皆为明末清初作品,"背黄钱告状"可能是四川的地方民俗。

备卷

科举考试中在取中定额之外多取出来的卷子,临发榜之前如发现哪本取中的卷子不合适,则以此递补。《儿女英雄传》第三十五回:"那娄主政见不中他那本卷子,那里肯依?便再三力争,不肯下堂。把三位主考磨得没法了,大主考方公说道:'既如此,这本只得算个备卷罢。'说着,提起笔来在卷面上写了'备中'两个字。列公,你道这'备卷'是怎的一个意思?我说书的在先原也不懂,后来听得一班发过科甲的讲究,他道凡遇科场考试,定要在取中定额之外多取几本备中的卷子,一来预备那取中

---

① 《忆记》,《四库禁毁书丛刊·史部》(第71册),北京:北京出版社,1997年,第708页。

② 《总制浙闽文檄》,《官箴书集成》(第2册),合肥:黄山书社,1997年,第608页。

的卷子里，临发榜之前忽然看出个不合规式、不便取中的去处，便在那备卷中选择一本补中；二则，叫这些读书人看了，晓得榜有定数，网无遗才，也是鼓励人才之意；其三，也为给众房官多种几株门外的'虚花桃李'。"（1680 页）清纪昀《阅微草堂笔记》卷二十二《滦阳续录四》："临填草榜，梁公病其'何不改乎此度'句侵下文'改'字，（题为'始吾于人也'四句），驳落，别拨一合字备卷与余。"①喻指做备卷之人。清李渔《肉蒲团》第五回："如今看来看去，都是些中上之材，只好存在这边做备卷，若还终久遇不着，就要拿来塞责了。"清李渔《连城璧》第七回："你若都娶回去，一个不生，还有一个做了备卷；若还两个都生，一发是桩好事。"（454 页）清李渔《十二楼·鹤归楼》第二回："不但第一位佳人不肯放手，连那陪贡的一名也还要留做备卷的。"（564 页）

本情

本来。清小和山樵《红楼复梦》卷八："王夫人道：'这件事办得很好。妙能那孩子我本情欢喜，正想着要给他寻个终身出路，你办得很是。'"（282 页）又卷二十九："他们这里人都满疑心是咱们跟来的人偷去的。本情今日跟的人也有三二百，巧巧的就是今日不见东西，贤愚不等，原难怪人家疑心。"（1014 页）又卷九十九："祝母笑道：'他们后生家爱东逛西逛，不像咱们上了几岁年纪，一动不如一静，多坐会子都是有趣的。本情家里又没有什么丢不下的事，让他们去出个景儿也好。'"（3484 页）清东山云中道人《唐钟馗平鬼传》第二回："催命鬼迟疑多会，将头点了两点，说道：'本情实不能去，但溜搭鬼与俺素日相好，且又是隔壁同行，今日不去，异日何以见面？忙也少不得去走这一遭。'"（18 页）王锳（2006：76）指"本情"有"真情、真心"义，亦举《红楼复梦》卷八例，从《红楼复梦》其他二例来看，释作"本来"更佳。

绷/朋/棚

帮；群。清小和山樵《红楼复梦》卷六十一："芳芸笑道：'真是一日不见如隔三秋，这才真是好姐妹。'秋瑞道：'咱们这一绷儿原不错，谁也离不了谁。'"（2164 页）"这一绷儿"犹"这一帮"。或记作"朋"，影

---

① 《阅微草堂笔记》，上海：上海古籍出版社，2016 年，第 416 页。

戏《五虎平西》卷十："自顾发配狄东美，逼反延安虎一朋。"（绥41-204）《曲本》第四十四册《寿荣华》第一部："刚打松林外边过，惊起野鸡一大朋。"（5/1/a3）又作"棚"，《寿荣华》第八部："大帐中，坐下金钱豹一棚。"（108/2/c3）许少峰《近代汉语大词典》（2008：1416）"朋"条："量词：伙，队。五代前蜀·花蕊夫人《宫词》：'分朋闲坐赌樱桃，收却投壶玉腕劳。'"清郭则沄《红楼真梦》第二十六回："贾母道：'这也别怪你林妹妹，他们倒要吃团圆酒的，怕你们单绷的瞧着眼热，还是这么着好。'凤姐笑道：'到底是老太太，面面都想到了。二妹妹、香菱妹妹都是单绷的，怎么不眼热呢?'"①"单绷"义为"一个人；单身"，今东北话、北京话仍言。东北话言"耍单绷儿"，亦言"耍单帮儿"，盖因儿化后"绷""帮"音近。王广庆《河洛方言诠诂》（1993：14）指出："束缚坚甚者曰'弸紧'，弸读如邦。"疑今表"群；伙"的"帮"即源于"朋"。

崩子手/铇子手

诈骗钱财的人。清贪梦道人《永庆升平后传》第四十三回："姚荒山在高冲跟前说：'大爷，你怎么上这个当哪？他是一个崩子手。'"（230页）影戏《紫荆关》卷二："没钱想法子，光闷着还中吗？吾看你好相崩子手。"（俗253-091）或作"铇子手"，《曲本》第四十三册《刘公案·六合县》："刘公座上脸带怒，叫一声：'皂役留神要你听：应役当差二十载，衙门诸事自然明，跟官作弊是常事，打点官司上下通。再遇知县是铇子手，不用说，全是你等暗吃银。'"（333/2/c2）"崩"有"骗"义，影戏《泥马渡江》第三部："六扇门中走闯，崩讹拐骗为生。"（俗233-209）影戏《翡翠鸳鸯》首本："你不用，把人蒙，休拿大话，混把我烹。"（俗242-100）"烹"记"崩"音。又有"骗子手"一词，《儒林外史》第三十一回："将来再过两年，叫小儿出去考个府、县考，骗两回粉汤、包子吃。将来挂招牌，就可以称'儒医'。"黄小田评："与在湖州说话全不同，真是骗子手。"②清李绿园《歧路灯》第二十三回："我将来要替你告到官上，行关文关这姓茅的骗子手。"（477页）可资比勘。参看齐如山《北京土话》（2008：51）"崩子手"条及王宝红、俞理明（2012：

---

① 《红楼真梦》，北京：北京大学出版社，1988年，第303页。
② 《儒林外史汇校汇评》，李汉秋辑校，上海：上海古籍出版社，2010年，第387页。

194)"崩骗"条。

变兆

发生变故的征兆。清佚名《天豹图》第三十四回:"花兴道:'小姐,胡闹胡闹,有此变兆!再不想有此一扇好牢门,如今被我拿住了,快些走开,我去报差官来拿。'"(675页)京剧《小尧天》第一场:"(高怀德)请问先生,近来汴梁军民人等,说话应答,不离'赵'字,不知主何吉凶?(赵普)此乃童谣之类,必有其人应数。(苗顺)童谣之外,还有天象变兆。……现在日光之下,复有一日,此乃天变之兆。"[1]清陆士谔《血泪黄花》第十一回:"振华道:'妈妈有妹子陪着,武昌城里又没什么变兆,记念他乍的?'"[2]引申指"怪异;不正常"。《明清吴语词典》(2005:40)"变兆"条:"＜形＞不正常。□故个天地真正变兆,刚刚住得雪,咿要落阵头雨哉!(描金凤5回)"清瘦秋山人《金台全传》第二十七回:"书中先说张松回到家中坐定,一声长叹,说道:'吾们的阿二竟变兆了,阿哥吃了别人的亏,兄弟倒与他做朋友。哈哈哈,这是那里说起吓?'"(229页)

剥削/削刮/刮削/批削/羞削

讥讽、挖苦等使人面上难看;羞辱。明陆人龙《型世言》第十五回:"沈刚也就变脸道:'老奴才,怎就当人面前剥削我!'"(655页)清夏敬渠《野叟曝言》第九回:"日月道:'我那堂弟真是鄙夫!说弟妇感兄活命之恩,况又不受钱帛,要为兄图个出身,但怕兄性气不好,托我相劝。若得削方为圆,便引去拜在安相名下,不日就可进身。被我剥削了几句,说这位文兄,是一个不趋炎势的正人,你休得以俗眼视之,俗情待之。'"(246页)上两例中"剥削"一词,《白话小说语言词典》(2011:73)释为"鄙薄",《近代汉语词典》(2015:97)释为"反驳;数落",皆随文释义。"剥削"乃"讥讽、挖苦以伤人脸面、使人面上难看;羞辱"义,清李渔《连城璧》卷七:"淳于氏听了这些话,不但不肯放心,反愈加害怕起来。这是甚么原故?只因起先怕鬼,如今又要怕人,怕人的心肠比怕

---

[1] 《小尧天》,《京剧传统剧本汇编》(第20卷),北京:北京出版社,2009年,第28页。
[2] 《血泪黄花》,桂林:漓江出版社,1988年,第99页。

鬼更加一倍。思想一个结发之妻,做了这许多歹事,把甚么颜面见他?见面尚且不可,何况跟了他们从新过起日子来?起先受他一刀,还是问的斩罪,如今同过日子,料想不得安生,少不得要早笑一句,晚说一句,剥削我的面皮,只当问了个凌迟碎剐。这样的重罪如何受得起?就是他不罪我,我自家心上也饶不过自家,相他一眼,定要没趣一遭;叫他一声,定要羞惭一次。"(539页)"剥削面皮"喻指伤人脸面、羞辱人,例中"早笑一句,晚说一句"即讥讽挖苦之谓。又《六十种曲·鸳鸯记》第三出:"(旦)妹子,我二人如此诗才,若去应举,那女状元怕轮不到锦江拾翠的黄姑。(小旦)正是。若使天下词坛,姐姐主盟,小妹佐之,那些做歪诗的措大,怕不剥了面皮?"明天然痴叟《石点头》第三回:"原来法林老和尚因王珣初来时,众僧计论钱财,剥了面皮。"(223页)清刻本《雪梅宝卷》卷下:"沿途觅食多羞耻,出乖露丑剥面皮。"(民20-436)或云"削面皮",《绣像义妖传·惊堂》:"许仙动子气哉,当场削我面皮,便骂道……"旧抄本《珍塔宝卷》:"众客庆贺多到此,削尽面皮坏门风。"(民20-5)"剥削"又有"面子难看"义,清佚名《生绡剪》第九回:"那玉峰又吃这番狼藉,体面十分剥削。"(517页)"体面十分剥削"即面子非常难看,非常没面子。或言"削刮",《生绡剪》第九回:"玉峰就妄自尊大,身分做作,就拣人布施起来,见父亲与驮箱的林子华如兄若弟,只管在老林面上寻事削刮。"(496页)此"削刮"亦为"讥讽、挖苦以伤人脸面"义。又《新刻绣像批评金瓶梅》第六十八回:"爱月儿道:'那张懋德儿,好合的货,麻着个脸弹子,密缝两个眼,可不碌碡杀我罢了!只好蒋家百家奴儿接他。'"眉批:"细眼麻子人受削刮。"此言细眼麻子人(张懋德)易受讥讽羞辱。或言"刮削",《笑林广记·形体部·鸽舌》:"鸽者怒曰:'你不要当、当、当面来腾、腾、腾倒刮、刮、刮削我。'"①"刮削"为"讽刺羞辱"之义。或言"批削",早稻田大学图书馆藏光绪十九年《卖花宝卷》:"乃众人,被张氏,当面批削;红了脸,满面羞,即刻回程。"或言"羞削",《近代汉语词典》(2015:2353)"羞削"条:"羞辱。清沈起凤《报恩缘》二四出:'刚才教我羞削得渠也勾哉。'袁枚《子不语》卷四:'男窜逸去,女被叔父羞削,惭愧自尽。'《后水浒传》一八回:'不期被这奶妈夹七夹八、带骂带笑、羞羞削削,羞得黑儿顿口无言。'""羞削"亦指通过讽刺、挖苦而伤人脸面、羞辱人。

---

① 《笑林广记》,《善本初编》第六辑。

另，明康海《南吕·骂玉郎·丁卯即事》其一："玉阶昨夜妖星见，排正直，宠奸权，人人剥削夸刘晏。奏文宣，阿武偃，题封禅。"① 此例中的"剥削"，注者往往取其"搜刮民财"义，如孟广来（1990：318）云："人人剥削夸刘晏：那些贪赃枉法剥削成性的人，反被称誉为刘晏式的清官。刘晏，唐朝著名的大臣，善理财，以养民为先，后因杨炎挟嫌报复被诛。"此说不通。"人人"为"每个人、所有人"之义，"剥削"如用"搜刮民财"义，"人人剥削"于义不通，据此释义则不知所云。"人人"并非剥削的对象，而是剥削这一动作的发出者，"剥削"当取"讥讽、挖苦"义，"人人剥削"即"人人都嘲讽"，此句意指所有人都在讥讽的奸臣（指刘瑾）却被称誉为刘晏。

博饭

犹"趁食"，（通过某种方式）获得饭食。"博"有"谋取；换取"义，"博饭"即通过某种方式换取饭食。宋赜藏主编《古尊宿语录》卷四十一《雪峰（文）悦禅师初住翠岩语录·室中举古》："地藏云：'争如我这里插田博饭吃？'"② 宋释德洪《追和帛道猷一首并序》："夜舂博饭吃，犹胜海南民。"③ 又释正觉《偈颂》："一日不作，一日不食，歇者无心获者力。分明只个是家风，会得种田博饭吃。"④《水浒传》第四十三回："你的大哥只是在人家做长工，止博得些饭食吃。"（1406页）《醒世恒言》卷三十四："那老儿名唤丁文，约有六十多岁，原是赵完的表兄，因有了个懒黄病，吃得做不得，却又无男无女，捱在赵完家烧火博口饭吃。"（2061页）清素庵主人《锦香亭》第十四回："管家又道：'方才同坐的那个老妪是什么人？'蛇儿道：'也是亲戚，只为无男无女，在我船里博饭吃的。'"（242页）

不成拉器

同"不成器"。不成才，没出息。清秦子忱《续红楼梦》卷十二："贾母骂道：'混账老婆，你也想想，你在家里，我和你老爷、太太那一个

---

① 康海《沜东乐府》，续四库1738–518。
② 《古尊宿语录》，北京：中华书局，1994年，第769页。
③ 《全宋诗》（第23册），北京：北京大学出版社，1995年，第15110页。
④ 《全宋诗》（第31册），北京：北京大学出版社，1997年，第19770页。

待你不好呢！你不过养了个不成拉器的小子罢咧，你就成精做怪的安起性情来了。'"（513页）此例清娜嬛山樵《补红楼梦》第十七回作"不成器"（523页）。又《续红楼梦》卷十二："嗳哟，那个女狱里才有趣儿呢。赤条精光的女人们不知有多少，都瞧着不成拉器的。惟有西北畸角上醋缸里泡着个女人，长的十分美貌。"（515页）此以"不成拉器"喻指丑陋。"拉"为词缀，影戏《镇冤塔》第七部："越想越丢人，越思越讨臊。无好拉气的，舒身睡闷觉。"（未刊77-35）"无好拉气"即"无好气"。影戏《九里山》第四部："无好拉气一傍站，韩信心中早了然。"（俗174-126）清石玉昆《忠烈侠义传》第十回："四爷脸上有些下不来，讪讪的回到自己屋内，没好谤拉气的。"（419页）影戏《五虎平西》卷二："破衣拉裳真丢脸，从今休上我家门。"（绥39-183）今东北方言有"不成辣气""没有辣气"的说法①，或言"没大辣气"，《汉语方言大词典》（1999：2919）"没大辣气"条："没有出息。"李荣《现代汉语方言大词典》（2002：1910）收"没死拉活"（哈尔滨）、"没材拉用"（徐州）二词，可比勘。

不光不糙/半光不糙

犹"不三不四""不伦不类"。行为不端，不正派。明金木散人《鼓掌绝尘》第二十六回："这把剪刀，好像如今的生青毛。口快舌尖两面刀，有朝撞着生磨手，磨得个光不光来糙不糙。"（789页）清佚名《生绡剪》第六回："（魏玉甫）有个病妻江氏，止生得四岁的一个儿子，叫名官寿，玉甫虽是收贩小布，也是一个半光不糙的闲汉。"（314页）又第八回："陆生只道又请吃酒，高高兴兴同老石走去，见他坐上一间屋不光不糙的小人。"（443页）明东鲁古狂生《醉醒石》第九回："一子陈一，年纪二十岁，也好与干光不光糙不糙人走动。"（319页）陆澹安《小说词语汇释》（1979：186）"光不光，糙不糙"条："即'不三不四'。"

不鸣一钱/不名一钱/一钱不名

不给一分钱。清瘦秋山人《金台全传》第八回："有时到了兰花院内，常常不鸣一钱而去，故而鸨妈心中也见他恨的。"（74页）或作"不

---

① 此二例得评审专家告知。

名一钱",民国李伯通《西太后艳史演义》第十四回:"一日有卖浆黄二,见两位穿黑衣的前来,以为是个大大主顾,不料吃了又吃,不名一钱。"①或言"一钱不名",民国叶小凤《如此京华》第十六回:"看他们这些行径煊煊赫赫的,几曾想到鸨儿爱钞的话来,欢喜时将钞票成札的丢下了;有时又瞧着人似应分当差的一般,一钱不名的走了。倘伸手问他们要时,保他们不眉眼一睁说:'瞎了眼珠的,连个大人公子的身分也瞧不出来么?'"②民国网蛛生《人海潮》第一回:"后来福爷要金二的谢仪,金二非但一钱不名,还说什么福爷逼走他妻子,哭着吵着。"③

不知玎珫/不知丁东

无知;昏聩;不懂道理。清香婴居士《麹头陀传》第五回:"父亲道:'小小孩童,东西南北,饥寒饱暖,尚是不知一些玎珫,乃敢在父亲母舅跟前,如此大言放肆!'"④"不知一些玎珫"犹"不懂一些道理"。或作"不知丁东",清破额山人《夜航船》卷三《蠢东西》:"东家曰:'嘻!先生何太不知丁东也!'"⑤又作"不知萠董",《大词典》"不知萠董"条:"谓愚昧无知。明董斯张《吹景集·俗语有所祖》:'吾里(乌程)谓愚者曰不知萠董。《尔雅·释草》云:"蘱,萠董。"《注》:"似蒲而细。"不知萠董者,岂不辨菽麦意乎?'"对于这种说法,清王端履《重论文斋笔录》卷十认为:"此则求之过深,恐非方言常语。……窃谓鼎者颠之转声(《一切经音义》引《仓颉篇》:'顶,颠也。'是其证)。吾俗呼柱与栋相接之处谓之颠栋,不知颠栋者,犹今诮不解事之人曰'天不知多少高也'。至《释草》之'鼎董',则不能辨其义,鼎董之为蘱,急读缓读亦俱不可通,阙疑而已。"(续四库1262 - 654)清翟灏亦认为董说不确,翟灏《通俗编》卷三十:"此说殆未确矣。《三国志·吕布传》刘备谓曹操曰:'明公不见布之事丁建阳及董太师乎?'盖世俗所言乃是,'丁董'谓布不知丁原董卓之奸而事之,皆不能终,为愚暗也。"(续四库194 - 578)释"不知玎珫"为"愚昧"本董斯张语,然此释义偏窄。吴连生等(1995:59)引《嘉定县续志·方言》云:"不识丁董,俗谓不知事理

---

① 《西太后艳史演义》,北京:中国戏剧出版社,2000年,第261页。
② 《如此京华》,上海:进步书局,1927年。
③ 《人海潮》,王锁标点,上海:上海古籍出版社,1991年,第11页。
④ 《麹头陀传》,北京:人民文学出版社,1999年,第144页。
⑤ 《夜航船》,《笔记小说大观》(第2编第1册),台北:新兴书局,1978年,第389页。

也。"故知"不知玎玲"犹不懂道理。清佚名《生绡剪》第十八回："伯公、伯婆不知玎玲，到也嫌他忒煞情薄。"（954页）此例中，"不知玎玲"并非"愚昧无知"义，伯公伯婆因不知侄媳韩氏改嫁的原因，所以认为韩氏很薄情，此处"不知玎玲"指不解其中道理，年老昏聩也。或作"叮冬"，清岐山左臣《女开科传》第三回："就是簇新的甲科，虽宿负重名，一登仕籍，满肚腌臜，早已将本头括帖，丢到东洋大海，还晓得什么叮冬！他总有怜才的心肠，究竟替那不怜才的一般。"（102页）"还晓得什么叮冬"亦非言入仕籍者"愚昧无知"，而是"还晓得什么道理"之谓，指其入仕后将道理置于脑后，不能公正取士。由此二例，"玎玲"应另有来源，而非"颠栋"或"丁董"之谓。姜亮夫（2002：92）云："昭人谓年老健忘语言错乱曰颠栋……按，颠栋即颠倒一声之转，颠栋则错乱矣。"此说颇可信，《水浒传》第十九回："何涛道：'这几个都久惯作公的四清六活的人，却怎地也不晓事？如何不着一只船转来回报？'不想这些带来的官兵人人亦不知颠倒。"（568页）"不知颠倒"即无知也。《金瓶梅词话》第八回："班首轻狂，念佛号不知颠倒；维摩昏乱，诵经言岂顾高低。"（231页）此为互文，"不知颠倒"即昏乱。明杨尔曾《韩湘子全传》第十二回："湘子鼓掌笑道：'这群人睡卧也不知颠倒，饮食也不知饥饱，怎么也来祈雪？'"（315页）"吃饭不知饥饱，睡觉不知颠倒"是民间俗语，言人不懂道理，昏昧无知。清佚名《锋剑春秋》第三回："燕丹宫主闻言，大喝道：'小子无知，你睡觉不知颠倒。尔岂不知尔祖父、父亲、叔父经过多少大敌，且命丧于秦将王剪之手。何况你小小年纪，出阵当先，岂不白送了性命？'"（41页）清西泠野樵《绘芳录》第七十三回："难道五官是个十岁八岁的孩子，不知颠倒么？"影戏《牛马灯》首部："我想若大年纪，管什么闲事！想是老颠倒了。"（未刊59-213）《梨园集成·麟骨床》第六回："（老旦白）呀咍，你也好莫来由，不是我莫正经，这是老爷太得颠懂了。（生白）怎么是我颠懂了？""颠懂"亦"糊涂；无知"之谓。

步位

相术术语，指面上五官等的位置或气色。宋陈抟《心相篇》："信乎！

骨格步位，相辅而行。允矣！血气精神，由之而显。"① 明袁于令《隋史遗文》第二十回："我如今完了公事，怎么好说遇这个高人，说我面上步位不好。我先去罢，不像个大丈夫说的话。"（505页）前文言"气色应眼前之休咎"，可知，此"步位"指脸上气色。又民国网蛛生《人海潮》第一回："说着，众人都挤拢来察看，福爷儿子玉吾称赞不迭，说：'好像啊！龙颜只差着两撇胡子，其余五官步位一些不差。'"② 此指五官的位置。

---

① 《心相篇》，《西安碑林全集》（第57卷），广州：广东经济出版社，1999年，第5444页。
② 《人海潮》，王锁标点，上海：上海古籍出版社，1991年，第16页。

C

擦/搽

（1）蹭。清天花才子《快心编初集》第四回："潘山虎听得这个声音，喜得把胸膛乱擦道：'既美人不会饮酒，你等不必送了'。"（179页）又《快心编二集》第九回："世誉听到此处，只管把胸膛乱擦，到像吃了酒，迷痴的形状。"（451页）清夏敬渠《野叟曝言》第二回："那些女人被和尚挤擦不堪，便趁这雨小都磕磕撞撞的挣往前边去了。"（47页）或作"搽"，旧抄本《一枝兰宝卷》："想罢臂上来刺血，尖刀搽得两面红。"（民19-68）通俗文献中"挨擦"常连用，"擦"有蹭义。（2）睁眼；瞪大眼睛。《快心编二集》第七回："赖录猛然醒来，擦开眼一看，见是慎明来到，不胜欢喜。"（314页）《快心编三集》第二回："众妇女都走拢来，但见床上新人直挺着，眼睛只管上擦。"（63页）又第六回："裘能在后走，急急赶上，挽扶不定，看他已直挺在地下，两眼往上一擦，气都没了。"（283页）"一擦"犹"一翻"。清守朴翁《醒梦骈言》第一回："要寻个人问问，直寻到厨房下，见那七十多岁的佛婆擦着昏花眼儿，在那里缝他这领破棉袄。"（24页）清浦琳《清风闸》第十四回："天还未亮，五爷爬起来，眼一擦，推开芦芭门到了街上。"（188页）清眠鹤道人《花月痕》第三十八回："觉得一身毛发竖起，擦开两眼，寂无人声。"（893页）旧抄本《绿秋亭宝卷》："当初做妻说句话，两眼擦出像铜铃。"（民20-64）《曲本》第二十册《于公案·锥子营》："王氏查眼望秋红，低言悄语问贤妹，下边何人痰嗽声？"（395/1/a5）"查眼"当即"擦眼"。又第二十一册《于公案·访煤窑》："今儿真他妈的丧气，赢了他十拉大吊还不走，只等输了个搽眼精光，这才走球咧！"（128/2/c5）"搽眼精光"指一睁眼就输得精光了。石派书《小包村》："黑洞洞虽是温柔天气正在季春月，初旬月影正是晚寒。景况迷离目力儿揸揸，眴之不真却也倒彷然。"（俗403-530）"目力儿揸揸"当指睁大眼细看。又有"睁察"一词，《近代汉语词典》（2015：2651）"睁察"条："即'睁叉'。金董解元《西厢记》卷二：'贼头领，闻此语，佛也应烦恼。嚼碎狼牙，睁察大小。'① 又：'剔团圞的睁察杀人眼，嗔忿忿地斜横着打将鞭。'" 又 "睁叉" 条："瞪着眼看。《元曲选·盆儿鬼》一折：'他骨碌碌将怪眼睁叉。迸定鼻凹，咬定凿牙，则被你諕杀人那。'"（3）通 "蹅"。《快心编初集》第九回："且说苟黑汉上屋飞走，跑到自家破屋上，踏在破洞里，一双脚擦得粉碎，跌将下来，磕坏了头面，好生气恼。"（443 页）疑此 "擦" 记 "蹅" 音。

裁怀/裁划

盘算；考虑。明方汝浩《东度记》第三十五回："昌远听得主者戒谕和尚说'课诵功果，心念一举，冥必注笔'，便自裁度：'怎么经卷世人立心课诵，便注笔立卷，要销了这功果？看来皆是纸上陈言，岂有此理！'昌远方自裁怀，那主者便知。"（632 页）可知，"裁怀" 与 "裁度" 义近。《大词典》"裁度" 条："度量而定取舍。" 又《东度记》第六十三回："这两样人裁怀在腹，故此一笑一叹，却不知高僧见貌知情。"（1165 页）清佚名《续西游记》第六十五回："三藏师徒各入静定，只有行者火般心性，那里坐得住？心又不放闲，乃自裁怀道：'丁甘二家，有此二怪，我已知前来迎接那五个大头大脸之人，今已安静了两个，还有三个不知在何人家作炒？'"（1152 页）又第七十回："灵虚子看了长老暗自裁怀，乃向比丘僧说……"（1240 页）又第七十二回："沙僧听得，口里诨答应，心里却裁怀：'甚么长老恼了大王？'"（1275 页）《汉语大词典订补》（2010：1036）"裁怀" 条："猜测，揣度。" 举《续西游记》第六十五回例，不确。笔者藏《保命金丹》卷二《负图寻夫》："望婆婆在阴灵切莫见怪，待为媳打主意慢慢裁怀。" 此指婆婆死后无钱下葬，故儿媳言 "慢慢裁怀"，即慢慢打算，而非 "猜测" 义。"裁怀" 即 "裁划"，《元刊杂剧三十种·火烧介子推》："想着纣王兴衰，我王裁划：则为摘星楼把山河败坏，陛下，修甚么望月台？" 元李直夫《虎头牌》（臧）第四折："你心下自裁划，招状上没些歪，打你的请过来，将牌面快疾抬，老官人觑明白。" 臧懋循音释：划，胡乖切。元武汉臣《生金阁》（臧）第四折："（诗云）

---

① 按，例中 "睁察大小"，《大词典》"大小" 条："犹多少。引申指情况。金董解元《西厢记诸宫调》卷二：'嚼碎狼牙，睁察大小。'凌景埏校注：'大小，本是对大小多少的估量之词，这里引申指一般情况。'" 王学奇、王静竹（2002：242）云："'睁察大小'，即睁眼察看情况也。" "察" 有 "瞪大" 义，"睁察" 为 "睁大" 义，"大小" 当为 "大小眼" 之省，正与上文 "嚼碎狼牙" 相对。

老夫心下自裁划,你将银钱金纸快安排。邪魔外道当拦住,只把屈死冤魂放入来。"音释:划,胡乖切。元刘君锡《误放来生债》(臧)第三折:"大刚来光阴迅速,怎教我不心意裁划,早早的安排。"音释:划,胡乖切。可知,"裁划"之"划"皆读如"怀"。《大词典》"裁划"条:"考虑,打算。"清佚名《续西游记》第六十二回:"行者心自裁划,那妖魔暗把镜子悬在手里,向着行者照来。"(1104页)此例中,"裁划"当读如"裁怀"。较早又作"裁画",《新唐书·封伦传》:"虞世基得幸炀帝,然不悉吏事,处可失宜,伦阴为裁画。""裁画"即"裁度谋划"之义,参看《近代汉语词典》(2015:148)"裁画"条。"划"于元代读如"怀",《中原音韵·皆来韵》阳平收"怀",入声作平声收"划(劃)","划""怀"同音,至明清时期,"裁划"白读仍读如"裁怀",故记作"怀"。①

仓庚

即"娼根"。詈词,犹言娼妓胚子。明长安道人国清《警世阴阳梦·阳梦》第五回:"都是这老仓庚,劫了我的银子,反害我一个罪名,又把兰生藏在侯府里去了,不容我们一见。"(83页)"老仓庚"指鸨母。"仓庚"即"娼根",明伏雌教主《醋葫芦》第三回:"成珪发起剧来,莫得对答,自说道:'鹁鹁鸟终不然吃了会肚痛的?'不期早被都氏听得,道:'缘来昨日说是油葫芦,今日又是甚么娼根了!'"(112页)可证二词音同。

徎

蹭。甲戌本《红楼梦》第六回:"周瑞家的又和他唧唧了一会,方徎到这边屋内来。"(178页)又同回:"刘姥姥便不敢过去,且弹弹衣服,又教了板儿几句话,然后徎到角门前。只见几个挺胸叠肚指手画脚的人,坐在大凳上说东谈西呢。刘姥姥只得徎上来问:'太爷们纳福。'"(168页)此例己卯本原作"縜",又于字上将"糹"描改为"彳"(俗书"糹""彳"相混),批注云"走"(115页)。舒序本《红楼梦》作"侦",② 当是"徎"之误(俗书"彳""亻"不分)。其他版本多作"走"

---

① "划""怀"读音相同承孙洪伟君告知。
② 舒序本《红楼梦》,《丛刊》第 1 辑,第 1799 页。

或"蹭"。《集韵·映韵》:"徣,徣徣,走也。"《红楼梦》中用以记"蹭"音。①

蹭₁/躜/搢

"蹭"有"就着某种机会不出代价而跟着得到好处"之义,如"蹭饭""蹭酒"等。此义当源于"劗",《广韵·嶝韵》:"劗,刀割过也。"《集韵·隥韵》:"劗,割过伤也。"清桂馥《札朴》卷九《乡里旧闻》附《乡言正字·杂言》:"触伤曰劗。"(续四库 1156-196) 字又记为"蹭",如清佚名《小五义》第二十七回:"毛保一歪脑袋,'嗳哟'了一声,把眼睛一闭,牙关一交,觉着冰凉挺硬贴着左边的脸一蹭儿,鲜血直躥,'喧唧唧'把剑一丢,撒腿就跑。拿手一摸,短了一个耳朵。"(125页)又第四十四回:"李成说:'没有。拿刀蹭我的脑袋,我死也不说。'"(217页)由"刀割过"又引申为"凡有所触皆曰蹭",② 1916年《盐山新志》:"蹭,足触也,读枨上声,引申凡有所触皆曰蹭。"《盐山新志》称"蹭"有"触(摩擦)"义是引申的结果,这是正确的,但将"蹭"释为"足触"是受到了字形的影响。"蹭"字有"摩擦"义较早见于明末清初,明冯梦龙《挂枝儿·私部·五更天》:"怕的是寒衾枕,和衣在床上蹭。"③《醒世姻缘传》第七十五回:"狄希陈接在手中……放在脸上蹭了几蹭。"(2048页)再如清东隅逸士《飞龙全传》第二十一回:"那箭枝'刷'的一声,打从肋下蹭将过去。"(524页)又第二十五回:"(匡胤)才要展身,不防又是一块飞将下来,却打着青渗巾上,从耳边擦了下去。匡胤慌了,说声:'不好!'急把马拎回时,上前又是一块打来,几乎打落下马,心下着惊,竟望东门而来。将至城门砍锁,早惊动了解保的大徒弟,叫做

---

① "蹭"之"慢吞吞地行动"义当由"蹭蹭"简缩而来,《近代汉语词典》(2015:164)"蹭蹭"条:"踟蹰;缓步;要走不走。宋蔡襄《送任山归河东》:'蹭蹬不敢前,抚心愈疑恐。'周紫芝《十日不至湖上》:'我始跨匹马,蹭蹬来东吴。'"《醒世姻缘传》第九十四回:"与一班人同资同侪,别人跑出几千里路去,你还在大后边蹭蹭。"(2564页)"蹭蹭"又或单言"蹭",《醒世姻缘传》第十九回:"慢腾腾的蹭到庄上,约有一更多天。"参看《近代汉语词典》(2015:164)"蹭"条。

② 清佚名《万年清奇才新传》第九回:"(仁圣天子)腰中拔出防身宝剑,向他颈上磨了两磨,大骂……"(237页)可资比勘。

③ 《挂枝儿·山歌》(合一册),魏同贤主编《冯梦龙全集》,上海:上海古籍出版社,1993年,第29页。

邓丧门，他在城上瞭望，看见匡胤欲来砍门，急令军士把城楼上筒瓦掀下来乱打，一块正从匡胤耳门上蹭过。"（632页）"蹭过"即"擦过"。又《小五义》第八十八回："尼姑会打暗器，也会躲暗器，微一缩头，石子蹭着头皮过去。"（442页）清佚名《续小五义》第五十三回："他还有个外号，叫癞皮象。他的胳膊对着咱们的胳膊一蹭，就得皮破血出。"（297页）或作"躜"，《儿女英雄传》第三十八回："他忙着又上去替挽袖子，恰一眼看见大奶奶的汗塌儿袖子上躜了块胭脂。"（1862页）或作"搶"①，《曲本》第七册《卖饼子》："我方才告诉过你，痒痒歌儿，一搶就结了。"（363/1/c2）《曲本》第五十七《俏皮大姐》："他和你挨挨搶搶喂你个皮杯儿。"（293/1/b3）或作"撙"，《唱本一百九十册》壬寅新刻书段《小姑不贤》："女婿扯腿往外掖，撙的脊梁流血光。"或作"䩺"，清蒲松龄《日用俗字·走兽章》："没皮老犍常䩺仓痒，细角灵牛会领畷。"②"䩺"音"仓"，当即"蹭"之记音。③ 另《蝴蝶杯》卷上："老虎头上去创痒，太岁头上把土扬。"（未刊99-340）此"创"亦当读为"仓"。

"蹭"之"沾光"义当是"摩擦"义引申的结果。该义较早亦言"擦"或"雌"，如明佚名《天凑巧》第二回："穷得极，与人做些打油的庆寿庆号诗、写轴擦些酒食，得一二百铜钱。"（67页）《金瓶梅词话》第八十六回："你是我老婆，不顾瞻我，反说我雌你家饭吃，我白吃你家饭来！"（2584页）江蓝生（2000：299）根据类化构词规律，由"蹭饭"推知"雌饭"之"雌"本字为"跐"，"跐"有用脚在地上摩擦的意思，又引申为"因摩擦而沾上：沾光，揩油"之义，又记音作"雌"，现在选择了跟"跐"意义相同的"蹭"代替"跐"，说"蹭饭"。"擦""揩（油）"的引申过程与此相同，皆由"摩擦"义而来，"蹭"的"沾光"义也是"摩擦"义引申的结果。

---

① 该字亦见《红楼梦》，参看周志锋（1998：103）。
② 《日用俗字》，《山东文献集成》（第4辑第11册），济南：山东大学出版社，2011年，第566页。
③ 雷汉卿（2006：210）指出，"今西北地区青海方言有［tsʰaŋ³⁴］一词，意思是轻微地擦、碰，相当于普通话的'蹭'，"'䩺'就是现在青海乐都方言的［tsʰaŋ³⁴］。"据《汉语方言大词典》（1999：7451）"蹭"条，山东平邑、枣庄、郯城皆音［tsʰaŋ］。

又瓶

清逍遥子《后红楼梦》第二十回："圣情十分喜欢，就御笔题一个'青云满后尘'的匾，用了宝，赏给宝玉。又赏文房四宝六件，又瓶一件，如意一枝。"（603页）

按：此例乾嘉间刊本《后红楼梦》作"又赏文房四宝六件，又是瓶一件，如意一枝。"[①] 北京大学出版社点校本《后红楼梦》作"又是瓶一件"[②]，春风文艺出版社点校本《后红楼梦》作"又赐瓶一件"[③]，后出点校本或如前者径录，或仿后者径改，皆误。今谓"又瓶"乃"叉瓶"之讹，俗书"又""叉""乂""义"相乱[④]，如《曲本》第十二册《曹庄杀妻》："可气死我女裙钗。"（339/2/c6）"裙钗"即"裙钗"。《曲本》第四十三册《刘公案·圣水庙》："大人和内厮正美寝作梦儿，不知竟有乂事情。"（419/1/c1）"乂事情"即"叉事情"，"叉"记"岔"音，即"岔事情"。影戏《定唐·与部》："快快实说，一字言乂，叫你死在目下。"（未刊63－346）"言乂"即"言叉"。《刘公案·苍州》："刘大人一见武举、禁子刚然上公堂，刚要审问口词，忽见西北上'唰'的一声，有酒杯大小一个流星向正东而去。其光如一条火线，令人害怕。刘大人一见，心内暗说：'又异，定主国事！'"（456/2/c3）人民文学出版社本《刘公案》校"又异"作"有异"[⑤]，以"又"为"有"之记音，误。"又异"当即"叉异"，记"诧异"之音。《刘公案·苍州》："这案其中有乂异，定有元故里边存。"（448/2/c4）"乂异"即"诧异"。又作"岔异"，《曲本》第二十册《于公案·出窑》："这个道士多岔异，并非那里府县尊。"（345/1/a1）"诧异"有"奇怪"义，明陈忱《水浒后传》第十五回："戴宗一闪醒来，却是做梦，寻思道：'好不诧异！为甚么梦见这李铁牛？'"（459页）"诧异"即"诧异"。清佚名《后西游记》第三十六回："（那老者）不觉连打两个寒噤道：'诧异，诧异！'"（857页）清守朴翁《醒梦骈言》第二回："左右乡邻见他家好几日不开门，都道'诧异'，有知道张恒若躲处的，便去通信。"（84页）又第十回："王子函和珍姑听了心中明白，

[①]《后红楼梦》（乾嘉间刊本），《善本初编》第十辑。
[②]《后红楼梦》，黎戈点校，北京：北京大学出版社，1988年，第275页。
[③]《后红楼梦》，韩锡铎等点校，沈阳：春风文艺出版社，1985年，第248页。
[④]"乂""又""义""叉"相乱文献中习见，参看张涌泉（2015：84）。
[⑤]《车王府曲本·刘公案》，燕琦校点，北京：人民文学出版社，1990年，第415页。

假意答道：'果然诧异，天下有那般古怪的事！'"（430页）清佚名《醉春风》第三回："三娘子道：'诧异！这时节谁敲我房门？'"子弟书《露泪缘》第三回："体态形容真诧异，神气张皇行步急。"（俗396–268）①

故"又瓶"即"叉瓶"，为"插瓶"之记音。明清文献中"叉""插"可通，如"叉手"又作"插手"，"插口"又作"叉口"等。插瓶是一种瓶形装饰品，里面可插如意等物作为装饰。清佚名《粉妆楼全传》第六十一回："柏玉霜只得坐下，看那楼上面图书满架，十分齐整，那香几上摆了一座大瓶，瓶中插了一枝玉如意。"（554页）《皋鹤堂批评第一奇书金瓶梅》第六十五回总批："如意儿者，如意原为插瓶之物，今瓶坠而如意存，故必特笔写之。"② 明罗懋登《三宝太监西洋记演义》第九十九回："只见单上计开：狮子一对，麒麟一对……玉盘盏十付，玉插瓶十付，玉八仙一对。"（2159页）清佚名《殟砷志略》："所有如意、铜磁、书画、挂屏、插瓶等项，嗣后概不准呈进。"③ 清王原祁等《万寿盛典初集》卷五十五《庆祝五·贡献二》："和硕庄亲王臣博果铎恭进：金鼎一尊，金执壶一对，镀金银插瓶一对。"（四库654–36）

楂儿/揸儿/渣儿/岔儿/碴儿/查子帐

《金瓶梅词话》第八十七回："伯爵听了，点了点头儿，说道：'原来你五娘和你姐夫有楂儿，看不出人来。'"（2608页）又第一百回："王六儿原与韩二旧有揸儿，就配了小叔，种田过日。"（2957页）

王利器《金瓶梅词典》（1988：363）释"楂（揸）儿"作"指不正当的男女关系"，白维国《金瓶梅词典》（1991：55）释作"关系（多指隐秘的）"。二者皆是随文释义，在这里"楂儿"指"以前发生的某件事情"，《水浒传》第二十回："宋江在楼上，自肚里寻思说：'这婆子女儿和张三两个有事，我心里半信不信，眼里不曾见真实。'"（643页）"有楂"与此"有事"义近。除了"楂""揸"，字又记作"渣"，《红楼梦》第六十回："莫不成两个月之后还找出这个渣儿来问你不成？"（1403页）

---

① "叉""差"有"奇异"义，中古文献中已见（参看蒋礼鸿2001：343），此承梁春胜先生告知。另参《大词典》"诧异"条。

② 《皋鹤堂批评第一奇书金瓶梅》，王汝梅校注，长春：吉林大学出版社，1994年，第1024页。

③ 《殟砷志略》，载《笔记小说大观》（第35编第6册《满清野史三编》第12种），台北：新兴书局，1983年。

"这个渣儿"即"这件事"。又作"岔",《儿女英雄传》第三十一回:"张姑娘想道是:'天呢却不早了,此时我要让他早些儿歇着罢,他有姐姐早间那句话在肚子里,倘然如东风吹杨柳,顺着风儿就飘到西头儿来了,可不像为晌午那个岔儿,叫他冷淡了姐姐?'"(1407页)《曲本》第二十一册《于公案·布店》:"于老爷腹内说:'此案必有缘故,丧家弃丧逃走,必有岔尔。'"(410/1/b6)石派书《九头案》第四回:"叶千说道:'白二叔,我和你有点岔儿,管保你还不知道呢。'"(俗405-435)下文又有"说前情"之语。清张春帆《九尾龟》第一一八回:"看官,你道这个垒儿究竟是怎样的一回事情?"(567页)"垒"是"岔"之俗讹,从上下文来看,"岔儿"就是事情的意思。又写作"碴",民国徐剑胆《杨结实》五续:"但是德王二人,心中都很诧怪吉升,他是个穷苦哥们,他同我们是一个样,怎么今天手里会有二两银票,并且还是非常慷慨?想着实在纳闷,一边往回走着,一边想碴儿。"①"想碴儿"即"想事"。老舍《骆驼祥子》(二十):"快走到街门了,他喊了声:'祥子! 搁着这个碴儿,咱们外头见!'"②"搁着这个碴儿"即"这个事先放着"之义。以上"渣儿""岔儿""碴儿"显然不能解释为"关系"。下面试述"楂"指"以前发生的某件事情"义之来源,并对以上用例做出统一解释。

"楂"语本"苴"。"苴"本义为枯草木,《诗经·大雅·召旻》:"如彼岁旱,草不溃茂,如彼栖苴。"《经典释文》卷七:"苴,毛,水中浮草也;郑,树上栖苴也"。孔颖达正义云:"苴是草木之枯槁者,故在树未落及已落为水漂皆称苴也。"《楚辞·九章·悲回风》:"鸟兽鸣以号群兮,草苴比而不芳。"王逸注:"生曰草,枯曰苴。"《广韵·麻韵》:"苴,钮加切,《诗》传云:'水中浮草也。'"字或从木作"查",梁僧佑《弘明集》卷八:"皆是炎山之煨烬,河雒之渣糁。"③唐慧琳《一切经音义》卷九十六《弘明集》卷八音义"查槮"条:"上乍加反。《毛诗》传云:'查,水中浮草木也。'《古今正字》:'从木且声。'亦作槎,集本作渣,非也。"④对比《经典释文》《广韵》和《一切经音义》引毛传异文可知"苴""查"相通,同为且声,《广韵》并音钮加切,皆指"草木之枯槁者"。从

---

① 《杨结实》,《徐剑胆作品》(1),北京:首都师范大学出版社,2014年,第120页。
② 《骆驼祥子》,北京:人民文学出版社,2000年,第180页。
③ 《弘明集》,《碛砂大藏经》(第101册),北京:线装书局,2005年影印宋元版,第1页。
④ 《一切经音义》,《正续一切经音义附索引两种》,上海:上海古籍出版社,1986年,第3591页。

慧琳的论述来看,"查""渣"在六朝时期就已混用,其例再如《南齐书》卷四十一《张融传》引张融《海赋》:"若木于是乎倒覆,折扶桑而为渣。"此"渣"即"查",全句义指扶桑被摧折后成为水中枯木。唐虞世南《北堂书钞》卷一〇六"歌玉昭"条:"《汉武内传》云:'西王母命上元夫人歌曰:玉昭与绛芝,九绝纷相拿。谁言寿有终,扶桑不为查。'"(续四库1212-494)此正言神木扶桑不会变成枯木,以树木枯槁喻人之寿尽极其恰当。上揭《南齐书》例中"渣"《大字典》释作"物体经过提炼或使用后的残余部分",是不知"渣""查"相通,而"查"即"苴"的换旁字,其例再如杜甫《三川观水涨二十韵》:"枯查卷拔树,礧磈共充塞。"①此"查"亦指水中枯木。字或作"槎",宋蔡梦弼《杜工部草堂诗笺》卷八注云:"查与槎同。"(续四库1307-75)唐卢照邻《行路难》:"君不见长安城北渭桥边,枯木横槎卧古田。"②"槎"即郑玄所谓"树上栖苴",亦即孔颖达云"在树未落"之枯木,"枯木""横槎"同义连言。此例《大字典》释为"树枝;树杈",释为"枯木"更洽。唐韦应物《池上》:"郡中卧病久,池上一来赊。榆柳飘枯叶,风雨倒横查。"③此诗以"横查"与"枯叶"相对,"查"亦指枯木。贾岛《访李甘原居》:"石缝衔枯草,查根上净苔。"④"查根"即枯木之根。又李白《送祝八之江东赋得浣纱石》:"桃李新开映古查,菖蒲犹短出平沙。"⑤此"查"《大字典》释为"树杈",亦不确,当释为"枯木",诗意是以"枯木"与新开桃李相较,言"病树前头万木春"之象。字或作"楂",南朝陈江总《山庭春日》:"古楂横近涧,危石耸前洲。"⑥Φ101《维摩碎金》:"经行往往敷黄叶,渡水时时见老楂。"⑦"楂"皆指枯木。

"查"又由"草木之枯槁者"转指"树木庄稼茎干被砍伐后的残留部分",字或作"柤",⑧唐慧琳《一切经音义》卷七十一《只音阿毗达磨顺正理论》卷三十一音义"柤濑"条:"仕加反。《通俗文》:'刘余曰

---

① 《三川观水涨二十韵》,《分门集注杜工部诗》,《四部丛刊初编》影南海潘氏藏宋刊本。
② 《行路难》,《幽忧子集》,《四部丛刊初编》影明闽漳张氏刊本。
③ 《池上》,《韦江州集》,《四部丛刊初编》影明嘉靖戊申华云江州刊本。
④ 《访李甘原居》,《贾浪仙长江集》,《四部丛刊初编》影江南图书馆藏明翻宋本。
⑤ 《送祝八之江东赋得浣纱石》,《李太白诗文》,《四部丛刊初编》影萧山朱氏藏明郭氏济美堂刊本。
⑥ 《山庭春日》,《江令君集》,《丛书集成三编》(第37册),台北:新文丰出版股份有限公司,1997年影印,第592页。
⑦ 《俄藏敦煌文献》(第3册),上海:上海古籍出版社,1993年影印,第144页。
⑧ "查""柤"为偏旁易位构成的异体字。中古近代文献中"查""楂""渣""柤"等字常混用。

33

柤。'《广雅》：'柤，距也。'《诗》云'如彼栖柤'是也。"① 可见"查"的这个引申义在汉代就已经产生了，只是语料中实际用例少见。《隋书》卷四十八《杨素传附杨约》："约字惠伯，素异母弟也。在童儿时，尝登树堕地，为查所伤，由是竟为宦者。"杨约"登树堕地"，为残桩所伤，此"查"《大字典》正释作"树木砍伐后留下的残桩"。其例再如宋董煟《救荒活民书》卷中："如未检覆而改种者，并量留根查以备检视。"（四库662-270）元王祯《农书》卷二十一《农器图谱》十七"斫斧"条："然用斧有法，必须转腕回刃向上斫之，枝查既顺，津脉不出，则叶必复茂。"（四库730-578）此"查"是砍掉树枝后所剩部分。字或作"楂"，元司农司编《农桑辑要》卷三"接换"条："掘土见根，将横根周围一遭斧斫断，掘去中间正根，将周围根楂细锯子截成砧盘，每一砧盘，或劈接，或插接二三接头，芽条出土若太稠密，则间令得所。"（续四库975-119）此"楂"为"掘去中间正根"后所剩之物。又《农桑辑要》卷三"栽条"条："腊月内，拣肥长鲁桑条三二枝，通连为一窠，快斧斫下，即将楂头于火内微微烧过，每四十五条与秆草相间作一束，卧于向阳坑内。"（续四库975-114）按，此"楂头"指所割获桑条的碴口。

又引申为器物破损后残留之碎块，元无名氏《盆儿鬼》（臧）第四折："俺只待提起来望这街直下，摔碎你做几片零星瓦查。"《西游记》第六十六回："行者见此法力，怎敢违误，只得引佛上山，回至寺内，收取金查。"（1691页）又第八十四回："那店家必然款待我们，我们受用了，临行时，等我拾块瓦查儿，变块银子谢他。"（2147页）又《聊斋俚曲集·姑妇曲》第三段《悍妇回头》："于夫人去看了看，刨了一个大坑，里头堆着瓦查子，也只当他刨了银子去了。"② 清冯琢珩《新刊辨银谱·辨查口歌》："认银先要辨查口，辨清查口得死手。"③《曲本》第二十一册《于公案·布店》："车夫闻听低头瞧了瞧，那布果然新查儿，还带着布丝儿呢。"（362/2/b7）此亦指查口。或作"碴"，《红楼梦》第九十四回："平儿道：'我的爷，好轻巧话儿。上头要问为什么砸的呢，他们也是个死啊！倘或要起砸破的碴儿来，那又怎么样呢？'"（2556页）

《金瓶梅词话》二例中表示"以前发生的某件事情"的"楂（揸）"

---

① 《一切经音义》，《正续一切经音义附索引两种》，上海：上海古籍出版社，1986年，第2817页。
② 《蒲松龄集》，路大荒整理，上海：上海古籍出版社，1986年，第885页。
③ 《新刊辨银谱》，《四库未收书辑刊》（第10辑第12册），北京：北京出版社，2000年，第419页。

由此进一步引申而来。以前发生的事必有蛛丝马迹,正如物之主要部分或整体虽不复存在,但仍有"查"可寻,"查"是原物的残存部分,与原物是部分与整体的关系,在一定条件下通过部分能够激活整体,即由事物的部分能够联想到事物的整体,观此"查"则可推知事物原貌,故用"查"喻指以前发生的事情。"查"的"以前发生的某件事情"义在上述《红楼梦》第六十回语例("莫不成两个月之后还找出这个渣儿来问你不成?")中体现得较明显,事情已过去,所以再找出来便只剩"查(渣)"了。周定一等《红楼梦语言词典》(1995:82)释作"曾经引起争吵的事由",是随文释义,此"渣"即"以前发生的某件事情"。以下两例亦可为证,《儿女英雄传》第四十回:"再想想,又怕夜长梦多,迟一刻儿不定老爷想起孔夫子的那句话合这件事不对岔口儿来,又是块糟。"(2097 页)徐剑胆《张古董》十七续:"张慧儿越听越不对碴儿,遂说:'作什么生意啊?'"① 此言和已发生的事情对不上碴口。"查"又有"嫌隙"义,字或作"渣",清秦子忱《续红楼梦》卷十一:"偏他老娘王善保家的,和晴雯有渣儿,他就在太太跟前说了晴雯的多少不好处。"(464 页)又或作"岔",《儿女英雄传》第三十一回:"安老爷还要往下再问,邓九公那边儿早开了谈了,说:'照这么说,人家合你没甚么岔儿呀!该咱老爷儿们稿一稿咧!'"(1438 页)对比此二例与上述《金瓶梅词话》二例及《红楼梦》第六十回语例可以发现,"查"只是前事之线索,具体能激活什么事情需要通过语境推测或需要说话人的进一步说明,其例再如徐剑胆《杨结实》十二续:"也不是怎么一个碴儿,他们同城内翼里的官兵,竟会勾串到一处。"② "也不是怎么一个碴儿"即"也不知是怎么一回事"。另外,《九尾龟》中"这个岔儿究竟是怎样的一回事情?"即是需要说话人进一步说明的例子。这个意义在现代汉语中记作"茬",《现代汉语词典》(2016:135):"茬,指提到的事情或人家刚说完的话。"此释义前半部分不准确,上述《红楼梦》第六十回语例中的"渣儿"即不能释为"提到的事情",由"过去的事情"到"刚说完的话"亦是极自然的引申过程。

《金瓶梅词话》第二十五回中又有"查子帐"一词:"我到疑影和他有些甚么查子帐,不想走到里面,他和媳妇子在山洞里干营生。"(651 页)

---

① 《张古董》,《徐剑胆作品》(1),北京:首都师范大学出版社,2014 年,第 26 页。
② 《杨结实》,《徐剑胆作品》(1),北京:首都师范大学出版社,2014 年,第 127 页。

魏子云（1988：173）注"和他有些什么查子帐"云："意为一清二楚，没有漏洞，没有烂帐可查的，没碴子。"李申（1992：424）认为："查，即'茬儿'，接茬，本指物体相交接，比喻不正当男女关系。查子帐意同'茬儿'。今徐州方言仍有此语。姚灵犀《金瓶小札》释为'言帐子里有碴子，非纯净之帐也。'误。"张惠英（1992：131）云："指不可告人的勾当。"吴士勋、王东明（1992：91）："原指有破绽的帐目，此指不清不白，不可告人的事情。"白维国（1991：54）释为："不清不白的关系。查，隐语，指男女关系不清。宋王谠《唐语林》：'呼丈夫妇人纵放不拘礼度者为查。'"按：李云"比喻不正当男女关系"、张云"指不可告人的勾当"皆随文释义，没有说清"查子帐"到底是什么样的帐。而魏注谓"一清二楚，没有漏洞，没有烂帐"则刚好说反了，吴士勋等云"原指有破绽的帐目"也是臆断，白维国认为来源于"呼丈夫妇人纵放不拘礼度者为查"之"查"则误，而据此释为"不清不白的关系"也不准确，"不清白"仍是侧重于男女关系。考《唐语林》卷五原文为：

宋昌藻，考功员外郎之问之子。天宝中为溢阳尉，刺史房琯以其名父之子，常接遇。会中使至州，琯使昌藻郊外接候。须臾却还，云："被额。"房公顾左右："何名为额？"有参军亦名家子，敛笏对曰："查名诋诃为额。"房怅然曰："道额者已可笑，识额者更奇。"近代流俗呼丈夫妇人纵放不拘礼度者为查，又有百数十种语，自相通解，谓之查语，大抵多近猥僻。（四库 1038 - 128）

文中"纵放不拘礼度"并非指男女关系不清白，而是指言谈举止不合礼法、不合正统，如汉荀悦《前汉纪》卷十八："（陈遵）性善，书与人尺牍，莫不藏之以为荣。然好酒，奢放不拘礼度，与张敞之孙张竦字伯松相善。"① 又《南史》卷五十一《萧昱传》："昂弟昱，字子真，少而狂狷，不拘礼度，异服危冠，交游冗杂。"《唐语林》中"丈夫妇人"是合称男女而通指人，所谓"查语"即不拘礼度、不正式的词语，实际上就是民间与正式说法不同的俗语之类，难登大雅之堂，所以才说"大抵多近猥僻"。李申指出"查"即"茬儿"是正确的，但以"茬儿"为"接茬，本指物体相交接"义则误。我们认为，"查子帐"就是不清楚的帐，"查"亦即"有查可寻"之"查"，"子"为词尾，明清时词加"子"尾常见，如上

---

① 《前汉纪》，《四部丛刊初编》影梁溪孙氏小渌天藏明嘉靖本。

引"瓦查子"。再如"行货"又说"行货子","茶缸"又说"茶缸子",不一而足。据《汉语方言大词典》(1999：3874),今山东平邑话中仍言"茬子地",即指"收割完庄稼还未耕的地"。"茬子"即"农作物收割后留存地里的根和茎","茬子地"是只剩下茬子的地,"查子帐"是只剩下"查子"的帐,而非一本完整的帐,这样的帐必然不清楚,但因为有"查子"在,隐约又可据此猜测出其全貌,犹如据"茬子"便可推知此地原来所种之物一般。此句上文玉箫拦着潘金莲不让其进花园,潘金莲便怀疑这与西门庆有些说不清的关系("我到疑影和他有些甚么查子帐"),但却不知西门庆在里面做什么,"疑影"一词正说明潘金莲是根据一些蛛丝马迹做出的推测。接下来孟玉楼的一段话为此做了注解,知道来旺媳妇和西门庆的关系后,玉楼道:"嗔道贼臭肉在那在坐着,见了俺每意意似似的,待起不起的,谁知原来背地有这本帐!"(651页)前文"查子帐"是只余"查子"的不清楚的帐,此时整本帐已明了。这也正印证了上文指出的"'查'在指称以前发生的某件事情时只是一个线索,具体事实则需根据语境推测或进一步证实"的说法。

抄前

赶在前面。明杨嗣昌《与宋参议一鹤》:"即使稍远,秦兵必当抄前,我兵必当夹击,万无忽然撤回纵贼肆毒之理。"① 清瘦秋山人《金台全传》第二十回:"到了结义之日,三人吃了早饭,抄前落后而行。张其、郑千先往琵琶亭去了,独有金台拜别了何其夫妇,竟自一人飘然而去。"(174页)清苏同《无耻奴》第十九回:"小宝喜洋洋的登轿而去。程老七见小宝已经上轿,知道大功告成,便也匆匆的坐了轿子,抄前赶上船去。"② 该词扬州方言仍言,李荣(2002：1640)"抄前"条:"扬州。抢在前面:我陪客人慢慢走,你们赶快抄前家去准备下子。"

鉊

"超"之讹字。挖取。清天花才子《快心编二集》第四回:"(全真)又向腰间取出一个小袋来,这袋更是花绣,开袋拈出一个细腰葫芦,去了

---

① 《与宋参议一鹤》,《杨嗣昌集》卷四十八,续四库 1372-683。
② 《无耻奴》,北京:中国文史出版社,2005年,第268页。

塞头，把长指甲伸进，鉊出药末，弹入罐中。"（195 页）此例人民文学出版社校本①、春风文艺出版社校本②皆径录为"鉊"，未确。"鉊"为"超"之讹字，为挖取之义。"超"草书或作"超"，与"鉊"形近，乃讹。《快心编三集》第六回："邓氏煎好了药，翠翘将匙逐渐灌与友生吃，那里肯受？超得一口，到泼去了两口。"（291 页）此亦指以匙取药灌下。《大词典》"超"条："方言。挖取；舀取。《醒世恒言·吴衙内邻舟赴约》：'你想吴衙内食三升米的肠子，这两碗饭填在那处？微微笑了一笑，举起箸两三超，就便了帐。'"《白话小说语言词典》（2011：126）"超"条："往口里扒或喂。……谁知药超入口，不能下咽。（野叟·八八）"亦举《醒世恒言》《快心编三集》例，释义未确。或作"抄"，清胡文英《吴下方言考》卷五："抄，匙举物也。吴中以匕匙类取物曰'抄'。"③《绣像义妖传·盗草》："（许仙）口里牙关紧闭，难以进药，便取银簪轻轻撬开牙缝，便将茶匙抄汤在嘴唇齿上润湿，略可活动，舌上沾汤，舌乃心之苗，渐次一抄一抄灌下。"又《虑后》："（顾生）牙齿舌头精干雪燥，如何下药？且拿调羹抄点药勒唇舌齿润润看。"上言指甲、筷子、匙等皆"超"之工具也。参看《近代汉语词典》（2015：189）"抄"条。

扻

清石玉昆《忠烈侠义传》第十回："赵虎便将私行改扮，暗地访察，怎么遇见叶阡儿，怎么扻出尸首，怎么将叶阡儿捆住的话，说了一遍。"（432 页）曾良《明清小说俗字研究》（2017：465）"俗字待考录"收此字，疑是"扯"一类的字。今谓此即"扯"之俗写，清吴颖芳《说文解字理董》卷十二上："扻，今俗作扯，昌者切。"（续四库 204–125）桂馥《说文解字义证》卷三十八"扻"条："扻或作撦，《广雅》：'撦，开也。'"④"扻"又是"摺（折）"的俗写亦可为证⑤，《唱本一百九十册》大鼓书《秦雪梅吊孝》："百扻腰裙腰中系，闪出金莲二寸七。"此例"扻"记"摺"音，"百扻裙"即"百摺（褶）裙"。《唱本一百九十册》宝文堂板《蚂蚱算命》："百扻孝裙腰中系，三寸金莲白布蒙。""扯""摺"旁

---

① 《快心编》，燕怡校点，北京：人民文学出版社，2006 年，第 288 页。
② 《快心编》（中），朱眉叔校点，沈阳：春风文艺出版社，1985 年，第 83 页。
③ 徐复《吴下方言考校议》，南京：凤凰出版社，2012 年，第 80 页。
④ 《说文解字义证》，上海：上海古籍出版社，1987 年，第 1050 页。
⑤ "扯""折"音近，如"折溜子"又作"扯溜子"，参看弥松颐（1999：310）。

纽双声，音极近，《包待制智勘后庭花》（臧）第三折："须不是把你来胡遮剌。"姜亮夫（2002：10）云："即胡扯也。"又《唱本一百九十册》宝文堂刊《谈香女哭瓜》："府里就往京里走，一路扨文到朝房。""扨文"即"折文"。又《曲本》第二十一册《于公案·察院》："于老爷要斩恶棍，既无口供，又无奏扨，监斩官程忠义虽然监斩，不过上司差派。"（106/2/c1）又《于公案·访煤窑》："然后再，打道扨子奏皇上，参倒国舅狗佞臣。"（145/1/b4）鼓词《紫金镯》卷十："上司立时起了扨子，差人日行八百里，由驲紧报进京。……今朝朔州折子到……"（未刊97–246）影戏《泥马渡江》第七部："孩子们，不必前行，暂到庵中走走。」呗！"（俗234–98）"呗"即表应答的"嚛""啫"。清代通俗文献"只""这"同音，① 语例颇多。《曲本》第三册《定中原》："万岁宣召老叟进宫，这不过倍宴而矣。"（121/2/c5）"这不过"即"只不过"。《唱本一百九十册》京都藏板《赵小姐守节》："只一天下学回家转，头上迷，昏沉沉，上在床上不动身。""只"即"这"。

扯鸡儿/扯筋

明潘镜若《三教开迷归正演义》第二十一回："只见穆嘴脸说：'小弟就赠兄一个千层皮代儿。'穆愿见说：'小弟赠兄一个扯鸡儿。'穆搭撒说：'小弟赠兄一个苦哀求。'穆廉耻说：'小弟赠兄一个挨打骂。'穆信行说：'小弟赠兄一个百计哄。'"（309页）又第三十六回："且说这食求饱隐士见了盛上舍肴席丰美，却也率真，那箸儿与舟子撑篙的一般，比摇橹的还快，不顾杯盘，少焉狼藉。齐之裔却是个善谑的趣人，便向食隐士问道：'请教隐士，贵乡月蚀怎生救护？'隐士手中执箸，眼内寻肴，耳边听说，口头答话道：'敝乡护月，鸣锣击鼓，文武官员各衙门跪护。'食隐士问道：'贵处却如何救护？'齐之裔说道：'敝处月蚀的紧，只是跪着扯个鸡儿说道：爷爷略留些好看！'众人听了大笑起来，食求饱便怒形于色，起身叫只小船儿上岸去了。"（544页）

此二例中"扯鸡儿"费解。今谓"扯鸡儿"即"扯筋"之儿化，据《汉语方言大词典》（1999），西南官话和湘语中"扯筋"有"吵架；争论；闹纠纷"之义，"扯横筋"有"狡辩；不讲道理地争吵"义，"扯筋

---

① 或云"这"即"只"之俗，《大字典》引徐灏《说文解字注笺·只部》："今俗用这字，亦只之声转。"以"只"为"这"敦煌文献已见，蒋礼鸿（2001：507）云："只，也就是'这'。"

客"指"爱闹纠纷的人"。曾晓渝（1996：37）"扯筋"条："扯皮，闹纠纷。"或言"扯经"，姜亮夫（2002：146）云："昭人谓以杂事相纠缠不清，或无理起闹斗嘴皆曰扯经。""扯鸡儿"正当释作"不讲道理地争吵；狡辩；闹纠纷"，此回叙蔺豸"负欠多债"，向脱空大王及穆氏兄弟讨教"脱空不肯偿还"之法，穆氏兄弟方有以上一段话。或作"扯筋"，清省三子《跻春台》卷二《川北栈》："店主曰：'此时说垫，后来又要扯筋。'么师曰：'我心甘意愿垫的，有啥筋扯！'"（497页）《白话小说语言词典》（2011：129）"扯筋"条释为"赖账；说话不算"，乃随文释义。据《三教开迷归正演义》第二十一回例，"扯鸡儿"乃赖账（脱空不肯偿还）之方法，不宜再释为"赖账"，《跻春台》例中"扯筋"亦"扯皮；闹纠纷"之义。凡争吵则音声必大，故"扯鸡儿"又有"大声嚷"之义，如"吵"即有"吵架""吵闹"二义。因此，三十六回例中"扯个鸡儿"即"大声嚷"，据《汉语方言大词典》（1999：2541），西南官话中"扯板筋"有"大声嚷"之义，另蒋宗福（2014：47）亦指四川方言中"扯筋"含有"吵闹，打架"等义，皆可作参证。

撤头/扯头

转头；扭头（退走）；退缩。清佚名《颠陀迷史》第二百四十回："（铁珊）一见势头不对，撤头就走。"①《唱本一百九十册》宝文堂板《白蛇借伞》："许仙闻听说不好，心生一计要撤头。"清松竹轩《妖狐艳史》第六回："当下酒馔已罢，屠能在旁边说道：'老师们既夸了海口，别事到临头休想扯头！'"又第十二回："满面上□盖了千层牛皮，歪歪眫眫出了，没上没下作了几揖，就要扯头而走。"②重庆方言有"车"一词，有"转；转身离开"义，如"把头车过来""他车身就走了"。曾晓渝（1996：34）指"'车'本指运输工具车子。因其有轮轴旋转，故旋转也叫'车'。引申有转身离开、拧等义。"疑"车"记"撤"音，"撤"有"退；掉转"义，参看《大词典》"撤身"条。

陈众/陈重

"沉重"之记音。重量。"沉重"之"重量"义多为辞书所不载。清

---

① 《颠陀迷史》，谷雨等校点，长春：吉林文史出版社，1991年，第490页。
② 《妖狐艳史》，《思无邪汇宝》，第191页，第229页。

江西野人《怡情阵》第二回:"再用手一掂,甚是垂手,约有一斤来的陈众。"《曲本》第二十一册《于公案·红门寺》:"少不得借光,你替我担点陈重,找个僻静去处,暂存一夜。"(281/1/a3)或作"陈重",《唱本一百九十册》闲散新编《逛天坛》:"剩下石头铺无被抢,东西陈重不值钱。""陈"记"沉"音,影戏《牛马灯》第六部:"力大刀陈难敌挡,着架不住败阵回。"(未刊60 - 286)朝鲜刊《中华正音》:"你别那吗费大事,走道不是一二百里路,走好几千里谁拿陈东西吗?背也背不动,扛也扛不了。"① 清夏仁虎《旧京琐记》卷二《语言》:"物重曰'沉',轻浮曰'飘'。"② 《唱本一百九十册·灯虎》有谜语"铁打一支船",谜底为"陈州","陈"即"沉"之谐音。《于公案·访煤窑》:"所有铺中这些小卖,焉敢不报尊驾听?可知道,三爷所喜那宗菜,或吃口陈或口青?"(130/1/c3)"口陈"即"口沉",下文正言"要吃口沉"(131/1/b6),即今言"口重"。

遚

"趁(赵)"之俗讹。清归锄子《红楼梦补》第十二回:"薛姨妈道:'我在炕上躺了这几时,也觉得腻烦了,遚着挣扎得住,出来松散松散,借了这里老太太的竹椅子坐过来的。'"(468页)此例北京大学出版社点校本作"逼着挣扎得住"③,春风文艺出版社校点本作"你着挣扎得住"④,皆误。"遚"是"趁"的俗讹字,例中当是"趁着挣扎得住"。在《红楼梦补》中,"趁"是个常用词,如第三回:"这里黛玉想起要给紫鹃的东西,趁此时闲着检点出来,省是临期有姊妹们在此,多添忙碌。"(103页)书中这个字多写作"趂",如第六回:"我趂奶奶睡中觉的空儿,瞒着平姑娘赶进园子里来找你。"(246页)又第十二回:"宝钗道:'这会儿倒觉有些精神,趂我这口气在,有句话要告诉你。'"(479页)"趁"俗作"趂"古籍早有记载,如《集韵·稕韵》:"趁,或从示。""走"与"辵"义近,《广雅·释宫》:"辵,犇也。"《玉篇·辵部》:"辵,走也。"又"走"连书时与"辵(辶)"相近,如元关汉卿《哭存孝》(脉)第二

---

① 《朝鲜时代汉语教科书丛刊续编》(下),汪维辉等编,北京:中华书局,2011年,第277页。
② 《旧京琐记》,北京:北京古籍出版社,1986年,第45页。
③ 《红楼梦补》,宋祥瑞点校,北京:北京大学出版社,1988年,第134页。
④ 《红楼梦补》,韩锡铎校点,沈阳:春风文艺出版社,1987年,第117页。

折:"又不曾相赸着狂朋怪友,又不曾关节做九眷十亲。"再如元佚名《盆儿鬼》(脉)楔子:"孩儿心去怎留他,管求活计赿天涯。"古籍中从"走"之字与从"辵"之字多有相通①,如"赵趄"又作"迡雎",《说文·走部》:"赵趄,行不进也。"《广雅·释训》作"迡雎":"迡雎,难行也。""趄"又讹作"诅",《龙龛手镜·辵部》:"诅,误。正作趄。"又《集韵·觉韵》:"逴,塞也,或从走。"又"逃"或作"赵",《金瓶梅词话》第八十二回:"不想玉楼哄赵,反陷经济牢狱之灾。"(2512页)"赵"即"逃"之俗字。又"遇"或作"趢",《曲本》第五十六册《乌盆计》:"又谁知趢见赵大,乃是我的无常到。"(292/1/a3)又"超"或作"迢",子弟书《哭长城》第四回:"暗含着迢群的作度,出类的风楞。"(俗384–463)"迢群"即"超群"。"趱"或作"遵",影戏《松枝剑》卷六:"车夫,急急遵行,寻店投宿便了。"(俗166–460)"赵"或作"迡",影戏《双祠堂》卷一:"既是如此迡天晚,急速快走莫消停。"(俗172–326)又卷二:"迡此还未到来,我借此为由,诓哄伍氏几百两银子。"(俗172–366)影戏《锁阳关》首部:"杀尽唐朝兵将,方迡我的心怀。"(俗201–96)"迡"亦或作"赵",《绣像义妖传·讯配》:"(官)那里人氏?」敞处四川赵属地。"其中"赵属地"即"迡蜀地"。《正字通·走部》:"赵,俗趁字……唐人借用迡为逦,讹作赵。刘升书《华岳碑》'密赵王国',误也。赵之同趁,易与俗逦作赵溷。"据《正字通》,"赵"既是"趁"的俗写,又是"逦"的讹写,二者极易混淆。"逦"讹作"赵"的过程为:逦—迡—赵。《红楼梦补》例情形相反,刊刻者遇"赵"字而误认为"迡",又以为"迡"非正字,《玉篇·辵部》:"逦,近也。迡,同逦。"《龙龛手镜·辵部》:"迡,或作,逦,今。"乃将"迡"还原为"逦"。如"赵(趁)"又常被还原为"趰",明宋应昌《经略复国要编》卷四《报进兵日期疏》:"咸谓时及深冬,春汛在迡,委宜趰时进剿。"②清李德《(乾隆)大足县志》卷十一李德《仲冬东川行》诗:"游子趰虚喧酒市,妇人骑马着巾帼。"又《东郭虹桥》诗:"升仙鹤返人疑雪,题柱客来马趰风。"清盛镒源《(同治)城步县志》卷十陈之敬《蒋村春渡》诗:"趰此东风忙打桨,回头彼岸又呼舟。"③"赵(趁)"讹为"逦"的过程为:赵(趁)—迡—逦。今人在点校时因不明"逦"与

---

① 参看高明(1996:141),杨宝忠(2005:294、303)。
② 《经略复国要编》,《四库禁毁书丛刊·史部》(第38册),北京:北京出版社,1997年,第79页。
③ "趰"又同"趁""赵"的更多语例,参看张文冠(2014:151)。

"趁"的联系而出现失误。清刊本《忠烈全传》第三十三回:"遾此机会在傍即忙劝住。"(488页)曾良(2017:286)指"遾"当解读为"趁"字,可互参。

趁嘴

犹"趁口"。(1)随口;顺嘴。张季皋(1992:93)"趁嘴"条:"随口;顺口。"清张南庄《何典》第一回:"快活鬼道:'那时也不曾壳账这般灵验,不过趁嘴造了几句道……'"(17页)(2)混饭吃。清墨憨斋主人《十二笑》第六回:"因此温阿四再不敢逼其出门,堵伯来每日替他拈头趁嘴。"(267页)又同回:"他暗地里先与堵伯来久有交关,巴不得留其在家,做个代缺丈夫。惟恐温阿四嫌其趁嘴,打发转身,为此极力撺掇,借抵身为由,以便作长住之计。"(272页)此义辞书多不录。参看《大词典》"趁口"条。

撑

噎;以话语噎人,使人受窘,无法继续言语或其他行为。《白话小说语言词典》(2011:136)"撑"条:"顶撞。[例]唐状元倒吃他几句话儿撑得住住的。(西洋·五九)只消这两句话,把个三太子和哈驸马都撑得哑口无言。(西洋·六五)"将"撑"释为"顶撞"不够准确,"撑"是"以话语噎人,使人受窘,无法继续言语或其他行为",而"顶撞"只是以言语反驳,未必令人无话可说。其例再如明罗懋登《三宝太监西洋记演义》第十九回:"这王尚书说的话,都是个正正大大的道理,谁无个恻隐之心?把个三宝老爷撑了个嘴,把个天师张真人扫了一树桃。"(509页)清花月痴人《红楼幻梦》第十七回:"(宝玉)伸伸舌头道:'了不得,了不得!亏的没有动手。若惊醒了他,又像那年,我只说了句"娶了夏家嫂子过来,哥哥就不疼你了",他就沉下脸来,撑了我几句。他面前不可造次,前儿梦里那么亲密,到底算不了什么。若冒冒失失把他弄醒,变起卦来,又捱他撑几句,反没趣了。'"(830页)又同回:"(平儿)一面想毕,便使乖弄巧,假意说道:'向来宝二爷合奶奶闹惯的,合我也平行平坐,并不避忌。倘若借着顽笑混闹起来,要撑他几句,不理他,脸上万下不来。'"(819页)《老残游记·续集遗稿》第四回:"又想,嗳呀,我真昏了呀!不要说别人打头客,朱苟牛马要来,就是三爷打头客,不过面子大些，他可以多住些时，没人敢撑他；可是他能常年在山上吗？"① "撑"有"装满；塞饱"义，与"噎"义近，"噎"引申有"说话顶撞人或使人受窘不能继续说下去"义，"撑"亦有相类引申过程，参看《大词典》"噎"条。疑重庆方言中"用话语顶撞"的"cen[213]"即"撑"，参看曾晓渝（1996：39）"嗔"条。

呈头

带头人；领头者。名词。清天花才子《快心编二集》第四回："我等谊属同袍，焉忍坐视？是以请诸位到来，对神立誓，弟愿做呈头，往司道府县处具呈，替介山辨明冤枉，诸位谅有同心，故此相请。"（178 页）又："总之，弟作呈头，烦诸位相帮。"（179 页）清云间嘻嘻道人《五凤吟》第七回："君赞道：'小的来是决来的，但不可把贱名假呈头。近日功令最恼的是公呈头儿，况且祝兄已自认了，公呈恐未必济事。'飞英道：'呈头自然是我，岂有用兄之理？'"（84 页）清佚名《生绡剪》第十五回："金乘即假公济私，创词公举，自作呈头，顺带百姓管贤士等，恭请帅府进城，保障地方等情。"（812 页）清苍山子《广寒香》第十六出："小人们都是村农，不识一字，明日齐到县前，寻个专代比卯的秀才做了呈头，补上就是。"② 参看蒋宗福（2002：71）及《近代汉语词典》（2015：214）"承头"条。

齿角/口角

牙齿的角，喻指口风。清佚名《生绡剪》第十八回："谁知就是伯升官人的好友，心下只是耿耿的着疑，也不露一些儿齿角。"（951 页）又同回："言毕，泪如涌泉。这段意思，韩氏绝不露些齿角。"（954 页）"齿角"即牙齿的角儿，"不露些齿角"谓连一点齿角也不露出来，喻指口风非常紧。或言"口角"，清惜阴主人《金兰筏》第十四回："大小姐见爹爹口角有话，遂拭了眼泪，回房去了。"（198 页）《大词典》"齿角"条："嘴边。《封神演义》第二一回：'留有吐儿名誉在，至今齿角有余芳。'"此"齿角"亦牙齿的角，喻指口有余香。

---

① 《老残游记》（附续集、外编残稿），济南：齐鲁书社，1981 年，第 294 页。
② 《广寒香》，《古本戏曲丛刊五集》影康熙文治堂刊本。

冲家

破家;倾家荡产。清西泠野樵《绘芳录》第五十三回:"事后过个三月五月,寻件事去摆布他家,却也容易。那时不发手则已,发手即要他冲家败产,今日所得的原数儿倒出来,还不行呢!"清邹必显《飞跎全传》第一回:"率领着袖子里摔出来的御史,会说嘴的郎中,无名的总督,不受私不公道冲家的典史,灭门的知县,怀阆楼巡检一班官员。"(3页)清佚名《雅观楼全传》第十三回:"福官说:'我们冲家了,将来讨饭回苏州,大家各散,那敢怨人?恨不该做这受欺生意,遇见你这狼心的人,下这样毒手。'"(248页)又第十四回:"赖氏说:'这交易同赌钱一般,有输有赢,我看见有人发财,有人冲家,此事办不得,不若明年还等我出去放债。'"(261页)佚名《针心宝卷》:"美佳人,好一似,妖魔鬼怪;冲人家,败人产,耗人精神。"①《汉语方言大词典》(1999:2196)"冲家"条:"光了;完蛋。江苏盐城。像他这样吃法,不吃冲家!"陈雯洁(2013:24)认为,江都话中 ts'oŋ²¹ tɕia²¹ 是败家的意思,ts'oŋ²¹ 的本字可能为"舂"或"衝","把东西放在石臼或钵里捣去皮壳或捣碎叫舂。江都话可能用舂这个动词形象地表示家庭的破碎,将舂这个动词的语义范围进行扩大。衝有猛烈地撞击的意思,江都话也有可能用衝家形容家庭受到很大的破坏"。"冲"有"撞;冒"义,"荡"亦有"冲;冒;撞"义,"冲""荡"同义,如"荡雨"又言"冲雨""冒雨"②,结合"倾家荡产""荡散"等词,ts'oŋ²¹ 本字不当为"舂"。

冲头

冲头阵;走在最前面。清李雨堂《狄青初传》第六十二回:"张忠、李义冲头,一同飞拥出城。"(1295页)③清瘦秋山人《金台全传》第二十九回:"此番王浦勇如虎狼,要去打还风,又带了一班徒弟。金忠仗势冲头行来,已是云楼。"(242页)又第四十六回:"卢海随即传了四十余

---

① 《针心宝卷》,《美国哈佛大学哈佛燕京图书馆藏宝卷汇刊》(第4册),桂林:广西师范大学出版社,2013年,第167页。
② 参看《近代汉语词典》(2015:349)"荡"条。
③ 《狄青初传》(《万花楼演义》),《丛刊》(第26辑)影嘉庆十九年长庆堂刊本。此例《集成》影经纶堂刊本《万花楼演义》作"伸头"(839页)。

外徒弟，多是耀武扬威，摩拳擦掌，十分高兴。卢海与周通领路冲头，四十五个徒弟跟着，人人自道英雄，多到杏花村去了。"（397页）

抽₁/搊/掆/挡/週/周

举；抬；托。清曹去晶《姑妄言》第七回："又……轻轻用指头掏着洗了揩干，扶他爬在床沿上，贴上膏药，抽他上床。"按：此"抽"字《思无邪汇宝》校者改为"抱"（838页），误。"抽"即"搊"，为"举；抬；托"之义，《大字典》"抽"条："方言。托起；拉起；抬起。"其例再如清秦子忱《续红楼梦》卷三："焦大道：'我知道哦，这是他们哥儿俩可怜我没儿没女的意思，孩子，你把我抽上去。'这小厮将焦大抽上了驴。"（103页）① 清石玉昆《忠烈侠义传》第九十三回："还是秋葵将牡丹抽上马去，凤仙拢住嚼环慢慢步行。"（2927页）《曲本》第二十一册《于公案·打水》："该值之人往上跑，抽起时来运转人。"（173/2/c5）又《花儿窑》："我母姐姐都吓倒，母女两个放悲声。我父搀抽抽不起，复又高声叫刘成。"（212/1/a7）《唱本一百九十册·枕头案》："李六下井望上抽，张松用力往上挽。"此为"托举"义。影戏《定唐·遗部》："你我且把他抽下来……来，你我抽他下车。」微乎有点气儿，真像个死人。"（未刊63-234）字又作"搊"，《姑妄言》第二十回："宦尊忙叫了一个小厮同到房中，见一个少年妇人吊在梁上，一个老妇抱着两腿，往上搊着。见了宦尊，叫道：'老爷积阴功，帮着救一救。'宦尊叫小厮相帮搊住，问道：'你家有刀没有？'"（2462页）此亦"托举"义。"搊"有"搀扶"义，明沈榜《宛署杂记》卷十七《民风二·方言》："扶曰搊。"② 又有"托举"义，明无名氏《苏九淫奔》（脉）第四折："（做指丑云）这一个左右遮埋。（指小净云）这一个上下搊抬。""搊"与"抬"同义连用，是"上下"的动作。人倒了，把人扶起来，又称搊起来，《金瓶梅词话》第二十一回："这金莲遂怪乔叫起来，说道：'这个李大姐，只相个瞎子，行动一磨趄子就倒了，我搊你去，倒把我一只脚蹂在雪里。'"（570页）又《醒世姻缘传》第四回："珍哥此时腹胀更觉好了许多，下面觉得似小解光景。搊扶起来，坐在净桶上面，夹尿夹血下了有四五升。"（104页）与"扶"相比，"搊"更加侧重向上的动作，清李绿园《歧路灯》第五十八

---

① 曾良（2017：240）亦举有此例，然似混淆了"搊"的不同义位。
② 《宛署杂记》，《稀见中国地方志汇刊》（第1册），北京：中国书店，1992年，第162页。

回:"邓祥道:'休要乱哭,搊起腿来,脚登住后边,休教撒了气。'"(1164页)笔者藏晚清刊本《保命金丹》卷四《破毡笠》:"刘老故意把舵使歪,其船便岢在沙滩之上,却教宋金下水去搊。"蒋宗福(2002:84)"搊"条:"推,掀。《五灯会元》卷十八《宣秘礼禅师》:'上堂,至座前,师搊一僧上法座,僧惝惶欲走。'"从"上法座"来看,此亦有"举"义。① 杨小平(2010:43)认为"可以解释为'推'或者'举'",当从。或作"挡",影戏《五虎平西》卷一:"不幸把车翻,车人两下摆……小人挡起车,马惊横碰跳。"(绥39-77)或作"捆",影戏《镇冤塔》第三部:"赌气的,将他捆起床上坐,手端茶盏放在唇。"(绥37-444)或作"週",影戏《镔铁剑》卷二:"方才正走天色变,胡胡悠悠被风週。"(俗179-402)或作"周",影戏《薄命图·居部》:"你与他各门另饭的过,不能把他往外周。"(未刊73-357)此"周"非"扶"义,而是同"掀桌子"的"掀",今东北方言仍言"把桌子捆了"。王学奇、王静竹(2002:178)指出《桃花扇》中"副净作挡衣介"之"挡"为"掀起;撩起"义,可参。弥松颐(1999:313)指出《儿女英雄传》第三十五回"掀(帘子)"有异文"揪",并据《集韵·尤韵》"揪,手取物也",以"揪"为本字,"搊""捆"等为其异体,"掀"则为讹字。

抽₂/绌/抽抽/雠雠

物不伸;缩。影戏《对陵金·为部》:"咳呦呦,吓得个王八把脖子抽。"(未刊73-172)《唱本一百九十册》京都藏板《赵小姐守节》:"一天哈不上半碗汤,皮里抽肉面目交黄。"字或作"绌",清李雨堂《万花楼演义》第二十五回:"飞山虎悠悠醉醒了,呵叹一声,一绌一缩,舒动不得。"(347页)"绌"亦"收束"之义,曾良(2009:325)对"绌/抽"有详细讨论,可参看。王广庆(1993:9)云:"物收缩而短小谓之'顣'。"疑"顣"乃整理者误录,字当作"雠",该书又曰"物收束谓之'雠'"(130页),可参。或言"抽抽",清华广生《白雪遗音》卷二《银钮丝》:"你瞧瞧你那儿子,长了个甚么嘴脸,脸上合那挖了枣的窝窝是的,身子像个二梭子,罐里养亡八,越养越抽抽。"②《曲本》第七册《卖饼

---

① 蒋宗福(2002:85)"搊"条释义③:"推举,拥戴。明顾起元《客座赘语·诠俗》:'善迎人之意而助长之曰搊。'《跻春台》卷三《阴阳帽》:'众兄弟就搊我为主,为大王好把富贵图。'"此义当为"扶举"义之引申。

② 《白雪遗音》,《明清民歌时调集》(下),上海:上海古籍出版社,1987年,第690页。

子》:"我把钱没了,这脑袋不觉的就抽抽了。"(363/2/c4)或作"雦雦",1916年《盐山新志·谣俗篇上·方言》:"雦雦,音抽,伸者缩也。"《说文·韦部》:"韇,收束也,从韦樵声,读若酋。擎,韇或从秋手。"《尔雅·释诂上》:"擎,聚也。"《玉篇·宋部》:"雦,收束也。"《广韵·尤韵》:"雦,聚也。""雦"(《广韵》即由切)与"韇(韇)"(《集韵》将由切)音义并同,当即"韇"字之变。从韦与从枭者或相通,《广韵·线韵》:"搴,同鞯。"

出矿

弄出其他事情;搞事情(含贬义)。清石玉昆《忠烈侠义传》第三十四回:"说话间,只见金生进来道:'我与颜兄真是三生有幸,竟会到了那里,那里就遇得着。'颜生道:'实实小弟与兄台缘分不浅。'金生道:'这么样罢,咱们两个结盟拜把子罢。'雨墨暗道:'不好,他要出矿_{音拱}。'连忙向前道:'金相公要与我们相公结拜,这个小店备办不出祭礼来,只好改日再拜罢。'"(1128页)《白话小说语言词典》(2011:159)"出矿"条:"chūkuàng 耍手段骗人。"所举书证即此例,乃随文释义。"出矿"当读为 chūgǒng,抄本《忠烈侠义传》(又名《三侠五义》)于"矿"旁注"音拱",即为证明。gǒng 为"矿"字旧读(参看曾良2009:187),用"矿"字当是记音。北京话有"出拱"一词,《汉语方言大词典》(1999:1272)"出拱"条:"作出越轨行动。北京官话。别人都挺守规矩,就他总爱出拱。""出拱"即"出矿",然释义未允。《忠烈侠义传》改自《龙图耳录》,《龙图耳录》第三十四回:"雨墨暗道:'不好,他别另有什么主意吧。'"① 可知,"出矿"当与"另有什么主意"义近。我们认为,"出矿"为"搞事情"之义,此例讲金生(白玉堂)故意要试颜生,之前已诓了颜生两顿饭,第三次见面又要结拜,书童雨墨觉得金生就像个篦片骗吃骗喝,故听到金生要与颜生结拜马上想:不好,他又要搞其他事情(来骗颜生)。清小和山樵《红楼复梦》卷二十三:"书带坐下,说道:'姐姐你想,将来一定要出矿,这不是咱们白带在里面。羊肉吃不成,倒闹的一身骚!'紫箫道:'你且不用着急,其事尚缓。让我满饮三杯,洗洗耳朵。'说着,一连气儿喝了三大杯酒,笑道:'你不用着急,我自有主意,总叫你万安。将来设或闹出别的,也与你不相干儿就完了。'"

---

① 《龙图耳录》,上海:上海古籍出版社,1981年,第365页。

(808页)此言书带撞破桑进良与绣春（书带一起当差的姐妹）奸情后，向其姐妹紫箫诉说，这里"出矿"显然不是"耍手段骗人"义，而是怕绣春他们将来再搞出什么其他事情（后二人私奔），从而连累自己，下文紫箫说"将来设或闹出别的"亦是证明。又《红楼复梦》卷五十九："赵旺说：'相公去催厨子，总不见回来，不知又出了什么矿？'"（2085页）此例中，钟晴（相公）对婉贞欲行不轨，遭反抗后将婉贞杀害，对仆人赵旺假说去催厨子而逃跑，后来人们发现婉贞被害，忙乱了一天，夜间才发现钟晴不见，赵旺方有此语。这里"不知又出了什么矿"是言于婉贞这件事情之外"不知又弄出了什么其他事情没有"。影戏《双龙璧》第七部："虽然挣银钱，难把家业整。日愁烦，睡不醒。昨日回家，有人出拱，说是祥王爷，立擂一月整，有人打擂施英勇，重用府里请。"（俗188-600）此"出拱"指本来没什么事，"有人"偏偏又告诉自己祥王立擂之事。又第八部："可恨朱异儿，太也不正经。自称作皇亲，一向蒙恩宠。凡事把你由，任凭你出拱。"（俗189-27）此例指国舅朱异把持朝政，平时总爱搞些事情。《汉语方言大词典》所举"就他总爱出拱"亦"就他总爱搞出点别的事情"之义。从实际用例来看，"出矿"不宜解释为"作出越轨行动"，如《红楼复梦》例中桑进良与绣春已经越轨，而赵旺作为仆人亦不会有主人"又作出什么越轨行动"之语，尤其《忠烈侠义传》例中言白玉堂要"作出越轨行动"更与文意不合。

除

非但；不但。清惜阴主人《金兰筏》第七回："（公子）对虞赛玉道：'可恨这两个没良心的狗才，除不分银子，反与我抢白了一场。'"（119页）清佚名《离合剑莲子瓶》第十八回："春香说：'太太吩咐另眼看待，除不看待，反打骂我们。'"（256页）又第二十一回："黄龙见是本官乡亲，除不要钱，反照看他。"（294页）清邗上蒙人《风月梦》第十九回："那知他们除不代我儿子办人，反让他在扬州乱顽。"（257页）又第二十四回："我同吴珍有个交情，我除不赚拦钱，腰包里添十千钱，将来他认也罢，不认也罢，你二公推个情，打伙儿看破了些，只当这个猪没有长头，原全些罢。"（323页）《汉语方言大词典》（1999：4511）"除"条："非但；不仅。晋语。"

吹

饮；喝。明方汝浩《东度记》第五回："恰遇着岭外有弟兄二人，一个叫做千里见，一叫做百里闻。他二人因何叫这名字？只因地方邻里家，有甚酒食事情，他便知道，来吹来吃，来揽来管，以此起了他二人这个名色。他二人不耕不种，没处吹吃。骗惯钱钞，何曾长有？吹惯酒食，那讨常来？"（77页）《警世通言》卷二十五："只为他年已九十有余，兀自精神健旺，饮吹兼人，步履如飞。"① 清眠鹤道人《花月痕》第八回："晓风扑面，陡然四支发抖，牙关战得磕磕的响，叫秃头将两床棉被压在身上，全然没用。直到韩阳镇打尖，服下建䊚，吹下痧药，略觉安静。"（152页）黑维强（2005）云："'吹'在上引例中是吃的意思，含有贬义色彩。其中第一例吹、吃二字同义对举；第二例吃、吹同义连文。第三例是说吃喝惯酒食。第四例'吹'与'饮'同类相关词并举，意思是一吃一喝。最后一例，'吹下痧药'就是吃下药。"此说未确。"吹"乃"饮；喝"之义，此义周志锋（2014：159）已发，今更申述之。P.3569《光启三年四月官酒户龙粉堆牒并判词》："蕃使繁多，日供酒两瓮半已上，今准本数，欠三五瓮，中间缘在四五月艰难之济，本省全绝，家贫，无可吹饮，朝忧败阙。"② 此"吹饮"连言，指饮酒。清谢锡勋《闽轿行》："半行半卧半吹饮，百里平分三日程。"③ 此亦当指一边饮酒一边前行。影戏《雪月双珠》第一部："你的儿夫主，还有一人陪。今日同到楼上，不知姓甚名谁。各样菜蔬要了个到，南酒绍兴不住吹。"（俗189-283）笔者所见残抄本唱本有"吹罢茶来用把饭，舅父有话说分明"之语，"吹茶"即"喝茶"。民国陈去病诗《自浙入湘，得晤梦遽，君剑社诸友，献以是诗》："脱帽一为礼，浮踪江海来。吟朋却到眼，吹饮复倾杯。"④ 1945年《青海志·生活民俗·食》："豆麻茶，藏语也，为炒面粉及乳渣、酥油加茶而成之饮料。食时，围坐灶前，捧碗吹饮。"⑤ 该词今人仍言，如东北方言中直接以瓶

---

① 此例录于黑维强（2005），未知所据版本。查《集成》影兼善堂本、东京大学东洋文化研究所双红堂文库藏三桂堂本《警世通言》，此例中"饮吹"皆作"饮咦"。
② 《法藏敦煌西域文献》（25），上海：上海古籍出版社，2002年，第346页。
③ 温廷敬辑《潮州诗萃》乙编卷三十三，汕头：汕头大学出版社，2001年，第1193页。
④ 《南社》第八集，郭长海、秋经武主编《秋瑾研究资料文献集》（上），银川：宁夏人民出版社，2007年，第298页。
⑤ 丁世良、赵放主编《中国地方志民俗资料汇编·西北卷》，北京：国家图书馆出版社，2014年，第287页。

喝酒言"对瓶吹",一口将酒喝干言"一口吹"。林芹澜《蒲家庄杂感》:"传说从前井是满的,可以俯身吹饮清泉。"① 黄磊《我的肩膀,她们的翅膀》:"我爱喝酒,各种酒,我喜欢好友相聚时的吹饮,也爱暗夜独处时的小酌。"②

上揭白话小说诸例中,"吹"皆是"喝"义。"来吹来吃"即"来喝来吃",正与上文"酒食事情"相应;"没处吹吃"即"没处吃喝","吹惯酒食"中单言"吹"乃对仗要求使然。"吹下痧药"一例,"痧药"有丸状,有末状。清钱峻《经验丹方汇编·单方》:"诸葛武侯行军散(乳名痧药,临济超真大和尚传)牛黄、麝香、冰片各三分,朱砂、雄黄、硼砂、火硝各一钱,飞金三十张。研为细末,入磁瓶听用。"③ 本例当为药末。服痧药或需以鼻吸入,如清俞万春《结水浒传》第九十六回:"阴婆出来道:'贤婿路上受了日头气还好么?'戴春立起道:'还好。'阴婆道:'凝可闻闻痧药,免得发痧。'便取出一瓶卧龙丹,戴春闻了,打了几个喷嚏。"(1112页)④ 清陈森《品花宝鉴》第八回:"仲雨又将烟壶递与元茂,元茂不知好歹,当着闻痧药的,一闻即连打了七八个嚏喷,眼泪鼻涕一齐出来,惹得仲雨、聘才都笑。"(312页) 又或需用水调剂饮之,清吴炽昌《客窗闲话》卷二《时医》:"其妻弟酒已醺,随手撒一瓶,开视皆红面,包与其人而入……当是时,有都督某大将军驻是邑,得眩疾,发即晕绝,惟以痧药灌之,周时斯醒。忽疾作将毙,其夫人命卒求药,卒因吴医新设铺药,必认真,故买之而归。夫人莫辨,急以水调药末灌之,大将军腹中如雷鸣,须臾起坐,大呼:'妙药,妙药!'"(续四库1263 – 334)清恽毓鼎《澄斋日记·北上日记·五月二十八日》:"晓起眼眩腹闷,大有发痧之势,急以痧药治之,鼻口兼施,始得清爽。"⑤ "鼻口兼施"当指又闻又饮。《花月痕》中,"吹下痧药"当指调剂饮下。

---

① 《林芹澜文集·文论卷二》,北京:人民文学出版社,2015年,第175页。
② 《我的肩膀,她们的翅膀》,南京:江苏凤凰文艺出版社,2014年,第38页。
③ 《经验丹方汇编》,赵宝明点校,北京:中医古籍出版社,1988年,第23页。
④ "凝"当是"疑"之俗讹,"疑"又是"凝"之俗省,《结水浒传》第七十七回:"吴用道:'这几日沿途必然严紧盘查,二位凝可绕别处走。'"(326页)又第八十二回:"秀儿之言,凝可信其有。"(478页)
⑤ 《澄斋日记》,史晓风整理,杭州:浙江古籍出版社,2004年,第6页。

搣

顶。明无遮道人《海陵佚史》卷下："老爷便把我一推，推倒在床上，扯断了裤带，扯下了裤子，把那硬坚坚、直竖竖、圆丢丢、长唧唧的活宝，望着小妮子的腿胯里，只一搣，就搣进了半根。"① 又："海陵便替他解了裤子，把毡搣过去，心下还说他是个黄花女儿，不想一搣就尽了根，也不见他叫疼。"② 或作"滋（呲）"，《唱本一百九十册》致文堂板《老妈开唠》："立刻改皮气，哎哟，要把毛滋。"（此例宝文堂板作"呲"）《曲本》第十四册《商鞅考试》："鸡子呢，无非是鸡蛋……下他的时节，把毛儿一呲，小脸一红，吧哒下将出来。"（150/2/a6）"滋（呲）"为"竖起"义，"竖起"义与"顶戳"义往往相通（参看本书"笃"条）。据《汉语方言大词典》（1999：4095）"呲"条，西南官话中"呲"有"拱；翘"义。又据《汉语方言大词典》（1999：6300）"滋"条，北京话中"滋"有"（毛发）竖立"义，吴语中"滋"有"顶住"义，东北话中有"滋芽"一词，即"芽"破土而出，皆可参证。

剌心

"刺心"之讹。甲戌本《红楼梦》第四回："那门子笑道：'老爷真是贵人多忘事，把出身之地竟忘了，不记当年葫芦庙里之事了？'"夹批："剌心语，自招其祸。"（102 页）此"剌心"为"刺心"之讹，邓遂夫校为"杀"③，未确。以"刺心"状言语古籍中常见。武英殿刊《史记》卷六十九《苏秦列传》："秦王闻若说，必若刺心然。"武英殿本《后汉书》卷五十八上《冯衍传》："以为伯玉闻此至言，必若刺心，自非婴城而坚守，则策马而不顾也。"俗书"刺""剌"不分，上述二例百衲本皆作"剌心"。武英殿刊《魏书》卷九十八《岛夷萧道成列传》："夫安危有大势，成败有恒兆，不假离朱之目，不借子野之听，聊陈剌心之说，且吐伐谋之言。""剌心"亦"刺心"。柳宗元《段太尉逸事状》："太尉始为泾州

---

① 《海陵佚史》，《思无邪汇宝》，第 148 页。
② 《海陵佚史》，《思无邪汇宝》，第 155 页。
③ 《脂砚斋重评石头记甲戌校本》（修订 8 版），邓遂夫校订，北京：作家出版社，2010 年，第 134 页。

刺史时，汾阳王以副元帅居蒲。"①"刺史"即"刺史"。《红楼梦》第八十二回："一时，晚妆将卸，黛玉进了套间，猛抬头看见了荔枝瓶，不禁想起日间老婆子的一番混话，甚是刺心。"（2242页）甲戌本《红楼梦》第十三回："贾珍哭的泪人一般。"夹批："可笑如丧考妣，此作者刺心笔也。"（258页）《新刻绣像批评金瓶梅》第七十六回："玉楼道：'……人受一口气，佛受一炉香，你去与他赔个不是儿，天大事都了了。不然你不教他爹两下里也难。'"眉批："此一语足动金莲。刺心语一两言便了千古说法也。"上述诸例中，"刺心"皆"刺心"。清西泠野樵《绘芳录》第四十八回："红雯听说越发着急，又见他们人多口众，语语刺心，羞得腮耳皆红。"

聪明孔

喻指肛门或女阴。《六十种曲·西厢记》第五出："出家皆如此，休要假惺惺。开了聪明孔，好念法华经。"明陆人龙《型世言》第三十五回："无尘道：'不惟可讲，还可兼做，师弟只是聪明孔未开。'又来相谑。无垢道：'师兄何得歪缠我？'"（1518页）《金瓶梅词话》第五十四回："伯爵道：'你两个倒也聪明，正合二爹的粗主意。想是日夜被人钻掘，掘开了聪明孔哩！'"（1448页）清古吴憨憨生《飞英声·风月禅》："那万空当初原是个色中饿鬼，因作丧过度，中年得了个痿疾，此念渐渐灰懒，所以月华夜夜□，还未开那聪明孔儿。"（80页）以上皆为男风事之隐喻。《醒世恒言》卷二十三："那女待诏便拍手拍脚的笑起来，说道：'好个乖乖姐姐！像似被人开过聪明孔了，一猜就猜着。'被小妮子照脸一口啐，唾骂他道：'老虔婆，老花娘！你自没廉耻，被千人万人开了聪明孔，才学得这篦头生意。'"（1328页）此"聪明孔"指女阴。"开聪明孔"为六朝以来俗语，清翟灏《通俗编》卷七引《荆楚岁时记》曰："社日，小儿以葱系竹竿于窗中掷之，曰开聪明。"（续四库194-344）又用以性隐喻。

醋客

喻指性欲较强的女性。清竹溪修正山人《碧玉楼》第四回："吴能

---

① 《新刊增广百家详补注唐柳先生文》卷八，《宋蜀刻本唐人集》（第42册），上海：上海古籍出版社，2012年，第327页。

说：'娘子有所不知，我家妇人原是个醋客，若常不回家去，断断不行。'"① 又第十八回："这碧莲是个醋客，离了男人不行。"② 清李渔《连城璧》第七回："这位醋大王是一刻丢不下醋味的，弄死了丈夫，只当打翻了醋瓮，成年成月没有一滴沾唇，那里口淡得过？少不得要寻个酿醋之人，就分付媒婆，要寻男子再醮。"（418 页）③

簇新

重新。清萧湘迷津渡者《笔梨园·媚婵娟》第五回："桂妈见干城身上破碎，便放肆起来，说道：'不要你来闲管。我女儿当初迎新送旧，极是周旋。是你前番来过一次，到如今只是躲头躲脚，簇新做出闺女儿的体态，须知我们是怎样人家，容得这蠢才装娇作势的？'"（89 页）清岐山左臣《女开科传》第六回："那和尚还昏头搭脑困在鼓里，且自在街坊上闲行摆踱，连自己也不晓得为着甚事这般精神恍忽，且去簇新寻了一个净室，搬去住了。"（190 页）清王兰沚《绮楼重梦》第三十七回："到得十月初十外，天气晴和，小钰发枝令箭，叫把观德厅簇新收拾一番，连晚把旗鼓箭挡通送了进来。"（888 页）《金瓶梅》第五十一回："妇人抖些檀香白矾在里面，洗了牝。"夹批：未写西门之玉，先写金莲之牝，盖玉是簇新改过，牝亦当一番刷洗也。④

跮

（1）"跮"之俗写。影戏《二龙山》第六部："不高不跮上下趁，叫人可爱难把话交。"（俗 190-563）又有"向下降"义，清花月痴人《红楼幻梦》第八回："包勇恨极，挈出棒来，身子一跮，认定这贼小肚，使足了劲，一棒点去，捣开五七丈远，肠断阴闭而死。"（345 页）又同回：

---

① 《碧玉楼》，《思无邪汇宝》，第 209 页。

② 《碧玉楼》，《思无邪汇宝》，第 266 页。

③ P. 2539 白行简《天地阴阳交欢大乐赋》："醋气时闻，每念糟糠之妇；荒淫不择，岂思枕席之姬？此乃是旷绝之火急也，非厌饫之所宜。"杨琳（2016）云："这里说的是男人身处窘境性饥渴的情况下与丑陋粗俗的女子勉强交合。……'醋气'应指丑陋女子身上的酸臭气味，以表明这些女子很少沐浴，不懂薰香。""醋气时闻"与"荒淫不择"对言，似当同义，皆指性饥渴的状况，因此连糟糠之妇亦可充数，然则以醋喻性欲古已有之。

④ 《皋鹤堂批评第一奇书金瓶梅》，王汝梅校注，长春：吉林大学出版社，1994 年，第 791 页。

"将身一跶,纵上房去了。"(352页)又第十四回:"只见遇春说完话,身子往下一跶,朝上一纵,跃进矶头,杀出城来。"(655页)清汪寄《希夷梦》第十一回:"脚下松泛,地若载不住人,渐渐跶低。"(535页)(2)"挫"之俗写。《红楼幻梦》第十八回:"震夏对湘莲道:'二哥具此英才,何不一往以跶其锋?'"(875页)《希夷梦》第十八回:"西庶长道:'今次可谓大跶折矣。'"(891页)

D

搭撘/搭搭撒撒

即"搭撒"。撩拨；逗引。清天花才子《快心编三集》第五回："喜儿道：'陈老儿却老实，总不与我搭撘，却待我甚好。'"（243页）又第十一回："大凡人心，好色的多，见了喜儿恁般相貌，不要说浑帐人要与他搭撘攀话，就是道学人看见了，也要心里转念。"（570页）《大词典》"搭撒"条："勾搭。《快心编三集》第八回：'人家子弟，家中妻子丑陋，便去搭撒那闲花野草。'"或言"搭搭撒撒"，《快心编二集》第九回："世誉离了父母，没人拘管，专去搭搭撒撒。"（405页）

打常

（1）即"打长"。长期。清瘦秋山人《金台全传》第三十一回："大娘的说话是真好，那晓得二老官驷马星坐命，最喜跑的。若讲常住一方，实在住不牢。便叫声：'姐姐有所不知，做兄弟的还要别处走走，寻几个朋友。若还住在这里可不误了我的终身大事了？……若要我打常住在这里是断断不能的。'"（259页）据文意，"打常住在这里"指长期居住于此。清陆士珍《麒麟豹》第七回："那方二爷是个真性之人，口内不言，心中思想：'此刻刁龙虽只投降于我，我又不是打常住在这里的，如若去后，刁龙仍旧威霸于此，全行众业照旧不能生理，如之奈何？'"（2）经常，总是。清逍遥子《后红楼梦》第二回："莺儿道：'我打常听见不许人说起"宝玉"两字，就恨你到这个地位。'"（61页）《明清吴语词典》（2005：106）"打常"条收第二义。

打掉/打调

（1）打下去；打败。清张春帆《九尾龟》第五十七回："果然宋子英被他捉住，也输了八九拳，方才把宋子英拳庄打掉。"（294页）清瘦秋山人《金台全传》第三十八回："我金台虽只扬名四海，拳头独步，打掉了多少英雄，从不曾打过石猴。"（324页）又第四十三回："金台道：'你们如若不信，大家不可声张，看我打掉了少林僧，便知真假了。'"（366页）又同回："贝州有一个小英雄，曾在何同门下，名唤金台，拳法精通，不知打掉了多少英雄好汉，多说他无敌手的。"（368页）又作"打调"，《金台全传》第四十六回："待我去与周通商议，聘几个有名的打手，打调金台便了。"（396页）又第四十七回："金母道：'我儿说在淮安打调少林和尚，本官十分敬重。'"（406页）（2）打消。清曹去晶《姑妄言》第二回："歇了算账要银子，众人道：'稜子磨了水了，把你那妄想心打掉了罢，爷们的钱都是好赢的？'"（217页）又第五回："那两个丫头道：'这却难，外边的人如何进得来，我们又出不去，劝姨娘姐姐打掉这念头罢。'"（590页）

打滚龙

像滚龙一样纠打在一起，形容打得不可开交。清邗上蒙人《风月梦》第四回："老实些说，今日有银子便罢，若没有银子，我同郑大老爷一同到县门首去打滚龙，挑挑县门首届班的朋友，看我中人犯法不犯法！"（39页）《白话小说语言词典》（2011：206）"打滚龙"条："揪扭在一起滚打。"细申之，"滚龙"谓盘旋翻滚的龙，明汪廷讷《投桃记》："今且黑漫漫雾隐南山豹，有日翻滚滚龙腾北海涛。"① 清墨憨斋主人《十二笑》第五回："（乜姑）踢得赛牛如龙翻大海，蛟扰西江，满地打滚。口里哼哼告求道：'娘，有话好好说，不消这般发恼。'邻里都上前来解劝。乜姑那里肯听，直伸手去，揪住赛牛胸脯，思想要拖到里边去，与他厮闹。不提防赛牛着了急，尽力一挣，他只想挣脱逃走。谁料乜姑站脚不住，扑的一交，也扭倒在地。此时乜姑放出泼丫鬟本来面目，那管千人百眼，不修半点边幅，揪住赛牛，在街市中心做个滚龙斗法。"（216页）清魏文中《绣云阁》第六十回："未几，鸾凤齐鸣，仙真陆续而至，衣冠楚楚，尽属滚龙盘绕，一身锦绣，备极鲜华。"（947页）

打还风阵

吃亏后再打一阵，常喻指报仇。清王兰沚《绮楼重梦》第十三回：

---

① 《投桃记》，《古本戏曲丛刊二集》影北京图书馆藏明刊本。

"妇人将身就地一滚，滚下了台，坐在沙里骂道：'狗道士，使巧功儿赢了我，我少不得要来打个还风阵的。'"（291 页）清瘦秋山人《金台全传》第二十九回："金忠道：'刘乃这老亡八，不知那里来的野贼，留在家中行凶打吾。吾今那肯干休，你去收管这无知小狗才，俺家要打还风阵呢，停一回来报仇。'"（240 页）章川岛《狗尾巴》："绍原兄，我被你骂得手心有点痒痒了，爰仿'每则均有答语'例，弄条狗尾巴来长在你那篇大文上。我却不是要向你来打还风阵，所以你尽可放心的把这条狗尾巴从头到末看一回。"① 或省作"打还风"，《金台全传》第二十九回："刘乃听见扣门，忙对金台说道：'扣门者必是金忠合了许多朋友来打还风，如何是好？'"（242 页）清陆士珍《麒麟豹》第十一回："彭教习，实难容，仰我去，合齐子同行中众弟兄，到这里，打还风，打得他叩头求告，张得才方算英雄。"

打明

同"明打明"。形容词。公开的；正大光明的。清王兰沚《绮楼重梦》第三十四回："王夫人见众人都在，独有淡如、小翠不来，知是害臊，就打发老婆子去唤了来，说：'前儿个我生了气，不许你们出院门，原是正什么②，这样的好春光，暂时游玩也不妨事，只要有个分寸就好了。'两人都应声：'是。'其实小翠是真不出来，淡如却早已出来各处逛玩的，何尝害臊？今日因为闻得太太、奶奶要来，才躲在家里。如今听了这话，又是打明的了，从此照前入群玩耍，毫无顾忌。"（808 页）"又是打明的了"言"又是正大光明的了"。"打明"为"明打明"之省，明罗懋登《三宝太监西洋记演义》第六十二回："到了明日，张狼牙当先出阵，高叫道：'甚么三太子的番狗奴，你只会背地里放暗箭。你今日明打明的出来，我和你杀个三百合来你看一看。'"（1692 页）曾良（2009：100）指出："'明打明的'即明明的。"'打'是个语气词，无实义。"陈忠实《白鹿原》第二十章："黑娃对着用被子围裹着身子的白吴氏说：'明人不做暗事。你去把灯点着，咱们明打明说。我是黑娃——'"③《白话小说语言词典》（2011：1041）"明打明"条："公开地；明明白白地。"举《西洋记》例，似以"明打明"为副词，与《绮楼重梦》例不符。《汉语方言

---

① 《语丝》第二十四期，载《语丝》（合订本第三册），北京：北新书局，1925 年。
② "原是正什么"不通，当有误。
③ 《白鹿原》（修订本），北京：人民文学出版社，1997 年，第 344 页。

大词典》（1999：3385）"明打明"条："①〈形〉很明显；十分清楚。叶文玲《长塘镇风情》：'明打明，镇委是把她当作基层骨干来培养的。'1981 年第 2 期《新剧作》：'现在我就明打明的告诉你，这百叶是我家公公叫我来拿的，给不给由你！'②〈形〉正大光明。"义项②正举《西洋记》例，此释义当从，但分为两个义项似无必要。

打皮瓜子／打皮科／打皮壳／打皮磕／打皮额／耍皮科

开玩笑；调笑。清小和山樵《红楼复梦》卷十："珍珠道：'大嫂子说的是正经话，你到打他的皮瓜子！'"（368 页）又卷八十五："槐大奶奶……道：'这样怪冷的，现飞着雪片儿，仔吗的在这儿说闲话？'宝钗笑道：'咱们并不是不怕冷，实在是知道大奶奶要来，在这里拱候。'探春道：'你别打皮瓜子。请大奶奶来瞧，这几枝梅花开的好不精神！'"（2994 页）影戏《镇宫图》首部："贵英翠平打皮瓜，玉妹皇姐快快走，不用再闹巧方法。"（俗 175－17）又言"打皮科"，光绪十年《玉田县志》卷七《方言》："打皮科，戏词也。"清王兰沚《绮楼重梦》第三十五回："谁知那倭公主心性聪明，……他就说句打皮科的话道：'夫子不失礼于死者，况生者乎？'众人都笑起来。"（847 页）又第四十七回："佩荃生气道：'呸！我真心实意的来央求你，你怎的只管打皮科儿混闹？'"（1133 页）《曲本》第三十册《神州会代赞》："说书罢，别打皮科儿了。"（354/1/b1）《老残游记》第十三回："因为你已叫了两个姑娘，正好同他们说说情义话，或者打两个皮科儿，嘻笑嘻笑。"注：皮科儿——趣语，打趣、调侃人的话。① 或作"打皮壳儿"，清汤宝荣《黄绣球》第二十一回："有一天，陈太太因为打发他出去之后，又追上去交代他一件东西。可巧他同赵二爷打皮壳儿，被太太碰穿了。"② 或作"打皮磕"，《曲本》第二十一册《于公案·察院》："但见众棍扬眉吐气，摇头晃脑一齐说：'七太爷又打皮磕咧！'"（81/1/a1）清杨米人《都门竹枝词》："打来皮磕怪尖酸，踹出跻来更受看。"③ 或作"打皮额"，影戏《双峰剑》卷三："娼妇为何玩耍我？打着皮頜会闲谈。"（俗 227－91）"頜"即"额"字，疑受"颏"影响而从页客声。"打皮磕""打皮瓜子"皆源自用"磕瓜"打人，据《近代汉语词典》（2015：1096）"磕瓜"条："戏曲表演的道

---

① 《老残游记》，北京：人民文学出版社，1957 年，第 131 页。
② 《黄绣球》，《新小说》第二年第 10 号（原第 22 号），上海：上海书店，1980 年影印。
③ 《清代北京竹枝词》，路工编选，北京：北京古籍出版社，1982 年，第 22 页。

具。木胎用皮包毡裹成瓜形，有柄，打人声音大却不太疼。元李伯瑜《小桃红·皮磕》：'木胎毡衬要柔和，用最软的皮儿裹。'明《金瓶梅词话》六〇回：'西门庆笑令玳安儿："拿磕瓜来，打这贼花子。"'"《小桃红·皮磕》曲后又云："兀的般砌末，守着个粉脸儿色末，浑广笑声多。"① 或作"嗑瓜"，明袁宏道《与耿中丞叔台》："如排场嗑瓜，无益音节，大为发诨之资也。"② "打磕瓜"为发诨之资，乃笑料耳，故以"打皮瓜/打皮磕"喻指"开玩笑"。或言"耍皮科"，影戏《镇冤塔》第六部："奴家说的是正话，不该向奴耍皮科。"（未刊76-469）

打跧/打扦/打迁

《白话小说语言词典》（2011：212）"打跧"条："即'打千（儿）'。"又"打千（儿）"条云："男子行的一种半跪礼，右手下垂，左脚屈膝，右腿略弯。"《大词典》"打千"条："满族男子下对上通行的一种礼节。流行于清代。其姿势为屈左膝，垂右手，上体稍向前俯。""打千"并不限于男子，清王兰沚《绮楼重梦》第二回："话未说完，收生婆到了，先向太太和大奶奶打了个跧，又向宝钗道：'二奶奶，不为德了。'"（21页）又第十四回："明心也打了一个跧。"（315页）明心为尼姑。又第二十四回："只见二位老皇姑迎将出来打跧道喜。"（556页）又第三十八回："香玉、盈盈故意领了众宫女、丫头向他打个跧。"（907页）陆澹安（1979：150）"打千"条："垂手屈一足行礼。"举《花月痕》第三十回例："这少的早向荷生打千，秋香赶着下车，就也向荷生打千。"（722页）此释义当从，例中"打千"亦两女子所行之礼。或作"打扦"，清逍遥子《后红楼梦》第二十一回："甄宝玉不敢再让，只得再打一扦，告了坐。"（609页）或作"打迁"，《曲本》第二十册《于公案·锥子营》："（于老爷）刚出板房，只见众官一齐打迁。"（434/1/c6）曾良（2017：384）指出："'千'是'跧'的音变。"

打砖

乞丐乞讨时以砖击打自己的身体，以勒迫人施舍。清潘月山《未信

---

① 《朝野新声太平乐府》，《四部丛刊初编》影乌程蒋氏密韵楼藏元刊本。
② 此例《大词典》释为"用牙齿对咬有壳的或硬的东西"，未确。

编》第六卷《庶政·保甲》:"别有一种流丐来历无稽,妆聋作跛,拦路跪街,叫号万状。昼则挨门闯户,假以求乞为名,暗相人家出入路径,夜则旋为窃盗。更有打砖磕头,身涂污秽,卧人店铺,诈死赖命,不舍不休,亦盗类也。"① 清丁耀亢《续金瓶梅》第四十五回:"不提防一个叫街的小花子领着一个狗,也在人丛里打砖化钱。"(1230页)又第四十九回:"沈花子骂毕,这个人怎肯干休,把沈花子一个砖夺来摔得粉碎,说:'你这花子,改不了光棍行持,倚势行凶,到了自家门上,还要装聋推瞎,偏有这些花言巧语,越发编出曲子来了。我把你这讨饭吃的本钱打碎了,丢开这根拄杖,看你有甚本领,也钻不出这个土孤堆去,再休想讨你那自在饭吃。'"(1326页)清佚名《隔帘花影》第十回:"可怜贾八几日街上打砖,并无人睬,吃了一口冷汤回来,死在路旁。"(158页)又:"猛见一个狗儿领着个贫婆,拖个小瞎子进来,抱着一块砖讨饭,心里好酸,想起云娘、慧哥不见,眼中泪落如雨。便说:'小花子,休打砖罢。我也是才回来的,没有家小,有几个冷烧饼,你吃去罢。'"(159页)《打砖》串关:"小子蓝继子,只因上京找寻兄长,这里寻也寻不着,那里找也找不到,只得拿石板一路拦街叫喊!"(升100-59033)下文:"(蓝钟秀、蓝钟林白)什么本钱?(蓝继子白)一条口袋一块砖,一双快子一个破碗。"(升100-59043)山东歌谣《爹当官》:"爹当官,儿大烟,孙子辈上会打砖。"注:"打砖:清末耍无赖的乞丐,用刀拍肚子,用砖打头,赖着讨钱要物。"② 王宝红(2014)专文讨论了"打砖"一词,指其义为"乞丐手持砖头敲打前胸后背,甚至不惜砸伤自己,以求得围观者的施舍",近是,③ 但应强调打砖是一种勒迫人施舍的行为。从相关语例来看,打砖后来形式化了,乞丐带砖乞讨只是一种象征,未必真有击打自己的动作。《聊斋俚曲集·磨难曲》第一回:"一个说道:'咱的苦楚一时也说不尽,就说煞那朝廷也听不见。咱还商议,这饭是该怎么讨法?'一个说道:'我可教的给你。你把喉咙打扫打扫,大叫道:"爷爷呀,奶奶呀,舍俺一碗饭哩。"'

---

① 《未信编》,《官箴书集成》(第3册),合肥:黄山书社,1997年,第161页。
② 《中国歌谣集成·山东卷》,北京:中国ISBN中心,2008年,第457页。
③ 王文另有两处值得商榷。一是引冯梦龙编《古今小说·金玉奴棒打薄情郎》例,指该词在宋元话本中已见。《古今小说》中的话本有的就是冯梦龙创作的——如佐藤晴彦(1988)怀疑《金玉奴棒打薄情郎》可能就是冯梦龙的作品——即便不是冯梦龙创作的,也经过冯梦龙的加工,如只此孤例,则很难确定"打砖"为宋元时代的词。二是文章认为,"'打砖'还发展为流落江湖之人的一门谋生技艺,相当于杂耍之类。《小八义》第四十九回:'我爹死后,我母亲带我到处乞讨为生。后来冻饿而死,我在济宁城外,打砖卖艺,葬了老母。'"这里"打砖"当即"乞讨"之义,是指通过乞讨和卖艺才葬了母亲。

一个说:'不好,不好!这样打砖了。'"① 徐复岭(2018:153)"打砖了"条:"比喻不会有收获;完了。"举《磨难曲》例,未确,"这样打砖了"乃言这样就是强讨了,故下文大家才一致决定采取唱莲花落这种讨法。

大大/达达/答答

爹。多为小儿对父亲的昵称,又用于妻子对丈夫、情妇对相好的狎称。"大(达)"有父义,是"爹"古音在方言中的存留,张清常(2006:110)指出:"'爹'早见于《广雅》,估计存在于古代口语中可能更早。上古音可能是[*ta],中古音同。明朝古典小说和现代甘肃、陕西、山西、内蒙方言用'达'[ta]。"明沈榜《宛署杂记》卷十七《民风二·方言》:"父又曰大。"② "大大"是其重叠形式,多为小儿对父亲的昵称,明李实《蜀语》:"呼父曰大大。"③《近代汉语词典》(2015:322)"大大"条:"称父亲,也昵称情郎。黄娥《柳摇金·嘲》:'乔坐花轿,疼杀我哥哥大大。'"《柳摇金·嘲》第四首为:"花衙乔坐,乔作花衙,疼杀我哥哥大大。"④ 此"大大"当即"哥哥",而非"父亲"义,黄娥《天净沙》曲:"哥哥大大娟娟,风风韵韵般般。……娟娟大大哥哥,婷婷袅袅多多,……"⑤此"哥哥""大大"同义连用。黄娥为四川人,西南官话中"大大"有"兄;哥哥"义,参看《汉语方言大词典》(1999:235)"大大"条。或作"达达",《金瓶梅词话》中习见,《近代汉语词典》(2015:298)"达达"条:"爹;为妻子对丈夫、情妇对相好的昵称。"清小和山樵《红楼复梦》卷三十一:"后来环兄弟听了坏人的话,几乎将巧姑娘上了大当,不是我拼着命的同他逃走,到刘姥姥庄上躲了一程子,只怕这会儿巧姑娘的孩子已经会叫达达呢。"(1112页)川戏《乾隆王游江南·三闯康城》:"(皇白)你父在那里去了?(西白)我达达人家请他吃酒去了。……(皇白)这个娃娃好聪明呀。"(俗108-35)或作"答答",日本东京大学东洋文化研究所双红堂文库藏《唱本六十四册·双小曲·绣荷包》:"看见了他比奴的年纪小,怀中抱娃娃。哎哟哟,他会吃喳喳,又会

---

① 《蒲松龄集》,路大荒整理,上海:上海古籍出版社,1986年,第1374页。
② 《宛署杂记》,《稀见中国地方志汇刊》(第1册),北京:中国书店,1992年,第161页。
③ 《蜀语》,《丛书集成新编》(第38册),台北:新文丰出版股份有限公司,1985年,第692页。
④ 《杨升庵夫妇散曲》,金毅点校,上海:上海古籍出版社,1989年,第110页。
⑤ 《杨升庵夫妇散曲》,金毅点校,上海:上海古籍出版社,1989年,第114页。

叫答答,哎哟哟,惨杀我泪如麻,不知孩子的答答奴家的他,哎哟哟,流落在谁家,将来配上咱!"

大市

大的集市,繁华之地。残抄本《壶中天》第八回:"李空同一夜饮酒大醉,遇张鹤龄于大市街,心中勃然怒起。"(109 页)清佚名《听月楼》第六回:"他若招认,便不用下问,就请教他父亲,纵子败坏同官的门风,污辱闺女的名节,他在大市也说不去。"(116 页)清佚名《雅观楼全传》第六回:"赖氏说:'今日办两样菜,叫观保在他老子牌位前磕个头,灼个包子,借他一个月孝,多戴一个月孝再脱,不能喜事穿此孝服,又不少他一天。此事也该行得,没人骂我。'问之费、尤,都说:'大市通行。太太不可过拘。'赖氏道:'我说行得。'"(121 页)"大市通行"谓大集市亦行得通,喻指到哪里也说得通。又喻指大规模,大场面。清花月痴人《红楼幻梦》第二十回:"宝玉道:'只怕来不及。你还是大市通请,还是怎样?'湘莲道:'咱们诸兄弟不用说了,所有各府老太太、太太、奶奶、姑娘们都要通概请的,上下内外酒席打点四十桌。'"(975 页)参看《大词典》"大市"条。

呆包

以固定的费用长期包养娼妓,此期间妓女不再接待其他客人。清佚名《雅观楼全传》第四回:"我没造化,昨日你在我房中,我二人对天发誓,我家忘八在外,将我呆包与院上个蛾子,即前日游湖那个本京人,呆包八个月,银八百两。"(74 页)又同回:"昨已同老妹丈谈,恐怕高家见一娘与老妹丈这等亲热相好,做出本京人呆包八个月事,自抬声价,希图得多金亦未可知。"(79 页)又第十三回:"雅观楼进房,汰化安慰了福官半夜,允了他呆包一百两一月,不接外客。"(252 页)封建社会地租亦有呆包这种形式,《兴化市志·农业》:"所谓包租,又有'呆包''活包'之分。呆包即不论年成丰歉,一律照额交租,不得减少。活包亦称活租,视年成丰歉,由业主额定折扣交租。"① 可资比勘。

---

① 《兴化市志》,兴化市地方志编纂委员会编,上海:上海社会科学院出版社,1995 年,第 171 页。

呆事

容易做的事；不费脑筋的事。清丁秉仁《瑶华传》第四十一回："倪二道：'你不用着急，我实对你说，算计却是你算计的，状底也算是你起的，这两件事却都是呆事，那银钱未必就能到手。若要银钱到手，倒重在那个通风的。'詹德著道：'怎么我算计同起状底倒是呆的，你通风倒是重的呢？'"（977页）清花月痴人《红楼幻梦》第十回："现在荣府家政，全是黛玉主持，熙凤不过照应呆事。"（455页）清西泠野樵《绘芳录》第六十六回："若说怕奶奶不谙，好些大不了的事！不过每月给发应用的款目与我们同伙的月费，这多是些呆事，我一个人也会做的。"清绿意轩主人《花柳深情传》第二十五回："看官知道，种田本是一件呆事，但有力气，男女无有不会者。"① 该词今扬州方言仍言，"呆"读如爷，参看李荣（2002：1770）。

呔/哬/哈

即"呔"。清邗上蒙人《风月梦》第五回："贾铭望见他两人这般光景，便喊道：'呔！看烧了手！'陆书同那妇人两下才惊觉了，彼此一笑。"（49页）或作"哬"，《煤黑上档》："（刘二混白）哬！这是仔么说呢！抅煤模子不瞧人，要抅瞎了我的眼呢。"（升100－58988）影戏《松枝剑》卷九："（上丑白）哬！算命的醒来！"（俗167－188）或作"哈"，影戏《泥马渡江·人部》："（王少义）哈！军校们！（有！）急急的行走！"（未刊65－145）鼓词《蜜蜂记》第三回："秦豹见他不说，一声喝道：'哈！好强徒！'"（未刊95－60）"呔"即"促使对方注意的吆喝声"，《风月梦》例北京大学出版社点校本作"你看烧了手"②，北京师范大学出版社点校本作"代看烧了手"③，并误。

单单别别/单单另另

孤孤单单。清佚名《生绡剪》第五回："列位哥，后世那有才学的男

---

① 《花柳深情传》，北京：北京师范大学出版社，1992年，第107页。按：该词条参考了匿名评审专家的意见，评审专家指出，"呆事"有"粗活之类"的意思，"呆"的语素义仍在。
② 《风月梦》，华云点校，北京：北京大学出版社，1990年，第26页。
③ 《风月梦》，朱鉴珉点校，北京：北京师范大学出版社，1992年，第27页。

子,一生遇不着一个好眷属,皆因前生做了那东坡的勾当,轻贱了韵人,故此今生单单别别,魂梦里也无个宁贴处。"(277页)按:"单单别别"无从取义。明佚名《宜春香质·风集》卷首有绣像题曰:"也亏一阵黑罡风,火轮下,抽身快,单单别别清凉界。"清张潮《虞初新志》卷一《小青传》:"其《天仙子》词云:'文姬远嫁昭君塞,小青又续风流债。也亏一阵黑罡风,火轮下,抽身快,单单别别清凉界。原不是鸳鸯一派,休算做相思一概。自思自解自商量,心可在?魂可在?着衫又撚裙双带。'"(35页)此例清陈梦雷《古今图书集成·明伦汇编·闺媛典》卷三六四《闺恨部·小青》引作"单单别却清凉界"①,"却"当是"别"之讹。"单单别别清凉界"一句,清古吴墨浪子《西湖佳话》卷十四作"单单另另清凉界"(622页)。"单单另另"乃孤单义,"清凉界"为清净无烦扰之地,与此义合。清杨潮观《快活樵山歌九转》杂剧:"却想世界上,那些鳏寡孤独的人儿,怎生单单另另过了日子?"②清顾璟芳等编《兰皋明词汇编》卷一叶纨纨《春恨》:"几日轻寒懒上楼,重帘低控小银钩,东风深锁一窗幽。昼永半消春寂寂,梦残独语思悠悠,近来长自只知愁。"李葵生注:写得单单另另。③"另"有"单;独"义④,宋元以来有"孤另""孤孤另另"等词,颇疑"单单别别"乃"单单另另"之讹。俗书"另""别"或相混,元李道纯《清庵莹蟾子语录》卷三《冬至升堂讲经》:"师曰:从教雪覆千山白,孤峰元自别巍巍。"⑤"别巍巍"乃"另巍巍"之讹,"另巍巍"一词元代以来文献中习见,参看《大词典》"另巍巍"条。双红堂文库藏日本抄本《肉蒲团》第十三回:"谁想他住的所在,是孤孤另另一个宅子,四面都是空地。"又下文:"那人道:'荒园的业主,叫做铁屝道人,就住在那孤另房子里面。'"⑥此例早稻田大学图书馆藏本、哈佛大学图书馆藏光绪戊戌年湖北石印本、光绪木活字本皆作"孤孤另另""孤另",双红堂文库藏宝永刊本作"孤孤别别""孤另",可知,"孤孤别别"当是"孤孤另另"之讹。影戏《仙桃会》卷二:"原居堪叹琼梅老,那怕离另各一边。"(俗223-126)"离另"即"离别"。清小和山樵《红楼复梦》卷五十五:"惜春道:'梅花纸帐,久矣不梦红楼。今遇故人,

---

① 《古今图书集成》(第422册),北京:中华书局,1987年。
② 《快活樵山歌九转》,《吟风阁》卷一,续四库1768-20。
③ 《兰皋明词汇选》,王兆鹏校点,沈阳:辽宁教育出版社,1998年,第23页。
④ 《近代汉语词典》(2015:1195)"另"条:"孤独。另,通'零'。"
⑤ 《清庵莹蟾子语录》,《道藏》(第23册),北京:文物出版社,上海:上海书店,天津:天津古籍出版社,1988年,第744页。
⑥ 据石昌渝(2004:283),此抄本可能是据原刊本所抄。

暂解孤别。'"（1915 页）疑"孤别"亦"孤另"之讹。

淡白

即"淡泊"。冷落。清李渔《合锦回文传》第三卷："当日，柳公深知此弊，因即对赖本初道：'刺史非荐馆之人，荐馆非官长之事，此言再也休提。'本初抱惭而退。柳公既淡白了本初去，心中倒念着梁生。"（82 页）又第四卷："不想莹波竟把他来十分淡白，大不是先前光景。"（165 页）清佚名《说呼全传》第十七回："月娥道：'嫂嫂，我心事却没有，只是听得爹爹向那呼家的后生说什么同庚不同庚的话儿，倒被这后生淡白。嫂嫂，你道气也不气！'三娘道：'怎么淡白？'月娥道：'他说报过了父母的仇，然后说那对亲的话，岂不是被他淡白？'"（292 页）

蛋卷

一种以鸡蛋饼包卷馅子做成的食品。清李化楠《醒园录》卷下《蛋卷法》："用蛋打搅匀，下铁勺内。其勺当先用生油擦之，乃下蛋煎之，当轮转，令其厚薄均匀，候熟揭起，后仿此逐次煎完压平。用猪肉半精白的，刀剉_{不可太细}，和绿豆粉、鸡蛋清、豆油、甜酒、花椒八角末之类_{或加盐落花生更妙}，并葱珠等下去搅匀。取一小块，用煎蛋饼卷之，如卷薄饼样，将两头轻轻折入，逐个包完。放蒸笼内蒸熟吃之，其味甚美。"① 清逍遥子《后红楼梦》第三十回："小么儿就捧了两个银丝盒儿上来，一碟松瓤乳油酥，一碟梅花香屑风米糕，一碟杏仁飞面野鸡合子，一碟玫瑰合桃蛋卷儿，配上龙井茶。"（870 页）《唱本一百九十册》第一书局板《饽饽阵》："鸡蛋饏儿吓了一跳，奶饏小姐泪盈盈。"

叨蹬/叨噔/叨蹭/刀登

即"叨登"。重提旧事。《白话小说语言词典》（2011：241）"叨登"条释义②："宣扬（内情）或重提（旧事）。"清石玉昆《忠烈侠义传》第八十一回："员外这一到京，若把三年前的事情叨蹬出来，你就是隐匿

---

① 《醒园录》，《丛书集成新编》（第 47 册），台北：新文丰出版股份有限公司，1985 年，第 629 页。

不报，罪加一等。"（2559页）或作"叨噔"，清归锄子《红楼梦补》第六回："你想紫娟这个人可放得在这里的吗？一见宝玉叨噔些什么话出来，就是太太也断然不依。"（238页）清佚名《龙图耳录》第八十二回："既是那时候的事情，为什么这时候才叨噔出来呢？"① 或作"叨蹬"，戚序本《红楼梦》第六十回："婵姐忙拦住了说：'老人家去怎么说呢？这话怎得知道？可又叨蹬不好了。'"（2286页）又第七十二回："他们发昏，没记上，又来叨蹬这些没要紧的事。"（2792页）清吴趼人《瞎骗奇闻》第七回："（王先生）肚子里盘算了一回，恍然大悟，暗道：'该死该死，说话真不留心，他回去要叨蹬出来，我怎样再与他家来往呢？'"② 或作"刀登"，《曲本》第二十一册《于公案·察院》："郎应兴，琐碎唠叨令人憎，倚仗他是本管领，胡里胡涂混刀登。"（90/1/b1）该词当源于"倒蹬"，清蒲松龄《聊斋俚曲集·翻魇殃》第十回："剩了他娘四个在那破屋里，支锅做饭吃着，每日倒蹬那粪土。那屋壁破墙垣，四下透黑浪烟，一行倒蹬一行叹。"③ "倒蹬"为"翻过来倒过去"之义，较早又作"腾倒"，宋王禹偁《量移后自嘲》："可怜踪迹转如蓬，随例量移近陕东。便似人家养鹦鹉，旧笼腾倒入新笼。"④ "倒腾"最初是由并列结构的短语词汇化为双音词的，"倒""腾"义同，都有"搬移；倒换"之义，《水浒传》第四十九回："有时性起，恨不得腾天倒地拔树摇山。"（1605页）此为单用语例。后"倒腾"又引申出"旧事重提"之义，作用对象由具体的物变为抽象的事，把旧事又"倒腾"出来。

倒鬼/叨鬼/祷鬼话

即"捣鬼"。（1）装神弄鬼；说谎。明方汝浩《禅真后史》第十八回："张氏跳起身道：'好嘴脸！天杀的专会撮软脚、弄虚头、着神倒鬼的胡讲！'"（424页）清瘦秋山人《金台全传》第四回："那些妇女丫环们唧唧浓浓说：'吾们太太生成怪病，名家医生多看到，多是倒鬼骗铜钱。'"（36页）又第三十八回："马俭开口叫道：'牛大哥，勿是这一阵倒鬼，那里有这十两头买白纸钱到手呢？'"（329页）（2）胡猜乱想；暗自揣度。常指人自言自语或嘀嘀咕咕。清佚名《争春园》第二十一回：

---

① 《龙图耳录》，上海：上海古籍出版社，1981年，第902页。
② 《瞎骗奇闻》，载《绣像小说》。
③ 《蒲松龄集》，路大荒整理，上海：上海古籍出版社，1986年，第999页。
④ 《量移后自嘲》，《小畜集》卷九，《四部丛刊初编》影宋刊本。

"阮氏见丈夫回来,吃了一惊,出神倒鬼的,脸上一红一白,凤林也不在意。阮氏只怕曹若建来,愁到晚上,见他不来,略略放心。"(445页)此指阮氏因怕被撞破奸情而时常出神、瞎想。清石玉昆《忠烈侠义传》第五回:"这老头为人的心胜,一夜不曾合眼,竟自捣了一夜的鬼。"(235页)此指胡思乱想了一夜。影戏《金蝴蝶》第三部:"不知他是煞心眼,其中缘故好难猜。正是他俩胡倒鬼,呀,不好了,那边火光着起来。"(未刊62-43)此言两个丫环背地里猜度老爷强抢民妇之事。又:"路窄带着不平,你说可也是否?正然倒鬼一阵风,寻山大虫一声吼。"(未刊62-68)此言中等人正胡思乱想之际,突然来了老虎。《白话小说语言词典》(2011:242)"捣鬼"条:"暗中盘算。〔例〕这穆太公一头走路,一头捣鬼。(照世杯·掘新坑)"从上下文来看,此亦指穆太公自己胡思乱想。其例再如清佚名《离合剑莲子瓶》第四回:"众家人捣鬼道:'再过一月就是中秋,未何今日排酒?'"(63页)此"捣鬼"即"暗自猜想",而非"盘算"。影戏《金蝴蝶》第十二部:"(二丑白)二位小姐怎么不发一言呢?」他还使巧瞎捣鬼,怎知一定要入套圈。"(未刊62-442)"二位小姐怎么不发一言呢?"是二人自己猜想时的自言自语。影戏《对金铃·赐部》:"(受)眼看着日落西山天晚了。」(分)大叔呦,今日你我赶不上。」(受)就是半夜也找着。(合)爷儿两个正捣鬼,马失前蹄跌一跤。"(未刊71-386)此指两人正自嘀嘀咕咕。早稻田大学图书馆藏《王道士捉妖狐狸缘》:"老道自己瞎捣鬼,惊动了纯阳吕祖得道仙。"此亦指王老道自己正在胡思乱想。正因与自言自语有关,故又作"叨鬼",影戏《大金牌》第七部:"路上暗寻思,自己瞎叨鬼……越想越喜欢,真正得个得。……单等回了京,寻个小媳妇,人头挑好的,还要作家女。自己混寻思,不知等到几。"(俗171-529)此"暗寻思""瞎叨鬼"互文,指胡乱思想,即下文"混寻思"。影戏《闵玉良》首部:"对着坟头只是哭,叽叽哝哝瞎叨鬼。"(未刊68-408)此言不知嘟嘟囔囔乱说些什么。或言"祷鬼话",石派书《上任》:"这一番动作未免被手下的公差纳闷,离着老爷远些的人都是交头接耳,跟随切近的人只好肚里祷鬼话,一齐猜这位新任太爷不是酒癫可就是气迷。"(俗404-177)此例下文明言"猜",可证"倒鬼"即"猜想"义。

底笑

即"低笑"。《清平山堂话本·简贴和尚》:"浑家底笑,就灯烛下把起笔来，就白纸上写了四句诗。"（13页）程毅中《清平山堂话本校注》（2012：36）校云："'底'字疑误。《明言》作含。"今按，"底"不误，"底笑"即"低笑"也。清萧湘迷津渡者《锦绣衣·换嫁衣》："花玉人走近身边，并肩搭手，底声笑语道：'当初白乐天有二美人，一名樊素，一名小蛮。'"（8页）清佚名《粉妆楼全传》第六十回："锦上天道：'大爷，他两耳有眼，说话底柔，一定是个女子。'"（542页）"底柔"即"低柔"。清佚名《万年清奇才新传》第七回："黄坤底头一想：'这个狗官，他想贪功，断难饶我这条性命。'"（173页）《绣像义妖传·惊堂》："小青底头送茶出来。"《唱本一百九十册》京都藏板《赵小姐守节》："老少男女都看我，底言语，笑话咱。""低笑"即"含笑；微笑"，文献中屡见。宋朱敦儒《点绛唇·春雨春风》词："缓歌低笑，醉向花间倒。"① 宋蔡伸《念奴娇·画堂宴阕》词："低低笑问，睡得真个稳否。"② 明孟称舜《娇红记》第三出："（旦低语贴介）看三哥似不任酒力了。（贴低笑介）小姐初见，怎便恁般相知哩？"③ 明陆人龙《型世言》第三十回："恰也有好些身分，浅颦低笑，悄语斜身。"（1300页）"底""低"自古相通，参看《大字典》"底"条。

抵粧/抵赃

打算。清瘦秋山人《金台全传》第四十七回："又想想丈夫骨殖仍在孟家庄上，抵粧兄弟前去讨转，如今不必再想了。"（405页）又作"抵赃"，《金台全传》第四十九回："何其道：'还有朋友呢？'张其道：'多在孟家庄上，抵赃在孟家庄做个下处，救了金台，好在那边存顿的。'"（420页）又同回："那金台已是抵赃一刀两段的了，所以如今也不坐工了。"（423页）又作"抵庄""抵桩""抵装""低庄""底装""底桩"等，参看《明清吴语词典》（2005：130）"抵桩"条。

地根儿/地跟儿/弟起喱/起根/弟起/苐起

原来；原本；早先。清逍遥子《后红楼梦》第二十回："黛玉大笑起来，道：'宝玉，你翰林虽则当了，地根儿还平常。'"（587页）又第二十

---

① 《全宋词》（第2册），北京：中华书局，1965年，第859页。
② 《全宋词》（第2册），北京：中华书局，1965年，第1008页。
③ 《节义鸳鸯冢娇红记》，《古本戏曲丛刊二集》影明末刊本。

五回:"袭人算什么,你自己可不损了些名儿,地根儿宝玉这小子也糊涂死了,大白昼什么地方,把燥丢完了。"(730页)又第二十五回:"黛玉道:'我呢原也说过,但则老爷的性子利害,地根儿又恼他,若是老爷知道了,怕不重处?但则打起来没有命呢。'"(714页)清小和山樵《红楼复梦》卷七:"只听见净虚说:'你别怪我,地根儿谁叫你肯呢?'"(244页)又卷三十一:"花二奶奶道:'我地根儿叫他同过来。'"(1087页)《乌龙院》总本:"若是知道,地也扫了,画儿也挂了,地根我就没打算你来吗!"(升100-58666)或作"地跟儿",《红楼复梦》卷八:"一个说:'地跟儿叫做万缘桥,不知这回修了叫个什么名儿?'"(286页)又卷二十三:"宾来道:'西张累坠着呢,他要个结实保人,他才肯放。我地跟儿是周嫂子作保,你要借必得先找定了保人是谁,我再替你去说。'"(818页)"地根儿""地跟儿"即"底根儿",《近代汉语词典》(2015:369)"底根"条:"本来;原来。《元曲选·岳阳楼》一折:'〔柳云〕师父,你怎生识的小圣来?〔正末唱〕我底根儿把你来看生见长。'"《朝鲜时代汉语教科书丛刊续编(下)·中华正音》:"我全都告送你听明白,底根杀鸡的时候儿,杀了鸡拿热水先退毛。"① 又作"弟起喇",《曲本》第七册《卖饼子》:"大嫂子,弟起我的脑袋有这们大。"(363/2/c2)或作"起根",《乌龙院》总本:"(闫白)什么颜色不对的?起根你就不该来。"(升100-58669)又言"弟起",子弟书《一匹布》:"皆因他弟起家很阔,初交时还有他的娘,可死了父亲。"(未刊120-31)或作"苐起",京剧《龙凤配》:"(旦白)搁在窗户台儿上。(外白)看烧了窗户纸。(丑白)苐起就没糊之纸,不用诈妙。"(俗343-554)

递年

犹"积年"。有经验、有阅历的。"递年"有"积年;多年"之义,《骂曹》曲谱:"递年来尸满过啼鸦。"(升51-27135)引申指"有经验、有阅历的",清佚名《生绡剪》第七回:"县主听了,倒也目定口呆。天下古今,有这等认真透彻的男子!便叫为首递年戏子报名,比律拢招。"(389页)又第十八回:"递年里长报知县里太爷,太爷即命渔船捞尸。"(963页)

---

① 《朝鲜时代汉语教科书丛刊续编》(下),汪维辉等编,北京:中华书局,2011年,第287页。参看殷晓杰(2010b)。

揼/垫/点/掂

（1）即"跕"。提起脚跟，以脚尖点地。清天花才子《快心编三集》第十一回："喜儿便取了一条带子，爬到台上，又爬到厨顶，穿在梁间，一头在梁上打了一个疙瘩，一头缚做一个活套儿，把头钻在套里，揼离厨顶，荡将出来。"（596页）此指以脚跕离。或作"垫"，残抄本《壶中天》第七回："女人道：'便是有篮儿挂在高处，昨日要取来用，探去不勾，因垫着足尽力伸臂取下。'"（47页）或作"点"，《绣像义妖传·游湖》："许仙只有一脚点在石尖，看得呆了。"疑此"点"亦记"跕"音。又有引申用法，明伏雌教主《醋葫芦》第十一回："成珪臀尖略略掂椅而坐。"（366页）（2）拨弄。该义辞书及相关著作多举开锁例，如《大词典》"揼"条即释为："拨弄。指开门或开锁。"今补二例。清嗤嗤道人《警寤钟》第十一回："抬头见桌上灯还未曾熄，向前揼明。"（155页）《绣像义妖传·盗草》："（许仙）口里牙关紧闭，难以进药，便取银簪轻轻揼开牙缝，便将茶匙抄汤在嘴唇齿上润湿。"字或作"捵"，《大词典》"捵"条："轻轻拨动。《二刻拍案惊奇》卷二十九：'蒋生幸未熄灯，急忙捵明了灯，开门出看，只见一个女子闪将入来。'"张文冠（2014：102）指"揼"本当作"铦"，可参看。

刁蹬/刁顿/扚蹬/倒腾

（1）人性格特异、苛刻。明顾起元《客座赘语》卷一《方言》："人之溪刻者曰'跕落'，曰'疙瘩'，曰'嶢崝'，曰'揼搭'，曰'刁蹬'，曰'雕镌'，曰'窭数'。"（存目子243–257）清安阳酒民《情梦柝》第四回："话说楚卿用过饭，想道：'这妮子好刁蹬，好聪明。'"（41页）（2）通过拖延而使事情阻滞；刁难。元徐元瑞《吏学指南》卷六《勾稽》："刁蹬，谓事应速而故意蹭蹬而阻滞者。"（续四库973–305）元郭畀《客杭日记·至大元年十月初二日》："到省中付文书与选房，以未照元除，又欲刁蹬。"①《陈州粜米》（臧）第一折："他若是将咱刁蹬，休道我不敢掀腾。"《金瓶梅词话》第九十一回："偏这淫妇，会两番三次，刁蹬老娘！"（2727页）又第五十八回："偏你会那等轻狂百势，大清早晨，刁蹬

---

① 《客杭日记》，《知不足斋丛书》（1），京都：株式会社中文出版社，1980年，第246页。

着汉子请太医看。"（1586页）方言中"蹬""顿"同音（参看"哼哼腾腾"条），又写作"刁顿"，清李渔《怜香伴》第十六出："（生、旦）成与不成也要说，为何这等刁顿人？"① 清陶怀真《天雨花》第二十一回："看你故意推不晓，不知刁顿甚何人。"② 又作"扨蹬"，《红楼梦》第九十九回："明是不敢要钱，这一难留扨蹬，那些乡民心里愿意花几个钱早早了事。"（2686页）《汉语方言大词典》（1999：1109）收"扨蹬"一词，释为"折腾；重提或追究往事。北京官话"。举《红楼梦》例为证，与释义不符。本例中"扨蹬"即"刁蹬"。或写作"倒腾"，1915年《瓮安县志》卷九《方言》："作难曰倒腾。"有误"倒腾"为"刁蹬"者，柯邵忞《新元史》卷九十八《兵志》一："二十九年，江西行省言：'亡宋之末，本为募军数少，于民间选择壮丁、义士等名目。归附后，依旧为民。岂期军民长官不肯奉公，递互计较，展转刁蹬贩卖，至于贫愚，不能申诉，终身充役者有之。'"③ 此例中，"刁蹬"为"买进卖出"义，当作"倒腾"，盖因音近而误。

吊

以绳束缚；拴；绑。《金瓶梅词话》第十五回："这西门庆听了，暗暗叫玳安把马吊在后边门首等着。"（403页）《白话小说语言词典》（2011：269）释为"牵"，误。徐复岭（2018：194）以为同"调"，为"调遣"义，误。《近代汉语词典》（2015：384）释为"拴"，近是。明佚名《全相说唱包龙图断赵皇亲孙文仪公案传》卷下："一条铁棒光如水，二等麻绳吊得真。……头发挽在枷梢上，一条大棒手中存。手脚又把绳来缚，怎生做得不招人？"④ 明方汝浩《禅真后史》第二十三回："（那虞候干办）将一条绳子把二人吊了，横拖倒拽，扯了前奔。"（531页）又第四十二回："早被一伙青衣汉子攥住，取一条臂膊大小的绳子夹脖子吊了。"（988页）清萧湘迷津渡者《都是幻·写真幻》第三回："（月珠）骂道：'贼婆娘！把我房中金珠钗钏，都骗了过来。我如今吊到府中，活活打死

---

① 《怜香伴》，《笠翁十种曲》，日本早稻田大学图书馆藏世德堂藏本。
② 《天雨花》，同治丁卯纬文堂刊本。上海大达图书供应社1934年刊本第四十二回、中州古籍出版社1984年李平编校本第二十一回皆作"刁难"，是不识"刁顿"之义而误改。
③ 《新元史》，上海：开明书店，1935年，第228页。
④ 《全相说唱包龙图断赵皇亲孙文仪公案传》，《明成化说唱词话丛刊》，上海：上海书店，2011年。

你这小婆娘。丫嬛们,快与我吊了回去。'只见四个大脚丫头,一齐动手,把垂杨上了麻绳扎着。"(164页)又同回:"如今且吊他回去,然后悄悄问他详细便了。"(166页)又:"山鸣远掀了书童屁股,刚刚打下,闻知奶奶已吊了垂杨归来。"(167页)又下文:"叫丫环牵进房中,吊在柱上。"(168页)此即"绑在柱上"之义。影戏《龙图案》卷五:"旨义下,把门封,居家良眷,送入监中,还要将你吊,赴都问罪名。"(未刊75-127)清佚名《乌金记宝卷》:"(小丑白)呕,让我来吊好仔庄门,勉得他逃之夭夭,我去买得转来没是哉。(和佛)不表龙雷街坊去,再表明白转家门。行走已到庄门首,呀,因何门上来牛绳?莫不是娘子已到街坊去,我且进去看分明。忙将绳儿来解下,推推门儿紧腾腾。(生白)呀,这也奇了。我想外面吊了绳儿,里面因何上闩?嘎,是了,莫非娘子原在里面,此绳谅必过往人儿所吊。"①"拴""绑"皆以绳束缚也。

跌跶一跣

"跌跶跌跣"之讹。形容人跌跌撞撞的样子。嘉庆刊本《常言道》第五回:"随后这个人到了,闻得钱将军不受他的礼物,跌跶一跣在孟门边就碰了一鼻头的灰。"(98页)此例春风文艺出版社校本作"闻得钱将军不受他的礼物,跌一跣,在孟门边就碰了一鼻头的灰"②,浙江古籍出版社校本作"蹉跌一跣,在孟门边碰了一鼻头灰"③,并误。《善本初编》影嘉庆十九年本作"跌跶跌跣",当从。清张南庄《何典》第九回:"那时吓得魂不附体,夫妻两个跌搭跌撞的赶到怪田里去寻看。"(128页)"跌搭跌撞"即"跌跶跌跣",皆是形容人跌跌撞撞的样子。《常言道》例当作"随后这个人到了,闻得钱将军不受他的礼物,跌跶跌跣在孟门边就碰了一鼻头的灰"。值得注意的是,"一跣"之"一"乃"跌"之替代符号,嘉庆刊本《常言道》遇笔画较多的字往往以"一""十""上""土""不""又"等笔画较简的符号替代,需仔细辨别。如第十回:"却被这小人国内的人一得十二八倒"(208页),其中"一""二"皆为替代符号,"十"为"七"之讹,嘉庆十九年本作"缠得七颠八倒",当从。再如第十回有"栈房"一词,又作"一房"(208页)。又第十二回"正欲十一

---

① 《乌金记宝卷》,文元书局石印本,据《中国基本古籍库》。
② 《常言道》,《中国古代珍稀本小说续》(6),沈阳:春风文艺出版社,1997年,第347页。
③ 《常言道》,《古代中篇小说三种》,杭州:浙江古籍出版社,1986年,第146页。

马头"（236 页），其中"十一"当为"掉转"。又或以"土"为替代符号，如第十回有"不甚华土"（206 页）一语，其中"土"当是代替"丽"的符号，同回有"打得上，十得下；救得人，杀得人"之语，"十"亦是替代符号，但所代何字不详，嘉庆十九年本作"撤"。又如第十一回"吕强词"又作"吕强计"（212 页），同回有"十个道理"即"讲个道理"（212 页）。又或以"上"为替代符号，如第十二回："话说钱士命同了吕强词、眭炎、冯世，领兵要灭李信，上独家村望前奔去。"（234 页）此"上"即"离"之替代符号，第十一回末正作"眭炎、冯世跟随吕强词，在后领了一支兵，离独家村望前进发"（231 页）。此例春风文艺出版社本作"上独家村"①，浙江古籍出版社本作"出了独家村"②，皆误。又或以"不"为替代符号，如第十二回："那挪不散的块痕又是还心疼起。"（245 页）此例嘉庆十九年本改"还"作"還"，"还心疼起"不通，"不"应是替代符号，此"块痕"是钱士命心之所在，第十一回："但觉那黑心，从喉间一滚，直溜腋下，横在一边，外面腋下皮上仍旧起了一个块。"（230 页）似当为"连心疼起"。又或以"又"为替代符号，如第十二回："将军勿又，小僧回寺再求救命皇菩萨去也。"（250 页）此例嘉庆十九年本作"将军勿扰"，当从。

迭/叠

本为"重叠"义，引申指"交叠；挨蹭"。明陆人龙《型世言》第二十八回："颖如道：'打凭你打，要是要的！'涎着脸儿，把身子去迭，手儿去摸。"（1224 页）"把身子去迭"即用身体去挨蹭。明无遮道人《海陵佚史》卷下："文曰：'迭一迭，搽一搽。搽迭相仍，趣味从来无赛。'"③"搽"为"抱"义，"搽迭"指又抱又挨蹭，皆指身体交叠在一起。清佚名《三春梦》第二回："街上百姓观看，真乃压肩迭背，挨塞不离。"④"迭背"指与前人之背交叠，即挨着前人之背。该义多写作"叠"，明杨尔曾《韩湘子全传》第二十二回："告示挂完，满郡黎民挨肩叠背，诵读一遍，无不赞叹。"（634 页）明周清原《西湖二集》卷二："那时自

---

① 《常言道》，《中国古代珍稀本小说续》（6），沈阳：春风文艺出版社，1997 年，第 392 页。
② 《常言道》，《古代中篇小说三种》，杭州：浙江古籍出版社，1986 年，第 183 页。
③ 《海陵佚史》，《思无邪汇宝》，第 121 页。
④ 《三春梦》，北京：书目文献出版社，1985 年，第 9 页。

龙山以下，贵邸豪民，彩幕绵亘三十余里，挨肩叠背，竟无行路。"（71页）明罗贯中《三遂平妖传》第六回："街上看的人挨肩叠背，人人都道：'刁通判府里，时常听得里面神歌鬼哭，人都不敢在里面住。'"（135页）清魏文中《绣云阁》第七十九回："见三缄入，笑容可掬，共执其手，强坐于榻，叠肩偎傍，媚献百般。三缄任之，毫不揪睬。"（1235页）"叠肩"谓两肩相挨，交叠在一起。清崔市道人《醒风流全传》第十回："若得这个冤家来，傍香肩，同绣衾，叠嫩股，搂腰枝，嗳，也罢，只算那娇滴滴的小姐，把那玉笋尖尖的手儿，打了我一顿罢了。"（221页）清东山云中道人《唐钟馗平鬼传》第四回："在家昼则挨肩靠膀，夜则交胫叠股，好得如胶似漆一般。"（38页）"交""叠"对言，"叠"亦"交"也。《明清吴语词典》（2005：140）"迭"条："①即'凸'。凸出，挺起。②挺出身体的某个部位去碰撞。"释义②举《型世言》二十八回例，似将"迭"看成"凸出"义之引申，乃随文释义。"叠"确有"凸出"义，清邹必显《飞跎全传》第一回："有一位叠肚子大老官，名唤包人穷，按上界没良星临凡。"（3页）《红楼梦》第六回："只见几个挺胸叠肚指手画脚的人坐在大板凳上说东谈西呢。"（133页）① 然《型世言》中"迭"并非"凸出"义的引申，而是由"交叠"引申而来的"挨蹭"义。

顶对/丁

即"丁对"。抵；抵偿。清归锄子《红楼梦补》第二回："雪雁道：'你不是叫我和林大娘说过，到琏二奶奶那里去支月钱，他回报不能破这个例。后来送了四吊钱过来，说是他替己的，叫我且对凑着使。如今过了期，月钱还没送来，估量他们就要顶对这几吊钱，所以也没有去支。'"（68页）罗翔云《客方言·释言》："二物适匀谓之丁对。"今东北官话、北京官话、西南官话亦言"丁对"，参看《汉语方言大词典》（1999：106）及《近代汉语词典》（2015：389）"丁对"条。或单言"丁"，影戏《大金牌》首部："自古杀人要偿命，你与国舅把命丁。"（俗171-34）影戏《对陵金·忍部》："我家欠下银三百，本该应分叫奴丁。"（未刊73-33）《唱本一百九十册》京都藏板《赵小姐守节》："常言养女丁半子，养孩儿，白费心。""对"亦有"抵偿"义，参看《大字典》"对"条。

---

① 此例程甲本作"挺胸凸肚"（218页）。"叠"有"凸出"义之源，参看曾良（2009：108）。

顶戴/顶带

承受。《大词典》"顶戴"条："承受；继承。《初刻拍案惊奇》卷二十：'假如那王孙公子倚傍着祖宗势耀，顶戴着先人积攒下的钱财，不知稼穑，又无甚事业，只图快乐，落得受用，却不知乐极悲生，也终有马死黄金尽的时节。'"按："顶戴"无"继承"义。"顶""戴"同义连用，清佚名《后西游记》第二十四回："唐长老认得声音，知是小行者，便悄悄答道：'徒弟快来救我，这文笔甚重，我实难顶戴。'"（525 页）此用本义，又引申为"承受"，元邓玉宾《正宫·叨叨令·套情》曲："一个空皮囊，包裹着千重气；一个干骷髅，顶戴着十分罪。"① 清云间嗤嗤道人《五凤吟》第六回："婉如笑道：'我非妒妇，何须着慌？只要你心放公平为主。'琪生搂他道：'好个贤德夫人，小生顶戴不起。'"（67 页）清岐山左臣《女开科传》第八回："假如小小前程，也要费尽钱钞夤缘干来，也要凑着官运顶戴得起，还要在京里坐守听选，不是五年三年不得到手。"（267 页）或作"顶带"，《摔琴》全串贯："多蒙贤契盛情，二老怎么顶带得起？"（未刊 2－372）"顶带"义为"承受"，而非"继承"。又引申为"感戴"，《摔琴》全串贯："望乞主公恩怜私情，准假半载，回籍培修，顶戴洪恩。"（未刊 2－345）双红堂文库藏《梨园集成·双义节》第六回："君行仁臣蹈义万民顶戴，普天下不用招贤才自来。"

动寿气

动呆痴之气；犯傻。清佚名《说呼全传》第八回："呀，嫂嫂，那女孩儿家更不知道理，何必计较他？嫂嫂与我哥哥争论，也不过为儿女，他既讲'由命不由人'，也明白了'姻缘本是前生定，果然由命不由人'。那小姐后来决难怨及父母的了。嫂嫂你何不欢天喜地，动什么寿气？"（124 页）清夏敬渠《野叟曝言》第五十九回："璇姑笑道：'这也不必了！我们老秀才却是要考的，正考不取，还要赶遗才，赶大收，沿街告考，做出许多事业来哩！'素娥、湘灵俱笑道：'大宗师快些出题，这位老门生，敢要动寿气哩！'"（1624 页）"寿"有"呆笨；傻"义，姜亮夫（2002：300）云："昭人谓人拙直曰寿头，或曰寿。"又姜亮夫（2002：103）：

---

① 《朝野新声太平乐府》卷一，《四部丛刊初编》影乌程蒋氏密韵楼藏元刊本。

"昭人言呆痴不习事曰寿气。"据尉迟梦等《上海话俗语新编·上海闲话新篇》(2015:162)"二百五"条:"上海称人家木头木脑,呆笨相,洋盘相,带五分寿气,有点猪头三风味者,统谓之二百五。"上揭两例中,"动寿气"即"动呆痴之气"。《笑林广记》卷十二《谬误部·寿气》:"寿气（音同器） 一老翁寿诞,亲友醵分,设宴公祝,正行令,各人要带说'寿'字。而壶中酒忽竭,主人大怒,客曰:'为何动寿气（器同）?'一客云:'欠检点,该罚。'少顷,又一人唱寿曲,傍一人曰:'合差了寿板。'"①此例中,以"气"谐"器"音,暗指寿器,寿器、寿板皆棺材之谓。杨琳(2013)云:"'为何动寿气'字面上指为何动气,但'寿气'又有'傻气'之义,故云'欠检点,该罚'。""寿气"确有"傻气"之义,然本例"欠检点"之处似指在寿宴上言寿器、寿板等不吉之物。

兜兜

(1)招揽(生意)。清张春帆《九尾龟》第一七七回:"又好像是个半开门的私窝子一般,常常同着银姐两个人,到南诚信去坐一回儿,借此兜兜生意。"(799页)民国朱瘦菊《歇浦潮》第八十七回:"第二天鸣乾预备送钱前去,故找一个拉车的,包他一天车钱,借他的号衣空车,给毕三装扮起来,果然活像一个蹩脚黄包车夫样儿,叫他把空车停在那条弄口,有生意也假充兜兜,不过讨价比别人加倍转弯,还有谁肯坐他的车?"②"兜"有"招引"义,参看《近代汉语词典》(2015:400)"兜""兜揽"等条。(2)闲逛。清陆士谔《十尾龟》第二十二回:"马小姐道:'既然不打擂台,我们呆坐在这里做什么?还是兜兜圈子爽气的多。'马太太道:'费太太不知可喜欢外头去兜兜?'费太太道:'我是随便的。'"③又第二十七回:"不但是康小姐一个,凡公馆里宅眷,堂子里倌人,稍微有点子名气的,没一人不到夜花园里来兜兜,好似不到了夜花园,于场面上就有许多损失似的。"④清苏同《无耻奴》第四十回:"我倒有些不好意思,还是我们同到城外去,兜兜圈子,吃顿大菜罢。"⑤《歇浦潮》第八十

---

① 《笑林广记》,《善本初编》第六辑。
② 《歇浦潮》,上海:上海古籍出版社,1991年,第1264页。
③ 《十尾龟》,林辰等校点,《中国古代珍稀本小说》(1),沈阳:春风文艺出版社,1994年,第587页。
④ 《十尾龟》,林辰等校点,《中国古代珍稀本小说》(1),沈阳:春风文艺出版社,1994年,第646页。
⑤ 《无耻奴》,北京:中国文史出版社,2005年,第355页。

五回:"他因此常在私街小弄兜兜,或见有肩耸骨削、形似吸烟人出入的屋子,留心看看。"① "兜"有"转"义,光绪壬辰年净雅书屋刊《双珠凤》第一回:"自言自解兜弯转,不觉扑面吹来菊麝香。"出去闲逛或曰"兜兜圈子",又省称"兜兜",今"转转"亦有"闲逛"义②,可以比勘。

兜索子

系束肚兜的带子或金属链条。清邗上蒙人《风月梦》第一回:"兜索子瘦了肥了,耳挖子轻了重了。"(4页)又第十九回:"月香道:'我的金兜索子呢?'陆书道:'就在这两日代你办就是了。'"(261页)清浦琳《清风闸》第二十七回:"五爷叫请收生婆,又另外雇乳妈,老太代奶奶撕尿布,做布毛衫子,打项圈锁,打金兜索子,打金镯,打脚镯,都是金的。"(336页)《曲本》第三十册《灵官庙代赞》:"(知客)穿一件棕色纱道袍,大领儿露着里头的肚兜上金锁链儿。"(367/2/b4)此金锁链即兜索子。

笃/督

(1)戳。《警世通言》卷四十:"才把那脑后的杵儿架住,忽一杵在心窝一笃;才把心窝的杵儿一抹,忽一杵在肩膀上一锥。"(1719页)清江西野人《怡情阵》第五回:"扯着巧子,着实擦了一阵,又笃了一阵。"《绣像义妖传·镇塔》:"(法海)口中念念有词,把禅杖在地上一笃,里面楼上仙官眼花掩(撩)乱。""一笃"犹"一戳"。《汉语方言大词典》(1999:4221)"笃"条:"敲;戳;刺;指。吴语。粤语。"曾良(2017:420)指"笃""擉"等音义同"斀",《集韵·烛韵》:"斀,击也。"然上揭"笃"字不宜径释为"击",皆已引申为"戳"义。字或作"督",明桃源醉花主人《别有香》第十三回:"迨至当场,更娇姿怯怯,殊不胜情。生亦护怜,不忍加督。然茎已中刺,辣如火炙。琼谓玉道:'妹颇畏蜀,浼姐代庖,不识可否?'"③ 按:此例中,"畏蜀"之"蜀"即"触

---

① 《歇浦潮》,上海:上海古籍出版社,1991年,第1236页。
② "转转"有"闲逛"义,如"别总在屋里待着,多出去转转""国庆节准备去北京转转",参看《大词典》"转转"条。
③ 《别有香》,《思无邪汇宝》,第236页。

（觸）"之记音，"触"有"攮"义，明芙蓉主人《痴婆子传》卷上："余低声而言曰：'尔试以此触我凹中。'慧敏不解其故，曰：'触之何为？'予曰：'尔试从我，毋问，用力触之可也。'"① 清张南庄《何典》卷四："和尚道：'不妨，待我打发徒弟进去，连未考的疥虫替你一齐触杀便了。'雌鬼没奈何，只得由他扳屁弄屎孔的触了一阵方才歇手。"（56 页）或作"躅"，清佚名《一片情》第十一回："巴不着将根竹头向楼板上乱躅，羊振玉一发心慌，哀求苦告。"（432 页）或作"擉"，《一片情》第十四回："腊梨那里肯放？将这髻髻向妇人乱擉，不上几十躅，就完事了。巧姐笑道：'何如？我道这蠢东西，躅这两躅，有甚妙处？'"（554 页）。"笃"或作"薦"②，清岐山左臣《女开科传》第十二回："撞见司茗，扯他到大门之后，薦地叩头。"（443 页）"薦地"犹言"触地"。（2）竖。明无遮道人《海陵佚史》卷下："你把耳朵笃起来听一听，遇着人下个礼问一声。"③ 清佚名《万年清奇才新传》第六回："李巴山闻言，激得二目圆睁，浓眉笃企。"（127 页）"笃企"犹言"竖立"。或作"督"，清范寅《越谚》卷上："黄头毛，直督起。"（参看《大字典》"督"条）"戳；攮"义与"竖立"义常相通，如"擉"亦有"竖立"义，《红楼梦》第一〇五回："里头女主儿们都被什么府里衙役抢得披头散发，擉在一处空房里。"（2830 页）

肚脐/肚脐尾/磨脐/磨腹

"肚脐"为性器之隐语。因肚脐与下体接近并形似，清李渔《无声戏》第九回："达卿就把门帘一掀，走进房去，抱着孩子一看，只见：肚脐底下，腿胯中间，结子丁香，无其形而有其迹；含苞豆蔻，开其外而闭其中。"（533 页）故以肚脐为性器之隐语。清王兰沚《绮楼重梦》第十三回："道士就是一个倒扑腿飞过去，这靴后跟正中了他的两腿中间，那妇人阴门受了伤，叫声'好踢'，双手捧了小肚脐，疼得受不住。"（291 页）又清张南庄《何典》第七回："原来臭鬼老早晓得这色鬼在庙里的所作所为，若臭花娘跑去，真是羊落虎口，少不得被他们对准肚脐通肠教当一番；今得完名全节，好好回来，岂不是天大造化？"（103 页）清落魄道人《常言道》第九回："轩格蜡娘娘道：'在别人家屋里，羞人答答，像什么

---

① 《痴婆子传》，日本早稻田大学图书馆藏本。此书中"触"字多见。
② "薦"即"笃"之俗写，参看张涌泉（2010：158）。
③ 《海陵佚史》，《思无邪汇宝》，第 152 页。

样儿？'钱士命道：'吹熄了火，就是自己家里了。'钱士命便同他措笑，演了一演肚脐。只听见施利仁进来的声音，钱士命道：'施利仁，你且在外边坐坐，不要上肚便捉奸。'"（178页）上三例中，"肚脐"皆性器之隐语。清洪琮《前明正德白牡丹传》第二十三回："偏有一个不识时务的，执着双刀奔上前，向李桂金面门砍来。李桂金闪过，飞起一脚，踢中肚脐尾。那喽啰倒在地上，乱呼乱叫。"（290页）此例中，"肚脐尾"当指阴部。又以"磨脐"为性事隐语。明周清原《西湖二集》卷二十："柳府尹只因玉通不来参谒，心中着恼，暗暗叫营妓红莲假装寡妇，清明祭扫，捱进水月寺，要他坦腹磨脐。那玉通生平不曾见此物之面，怎生硬熬得住？霎时间不觉磨出那好事来。"（843页）清墨憨斋主人《十二笑》第六回："那娘子见丈夫转身，便不肯独睡，依然扒到堵伯来床上去，磨脐过气，替他压惊。"（284页）或言"摩腹"，《绮楼重梦》第二十八回："小钰笑道：'妹妹别囫说，有什么不懂？这就是"气吁吁其欲断，语嚅嚅而不扬"，正是"款款摆腰，便便摩腹"的时候呢。'"（687页）又第四十七回："（小钰）就布着他的嘴说：'像是小肚子要想肉吃，央我替他找一条肉筋儿，可是么？'"（1132页）又第四十八回："小钰笑道：'四位瞧得乐不乐？这会子别装腔害臊，快得很了，不过十天，就要钻进小肚子去了。'"（1142页）此二例中，"小肚子"亦隐指性器。①《曲本》第二十一册《于公案·花儿窑》："有被那，大人脚踢小肚子，捂（捂）着他兄弟乱古戎。"（219/1/c3）《曲本》第五十七册《窃五更》："小奴年轻相与了你，小肚子底下报过你的恩。"（380/1/a2）又《绣像义妖传·惊梦》："那间末，脐对腹，阴配阳，就在床中白相相。"此亦隐指性事。

短

（1）挡；拦。明佚名《梼杌闲评》第十一回："如玉道：'……老田是个坏人，他惯干截路短行之事，切不可信他，坏自己之事，快些收拾明日赶了去。'亲自代他打点行李，备办干粮，五鼓起来，催促丈夫起身，恐迟了田尔耕又要来拦阻。"（398页）清烟水散人《明月台》第八回："山上有一个黑风大王，打家劫舍，短截来往行人。"（49页）"截""短"连言，皆为"拦阻"义。清嫏嬛山樵《补红楼梦》第十九回："咱们笑咱

---

① "肚"之隐喻，可查阅白行简《天地阴阳交欢大乐赋》（P.2539），《法国国家图书馆藏敦煌西域文献》（15），上海：上海古籍出版社，2001年，第229页。

们的，给你们什么相干呢？难道你们还短住咱们的笑不成吗？"（579 页）林昭德《诗词曲词语杂释》（1986：37）"短"条："拦截。引申有拦路抢劫的意思。四川方言里也使用这个词。但四川方言所使用的意义还要广泛一些。比如有人在发言，别人劝告他不要说下去了，他可以这样说：'不要短我，让我把意思说完。'"清佚名《争春园》第三十九回："那个人家有一个雇工小厮不成人，就偷了此衣服首饰，这金镯恰就在内，他便拐而逃之，走这铁球山下过，遇见山上头目喽啰短住打死，将衣服镯头拿上山来，报了大王。"（775 页）《大词典》"短"条："指短路。拦路抢夺。参见'短路'。"《白话小说语言词典》（2011：294）"短"条："拦路抢夺。[例]严乡绅执意不肯，把小的的驴和米同稍袋都叫人短了家去。（儒林·五）"二者皆未收"挡；拦"义。《近代汉语词典》（2015：410）"短"条释义②："犹'断'④。""断"条释义④："拦截；阻挡。"亦举《儒林外史》例，此书证不确，"短了家去"义为"抢了家去"，而非"拦了家去"。"抢"是"拦"义之引申，《汉语方言大词典》（1999：6167）"短"条分列"拦""抢"二义，可参考。① (2) 引申为"难"。《补红楼梦》第八回："湘云道：'咱们先说过不要市井俗谈，要文雅的才算呢。'探春道：'你放心，这也短不住我。'"（236 页）又同回："探春笑道：'刚刚儿的短住你了，快把这三杯酒喝了罢。'"（237 页）刘一芝、矢野贺子（2018：136）"短住"条："一时没钱。谁也不能扛着钱走，一时不便，谁也难免短住。（《旧京通俗谚语》）"乃随文释义。(3) 又作补语，表示停顿，犹"住"。《曲本》第四十四册《寿荣华》第四部："总而言之，无有为非作歹的事，你拉住我盘问，如何盘短我？"（53/2/b7）京剧《龙凤配》："（外白）你这是暗合之搪我会点化不会，叫你搪不短。"（俗343－561）影戏《太原府》卷二："一句话问短了程老愣，放下酒盅子把泪搽。"（俗191－94）

短童

未成年仆人。宋曾几《投壶全中戏成》："旁观讵敢当劲敌，俯拾无劳命短童。"② 宋黄庭坚《和外舅夙兴三首》（其二）："风烈僧鱼响，霜严

---

① 王锳（2005：99）指"短"表"拦截"无所取义，它应是"断"字的假借。曾良（2009：359）指"断"即"拦路打劫"，汪维辉、顾军（2012）认为"短路"有"拦路抢劫"义是"断路"的误用。皆可参看。

② 《全宋诗》（第 29 册），北京：北京大学出版社，1997 年，第 18598 页。

郡角悲。短童疲洒扫，落叶故纷披。"① 明佚名《梼杌闲评》第十九回："家人取了行李来，收拾两间小楼与他宿，拨了个短童伺候。"（710 页）清佚名《雅观楼全传》第一回："次日大早，西商仍带短童到门。"（11 页）清西泠野樵《绘芳录》第三十回："五官终日啸傲其中，玩花弄鸟，可谓心满意足。又买两名短童，应守门户。"《都门新竹枝词·风俗》："奴仆由来半雇工，京师偌大已成风。跟班弱齿尤难得，不惜倾资觅短童。"②

堆子

清代内外城在官厅以下各街巷设置的治安管理机构。清逍遥子《后红楼梦》第二十一回："赵先生恨的很，就悄悄的告诉堆子上。顷刻间，就有人来，将甄宝玉捆了去。"（622 页）清小和山樵《红楼复梦》卷四十二："说着，分开众人跑到街上，叫家人去将堆子上的叫来，说道：'花家出人命，这男男女女跑掉一个，我明儿问你要人！'"（1432 页）清归锄子《红楼梦补》第三十八回："他偏又结识不相干的人，非赌即嫖，勾引他在锦香院相与一个叫什么云儿，被堆子上知道了，要拿。"（1544 页）王宝红、俞理明（2012：152）"街堆子"条："清代京师内外城在官厅以下各街巷设置的治安管理机构。"举《啸亭杂录》《天咫偶闻》《藤阴杂记》等所记为证，释义颇为可信，唯言只设于京师则偏狭，清杨宾《柳边纪略》卷四："设堆子巡夜，始于己巳；南关定更钟，始于庚午。"（续四库 731－460）此记宁古塔事，可见他城亦设有堆子。《查关》全串贯："（付白）来了。嗻！你们这些堆子上听着，大姑娘在这里查关，你们小心着！"（未刊 3－380）此"关"指尤家关，亦非京师。据高明凯、刘正埮《现代汉语外来词研究》（1958：30），"堆子"为满语（juce）借词。

对冲银

市铺私做的成色极差的银子。清佚名《生绡剪》第十三回："左右称估，禀道：'银子是十两缺四钱，系对冲银。'察院道：'将杨五身边搜取，还有余银对验否？'左右一搜，还有四两，乃是纹银。"（732 页）清陈虬《变通交钞以齐风俗》："而有纹银—日高银、松江银、规银、对冲银。纹

---

① 《全宋诗》（第 17 册），北京：北京大学出版社，1997 年，第 11474 页。
② 《中华竹枝词全编》（1），潘超、丘良任、孙忠铨等主编，北京：北京出版社，2007 年，第 217 页。

银为最,松江次之,规银则但据以入算,对冲则市铺所作售,伪介乎钱银之间。"①

对夹

原、被告一起在公堂上受夹刑以分是非;对质。明东鲁古狂生《醉醒石》第五回:"这些帮闲的道:'行不得。他胡说乱道,他说有,公子说没,须与他对夹才是。'"(171页)清舒赫德《兵部尚书舒赫德奏将施奕学案内刘士禄解京质问折》:"汤应泰仍供云:'……刘士禄既如此供我,我情愿与他对质。'……臣又诱问赵殷中:'现据汤应泰说伪稿是你给他的,他转给了刘士禄,你系从何处得来的?据实供来。'据供'这伪稿我实不知情,既据汤应泰供说是我,小的情愿与他对夹'等语,反复究寻,并无异词。"② 又清王国栋《王国栋奏报讯问陈帝西等口供折》:"据供'若提到张继尧不认,小的情愿与他对夹'等语。"③ 清佚名《于公案奇闻》卷二第三十五、三十六回:"贤臣吩咐刑房:'快制两付新木夹棍拿来,任能和孙礼对夹,严刑审问!'"(115页)

对门主顾

《金瓶梅词话》第八十三回:"春梅道:'俺娘多上覆,你好人儿,这几日就门边儿也不傍,往俺那屋里走走去!说你另有了对门主顾儿了,不希罕俺娘儿们了!'"(2525页)《白话小说语言词典》(2011:298)"对门主顾"条:"犹'定门主顾',喻指相好。""定门主顾"同"顶门主顾",指"有固定关系,经常往来的主顾"。据《白话小说语言词典·凡例》:"有不同词形的同一词语,或同一事物的不同名称,释义以常见词形或名称为主,其他条目分别情况,以'即××'、'犹××'、'同××'等表示,不再重复释义。"似认为"对门主顾"与"顶(定)门主顾"为"同一事物的不同名称",此不确,文献中尚未见"对门主顾"指"有固

---

① 《变通交钞以齐风俗》,陈忠倚辑《皇朝经世文三编》卷三十三,上海:上海书局,光绪辛丑年(1901年)刊。

② 《兵部尚书舒赫德奏将施奕学案内刘士禄解京质问折》,《清代文字狱档·补辑·伪孙嘉淦奏稿案》(增订本),上海:上海书店,2011年,第879页。

③ 《王国栋奏报讯问陈帝西等口供折》,《文献丛编·张倬投书案》,扬州:江苏广陵古籍刻印社,1991年。

定关系的主顾"的用例。"顶门"与"对门"语义相差较远，不是"同一事物"。"顶门"原为抵住门扇，引申指"上门"。《汉语方言大词典》（1999：3186）"顶门"条："抵门；上门。兰银官话。甘肃威武：顶门拜会。"清王濬卿《冷眼观》第三回："云卿道：'他们是从娘胎里就带出来这一副钻门打洞的本领，无论在甚么地方，遇见了甚么人，只要同他该管上司有点儿情面，莫说上司还去顶门拜会，就是有人能在上司面前多见面几次，能多说几句话，他已经奴颜婢膝的去拍马屁了！'"①《官场现形记》第六十回："黄二麻子心上说：'司、道平行，一向顶门拜会的，怎么今儿换了个样子？'"②清佚名《绣像闺门秘术》第五十回："你道郭怀尚为什么要保奏汤俊？只因他中武状元之时，兵部是他顶门老师，例有二千两银子贽敬，汤俊全然不理。"③《醒世恒言》卷十五："这匠人叫做蒯三，泥水木作，件件精熟，有名的三料匠，赫家是个顶门主顾。"（770页）此例中"顶门"《大词典》释为"谓两家大门相对"，误，"顶门"无"对门"义。"顶门主顾"即"上门主顾"，上门的买卖好做，《西游记》第二十八回："常言道：'上门的买卖好做。'"（690页）《金瓶梅词话》第一百回："自古上门买卖好做。"（2967页）明杨尔曾《韩湘子全传》第十九回："艄公道：'从古说上门的好买，上门的好卖。'"（518页）明桃源醉花主人《别有香》第十四回："仲心快快道：'上门的主顾，倒被他走了。'"④故以"顶门主顾"指经常照顾自己生意的主顾。又作"定门主顾"，《金瓶梅词话》第六十九回："西门庆道：'你认的王招宣府里不认的？'文嫂道：'小媳妇定门主顾，太太和三娘常照顾小的花翠。'"（1950页）从做生意的实际情况来看，定门主顾只是与商家经常往来的主顾，但商家绝不会死守这一个主顾，清李渔《十二楼·归正楼》第二回："笔客道：'原来是某公子。令尊大人是我定门主顾，他一向所用之笔都是我的，少不得要进衙卖笔，就带便相访。'贝去戎道：'这等极好。既然如此，你的主顾决不止家父一人，想是五府六部翰林科道诸官，都用你的宝货。'"（263页）因此，有了"顶门主顾"，不会不稀罕其他主顾，春梅当不是以此为喻。

我们认为，"对门"即"远亲近邻，不如你这对门""对门间壁"之对门，乃邻居之谓。古代女子情窦既开，一经邻居男子引诱，每思与其私

---

① 《冷眼观》，阿英编《晚清文学丛钞·小说四卷》，北京：中华书局，1961年，第27页。
② 《官场现形记》，北京：人民文学出版社，2000年，第976页。
③ 《绣像闺门秘术》，北京：中央民族学院出版社，1994年，第295页。
④ 《别有香》，《思无邪汇宝》，第265页。

会偷情,此为戏曲小说中常见桥段。如《金瓶梅词话》中李瓶儿就是对门女子,《金瓶梅词话》第十三回:"自此这西门庆就安心设计图谋这妇人,屡屡安下应伯爵、谢希大这伙人,把子虚挂住在院里饮酒过夜,他便脱身来家,一往在门首站立着。看见妇人领着两个丫鬟,正在门首。看见西门庆在门前咳嗽,一回走过东来,又往西去;或在对门站立,把眼不住望门眄着。妇人影身在门里,见他来,便闪进里面;他过去了,又探头去瞧。两个眼意心期,已在不言之表。"(338页)《金瓶梅词话》第三十四回:"昨日衙门中问了一起事,咱这县中过世陈参政家,陈参政死了,母张氏守寡,有一小姐因正月十六日在门首看灯,有对门住的一个小伙子儿名唤阮三,放花儿看见那小姐生得标致,就生心调胡博词、琵琶,唱曲儿调戏他。那小姐听了邪心动,使梅香暗暗把这阮三叫到门里,两个只亲了个嘴……不期小姐午寝,遂与阮三苟合。"(893页)明余象斗《廉明奇判公案》卷上《人命类·张县尹计吓凶僧》:"对门一屠户萧辅汉,有一女儿名淑玉,年十七岁,针指工夫,无不通晓,美貌娇姿,赛比西施之丽……每在楼上绣花,其楼近路,常见许生行过,两下相看,各有相爱之意,时日积久,亦通言笑。许生以言挑之,女即首肯。其夜,许生以楼梯上去,与女携手兰房,情交意美。"(7页)又《廉明奇判公案》卷上《人命类·曹察院蜘蛛食卷》:"其对门杜预修家有女名季兰,性淑有貌,因预修后妻茅氏欲主嫁与外侄茅必兴,预修不肯,以致延到十八岁亦未许适人。郑一桂闯见其貌,千方计较得与通情,季兰年长知事,心亦喜欢,后于每夜潜开猪门引一桂入宿,又经半载,两家父母颇知之。"(40页)明西湖渔隐《欢喜冤家》第十回:"(许生)踱到自己后园门首,猛然抬头一看,见对门楼上有一个绝色的女子……蓉娘道:'适闻君子琴中之意,便怀陌上之情。特来见君,以为百年之约,愿勿以为异疑。'……许生上前,一把抱定。"(415页)清嘉禾餐花主人《浓情快史》第二十一回:"再说淳于氏对门褚大官人,聪明俊秀,年纪与淳于氏差不多儿。淳于氏偶然思想到他身上去:'人物标致,不知为甚尚未娶妻。他每每把眼来看着我,我怎至爱他,只是怕着公婆,不敢为着此事。若得便时,我也不轻放过。'遂留了心。这褚大官常常见了淳于氏色美声娇,便觉动情。又想他丈夫常是不在,公婆又且年老,故此早晚以目送情,眉来眼去,两下留心,只是不能近身言语,每日惟含情微笑而已。淳于氏起了这个念头,便不能禁止,一日浓如一日,嗅得褚文明魂飞天外,恨不能身生双翅,飞向他家中来。"①

---

① 《浓情快史》,《思无邪汇宝》,第344页。

亦专以"对门女儿"指称这类女子。清苏庵主人《绣屏缘》第三回:"要知天下女子,凡是善于偷情的,他腹中定埋一段踌躇顾虑之意,始初最不轻易露些手脚。不比对门女儿,烟花质地,一见男子,便思上床的。"(49页)"对门女儿"中"对门"亦指邻居,"对门女儿"有烟花质地,专思淫欲,一见男子,便欲上床,并无智巧,亦无真情。《西厢记》卷一之四:"〔得胜令〕你看檀口点樱桃,粉鼻倚琼瑶,淡白梨花面,轻盈杨柳腰。妖娆,满面儿堆着俏;苗条,一团儿衠是娇。"金圣叹批云:"或问:必欲写前之两遍不得分明者,何也?曰:莺莺,千金贵人也,非十五左右之对门女儿也。若一遍便看得仔细,两遍便看得仔细,岂复成相国小姐之体统乎哉!"① 此将千金贵人与对门女儿相比,亦言对门女儿只思淫欲,不成体统。因此,"对门主顾"并非指"有固定关系的主顾","对门"是用其本义,"对门主顾"从"对门女子"取义,有指其淫荡之义。《金瓶梅词话》中言人另"有了人",常要酸上几句,如第八回潘金莲怪西门庆连日不来,骂其又续上了"心甜的姐妹",再如第十三回潘金莲知西门庆与李瓶儿有私,骂李瓶儿为"隔壁花家那淫妇"。本例因陈经济连日不傍门,春梅代金莲向陈经济传话,"对门主顾"是对陈经济"这几日就门边儿也不傍"的讥讽之言,犹言其又有了"只思淫欲而无真情"的对门女子,把"俺娘儿们"的恩情忘了。又"对门"有"对头"义,许少峰(2008:497)"对门"条:"合适的对象。同'对头'。"又"对头"条:"合适的主儿。"该义张相(1953/2008:835)举有多例,如《娶小乔》剧一:"只有小乔未曾婚配,老夫务要寻个对门,方许成亲。"又:"小生举意去求亲,女貌郎才作对门。""对门主顾"一语双关,既指般配的主儿,又指其人有烟花质地。

疕

清陈森《品花宝鉴》第三回:"这蓉官瞅着那胖子,说道:'三老爷你好疕,人说你常在全福班听戏,花了三千吊钱,替小福出师。你瞧瞧小福在对面楼上,他竟不过来呢。'"(104页)曾良(2017:466)"俗字待考录"云"似为迟钝义"。"钝"有"愚钝"义,《近代汉语词典》(2015:419)"钝"条:"愚蠢;笨拙。《元曲选·刘行首》:'休笑我装呆装钝。'""疕"当即"钝"之俗字,犹"痴"亦从疒,"呆"或从疒作"㾄"。

---

① 金圣叹《怀永堂绘像第六才子书》,早稻田大学图书馆柳田文库藏康熙庚子年序本。

多了去

特别多；太多。元拜柱等《通治条格》卷三《户令·隐户占土》："若不禁治呵，渐渐的仿学的多了去也。"（续四库 787－666）又卷十三《务官欺课》："俺商量得，院务官每办着课程有，既欺隐了课程，不教问呵，课程也不能尽实到官，做贼说谎的多了去也。"（续四库 787－759）清娜嬛山樵《补红楼梦》第三十四回："贾赦道：'这灯光把月光都盖住了，说什么灯月交辉呢？'贾珍道：'总是灯多了去的原故。'"（982 页）该词今东北话、北京话仍言。

妥/脱

即"躲"。清江西野人《怡情阵》第五回："井泉道：'你两小妮子，不过妥了一时，等夜深时，定要叫你们试试我的利害。'"今东北方言仍言"妥得了一时，妥不了一世""妥不过去了"。《曲本》第二册《伐齐东》总讲六本头场："生有地死有处我心中三省，总然是活百岁难妥残生。"（83/2/c1）《探亲相骂》总本："我死也妥不过，那怕他把我头儿割。"（升 100－58824）影戏《东汉》卷五："单等明日，我单人独马，去到昆阳城，擒贼有功，去见幼主，管一见能躲。"（俗 178－446）此例"躲"旁夹注"妥"。或作"脱"，《曲本》第三十一册《施公案·黄兴庄》："贤臣着忙心内惊，腹内暗说脱不过，今日个，难免非灾受绑绳。"（387/1/b6）影戏《九里山》第五部："（唸）唯呀呀，丫头少说大话，你若脱得过我的斧子，即刻前来，如是不胜，回去吃两付壮药，好挨我的斧子。"（俗 174－193）影戏《薄命图·之部》："只个彩球再也妥不了势力才貌四字之外。"（未刊 74－59）道光抄本《薄命图》作"脱不了"。① 《汉语方言大词典》（1999：2780）"妥不了"条："逃脱不了；免不了。中原官话。山东梁山。你妥不了得去，早去会儿呗。"方言中"妥""脱""躲"音近，"妥不了""脱不了"皆即"躲不了"，影戏《红梅阁》第二部："兄弟呀，只有你在少年勇，单身伶俐走天边。｜依我看，不如兄长远必妥，凡事明彻主见全。"（未刊 67－104）"必妥"即"避躲"。影戏《金

---

① 道光抄本《薄命图》，《皮影戏影卷选刊》（3），天津：天津古籍出版社，2014 年，第 350 页。

蝴蝶》第十五部："（管）二位姑娘办去吧。（二旦）事情算朵，姑娘你等着吧，一会奏黑仅。"（未刊63-93）"朵"即"妥"。《唱本一百九十册》致文堂板《王二姐思夫》："二姐来在楼儿下，净巧巧的更朵当。""朵当"即"妥当"。①影戏《仙桃会》卷二："俩丫头，难躱避，杀了贱人，那才出气。"（俗223-169）又卷五："此事我不行，愿把是非躱。"（俗223-467）"躱"即"躲"之俗。《大字典》"躱"条："同'脱'。《字汇补·身部》：'躱，音义同脱。'"

鬌

"鬌（髽）"之俗字。坠落。《玉篇·髟部》："鬌，垂下貌，今作髽。"《字汇·高部》："鬌，音朵，垂下貌。"《正字通·口部》："髽，多上声。……旧本《高部》鬌音义同，误分为二。"清天花才子《快心编初集》第五回："石头重，布头轻，才要放手，那布便要鬌﹝音朵，坠也﹞将出去，急忙一把扯住，要把布压在地上，又没有石块可压；欲要把布头缚在那里，又没有绳索可缚，却也没处生根；欲要将布头攥在墙脚下，用手摸墙脚时，又没有罅隙；若放了手由他鬌出去，又见这般高墙如何跳得过？"（231页）又同回："依旧将布换过来，挂着溜下，便放了布，由他鬌进墙里去了。"（235页）又喻指身体下坠瘫软在地上。《快心编二集》第五回："把一个如狼似虎的公子，竟像死猪死狗一般，鬌在一处，动弹不得。"（230页）《说文·奢部》："髽，富髽髽貌。"段注："俗用髽字训垂下貌，亦疑鬌之变也。"

---

① 匿名评审专家指出，该字字源可追溯到宋代的"趓""躲"。另按，姜亮夫（2002：37）云："《说文》：'窡，物在穴中貌，丁滑切。'今昭人谓藏匿曰窡，音如朵，脂歌相转也。俗作躲。"可参。

F

番巢

即"翻梢(稍)"。报仇。清萧湘迷津渡者《锦绣衣·换嫁衣》第二回:"花笑人道:'只因我当初托大,轻欺了他,如今来番巢了。我实熬炼不过,银是我挣的,依旧是我用去,我也无悔。'"(46页)"番巢"即"翻梢","梢"即赌本之义,"翻梢"犹言翻本,清曹去晶《姑妄言》第二回:"还有一种好赌的人输了,借钱作本的,借得来翻梢,赢了送还,输了又借。"(201页)"翻(番)本"有"雪耻;报仇"义,清瘦秋山人《金台全传》第三十五回:"那知金台精神越旺,要与师兄番本,让师父也欢乐欢乐。"(297页)此叙之前师兄被人打下擂台,"与师兄番本"即给他报仇雪恨。又《金台全传》第四十六回:"倘或他们口头不紧,传将出去,外人知道,把我方佳看得了然了,此仇此恨必要翻本。"(396页)"翻梢"亦引申指"雪耻;报仇",今徽语、吴语中亦言"报复"为"翻梢",参看《汉语方言大词典》(1999:7410)"翻梢"条。

翻青/番青

板子。明陆云龙《魏忠贤小说斥奸书》第十二回:"田尔耕已预先分付备大样刑具,新翻青、新拶指、夹棍摆下一丹墀。"(194页)明佚名《梼杌闲评》第三十三回描写了同一件事:"田尔耕已预备下大样的刑具,新开的板子、夹棍摆了一丹墀。"(1136页)可知"翻青"为板子。清天花才子《快心编三集》第十回:"打完了,就夹了打腿,头号翻青重砍四十,然后放夹。"(525页)"头号翻青"即"头号板子",《曲本》第二十册《于公案·锥子营》:"将老汉,重责一顿头号板。"(363/2/a4)或作"番青",明东鲁古狂生《醉醒石》第九回:"这把牌好走僻静地面,骑着一匹马,带了一对番青板子,远远随着一对橄榄核灯笼。"(337 页)①《魏忠贤小说斥奸书》第二十四回:"凡里外人工,有稍懒惰的,那些京班不管头脸,乱将番青打去。"(240 页)"翻青"当是青竹板,《踢球》串关:"叫鸨儿送到干测县,打他四十个青竹板片!"(升 100 – 59016)清夏敬渠《野叟曝言》第一二七回:"喝把自玉夹一夹棒,打四十翻青……左右呈验夹棍,拣了一副极短极硬的;呈验竹板,拣了一对极重极毛的。这一夹棍四十板子把自玉十分性命去了九分多些。"(3495 – 3496 页)

翻冤/番冤

(1)洗刷冤屈。清苏庵主人《绣屏缘》第十回:"你该就在这里应试,倘能够博一科第,那冤枉的事,便不要别人翻冤了。"(187 页)或作"番冤",清李雨堂《万花楼演义》第四十五回:"当时夫人将丈夫沈国清与国丈众奸臣欺君审歪了杨元帅、狄青,要沈氏番冤,待杀诛了杨元帅三人。"(613 页)(2)报仇。明佚名《天凑巧》第三回:"方兴道:'我枉了合你相处半年,不晓的你有这样手段。今日虽然得了胜,那响马定不死心,我怕他再来翻冤。'"(134 页)明长安道人国清《警世阴阳梦·阳梦》第五回:"就是那娼家,他倚着势豪管护的,你这个冤仇,如何翻得?"(85 页)《醒世姻缘传》第六十五回:"雪恨不烦刀剑,翻冤何用戈矛?"(1755 页)清归锄子《红楼梦补》第四十六回:"黛玉道:'等明年咱们都到他家闹去,少不得有翻冤的日子。'"(1899 页)清瘦秋山人《金台全传》第四十六回:"可怜我今日吃人的亏,哥哥须念朋友情义,与我翻冤。"(397 页)又第四十七回:"那金台我也打他不过,何况是你?倒了些楣却也不妨,休得瞒我,说明了好与你番冤。"(401 页)《近代汉语词典》(2015:464)"翻冤"条:"雪冤;洗刷冤屈。"②举《醒世姻缘传》例,误。《醒世姻缘传》中,"翻冤"与"雪恨"对言,为"报仇"之义,此回回目为《狄生遭打又赔钱 张子报仇兼射利》,可为证。

---

① 雷汉卿(2006:305)指例中"番青板子"为"缉捕罪犯的差役"。今按,此当是以所执指代其人的转喻用法。

② 《近代汉语词典》亦引《万花楼演义》例,然"要沈氏番冤"作"要为沈氏番冤",未知所据何本。据文意,此例是庞太师让沈御史陷害杨宗保、狄青二人,同时为之前被杨、狄参劾的孙武洗刷冤屈。

放鸽

同"放白鸽"。指以女色为饵设局骗钱或讹人。清欧阳昱《见闻琐录》"放鹰"条:"扬州近有一班媒婆,踪迹莫测。客或娶妻买妾,即送妇女至寓中,凭客选择,或引客至其家选择,俨有里居,非同骗拐。至者及议定价若干,其男人立券交收后,迟十数日,或一月,忽有数人寻至,惊言:'被何人拐卖此地?'于是有称为丈夫者,有称为父兄者,争指客为拐子。客曰:'有户口,有媒人可凭。'及带往原宅,则虚无人矣。寻媒婆,则杳无踪矣。此辈愈骂客为拐子,必欲扭之见官。复有一班人从旁劝解。客胆小者,不惟还其人,且须出英蚨求寝事。胆稍大者,此辈手亦略松,取回其人而已,谓之'放鹰',亦曰'放鸽',言先放后归也。"① 清樊增祥《樊山政书》卷八《批岐山县徐令禀》:"且陕西因贫卖女,钩串图讹,情同放鸽者,所在多有。"② 明桃源醉花主人《别有香》第六回:"就是在街上撞见,也不去打一眼,恐怕又是放鸽儿的。"③ 此例指以女色为饵诱男子至家奸之。参看《大词典》、《汉语大词典订补》(2010:584)"放白鸽"及王宝红、俞理明(2012:188)"放鸽"条。④

放路

放开道路;放一条生路。明应槚等《苍梧总督军门志》卷十九《讨罪(三)》:"其后,调猛江西杀贼,劫财虏众,卖贼放路,罪不掩功,复授指挥同知。"⑤ 明陈继儒《南北宋志传》卷十七《孟良盗回白骥马 宗保佳遇木桂英》:"孟良自思有紧急事,只得脱下金盔当买路钱。喽啰报与桂英,桂英令放路与过。"(795页)清苏庵主人《归莲梦》第二回:"杜强两人见那马走到近身,俱下生口,伏在草里只管乱抖,口中喊道:'这

---

① 《见闻琐录》,长沙:岳麓书社,1986年,第23页。
② 《樊山政书》,沈云龙主编《近代中国史料丛刊》(第65辑),台北:文海出版社,1973年,第678页。
③ 《别有香》,《思无邪汇宝》,第103页。
④ 王宝红、俞理明(2012)释"放鸽"为"指妇女假借结婚获得财礼,婚后偷窃男方的财产逃走或以其他方式行骗勒索",未若《大词典》释为"旧时指以女色为诱饵设骗局"精简,《别有香》例即与结婚无关。
⑤ 《苍梧总督军门志》,《中国边疆史地资料丛刊·滇桂卷》,北京:全国图书馆文献微缩复制中心,1991年,第185页。

布匹是白莲女大师的，要往别省去卖了，买些锦缎礼物送与什么番大王的，求爷们放路。'"（75页）清丁耀亢《续金瓶梅》第五十四回："使通师船头传话说：'从今和好，再不敢犯，情愿对天盟誓，望乞放路回国。'"（1532页）

放信

（1）散播消息。清俞万春《结水浒传》第七十三回："娘子道：'先夫未死的前两日，便放信出去。至今莫说买，看也不曾有人来看。'"（101页）清省三子《跻春台》卷一《东瓜女》："何车夫四处放信，谁知都嫌丑陋，并无人问。"（70页）（2）特指报信。《跻春台》卷一《失新郎》："托言妻不见了，命人寻到井中捞上尸来，放信娘家。"（187页）又卷三《阴阳帽》："保甲怜他无辜，前去说好十二串钱和卡，将钱应承方才松刑。回家放信，其母……今听此言，卖尽谷粱，把钱办好。"（557页）笔者藏《保命金丹》卷一《佣工葬母》："（马氏）即命长生与爹放信，约张翁明早来领钱。"又卷二《孝儿迎母》："又命刘管家取几个谷草，送至岩洞安身，然后去场上放信。"又卷四《虾蟆化身》："我前日多蒙相引，遇佛祖指示前程。特意来对你放信，也不过略报恩情。"笔者藏晚清刊《上天梯》卷二《训子致富》："朝富哀告，要归家与妻放信。"此言欲告知其妻自己被诬见官之事。按：蒋宗福（2002：186）"放信"条："传递消息；代口信。"可参。邓章应（2004）谓"放信"特指"将去世的消息通知死者的亲友"，非。曹小云（2004：70）"放信"条："传递消息。"举《跻春台》三例并云："这里的'放信'与一般所说的'送信（件）'义有区别。"似混淆了上述二义。

坟客

看管坟地的人。清落魄道人《常言道》第五回："外面那些不认亲也来亲坟客的乡邻亲眷拜生日的纷纷不一，来来往往，好不热闹。"（95页）此例春风文艺出版社点校本《常言道》作"不认亲也来的坂客、乡邻……"①浙江古籍出版社校本作"外面那些不是亲也是亲，坟客的乡邻

---

① 《常言道》，《中国古代珍稀本小说续》（6），沈阳：春风文艺出版社，1997年，第346页。

亲眷，拜生日的纷纷不一，来来往往，好不热闹"①，并误。"坟客"指看管坟地的人，如清邹弢《海上尘天影》第三十一回："你再停一两天，就要同我去，先到坟上。横竖砖石及界石，去年都已预备好了，你只好到观音山水闸头去请万先生，同到坟客那里。"（345页）又同回："一面由冯巡检责成工头发给工价，又唤了坟客计二来，命他去请堪舆。"（348页）清草亭老人《娱目醒心编》卷十《图葬地诡联秦晋 欺贫女怒触雷霆》第一回："地理先生有好的，有歹的。歹的只要主人看得中意，便说葬了后福无穷，专望谢仪到手。甚至有得了坟客后手，假意说得天花乱坠，哄骗主人，千方百计，弄他到手。"（398页）参看曲文军《〈汉语大词典〉词目订补》（2015：281）"坟客"条。上揭《常言道》例当乙为"外面那些不认亲也来亲的坟客、乡邻、亲眷，拜生日的纷纷不一，来来往往，好不热闹"。

妇娘

妇人。明潘镜若《三教开迷归正演义》第六十一回："只见两个阴鬼路过，问道：'妇娘那处冤鬼，在此哭泣？'"（943页）又第六十二回："三水便把妇人言语向大儒们说了。大儒道：'小生便知他哭泣是有些因由，只是这般独不相知识，如何以理劝化？'乃叫店人问道：'闻得店内妇娘啼哭，为何？'店人道：'先生不知，这妇娘便是俺主母，被大伯侵占了他地土，为此哭泣。'"（955页）清佚名《鬼神传》第十三回："张康禀道：'小人昨夜梦寐之间，看见一个妇娘与之相携玉手，走出牢门。'平章想想道：'莫不是府内此等丫环侍女私放此畜？'"（114页）清佚名《阴阳斗奇传》第十三回："又唤过管家的妇娘来，吩咐如此如此。再言这妇人来至桃花小姐跟前，说……"（131页）

---

① 《常言道》，《古代中篇小说三种》，杭州：浙江古籍出版社，1986年，第145页。

G

改常

（1）与往常不同；一反常态。李申《方言小考》（1990：137）"改常"条："改常意即改变常态，反常。元陶宗仪《南村辍耕录》'改常'条说：'今人谓易其所守者为改常。'……试观以上各例，均可直指某人改常，说明它不含有贬义。至于当今徐州的一些老年人常骂顽劣异常的小孩为'改常的'，则带有明显的厌恶色彩，与古时已不甚相同了。"（2）引申指"变心；负义"。《金瓶梅词话》第九十回："吴大妗子道：'他倒也不改常忘旧。那咱在咱家时，我见他比众丫鬟行事儿正大，说话儿沉稳，就是个才料儿。'"（2687页）明抱瓮老人《今古奇观》卷三十五："王魁负义曾遭谴，李益亏心亦改常。请看杨川下稍事，皇天不佑薄情郎。"（1407页）清佚名《隔帘花影》第一回："此时家人只有一个泰定儿不改常，守着不去。使女只有细珠，已配与泰定做媳妇，有些仁义，跟随度日，其余尽皆星散，不知去向。"（7页）《小妹子》总本："负心的贼呀，可记得在月下星前烧肉香疤的时节，我问你：'那冤家呀，怎可改常不改常也？'阿呀，贼嗄！你回言道：'姐姐，我就死在九泉之下，永不改常。'……谁想你大胆的忘恩薄幸的亏心短命的冤家呀，怎便另娶上一个婆娘！"（升100－58926）

干₁（乾）

（1）《大词典》"乾"条："加工制成的干的食品。如饼干、葡萄干。"清佚名《观音菩萨传奇》第十七回："你那袋中的饭干，不是很好的食粮吗？"①（2）物体失水后剩下的干状物。清佚名《生绡剪》第四回："却说左环受了云巢正乙明威之诀，到了鹤庆地方，只见赤日烧空，井干泽竭，可怜百姓，就似人干，一日不知渴死几千。"（260页）清石玉昆

---

① 《观音菩萨传奇》，北京：中国曲艺出版社，1990年，第82页。

《忠烈侠义传》第四十九回："独有那姓蒋的，三分不像人，七分不像鬼，瘦的那个重样儿，眼看着成了干儿了。"（1579页）清郭友松《玄空经》第八回："你想，同一个死人干住在一起，有啥滋味！"① 清落魄道人《常言道》第八回："回去要去捣其巢穴，但见狗干一只，别无所有。"（167页）清道光刊《厦门志》卷七《关赋略·官税科则·药材》："生硫黄每百斤，蛇干、蜈公百条例二分。"以上指动物。哈佛大学燕京图书馆藏大成堂本《绣像龙图公案》卷四《死酒实死色》："张英升任回家，一日昼寝，见床顶上有一块唾干。……张英道：'为何床上有块唾干？'夫人道：'是我自唾的。'"按：此义多为辞书所未收。

干₂（乾）

晾；（故意）冷落。《近代汉语词典》（2015：560）"干"条："不理睬，使难堪。清《红楼梦》九〇回：'我看他们那里是不放心，不过将来探探消息儿罢咧。这两天都被我干出去了。'△《儿女英雄传》三〇回：'从今日起，且干着他，不理他。'"清烟霞散人《斩鬼传》第五回："诓骗鬼自然明白，飞起杯敬了讨吃鬼一杯，又与丢谎鬼一杯。丢谎鬼道：'这是为何？'诓骗鬼道：'令是雪花扑琼筵，我所以乱扑起来。'那低达鬼道：'怎么就扑不到我这里来，只管交我干着。'"（90页）此"干着"犹言"晾着"或"冷落着"，即没酒喝，不宜释为"不理睬"，亦非"使难堪"。《儿女英雄传》第三十回："再说，这等一对花朵儿般娇艳、水波儿般灵动的人，忍心害理的说干着他，不理他，天良何在？"（1386页）"干着他"即晾着他们、冷落着他们。双红堂文库藏《虞廷集福》第七出："亏了是我，脸憨皮厚，搁得住干，要是那娇嫩些儿的，早教你干跑了。"《针线算命》总本："（丑婆）不是吓，你说话妈妈不答应，你又说是干你吓。"（升100-58844）石派书《通天河》："大员外干了他一会，也就归坐了。"（俗401-296）影戏《聚虎山》第五部："哼！好！罢咧，连我理也没理呀，这个样子是把我干起来咧。"（俗228-434）或用作名词，清小和山樵《红楼复梦》卷二十九："郑汝湘道：'咱们的来意是要闹新房，谁知两位新人病的病，疼的疼，叫咱们闹不成，白碰钉子吃个大干儿，咱们只好闹闹秋姑娘。你倒先说明白，是那儿病？那儿疼？那儿肿？别叫咱们再碰钉子。'"（1051页）"吃个大干儿"言因被人晾着而受

---

① 《玄空经》，上海：少年书局，1933年，第64页。

到了很大的冷落。《大词典》"干（乾）"条释义⑪："方言。慢待，冷落。"又释义⑩："当面说气话使人难堪。《儿女英雄传》第二五回：'姑娘欲待不理，想了想这是在自己家祠堂里，礼上真写不过去，没奈何，站起身来，干了人家一句，说了六个大字，道是："多礼，我不敢当！"'"此亦"冷落了人家一句"之义，即用话冷落人，似不必单列义项。

干阁／干搁／阁／搁

白白搁置起来；晾；冷落。明陆人龙《型世言》第二十二回："吉利道：'可恨张知县，他一来，叫这些民壮在这闹市上巡绰。这些剪绺的，靠是人丛中生意，便做不来，连我们也干阁。'"（939页）《白话小说语言词典》（2011：391）举此例释为"比喻受冷淡"，此乃随文释义。"干阁"言搁置起来什么也不做，犹今言"晾着"。清墨憨斋主人《十二笑》第五回："他便生出恶意，做个大家干阁，身也不近，我那里受得这般闷气？"（144页）此例不宜释为"受冷淡"，乃言夫妻两个"互相晾着"。或作"干搁"，明佚名《七十二朝人物演义》卷七："不料公子元去访求子文来，把他原自干搁起了，因此怀恨在心，一日挟了匕首把公子元刺死。"（278页）清张春帆《九尾龟》第一百回："秋谷还没有开口，早听得陈海秋嚷道：'你们这两个人，真真岂有此理！到了这个地方，便两个人密密切切的讲话，把我们两个客人干搁起来，理也没有人理！'"（493页）又单言"阁"，明陆人龙《型世言》第三十三回："鲍雷道：'不要急，要讨的毕竟要打听我们两邻，我只说有夫妇人，后边有祸的，那个敢来讨？稳稳归你，且阁他两日。'鲍雷正计议阁他，不料前村一个庾盈，家事也有两分，春间断了弦，要讨亲。"（1447页）"阁他"犹言"晾他""冷落他"。清夏敬渠《野叟曝言》第二回："澹然素臣两人⋯⋯却把和光阁在半边，犹如冷庙内的泥神，热气也没人去呵他一口，撇得他冷清清地，喜不得，怒不得。"（46页）或作"搁"，民国抄本《雕龙扇宝卷》："仲荣厅上来发怒，因何冷搁我们身？"（民20-261）

干隔涝汉子

整天搅和在一起瞎折腾的人，喻指不务正业的人。《水浒传》第二回："他平生专好惜客养闲人，招纳四方干隔涝汉子。"（30页）明长安道人国清《警世阴阳梦·阳梦》第一回："（魏进忠）专好帮闲，引诱良家子弟，自小不成家业，单学得些游荡本事，吹弹歌舞绝伦，又好走马射箭，蹴球着棋。若问书文，一字不识。这些里中少年，爱他会玩耍、会搊趣，个个喜他的，常在涿州泰山神祠游玩歇息，结成一党，荒淫无度。这些都是干隔涝汉子，无籍之徒。"（10页）《白话小说语言词典》（2011：391）"干隔涝"条："形容穷困没出路或没正业。干，穷。隔涝，犹龁剌、合拉，形容词词缀。"《近代汉语词典》（2015：561）"干隔涝"条同此，皆未确。又多有学者以"隔涝"为蜀语"疥疮"之别称①，唯许政扬、周汝昌《〈水浒传〉简注》（1984：111）指出其误："然'干疮汉'则实无此语。曾说与当地人听，认为没听说过，只觉好笑。此种譬喻殆亦不可想象：盖招闲汉者正取其游手好闲，工修饰，能技艺，相从宴乐粉饰场面为事，安有专取生疮汉肮脏人之理？且原文'惜客'、'闲人'、'干隔涝汉子'，三名连举，前二者即明系一种，足证第三者亦即闲汉之一名，三者即一，亦不应'惜客'、'闲人'之外忽又别入一新类型曰'干疮汉子'也。其说殆不可通。"并认为："'干隔涝'可能是'甘国老'三字的别写，'甘国老'，没有自性，事事随人的意思，在药材里甘草一味最无自性。放在什么性质的药味一起，便变成什么性质，因此绰号'甘国老'；同样，凡是人没有自性，冷热随人的，便叫'甘国老'，这也正是帮闲人的特点。"《水浒传》中，"惜客"乃好客之义，非如许言与"闲人""干隔涝汉子"为并列之一名。如《水浒传》第十五回："吴用道：'我只道你们弟兄心志不坚，原来真个惜客好义！'"（451页）"闲人"与"干隔涝汉子"亦非一名，否则实在不必重复。从《警世阴阳梦》例中"里中少年"结成一党亦可知干隔涝汉子并不都是帮闲。《警世阴阳梦》中，"干隔涝汉子"后又言"无籍之徒"，二者义近，但亦并非如许言为一名，据《白话小说语言词典》（2011：1636），"无籍之徒"乃"行为不端，不守法纪"之人，语义更重。"干隔涝汉子"亦非从"穷困"取义，《警世阴阳梦》中，结成一党的并不都是穷人，如与魏进忠结交的李贞、刘峒两个都是"有钱的主儿"，统被称为"干隔涝汉子"。今谓"干隔涝"乃"瞎搅和；瞎折腾"之义。"隔涝"有"搅和；折腾"义，今北京、东北、河北、山东、河南、山西等地方言中"搁娄"（或作"和弄""擢娄""擢弄""擢拢"等）有"搅动；搅和；扰乱"之义。②"搁娄"又有"折腾"义，今东

---

① 如佚名《水浒传中的土话谚语》（1972）、陆澹安《小说词语汇释》（1979：71）、胡竹安《水浒词典》（1989：145）、颜洽茂《舟山方言征故》（1992）皆以为"隔涝"即"疥疮"，乃"疥疮"之谓，"干隔涝汉子"即患疥疮之人，亦即不干不净之人。

② 以上词形参看《汉语方言大词典》（1999）"和弄""和拉""搁娄""擢弄"等条。

北、河北方言中仍言，如"瞎搁娄了一晚上，啥事不当（瞎折腾了一晚上，一点作用没有）"（吉林公主岭）、"没去，俺感冒呢，怕攉弄得厉害了（没去，我感冒呢，怕折腾得厉害了）"（河北东光）。或作"割拉"，《醒世姻缘传》第四回："（晁大舍）说道：'拿茶来，吃了睡觉，休要割拉老鼠嫁女儿。'"（88页）或言"霍乱"，《金瓶梅词话》第八十二回："那妇人把身子扭过，倒背着他，使个性儿不理他，由着他姐姐长，姐姐短，只是反手望脸上挝过去，唬的经济气也不敢出一声儿来，干霍乱了一夜。"（2511页）王利器（1988：22）"干霍乱"条："白忙活；无所得。亦作'干合剌'。"《白话小说语言词典》（2011：616）"霍乱"条正释为"折腾；折磨"，《近代汉语词典》（2015：854）指其为疾病霍乱之引申，未确。"干"又有"胡乱；肆意"义，元马致远《陈抟高卧》（臧）第一折："干打哄，胡厮哝，过了半生。"参看《近代汉语词典》（2015：560）"干"条。《雍熙乐府》卷八【一枝花·风情】散套："妆孤的大厮八，买笑的干合剌。""干合剌"言"肆意折腾"，与"干霍乱"之"干"不同。或作"和剌"，《金瓶梅词话》第七十三回："人也不知死那里去了，偏有那些佯慈悲、假孝顺，我和剌不上。"（2118页）"和剌不上"即"搅和不到一处"。又言"祸弄"，《金瓶梅词话》第二十九回："又说他怎的拿刀弄杖，成日做贼哩，养汉哩，生生儿祸弄的打发他出去了。"（745页）"祸弄"当即"攉弄"，亦"搅和；折腾"义。另外，北京话中"和弄"有"挥霍"义，《汉语方言大词典》（1999：3411）"和弄"条："挥霍。北京官话。《刘宝瑞表演单口相声选》：'不错，是分了点儿房分了点儿地，有俩钱儿，可这是一股死水呀，和弄完了就完了，完了不得要饭吗？'""折腾"亦有"挥霍"义，《大词典》"折腾"条："挥霍；糟蹋。周而复《上海的早晨》第三部十：'现在厂里的事管不了哪，退补，厂也不是我的哪，反正把这些企业折腾完了就没事啦。'"二词引申路径相同，可互为参证。因此，"干隔涝汉子"即整天搅和在一处瞎折腾的人，喻指不务正业的人。①

补记：俞理明、谷肖玲（2021）提出了新的解释，认为"干隔涝"是"尴尬"的音变形式，其过程是"尴尬"谐音作"干疥"，又析音作"干隔涝"。按，此论似更胜，然问题仍可继续讨论。《水浒传》中三例"尴尬"皆"形迹可疑"之义（参看任鹏波2019），与"行为不端；不务正业"不同；明清文献中似未见"尴尬汉子"的说法。另，《集韵·晧

---

① 《醒世姻缘传》第四十八回有"豁邓"一词："我要不豁邓的你七零八落的，我也不是龙家的丫头！"（1324页）疑即"豁弄"和"折腾"之杂糅。

韵》："瘑，瘑痊，疥病。""干瘑痊"应分析为"干＋瘑痊"，承《集韵》而来，西南官话中又说"干疮子"，可以比勘。然元明时期是否有称"干疥"为"干瘑痊"者？因为如"干瘑痊"一词不常见，则"尴尬"一词无由生动化为"干瘑痊"。

干子₁（乾子）

犹"干儿"。加工制成的干的食品。《红楼梦》第四十二回："到年下，你只把你们晒的那个灰条菜干子和豇豆、扁豆、茄子、葫芦条儿各样干菜带些来就是了，我们这里上上下下都爱吃这些个。"（958 页）又特指豆腐干子，清佚名《五美缘全传》第三十八回："抬头一看，却有个豆腐店，豆腐卖完了，还剩下三十多块干子摆在篮子上面。"（545 页）清王濬卿《冷眼观》第三回："我当时见那起局勇，围拢到油炸干子担前，不问生熟，吃个罄尽，却一文不付，立起身就走。"① 清梦梦先生《红楼圆梦》第一回："五儿已端饭进来：一碗火腿，一碗虾米白菜，一盘姜丝干子，一盘灰蛋，一盂饭，一大碗稀饭。"（12 页）民国十年刊《群珠杂字》："香油白面，腐丝茶干。蘑菇香蕈，海带笋尖。"② "茶干"为一种特制的豆腐干，清陈作霖《金陵物产风土志》："江宁乡白塘有蒲包、五香各干，以秋油干为佳。秋油者，酱汁之上品也，味淡可供品茶，故俗呼茶干。"③

干子₂（幹子）

（1）男阴。明桃源醉花主人《别有香》第四回："撤出干子，精血交流。"④ 又第五回："裴郎道：'汝娇肌热艳，牝户滑润。'裴遂得尽瓣搓开，饮肠没干。"⑤ （2）即"秆子"。草木的茎。清佚名《说呼全传》第十四回："牛虎道：'伯父，侄儿想他是个山林草寇，没有城郭的，只要担些芦粟干子，拌了些桐油松香，周围树旁都堆他起来。'"（234 页）同回又作"秆子"："不多时，只见巡兵纷纷飞报上山道：'启上大王，那庞家

---

① 《冷眼观》，阿英编《晚清文学丛钞·小说四卷》，北京：中华书局，1961 年，第 22 页。
② 《杂字类函》（4），李国庆编，北京：学苑出版社，2009 年，第 431 页。
③ 《金陵物产风土志》，《中国风土志丛刊》（第 31 册），扬州：广陵书社，2003 年，第 26 页。
④ 《别有香》，《思无邪汇宝》，第 47 页。
⑤ 《别有香》，《思无邪汇宝》，第 83 页。

的兵将运了许多芦粟秆子，堆在山冈，听他说是半夜里引火的。'"（237页）或作"杆"，《说呼全传》第三十回："庞兵把这祝家庄团团围起，四面堆了些芦杆。"（457页）

趷踏/踼踏

麻烦；不利。清素庵主人《锦香亭》第二回："一个口里说道：'……你道这个差难也不难！急也不急！'那一个说道：'你的还好，我的差更加趷踏哩！往年状元游街，是日里游的。如今状元不知何处去了，天色已晚，仪仗官差了朱票，要着各灯铺借用绛纱灯三百对，待状元游街应用哩！'"（51页）早稻田大学图书馆藏民国六年文益书局印《新出梅花服忠良宝卷》（上）："当初思量图上进，今朝心想冷如冰。年年趷踏多不利，时时受苦受蹭蹬。"又作"踼踏"，早稻田大学图书馆藏光绪十九年重刻《卖花宝卷》："不料命运多踼踏，许多镠辖不能行。"

龁

清归锄子《红楼梦补》第一回："麝月一见，便咬得牙龁碎碎的指着袭人，恨道：'那是你闹出来的事呢！'"（36页）又第二十五回："晴雯便出来见黛玉道：'我出去后，姑娘的光景紫鹃妹妹都和我说的了，我听了也替姑娘恨得牙龁扎扎的，如今恭喜姑娘了。'"（986页）"牙龁碎碎"北京大学出版社点校本[①]、春风文艺出版社校点本[②]《红楼梦补》皆校为"牙齿碎碎"。"牙龁扎扎"，北大本[③]、春风本[④]皆较作"牙齿扎扎"，误。

"龁碎碎""龁扎扎"是象声词，"龁"是记音字。据《大词典》及王学奇、王静竹（2002：391-392）、许少峰（2008），这个词又作"矻睁睁""屹铮铮""屹蹬蹬""矻蹬蹬""圪蹬蹬""趷登登""屹搭搭"，所象之声包括"马蹄声""机括声""撞击声""心跳声"等。又有双音节形式"咯登""硌磴""趷蹬""圪蹬""屹腾""圪塔""趷踏"等。对于这两个象声词，辞书往往单列词条，随文释义，如许少峰（2008：628）"格蹬"条："艰难险阻。明阮大铖《春灯谜记》第九出：'一路上

[①]《红楼梦补》，宋祥瑞点校，北京：北京大学出版社，1988年，第11页。
[②]《红楼梦补》，韩锡铎校点，沈阳：春风文艺出版社，1987年，第9页。
[③]《红楼梦补》，宋祥瑞点校，北京：北京大学出版社，1988年，第277页。
[④]《红楼梦补》，韩锡铎校点，沈阳：春风文艺出版社，1987年，第246页。

神福都没有，故此从开船来到这里，不知打了多少格蹬，只怕还要弄出大事来。'"此释义非。"格蹬"为象声词，这里用来形容心跳的声音，其例再如明金木散人《鼓掌绝尘》第六回："蕙姿听了这一句，心下着实一个圪蹬，那里晓得妹子也端为着这件而来，不期劈面撞着。"（177页）这个意思现代汉语中仍然使用，写作"咯噔"或"格登"。"不知打了多少格蹬"就是不知心惊肉跳了多少回，也就是一路担惊受怕的意思。《大词典》"忔登"条："突地。元王元和《小桃红·题情》套曲：'他道我风流性如竹摇，忔登的在咱心上，默地拴牢。'元刘庭信《折桂令·忔别》曲：'忔登的人在心头，没揣的愁来枕上，契抽的恨接眉梢。'"此"忔"《大词典》注为 qì，误。"忔登"亦象声词，"忔"当读如"咯"，因状心跳声，故又从心。文献中有"忔蹬蹬"一词，《雍熙乐府》卷二《正宫·端正好·赶苏卿》套曲："流尽年光的是兀良响潺潺碧澄澄皱玻璃楚江如练，断送行人的是忔蹬蹬鞭羸马行色凄然。"① 或言"屹搭搭"，金董解元《西厢记》卷二："一个走不迭和尚，被小校活拿，唬得脸儿来浑如蜡滓，几般来害怕。绣旗底飞虎道：'驱来询问咱！'（尾）欲待揪摔没头发，扯住那半扇云衲，屹搭搭地直驱来马直下。""屹搭搭"与"忔蹬蹬"同，一象"鞭羸马"之声，一象"驱和尚"之声。《大词典》释此"屹搭搭"为"形容扭作一团"，是不知其为象声词而随文释义。或言"圪塔"，元关汉卿《单刀会》（脉）第一折："那汉酒中劣性显英豪，圪塔的揪住宝带，没揣的举起钢刀。""忔登""圪塔"用的都是引申义，事发突然则往往会心跳加速，"咯噔噔"地跳，故又引申出突然之义。或作"圪踏"，清天花才子《快心编初集》第四回："两个小厮都吓了一跳，话都说不出，珮珩又喝一声，方嘴里乱打圪踏的道：'在左厢房里饮酒。'"（181页）

综上，"龁碜碜""龁扎扎"皆是形容咬牙切齿的声音，王学奇、王静竹（2002：392）云："（圪登登等词）有时亦用以形容齿牙声，如《醒世恒言·吴衙内邻舟赴约》：'上下牙齿，顷刻就圪蹬蹬的乱打。'""龁"并非"齿"字，而与"屹""砣""圪""忔"等同是记音字，因状"咬牙"声，故从齿作"龁"。或言"各登登"，《曲本》第四册《五圣宫》总讲头本第十一场："听一言不由人无名火动，各登登咬刚牙怒发雷廷。"（252/2/c1）或言"咯的的"，清石玉昆《忠烈侠义传》第一〇四回："嘴里说着，身体已然打起战来，连牙齿都咯的的抖的乱响。"（3273页）或

---

① 《雍熙乐府》，《四部丛刊续编》影北平图书馆藏明嘉靖刊本。

言"噶吱吱",《曲本》第五十七册马头调《摔镜架》:"噶吱吱把银牙挫,摘下瑶琴用脚跺。"(300/1/a2)皆可资比勘。

各自各/各自哥/独自各/自己各/自己个/自家各

(1)自个儿;自己。清小和山樵《红楼复梦》卷七十五:"自从去年给老太太拜寿回来,接着大哥起身,不多几天,就爱一个人儿睡觉,连孩子们都不叫进房,常听着他各自各儿的说话。"(2665页)又卷九十三:"顺逆生死机关,你各自各儿拿定主意,休要后悔。"(3276页)影戏《群仙阵》卷五:"哈哈,这个王八!他咱各自各儿就死了?必是天报咧,将他收拾起来。"(俗183-389)石派书《包公案铁莲花》卷五:"刁保住,难执掌,登时间,浑血迷心自作疯狂。各自各儿,撕衣裳,牙咬的,连声响。"(俗402-310)或言"各自哥",影戏《松枝剑》卷十一:"怎奈我前无兄长后无弟,原来我是各自哥。"(俗167-400)或言"独自各",影戏《泥马渡江·人部》:"虽然算是得了命,并无俩人独自各。"(未刊65-179)影戏《三贤传》卷六:"城内必有亲故了?』异乡之人独自个,并无亲故与宾朋。"(俗186-172)《大词典》"独自个"条:"只自己一个人。宋毛滂《于飞乐·代人作别后曲》词:'有些言语,独自个,说与谁应。'"或言"自己各",《泥马渡江·乌部》:"怪不得我们姑爷要打我一顿拳头呢!我爽着自己各打了吧。"(未刊66-27)或作"自己个",影戏《群羊梦》卷一:"(白)我这门前里只阁扒撒自己个儿身上的火,不管姓孟不姓孟的。"(未刊70-14)① 或作"自家各儿",影戏《闵玉良》第二部:"嗳哟,嗳哟!可倾杀人咧!你们咱连一个人也无有,瓜剩新人自家名儿?"(未刊69-21)"自家名儿"乃"自家各儿"之讹。(2)各自。清逍遥子《后红楼梦》第五回:"我从前过去的时候,明明的叫着宝玉,谁来答应一声?我烧这诗、绢子,比咬下指甲、脱下贴身衣服,各自各的路儿。"(119页)又第十八回:"黛玉道:'咱们也不用约定,各自各的凭个意儿扎出来,大家赛个巧。'"(503页)又第二十五回:"这母珠儿他们不知道养法,只要养得好,原会领了小珠,各自各长出小珠儿来。"(720页)清天虚我生《泪珠缘》第八十三回:'幸而从前咱们小姐没另许了人,若是两个不接洽,各自各许嫁了一个,不知道该派谁依了谁来。'"②

---

① "阁"是"图"之讹,《俗文学丛刊》本《群羊梦》作"畐"(俗220-15)。
② 《泪珠缘》,石家庄:百花洲文艺出版社,1991年,第583页。

按："各""哥""个"等为词尾，参看张相（1953/2008：370）"个"条。

羹饭主

犹"羹饭种"。继承血脉的子孙。明王澹《樱桃园》第三折："宿草新青，已无羹饭主，谁与扫清明？"① 明许自昌《灵犀佩》卷上："奴家都是屈死的孤魂，连羹饭主也不知在那里，那有钱来相送你？"② 清天花才子《快心编初集》第三回："你只将这孩儿好生看顾，望他长大成人，做了我的羹饭主，我也够了。"（151页）参看《明清吴语词典》（2005：221）"羹饭种"条。

埂/耿/硍

凸起；顶；硌。清小和山樵《红楼复梦》卷五十八："晴哥，你再松松身子，让我睡平些儿，实在埂的。"（2068页）"埂"指地面凸起处（参看曾晓渝 1996：118），清石玉昆《忠烈侠义传》第七十五回："倪太守心下一急，不分高低，却被道埂绊倒。"（2337页）或作"耿"，明伏雌教主《醋葫芦》第十三回："日昨还闻得老妻说，翠姐姐自从那晚被你放了热腾腾一股的溺在肚底，害他便八九个月茶饭不甘，月事都不行了，肚中结成一块斗大矻磋，时常耿来耿去，好不恨杀你哩！"（472页）"耿"犹"顶"。又《儒林外史》第四十六回："余大先生气得两脸紫涨，颈子里的筋都耿出来。"（1535页）此"耿"为"凸起"义。"凸起"义与"顶；硌"义相通。元刘君锡《来生债》（臧）第一折："（磨博士做咬银子科，云）中穿中吃？阿哟！硍了牙也。""硍"乃"硌"义。明袁于令《隋史遗文》第二十二回："况兼头上乾靰肉多，五六寸青筋虬结，曲蟮般硍起，摆摆刺刺，最是利害。"（559页）"硍"乃"隆起；凸起"之义。可以参证的是，表"凸起"的"隐"亦有"硌"义，《明清吴语词典》（2005：718）"隐"条释义②："微微突起。▢积数月，墨色渐紫，又数月，其纹渐渐隐起，约高一黍米。（庚巳编10卷）又作'瘾'。▢且说林善甫脱了衣裳也去睡，但觉物瘾其背，不能睡着。……（拍案惊奇

---

① 《樱桃园》，《盛明杂剧卅种》，1918年春仲诵芬室仿明本精刊本。
② 《灵犀佩》，《古本戏曲丛刊三集》影大兴付氏藏抄本。

21卷)""瘾其背"即"硌其背"。

拱

（1）拱请；恭请。明西湖渔隐《欢喜冤家》第十二回："云生见了，就是见了宝一般，慌忙走下阶来，拱到堂上，相见坐下。"（507页）清佚名《后西游记》第三回："十王听了，俱各大喜，齐起身拱他居中坐下。"（55页）又第十回："当不得慧音再三拱请，只得步了入去。"（191页）清荻岸散人《平山冷燕》第二回："（山显仁）随立起身，拱他入去。"（54页）清坐花散人《风流悟》第四回："及见强盗进了船舱，他却不慌不忙，笑嘻嘻的拱他进来道：'不消列位动手，箱笼什物尽数取去就是。'"（140页）（2）趋奉。明陆人龙《型世言》第十四回："一个做官的是极薄情不认得人的，却道我尽心钻拱他，或者也喜我，得他提携。"（606页）又第三十回："他到任又去厚拱堂官，与堂官过龙。"（1338页）清荑秋散人《玉娇梨》第八回："王文卿便拱他道：'兄真是个福人，有造化。这也是婚姻有分，故此十分凑巧，又早是小弟留下一首。'"（285页）张克哲（1995）已指出"拱"有"奉承"义。

钩儿麻簃/钩儿麻藤/钩儿蔴藤

喻指不为人知的内情。清归锄子《红楼梦补》第六回："这不是袭人亲口告诉太太的话，我那里知道他们这些钩儿麻簃呢。"（211页）又第十四回："周奶奶顺路到花姑娘家里瞧瞧去，自然里头还有些钩儿麻簃的事，他细细的告诉你老人家呢。"（563页）又第三十六回："宝玉笑道：'他多早晚与芸儿有这些钩儿麻藤的事？'"（1463页）清娜嬛山樵《补红楼梦》第四回："贾母道：'我只知道他有了不是，撵了出去了，那里知道他有这些钩儿麻藤的事情？'"（105页）又第十六回："贾母叹了一口气道：'我也老的不中用了，又搭着诸事他们都瞒着不肯告诉我。我只知道一个跳了井，一个撵出去了。那里知道他们有这些钩儿蔴藤的勾当呢？'"（479页）

古里古董/古里古东/骨里骨董

同"古董"。古怪的；罕见的。明贾凫西《木皮词》："更可笑古里古董的讲礼数,蹶着个屁股唱的什么诺圆!"①民国朱瘦菊《歇浦潮》第十回:"林宝不知就里,见他满脸惶恐,又见伯和这副古里古董的样儿,只道是寿伯的父亲,吓得面红颈赤,蹑手蹑脚的缩了回去。"②或作"古里古东",清佚名《说呼全传》第三十三回:"延龙道:'哥哥,那路上都是的沙漠,吃的是飞禽走兽,自然生出人来都是那古里古东的。'"(495页)或作"骨里骨董",民国李涵秋《广陵潮》第二十七回:"那些小说又同我们在先的《封神榜》《说唐演义》等书不同,骨里骨董,看去也没有大意味。"③

茄瓢

（1）瓠瓜。据季华权《江苏方言总汇》(1998:2491),江苏太仓称"瓠瓜"为"茄瓢"。"茄"读如"瓜",于《广韵》属见母麻韵。杨荫杭《老圃遗文辑·老圃闲话(三)·茄子》:"盖此物初入中国,本名'紫瓜',古人读'瓜'如'茄',犹今人读'瓜瓢'如'茄瓢'。"④清袁枚《子不语》卷二十三《鬼吹头弯》:"明日报官焚之,此怪遂绝。然林自此头颈弯如茄瓢,不复能正矣。"⑤瓠瓜多有弯曲者,故以此为喻。（2）即"瓜瓢"。瓢多有剖瓠瓜制成者,故称。《汉语方言大词典》(1999:3158)"茄瓢"条:"瓢。吴语。"《正字通·虫部·蠡》:"今江淮间用蠡大者为瓢,盖以虫殻代瓜瓢用也。'"民国叶小凤《如此京华》二集第七回:"他是个茄瓢儿,那里用得着剃刀?却饧着眼身躭了进去,将燕儿肩上一拍道:'乖孩子,你给我杀回青罢!'燕儿一看,见是个茄瓢儿,没奈何赔着笑道:'还是洒一回点子罢!'"⑥此例中,"杀青(又称'削青''扫青')"为行业语,指剃头,"茄瓢儿"当喻指光头,光头无法杀青,故燕儿要为其"洒点子(捶背)"。《唱本一百九十册》宝文堂板《四卖》:"他白日里叫你打花鼓儿,夜晚叫你把他的秃葫芦来抓。"影戏《定唐》第五部:"斧子劈光头,只说葫芦扁,并未开了瓢,血水无一点。"(俗212-174)此亦以"葫芦"喻秃头。元曲又有称秃头为"瓠子头"者(参看

---

① 《贾凫西木皮词校注》,关德栋、周中明校注,济南:齐鲁书社,1982年,第25页。
② 《歇浦潮》,上海:上海古籍出版社,1991年,第135页。
③ 《广陵潮》,上海:震亚书局,1930年。
④ 《老圃遗文辑》,杨绛整理,武汉:长江文艺出版社,1993年,第841页。
⑤ 《子不语》,《笔记小说大观》(第2编第9册),台北:新兴书局,1978年,第5613页。
⑥ 《如此京华》,《中国历代珍稀小说》(3),北京:九洲图书出版社,1998年,第875页。例中"躭"当是"抢"的俗字,"抢"有"冲""闯"义,字或作"跄",参看《大词典》"抢"条及《近代汉语词典》(2015:1691)"跄"条。

《近代汉语词典》2015：802），皆可比勘。（3）即"瓜瓢"。指瓜皮帽。清张岱《夜航船》卷十一《日用部·衣冠·椰子冠》："苏东坡有椰子冠，广东所产，俗言茄瓢是也。"（续四库1135-681）清素庵主人《锦香亭》第六回："油靴一双，朔（鞭）子两枝，茄瓢一只，拜匣一个。"（95页）"茄瓢"当即瓜皮帽一类。

观洒

观赏；观看。佚名《林下诗谈》："范靖同妻沈氏，坐后园观洒翠池。"① 明佚名《南海观世音菩萨出身修行传·庄王被魔受难》："善才对龙女曰：'师父已去，我等在此清闲无事，同去岩后千仞峰观洒片时，有何光境？'二人同上到高崖之处，左盼顾右占望。"（124页）② 清佚名《妆钿铲传》第十五回："辞了蝙蝠去反本，到在洞里细观洒。"（104页）影戏《五虎平西》卷五："咳呀，可了不的了！夫人方才命我花园寻找老爷，各处观洒，俱都找遍，不见人牙。"（绥40-40）"洒"单用亦有"观望；看"义，影戏《定唐·代部》："进门就犯疑，东看与西洒。不相是孝家，宗宗都是假。"（未刊64-107）或作"撒"，影戏《镇冤塔》第五部："小豪杰默默无言直发怔。」（旦）桂月小姐偷眼撒，细看新郎品与貌，活像沈郎俏冤家。"（未刊76-331）《五虎平西》卷六："元帅杨爷用眼撒，个个都是英雄将。"（绥40-283）较早作"瞲"，《近代汉语词典》（2015：1849）"瞲"条："瞅；看。明冯惟敏《僧尼共犯》一折：'一个手儿招，一个眼儿瞲。'清《聊斋俚曲·增补幸云曲》：'那眼不住的瞲那路径，若有动静，好跑他娘的。'""瞲"不见字书，当是据俗音所造之新字。《中原音韵·家麻韵》"洒""撒"同音，另据《近代汉语词典》（2015：1849），"撒泼"又作"洒泼"，然则"观洒"为同义并列式复合词。曾良《戏曲字词的音义梳理举例》（待刊）指出，"撒"即"瞲"，该词中古已见，文章对后世记{瞲}的相关字形及语音演变情况进行了详尽讨论。

---

① 罗宁（2016）引《中国诗话辞典》云："《林下诗谈》，宋无名氏撰，原书久佚，不知卷数，亦不见诸家著录，仅《说郛》宛委山堂本卷八十八存录七条。"罗宁认为《林下诗谈》所记沈氏事是据《玉台新咏》中的诗"添加文字伪托的"，是重编《说郛》（清顺治宛委山堂藏板）时添加的。据此，例中"观洒"当为清人语，从该词亦可证《林下诗谈》确系伪书。

② 曾良（2012）认为例中"洒"是"耍"的俗写，"观洒"为"观耍、观玩"义，似未确。

光光

单单;唯独。明抱瓮老人《今古奇观》卷四:"舟中一应行李,尽被劫去,光光剩过身子。"(116 页)此例《白话小说语言词典》(2011:472)释作"空无所有",未确。"光光"为副词,乃"单单;唯独"之义。清心远主人《二刻醒世恒言·下函》第五回:"且说那欺笑淳于的詹知炎,只因盘算人的利钱太重,遭了一场假人命的官司,把个家当弄得罄尽,光光守着一间房子未卖。"(573 页)清佚名《说呼全传》第二十八回:"俺正观看,只见前面有些人争闹,俺见几个将官光光把这太子相杀,俺气他不过,出去就同叫什么'四虎将'与他较战。"(442 页)清香婴居士《麹头陀传》第十三回:"似我老小两口,不会念经,不会说咒,光光念着一句观音菩萨,谁肯布施?"① 清瘦秋山人《金台全传》第二回:"乌飞兔走,时光甚快,七日过后,鸡已出壳了,叫声徐徐不绝于耳。四娘姨心内想道:'为什么光光鹅蛋不收黄?'"(10 页)清抄本《金珠宝卷》卷上:"厨子碗盖多不抢,则得光光抢把刀。"(民 19–140)今吴语、东北官话、西南官话(峨山)中"光光"仍有此义。

躯/躴/旷/徉/匡/恍/跣/赾/眬/迖

即"逛"。清逍遥子《后红楼梦》中皆作"躯",如第七回:"我就招招手拉了他到怡红院里去躯躯,各到处去走走。"(177 页)第十九回:"姥姥道:'记得明明白白,跟过去顽了两遭,而今园子里光景还好?'王夫人道:'新收拾了,狠好的。我几时再同你进去顽顽。'姥姥只管谢王夫人。一面讲着,黛玉、湘云、宝钗、宝琴、惜春便走到外间去商议躯园。"(565 页)又同回:"黛玉、惜春等便知他两个人各成正果去了。也将躯园的事情约定,重新进来。姥姥道:'太太,你们这里不要说躯园,就这里大房大院,咱们看着比躯庙还好呢。'"(566 页)或作"躴",清石玉昆《忠烈侠义传》第二回:"咱们庄农人家,总以勤俭为本,不宜闲着躴荡。"(74 页)双红堂文库藏《虞廷集福》第七出:"大仙既要闲躴,小狼奉陪。大仙,你一人躴,岂不闷得慌么?"《曲本》第四十三册《刘公案·江宁府》:"诓他出店闲去躴,到了荒郊野外中。"(254/1/c2)影戏

---

① 《麹头陀传》,北京:人民文学出版社,1999 年,第 185 页。

《天门阵》卷六："好的，好的！不懂得番话就敢往达子堆里矌来？"（未刊58-247）己卯本《红楼梦》第六回："那板儿才五六岁的孩子，一无所知，听见带他进城矌去，便喜的无不应承。"（115页）同回又作"旷"："只见周瑞家的回来，向凤姐道：'太太说了，今日不得闲，二奶奶陪着便是一样，多谢费心想着，白来旷旷呢便罢，若有甚说的，只管告诉二奶奶，都是一样。'"（124页）此二例甲戌本作"徢"（168页；181页）。明长安道人国清《警世阴阳梦·阳梦》第二十一回："（魏忠贤）看得自己独尊了，便渐次狂妄放肆，好着游戏旷荡。"（335页）清佚名《醉春风》第六回："有人要嫖，就在船里寺里各处旷荡。""旷荡"即"逛荡"。或作"匡"，影戏《牛马灯》第四部："你我在营中闷闷不乐，要不了咱游匡游匡去吧。……你们跟我们哥儿俩恍恍去如何呢？"（未刊60-5）或作"恍"，影戏《金蝴蝶》首部："（柴白虎）命人下书请我前去上庙，我意欲下山恍恍。"（未刊61-347）又："你说你要上苏州东关里去恍天齐庙去。"（未刊61-348）或作"跣"，影戏《定唐》第二本："罢了，你就去改扮，我随你走走就是了。（是）走，街门里跣跣去咧！"（俗211-417）影戏《泥马渡江·乌部》："憋闷憋闷！待我出去跣跣去。"（未刊66-68）《泥马渡江·可部》："那日跣花园，鸠娜难画描。"（未刊64-432）影戏《红梅阁》第六部："今日甚觉烦闷，何不到外面跣荡跣荡，看个蹭媳妇也是好的，哈哈，走走便了。"（未刊68-50）此亦"跣"字，《清车王府藏戏曲全编》校作"跣"①，乃误。或作"趆"，《定唐·后部》："我在店里烦闷，进城趆趆。"（未刊63-471）或作"眈"，《白蛇传》第四部："不言二人闲游眈，（上二差）张龙李虎用眼瞧。"（俗238-325）或作"迖"，影戏《翡翠鸳鸯》第五本："自从我弟兄，夺印京中迖，左右二先锋，钦封金殿上。"（俗242-454）②

规例/规矩

犹"常例"。常例钱；按常规惯例当打点之银钱。清俞樾《右台仙馆笔记》卷三："天津市中无赖少年，往往于博场索规例钱，诸博徒亦乐应之。"（续四库1270-444）清洪琮《前明正德白牡丹传》第三十九回：

---

① 《清车王府藏戏曲全编》（第20册），广州：广东人民出版社，2013年，第213页。
② 关于"逛"的来源，《说文·齐部》："虇，惊走也。一曰往来也。"姜亮夫（2002：275）指今昭通人言"间行往来曰虇，读去声"，又可参曾良（2019）"谎"条的相关讨论。

"那抽头的当家对正德曰：'我们因本处官府要勒索规例银，故此异乡人概不和赌，客官休怪。'"（497页）清王兰沚《绮楼重梦》第五回："司狱道：'我自然会关照的，只是旧规向例也须趁早送来，才免得叨腾。'"（108页）清佚名《海公小红袍全传》第七回："海瑞又奏道：'张居正大奸大恶，欺君误国。臣参他六款：……第六款，诈索规例，贪婪强虐。'"（62页）清庾岭劳人《蜃楼志全传》第十六回："南海县钱公迎合抚台之意，便将老赫逼勒洋商，加二抽税、多索规例、逼死口书、遴选娼妓及延僧祈子，后来和尚盗逃，他却硬派署盈库大使乌必元缴赃等款细细禀明。"清瘦秋山人《金台全传》第二十四回："千金道：'金兄弟，喏，衙门内这些马快只要此道，吾们年年有规例的，故而做了这个买卖，没有人来惊动的。'"（202页）或言"规矩"，影戏《定唐·后部》："方才犯官的家人王钦递了规矩，容他进去服侍他主人。"（未刊63-468）《盗银镯宝卷》："禁子道：'我们是靠山吃山，靠水吃水的，没有规矩，乃能进去？'"（民20-493）

H

呼腰

即"哈腰"。清落魄道人《常言道》第三回:"豪奴未及回答,抬头已见一人:做模做样,曲背呼腰,贼形贼势,鬼头鬼脑。"(49页)清瘦秋山人《金台全传》第二十九回:"刘乃道:'可笑那王浦、刘松、金忠三人,雄纠纠,气昂昂,尤如强盗一般,竟像可以杀得人的样子。今日见了金台之面,好似老鼠逢猫,大家呼腰恭敬他,真正是强人自有强人收。'"(245页)清陈端生《再生缘》第三十九回:"一字排开齐见礼,恭行已毕各呼腰。"①《绣像义妖传·考魁》:"文武官员呼腰伺候,状元辞谢。"

害燥/害懆/害噪

即"害臊"。清华广生《白雪遗音》卷一《教妓》:"灌迷了心,骗他的东西妆害燥。"② 清娜嬛山樵《补红楼梦》第二回:"凤姐笑道:'好不害燥的东西,你一个女孩儿家,就想要做人家的妈了么?'"(60页)或作"害懆",清小和山樵《红楼复梦》卷九十六:"宝钗劝道:'罢呀,拉倒!这么一位翰林老爷,动不动咧着嘴就哭,也不害个懆。'"(3384页)或作"害噪",《补红楼梦》第十九回:"贾珠也笑起来道:'你怎么倒赖到我身上来了?我劝你乖乖儿的把他们叫出来罢,这会子又害起什么噪来了呢?'"(584页)又单言"燥",《补红楼梦》第十一回:"小红道:'那些姐姐、妹妹们都知道了,总要拿我取笑儿开心呢。我又不好说的,燥的人家脸上怎么过得去呢?'"(329页)清逍遥子《后红楼梦》第一回:"就算他们不牵绊,被环兄弟、兰儿说笑也就燥得了不得!况且出门去还有各世交、各亲友,真正燥也燥死,不知老爷可能替我编谎遮盖了些?"(18

---

① 《再生缘》,刘崇义编校,郑州:中州书画出版社,1982年,第531页。
② 《白雪遗音》,《明清民歌时调集》(下),上海:上海古籍出版社,1987年,第552页。

页）清梦梦先生《红楼圆梦》第十一回："袭人道：'怪燥的，我不出去。'"（217 页）或作"懆"，《红楼复梦》卷七十七："说着，在犄角上慢慢过来，定睛细看，叫道：'嗳哟！懆死我了！怎么是你老人家在这儿？'"（2717 页）

罕碜/寒伧/寒尘/寒蠢/寒咕/罕岔/含缠/顸村/寒瞋

即"寒碜"。丢脸；不体面；难看。清娜嬛山樵《补红楼梦》第十九回："那上面的少年又笑道：'我想明儿我给你们成全了好事之后，那就有个名分在内，我也就不好意思的了，不如趁着这会子还没定局，你教他坐在你怀里，喂你一个皮杯儿，给我瞧着这么一乐，就算他谢了我了，好不好呢？'那下面的少年笑道：'大爷说的倒好，就是太罕碜了些儿，只怕他未必肯呢。'"（577 页）或作"寒伧"，清叶德辉《书林清话》卷十《古人钞书用旧纸》："微论知不足斋、振绮堂力能雇佣选纸者，不肯为之，即寒畯如吴枚庵、张青芝，亦觉视此为寒伧之甚。"① 或作"寒尘"，《二十年目睹之怪现状》第八十三回："你就叫人去办罢，一切都从丰点，不要叫人家笑寒尘。要钱用，打发人到账房里去要。"② 又第一百回："那总办、提调，都是一个人一辆马车；其余各委员，也有两个人一辆的，也有三个人一辆的，最寒尘的是四个人一辆。"③ 或作"寒蠢"，《老残游记·续集遗稿》第三回："青云、紫云他们没有这些好装饰，多寒蠢，我多威武。"④ 或作"寒咕"，京剧《查头关》："这个老头子长的寒咕之的哪！"（俗 289－242）或作"罕岔"，《曲本》第二十一册《于公案·察院》："二女子见问将头叩，口中说：'爷爷呀，这件事若要说真罕岔。'"（41/2/a1）或作"含缠"，《曲本》第三十册《神州会代赞》："任袁此时把精神抖，暗说道，合该黑小子要含缠。"（358/2/a1）1931 年《建平县志》卷四《方言》："难看曰可嗔，亦曰顸村。"光绪十年《玉田县志》卷七《方言》："寒瞋，丑也。""顸村""寒瞋"即"寒碜"，此指长相难看。

---

① 《书林清话》，《民国丛书》（第 2 编第 50 册），上海：上海书店，1989 年。
② 《二十年目睹之怪现状》，北京：人民文学出版社，2000 年，第 775 页。
③ 《二十年目睹之怪现状》，北京：人民文学出版社，2000 年，第 954 页。
④ 《老残游记》（附续集、外编残稿），济南：齐鲁书社，1981 年，第 283 页。

行行

好好的。形容正在进行的行为。清花月痴人《红楼幻梦》第九回:"喜鸾臊得满面飞红,因听宝钗说得行行的,乍然一问,心中所爱,不觉顺口溜出。"(438页)清郭小亭、坑馀生《续济公传》第一百六回:"但见徐天化的一匹马,正往前走得行行的,忽被木头一倒,吓了往后一缩。"① 又第一百五十五回:"杨魁走得行行的,忽见赛云飞枪马齐到。"②《唱本一百九十册·武松打虎》:"行行正走来的快,眼前来到景阳岗。"《瞎子逛灯》总本:"(瞎子唱)行行正走来得快。(和尚唱)堪堪来到小河中。"(升 100 - 58796)或单言"行",影戏《警世奇缘》第九部:"行说好话变了脸,刀枪并举上下翻。"(俗 193 - 458)参看《汉语方言大词典》(1999:2078)"行行的"条。

好没因儿的/好没样的/好莫样的/好模样的/好吗大样的

不知道什么原因;无缘无故。清小和山樵《红楼复梦》卷四十四:"红绥低着头,正要进去,被梦玉上前抓住,说道:'恭喜! 两个嘴巴打出理来了。但是好没因儿的咬我一口,叫我这会儿还是怪疼的,怎么个赔还我呢?'"(1503页)又卷七十二:"杨家的道:'抱着哥儿一同高兴来瞧婶子,好没因儿的惹了一回气。'"(2571页)又卷七十五:"汝湘道:'仔吗老太太好没因儿的这会儿又想起他来,派我去看个什么病!'"(2661页)或言"好没样的",影戏《大团山·春部》:"我说他有拐古劲,好没样的又撇清。"(未刊57 - 9)或作"好莫样的",影戏《大金牌》第四部:"(上丫头)姑娘,你老可是大喜咧!"好莫样的,我是那里来的喜呢?"(俗 171 - 282)或作"好模样的",《大金牌》第八部:"哎呀,可倾死人列,好模样的望我生啥气呢?"(俗 172 - 5)影戏《定唐·遗部》:"贤惠夫人我的娘,好模样的死故了。"(未刊 63 - 217)或言"好吗大样的",影戏《金蝴蝶》第四部:"咳,母亲,妹妹,我只话要是说了,你们娘儿俩可别又哭哇。"(合)我们好吗大样的,为啥哭呢?"(未刊 62 - 89)又第八部:"(中等人白)你们只是咱着,好吗大样的为啥把我锁上

---

① 《续济公传》(上),杭州:浙江古籍出版社,1991年,第 530 页。
② 《续济公传》(下),杭州:浙江古籍出版社,1991年,第 197 页。

呢?"（未刊62-249）口语中"好没样儿的""好模样儿的"等与"好没因儿的"音近。《汉语方言大词典》（1999：2333）记作"好么秧儿"。

呵哖

哈欠。明金木散人《鼓掌绝尘》第四十回："一日，与众寮属会饮，将至酒阑，猛然间打了一个呵哖，倒头便向席上沉沉睡去。"（1156页）"呵哖"即"呵鼾"，《大字典》"哖"条："同鼾。《龙龛手鉴·口部》：'哖'，'鼾'的俗字。"张洁《萧山方言同音字汇》（1997）有"呵hə"一词，hə音近鼾（二者仅声调不同），义为"呵欠"，疑hə即"鼾"。

和局/打和局

"和局"指两下都满意之局。明伏雌教主《醋葫芦》第十五回："我今有个愚见，画做行乐式样，员外走在前面，正是右首，院君随在后面，正是左首。又不失款，且不失座次，岂不两全其妙？"眉批：绝妙和局。（558页）明金木散人《鼓掌绝尘》第五回："天理循环自古言，只因纨扇复花笺。争如两下成和局，各把胸襟放坦然。"（162页）此义是从下棋隐喻而来，明冯梦龙《挂枝儿·咏部·围棋》："被人点破眼，教人难动移，不如打一个和局也，与你两下里重着起。"①

或言"打和局"，指协调（或妥协）并达成几方都满意的局面。明陆人龙《型世言》第二十一回："三个打了和局，只遮柏清江眼。"（897页）此言三人皆达到了自己想要的结果。明西湖渔隐《欢喜冤家》第续一回："张扬道：'待我与你两下打一个和局罢。'次日，张扬走到天生家，就是撮合山一般，花言巧语说了一番。"（20页）《白话小说语言词典》（2011：530）"和局"条："和事酒席。"举《欢喜冤家》例，未确。清墨憨斋主人《十二笑》第六回："温阿四惟恐隔墙有耳，只管带笑告求道：'我与老堵在这里闲话，并不曾说要你养家，休得发恼声张。若不信时，你去问老堵便明。'一头说，一头飞走出门，以避其闹吵。分明放一条活路，好教堵伯来从中打和局。"（287页）清夏纶《无瑕璧》第二十五出："（外）陛下，从来说得好：'众志成城。'目今人心已动，驱之出战，

---

① 《挂枝儿·山歌》（合一册），魏同贤主编《冯梦龙全集》，上海：上海古籍出版社，1993年，第230页。

断无幸胜之理，据臣愚见，还主招抚的为是。”眉批：“锦衣意中只是要打和局，故反复敷陈，总说战之无益于事。”① 清杜纲《北史演义》第三十四回：“三人共饮至晚，桐花辞去。王遂留宿后宫，欢好如初。”夹批：“又打和局了。”（704 页）清佚名《醉春风》第四回：“乡邻射毽的射毽，得银子的得银子，打了和局，没一些拦阻。”清天花才子《快心编二集》第三回：“王老二见好的道：‘我们山东人最直，最好相与，我们这些邻居，吃软不吃硬的，客人若看见，须与他们打个和局儿。’珮珩心下寻思：‘我又不久居在此，要与他们打恁的和局？’”（109 页）《醒世姻缘传》第十九回：“晁源道：‘你三个听我说，合了局罢。’”（521 页）此例徐复岭（2018：310）释作“合在一起；合伙”，未确，此是劝三人互相妥协以使大家都能满意，最后“四个俱做了通家”。影戏《对金铃·官部》：“你妹夫却被山王娶了去，听说他入了贼群合了局。”（未刊 71－267）此叙贾飞熊（妹夫）本意去与山贼争斗，结果却被迫与两女寨主成亲，“合局”指妥协（不再争斗）后双方都比较满意。“打和局”或省言“打和”，影戏《三贤传》卷五：“设了一个埋伏计，爱你性儿总得打和。（谁肯与反寇打和?）”（俗 186－105）此是陈士魁被山寇张氏兄妹设埋伏计困于山峪，张氏兄妹派手下董炎劝降之语。王锳（2015：143）指“打合”有“说合、转圜”义，《白话小说语言词典》（2011：206）“打合”条指其有“传达一方对另一方的条件和要求，使接受；斡旋调停”义，皆“打和局”之引申。

哏/恨

嘶吼咆哮（声）；大叫（声）。《西游记》第十三回：“这太保霹雳一声，咄道：‘那业畜，那里走！’……只听得那斑彪哮吼，太保声哏。斑彪哮吼，振裂山川惊鸟兽；太保声哏，喝开天府现星辰。”（301 页）“哏”指嘶吼咆哮声之大。又第四十一回：“哏声响若春雷吼，暴眼明如掣电乖。”（1026 页）“哏声”即咆哮声。明佚名《八仙过沧海》（脉）第三折：“雄威鬼怪犇如虎，猛烈神驹哏似龙。”《唱本一百九十册》大鼓书《呼延庆打擂》：“你说黑爷愣不愣，大喊三声火光红。烧得骡马哏呼叫，连车带马闯进府中。”《唱本一百九十册》致文堂板《王二姐思夫》：“公鹅回头哏咗叫，叫声母鹅把食唑。”“哏咗（咗）”拟鹅叫声。《白话小说语

① 《无瑕璧》，清乾隆十八年世光堂刻本，据《中国基本古籍库》。

言词典》（2011：536）"哏"条："（语调）恶狠狠。"举《西游记》二例，未确。"哏"确有"狠"义，然上揭诸例皆非"狠"义。或作"恨"，明方汝浩《禅真后史》第十六回："张氏大叫一声，将右膝往阿媚小腹上着力一膝。阿媚先已留心，面庞虽向着张氏，身躯原是虚站的，见张氏'恨'的一声右膝挑起，即忙望后倒退了数步。"（378 页）① 此例前言"大叫"，后言"恨"，可证其义。

哼哼喷喷/哼哼喷喷/哼哼唧唧/哼哼啧啧/哼哼吱吱/哼哼吸吸/哼哼哜哜/哼哼咀咀/哼喷

《西游记》中有"哼哼賣賣"一词，或作"哼哼賣·賣"，该词词义为"呻吟声"，诸家并无争议，但"賣""賣"二字皆为字书所不载，对此二字的校勘，今人整理本及相关辞书争议颇大，为方便讨论，兹将世德堂本《西游记》相关语例罗列于下：

（1）好行者，却不迎他，也不问他，且睡在床上推病，口里哼哼賣賣的不绝。（第十八回，435 页）

（2）呆子才放了手，口里哼哼賣·賣道："千万治治！待好了谢你。"（第五十五回，1411 页）

（3）好呆子，捻着诀，念个咒，把身摇了七八摇，变作一个食痨病黄胖和尚，口里哼哼賣·賣的挨近门前教道："施主，厨中有剩饭，路上有饿人。贫僧是东土来，往西天取经的，我师父在路饥渴了，家中有锅巴冷饭，千万化些儿救口。"（第五十七回，1450 页）

（4）那怪却只要怜生，在后天袋内哼哼賣·賣的道："金铙是孙悟空打破了。"（第六十六回，1691 页）

（5）他想着："火气上腾，必然也热，他们怎么不怕？又无言语哼賣，莫敢是蒸死了？等我近前再听。"（第七十七回，1969 页）②

（6）他又摇身一变，变作个老鼠，賣賣哇哇的叫了两声。（第八十四回，2145 页）

对于以上诸例，人民文学出版社校注本《西游记》（下文简称"人民文学本"）校例（1）为"哼哼喷喷"，其余录为"哼哼喷喷"③；人民出版

---

① 此例法国巴黎国家图书馆藏同人堂板《禅真后史》作"狠"。
② 此例人民文学本《西游记》及《大词典》《大字典》《西游记辞典》皆标点为："又无言语？哼賣！莫敢是蒸死了？"并误，详下。
③ 《西游记》（第三版），北京：人民文学出版社，2010 年。

社李洪甫校注本《西游记》（简称"人民本"）同此①。陆澹安（1979：419）指"哼哼唧唧"或作"哼哼喷喷"，"喷"即"嘖"字，亦即"啧"字，"喷喷"即"唧唧"。曾上炎《西游记辞典》（1994：127）"哼哼嘖嘖"条："hēnghēngzézé 象声词。呻吟声。"举例为（1），其"哼哼喷喷"条："见'哼哼嘖嘖'。喷，同'嘖'。"举例为（2）（4）。许少峰（2008：748）"哼哼喷喷"条："hēnghēngzézé 同'哼哼唧唧'。"举例为（1）。张季皋《明清小说辞典》（1992：310）"哼哼賚賚"条："hēnghēnglàilài 表示痛苦的呻吟声。"举例为（2）。《大词典》《大字典》校为"賚"，举例为（5）（6）。《白话小说语言词典》（2011：538）"哼喷"条："即'哼唧'，呻吟。"举例为（5）。中华书局校注本《西游记》（简称"中华本"）以上诸例皆录为"喷"。②

综上，关于"哼哼賷賷（哼哼賷賷、哼賷）"校勘的代表性意见有三种：一是将"賷（賷）"校为"喷（嘖）"或径录为"喷"，注为 zé；一是校为"賚"，注为 lài；一是录为"喷"或"喷"，认为"哼哼賷賷"即"哼哼唧唧"。

我们认为校为"嘖"比较合适。"賷"是"嘖"之形讹，"嘖"字行草书常写作"賷""賷"等，行草写法中诸如"香（香）""查（查）"等字中撇捺连写与"冖"易混，刻工因不识"哼哼嘖嘖"一词，乃据字形将其臆刻为"賷"字③。明佚名《南海观世音菩萨出身修行传·妙善一家骨（肉）完聚》："众神参见已毕，乃着善才賷玉笋黄芽前到火焰山答谢红孩儿助阵之功，又着龙女賷青蒻紫菜……"（145页）"賷"正"嘖"字。据曹思谨《历代名家行草书字典》（2009：236），傅山书"嘖"作"賷"。《二刻拍案惊奇》卷三十四："如霞依言而做，夫人也自哼哼賷賷，将腰往上乱耸乱颠。"（1546页）此字右上刻为"夾"而非"夾"，"嘖"之痕迹更为明显。"哼哼賷賷"亦即"哼哼嘖嘖"。据《龙龛手镜·贝部》，"賷"俗作"賷"。《拍案惊奇》卷二："自后夫荣妻贵，恩賷无算。"（62页）又卷三十九："外边既已哄传其名，又因监军使到北司各监赞扬，弄得这些太监往来的多了，女巫遂得出入宫掖，时有恩賷。"（1676

---

① 《西游记》，李洪甫校注，北京：人民出版社，2013年。
② 《西游记》，李天飞校注，北京：中华书局，2014年。
③ 可以参考的是，《醒世姻缘传》第三十七回（1014页）、第四十回（1103页）、第四十五回（1243页）有"賷子"一词，黄肃秋校为"賷子"，误（参看徐复岭1993：267；周志锋2006：309）。从此可以略窥遇到不熟悉字词时校刻者之心理。

页）明陆云龙《魏忠贤小说斥奸书》第八回："荫袭赏赉，都是爷天恩。"（131 页）再如清素庵主人《锦香亭》第七回："那雷海清虽是个小小的乐官，受明皇赏赉极多，所以作事甚是奢富。"（109 页）《曲本》第十二册《争功》："进贤登相蒙上赉，却不道负义辜恩把我忘。"（446/1/c5）又有以"來"为"夾"者，清天花才子《快心编二集》第一回："柳俊眼快手捷，顺势夹马一迎，早把周泰的棍在胁下來住。"（23 页）又有以"夾"为"來"者，《柳林写状》："那娘行，先前说道有满腹含冤无处申诉，为何在柳林拜起天地夾了？"① "赉"亦有讹作"赍"者，据中国书店编《草书大字典》（1983），"赍"字草书或作"𧶛"（1346 页），"赉"字或作"𧶖"（1340 页），二者极近，故文献中亦有相混者，《拍案惊奇》卷七："玄宗晓得他传授不尽，多将金帛赏赍，要他喜欢。"（297 页）《二刻拍案惊奇》卷三十二："一日，遇着朝廷南郊礼成，大赍恩典。"（1492 页）此二例中，"赍"皆应为"赉"，为"赏赐"之义，作"赍"乃因形近而误刻。"赉"或讹为"赍"，或讹为"赍"，"赉""赍"形近。

"哼哼啧啧"即"哼哼唧唧"，"啧"从口赍声，是个新造的记音字。"哼哼唧唧"是明清小说中的常用口语词，如《金瓶梅词话》第八回："有一个僧人先到，走在妇人窗下水盆里洗手，忽然听见妇人在房里颤声柔气，呻呻吟吟，哼哼唧唧，恰似有人在房里交姤一般。"（233 页）这个词在《西游记》续书中亦常见，清佚名《续西游记》第十回："只有那猪头嘴脸的在那里哼哼唧唧叫饿。"（182 页）又第三十六回："师徒担着经担，押着马垛，正行到林头，只见那路傍地上，倒卧着三四个汉子，哼哼唧唧。"（641 页）清佚名《后西游记》第十一回："（小行者）又走到香积厨看看，忽听得那里哼哼唧唧打鼾声，四下一看，却又不见。"（206 页）又第三十四回："猪一戒睡在地下，听见沙弥说他，没奈何哼哼唧唧的说道：'兄弟莫要取笑我了。'"（808 页）

因为是新产生的口语词，除"哼哼啧啧""哼哼唧唧"外，该词还有其他诸多写法。或作"哼哼吱吱"，清烟霞散人《斩鬼传》第九回："高一句低一句说一会，又哼哼吱吱的唱起来。"（180 页）或作"哼哼喷喷"，明潘镜若《三教开迷归正演义》第二十二回："却遇着丈夫与妾在床上那把刀儿，哼哼喷喷。"（325 页）清东山云中道人《唐钟馗平鬼传》第十二回："说着只见小低打鬼搀扶着小伍二鬼，哼哼喷喷的进来了。"（110 页）"哼哼啧啧"中"啧啧"当读如"吱吱（唧唧）"，有些方言中"啧"与

---

① 《柳林写状》，《故宫珍本丛刊》（第 680 册），海口：海南出版社，2001 年，第 5 页。

"吱"音同，如"则个"又写作"子个"，"则索"又写作"子索"，"喷声"又作"吱声"等，语例颇多。或作"哼哼吸吸"，甲戌本《红楼梦》第二十七回："除了我随手使的这几个人之外，我就怕和别人说话，他们必定把一句话拉长了作两三截儿，咬文咬字拿着腔，哼哼吸吸的，急的我冒火。"（432页）① 此"吸吸"亦记音，当读如"唧唧"。或作"哼哼哜哜"，明方汝浩《东度记》第五回："千里见走忙了，被密菁戳破脚筋；这百里闻走慢了，被小鹿儿撞伤心胆。他两个哼哼哜哜入得庵来，恰是一座空庙。"（85页）同书第二十四回作"哼哼唧唧"："犹然忽叫腹痛，要寻地方便处，乃出店家后门，只见门后两个男女，哼哼唧唧，若有苦楚情状。"（445页）或作"哼哼咀咀"，清归锄子《红楼梦补》第四十一回："我不会唱别的曲儿，就只听见青儿在家里哼哼咀咀唱的'纱窗儿外高底儿响叮哨'，我也会哼两句。"（1643页）第四十六回："一面讲话，听唱了《访素》《踏月》两套。湘云道：'刚是哼哼咀咀的声音，不耐烦听他。'"（1899页）此两例中，"咀咀"当读如"唧唧"，撮口呼韵母在有的方言中读齐齿呼，如"去""拘"在很多方言中读齐齿呼（参看《汉语方言大词典》），《绣像义妖传·逼丐》："呸，真真厌啥娘个倒，快点居气吧！""居气"即"归去"之口语记音。再如《红楼梦补》中"切薄"即"鹊薄"（参看"雀剥"条）。

例（6）"赉赉哇哇"中，"赉赉"亦"喷喷"，常用来形容动物的叫声。或作"唧唧"，《金瓶梅词话》第八十六回："有几句双关，说得这老鼠好：'你身驱儿小，胆儿大，嘴儿尖，忒泼皮。见了人藏藏躲躲，耳边厢叫叫唧唧，搅混人半夜，三更不睡。'"（2599页）或作"哜"，明罗懋登《三宝太监西洋记演义》第七十一回："照着那个火老鼠轻轻的一箍，箍得那个火鼠哜一声叫。"（1920页）或作"吸吸"，《唱本一百九十册·新刻水浒金山寺》："杀的那鱼鳖虾蟹吸吸叫，只杀得白蛇青蛇难上前。""赉赉哇哇"即"喷喷哇哇"，或作"吱吱哇哇"，明周清原《西湖二集》卷三："但见：一群村学生，长长短短，有如傀儡之形；数个顽皮子，吱吱哇哇，都似蛤蟆之叫。"（100页）此乃引申指人之喧吵声。或作"哜哜哇哇"，《三宝太监西洋记演义》第十六回："到了初四日挨晚上，天宁州搬运官夫哜哜哇哇，你也说道：'朝里好个国师，初五日皇木到厂。'我也说道：'朝里好个国师，初五日皇木到厂。'"（427页）或作

---

① 此例舒序本、梦稿本、甲辰本与甲戌本同，作"哼哼吸吸"；庚辰本、戚序本、蒙府本、程甲本皆作"哼哼唧唧"。另梦稿本、程甲第一百五回有"哼哼唧唧"一词。

"唧唧哇哇",清蒲松龄《禳妒咒》第二回:"闭煞屋门纺棉花,唧唧哇哇放不下。小的小,大的大,都从他肚里养活下,叫叫唤唤把气嗨,他就心焦把我骂。"① 或作"饥饥哇哇",清蒲松龄《慈悲曲》第二段:"您达怎么就看的下,把一个没娘孩子,就弄的饥饥哇哇?"②

"哼哼唧唧"又简作"哼唧",明顾起元《客座赘语》卷一《诠俗》:"颦而呻者曰哼唧。"(存目子243-257)《汉语方言大词典》(1999:4803)"哼唧"条:"皱起眉头喝下。江淮官话。江苏南京江宁。清道光四年《上元县志》:'颦而呷者曰哼唧'。"此释义误,县志中"呷"当是"呻"之讹。《三宝太监西洋记演义》第八十三回:"又过了一会,一总有半个多时辰,仙师鼻子里只是鼾响,口里只是哼唧。"(2252页)清樵云山人《飞花艳想》第五回:"穿绿的便低着头,想了又想,哼了又哼,直哼唧了半晌,忽大叫道:'有了,有了!妙得紧,妙得紧!'"(81页)清李绿园《歧路灯》第十回:"(孝移)细看儿子,虽在案上强作哼唧,脸上一点书气也没有。"(239页)上例(5)人民文学本(949页)、人民本(1149页)、《大词典》《大字典》《西游记辞典》等皆标点为:"(行者)低下云头,不听见笼里人声。他想着:'火气上腾,必然也热,他们怎么不怕,又无言语?哼赍!莫敢是蒸死了?等我近前再听。'"以上皆因不识"哼赍"即"哼喷"而误,以"哼喷"象呻吟之声,正符合被蒸之状,当断为"又无言语哼喷"。《白话小说语言词典》(2011:538)标点为:"又无言语哼喷?莫敢是蒸死了?"中华本标点为:"火气上腾,必然也热,他们怎么不怕,又无言语哼喷?莫敢是蒸死了?"(987页)此二者亦误。妖怪欲蒸唐僧师徒三人,但孙悟空在外面却听不到人声,"他们怎么不怕"后当标问号,是以疑问表肯定——他们一定会害怕,但笼中"又无言语哼喷",这是孙悟空观察到的事实,并非疑问,故其后应标逗号,该词释义及标点皆当从《近代汉语词典》(2015:779)"哼喷"条。

综上,"哼哼赍赍"是"哼哼喷喷"之讹。新产生口语词的词形并不固定,"哼哼唧唧""哼哼喷喷""哼哼吱吱""哼哼吸吸""哼哼哜哜""哼哼咀咀"等皆是对同一口语词的记音,在《西游记》中记作"哼哼喷喷"③。"赍赍哇哇"亦"喷喷哇哇"之讹,与"吱吱哇哇""唧唧哇哇"

---

① 《蒲松龄集》,路大荒整理,上海:上海古籍出版社,1986年,第1146页。
② 《蒲松龄集》,路大荒整理,上海:上海古籍出版社,1986年,第898页。
③ 根据我们目前掌握的语料,"哼哼唧唧"一词产生于明代,综合上文所举明代语例来看,明代作品中这一词语用字较随意,体现了新生口语词记音的随意性,该词直到清代以后才逐渐固定为"哼哼唧唧"。

"饥饥哇哇""咛咛哇哇"等皆为同一口语词之记音。该词不宜校为"哼哼啧啧"或"哼哼赜赜";一是因为其时口语中确有"哼哼喷喷"一词,不烦校改为他词;二是"哼哼喷喷"一词的用例远远多于"哼哼啧啧"及"哼哼赜赜",① 而"哼啧""啧啧哇哇""哼赜""赜赜哇哇"诸词明清文献及现代方言中暂未发现;三是从字形上看,"责"的写法与"赍""赜"差异较大,尤其是"啧"讹作"赜"的可能性更小。

哼哼腾腾/哼腾

耽延;磨磨蹭蹭;敷衍搪塞。清佚名《生绡剪》第十一回:"曹十三连叫耕旺,耕旺先已知告借之情,哼哼腾腾,暗暗念道:'人家银子,一条纸儿借得来的? 如今财主们银子出入,酒水也不知要费多少,中人也要央两个。看得财主的银子这等好担,还要满满吃他一个没趣哩。'"(614页)此言耕旺磨磨蹭蹭不肯去替主人借钱。又作"哼腾",《生绡剪》第六回:"曹升说:'我不知道,或者要你起课,也未可知。即刻就要去的,先生不要哼腾了。'"(334页)此言不要磨蹭了。今扬州方言仍有"哼吞"一词,指"性子慢",王世华、黄继林《扬州方言词典》(1996:286)"哼吞"条:"性子慢:这个人就是太哼吞,人家急得不得了,他还慢慢悠悠的哩。""哼吞"当即"哼腾",方言中"腾""吞"音近,蒋礼鸿《义府续貂》(1987:75)"䐙"条指出:"《广韵》下平声十七登韵:'䐙,他登切,饱也。吴人云。出《方言》。'嘉兴状饱曰饱䐙䐙,音如顿。"曾良(2009:86)亦有论述,认为"登时""等时"就是"顿时",今赣南客家方言"登""顿"亦同音。另,《曲本》第四十三册《刘公案·江宁府》:"灯时间,过了卢沟晓月城。"(232/2/c6) 又:"刘大人一摆手,众官吏人等齐都后面跟随,灯时来到接官亭。"(233/1/b7)。此"灯时"亦记音。明阮大铖《双金榜记》有人名"皇甫敦",一不通文墨之人在写其名字时据音写作"黄辅登",第三十五出:"(外念蔡写介)(前腔)(外)多感螟蛉行孝,临终闻夺锦标,便死葬在荒郊,我也开口黄泉笑,与皇甫敦至交。(蔡)黄辅登,想是黄白的黄字,辅佐的辅字,

---

① 文献中有作"哼哼㘗㘗"者,《拍案惊奇》卷六:"到得兴头上,巫娘醉梦里也哼哼㘗㘗。"(245页)《二刻拍案惊奇》卷十八:"那春花花枝也似一般的后生,兴趣正浓,弄得浑身酥麻,做出千娇百媚、哼哼㘗㘗的声气来。"(898页)我们认为"㘗"是"啧"改换声符之俗字,抄刻者误认"哼哼啧啧"为"哼哼赜赜","啧"之声符为"赍","赖(頼)"与"赍"部件相近,故又将其换为同音却更为常见的"赖"即为"㘗"字。

登是登科的登字了。"又第四十四出:"（生与众说介）这黄辅登就是老夫名字,是那代书人错写,故此孝标孩儿不认得老夫了。（小生大怒介）三字音同字别,原何径冒认做我爹爹?"① 旧抄本《一枝兰宝卷》:"枝兰一想:'时今再不下手,顿待何时?'"（民19-76）"顿待"即"等待"。

"哼腾"当即元曲中的"行唐",据张相（1953/2008:715）、《大词典》及《近代汉语词典》（2015:2343）等,"行唐"有"迟慢;懈怠;敷衍"等义,如《大词典》"行唐"条:"迟慢。元石德玉《紫云庭》第四折:'休得行唐,火速疾忙。'元武汉臣《生金阁》第二折:'岂敢行唐,大走向庭前去问当。'"《近代汉语词典》（2015:2343）"行唐"条释义③:"搪塞;敷衍。元刘时中《端正好·上高监司》:'借贷数补答得十分停当,都侵用过将官府行唐。'"或作"杭唐",《近代汉语词典》（2015:748）"杭唐"条:"即'行唐①'。宋《朱子语类》卷一三二:'此等事,本不用问人。问人只是杭唐日子,不济事,只须低着头去做。'"《生绡剪》第一回:"那些上司,晓得他的脚力牢壮,任他胡乱的生发,哼哼腾腾,做了七年。"（199页）此"哼哼腾腾"犹"杭唐日子",指胡乱做了七年官。"哼"属晓母,"行"属匣母,近代二者皆属庚青韵平声,浊音轻化后二者音极近。又"腾""唐"音近,如"扑腾腾"又作"扑唐唐",元乔吉《金钱记》（臧）第一折:"王孙乘骏马,扑腾腾金鞭袅落花。"明贾仲名《升仙梦》（脉）第三折:"崎岖长途,奔驰瘦马,昏邓邓尘似筛,扑唐唐泥又滑。"二者皆状马行貌。又今言"满满堂堂",又言"满满当当",又言"满满登登""满满腾腾",可知"哼腾""行唐"实为一词。"行唐"一词《大词典》及《近代汉语词典》（2015:2343）皆注为xíng,误,当从许少峰（2008:723）注为háng,郑骞（2017:955）云:"予幼时,先祖说话常用行唐二字,行字读音如行伍行列之行而改为第一声,阴平。唐字读轻声。其意义则为因循、延宕、迟缓。"

哄哄夤夤

即"哼哼唧唧"。《西游记》第五十七回:"那女人见他这等病容,却又说东天往西天去的话,只恐他是病昏了胡说,又怕跌倒,死在门首,只得哄哄夤夤,将些剩饭锅巴,满满的与了一钵。"（1451页）中华书局校注本《西游记》注云:"哄哄夤夤（nuò）:不详,似指随手捧了几捧。"

---

① 《双金榜记》,《古本戏曲丛刊二集》影北京图书馆藏明末刊本。

拏，同'搦'。捧持。"① 此释义误。"拏"乃"翕"之形讹，清刊《新说西游记》正作"哄哄翕翕"（1811页），人民文学出版社本《西游记》校作"哄哄翕翕"②。曾上炎（1994：129）"哄哄翕翕"条："形容嘴里叽咕又无奈的样子。"《白话小说语言词典》（2011：540）"哄哄翕翕"条释作"嘟嘟囔囔"。今谓"哄哄翕翕"即"哼哼唧唧"之异写，为"言语不清"义，该词是明代新产生的口语词，用字尚未固定（参看"哼哼喷喷"条）。明清汉语中，东钟韵字与庚青韵字多相混，"哄""哼"音同。如"烘（哄）的"又作"亨的"（参看王学奇、王静竹2002：462），再如"横""哄"音同，元至治新刊《全相平话三国志》卷上："因宣沧州洪海郡韩甫，经过平原县，却闻玄德公在此，特来相谒。"（29页）此"洪海郡"即"横海郡"之记音。③ 再如表"将就"的"浓""脓"又作"能"（参看《白话小说语言词典》2011：1089）。再如"虫""成"音近，抄本《风流和尚》第二回："炉内氤氲虫瑞蔼，三等宝相紫金销。"（15页）此书抄自明西湖渔隐《欢喜冤家》，书中多有同音替代者，"虫"即"成"之替代字，《欢喜冤家》第四回正作"炉内氤氲成瑞蔼"（174页）。又《清平山堂话本·快嘴李翠莲记》："不知那个是妈妈，不知那个是公公。诸亲九眷闹丛丛，姑娘小叔乱哄哄。红纸牌儿在当中，点着几对满堂红。我家公婆又未死，如何点盏随身灯？"（97页）此例中，"灯"与"哄""红"等押韵，可知其韵近。又清竹溪修正山人《碧玉楼》第二回："只见他鬓儿黑东东，眉儿弯生生，眼儿水零零；香喷喷的樱桃口，粉浓浓的脸儿红。"④ 此例以"生""零"与"东""红"押韵，其韵亦近。东钟韵字在方言中亦有二读者，其一正读如庚青韵，如北京话"弄"读如"能去声"，东北话中"哝唧"读如"能阴平唧"（吉林公主岭）。再如湘语"烘罩"之"烘"读如[xən33]、"烘笼子"之"烘"读如[xəŋ445]，胶辽官话"烘黑"之"烘"读如[xəŋ31]等（参看《汉语方言大词典》1999：5054）。又"翕翕"音同"吸吸"，"哄哄翕翕"即"哼哼吸吸"，甲戌本《红楼梦》第二十七回："除了我随手使的这几个人之外，我就怕和别人说话，他们必定把一句话拉长了作两三截儿，咬文咬字拿着腔儿，哼哼吸吸的，急的我冒火。"（432页）此例舒序本、梦稿本、甲辰本与甲

---

① 《西游记》，李天飞校注，北京：中华书局，2014年，第746页。
② 《西游记》（第三版），北京：人民文学出版社，2010年，第705页。
③ "横海郡"一词屡见于《水浒传》，历代无横海郡，只有横海军，唐朝所置，元复为沧州。参看钟兆华《元刊全相平话五种校注》（1990：409）注[186]。
④ 《碧玉楼》，《思无邪汇宝》，第200页。

戌本同，作"哼哼吸吸"，庚辰本、戚序本、蒙府本、程甲本皆作"哼哼唧唧"。《曲本》第二十一册《于公案·访煤窑》："身形一恍栽在尘，吸呼栽在水池内，幸亏坐上水坝上。"（127/1/b3）"吸呼"即"几乎"。《唱本一百九十册·新刻水淹金山寺》："杀的那鱼鳖虾蟹吸吸叫，只杀得白蛇青蛇难上前。""吸吸叫"即"唧唧叫"。故"哄哄禽禽"即"哼哼唧唧"，《西游记》例中乃言老妇人言语不清地嘟囔以示不满。

后程／后成／后呈

后面的路。喻指前途或结局。《近代汉语词典》（2015：787）"后程"条："前途，多指发展余地。《元曲选外编·裴度还带》三折：'因此遇大难不死，必有后程。'明汤显祖《南柯记》三四出：'（生）公私去后烦遮盖，（田）还望提携接后程。'清《续金瓶梅》四五回：'遂把一生事儿编成《捣喇张秋调》，好劝世人休学我应花子没有后程。'"此释义偏狭。子弟书《范蠡归湖》第五回："这正是聪明反被聪明误，又道是自古英雄少后程。"（俗384-216）此乃伍员自叹，"少后程"言没有好下场。石派书《包公案铁莲花》卷二："哥哥年老又无子，长门焉可绝后程？"（俗402-120）此喻指后代。或作"后成"，《曲本》第二十册《于公案·锥子营》："尸首撂在房山县，这是狗官他的后成。"（403/1/a7）此犹言"他的结局"。子弟书《别姬》头回："这如今困守空营焉能自保？孤军一旅那是个后成？"（俗384-483）清丁耀亢《续金瓶梅》第三十八回："撇得俺老夫妻没有下落，养了你多半世没个后成。"（1033页）"后成"与"下落"对言，指结局。清正一子、克明子《金钟传》第三十四回："你所作巧手段皆难久远，悖入者必悖出那有后成？"（414页）或作"后呈"，鼓词《蜜蜂记》第一回："把我落在贱人手，看来没有好后呈。"（未刊95-28）

花

"花红"之省。红利；一定比例的奖金。明汤显祖《邯郸梦》第十折："我做甲长管十家，十甲；开河人役暗分花，点闸。"① 清道遥子《后红楼梦》第十五回："到了这日斗的日期，果真请李纨过来，将各人的蟋

---

① 《邯郸记》，《古本戏曲丛刊初集》影北京图书馆藏明刊本。

蟋儿入了白纸封，兑了天平准了码子，情愿饶个厘头的，加些花儿，议定了打了数。"（436页）又同回："斗了几个时刻，各照输赢分了花去。"（436页）又："李纨也公公道道的替他们分了花散了局。"（437页）

花赌

嫖娼、赌钱的合称。元陶宗仪《南村辍耕录》卷十四："娼妇曰花娘。"① 清徐栋《牧令书》（道光刊本）卷十六《教化》引王植《敝俗》："甚则娼赌合为一事，名曰花赌。"② 清梦梦先生《红楼圆梦》第七回："打到五十，钱槐碰响头求饶，就将如何在蒋家花赌，如何偷张赢钱，如何叫他女人陪酒说完了。"（135页）清墨憨斋主人《十二笑》第五回："外边去花赌吃酒，或是打十番，唱曲子，只道他知音识趣，玲珑剔透。"（208页）清逍遥子《后红楼梦》第二十七回："你在老太太孝服里，聚人到荣禧堂花赌，又往那府里花赌，该死不该死？"（780页）又有"花酒"一词，可为参证。

花色

花样；各种各样不好的事情。清王兰沚《绮楼重梦》第十回："太医静静的诊着脉，贾政叹口气道：'家运不好，天天闹些花色儿。'"（226页）又第十一回："贾政道：'我因衙门事忙，家道又烦难，又碰出许多花色样的事情，竟没有想到你那边去。'"（243页）清逍遥子《后红楼梦》第二十五回："平儿道：'告诉你知道，你不要气坏了。原是芸儿这个没料儿的，从前琏二奶奶在日贪他些小物事，闹进府来，往后也闹出无数花色儿，叫琏二爷咬牙切齿不许他跨进这条门坎。'"（710页）又同回："探春道：'这还了得，这点子小子就闹出这些花色来，败坏老爷的声名。这府里存得住这样不肖种子？'"（714页）③

---

① 《南村辍耕录》，《四部丛刊三编》影吴县潘氏滂喜斋藏元刊本。
② 引自清丁日昌选评《牧令书辑要》，续四库755－546。
③ 此例乾嘉刊本《后红楼梦》（《善本初编》第十辑）作"闹出这些缘故来"，"缘故"有"事情"之义，可为参证。

滑俐/猾利

犹"滑溜"。圆滑灵活。清佚名《生绡剪》第三回:"那青童到也滑俐,心内不然,口里答应到:'好,好,好!'"(178 页)民国重刊本《众喜粗言宝卷》:"故言:有功有过为上乘,有过无功转四生。奸刁滑俐真好修,本来原是多聪明。"(民 6-471)又作"猾利",《生绡剪》第五回:"青霞到也猾利,听得此话,便松转舌头道:'娘子,我逗你耍来,难道是我幼时所佩之物,又亲手赠与娘子的,焉得忘记?只恐娘子忘记,故作此言相挑。'"(291 页)

化

厉害;很。清逍遥子《后红楼梦》第二十六回:"这袭人打量着环儿闹的化了,连黛玉也不管他,怕当物丢完了,遇空就去逼着彩云。"(759 页)又同回:"这时府里头忙的忙,懒的懒,存心的存心,只有环儿趁着这个时候越发闹得化了。"(764 页)清玩花主人选编、钱德苍续编《缀白裘》十一集《方集·闹店》:"(生)叫一个妓女来陪酒。(丑)客人,弗凑巧,当槽个翻子缀白裘个板了,今朝才去吃发财酒哉。(生)如此就叫那柜上的妇人来陪俺吃酒。(丑)客人少说点罢。吼也要问问,革里是撒弗得野个,我里蒋大爷弗是好惹个嘘!(生)放屁!(立起泼酒介)(丑)完哉!完哉!醉化㕍个哉!"①《明清吴语词典》(2005:272)"化"条:"〈助〉用在动词后,表示状态的持续。"举《缀白裘》例,不确。从文意看,此"化"与《后红楼梦》中"化"用法相同,作"醉"的补语,说明醉的程度,"醉化"义为醉得特别厉害,犹今言"喝多了"。李荣(2002:661)"化了"条:"南昌。出了格儿;出了边儿。多用于动词后面。个个东西都玩得个啊?你硬玩化了!"可参证。明罗懋登《三宝太监西洋记演义》第六回:"碧峰道:'原来鬼怪这等多也。'云谷道:'多便多,还有一个大得凹的。'"(163 页)又第七回:"长老道:'外面的精怪何如?'云谷道:'凶得凹哩!'"(188 页)曾良(2009:349)指"'凹'似为厉害的意思"。"凹""化"所记为同一词,方言中声母 h 或脱落,如

---

① 《缀白裘》,王秋桂主编《善本戏曲丛刊》(第 5 辑),台北:台湾学生书局,1984 年,第 4668 页。

乾隆癸卯观文书屋刊《说唐演义全传》第六十三回："唐璧那里肯听，举刀又是砍来。叔宝把枪往上一架，那唐璧在马上就旺了几旺，这把刀也几乎架脱了。"（1127 页）曾良（2017：354）指出："'旺'就是'晃'，盖方俗音脱落了声母 h。""化"当即"竵"，《说文·立部》："竵，不正也。"段注："竵，俗字作歪。"《广韵·佳韵》："竵，火娲切。"《集韵·佳韵》："䒑，不正也。或作華、竵。"据《大字典》，"竵"旧读 huā，今读 wāi。1935 年《临朐续志》："今以状人办事厉害曰竵，俗作歪。""歪"由"不正"又引申为"狠；蛮横；厉害"①，《西游记》第七十一回："手挺这条如意棒，翻身打上玉龙台。各星各象皆潜躲，大闹天宫任我歪。"（1811 页）近代汉语有"歪人"一词，今西南官话仍言，指"凶人；横行霸道的人"（参看蒋宗福 2002：682）。"歪""恶"同义，今西南官话中有"飞歪""飞恶""飞歪飞恶"诸词，参看《汉语方言大词典》（1999：3938）及曾晓渝（1996：98）。"恶"或作补语，《金瓶梅词话》第八十七回："那武松也不让，把酒斟上，一连吃了四、五碗酒。婆子见他吃得恶，便道：'武二哥，老身酒勾了，放我去，你两口儿自在吃盏儿罢！'"（2621 页）清俞万春《结水浒传》第八十六回："永清听罢，叹服道：'此人的才学十倍于我，可惜朝廷不知，这厮心肠也忒变得恶。'"（694 页）据《汉语方言大词典》（1999：3938），今中原官话、兰银官话、西南官话"歪"仍有"厉害"义，另据李荣（2002：2622），今银川话仍言"吃得歪""打得歪""干得歪"等，吴语中"歪"仍读如 huA（苏州）或 uA（温州），上海话"歪"有 huA、uA 二读（许宝华、汤珍珠 1988：83）。今"凶""狠（很）"亦引申有此用法，如言"闹得太凶""裤子长很了（重庆）"等，可与"歪"比勘。

---

① 姜亮夫（2002：44）云："憎，《广韵》：'恶也，乌外切。'按昭人言人凶恶曰憎，俗音如竵，即以歪为之。""憎"当是"嫌恶；憎恶"义，而非"凶恶"义。《玉篇·心部》："憎，恶也，憎也。"《正字通·心部》："憎，嫌憎也。"《广韵·末韵》："𢠢，《方言》云：'𢠢，可憎也。'或作憎。"《广雅·释诂三》："憎，恶也。"王念孙疏证："《太平御览》引《通俗文》云：'可恶曰𢠢。'憎、𢠢声义亦同。"

J

机灵/机伶/及伶伶/激冷冷/跼律律

受惊吓猛然抖动。光绪《玉田县志》卷七《方言》:"吓一机灵,惊遽也,又曰吓一跳。"清佚名《龙图耳录》第八十二回:"(白玉堂)望下面仔细一看,不由的机灵打了冷战,暗道:'他来此何干?'"① 石派书《三矮奇闻》第六回:"大郎走着道儿,八成是睡咧,猛然听见娘子呼唤,一机灵问道:'作什么?'"(俗401–504)《曲本》第二十一册《于公案·拿腰》:"佛老爷,昏昏沉沉如酒醉,方才炮振一机灵。"(264/1/c6) 又《于公案·布店》:"官厅上,走下门军抡鞭打,抽的车夫一机灵。"(407/2/c4) 或作"机伶",清佚名《大八义》第二十五回:"偶然听见大殿上有人说话,吓得赵贵一机伶。"② 或言"及伶伶",《曲本》第四十四册《寿荣华》第八部:"及伶伶打了一个寒战。"(108/2/a2) 或作"激冷冷",《曲本》第五十六册《活捉张三郎》:"激冷冷冷战神魂不定。"(243/1/b2) "激冷冷"当即"激灵灵"。又言"跼律律",鼓词《蜜蜂记》第一回:"良才听说这话,跼律律打了个寒战。"(未刊95–23)《现代汉语词典》(2016:606) 收"激灵"一词:"〈方〉动 受惊吓猛然抖动:他吓得一激灵就醒了。也作'机灵'。"《大词典》"机灵"条释义③:"方言。因受刺激而猛然抖动。如:他吓得一机灵,便醒了。"释义③不宜与{机灵}其他二义同条,在"受惊吓猛然抖动"这个意义上,"机灵""激灵"实为{激灵}的不同字面,从语义上看,{激灵}与{机灵}是两个词,二者并无引申关系。很多学者指出,"机灵"是"精"的"切脚语",如宋宋祁《宋景文公笔记》卷上《释俗》:"孙炎作反切语,本出于俚俗常言,尚数百种。故谓就为鲫溜,凡人不慧者即曰不鲫溜,谓团曰突栾,谓精曰鲫令。"③ 这里的"切脚语"实即一种嵌"l"式分音词,{激灵}当是"惊"的切脚语,与{机灵}来源不同。《大词典》"积伶"条

---

① 《龙图耳录》,上海:上海古籍出版社,1981年,第895页。
② 《大八义》,北京:北京燕山出版社,1997年,第458页。
③ 《宋景文公笔记》,《左氏百川学海》(第22册),武进陶氏涉园1927年影宋咸淳本。

释义②:"指受刺激而猛然抖动。"所举为《儿女英雄传》第二十四回例:"姑娘接过那个匣子来,心里一积伶说:'这匣管保该放在西边小案上。'"(1051页)例中"积伶"并非｛激灵｝,而是形容词｛机灵｝作动词用,"心里一积伶"义为"灵机一动",亦即"突发灵感"之义。

积套

习惯的做法;积弊。明吕新吾《明职·督抚之职》:"诸君子其奋扬精采,殚竭心思,详观往哲良规,痛革俗吏积套。"① 明东鲁古狂生《醉醒石》第二回:"本府前日不敢挑衅,到此敢于居功。就出文书转申,带一句'又得本府夙练乡勇协力',扯在自己身上。行省具题,也带句道:'本省严饬守御,贼已潜处山林,不敢猖獗。'后边道:'此皆圣上天威,诸臣发纵,而该府县训练之功,亦不可没也。'这也是积套。"(66页)清薇园主人《清夜钟》第十四回:"所以在刑部问官,也做了积套,知圣上必驳,每每先轻拟,留些余地。"(372页)

几何

即"几乎"。吴语"乎""何"音同。清佚名《说呼全传》第十九回:"俺今来到此间,几何性命不保。"(322页)清瘦秋山人《金台全传》第二十九回:"金台道:'啊,老伯,他若好好的说,吾也不去打他,那个叫他出口伤人!就打这强梁也不妨的了。吾道他是个好汉,那知本事平常,全然上不得吾手的,几何打死!'"(241页)又同回:"王浦即忙深深作揖,呵呵笑道:'小弟看来原像金二哥,几何冒犯了。请啊!'"(243页)清烟水散人《明月台》第九回:"且说既寿把个裴员外几何气死。"(63页)《绣像义妖传·恋嘘》:"将奴毒打几何死,空房锁禁苦难熬。"旧抄本《珍塔宝卷》:"就将一众丫环打,几何打死命呜呼。"(民20-9)又:"珠塔金银尽拿去,几何性命不能逃。"(民20-11)旧抄本《一枝兰宝卷》:"肚中饥饿身恍惚,几何跌倒地中心。"(民19-57)

寄/继/纪

(1)拜认(干亲)。旧抄本《绿秋亭宝卷》:"太太道:'杨小姐与我

---

① 《明职》,清陈弘谋辑《五种遗规》,续四库951-251。

女儿不必推辞，杨小姐又无母亲，不如寄我为女，二人姐妹相称。'"（民20-75）清俞万春《结水浒传》第七十三回："高太尉道：'我见他时，只谢过寄你，至那亲事，你自去说。'"（98页）此指高衙内拜陈希真为义父事。(2) 名义上的；拜认的。清逍遥子《后红楼梦》第二十三回："黛玉笑道：'寄妈夸得寄女儿太过了，不要宝姐姐不服起来！'"（665页）此乾嘉刊本作"继妈""继女儿"。"寄妈"即义母。清李汝珍《镜花缘》第五十二回："将来你同寄女到彼，俺倒着实耽心哩。"（924页）"寄女"指"义女"。民国网蛛生《人海潮》第三十七回："金大妻也道：'一切要你寄妈招呼，你寄妈说怎样是怎样，我们乡下人纯弗懂。'阿金娘道：'你停回再来，送上汽车总要你们亲爷娘来的。'"① 川戏《乾隆王游江南·端阳节龙船大会》："（西唱）西瓜宝提酒壶欢容喜气，开言来尊一声我的保爷，这一杯有寄儿诚心敬奉，吃过了这杯酒福寿齐眉。（皇唱）我干儿说的话令人可爱，待干父把话儿细说从来。"（俗108-41）"保爷"即"干父"，"寄儿"即"干儿"。又《雕龙扇宝卷》："仲容道：'……老夫叫薛仲容，……莫嫌老夫家寒，可肯继作螟蛉？同我回家，有朝功成就可以报仇。'德华听说连忙跪下拜了继父也。"（民20-255）"继父"即"义父"，《大词典》"继父"条："如养父。清许秋垞《闻见异辞·羞妇》：'（朱昌裕）因昔年投河时，适有广东倪翁援溺，认作螟蛉子。现在娇藏金屋，种殖玉田，继父之恩，铭刻不忘。'""螟蛉子"即义子，例中"继父"亦为"义父"之义，不宜释为"养父"。或作"纪父"，《盗银镯宝卷》："（丁位南）与寺中道士兄弟一般，还有山下有个胡大友，拜为纪父，常常来往。"（民20-488）后文："只为当初无主意，结拜寄父惹事非。"（民20-492）参看《汉语方言大词典》（1999：5799）"寄娘"条。

家原/家园/家元

即"家缘"。家业；家产。明张应俞《杜骗新书》卷一《脱剥骗·借他人屋以脱布》："聂道应……家原富厚，住屋宏深。"（23页）或作"家园"，明东鲁古狂生《醉醒石》第十二回："故为百姓的，都要勤慎自守，各执艺业，保全身家。不要图未来的富贵功名，反失了现前的家园妻子。"（470页）《保命金丹》卷二《孝儿迎母》："因你继父把命染，两个儿子败家园。"《曲本》第十四册《金印记》第四出："他把你的家园荡费，只管

---

① 《人海潮》，王镁点校，上海：上海古籍出版社，1991年，第612页。

苦苦打我的女儿作怎的了？"（141/2/b5）石派书《包公案铁莲花》卷一："叹只叹，员外无儿把嗣乏。有何人，指掌家园这般勤苦？"（俗 402 – 15）又卷二十四："待他一死无可争论，这财产，是你侵吞自掌家园。"（俗 402 – 491）或作"家元"，影戏《天门阵》卷四："哥哥你不问清浑生了气，说我败花你家元。"（未刊 58 – 121）

夹夹胖胖/夹夹壮壮/胖胖壮壮

胖大结实。清瘦秋山人《金台全传》第三十二回："若果是金台，小辈英雄，各处闻名的好汉，勿但别人，就是五尺孩童也道长长大大、夹夹胖胖的了。"（267 页）又言"夹夹壮壮"，《金台全传》第三十六回："阴间杜天王道：'那说勿好，身长一丈二尺，夹夹壮壮，黑黑得得，圆面高鼻头，额角七八点细黑麻子，两只大耳朵，落出子肚皮，肚脐里向可以摆桌子的。'"（304 页）《明清吴语词典》（2005：296）"夹夹壮壮"条："结实粗壮。□郑元和，……我驮你家来，养得你肥肥胖胖，夹夹壮壮。（缀白裘 10 集 2 卷）"又言"胖胖壮壮"，清曹去晶《姑妄言》第十七回："就是小寡妇，或是瘦弱，或是暗疾的，我也不要，要那生得厚厚实实，胖胖壮壮，干干净净的。"（2127 页）清小和山樵《红楼复梦》卷二十三："宾来道：'就是厨房里打杂的，有四十来岁，胖胖壮壮，爱戴个高冠子，住在西屋的那个张妈。'"（817 页）

攟

"攟"之讹刻。清天花才子《快心编二集》第一回："柳俊使一个旗鼓势，把棍梢向周泰眉心里直点将去；周泰忙用棍向上一攟，转势直磕下棍梢，便从柳俊右胁下搠来。"（23 页）此字漫漶不清，疑为"攟"字。《唱本一百九十册》致文堂刊大鼓书《单刀会》："一手仗剑拉子敬，烦骂送我到江边。""骂"即"驾"。"架"俗或作"𢱧"（黄征 2019：357），《曲本》第四十三册《刘公案·圣水庙》："想罢，也将刀的门路更改招𢱧。"（420/2/a3）"攟"为"𢱧"改换声符之俗字，"驾"或作"駕"（毛远明 2014：394），可与"攟"所从比勘。清李汝珍《镜花缘》第二十八回："唐敖早已提防，说声：'不好！'将身一纵，撺至跟前，手执宝剑，把刀朝上一架。"（484 页）清烟霞散人《斩鬼传》第五回："钟馗赶来，耍碗鬼接住，举起碗来向钟馗劈面搽去，指望要一碗打死，被钟馗宝

130

剑一架,'玎珰'一声响亮,将碗打得粉碎。"(109页)"擩"字人民文学出版社校点本据形作"擤"①,春风文艺出版社校点本据义作"搅"②,皆未确。

见外/见小外儿

出恭之隐语。清小和山樵《红楼复梦》卷二十九:"采姑娘在后面院子里见外儿,瞧见戚家的侯妈蹲在地下包东西,远望着黄的白的,只当他分的寿桃果子,也全不在意。"(1023页)③ 又卷四十七:"媳妇赶着差人过去瞧是谁,他们来回是秀春在那里见外儿。"(1619页) 又卷五十一:"抱琴对珍珠道:'六姑娘见外儿去了,回声太太等他一等。'"(1788页)又言"见小外儿",《红楼复梦》卷四十一:"正要折身回去,耳边只听见'嗤嗤'声响,站住脚低头一望,见那个堂客蹲在墙边见小外儿。"(1424页)"见小外儿"犹"出小恭"。《曲本》第二十一册《于公案·访煤窑》:"谁知他又去见外,担误不过几刻工。"(114/2/c2) 又第四十三册《刘公案·圣水庙》:"在下屁股长个丁,未从走道撅着走,要想见外万不能。喝了圣水有半碗,就好咧,裤子没脱就出恭。"(409/1/b1)《汉语方言大词典》(1999:720)"见外儿"条:"(男子)解小便。北京官话。"从以上用例来看,该释义有两个问题:一是不必加"男子",二是不单指"小便"。

伐

清佚名《离合剑莲子瓶》第十八回:"不过因陆昂书嫌崔言贫伐,崔言赌气,自斗宝之后,崔言谅婚姻不能成就,他辞了老臣,久已去了。"(248页)乾隆《琼州府志》卷七上《人物志》:"(陈天然)兄弟故旧贫伐者,周贷无靳,卓有古风。"颇疑此二例中"伐"为"伐"之讹,"伐"又是"贱"的俗字,"贫伐"即"贫贱"。旧抄本《珍塔宝卷·下》:"我家寒时多贫伐,娘儿无内住坟堂。"(民20-22)"钱"又作"錢""錢"

---

① 《快心编》,燕怡校点,北京:人民文学出版社,1992年,第218页。
② 《快心编》(中),朱眉叔校点,沈阳:春风文艺出版社,1985年,第10页。
③ 此例北大本《红楼复梦》(张乃等点校,北京:北京大学出版社,1988年,315页)、岳麓书社本《红楼复梦》(汪鹃、吴达英校点,长沙:岳麓书社,2003年,231页)本皆断为"……院子里,见外儿瞧见……",并误。

（曾良、陈敏 2018：489），亦可为证。又《汉语方言大词典》（1999：2717）"伐"条："jiàn 只穿袜子不穿鞋子。李恭《陇右方言发微》：'陇右通谓人袜而不履曰伐。'"此所引有误，李恭（1988：84）已明言"俴"即为"刬"，《广韵》音"慈演切"，则当读为 chǎn。

姣姣/娇娇

对心爱貌美女子的爱称。清佚名《说呼全传》第十五回："那五个头目各带一根齐眉棍，喝道：'汉子休走，快把姣姣留下，你也好在此享些受用。'"（247页）又第三十八回："庞牛虎道：'姣姣，你好利害！把汉子追得这没宗狠！怎么同你做夫妻哩？'"（575页）清倚云氏《升仙传》第四十九回："言罢就往前走，孙疯子一时高兴，说：'小厮们，这个美人正好做个十九房的姣姣，休要叫他走了。'"（359页）清华琴珊《续镜花缘》第六回："这几个长大汉子，就是牛魔岭上的喽兵，见了三位小姐，便道：'大哥，你可看见三个姣姣好不生得美貌，都是小小的脚儿。'"（56页）石派书《撞天婚》："多咱才能散了伙？我还去，寻我的姣姣来把亲成。"（俗401-338）子弟书《滚楼》第三回："说要弄醒了姣姣如何是好，待说'不'，难道白守着佳人坐会子不成？"（俗384-111）或作"娇娇"，清庚岭劳人《蜃楼志全传》第十二回："空花骂了一顿，把冶容一看，妖媚怜人，即替他穿好裤子，说道：'娇娇不须生气，这两个畜生，我一定处治的，我同你去吃杯酒，将息将息罢。'"清玉花堂主人《雷峰塔奇传》卷一第二回："汉文心中难舍，想道：'可爱两个娇娇，不知何处人家女子？'"（21页）《保命金丹》卷二《还金得子》："若再将嫂嫂嫁了，何愁不娶一美貌娇娇？"双红堂文库藏清抄本《相调》："娇娇，我和你做夫妻，管教你同谐欢畅。"子弟书《灵官庙》："那人带笑忙赔致，说难怪娇娇把我嗔。"（俗396-349）《大词典》"姣姣"条："犹乖乖。对小孩的爱称。《白雪遗音·剪靛花·夏日天长》：'哭坏了两个小姣姣，从今只怕命难逃。'"此释义误，查原文可知，此处"两个小姣姣"指两只"鸾凤交"的苍蝇，喻指女子及其心爱之人。

娇生/姣生

娇儿；心爱的子女。《金瓶梅词话》第五十九回："叫一声我的娇儿呵，恨不的一声儿，就要把你叫应……叫了一声痛肠的娇生，奴情愿和你阴灵路上，一处儿行！"（1629页）此李瓶儿哭官哥儿之语。《曲本》第三十册《金盒春秋》卷一："驸马回言尊丞相，孙操只有二娇生。"（381/1/a3）影戏《大团山·夏部》："他来了，岂不有碍女娇生？"（未刊57-134）或作"姣生"，清佚名《粉妆楼全传》第六十二回："柏爷见果是他的姣生，忙忙走向跟前一把扶起小姐，可怜二目中泼梭梭的泪如雨下，抱头痛哭，问道：'我的姣儿！为何孤身到此，遇到奸徒，弄出这场祸来？'"（562页）清佚名《双凤奇缘》第四回："太守夫妇一见，好似万箭攒心，苦哀哀叫声：'姣儿少礼，且坐了少饮杯酒。今日与儿分手，不知何年月日得见姣生？'"（35页）又第七回："二更里，细思量，我二亲双双年迈靠何人？好伤情！家乡盼望没信音，在家呆呆坐，每日想姣生，朝思暮想心不定，只望进京见朝廷。"（60页）《曲本》第二册《搜孤救孤》："听说产生小姣生，本后又喜又忧心。"（229/2/b5）又第八册《宝莲灯》："骂声沉香你太不仁，你今打死秦公子，反赖秋儿小姣生！"（66/1/b6）又第二十册《于公案·锥子营》："为你择婿把心使碎，只恐姣生不如人。"（437/1/b6）双红堂文库藏陈记百本堂抄本《破红州》："在后堂产下小姣生，我杨家有了后代根。"

脚地

犹"根脚"。（1）基础；根基。清李渔《闲情偶寄》卷六《声容部·选姿·肌肤》："父精母血交聚成胎，或血多而精少者，其人之生必在黑白之间。若其血色浅红，结而为胎，虽在黑白之间，及其生也，豢以美食，处以曲房，犹可日趋于淡，以脚地未尽缁也。有幼时不白，长而始白者，此类是也。至其血色深紫，结而成胎，则其根本已缁，全无脚地可漂。及其生也，即服以水晶云母，居以玉殿琼楼，亦难望其变深为浅，但能守旧不迁，不致愈老愈黑，亦云幸矣。"（续四库1186-566）此例"脚地""根本"对言，其义相同。《古今图书集成·博物汇编·艺术典》第五百二十卷《医部汇考（五百）·痘疹门（四十二）·医案（四）》："不越二日，神即昏迷，从头至足，于空地及疤内重出一身，似痘非痘，不成颗粒，脚地模糊，色如尘垢，无一隙地。"又："凌长康一孙二岁，身不见热，蓦然左颧一报痘，脚地扁阔，色赤而干，中心黑陷，按之板实。"[①] 此二例中，"脚地"皆指痘之根基部位。清苏庵主人《绣屏缘》第十五

[①]《古今图书集成》（第464册），北京：中华书局，1987年。

回:"员外闻得些话,就如疟疾忽到,身上发寒发热,不觉怒气冲天,思量:'我儿子死不多时,族内便埋这样分家私的脚地。倘若再过几年,老夫妇身无立锥矣。'"(277页)此回叙众族人皆以为员外儿子已死,领一小儿欲为员外继子,员外认为这是为将来分其家财打下基础。金圣叹《第五才子书水浒传》卷三《读第五才子书法》:"《西游》又太无脚地了,只是逐段捏捏撮撮,譬如大年夜放烟火,一阵一阵过,中间全没贯串,便使人读之,处处可住。"(4页)(2)引申指家世、出身、门户等的高低。清瘦秋山人《金台全传》第十二回:"店家道:'这位姑娘可是十八岁么?'圣姑姑道:'正是十八岁了。'店家又问道:'可曾连姻了么?'圣姑姑道:'还未。'店家道:'为何勿对亲呢?'圣姑姑听说,笑道:'店家,你莫道吾差。只为吾家不是低微门户,因此对亲须要拣好人家的,高低不就,蹉跎下来的。'店家道:'勿知要怎么样的人家?可以说说看。'圣姑姑道:'店家,只要子弟正道,不走邪路,不油花。人家清苦是不肯的,蓝青脚地也不对的,为人。'"(109页)"蓝青"喻不纯,如蓝青官话,"蓝青脚地"指出身不纯正,即家世不好,正与前文"吾家不是低微门户"相应。"脚地"又有"底细"义,清抄本《恶妇变驴宝卷》:"他是口里念弥陀,心里毒蛇窠,日里化缘看脚地,夜间做贼屋上飞。"(民16-604)"脚色"亦有此义,光绪三十二年尤轮香抄本《白兔记》:"日里三只手,夜里去摸黑。两眼骨黝黝,各处看脚色。"此"脚色"与"脚地"同义,全句意指日里看门户高低,夜里行窃。"脚色"亦引申有"出身"义,《近代汉语词典》(2015:945)"脚色"条释义②:"根基;来历;出身。"二者引申路径相同,可为参证。

脚脚洒

不讲情面。清落魄道人《常言道》第十五回:"施利仁立在干岸头上,诚恐踏湿脚,脚脚洒远远走开"。(302页)此例春风文艺出版社校本作"施利仁立在干岸头上,诚恐踏湿脚,远远走开"[①],浙江古籍出版社本作"施利仁立在干岸头上,诚恐踏湿脚,洒脚步远远走开"[②],并误。皆因校者不识"脚脚洒"之义,乃至误删误改。吴语中"脚脚洒"有"不讲情面"之义,参看沈卫新《吴江方言俚语集成》(2013:48)。此言

[①] 《常言道》,《中国古代珍稀本小说续》(6),沈阳:春风文艺出版社,1997年,第415页。

[②] 《常言道》,《古代中篇小说三种》,杭州:浙江古籍出版社,1986年,第202页。

施利仁见墨用绳落水,不讲情面远远避开。

借因

借机;趁机。明方汝浩《东度记》第七十二回:"那里是鹿有灵?却是人行了一件善事,自有神明佑护,妖邪自然不近。若是做了一件恶事,便有魍魉魑魅借因惑乱,神明不佑,自然灾疾顿生。"(1315 页)清曹去晶《姑妄言》第二回:"苏才见了甚是欢喜,说道:'你姐姐对我说,你竟改过不要钱了,开了铺子,这样往成人里走还不好么?这是姑老爹的积行。'他借因儿说道:'开铺子奈本钱短少,转不过来,老爹放的帐一时又收不起来,今日买了一桩米,差二三十两银子就撅住了。'"(223 页)又第七回:"一个捕快道:'既承你们的情,我们领你们的了。你们有甚么话说么?'众人听见他口气松了些,就借因儿推说道:'邬家这件事,要求众位师傅照看。'"(808 页)又清逍遥子《后红楼梦》第十三回回目为《谒绣阁借因谈喜凤》(345 页)。《后红楼梦》第十五回:"宝玉见他出来办事,借着这个因儿奔到帐房去。"(431 页)

借影

借此说彼;影射。清逍遥子《后红楼梦》第一回:"书中假假真真,寓言不少,无论贾宝玉本非真名,即黛玉、宝钗亦多借影,其余自元妃、贾母以下,一概可知。"(1 页)又第十九回:"李纨打谅着王夫人回来知道了,不说他的年纪长些不领了众姊妹看书、针线,倒反为头为脑的率领了众姊妹们玩儿,便是不露词色,只略略的借影儿说一句,也就受不住了。"(541 页)又同回:"又是晴雯只管借影儿骂小丫头子,说是水蛇腰的,狐狸似的,花红柳绿的,字字儿打在袭人心上,那里敢招揽一句?只有人背后暗泣而已。"(579 页)又第二十四回:"又想起从前跟宝玉住在怡红院,宝玉一句重话也没有,借影儿给他几句恶话,他就费了多少招倍。"(701 页)清天花藏主人《定情人》第十回:"蕊珠小姐听了,连忙劝止道:'袁空借影指名,虽然可恨,然不过自家出丑,却无伤于我。'"(291 页)清佚名《隔帘花影·序》:"其实作者本意不过借影指点,去前编有相为表里之妙。"(7 页)

尽多尽少（儘多儘少）/尽多尽了

有多少算多少；无论多少。《大词典》"尽多尽少"条："方言。犹言尽其所有。"举例为洪深《香稻米》第三幕："冯芸甫（立起来）：'二官，你倒自己想想看，这样的做法对不对？'黄二官：'我是尽多尽少还你的。'"此乃随文释义。"尽多尽少"义为"有多少算多少"，《醒世姻缘传》第六十二回："那新夫人的爹叫是郎德新，母亲暴氏，一齐说道：'你们要寻乌大王，与我女儿同去。如乌大王尚在，还把女儿送了与他，这六十两财礼，是不必提了。如没有了乌大王，等我另自嫁了女儿，接了财礼，尽多尽少，任凭你们拿去，千万不可逼我赔你们的银子。'"（1679页）例中强调再嫁女儿所得的财礼有多少算多少，任凭拿去，而不包括其他财物。《二十年目睹之怪现状》第十八回："伯衡看过道：'你要用多少呢？'我道：'请先借给我一百元。'伯衡依言，取了一百元交给我道：'不够时再来取罢。继之信上说，尽多尽少，随时要应付的呢。'"① 第十七回继之曾言"你把这信给了他，你要用多少，就向他取多少，不必客气"，故此例亦言有多少算多少，即无论多少，随时要应付。民国网蛛生《人海潮》第三十八回："我对于社会情形，不很熟悉，把我自己家里看起来，只觉得女人最欢喜吃，尤其是堂子里女人顶顶欢喜，牛奶是她心爱之物，尽多尽少装得下，一个身体差不多是个牛奶瓶。"② 此例亦非言"尽其所有"，而是说无论多少都喝得下。清瘦秋山人《金台全传》第三十九回："牛勤道：'五香鸡三只，熏肿、火肉、熏鱼、酥肉尽多尽少拿进来末哉。'"（338页）此言熏肿（肘）等有多少算多少都拿进来。上《香稻米》例"我是尽多尽少还你的"亦言"我是有多少算多少还你的"，即一点也没有留下之义，在该语境中确有"尽其所有"之临时义，然据此释义则误。或言"尽多尽了"，明长安道人国清《警世阴阳梦·阳梦》第五回："这嫖赌场中，叫做万丈深坑，没底的。一入其套内，尽多尽了，富家儿郎变做穷鬼。"（83页）

尽（儘）着

（1）即"紧着"。赶紧。清逍遥子《后红楼梦》第七回："我如今给

---

① 《二十年目睹之怪现状》，北京：人民文学出版社，2000年，第151页。
② 《人海潮》，王锳点校，上海：上海古籍出版社，1991年，第632页。

个信儿，你就告诉二爷说，倒要青天白日，只看潇湘馆门口插根竹叶儿，他就尽着碰进来。"（182 页）又第十一回："王太医知是回光返照，急说道：'这倒不好，快将这参膏子尽着赶下去。'"（319 页）（2）即"紧着"。本来。《后红楼梦》第十九回："看林姑娘的聪明才分，比从前的凤姐尽着的跨得过他，又是公中一应支发统是他那边的，大势也不得不然的了，不如全个儿交给他。"（544 页）（3）即"尽自"。尽管。《后红楼梦》第十一回："王太医知道惊惶，连说：'不妨不妨，可回上太太，尽着放心。'"（294 页）又第十五回："三则又像是护了宝丫头似的，所以王夫人尽着烦恼，总说不出口来。"（411 页）

紧自 / 紧只 / 紧之 / 紧仔

即"尽自"。只是；一味。清佚名《续小五义》第二回："沈中元说：'何不等着艾虎？'智化说：'话已对他说明，谁能紧自等他。'"（14 页）影戏《金蝴蝶》第八部："（合）可你到自是为啥哭哐？可也得对着我们说说也，紧自哭会子可也当不了说话吧！"（未刊 62 - 260）影戏《双祠堂》卷九："哎呀，方才在江南说话呢，一句话的功夫就到了京里了。」紧自不到还行咧？"（俗 173 - 396）或作"紧只"，石派书《包公案铁莲花》卷六："今日就，向你要个准主意，别紧只，含乎唔涂把人磨。"（俗 402 - 323）或作"紧之"，《包公案铁莲花》卷七："他就便，撒泼打滚闹毛包，一定向我把人要，连哭带喊紧之吵吵。"（俗 402 - 414）或作"紧仔"，《金蝴蝶》第十五部："可越是愿意，愿意呢。还紧仔的问那？"（未刊 63 - 90）

豝

"丞"之讹字。清佚名《万年清奇才新传》第二十六回："喜醉琼林宴，欢酣合豝杯。"（781 页）此"豝"乃"丞"之讹。"丞""豕"形近，故"丞"俗或作"㔹"（黄征 2019：390），俗书"巴""巳""己"相混，据曾良、陈敏（2018：304），"丞"或作"㔹"，部件易位即为"豝"。北京师范大学出版社校本《圣朝鼎盛万年青》径录作"豝"①，失校。

---

① 《圣朝鼎盛万年青》，李道英、岳宝泉点校，北京：北京师范大学出版社，1993 年，第 265 页。

经由

犹"经管"。管理；经理；打理照管。明熊大木《武穆精忠传》卷八《栖霞岭诏立坟祠》："帝驾已出，桧命执政官各具其经由事呈报。"（910页）清归锄子《红楼梦补》第六回："凤姐吩咐了他几件事，又问道：'林姑娘走了，那屋子里上夜的老婆子们还在不在？'林家的道：'正要回奶奶这句话，他们都是经由那一带花息的，因是左近没有可住的屋子，还照旧在那厢房里歇着。'"（235页）又第十五回："林家的道：'因为只几个人派的专管那里花息，左近也没住处，就一搭两便歇着看看屋子的。'"（618页）此可证"经由"即"照管"。又《红楼梦补》第十二回："一时把莺儿支使开去，叫小丫头把金项圈拿过来。原是宝钗病后，叫莺儿褪下随手撂在桌上，并未收拾，今叫小丫头取过。那小丫头因从没经由过这东西，怕有闪失，便要去找莺儿来拿。"（474页）又第二十一回："鸳鸯笑道：'倒不怕生手，横竖有平儿在那里，素日跟着他奶奶经由的事也不少，珠大奶奶本来细心，东府里大奶奶也是见过阵仗的，就是巧媳妇做不出无米饭，是头一件难事。'"（831页）又第二十五回："麝月道：'二爷光把古古董董这些东西拿回来，我们可不曾经由，过几天再不见了又和我们闹不明白。'"（979页）《红楼梦补》第十二回："别哭罢，快去把你姑娘穿戴的东西都经由出来。"（496页）此例许少峰（2008：969）"经由"条释为"整理，收拾"，《白话小说语言词典》（2011：748）"经由"条释为"从一处移到另一处"①，皆随文释义。"经由"亦"照料"义，"经由来"犹言"打理来""照管来"，其例再如《红楼梦补》第四十六回："一时要穿起那一件衣服来，不知那件衣服撂在什么地方，也没处找。你同晴雯是向来经由惯的，莺儿、紫鹃是生手。"（1913页）又第四十七回："晴雯听了，知道说的是孔雀裘，并会意宝玉所以不肯穿的缘故，便要去开箱找寻，道：'一个紫鹃是生手，我虽然经由过的，也隔了两三年，一时摸不着头路。'"（1944页）

净场／静场

本指考试交卷清场。清华琴珊《续镜花缘》第三十四回："到了午后

---

① 《红楼梦补》第十二回例，许少峰（2008：969）、《白话小说语言词典》书证皆误标为《续红楼梦》第十二回。

三四时光景,交卷的纷纷不绝,五时已经净场。"(327页)清张春帆《九尾龟》第八十回:"急问时,方知是净场催缴卷的。"(408页)清佚名《续儿女英雄传》第三回:"那生童各归号舍,用心作文章。等到申末,早已净场,放牌毕,礼房将生童卷子呈进。"① 或作"静场",清花月痴人《红楼幻梦》第十三回:"惜春道:'就是一首罢。比交白卷强些,我要静场了。'"(601页)又喻指"清场",《红楼梦》第二十四回首批语:"夹写'醉金刚'一回是处中之大净场,聊醒看官倦眠耳。"(525页)②

酒点

谓酒与点心。清江左樵子《樵史通俗演义》第三十六回:"说了一番,摆上酒点来吃。"(653页)清恽毓鼎《澄斋日记·光绪廿五年·九月初六日》:"饭后偕六、七弟至岳母处,以酒点相待。"③ 清佚名《小五义》第三十八回:"有老家人谢宽带着谢充谢勇,一百名飞腿短刀手,俱都酒点没闻。"(184页)亦单指酒。影戏《松枝剑》卷九:"这是四个点心,当作下酒之菜,小哥你自斟自饮,老汉酒点不闻,不能奉陪。"(俗167-197)《小五义》第五十七回:"李刘唐奚说:'我们可是酒点不闻。'山西雁说:'序齿是李大哥当先哈,第二钟才是我哈。'姓李的说:'我是酒点不闻,实在不能从命。'山西雁说:'你不哈我也不哈,咱们这酒就不用哈了。'"(282页)"酒点不闻"指"滴酒不沾"。

局气

(1)运气。清汪寄《希夷梦》第二十一回:"(山盈)只闻说道:'偏是我们局气丑,派在今日夜巡内,鼋肉莫能分得,鼋汤亦无口尝尝,明日只好看他们吃。'"(1056页)清佚名《雅观楼全传》第六回:"你平空嫌人,今日是我局气到,又来同我成双作对在一处。"(116页)又第十一回:"小钱子,你家妈妈从前代人洗洗衣裳,做做稍媒,弄几吊钱放债,你家局气好,该得要发财。"(202页)清花月痴人《红楼幻梦》第二十二回:"接生的喜动颜色,说道:'真正大喜的了不得,是位哥儿。老太太、太太、姑太太、二爷、奶奶们的大喜,咱们的局气好,要加倍领喜酒

---

① 《续儿女英雄传》,上海:新文化书社,1934年,第27页。
② 此例戚序本作"夹写'醉金刚'一回是书中之大文字,聊醒看官倦眼耳"(855页)。
③ 《澄斋日记》,史晓风整理,杭州:浙江古籍出版社,2004年,第199页。

了。'"（1054页）石派书《九头案》："小人听得阁扇一响，可就不敢推咧，怕的是里面惊醒了人，索性闹了个不局气，解下中衣靠门揩撒了一泡尿，就湿儿慢慢的一推，一点声儿也没有。"（俗405-391）《汉语方言大词典》（1999：2977）"局气"条："运气；机遇。江淮官话。"周志锋（1998：254）"局"条："运气；好的运气。《清风闸》第十回：'张妈妈，今日没局了，鸭子找不着了。'今扬州方言仍有这种说法。"可参。（2）眼界；做事的气魄。清花月痴人《红楼幻梦》第十九回："四人说道：'我们塑的泥人、扎的纸人不少，再塑不出这个美人来了，非是晚生们自夸，实在可以去得。二爷的局气高，所以晚生们得心应手。'"（913页）李荣（2002：1947）"局气"条："宁波。做事的气魄。"刘一芝、矢野贺子（2018：268）"局气"条："大方、公道。咱们可不许玩儿不局气，偷瞧我的牌。（《讲演聊斋·张诚》）""不局气"即做事无气度。

撅

拒绝；不给面子；使难堪。《金瓶梅词话》第二十一回："应伯爵、谢希大在旁打诨耍笑说砂磕语儿，向桂姐道：'还亏我把嘴头上皮也磨了半边去，请了你家汉子来。就不用着人儿，连酒也不替我递一杯儿，自认你家汉子！刚才若他撅了不来，休说你哭瞎了你眼，唱门词儿，到明日诸人不要你，只我好说话儿，将就罢了。'"（562页）此"撅"字辞书多据明顾起元《客座赘语》"凭怒而以语诟詈之也曰攫"释作"恶语回绝"，如《白话小说语言词典》（2011：780）"撅"条。雷汉卿（2006：59）指出此处"撅"并非"恶语回绝"义，在青海方言中，这个词还有一个意思是因愤怒生气而不给面子或不买账，往往表现为愤然离去不再照面，因此释为"生气以后愤然离去的拒绝行为"。该词确实不宜释为"恶语回绝"，因为"凭怒"或"恶语"只是拒绝时的一种情况。今北京话、东北话中仍有"撅"一词，指"拒绝；不给面子；使难堪"，如老舍《方珍珠》："呕，多年的朋友了，你成心撅我？"1955年《京剧丛刊》："没你在这儿，我不教人撅了吗？"《汉语方言大词典》（1999：7026）释作"挫败；输了；使难堪"。《金瓶梅词话》例中"撅"亦此义，例中应伯爵是在邀功，强调自己说情"把嘴头上皮也磨了半边去"，西门庆不来是折应伯爵的面子（当然来也是看应伯爵的面子），故"撅"是应伯爵言西门庆驳了自己面子之义，其时不一定恶语相向。疑"撅"为"绝"之记音，《大词典》"绝"条释义⑤："杜绝；摒弃。引申为拒绝。"据《中原音韵·车遮韵》,"绝""撅"皆属入声作平声,方言中不分尖团①,则二者同音,"绝"或作"挈""撴",又记作"撅"。又引申指"难;为难",清曹去晶《姑妄言》第二回:"苏才见了甚是欢喜,说道:'你姐姐对我说,你竟改过不耍钱了,开了铺子,这样往成人里走还不好么,这是姑老爹的积行。'他借因儿说道:'开铺子奈本钱短少,转不过来,老爹放的帐一时又收不起来,今日买了一桩米,差二三十两银子就撅住了。'"(223页)此指因差二三十两银子而难住。

---

① 张鸿魁(1996:190-192)指出,"《金瓶梅》时代,细音韵母前的精组和见系声母变成了舌面音声母",《金瓶梅》中"有许多三四等精组字跟二三等喉牙音字同音的例证",如"缉"读同"器","劈"读同"缺"等。

K

开翁

对店铺主人的尊称。清瘦秋山人《金台全传》第二十五回:"恰正金台走进,便问:'那位是开翁?'店主道:'死的了。'金台道:'休得取笑。当正是那位?'店主道:'是吾,你要怎么?'"(210页)清李伯元《文明小史》第三十四回:"内中有一家开通书店,向来出卖的都是文明器具图书。开翁姓王,是一位大维新的豪杰,单名一个嵩字,表字毓生。"民国孙玉声《沪壖话旧录·岁时风俗之回忆》:"所谓'黄牛到'者,一丐以破米袋蒙于头,尖其袋之两角,扮作黄牛。腰束草绳一条,另一丐牵之而行,同至铺户乞钱。牵黄牛之丐曰:'黄牛到,生意好,恭喜开翁今年赚元宝。'"①清徐珂《清稗类钞·方言类·上海方言》:"小开,店东之子也,其父开店为老开店,其子自为小开店。"②影戏《双龙璧》第四部:"带笑尊大爷,听我说一遍。简绝(断)皆(截)说,我是开店。"(俗188-283)此为店家自报家门之语。可知,"开翁"是对开店人的尊称。"店东"亦称"东翁",清佚名《万年清奇才新传》第四回:"老者拱手答道:'原来东翁也是粤东人,失敬了。'"(84页)可资比勘。

看破/眍破

体谅;不过分计较。后常接"些""点""几分"等。清逍遥子《后红楼梦》第五回:"贾琏明知他刁难,要讨便宜,便笑道:'有了金怕变不出银来?咱们原银也还拿得出来,无不过转了几票的。大家便是弟兄们,也要看破些,十分接不得手,咱们过了年再讲也好。'"(125页)清佚名《说呼全传》第四回:"'吓,有这等事?反了!反了!君臣的体统,国家的纲纪,岂□不准的么?'陈琳道:'老将军,如今只好看破些罢。'"

---

① 《沪壖话旧录》,熊月之主编《稀见上海史志资料丛书》(第2册),上海:上海书店,2012年,第124页。

② 《清稗类钞》(第5册),北京:中华书局,1984年,第2233页。

（54页）清眠鹤道人《花月痕》第十二回："大家晓得此事是背后有人替他母女主张，只得找着同秀，劝他看破些钱，和他妈从两千银子讲到一千两，才得归结。"（248页）"看破些钱"犹言"不要过于计较钱财"，即"赔些钱"。清邗上蒙人《风月梦》第二十四回："罢罢，我同吴珍有个交情，我除不赚拦钱，腰包里添十千钱，将来他认也罢，不认也罢，你二公推个情，打伙儿看破了些，只当这个猪没有长头，圆全些罢！"（323页）清瘦秋山人《金台全传》第十四回："两位老爷连忙打拱说道：'原是卑职疏忽，只求总台大人看破几分。'"（121页）又第四十一回："老爷点他做了火头军，大家要念他初到此间，年纪尚轻，做生活勿道地，到底要看破点点，认勿得真。"（352页）或作"睄破"，《曲本》第四十三册《刘公案·六合县》："他才对举人讲话，说：'杨爷，你弟兄二人这件官司，有些个费手。问官与你作了对了，没有什么说的，你弟兄得睄破着点子，比不得别的事情。'"（331/2/a1）

杭/矻

即"扛"。清瘦秋山人《金台全传》第四十二回："那十二个书童拿个木梢杭在太太身上：'太太真好人，还出聘金三百两，盘费十两。'"（364页）此"杭"即"扛"，"杭木梢"犹"掮木梢"。又作"矻"，《金台全传》第四十三回："话说太夫人命双福往聘金台，众小使一同出外说道：'阿哥，兄弟，我里太太真好，矻子我里的水浸木梢，只要金台聘到，就拿和尚打掉。'"（365页）"矻木梢"即上文"杭木梢"。

科小

清松排山人《铁冠图全传》第二回："衙门中，不独太爷在花园与师爷赋诗饮酒，即在监里当差的人，亦**科小**办酒猜枚痛饮。"（12页）

按：例中"**科小**"难解，故今人点校本皆径改，如宝文堂书店本[①]、春风文艺出版社本[②]皆作"亦酌酒猜拳痛饮"，并误。今谓"**科小**"即

[①] 《铁冠图忠烈全传》，黄秀娴校点，北京：宝文堂书店，1990年，第10页。

[②] 《铁冠图全传》，朱眉叔等校点，《中国古代珍稀本小说》（10），沈阳：春风文艺出版社，1994年，第594页。宝文堂书店本所据为光绪四年宏文堂本，复旦大学图书馆有藏，惜未见。据《铁冠图》改写的《崇祯惨史》多作"亦酌酒猜拳痛饮"，如1934年大达图书供应社本、1935年新文化书社本。

"科钱",为"凑钱"义。"钱"俗写作"𠘨""个""小"等,通俗小说戏曲抄刻本中常见①,今略举几例。《曲本》第二十一册《于公案·打水》:"我却耍𠘨赌输赢,几吊铜钱全输净。"(172/2/b3)又:"那天我去把𠘨耍,千方百计不能赢。"(174/1/c5)《铁冠图全传》第十三回:"李闯道:'自从剑山一败,不独家小固不能自保,即金银辎重尽弃中途,后得杞县库银,不过五七万,个粮不能接济。'"(90页)《曲本》第二十二册《五虎平西》卷三:"一名(头目)把狄青带至祥符县,见禁卒花了𠘨才放进监去瞧看。"(490/2/a5)鼓词《蜜蜂记》第七回:"真可恨有小生意惩做了,吊下个无小买卖送到官,虽然说衙役固要把小弄,独不想做官也要求吃穿。"(未刊 95-139)俗书"丩""斗"相乱,如"斛"或作"觓","抖"或作"扚","叫"或作"吋","驲"或作"䮦","纠"或作"糾"(参看张涌泉 2015:614;曾良、陈敏 2018:140;张新朋 2018;周志锋 1998:274;张文冠 2015),故"科小"即"科钱"。

"科"有"征收"义,文献中"科取""科发""科敛"等词常见,又引申指"征敛;凑集",与"敛"义同。宋黎靖德编《朱子语类》卷一百二十七:"是时帑藏空竭,遂敛敷民间,云免百姓往燕山打粮草,每人科钱三十贯,以充免役之费。"②《大词典》"科敛"条:"①犹科派。②凑份子。凑集由众人负担的钱物。《水浒传》第三三回:'且说这清风寨镇上居民,商量放灯一事,准备庆赏元宵,科敛钱物,去土地大王庙前扎缚起一座小鳌山。'"元刘一清《钱塘旧事》卷六《钱神献梦》:"诸阉欲为败阙张本,每遣客游谈,不曰无财力,则曰无兵力。不知臣之料钱招军,悉有实状,可以按覆。"③俗书"禾""米"相通,"料钱"当即"科钱"。明冯梦龙《古今概谭》卷十五《科钱造像》:"唐瀛洲饶阳县令窦知范贪污。有一里正死,范集里正二百人,为之造像,各科钱一贯。"(续四库 1195-356)清佚名《万年清奇才新传》第二回:"这位老魔神十分显圣,来往官船、客商船只上落(路)走庙前经过的,都要科钱或签银子备办猪羊酒礼,虔诚到庙致祭,求其庇佑。"(38页)此例前言船主"从头仓客人起次第向客人损签银子,舟中所搭的客人或是银子,或是铜钱,都是现交",可知"科钱"即"凑钱"。清梁鸿勋《北海杂录·风俗》:"该项或

---

① 参看曾良、陈敏(2018:489)"钱"条。"钱"的这种写法敦煌文献已见端倪,参看张涌泉(2015:113)。
② 《朱子语类》(第8册),王星贤点校,北京:中华书局,1986年,第3049页。
③ 《钱塘旧事》,《丛书集成续编》(第26册),上海:上海书店,1994年,第112页。

各街认派，或行头敛赀，更或同帮科钱。一年之间，所费不赀。"① 1928年9月18日《广州民国日报》载《坊众建醮之迷信（尤以濠畔街为最）》："查该街商店住宅颇多，科钱较易，故连日一般愚民大建火星醮。"《汉语方言大词典》（1999：4208）"科钱"条："凑钱。客话。"

文献中又有"敛钱""纠钱"二词，《大词典》"敛钱"条："自动凑集或募捐钱财。清蒲松龄《聊斋志异·龙戏蛛》：'公为人廉正爱民，柩发之日，民敛钱以送，哭声满野。'""纠"亦有"收集"义，清袁枚《随园诗话》卷四："京师伶人许云亭名冠一时，群翰林慕之，纠金演剧。"袁枚《子不语》卷二《雷公被绐》："明季乱时，有匪类某武断乡曲，惯为纠钱作社之事，穷氓苦之。"又卷三《鄱阳小神》："众大骇，纠钱立庙祀之。"又卷十三《牛头大王》："村方病疫，皆曰：'宁可信其有。'纠钱数十千，起三间草屋，塑牛头而人身者坐焉。"② 清佚名《仙法驱魔》第十六回："这文昌阁，原本是地方绅士纠钱建造的。"③ 清王植《崇德堂稿》卷八有《论禁纠钱演戏以省靡费》："为此示谕县属民人等，示后当务本尚实，如果家资裕饶，正有实在善事应行，倘再为首纠钱演戏者，除不时查处外，许地保里邻，及凡受派累之人，指名具禀拘究。"④ 皆可比勘。

磕/搕

磕伏；伏。清天花才子《快心编三集》第一回："心里十分爱恤，便磕在他身上，要亲热一番。"（55页）又第十回："这厮怕得没地洞钻，何敢隐讳？磕伏在地上写着道：'九月九日……'"（522页）又第十一回："喜儿到明日午上时候，身上又有些寒冷，晓得这疟病又来了，便坐在窗槛上，朝着里，两手搭膝，把头磕在手膊上，背对着日色，晒背取暖……（婉玉）只见一个小厮磕伏着头。"（591页）《官场现形记》第五回："三荷包也爬下了，刚刚磕在太太身上。"⑤ 或作"搕"，清佚名《善恶图全传》第二十八回："二人上床正欲交欢，忽然间呼的一阵风响，格扇刮开，

---

① 《北海杂录》，《北海史稿汇纂》，北京：方志出版社，2006年，第4页。
② 《子不语》，《笔记小说大观》（第2编第9册），台北：新兴书局，1978年，第5164页，第5181页，第5399页。
③ 《仙法驱魔》，周有德、王秀校点，《中国神怪小说大系·济公全书卷》，长春：吉林文史出版社，1997年，第72页。
④ 《崇德堂稿》，王利器主编《元明清三代禁毁小说戏曲史料》，上海：上海古籍出版社，1981年，第108页。
⑤ 《官场现形记》，北京：人民文学出版社，2000年，第62页。

跳进一个冬瓜段子，撺上了床，朝李雷身上一磕，登时间身形难动，昏昏沉沉，竟自睡着。"（578页）

坑儿卡儿

零七八碎的（事）。今北京话作"坑儿坎儿嘛杂儿"，弥松颐（1999：337）指出："坑儿坎儿嘛杂儿，徐世荣先生释作'一切有阻碍，不顺利，不安全而必须注意的情况'。此是引申义也，非本义。'坑儿坎儿嘛杂儿'指的是零七八碎儿、叽里旮旯儿、人们注意不到、不甚重要的地方。'坑儿''坎儿''杂儿'可证。齐如山先生写作'坑坎莫则'，释作'处处'，义略近之。""坑儿卡儿""坑儿坎儿"儿化后音近。清秦子忱《续红楼梦》卷七："晴雯拭着眼泪拉了宝玉到垂花门的旁边，低低的说道：'二爷，林姑娘打发我出来迎接二爷来的，教我悄悄的告诉你，说你的委屈、你的苦况他都知道了。如今二姑娘、菱姑娘都在这里呢，一会儿见了面，说起话来，不教你当着人说的坑儿卡儿的，仔细人家在背地里谈论。'"（283页）此指"零七八碎"的事不要说，即不要什么都说。清归锄子《红楼梦补》第六回："小红道：'奶奶是应许了，说回了太太来（要）你。你想这个地方可以去得的吗？平姑娘这么样一个人，常在那里受委曲。别人不知底细，坑儿卡儿的事情，那一件不在我肚子里？'"（244页）"坑儿卡儿的事"即"琐碎的事"，此言所有事都知道。《红楼梦补》第十三回："园里姑娘们这些坑儿卡儿已够他照管了，搁得住再分一条心到我身上来？可还有吃饭念书的工夫吗？"（525页）此"坑儿卡儿"亦代指"琐碎之事"。

坑坎

深坑。慧琳《一切经音义》卷十九《大集譬喻王经》下卷音义"坑坎"条："郭注《尔雅》云：'坑，堑也。'《苍颉篇》：'堑也，洫也。'……《周易》云：'坎亦陷也。'"①《礼记·中庸》："人皆曰予知，驱而纳诸罟擭陷阱之中，而莫之知辟也。"朱熹集注："陷阱，坑坎也。"② 明丘濬《平定交南录》："然其城峻濠深，守具无不备，而外设坑坎，布竹签，贼

---

① 《一切经音义三种校本合刊》，徐时仪校注，上海：上海古籍出版社，2008年，第833页。
② 《新编诸子集成·四书章句集注》（第2版），北京：中华书局，2012年，第20页。

所恃者此耳。"① 喻指"陷阱；罗网"。《醒世姻缘传》第四十七回："九疑凶，人更险。方寸区区，层叠皆坑坎。柔舌为锋意剑惨，一言祸败，几致人宗斩。"（1275页）清魏文中《绣云阁》第十二回："紫霞在宫，默会得知，叹曰：'红尘世界，真所谓迷人坑坎也。'"（197页）清烟水散人《合浦珠》第六回："友梅道：'贱妾运蹇，悉如先生所谕，一句不差。若云命有贵夫，现今身居坑坎，死亡只在旦夕，先生休要见谑。'"（175页）此例上文正言："单讲十岁这一年，就该令尊令堂一齐见背，从此萧墙生难，离弃祖基，陷身罗网。"（174页）上揭《醒世姻缘传》例，《白话小说语言词典》（2011：821）释为"比喻人心险恶"，未洽。

口丫/嘴丫

嘴角。丫，分叉处。明潘镜若《三教开迷归正演义》第六十七回："陀头叫一声：'那刀何不把这盗的口撑起来！'只见那刀把盗嘴大撑，锋芒儿去割那口丫。"（1025页）或言"嘴丫"，清曹去晶《姑妄言》第三回："痴呆呆大张着嘴，口水顺着嘴丫流出，不转睛的望着。"（333页）《靖江宝卷·草字卷·罗通扫北》："吃得肚子高似头，两个嘴丫嘀嘀哒哒对下流。"② 此两例皆谓口水等顺着嘴角流下。清高静亭《正音撮要》卷二《身体》记有"嘴丫子"，注为"嘴丫角"③，当即嘴角。今东北方言仍言"嘴丫子"，亦为"嘴角"之义（参看高永龙《东北话词典》2013：780）。《明清吴语词典》（2005：777）"嘴丫"条："嘴。□硬子嘴丫了说道恤孤了仗义，曲子肚肠了说道表兄了舍亲。（山歌9卷，开卷一笑1卷）"此例中，"嘴丫"借指嘴。清褚人获《坚瓠五集》卷四《抢食》："嚼快嘴边流白沫，吃光盆底露青花。隔盘骨骼多叉尽，闲坐无聊挖口丫。"（续四库1261-82）此例以"口丫"指代口。

苦/捔

用于"苦……不着"中，义同"做……不着"。清佚名《说呼全传》

---

① 《平定交南录》，《丛书集成新编》（第120册），台北：新文丰出版股份有限公司，1985年，第583页。
② 《中国靖江宝卷》，尤红主编，南京：江苏文艺出版社，2007年，第1029页。
③ 《正音撮要》，长泽规矩也编《明清俗语辞书集成》，上海：上海古籍出版社，1989年，第1381页。

第六回："包公哈哈大笑道：'好个'不得不遵'！但是朝廷差你捉的呼家子，并未教你洗剥李小姐。你仗了庞妃的势头，欺我老包的甥女，他好端端在王员外家学绣，你狠巴巴硬要洗剥，明明在王家寻衅，欺唬这班女子。如今苦我老包不着，与你去面君，看圣上如何？'"（98页）旧抄本《绿秋亭宝卷》："我也不怕老爷打骂，今朝苦性命不着，待我快去通报小姐知道。"（民20-59）又言"挤⋯⋯不着"，清素庵主人《锦香亭》第二回："一席话说得红于心服，便道：'挤我不着，把你话儿传达与小姐，见与不见任他裁处。'"（30页）"做⋯⋯不着"为明清小说习语，谓"拿某人或某事物作牺牲"，参看《近代汉语词典》（2015：2785）"做"条。

夸子

对言行不符合规矩的女子的鄙称。清江西野人《怡情阵》第二回："白昆道：'这些妇人，那个不是背了自己丈夫，千方百计去养汉，到丈夫面却撇清道怪，你不要学这样夸子。'""夸"即"侉"。"侉子"常义是"对带外地口音者的鄙称"，《白话小说语言词典》（2011：841）"侉子"条："对带外地口音、举止粗俗者的鄙称。"《明清吴语词典》（2005：353）"侉子"条："对北方人蔑称。"《怡情阵》中"夸子"当非此义。《汉语方言大词典》（1999：3434）"侉"条："指女子言行泼辣。江淮官话。"另据李荣（2002：2260），"侉"在徐州、武汉等方言中有"粗俗；土气；难看"义，武汉话言"说话没规矩"为"侉气"。故知《怡情阵》中"夸子"是对言行不符合规矩、粗俗女子的鄙称。今北京话、东北话有"老扛"一词，《汉语方言大词典》（1999：1652）"老扛"条："配偶互称；妻子的戏称。东北官话。北京官话。""老扛"当即"老侉"之音变，苏伟贞《世间女子》："他还一口一句：'我老孙家'，称太太：'老侉'⋯⋯弄到后来他老侉跟他离婚：'整天满嘴乡音，听了就讨厌，病态！'"①东北方言"老扛"有二义，除"老伴儿"外，亦用来指老太太，高永龙（2013：333）"老扛"条："老婆，老伴儿。'我说那牛老二可真够下三滥的啦！'叼烟袋的那个老扛把烟嘴儿挪到唇边，摇唇鼓舌儿地挖苦着。（张钧《伪都烟云》）"此条书证与释义不符，例中"老扛"实即老太太，《伪都烟云》例前文正言："牛万禄和竺节的事却使前后院、左邻

---

① 《世间女子》，广州：花城出版社，2005年，第163页。

右舍一些老扽、长舌妇们活跃起来。"① 再如何庆魁《老汉背妻》："我的呀，名叫哇，二老扽……老头子大号叫赵财。"②"老扽"即"老侉"之音变，栾德君《辽东方言》（2006：173）："老侉，年龄大的老太太。〈例〉你们家老侉哪去了。"唐维《咨询轶事》："男：啥都懂啥都懂我就啥都懂。女：万事通万事通我就万事通。男：万事通你通不通你为啥从姑娘变成老侉？女：啥都懂你懂不懂你为啥从小伙变成老灯？"（517 页）③"老侉""老灯"分别是对老太太和老头儿的贬称。另据陈刚《北京方言词典》（1985：151），北京话中表"用肩或肘勾着携带"义的"挎 kuǎ"又说"扽 kuǎi"，可为参证。

块

后缀，指某种类型的人，含贬义。清王兰沚《绮楼重梦》第一回："两个忙忙拜谢，紧紧拴在脚上，并肩立着。老人笑道：'笨块！拴一拴就是了，何必缚鸡似的，尽着捆个不了？'"（8 页）清天花才子《快心编三集》第八回："今若娶了一个小，竟是娶了一个气块到家了。"（389 页）吴连生等（1995：67）"气块"条："惹人生气的人。《缀白裘·翡翠园·自首》：'唔就是舒德溥，来得正好，害个个气块两夹棍六十头号哉。'"该词缀宋代已见，宋江休复《嘉祐杂志》："廛俗呼野人为沙块，未详其义。"（四库 1036－562）④《曲本》第七册《卖饼子》："（魏白）上面坐着那一块就是上差吗？（禁白）人应论块儿？（丑白）你不知道，他拿我当做土坯了。"（359/1/c1）此例或可提示"块"得义之源。

快燥/燥头

"快燥"本义为"快"，参看《白话小说语言词典》（2011：844）、《明清吴语词典》（2005：354）"快燥"条。"燥"当源于"憿"，《集韵·号韵》："憿，快也。"引申指"顺利"，清花月痴人《红楼幻梦》第十

---

① 《伪都烟云》，长春：吉林人民出版社，2006 年，第 1003 页。
② 《老汉背妻》，黄敬文编选《吉林二人转集成·音乐卷1》，长春：时代文艺出版社，2014 年，第 378 页。
③ 《咨询轶事》，孙桂林编选《吉林二人转集成·剧本卷2》，长春：时代文艺出版社，2014 年，第 517 页。
④ "沙"即今言"傻"，参看曾良（2017：253）。

一回:"宝玉匆匆进园,走至半路,遇着妈子报道:'恭喜二爷!宝二奶奶生了一位千金。'宝玉问道:'可还快燥?'妈子道:'很快燥。'"(495页)又引申指"痛快",《三国演义》第八十八回:"人马方才下船,一声号起,将孟获缚住。"李渔评:"快燥!"① 又有"燥头"一词,明罗贯中编、冯梦龙补《新平妖传》第四十回:"李鱼羹道:'王则被一个马遂一拳打落了当门两个牙齿,绽了嘴唇,念不得咒语,叫小人解闷,小人乘着燥头,劝他归顺,不然时,旦夕之间必被招讨捉了。'"(1100页)"燥头"中,"燥"即"燥脾""快燥"之义,"燥头"犹言"兴头"。

---

① 《三国演义会评本》,陈曦钟等辑校,北京:北京大学出版社,1986年,第1077页。

L

拉

拦。《曲本》第四十四册《寿荣华》第四部:"前面有起寻夜捕快,净是借着衙门里的光儿,在这路上害人图财劫客,方才把我拉住,见我是瞽目之人,放我过来。"(54/2/c4)清佚名《说呼全传》第十二回:"话说庞集请了那三万人马,分了四路追赶,那晓一路而来,又经两月,到此高山,不道反遇了一班强盗拉住山坡口,说买路钱。"(196页)曾良、陈敏(2018:490)"钱"条引此例作"拉(拦)住山坡口"。《说呼全传》第十二回:"丞相道:'娘娘不要说起。我起兵一路追赶,到了高山,那晓两个女寇,有许多偻儸,拉住了去路,要我买路钱。'"(203页)又第四十回:"那晓到了这里,有一班赶来拉住,说什么大王要俺的买路钱。"(596页)疑此"拉"记"拦"音,《说呼全传》为吴语作品,据《汉语方音字汇》(2003),温州话中"拉""拦"声韵相同,皆平声,可参。

喇/喇喇/拉拉

(1)多言、喋喋不休貌。明潘镜若《三教开迷归正演义》第二十一回:"诗曰:'括囊自无咎,烦言多启羞。笑彼呶呶者,奚为喇不休?'"(313页)《大词典》"呶呶"条:"多言;喋喋不休。""喇"指"呶呶者"多言、喋喋不休貌。或作"喇喇",明张应俞《杜骗新书》第十二类《在船骗·行李误挑往别船》:"途中陡遇一乡亲,动问家中事务,语喇喇不能休,乃命仆先担行李上船,再来此听使用。仆挑往别船去,收在船仓已讫,再来寻主,尚与乡亲谈叙未决。"(163页)《集韵·曷韵》:"喇,喝喇,言急。"同小韵有"䚯"字:"誩䚯,语声。"《正字通·言部》进一步释"䚯"为"语声杂也"。疑表"多言"的"喇"即"䚯"。从"言"与从"口"可相通,《集韵·豪韵》"嘮""謸"为异体字,又《集韵·号韵》:"謸,声多也。"《说文·口部》:"嘮,嘮呶,讙也。""语声杂""声多"与"讙"义相通。(2)引申指"说无关紧要的话;闲扯"。

《唱本一百九十册》经义堂板京都新刻《大秧歌》:"姑嫂二人把房进,坐在炕上把话喇。"石派书《乌盆记》:"偏偏遇着这厮爱拉瞎话。"(俗404 - 278)清正一子、克明子《金钟传》第五十七回:"李金华忙道:'从先的事不消说起,陈谷子乱芝麻的,说他作甚么!冯兄台不用听他们说闲话,咱们两人仔细谈谈。'陶同道:'冯兄台不用理他,咱们喇喇。'"(821页)或作"拉拉",《金钟传》第五十七回:"陶同正容道:'你听着罢。你们在此唧咕了半天,也没有说出个青红皂白。者一事到底是怎么办?你们先说说。'李金华道:'说正经的罢,直拉拉者些事作甚么?'"(818页)石派书《相国寺》:"还有个头领把双手伸,咱们拉拉吧,这一向久违的很。"(俗 404 - 444)《白雪遗音》卷一《卖香烟》:"说瞎话,道瞎话,顺着嘴儿胡拉拉。"①《二十年目睹之怪现状》第十一回:"继之道:'他的脾气同我们两样,同他谈天,不过东拉拉,西拉拉罢了。'"②影戏《闵玉良》第四部:"黄素娥,肺气乍,无名火起,咬碎银牙。大骂矬根子,信嘴胡拉拉!"(未刊69 - 226)影戏《对金铃·赐部》:"别胡拉拉咧!"(未刊 71 - 344)该词今北京官话、中原官话仍言,参看《汉语方言大词典》(1999:3267)"拉拉"条。

撦/㨪

扯;拉。咸丰七年谢万溁抄本《贞节宝卷》:"三娘立住不肯走,后面牌军走近身,左思右想无摆布,倘然撦扯不成文。"光绪三十二年尤轮香抄本《白兔记》:"(文英)将智远撦出,吩咐道:'你到我家去安歇。'"此例民国丙辰年(1916年)抄本作"将智远扯在外边"。民国石印本《双贵图宝卷》卷下:"撦的撦来扯的扯,扯扯撦撦到公堂。"(民17 - 130)字或作"㨪",明袁于令《隋史遗文》第三十一回:"咬金却又是个粗人,斟杯酒在面前,叔宝饮得迟些,咬金动手一㨪一扯的,叔宝又因比较,腿上打破了皮,有些疼痛,眉头略皱了一皱。"(779页)此例中"㨪""扯"连言,义近。《曲本》第三十册《神州会代赞》:"李逵听的明白,将身形往前一探,把胳膊肘儿往后一㨪,正碰在毛蛾子'脑后摘金儿'的胸脯子上面。"(357/2/b4)此"㨪"亦指扯的动作,指胳膊向后一带。今东北话、北京话、冀鲁官话、晋语中,"撦"仍有"扯"义,参看高永龙

---

① 《白雪遗音》,《明清民歌时调集》(下),上海:上海古籍出版社,1987年,第558页。
② 《二十年目睹之怪现状》,北京:人民文学出版社,2000年,第88页。

（2013：324）"撷"条①及《汉语方言大词典》（1999：7222）"撷"条。今东北话言人健谈曰"能扯"，亦曰"能撷"，《曲本》第二十一册《于公案·布店》："你说你，妹妹喝茶口焦渴，敢则往我瞎乎来，先叫我走你后赶，拿我当作哄婴孩。"（406/1/c1）此例中"乎来"即"胡撷"，指说谎骗人。影戏《牛马灯》第四部："（白）我们好无道理，放着酒儿不吃，乃只些旦话！"（未刊60-12）"乃"当记"撷"音，"乃只些旦话"指"胡扯这些淡话"。②

㞗

男性生殖器。明袁于令《隋史遗文》第二十二回："公子怪他不肯顺从，虽是与他干事，却无好气，故意把㞗头乱撬，要弄得他阴门肿破，凭他哭求，不肯饶放。"（559页）此即"卵"之俗字，《近代汉语词典》（2015：1215）"卵"条："男性外生殖器。"或作"毡"，明杨尔曾《韩湘子全传》第六回："世界上只有戳门的毡，没有戳门的毡。"（148页）清江西野人《怡情阵》第一回："不用分说，将毡子插进。"清佚名《醉春风》第三回："把一张大毡插进毯里去了。"又指雄性动物生殖器，明无遮道人《海陵佚史》卷上："弥勒答曰：'我也没有银钱，你也没有斤两。今朝打发出门，省得人骂我是白弄牛毡的花娘。'"③该义或言"毡"，此字艳情小说中常见，如《别有香》第五回："又在那小毡上磨磨擦擦。"④《汉语方言大词典》（1999：1351）"㞗"条："阴茎。闽语。福建

---

① 高永龙（2013：324）又有"赖扯"一词："牵扯，牵连：你上哪儿告去，也赖扯不上我！（《难忘岁月》）""赖扯"即"撷扯"。
② 明罗懋登《三宝太监西洋记演义》有"捛"一词，如第四十六回："分付左右拿蜡烛的蜡烛，拿香炉的香炉，把个老爷推的推，捛的捛，径送到五湾六曲番宫之中。"（1251页）曾良（2009：351）指"捛"为"拉扯；牵拉"义，该义中古文献已见。今按：很多方言中不分n、l，颇疑表"拉扯"义的"撷"即"捛"。另，"撷"有"毁裂"义，《类篇·手部》："撷，毁裂也。"王虎（2019：127）认为，"大连话中表示'撕开''裂开'的'撷'就是其古义'毁裂'在今天的延续，而辽宁方言中的'拉，扯，抓，揪'则在古义基础上有所发展。"皆可参看。
③ 《海陵佚史》，《思无邪汇宝》，第69页。
④ 《别有香》，《思无邪汇宝》，第76页。

厦门［lan33］、顺昌［tsuɛ44］。"①

滥小人/烂小人

识见极其浅狭的人。清瘦秋山人《金台全传》第七回："浦二道：'滥小人，酒钞是做哥哥的，你若不信，与你看看。'"（66 页）又第三十二回："船上人道：'上了岸去哉，再勿有得与我的了。'金台道：'嗳嗳嗳，滥小人，些须小事，决不赖了你的。'"（266 页）或作"烂小人"，冯梦龙订定《杀狗记》第十四出："烂小人，难道我就独得了不成？少不得都拿出来八刀。"②《曲本》第十四册《请罪》："廉颇那狗头，万中无一杀人的贼烂小人。"（156/2/a4）此指与蔺相如相比，廉颇气量狭小。《明清吴语词典》（2005：372）"滥小人"条："卑鄙小人。□吾看这人相貌，生的獐头鼠目，必是个无信义的滥小人。（地府志 24 回）金台道：'嗳嗳嗳，滥小人，些须小事，决不赖了你的。'（金台全传 32 回）"《金台全传》例中，"滥小人"并非强调"卑鄙"，而是强调对方没见识。参看《大词典》"小人"条。

狼

坑；以欺骗的手段占有。清陈森《品花宝鉴》第五十一回："到了家，方知镯子被他狼去，心里甚急，再去找他，又不在家了，一肚子苦说不出来，丧气而回。"（2131 页）《白话小说语言词典》（2011：873）"狼"条："吞占。"举此例，乃随文释义。《汉语方言大词典》（1999：4982）"狼"条："诈骗。北京。让他狼了五块钱去。"又"狼人"条："骗人，坑人。"刘一芝、矢野贺子（2018：296）"狼"条："坑害。"清石玉昆《忠烈侠义传》第三回："（展昭）说罢，会了钱钞，包公也不谦

---

① "乇"字白话小说中或作"毡""毡"，其读音不好确定（评审专家亦指此字读音不好确定）。据蒋礼鸿（1987：171），"乇"本义为秃，读音与"椎"（chuí）相同。杨琳（2015）推断，"'椎'在方言中有男阴义，因'乇'与'椎'同音，故借'乇'表示男阴（如福建顺昌）；'乇'既因音借而有男阴义，当人们不清楚源自'卵''脚'的男阴义与'卵''脚'的联系时，亦即不明本字时，便因义同而借用'乇'字来记录，所以有的方言读［lan］，有的方言读［ka］。"通俗作品中与生殖器相关的字多加"毛"，"毡"即"乇"，在《别有香》中的读音不好确定。"乇"或作杀，《齐陈相骂》子弟书："齐人说你是个什么东西混充毡杀？仲子曰你不通文理实实的可笑。齐人说你酸文加醋真真的肉麻。"（俗 384 – 341）"毡杀"即当"毡乇"，指男阴。

② 《杀狗记》，《古本戏曲丛刊初集》影汲古阁刊本。

让。包兴暗说:'我们三官人出门就会狼人。'"(122页)又第四回:"包兴说他们三公子狼人,他这才狼人呢。"(154页)此皆指坑骗人。《曲本》第七册《卖饼子》:"(魏白)我的盘费你领了,巧咧,一路上狼定了你了。(丑白)吃我使得,别狼我。"(360/1/a3)此例中,"狼"为"坑;赖"义。又下文:"我是狼定了你了,我吃了饽饽,叫他往你要钱。"(361/1/b6)又京剧《卖饽饽》:"(丑白)真不会了?我既拿出来,焉能又拿回去?大嫂子,你哪怎么变个方法儿狼了去罢。(旦白)大爷,我们可不会狼人哪。"(俗324-306)《虞庭集福》第七出:"(白狼白)你放心,很是我不狼你。(小鹿白)我小鹿搁不住你狼嘎。"[1] 以上皆"坑骗"义。张梦露(2018:28)以为《卖饼子》中"狼"为"攘"之俗误,或可参考。

老官

犹"官人"。对男子的敬称。《西游记》第九十九回:"那几个渔人行过南冲,恰遇着陈澄,叫道:'二老官,前年在你家替祭儿子的师父回来了。'"(2522页)明方汝浩《禅真逸史》第二十四回:"桑皮筋见侧首坐着杜伏威,生得人材魁伟,相貌威严,心里暗想道:'三老官何处请这个人来,莫非也会手谈的?'"(1015页)明静啸斋主人《西游补》第十一回:"天家大里事,与你一人什么相干?多生疑惑,又拿什么书札到王四老官处去,别日的小可,今日下书,陈先生在我饮虹台上搬戏饮酒,为你这样细事,要我戏文也不看得!"(177页)《儒林外史》第五回:"严贡生已不在家了,只得去会严二老官。二老官叫做严大育,字致和,他哥字致中,两人是同胞弟兄,却在两个宅里住。"(166页)清瘦秋山人《金台全传》第十一回:"那个道:'兄弟请啊,三官人请啊。'又一个道:'岂敢!大老官请。'"(100页)又同回:"那个道:'兄弟,你是空身子,乐得去看。'一个道:'三老官去否?'又一个道:'去的。'"(100页)《金台全传》第二十四回:"又一个叫道:'二老官,那里去?'老二道:'勿瞒你说……'"(205页)"老官"此义《大词典》《白话小说语言词典》《近代汉语词典》皆收。需要特别指出的是,《白话小说语言词典》(2011:222)"大老官"条释义①:"排行居长的。"《近代汉语词典》(2015:327)"大老官"条释义②:"富贵人家排行居长的。"由上揭诸例可知,"大老官"此义不必单列义项,否则"二老官""三老官""四老

---

[1] 《虞庭集福》,《故宫珍本丛刊》(第662册),海口:海南出版社,2001年,第292页。

官"等亦皆应立为义项。另,《白话小说语言词典》(2011:221)"大官人"条释义②:"婢仆称主子的排行最大的男孩。"《近代汉语词典》(2015:325)"大官人"条释义④:"称排行最大的男子或男孩。"文献中"二官人""三官人""四官人"亦习见,故"大官人"亦不当立此义项。

老官同/老上青

青铜钱。《曲本》第四十三册《刘公案·都察院》:"不多时,盘出一百老官同。"(441/2/b5)"老官同"即"老官铜"。又称"老官板",《汉语方言大词典》(1999:1709)"老官板儿"条:"指清顺治、康熙等朝所铸的铜钱(较道光以后所铸的为大)。"清施鸿保《闽杂记》卷六《老板》引《雨航杂录》云:"今江北各省称大钱为老官板,亦是此义。称官板者,别于私铸也。称老官板者,别于近来之官板也。"① 或言"老上青",清瘦秋山人《金台全传》第二十一回:"左跷道:'阿弥陀佛,施布得快,装头也快。'店中人道:"喏喏喏,七个老上青,拿了去罢。'"(185页)苏剧《卖草囤》:"(众)㾿瞎说,来拣草囤吧。(唱)你一个来我一个,一担草囤拣干净。格位师太会算账,拿仔格铜钱拨勒乡下人。拿得去。(丑)拿得来。(唱)乡下人拿仔老上青,小搭巴里掀一掀。"② 可知,"老上青"即"青铜钱"。

类考

《白话小说语言词典》(2011:900)"类考"条:"每年由学政主持的按科目举行的生员例行考试,也称科考(另一种是岁考)。喜得本年是类考,不受府县气,得了名一等科举。(醉醒·一四)"同为生员考试,岁考是例行考试,每年举行一次,评定生员等级,或升或降。科考是资格考试,符合条件者方可参加乡试,一般三年开科一次,由督学主持。明代中后期科考往往以"类考"的方式进行,即由县选送到府,由府选送至道的三级制,而不是由督学直接主持考试。明章潢《图书编》卷一〇五《国朝学校始末》:"(督学)至大比,委府、州、县类考而合试之,故士习利而骛于奔趋。"(四库972-267)在此过程中,府县权力很大,《明神宗实

---

① 《闽小记·闽杂记》,来新夏校点,福州:福建人民出版社,1985年,第97页。
② 《卖草囤》,汪榕培等《苏剧精华》,苏州:古吴轩出版社,2007年,第164页。

录》卷三百九十八:"及至大比,又有类考之规,如府学则府考送道,县学则县考送府。府考送道,不送则不得进,不求则不得送。"[1] 因此,如果本年是类考,必然要受府县气,则何喜之有?故《醉醒石》例中的"类考"应是笔误,下文三年后又到大比之年,苏秀才"时捱月守,又到科举,奔兢时势,府县都要人情。他不得已,只得向府间递一张'前道一等,青年有志,伏乞一体收录'呈子。府间搭了一名,道间一个三等第二。"(532页)这一年才是类考,所以才不得已向府间递呈子。

厘头

(1)一定比例的利润或分红。清逍遥子《后红楼梦》第七回:"我而今不拘那项,总要扣个厘头下来,叫做培原。"(187页)"扣个厘头"指扣下一定比例的利润。《后红楼梦》第十五回:"到了这日斗的日期,果真请李纨过来,将各人的蟋蟀儿入了白纸封,兑了天平准了码子,情愿饶个厘头的,加些花儿,议定了打了数。"(436页)"饶个厘头"即多得些分红。《后红楼梦》第十五回:"众人饭后茶罢,李纨就排起次序来。宝琴配李绮,惜春配岫烟,李纹配平儿,探春配湘云,紫鹃配芳官,晴雯配香菱,恰好的黛玉配宝玉。其余不配厘头,收进了罐子不斗,许他们帮猜。"(436页)"其余不配厘头"指剩下的不参与分红。清归锄子《红楼梦补》第三十二回:"我的意思要叫他们出来,或在本地,或到南边,四个人分开了,不拘跟那一位爷们当铺、绸缎局里去分上一分子厘头,告诉琏二哥哥对外边说一句就是了。"(1287页)又第四十五回:"只要二爷说一句话,不拘那里,送他们进去帮办些事,派一点厘头,就够他们沾光一辈子,吃着不了。"(1846页)清佚名《万年清奇才新传》第七回:"黄坤赚得押帮工银,又有花红厘头。"(165页)(2)办事所得的一定比例的回扣。清西泠野樵《绘芳录》第五十三回:"(蒋礼)眉头一皱,计上心来,对那人道:'我的哥,罢罢,你我辛苦一场,必须要拈个厘头贴补脚步钱,不知你大哥意下何如?'那人道:'蒋二哥,你说的什么傻话,谁不想好处呢?只是没有法儿。'"清忧患余生《邻女语》第四回:"还有借着捐款放利钱,抽些厘头,做个发财生意。"民国朱瘦菊《歇浦潮》第六十一回:"失火之后,赔款是公司中出的,不关他们痛痒,他们反可在赔款

---

[1] 《明实录》(第114册),台湾"中研院"历史语言研究所校印,1966年,第7485页。

上揩几分厘头,这就叫幸灾乐祸。"①(3)回扣的比例。清俞万春《结水浒传》第九十七回:"戴春如数找清,外又重谢了刘王二人。那乌阿有到刘六处去分了二厘头的引进礼,都不细表。"(1145 页)

俚拉/捏拉

清归锄子《红楼梦补》第十六回:"贾琏道:'我明知指着我的脸白去给人家开口,估量着老爷现任的缺,人家都知道是好的,就借上他娘三四万,并不是还不出来,问了好几处,那知银局子里这些老西儿耳朵更长,都说老爷是不要钱的,缺虽好,有名无实,还起银子来保不定不俚拉,九扣三分钱都不肯借,只有什么法儿呢?'"(650 页)又第四十五回:"那一个老婆子道:'如今他也怕做恶人,未必再干这样强横霸道的事,只看他们的月钱总是按着日子清清楚楚发给,再没个捏拉挪移。'"(1811 页)

"俚拉"句北京大学出版社点校本作"……还起银子来保不定。许他们九扣二分钱都不肯借……"②,春风文艺出版社校点本作"还起银子来保不定不俚拉九扣,三分钱都不肯借……"③。因不明"俚拉"之义,北大本所据之底本(镕经阁石印本)将"不俚拉"删除,又加上"许他们"三字,窜改了文意。春风本亦因不明词义,以为"九扣"属上句,视"俚拉九扣"为一个词,出现断句失误,亦使文意不明。北大本④、春风本⑤皆将"捏拉"校作"捏拉",亦是不明其义而臆改。

"九扣三分钱"是高利贷的一种形式,清李燧《晋游日记》卷三:"利之十倍者,无如放官债。富人携赀入都,开设账局,遇选人借债者,必先讲扣头。如九扣,则名曰一千,实九百也。以缺之远近,定扣之多少,自八九至四五不等,甚至有倒二八扣者。扣之外,复加月利三分。以母权子,三月后则子又生子矣。"⑥可知,"九扣三分钱"是指借一千两而实得九百两,每月三分的利息。其例再如《红楼梦补》第三十四回:"谁知他这个混帐老子赌极了,寻着惯放京债的老西儿九扣三分吃利钱,两个

---

① 《歇浦潮》,上海:上海古籍出版社,1991 年,第 864 页。
② 《红楼梦补》,宋祥瑞点校,北京:北京大学出版社,1988 年,第 184 页。
③ 《红楼梦补》,韩锡铎校点,沈阳:春风文艺出版社,1987 年,第 162 页。
④ 《红楼梦补》,宋祥瑞点校,北京:北京大学出版社,1988 年,第 512 页。
⑤ 《红楼梦补》,韩锡铎校点,沈阳:春风文艺出版社,1987 年,第 459 页。
⑥ 《晋游日记》,黄鉴晖校注,太原:山西人民出版社,1989 年,第 69 页。

月一转票,利上起利,如今滚到三百多两银子。"(1372 页)

之所以出现点校失误,是因为整理者不明"俚(捏)拉"之义。"俚(捏)拉"是个记音词,义同"滴滴拉拉",形容"零零散散或断断续续的样子"。《醒世姻缘传》第五十三回:"这晃无晏只见他东瓜似的搽了一脸土粉,抹了一嘴红土胭脂,滴滴拉拉的使了一头棉种油,散披倒挂的梳了个雁尾,使青棉花线撩着。"(1445 页)又第六十四回:"素姐只接过手来看了一看,他就焦黄了个脸,通没了人色,从裤裆里滴滴拉拉的流尿,打的那牙巴骨瓜搭瓜搭的怪响。"(1742 页)清李光庭《乡言解颐》卷五《物部下·开门七事》:"叫他抱抱柴,他滴滴拉拉来。叫他烧烧火,他两眼瞪着我。"(续四库 1272-227)李荣(2002:3182)"哩哩啦啦"条:"哈尔滨。零零散散或断断续续的样子。"又有异序形式"喇喇哩哩",《金瓶梅词话》第三十八回:"那二捣鬼口里喇喇哩哩骂淫妇,直骂出门去。"(995 页)又言"拉拉",元吴昌龄《东坡梦》(臧)第一折:"学士,你就是我的亲爷,我这等和尚有什么佛做?熬得口里清水拉拉的汤将出来,望学士可怜见,多与些小和尚吃。"《大词典》引此例释"拉拉"为"连续不断貌",误。据《汉语方言大词典》(1999:3267),北京、河北、东北等地方言中,"拉拉"是指"不连续的,分阶段的,拉开时间的"。本例中指口水断断续续地淌出来,而非"连续不断地"淌。或作"拉刺",《金瓶梅词话》第二十回:"月娘便向玉楼众人说道:'我开口,又说我多管;不言语,我又鳖的慌。一个人也拉刺将来了,那房子卖吊了就是了,平白扯淡,摇铃打鼓的看守甚么?'"(517 页)此例许少峰(2008:1087)释作"维持,对付",白维国(1991:304)释为:"拉。刺,词尾。"《大词典》释作"牵扯",王利器(1988:208)释为:"谓拖泥带水,不利索。拉,牵扯;刺,语助,无义。"我们认为,"拉刺"就是"拉拉","拉刺将来了"是说李瓶儿进府并不顺利,是西门庆断断续续用了一些手段才弄进来的,吴月娘用这个词是抱怨娶李瓶儿进府本来就拖拖拉拉费了很多事,到现在还要再派人去看她的房子,折腾个没完没了,所以希望尽快把房子卖掉,让这件事情尽快结束。故此,王利器(1988)的解释近是,然将"拉""刺"分开释义则不妥。

据《汉语方言大词典》,"滴滴拉拉"又有简缩形式"滴拉""离拉","俚(捏)拉"亦即"滴拉""离拉",为"零散断续"之义,"还起银子来保不定不俚拉"是说还银子时不痛快,只能零零散散、断断续续、拉开很长时间地慢慢还。《汉语方言大词典》(1999:2888)"沥沥拉拉"条:"断断续续、淋漓不尽。东北官话。辽宁沈阳:我新思以为他们能一堆儿来呢,他们来的沥沥拉拉地。"例中"我新思他们能一堆儿来呢,他们来的沥沥拉拉地"是原以为人们能一起来,结果来得零零散散、断断续续的,与上述还银子情况相同。其实这是老西儿们在拒绝贾琏时的一种委婉说法,表面意思是怕贾府还银子时"俚拉",实际意思是贾府根本还不上银子。后一例言发月钱"再没个捏拉挪移"是说发月钱的时候按数按时一齐发给,不再像之前由于挪移等不能按时按数发放,而只能沥沥拉拉地发。清小和山樵《红楼复梦》有"哩儿拉儿"一词,亦即"俚拉",《红楼复梦》卷三十三:"赵先生细细瞧了一遍,说道:'咱们这个卖契,比不得穷家小户的哩儿拉儿的混写,只要几句,干净简绝就够了。连这议单,可要不可要,都没有什么要紧。'"(1179 页)又卷七十四:"桂夫人听了这些说话,又可怜又可笑,对他说道:'因你生前做事不端,以至死后才有这些鬼来缠你,既是做了鬼,还守不住,要嫁人就该早嫁,谁叫你自家引鬼上门,闹的哩儿拉儿的惹出这些事来。'"(2632 页)"哩儿拉儿"即"俚拉",与"干净简绝"相反,亦是"断断续续;拖拖拉拉"之义。

另,镕经阁石印本将"就借上他娘三四万"改为"就借上他银三四万",亦属不明文意而误改。这里"他娘"是詈语,犹今言"他妈的"。

离模/离母

脱离模子,犹今言"离谱"。清王兰沚《绮楼重梦》第十三回:"两边虽则从俭,贾政不肯过省,也还不很离模。"(302 页)又第三十一回:"盈盈道:'我早知道有乱子的,物极必反,原也闹得太离模了。'"(735 页)又第四十一回:"就是那些宫女丫头,固然由你摆布,也要存个上下体统,怎么闹得个猫鼠同眠?全没半分规矩。现今亏了老爷、太太并大爷镇住,全家还不到得离模。恐怕二爷独自齐起家来,不见怎的呢?"(985 页)或作"离母",《醒世姻缘传》第四十六回:"我见他说的话离了母,我恐怕他后来改了口,所以哄他叫写个禀帖给我做了凭据。"(1265 页)陆澹安(1979:836)释为"没有根脚",误。《白话小说语言词典》(2011:905)"离母"条释作"走样;出格",当从。"离母"即"离模",与"离格""离谱"理据相同。"母""模"《中原音韵》皆属鱼模韵,二者相通文献中早有用例,《礼记·内则》:"煎醢加于黍食上,沃之以膏,曰淳母。"郑玄注:"母,读曰模。"参看曾良(2010)"拇量"条。《西游记》第八十六回:"又拔一根毫毛,依母儿做了,抛在他脸上,钻于鼻孔内。"(2206页)曾上炎(1994：398)云："母，是'模'的同音字。"《白话小说语言词典》(2011：1854)"依母儿"条："照原样儿；照旧。"《儿女英雄传》第二十回："不想自己孤另另一个人，忽然来了个知疼着热的世交伯母，一个情投意合的义姊，一个依模照样的义妹，又是嬷嬷妈、嬷嬷妹妹，一盆火似价的哄着姑娘。"(832页)"依母"即"依模"，皆"照样"也。

两歧

本指两个分岔。(1)喻指前后不一。清王韬《淞隐漫录》卷十《田荔裳》："一日，女欲归宁省父母，因请于生，遣臧获，备舟车。生曰：'卿前言家在邻近，今何两歧耶？'"① 民国朱瘦菊《歇浦潮》第四十回："云生大笑说：'怪道琢渠昨晚不赞成轮流请客，今天忽然邀我们来家打扑克起来，我很诧异。他前后两歧，而且请客又只请得我们三个，原来奉着内务府之命，不然琢渠岂肯这般大出手呢！'"② (2)喻指进退之间，无从选择。清花月痴人《红楼幻梦》第十回："宝玉道：'先前苦了你一人，我时常暗中落泪。今你回生，婉妹又没了。我此时顾此失彼，心中两歧，竟不知怎样才好。'"(484页)又第十七回："(妙玉)向宝玉道：'我有几句肺腑的话和你说了罢！前到尊府，原为图君而来。你病革之际，我乃槛外之人，无由为你死贞。幸你回生，偏我遭劫。蒙柳郎难中背负，要报救命之恩，只得以身改委于他。我已作两歧之人，固与你情缘难割，亦不当任意欺他。'"(828页)清佚名《救生船》卷三："不知前途浩渺，转移最易，为人为禽为圣为狂分于一念，介在两歧，可不慎哉？"③

烈烈烘烘/立立烘烘

即"烈烈轰轰"。《曲本》第二册《长亭》："双挂明辅印二口，烈烈烘烘我为头。"(128/1/b4)影戏《西游》第三部："那时咱就登龙位，烈烈烘烘作几年。"(未刊61-258)《绣像义妖传·盘姑》："若还得见双亲面，还指望烈烈烘烘做一场。"或作"立立轰轰"，清瘦秋山人《金台全传》

---

① 《淞隐漫录》，北京：人民文学出版社，1983年，第489页。
② 《歇浦潮》，上海：上海古籍出版社，1991年，第553页。
③ 《救生船》，光绪元年刻本，据《中国国家数字图书馆·中国古籍资源库》载天津图书馆藏本。

第五回："那个道：'呸，那金台是立立烘烘的好汉，你这种温温吞吞的东西是勿对的，待吾李跳鬼去。'"（45 页）又第七回作"烈烈烘烘"："你是个烈烈烘烘的汉子，天下多知你是英豪。"（60 页）又第三十回："娘娘听说，顿然一呆，'阿呀'之声不绝：'阿呀，兄弟阿，你是个烈烈烘烘男子汉，礼当奉公守法，为何反犯了王法，弄得转不得家乡，撇开老母？'"（253 页）《金台全传》为吴语作品，吴语中"烈""立"同音。

留酒碗

留后手。明陆云龙《魏忠贤小说斥奸书》第十回："这些人既把东林衣钵谱激怒这些做官的，却又撰一本，又说这些东林党人自比宋江三十六罡、七十二地煞，把李三才做个晁盖，赵南星比做宋江……只拣名宦及魏忠贤崔呈秀所恼的，都配入里边做强盗。又留二十五名道：'这些尚未查确，姑隐其名，以存厚道。'这都是崔李两人奸处，正留这酒碗儿，他若是出了二十五人名字倒有限，以后不可增入，唯这等空起，令人人人自危，人人求免。"（165 页）崔李并未将一百八人凑齐，而是留了后手以震慑陷害他人。《水浒全传》第十八回："当时阮小七把一只小快船载了何涛，直送他到大路口，喝道：'这里一直去，便有寻路处。别的众人都杀了，难道只恁地好好放了你去？也吃你那州尹贼驴笑！且请下你两个耳朵来做表证！'"袁眉批："留酒碗此处见，更有趣味。"① 此言作者留了后手，埋下伏笔，后文确又言及，"州尹听了，只叫得苦，向太师府干办说道：'何涛先折了许多人马，独自一个逃得性命回来，已被割了两个耳朵，自回家将息，至今不痊。'"又第二十八回："早饭罢，吃了茶，施恩与武松去营前闲走了一遭。回来到客房里，说些枪法，较量些拳棒。看看响午，邀武松到家里，只具着数杯酒相待。"袁眉批："留此酒碗，生出无三不过望来，有情有兴。"② 又民国经亨颐《经亨颐日记》："为师者决无居奇留秘之事，不若卖艺者之欲留酒碗，斤斤计较。"③ 此言艺人教徒弟往往要留个后手。詹镛安《萧山方言》（2010：622）"留酒碗"条："比喻留给自己的以后的周旋余地。"

由"留后手"又引申指"做事不彻底；留尾巴"。明东鲁古狂生《醉醒石》第十一回："陈篪是极刁顽，有事极肯使分滥钱，事后便也倒赃短

---

① 《水浒传会评本》，陈曦钟等辑校，北京：北京大学出版社，1981 年，第 350 页。
② 《水浒传会评本》，陈曦钟等辑校，北京：北京大学出版社，1981 年，第 543 页。
③ 《经亨颐日记》，杭州：浙江古籍出版社，1984 年，第 130 页。

欠,衙门人晓得,故意留他个酒碗儿,把捕衙初供'系不到官陈篾义男'一句不去。"(407页)衙门人知道陈篾经常事后赖账,所以虽被买通,但没有尽全力帮他,而是留了后手,即故意在招词中给他留了个尾巴。"留酒碗"强调做事不彻底,清黄庭镜《目经大成》卷二下《时复五十八》:"有目经上工治愈,迟则二三年,速则八九月,再过则一月数作,谓时复亦通。此病根未除,遽然谢医停药,或久耐禁束,一时霍然,乃游衍风霜,放恣嗜欲,此从彼召,气血遂因而留注,病走熟路,决从原经路而发。世人多咎人留酒碗,非也。"(续四库1018-241)此例中,病人自行"谢医停药",反怪医生没能将病彻底治好,留了尾巴,以致后来复发。明陆人龙《型世言》第二十八回:"颖如道:'当日你原叫他看仔细,他也看出一张不像,他却又含糊收了。他自留的酒碗儿,须不关你我事。'"(1236页)此言其自己留下的尾巴。该例《近代汉语词典》(2015:1024)"酒碗"条:"指把柄。"《白话小说语言词典》(2011:762)"酒碗儿"条:"指麻烦或引起麻烦的由头。"皆随文释义。文俊威(2013:19)认为"酒碗儿"的本义指喝酒用的碗,有"酒碗兄弟"一词,指一同喝酒的朋友,如《一片情》第十四回:"却说裁缝有个酒碗弟兄,姓马行九。"(544页)"词义引申开来,'酒碗儿'可以指蹭饭的对象",如《新刻绣像批评金瓶梅》第一回:"伯爵笑道:'哥,快叫那个大官儿邀他去。与他往来了,咱到日后敢又有一个酒碗儿。'""词义继续引申后,'酒碗儿'的意义开始变得抽象,指供他人敲诈勒索的名目。《型世言》中的例子,即是指由于张秀才的疏忽,给颖如和尚留下了敲诈的名目。"此乃随文释义,"供他人敲诈勒索的名目"与"蹭饭的对象"义相距甚远,如此引申恐怕无据。从用例来看,"留酒碗"当属吴语词,据吴国群等《中国绍兴酒文化》(1990:214):"绍兴的好多谚语俗语都和酒有关。如旧社会里学生意,各行各业的老师傅都要留一手,免得教会了学徒自己的工作就没了。这在绍兴就叫'留酒碗',很是形象。""留酒碗"即给自己留个喝酒的碗(吃饭的本钱),又以喻指"留后手",该词非以"酒碗"喻指"把柄"或"麻烦",而是从"留酒碗"整体取义,故辞书宜以"留酒碗"立目。

拢共拢儿/栊共栊儿/笼共笼/笼篰笼/笼古笼/统固拢儿

通通;(加在)一起。清小和山樵《红楼复梦》卷一:"一会,将家中一切东西拢共拢儿搬来,堆在上房院里。"(26页)又卷七:"且说这边妙空将那些箱儿柜儿拢共拢儿上了锁,叫老道都搭到自己屋里去。"(256页)清花月痴人《红楼幻梦》第三回:"宝玉道:'且漫着!这几夜我还要着实疼你,拢共拢儿谢罢。'"(95页)又作"栊共栊儿",《红楼复梦》卷五十九:"卜耀命道:'咱们先说行款,再定数目。招稿、承行、跟随、签押、执事、值役、轿班、茶房、门子、件作,这几项断不可少。还有太爷的代席、刑房的纸笔费,都是要的。'周惠道:'栊共栊儿要几个钱儿?'"(2080页)又作"笼共笼",清逍遥子《后红楼梦》第十八回:"黛玉笑道:'好,好,你把满京城的落花儿笼共笼扫将来埋了,就有这样的花塞遍这个大观园呢。'"(495页)或作"笼籇笼",《后红楼梦》第五回:"贾政道:'……只是各房的分例便怎样呢?要说是通没有呢,这祖宗传下来的好处,怎么到咱们手里笼籇笼统裁了?若是减派些呢,也减派不上来,这怎么处?'"(127页)或作"笼古笼",《后红楼梦》第二十回:"咱们起社的诗,宝玉也一总抄给他编在里面。咱们玩的笑的,笼古笼统在里面。"(583页)或言"统固拢儿",清石玉昆《忠烈侠义传》第八十回:"你这二两来的银子,干不了这些事,怎么好呢?没见过世面,一二亩地,几间房子,还要买牛买驴,统固拢儿不过够买个草驴的。"(2519页)《朝鲜时代汉语教科书丛刊续编(下)·中华正音(骑着一匹)》(驹泽大学濯足文库藏本):"他们帽客这塘往边门口带来的帽包是㩐俱㩐多少啊?"①"俱"谚文注为"ᄀᆞ",读如古,整理本录为"㩐(弄)俱㩐",注曰:"《骑》作'㩐古㩐',顺天本作'㩐具㩐'。"②汪维辉、朴在渊、姚伟嘉(2012)指出:"虽然'㩐古㩐'在各种文献中都不见踪影,但我们推测,它或许就是现在牟平、扬州、乌鲁木齐、太原等地表示'共计;总计'的'拢共'的一个方言变体。"由小说中诸例可知,"俱""具"皆当读为"古","古"又记"共"音,"㩐"记"拢"音,"笼"有"包括;包罗"义,"拢"有"聚合;总共"义,参《大词典》"笼""拢"二条。王锳(2015:74)"笼"条云:"此义盖出于假借,《说文·有部》:'䏰,兼有也,读若聋。'"桂馥义证:"今言笼统是也。"朱骏声通训定声云:"字亦作拢。"

---

① 《朝鲜时代汉语教科书丛刊续编》(下),汪维辉等编,北京:中华书局,2011年,第241页。

② 《朝鲜时代汉语教科书丛刊续编》(上),汪维辉等编,北京:中华书局,2011年,第134页。

囉囉梭梭/啰啰嗦嗦/噜噜嗦嗦

即"啰啰唆唆"。明陆云龙《魏忠贤小说斥奸书》第三回:"他倚着曾受顾命,年老位高,在上位爷前好生懈慢,囉囉梭梭,上位料也不耐烦他。"(54 页)或作"啰啰嗦嗦",清墨憨斋主人《十二笑》第六回:"堵客官偶尔在此顽耍,怎见得就花费了大钱?要你啰啰嗦嗦,说什么活埋人起来?"(257 页)又作"噜噜嗦嗦",清俞万春《结水浒传》第一百八回:"大义哈哈冷笑道:'有什么噜噜嗦嗦?总而言之,竟做强盗。'"(1538 页)

啰子/罗子/乐子/噜子/我子

山西人的自称,亦以称呼山西人。清瘦秋山人《金台全传》第二十一回:"那东边门外一声高喝,乃是山西皮货客人,仗些气力,也想罗纹鸟来的。身子不多七尺长,约有四十岁年纪,苍颜塌鼻,走近前来又喝一声道:'有头发的和尚,啰子来也。'头陀道:'阿,居士请了。'皮货客道:'啰子有句话与你说明,一拳打倒了你,拿一只鸟五十两银子,两拳打倒倍上一倍。'"(176 页)又同回:"啰子打过来,这头陀全然不动。"(177 页)前一例"啰子"为山西人自称,后一例以"啰子"称山西人。或作"罗子",影戏《龙图案》卷四:"大老爷在上,小人叩头,罗子是个买卖人。"(未刊75-71)或作"乐子",《白话小说语言词典》(2011:896)"乐子"条:"山西人对人的称呼,也用作自称。[例]郑恩哈哈大笑道:'我的哥,乐子却勉强你不过。'(飞龙·九)听说新货已到,乐子要到那里看看。(三侠·二四)徐庆说:'好小子,你倒是个乐子!'(小五义·一六)"因山西人自称"乐子",故亦称山西人为"乐子",非"山西人对人的称呼"。其例再如笔者所藏抄本《施公案》唱本:"乐子辛中美,乃山西太原府人氏。"晋语中"啰""乐"音近,如绛县方言二者同音(参看王临惠 2014)。曾良(2017:353)指"'啰子'即'老子'的乡音",甚确。今举二例为证,清石玉昆《忠烈侠义传》第二十七回:"(屈申)便往上叩头,求老_落爷与小人_仍判断判断。"(926 页)屈申为山西人,故作者注其读"人"为"仍",读"老"为"落"。又《忠烈侠义传》第五十七回:"我就说你不要叫我大叔,你叫我老_乐子。"(1845 页)此亦一山西人语。或记音作"噜子",《绣像义妖传·复艳》:"(山西白)阿呀!乖乖我的儿，想死噜子了！"又："（山西白）咱同你老子真真至交好朋友，噜子十多年不到杭州，不想你父亲去世多年，不能见面了。"此为山西客人自称。或记作"我子"，笔者所藏《增补四言杂字》："山西我子，各集不短；眼如绿豆，看得又远；先叫大哥，后叫吃烟。""我子"即对山西人的称呼。

落平

（1）落在平地上。《白话小说语言词典》（2011：981）"落平"条："落在平地上，指放下轿子。"此释义偏狭。清郭广瑞《永庆升平》第五十五回："山东马就把小淫人祁文龙格在床上面，朝下方一落平，只听'咯嘣'一声，从两边横着搭上三根皮条，早把他愵（勒）住，不能动转。"（670页）《孽海花》第二十回："没奈何，只好端坐床当中，学着老僧打坐模样，好容易心气好象落平些。忽然又听见外房仿佛两个老鼠，只管唧唧吱吱地怪叫，顿时心火涌起。"① 此为引申用法，指心情归于平静。又引申指调整好关系或解决好矛盾。清逍遥子《后红楼梦》第十三回："因想起现有喜凤一事，何不过去借这个题目商议商议，顺便的就劝他回来。只是碍着姨太太如何落平？千思万想，只得叫了贾琏过来，密密地商到二更，一总推在贾琏身上。"（372页）（2）落入平庸。清夏敬渠《野叟曝言》第八十回《总评》："此文章之起花发浪处也，否则落平，平则无奇，不成文矣。"（2218页）又第八十一回《总评》："飞娘之疑非抑单谋，正表素臣。若明说在前，便不见素臣之慎密，文法亦遂落平。"（2244页）

---

① 《孽海花》，北京：中华书局，1959年，第180页。

M

抹刷/吗扠

安抚；安慰。清归锄子《红楼梦补》第二十八回："凤姐立刻到王夫人处，回明了黛玉这番话，并仍要他管理家务一节。王夫人听了欢喜，不免又抹刷了凤姐几句。"（1134页）"抹"即"抹"字。或作"吗扠"，石派书《包公案铁莲花》卷五："既然是，为儿这件婚姻事，必须用，蜜语甜言把他吗扠。"（俗402–289）又卷七："先与他，半吞半吐含而不露，后再用，安慰言词把他吗扠。"（俗402–403）"抹刷"即"摩挱"，《释名·释姿容》："摩挱，犹末杀也，手上下之言也。"本义为"顺着一个方向抚摩"，或作"没挱"，P. 3211《王梵志诗·家中渐渐贫》："长头爱床坐，饱吃没挱肚。"① 老舍《骆驼祥子》："能刚能柔才是本事，她得濛泬他一把儿：'我也知道你是要强啊，可是你也得知道我是真疼你。'"② 弥松颐（1999：143）引《说文》《释名》指"濛泬"即今北京话的 mā·sa，并指出："上例中，说的是虎妞'濛泬'祥子，虽然用了'一把儿'，但可不是用手，而是用言语……用的乃是'濛泬'的比喻义。"甚确。比喻义往往是临时的，从以上用例来看，"濛泬"已由"抚摸"又引申出"安抚"义。王学奇、王静竹（2002：705）亦指出："以好话哄人，如云'他很生气，给他攞捼顺喽'，是其引申义。""抚摩"一词有相同引申过程，《大词典》"抚摩"条："①摩挲。汉蔡琰《悲愤诗》：'号泣手抚摩，当发复回疑。'……④安抚。宋苏轼《策略五》：'昔之有天下者，日夜淬厉其百官，抚摩其人民，为之朝聘会同燕享，以交诸侯之欢。'"可为参证。亦可参看陈刚（1985：188）"摩挲"条。

---

① 《王梵志诗》，《法藏敦煌西域文献》（22），上海：上海古籍出版社，2002年，第162页。
② 《骆驼祥子》，北京：人民文学出版社，2000年，第143页。

麻花蹋煞/麻化搭杀

犹"没搭煞"。清归锄子《红楼梦补》第三十一回:"贾琏道:'那是汇奏事件,又是照例办的,倒不用去照应。就是薛老大回来,要改改他的脾气才好。两场人命官司,归根儿外边也不去走走,就这样麻花蹋煞,别把他的性子越发纵起来。'"(1265页)此义指"不守分际;不守规矩"。或作"麻化搭杀",《绣像义妖传·游湖》:"人人说唔家婆赛西施,拿里一比只算麻化搭杀。"此义指"没出息"。参看蒋宗福《"偏㒎"、"没偏㒎"考辨》(2013)对"没搭煞"释义的总结。

埋/葬埋/脏埋

诬陷。《近代汉语词典》(2015:2579)"赃埋"条:"诬陷;陷害。《元曲选·灰阑记》一折:'你合毒药,谋死员外,也是我赃埋你的?'"《西游记》第二十回:"那呆子慌得跪下道:'师父,你莫听师兄之言,他有些赃埋人。'"(465页)此"赃""埋"同义连言,皆"栽赃;诬陷"义。或言"葬埋",明伏雌教主《醋葫芦》第十一回:"那先生见你父亲到馆告舌,决定又加严紧,大官人仍前又是这等葬埋他,令尊决乎不信。"(385页)或作"脏埋",清青莲室主人《后水浒传》第十二回:"主人气恼不过,只得回声道:'怎这等脏埋人?若不是我留住他第二拳,敢怕此时也不能够恁地鬼跳了!'"①"埋"亦单用,清佚名《生绡剪》第七回:"那贼头听了说:'我等各有身家,因山东一带吃白莲教扰害,可恨贪官污吏,将富足平民,埋陷株连,且弄到田荒地白,父东子西,冻饿无聊,逼到这条路上。'"(393页)又第十四回:"若不是官察院这点救星,把老平活活埋做强盗!"(757页)清天花才子《快心编三集》第三回:"自古来,就是圣人,也有人冤埋着他哩,只要自己无愧,过意得去便罢。"(118页)

---

① 《后水浒传》,载《大连图书馆藏孤稀本明清小说丛刊》,大连:大连出版社,2000年。评审专家指出,"脏埋"同义连言,"埋"即今言"埋汰"之"埋",用语言埋汰,其抽象含义就是"诬陷"。考虑到"脏"的"污"义产生较晚,"赃谋""赃诬"等词在宋元时期已经产生,对"埋"有"诬陷"之源,暂付阙如。

埋灭

（1）犹"磨灭"。折磨；摧残；迫害。明袁于令《隋史遗文》第二十二回："后边也弄得不耐烦了，'秃'的一声拔出阳物，又把火来照着。那碗儿熬不得羞耻，只得骂道：'那里说起，撞着你这没天理、狠心的强盗，把我这般埋灭，你到不如一刀杀了我罢。'"（560页）明冯梦龙《万事足传奇》卷上："世间孰为难？无如作婢妾。……方取主君怜，便惹主母憎。生有子女时，称庶遭埋灭。"① 冯梦龙《挂枝儿·咏部·镜》："想当初，同欢面，也共愁颜；到如今，埋灭我，又不明不暗。"② 清张南庄《何典》第八回："你快再去打听。倘能象你心意，便与他亲眷来去，也觉荣耀。万一别有隐情，岂不把女儿肮脏埋灭了？"（121页）清娥川主人《炎凉岸》第三回："丫头道：'这计□岂不甚善？但和尚如此狠心，怎么肯依你送到人烟繁盛的去处？万一将来埋灭死了，可不一发心惨？'"（86页）清鸳湖渔叟《说唐演义后传》第十五回："没有姓薛的更好，若有这仁贵，只消将他埋灭死了，报本来京，只说没有此人。"（248页）此"埋灭"指迫害，此例《近代汉语词典》（2015：1233）"埋灭"条释义⑤："勾销；抹除（姓名）。"乃随文释义。清佚名《粉妆楼全传》第十七回："侯登道：'我有一计，不与外人知道，只说小姐死了，买了棺木来家，假装开丧挂孝，打发家人报信亲友知道，姑爷回来，方免后患。'……小姐闻言怒道：'……他们既是如此，必定寄信与我爹爹，他既这等埋灭我，叫我这冤仇如何得报？'"（149页）此例前言小姐逃跑，为掩人耳目，继母侯氏对外诈称小姐已死，故小姐有此语，"埋灭"亦"迫害"义。或单言"埋"，影戏《对菱花·季部》："玉灵未语先流泪，只是奴前生造定一命该。被害失了鸳鸯对，贼徒们设计把人埋。"（未刊72–127）（2）掩埋毁灭；毁尸灭迹。明王世贞《鸣凤记》第三十二出："你不知道，事有偶然，倘天幸逃出，亦可接济。不幸被害，亦必乘此黑夜埋灭尸首，倘见之时，就此叫破，明日也好上本。快走快走！"③ 早稻田大学图书馆藏清道光抄本《妙英宝卷》："太爷坐堂喝问凶徒：掳抢良家女子，强逼成亲，女子不从，将她杀死，埋灭尸骸，从实招来。"（3）同"埋"，诬陷。清抄

---

① 《万事足传奇》，《古本戏曲丛刊二集》影长乐郑氏藏明墨憨斋刊本。
② 《挂枝儿·山歌》（合一册），魏同贤主编《冯梦龙全集》，上海：上海古籍出版社，1993年，第212页。
③ 《鸣凤记》，《古本戏曲丛刊初集》影长乐郑氏藏汲古阁刊本。

本《金珠宝卷》:"得了钱府花银子,埋灭公子就用刑。"(民19-146)旧抄本《白兔卷》卷上:"今日学生来打扫,见其小姐到来临……忽然大叔到来临……如今扭住我当身,却被奸情埋灭我,恩人恕我活残生。"(民19-544)

满面/满脸/全脸

清松排山人《铁冠图全传》第十五回:"宋炯直止住道:'大王,这处是贫道家乡,乞赐满面,免遭残害。'"(102页)

按:例中"满"字难解。宝文堂书店校本①、春风文艺出版社校本②皆作"乞赐体面",误。今谓"满"为"满"字讹刻。"满"草书或作"满""满",如《曲本》第二十一册《于公案·花儿窑》:"牧童听说心欢喜,满面带笑面生春。"(209/2/a4)影戏《红梅阁》第六部:"折弓乱箭丢满地,死马亡人尸成堆。"(未刊68-43)俗书又省点作"满",《曲本》第二十一册《于公案·花儿窑》:"也有满脸带着肿,也有打番嘴上唇。"(219/1/c2)又《于公案·打水》:"水工上的人求到我跟前,我却满应满许。"(172/2/c1)又同上:"满口只说了不成。"(173/2/c1)又《红梅阁》第七部:"不知那人年多大?」年纪不满二十。"(未刊68-202)又影戏《九里山》第七部:"我有盗得师傅避形镜一面,如有邪盗贼人入账,满室生光,自现其形。"(俗174-423)影戏《闵玉良》第六部:"欲待不从,等到几时有个心满意足?"(未刊69-437)《曲本》第四十四册《寿荣华》第三部:"蓝荣姐疼父心酸满眼流泪。"(30/1/a5)《铁冠图全传》刻工文字水平较差,在写样时多有据手写本字形径直描摹移录上版刊刻者,其见如"满""满"者而不识,故径直抄刻于版上作"满"。③ 该字亦见于其他刻本文献,鼓词《蜜蜂记》第二回:"凤英听的问,不由泪满腮。"(未刊95-45)"满"亦"满"字。又第九回:"虽然老爷难为我,二十大板满去撑。"(未刊95-170)此例咸丰五年抄本《蜜蜂记宝卷》正作"满"。鼓词《三元传》卷一:"门里边恶奴满匕两板橙,听事的走狗来往报事情。"(未刊98-233)"满匕"即"满满"。《三元传》卷三:

---

① 《铁冠图忠烈全传》,黄秀娴校点,北京:宝文堂书店,1990年,第59页。

② 《铁冠图全传》,朱眉叔等校点,《中国古代珍稀本小说》(10),沈阳:春风文艺出版社,1994年,第643页。

③ 这类"描摹字"的笔画往往又略有变化以方便雕刻,这一过程或者可以看成一种"草书楷化"。

"你夫今晚三更死,今日差人送讣闻。可恨你父无仁义,反倒喜欢来在心。顷刻就把良心丧,只叫相㓵女儿身。"(未刊98-361)"㓵"即"瞒"字。笔者所藏刻本《九巧传》第十三部第一回:"尊爷爷不必生气胡洷怨,千万的还看太太薄面情。""洷"为"满"草书之径刻,"洷怨"即"满(瞒)怨"。从以上诸字可窥由抄本到刻本字形变化之一斑。

"洷面"即"满面",义为"(有)大大的面子;极大的脸面"。或言"满脸",清讷音居士《三续金瓶梅》第二十五回:"二官府大喜,说:'我们不知是长官的至亲,钦差最大,愁的了不的。若办的不好了,老大的考成。今闻长官之言,我二人喜出望外,不但省银子,还要赚个洷脸,长官赐酒,到要通饮几杯。'"(546页)清归锄子《红楼梦补》第六回:"凤姐更以黛玉回家,一刀两断,陈平妙计已得收功,可以在王夫人面前挣个满脸。"(231页)《曲本》第二十一册《于公案·战窑》:"打发他一走儿,咱窑之保个平安无事,咱们爷儿们又不能变脸,你的那些众哥们又不能担惊,你在这里又显得洷脸儿,眼下你又不能受屈,真乃是四角周全。"(202/1/a7)又《于公案·月明楼》:"天下皆知御前首领常常奏事,在圣驾前真是洷脸。"(418/2/b2)影戏《天门阵》卷五:"罢哟!六哥,从前人家想着你,这们前你可想着人家了,我见了王氏嫂嫂,不用说给了一个满脸。"(未刊58-178)影戏《泥马渡江·儿部》:"(灯)哼,闺女,你把追兵挡退咧?(旦)俱以杀退。」也没有受伤巴咧?」并未受伤。」好好好!你退敌退了个洷脸,我们保驾可叫我们保哉了!"(未刊65-290)"满脸"又言"满面",这是较常见的"类化构词"现象,江蓝生(2010)指出:"所谓类化构词,是指甲、乙两个语素以某一结构方式组合为合成词,那么跟甲或乙词性、意义相同的语素,可以替换甲或乙进入这一结构,构成两个或两个以上跟原合成词同义的词。"口语中有"满脸"一词,"面"与"脸"义近,故亦言"满面"。据殷晓杰(2010a),"到清中叶,'脸'在通语中单用时已基本取代了'面',但二者在复合词上的竞争替换目前还在进行之中"。明清通俗文献中"满面""满脸"常通用,如《西游记》中有"满面陪笑""满脸陪笑",《红楼梦》中有"满脸泪痕""满面泪痕"等。此处之所以用"满面",应与说话人宋炯的文人身份有关,"满面"与"乞赐"相配更显文雅,而"满脸"是典型的口语词。他例如"赏脸"或作"赏面",清佚名《万年清奇才新传》第六回:"玉书道:'此是馆中公费及晚生等一片诚心,送与师伯宝庵作为佛前香油之费,务祈赏面收下为是。'"(139页)"翻脸"亦作"翻面",影戏《对菱花·平部》:"我姐弟好容易得把爹娘见,从今以后有靠依。妈们今若番了面，我们是业障孩子会咱的？”（未刊 72－302）“满脸”或言“全脸”亦可为旁证，影戏《锁阳关》第三部：“俺姜须三请嫂嫂到了寒江，可之说罢，我姜须是满脸，正觉着得意，忽然一夜的光景，我薛哥比我高咧，我姜须闹了个下抹儿。”（未刊 77－402）此例《俗文学丛刊》本《锁阳关》作“全脸”（俗 201－213）。清王兰沚《绮楼重梦》第一回：“宝玉喜喜欢欢忙在脚上拴了一拴，且不送还，又跪下道：‘还要相求老祖宗、老太爷、老伯伯赏个全脸。’老人道：‘又要什么？’宝玉道：‘有了家花，也要有些野草助兴，方是十全。’”（14 页）清贪梦道人《永庆升平后传》第四十三回：“那个人说：‘不能，今天总得让我，你赏我个全脸，无论多少钱，都是我给。’”（230 页）清佚名《施公案》第九十四回：“他领教过施公利害，一听，心中早就明白。走进殿内，至施公面前，满面带笑，尊声：‘施大人，索某今日望大人跟前讨个全脸，望求大人开恩恕过，切莫奏闻圣上。不知大人肯赏脸否？’”[①] 早稻田大学图书馆藏《王道士捉妖狐狸缘》：“是与不是将他拜，暂且与我把脸全。”

《铁冠图全传》第十五回例前文叙李自成每到一处皆烧杀抢掠，归德府是其军师宋炯的家乡，宋炯请求李自成给自己一个面子，使家乡免遭残害，因宋炯的文人身份，故将口语词“满脸”说成了“满面”。

模/昧

即“幕”。钱币的背面。清邗上蒙人《风月梦》第二回：“然后将耳朵眼个六个开元钱取了出来，在地上一洒，配成三字三模，递到魏璧手内……那拾博人口数，一一看清了字模，拾起来又递在魏璧手内，魏璧又跌。”（22 页）或作“昧”，《唱本一百九十册》什不闲《王小赶脚》：“（白）……二姑娘，咱俩个破昧，你先说。（旦白）在南来了白大姐，无有骨头无有血。（丑白）是豆腐。”此例四根弦全词《王小赶脚》作“夼寐”。“破昧”即猜谜，由猜钱币正反面引申而来。

毛包/毛暴

（1）脾气暴躁；不讲道理。清徐珂《清稗类钞·优伶类·俞菊笙为武生中铁汉》：“俞菊笙者，武生中之铁汉，性躁急，故以俞毛包见称。毛

① 《施公案》，秋谷校点，上海：上海古籍出版社，2001 年，第 242 页。

包者,都人称性暴之谓也。"①《合欢图》第三本:"(巧奴白)住了罢,亏你那是个元帅,作事怎么这们毛包!"②《曲本》第二册《伐齐东》总讲头本第十一场:"那些徒弟惟有袁达毛包,爹爹要去惹他,只恐没有活人回来。"(53/1/b1) 此指袁达脾气大,不讲道理。又第十四册《见娘》头出:"(丑白)哎呀,大叔哇,我只顾这儿和他闹毛包咧,把香都忘了烧咧。"(484/1/c4)"闹毛包"指生气、发脾气。《唱本一百九十册》大鼓书《新拆西厢》:"你要不说真情话,别说是姑娘我耍起毛包来。"或作"毛暴",《官场现形记》第十五回:"却不凑巧,这天晚上鲁总爷又有甚么用头,开开箱子拿洋钱,找不着这二十块钱的一封,登时发了毛暴,满船的搜查起来。"③ "发了毛暴"指发了脾气。(2)引申指"脾气暴躁、不讲道理的人;流氓无赖"。《唱本一百九十册》致文堂板《武松发配夺酒店》:"也有毛包下三乱,也有儒雅读书郎。"清小和山樵《红楼复梦》卷四十一:"内中有一个大头姓包,插号儿叫毛包。他有钱有势,任什么儿也不怕,又长了一个古怪脾气,专爱闹个事儿。"(1429页)清蘧园《负曝闲谈》第十回:"李毛包心直口快,无论什么事,总是他做挡人碑,因此上大家喜欢他。"《曲本》第四十三册《刘公案·莲花庵》:"俗言说再也不错:'一分相貌一分福。'要是忠臣善人咧,他五官上也带着。要是那毛包、土子求、混星子、疙杂子这宗人,他的面眉眼上也带着。"(302/2/c6) 又《刘公案·翠花庵》:"忠良也就不言语咧,就知这人皮袄改凹单——一定是个毛包。"(310/1/b8)《曲本》第二十一册《于公案·月明楼》:"众泥腿毛包等一齐大叫说:'不好咧,又打死人咧!'"(445/2/a6)齐如山(2008:7)云:"凡人不讲情理,永远与人搅强者,人便以此呼之。按'毛包'与'光棍'、'刺儿头'性质不同。彼则讲斗心眼、用手腕,此则只是蛮横,然亦不做大恶。"

卯孙

指兔子,对以色事人的男子的蔑称。明程万里《大明春》卷一(中层)《六院汇选江湖方语》:"卯孙,乃小官也。"④ 明佚名《宜春香质·月

---

① 《清稗类钞》(第11册),北京:中华书局,1984年,第5126页。
② 《合欢图》,《故宫珍本丛刊》(第680册),海口:海南出版社,2001年,第116页。
③ 《官场现形记》,北京:人民文学出版社,2000年,第223页。
④ 《大明春》,王秋桂《善本戏曲丛刊》(1—6),台北:台湾学生书局,1984年,第22页。

集》第一回:"二太子掌管一切卯孙,儒释道三教情哥,江湖漂相,龙阳优童,门子小官。"明佚名《弁而钗》第二回:"文生曰:'感兄深情,靡身百体,未足云酬,故不惜丑态,奉事吾兄。静言思之,男行女事,抱愧欲死,惟兄怜而谅之,勿以卯孙视我也。'"①《曲本》第四十三册《刘公案·句容县》:"吃亏眼下岁数大,卯孙行中卖不成。"(348/2/a7)又《刘公案·大名府》:"你还不依?我把你这个惯说瞎话关东的卯孙!"(495/1/c1)《六院汇选江湖方语》中称"某孙"者夥多,如"衍孙""牵孙""古孙"等,"卯孙"亦贬称也。又有"卯君"一词,清陈森《品花宝鉴》第二十三回:"那巴英官似气忿忿的站在后面,凤林最伶透,便知他是个卯君,忙招呼了他,问了姓,叫了几声巴二爷。"(934页)《白话小说语言词典》(2011:1004)"卯君"条:"指兔子,对以色事人的男子的蔑称。十二生肖中卯为兔。""卯君"用例不多,当是临时对"卯孙"的雅称。

没料儿/没溜儿

没材料;没货。喻指不学无术,不务正业,不正经。清逍遥子《后红楼梦》第二十一回:"你自己瞧瞧,比上他什么!你这没料儿的,你若心里明白,快快的跟着他学。"(613页)又第二十二回:"只是宝玉这个没料的,天天跟着一块,学也学一点子。你们瞧他,还是那么傻,这就怎么好?"(648页)又第二十五回:"平儿道:'告诉你知道,你不要气坏了。原是芸儿这个没料儿的,从前琏二奶奶在日贪他些小物事,闹进府来,往后也闹出无数花色儿,叫咱们琏二爷咬牙切齿不许他跨进这条门槛。'"(710页)又第二十七回:"王夫人便站起来,哭着指了贾芸道:'环儿这个没料儿的不用说了,不是你勾引他,他怎么闹得这样?'"(778页)今东北方言仍以"他肚子里一点料没有"(吉林公主岭)指人不学无术。"没料"当是"没才(材)料"之省,《金瓶梅词话》第八十一回:"老婆道:'你看没才料!何不叫将第二个来,留几两银子与他,就交他看守便了。'"(2481页)清李绿园《歧路灯》第三十九回:"滑氏道:'你看你这小舅没才料,就该叫外甥儿按住,打你一顿才好。'"(765页)影戏《定唐·代部》:"(外)外甥女,咱爷儿俩二年来的未曾见面,你今年也是十八岁了,不知招了驸马无有?"(公)咳咳咳哟,舅舅还是这样爱说笑

---

① 《弁而钗》,《善本初编》第十八辑。

话儿啦!(老旦)你说说只个老没才料的吗!"(未刊64-61)清正一子、克明子《金钟传》第四十六回:"养素子道:'大约是个没材料的东西。若能不断书香,亦不过是个书香客人。'"(629页)清佚名《万年清奇才新传》第十七回:"出家人手上不知死了多少英雄好汉,何在乎你这不成材料的东西?"(505页)"没料"口语中常儿化,或写作"没溜儿",《大词典》"没溜儿"条:"谓说话不着边际,非一本正经。"《儿女英雄传》第二十七回:"从没听见姑娘说过这等一句不着要的话,这句大概是心里痛快了,要按俗语说,这就叫作没溜儿,捉一个白字,便叫作没路儿。"(1191页)又第二十九回:"他说当日赵松雪学士有赠他夫人管夫人的一首词,那词说道:'我侬两个,忒煞情多!……那其间,那其间我身子里有你也,你身子里也有了我。'姐姐只说这话有溜儿没溜儿?"(1317页)又同回:"天下还有比那样没溜儿的书吗?"(1320页)清秦子忱《续红楼梦》卷八:"湘云笑道:'大嫂子,你问他这些话作什么,你估量着他嘴里还有什么正经话呢,不过是那些没溜道儿的话罢咧!'"(334页)

迷了门了/迷离魔乱/迷里魔乱/迷离麻拉/迷离么乱

即"迷留没乱"。心神不定,精神恍惚。清醉月山人《狐狸缘全传》第十二回:"王半仙一看,唬的就似土块擦屁股——迷了门子,真是上天找不着路,入地摸不着门。"(247页)俗书"子""了"相乱,"迷了门子"即"迷了门了"。或作"迷离魔乱",子弟书《俏东风》第二回:"米粒儿连朝难入口,迷离魔乱忽忽悠悠。"(俗396-409)或作"迷里魔乱",《曲本》第二十一册《于公案·布店》:"该死车夫实难受,浑身到像有臭虫。迷里魔乱难举步,手举鞭,看来到像有千斤。"(352/2/b6)或作"迷离麻拉",《于公案·布店》:"闹你个,迷离麻拉不相样,胡里胡涂似颠疯。"(367/1/b4)或作"迷离么乱",影戏《大团山·夏部》:"咳,自我看见那人之后,害的我迷离么乱,茶饭懒餐,日夜图谋,只是无法到手。"(未刊57-112)以上皆即"迷留没乱",《大词典》"迷留没乱"条:"形容心绪烦躁,精神恍惚。"又元王实甫《西厢记》卷一第四折:"着小生迷留没乱,心痒难挠。"王季思(1949:44)释"迷留没乱"云:"此辞元剧中屡见。迷留盖迷离之转,没乱盖闷乱之转。董词:'迷留闷乱没处着。'"后来王季思(1987:45)改变了看法:"《水浒传》第七回:'见衙内心焦,没撩没乱。'迷留没乱,当即'没撩没乱'之转音。没撩没乱,意即撩乱,说撩乱为没撩没乱,犹说颠倒为没颠没倒;俱以反语加重语气，极言其撩乱、颠倒之甚耳。赵章云曰：北方方言有'迷离摸勒'语，其意义为当人受刺激后精神恍惚之态。"雷汉卿（2006：332）以青海乐都方言为证进一步申说了这一观点，认为"撩乱"为动词，"没撩没乱"是"用否定形式加强语气，其做法是将一个双音动词、名词或形容词用否定词'没'拆开，组成一个四字格'成语'"。王学奇、王静竹（2002：719）"没乱"条云："重言之则为没撩没乱、没留没乱、迷留没乱、迷溜没乱、迷留闷乱、迷留目乱、眉留目乱……说'撩乱'为'没撩乱'或'没撩没乱'，犹如说'颠倒'为'没颠没倒'，都是以反语见义，起加重语气的作用。"既云"没留没乱"是"没乱"的重言，又从王季思云"没撩没乱"是"撩乱"之否定，以反语见义，似有扞格之处。曾昭聪、刘玉红（2010）则认为："'没乱杀'、'没乱煞'中的'没'不表否定，而是'迷'的音变；'杀'或'煞'则表程度深。"

"没乱"是一个较常用的词，即是"迷留没乱"之义，《大词典》"没乱"条云："迷乱。引申为心神不定。金董解元《西厢记诸宫调》卷三：'空没乱，愁把眉峰暗结。'元曾瑞《集贤宾·宫词》套曲：'睡不着，坐不宁，又不疼不痛病紫紫。待不思量雯儿心未肯，没乱到更阑人静。'""没乱"又写作"闷乱"，姜亮夫（2002：160）云："迷留，即古今琐语之迷离不明也，没乱，闷乱也。《董西厢》：'好闷乱叫人怎舍拚。'"又《大词典》"闷乱"条云："①气闷烦乱。《周礼·天官·医师》'聚毒药以共医事'唐贾公彦疏：'药使人瞑眩闷乱，乃得瘳愈。'②愁闷。金董解元《西厢记诸宫调》卷七：'好恓楚，空闷乱，长叹吁。'""迷留没乱"当是"没（闷）乱"的重言形式，汉语形容词重叠往往表示程度变化，如"马虎"又作"马里马虎"，"糊涂"又作"糊里糊涂"等。又有"迷闷"一词，中古时为"昏迷、失去知觉"义，唐宋以后又产生出"迷茫、胡涂"义（参看方一新2010：205），人"心神不定"又往往因为迷乱，所以重言时前字又多记为"迷"。汉语双音词重言时往往成为嵌"l"词，除"马里马虎""糊里胡涂"外，再如"古怪"重言为"古里古怪"，"邋遢"重言为"邋里邋遢"。所以"没（闷）乱"重言时第二字记音为"留""撩"或"里"。这个词在不同方言中又演化成多种形式，如又作"迷留摸乱""迷飚没腾""迷飚模登"①。昭通人或云"迷留马刺"，今东

---

① 以上三词皆见《大词典》，可参考。

北方言云"迷里马楞儿""迷里马登儿"。①

绵搭絮

绵与絮混在一起。(1) 喻纠缠不清。《盛京奉天般若古林禅师语录》卷四:"及闻知识所说,主其先入,不能去短就长,如绵搭絮,清溷不已。"② 清天花才子《快心编二集》第四回:"大凡读书人,极会翻驳议论,转转折折,百般的绵搭絮、歪厮缠;一若说话一落破绽,这遭入了他们套中,便高兴极了,撩衣扯腿,把身子乱摆乱踱;这个才说得完,那个又接上来说,甚至大家都来说,七张八嘴,闹得你个'发昏章第十一'。"(181 页)(2) 喻绵软无力。清褚人获《坚瓠七集》卷四《梅嘉庆传》:"娥因归子,同会销金帐,子欲脱布衫,娥曰:'君毋绵搭絮也。'"(续四库 1261-247)清佚名《一片情》第一回:"一日新玉去摸符成的玉茎,就如绵搭絮一般。"(7 页)

名工/名功/明公

(1) 同"名公"。有某种专长的人;有名望的人。清李斗《扬州画舫录》卷五:"家殷富,好串小旦,后由程班入江班,成老名工。"(续四库733-634)清瘦秋山人《金台全传》第十一回:"那个道:'喏喏,一直朝南过东,红头发、青面孔的就是,拳头是大名工。'"(97 页) 又同回:"闲人多道:'见了名工拳师就不敢献丑了。'"(98 页) 又作"名功",《金台全传》第十一回:"那个道:'杨通判府里有一个法师,赵太爷府里也有一个法师,听得说多是大名功,法力高强,一样本领。'"(100 页) 又第二十回:"又有一个道:'那说没有本领?昨日七八个大名功多打不动

---

① 参看许皓光、张大鸣《简明东北方言词典》(1988:292)。另,刘瑞明(2012:977)专文讨论了"没留没乱",认为"没"是动词沉迷、沉溺义,"没乱"即"沉没在乱的情绪中"。"没留没乱"是"没乱"的扩展,"把'没乱'的'乱'复说为'缭乱',就成了'没缭乱'……把它拆开而重复,就是没撩乱乱……'迷乱'本可扩展为'迷留迷乱',但受'没留没乱'的影响而趋同为'迷留没乱'……把'迷'换成同义词的'闷',就有了'闷乱''迷留闷乱'的写法。"今按,"没乱""闷乱"当为一词,《董西厢》中"空没乱""空闷乱""迷留没乱""迷留闷乱"并用。因"缭乱"成词,"没缭没乱"当是"没留没乱"的生动化,又简缩为"没缭乱"。"没乱"与"迷乱"义别,"没乱"重叠为"没留没乱",受"迷乱"的影响而又写成"迷留没乱",故没有"迷留迷乱"的说法。

② 《盛京奉天般若古林禅师语录》,《嘉兴大藏经》(第38册),台北:新文丰出版股份有限公司,1987年,第934页。

他的。'"（174页）又作"明公"，《曲本》第二十一册《于公案·察院》："明公字画贴满壁，茶案上，古董玩器看不清。"（76/2/c8）又《于公案·红门寺》："屋内陈设全都有，墙上字画尽明公。"（303/2/b3）影戏《薄命图·矣部》："在下程万里，江西人氏，在只北京彰义门外开设表画铺，与人家表皙（揩）字画，代着卖画以及㕧公古字，新画古画俱全。"（未刊74-207）"㕧"即"明"字，道光抄本正作"名公"①，《清车王府藏戏曲全编》录作"的"②，未确。（2）擅长；精通；懂道理。清佚名《善恶图全传》第三十七回："周甸尊声：'太爷，我晚生访得太爷名功状词，故来求见太爷写一状词，其功莫大。'"（754页）《金台全传》第三十回："话说那王浦在姑苏做拳师，收了三十余个徒弟，名振吴邦，声传一郡。多说王浦的拳头实在名工，无人及得的。"（247页）《绣像义妖传·散瘟》："三阿爹个汤团味顺好，汤又清，真真名工。"《曲本》第二十一册《于公案·察院》："可知俗言说的好，缘何尊驾不明公？"（110/2/c3）又《于公案·布店》："方才劝的那些话，句句说的尽明公。"（369/1/a3）

么不开/磨不开/抹不开

脸面上下不来；拉不下脸。清小和山樵《红楼复梦》卷四十一："这毛包脸上么不开，登时大怒，抓起骰子，照那人脸上一撒。"（1429页）或作"磨不开"，《红楼复梦》卷四："老刘见他看贾琏几眼，并不起身招呼，恐贾琏脸上磨不开，因用手指道：'这位大爷是……'"（143页）《儿女英雄传》第二十七回："姑娘见了他干娘，脸上却一阵大大的磨不开，要告诉这件事，一时竟不知从那里告诉起。"（1196页）又第三十回："这个招儿要合桐卿使，他或者还有个心里过不去，脸上磨不开；那位萧史先生可是说的出来干的出来。"（1385页）又清石玉昆《七侠五义》第二十五回："屈良在旁看着，实在脸上磨不开，惟有嗒声叹气而已。"（180页）清正一子、克明子《金钟传》第五十一回："黄兴倒甚磨不开，便变色道：'总是为弟不常在家，所以如此。'"（718页）影戏《松枝剑》卷十三："你呀你呀，不怕丢了皇上体，不怕脸蛋子磨不开？"（俗168-19）或作"抹不开"，《红楼复梦》卷十六："桑奶奶脸上大抹不开，又知

---

① 道光抄本《薄命图》，《皮影戏影卷选刊》（3），天津：天津古籍出版社，2014年，第398页。

② 《清车王府藏戏曲全编》（第18册），广州：广东人民出版社，2014年，第813页。

道姨娘们都在这儿,吃了梦玉的这个大干,只得折转身,口里叫着'玉哥儿,玉哥儿',也就顺着腿儿出了院门。"(588页)

"抹"当为本字,《大字典》"擵"条(二)释义⑥:"方言。拉,指拉下脸子。""擵"的这个意义来自"抹",《大字典》"抹"条(三)释义②:"捋;拉。如:把帽子抹下来。宋刘斧《青琐高议》后集:'力士抹靴,贵妃捧砚。'"此义注作"mā"。《大字典》"抹"条(一)释义⑧:"用手按着或拿着东西,紧紧地向某一方向移动。《西游记》第五十二回:'行者现了原身,走近门前,使个解锁法,念动咒语,用手一抹,挖扠一声,那锁双镄俱就落地。'"此义注作 mǒ。这实际上是同一个词在不同方言中语音的分化,如影戏《锁阳关》第六部:"莫说他是一妖怪,就是神仙妈他点油。"(未刊 78-141)"妈"记"抹"音。"抹"初为"涂抹"义,《广韵·末韵》:"抹,抹搬,摩也。""抹搬"是同义复举,皆为"涂抹"义,其源可追溯到《说文》中的"𢴎"(参看曾良 2009:258)。涂抹时必然来回擦拭,故又引申出"向某一方向捋动"或"拉"义。或作"吗撒",《曲本》第二十一册《于公案·访煤窑》:"登时吃饱揸揸嘴,吗撒肚子说爽神。"(132/1/b2)

人变脸时往往如抹下一般,明伏雌教主《醋葫芦》第十一回:"(张煊)瞧见都飙身面上衣冠楚楚,竟不似上年光景,量来有些汁水,便将欢喜鬼面连忙抹下,带笑连躬,兜胞大喏道:'小弟久失请教。'"(381页)气闷时亦往往"拉下脸",面部下沉,故又云"放下脸""抹下脸""沉下脸",王学奇、王静竹(2002:705)云:"凡碍于情面的事,也可以说'抹下脸来',或'抹不下脸来'。"金董解元《西厢记》卷三:"捋下脸儿来不害羞,欺心丛里做得个魁首。"清佚名《万年清奇才新传》第三回:"此女子反到放下面来骂道……"(64页)影戏《闵玉良》第四部:"你若总不应,我就把脸抹,二臂业已拴,谅你无处躲。"(未刊 69-238)《聊斋俚曲集·增补幸云曲》第十回:"老虔婆抹下脸来说:'我没事就不来,人家那当姐儿的也是当姐儿,春里是春衣,夏里是夏衣;你也是个姐儿,我来问你要几两银子使使。'"①清丁耀亢《续金瓶梅》第四十五回:"一千文钱卖孝哥,不念前情把脸抹。"(1229页)影戏《对金铃·天部》:"(孩)任凭你老怎说,我们不吃的。」咳,这才闹了个脸难末。"(未刊 71-134)"抹"或作"𩒹",清省三子《跻春台》卷一《过人疯》:"他把儿看两眼就把脸𩒹,起身来往外走话也不答。"(93页)笔者藏《保命

---

① 《蒲松龄集》,路大荒整理,上海:上海古籍出版社,1986年,第1594页。

金丹》卷一《傭工葬母》:"那阴律上说媳妇在公婆面前䮪了脸,要刮脸。""䮪了脸"即"沉了脸"。周志锋(1998:119)云:"'䮪',四川方言,(脸)拉长。""䮪"是"抹"的地方俗字。或作"𬂩",《保命金丹》卷四《孝妇脱壳》:"倘差错婆冒火打骂莫怨莫𬂩脸,莫使气总要耐烦。"或作"摙",鼓词《紫金镯》卷五:"想毕,拿灯一照,见玉英手戴紫金镯一对,随将左手上那支摙下,又把他的红绣鞋扒下一支。"(未刊 97 – 76)《大词典》"马"条:"把面孔拉长像马脸。形容面部表情严厉。章炳麟《新方言·释言》:'《说文》:马,怒也,武也。今荆州谓面含怒色为马起脸。'"曹小云(2004:128)"䮪"条认为《大词典》"近是,但不确",认为"䮪脸"即今俗谓"冷着脸","为不高兴、面含怒色但又未发作的表情"。今按:"拉长面孔"义之"马"是记音字,与马脸没有关系。"䮪""𬂩"皆"抹"之记音字,是从面马声的俗字。

"抹不开"与"脸"连用,即"拉不下脸面、沉不下脸来"之义。影戏《红梅阁》第七部:"咳呦呦,这才叫人脸难莫,这才是,害人不死枉结冤,你们既然无情义,爽立的,我就一盘往外端。"(未刊 68 – 167)影戏《五虎平西》卷五:"'你老就请喝一碗。』摆手摇头说是不。』要那们来叫我脸上难抹了,必得喝了我才乐乎。"(绥 40 – 12)《红楼复梦》卷三十四:"李宫裁笑道:'平丫头一会儿做亲家太太,你们两个别傻头傻脑的,叫他脸上下不来。'珍珠道:'那倒论不定,叫他这会儿好好的给咱们拜拜,一会儿让他体体面面做丈母。不然横竖等着姑爷磕头的时候,准叫他磨不开。'"(1190 页)"磨不开"和上文"脸上下不来"同义。清石玉昆《忠烈侠义传》第十回:"四爷脸上有些下不来,讪讪的回到自己屋内。"(419 页)又第三十四回:"柳洪此时却把个帘子脸放下来,不似先前那等的欢喜。"(1152 页)又第七十六回:"(马强)见了郭氏未免有些讪讪的,没说强说,没笑强笑,哄的郭氏脸上下不来,只得也说些安慰的话儿。"(2367 页)

脝

嘉庆甲子(九年)序本《常言道》第十六回:"那钱百锡是没有脝子的,这个人果然:爱赌身贫无怨命,贪花死也甘心;门前大树好遮阴,有福不可享尽。"(331 页)按:"脝"字嘉庆十九年本《常言道》作

"脺"①，春风文艺出版社校本据此录作"脺"②，浙江古籍出版社据光绪元年得成堂重刻本录作"脺"③，并误。俗书"朵（朵）""孕"相乱，"朵"或作"孕"，《龙龛手镜·系部》："綷，俗，今作綷。"明潘镜若《三教开迷归正演义》第四十四回："不觉的亲近太过，终岁绸缪，交欢不舍，因此得了这个小恙，躱在山寺。"（672页）清佚名《云钟雁三闹太平庄全传》第二十七回："小姐丫环扯着夫人往后舱，躱在舱板底下去了。"（589页）"躱"即"躲"。影戏《三贤传》卷三："苏醒半响，气转还魂。扒起双足踩，只叫高起云。"（俗185－338）"踩"即"跺"。又："芦士虎呦芦士虎，把你剁碎不趁心。"（俗185－340）"孕"亦或作"朵"，《梨园集成·摘星楼》："剖朵妇之胚胎，□左右之阴阳。""朵"即"孕"。影戏《聚虎山》第三部："幸亏身怀有朵，乃是揣着东斗星官。"（俗228－267）影戏《天门阵》卷三："我母怀胎身有朵，生下我，该在虎口丧身躯。"（未刊58－49）故"脺""脺"实一字。

今谓"脺"为"眸"之讹，"眸"草书或作"眸""眸""眸"，语例如早稻田大学图书馆藏民国十六年重印光绪辛丑年吉林省西马鞍山清静观藏板《孔圣宝卷》卷一："金丹大棐不难求，目视中田夜守留。水火自交无上下，一团生意在双眸。"影戏《对金铃·赐部》："持刀行凶要下手，横着心肠瞪着眸。"（未刊71－315）影戏《二龙山》首部："不说他的逆事，省事算闭双眸。"（俗190－321）俗书"目""月"不分④，《曲本》第三十册《神州会代赞》："白面无须，星眸代笑。"（358/2/b4）"眸"字草写连笔右上类"乃"，右下类"子"，又类"木"，"木"字撇捺二画常连写，如影戏《大金牌》首部："罢了，我只腰中系的丝兰带子一牟，留下作一聘礼。"（俗171－19）又："太太疼儿牟上倒。"（俗171－75）行草书"躲（躲）"字部件"朵"与"眸"之部件"牟"极近，影戏《天门阵》卷十："可敢随我来，管叫你命费。还不早躲开，缠绕胡累坠。"（未刊59－99）影戏《牛马灯》第六部："保举吾儿非好意，暗里藏刀躲避难。"（未刊60－293）影戏《卧龙岗》第六部："跑到小阁藏躲。"（俗170－376）影戏《警世奇缘》首部："今日他们回山寨，明日必来抢花

---

① 《常言道》（嘉庆十九年本），《善本初编》第九辑。
② 《常言道》，《中国古代珍稀本小说续》（6），沈阳：春风文艺出版社，1997年，第425页。
③ 《常言道》，《古代中篇小说三种》，杭州：浙江古籍出版社，1986年，第211页。
④ 《常言道》第三回"眠"即刻作"眠"，"目""月"二旁相乱可参看杨宝忠（2005：544）"盱"条。

容。却叫我,何处藏来那里䏍,何法可保命残生?"(俗192-319)《施公案·虎鸾聚》第四本:"女子䏍闪三五趟。"(未刊94-124)刻者见"眹"之草书,以为左部为"月",右部为"孕(朶)",故误。通俗作品在刊刻过程中,如果刻工文字水平不高,遇到不认识或不熟悉的字词时,往往据形径刻,如《常言道》第八回:"为了这个狗祾我们割了他的尾巴,他便投师学道,炼得一身本事。"(150页)俗书"禾""礻"形似,"祾"即"被"之形讹。又第十回:"士命走情一望道:'正是,我们悄悄前去。'"(206页)此"走情"嘉庆十九年本作"定睛",可知"走情"为"定睛"之形讹。又第十回:"他连忙走了,殷雄汉独自一人生破栈中。"(209页)"生"乃"在(㘴、坐)"之讹刻,嘉庆十九年本正作"在"①。其他刻本小说中这种情况也较常见,如清天花才子《快心编二集》第四回:"(全真)又向腰间取出一个小袋来,这袋更是花绣,开袋抇出一个细腰葫芦,去了塞头,把长指甲伸进,鉊出药末,弹入罐中。"(195页)"鉊"为"超"之讹,为"挖取"义。"超"草书或作"𨧀",与"鉊"形近,刻工不识此字,据形径刻为"鉊"。

"脟"即"眹"行草书之径刻,"没有眹子"则难以视物,喻指钱百锡蒙昧不明。《常言道》前文有云:"钱百锡挥金如土,名为憒懂人。"(325页)"无眹子"正喻没眼力,蒙昧不明,为憒懂人。"憒""蒙""矇"等同源,有眹子而不能视物曰"矇",《诗经·大雅·灵台》:"鼍鼓逢逢,矇瞍奏公。"毛传:"有眹子而无见曰矇,无眹子曰瞍。"《说文·目部》:"矇,童矇也。"段注:"谓目童子如冡覆也。"析言之,有眹子曰矇,无眹子曰瞍,浑言之则"矇""瞍"不别。无眹子亦或曰"矇",《文选》卷五十五陆机《演连珠》:"则离朱与矇瞍收察。"李善注引《韩诗》薛君章句云:"无珠子曰矇,珠子具而无见曰瞍。"慧琳《一切经音义》卷四十一《六波罗蜜多经》音义"令瞽"条:"郑注《周礼》云:'无目谓之矇,有目谓之瞽。'"②没有眹子则蒙昧不明,清刘一明《西游原旨》第二十一回评曰:"认幻身为真身,则必认假意为真意,便是有眼无珠,蒙昧不明。行者谓之忒没眼力,情真罪当,何说之辞?"(618页)明罗懋登《三宝太监西洋记演义》第八十回:"夜不收道:'这一国的君民人等,两只眼都是白的,没有乌珠儿,眼白似银,故此叫银眼国。'元帅道:'似此说来,却不是个有眼无珠?'夜不收道:'若不是有眼无珠,怎么不来迎接

---

① 古籍中"生""坐"常相乱,故"生"亦可能是"坐"之讹,今据异文录作"在"。
② 《一切经音义》,《正续一切经音义附索引两种》,上海:上海古籍出版社,1986年,第1626页。

二位元帅?'"（2164页）此亦以无"眸子（乌珠）"言人有眼无珠，蒙昧无知。《常言道》第十五回正言钱百锡"瞎天盲地""世事不分皂白""买眼药到石灰店"，皆指其有眼无珠，懵懂无知，不能分辨是非善恶，是个"败家精"。

木樨/木樨花/木犀花

大便之隐语。清郭小亭、坑馀生《续济公传》第六十回："王承恩一想：'吾们都是为着你一个人私仇来帮你，已经掉在屎坑里饱尝木樨香味，现在又要吾吃他苦水，这圈套吾是不钻了。'"①清无垢道人《八仙得道传》第八十九回："洞宾被禁在内，又气又闷，而且这屋子原是一间毛厕改造，一股含有历史性质的木樨香味儿，兀自一阵阵地透些出来。"②又常以"木樨"隐指男风后庭之事，明桃源醉花主人《别有香》第六回："仔细一看，乃是一段木樨花，带着些血儿，故红赤赤，似那龟头无异，忙将来揩拭了。"③此指性事后带出"木樨"。《别有香》第六回："纵得欢娱偿一瞬，后庭放尽木樨堆。"④明方汝浩《禅真逸史》第二十四回："小儿曹，木犀花戴光头上，受这腌臜，惹这样骚！"（1030页）清曹去晶《姑妄言》第十八回："那司进朝带着两个丫头进去，到了密室，遂将心爱富新，故骗他来家，要想采他后庭的那一朵木樨花，恐他不肯，要他二人去做个香饵，引诱他动了心。"（2211页）清岐山左臣《女开科传》第五回："我与你相处在先，你岂不知我的此物么：'斗粟不垂，金枪不倒。百尺竿头盎背，木樨花窟生香。'"（161页）民国网蛛生《人海潮》第十五回："所以他袋里的钱，个个有香味，比不得你地盘在五福弄，天天瞧几个白屁股，红头苍蝇是你老朋友，木樨香味是你家常饭。"⑤《明清吴语词典》（2005：443）"木犀"条："即'木樨'。桂花。也用于反话，指臭味。▢何不就把这笼儿抬到坑边，等他日夜饱尝木犀香味也是好的。（地府志，13回）"此释义未确，"木樨"非指臭味，而是指大便。大便与木樨花颜色相类，又味道对比强烈，故以木樨讳指。

---

① 《续济公传》（上），杭州：浙江古籍出版社，1991年，第302页。
② 《八仙得道传》，郭曼曼、胡宗英等标点，上海：上海古籍出版社，1996年，第514页。
③ 《别有香》，《思无邪汇宝》，第116页。
④ 《别有香》，《思无邪汇宝》，第118页。
⑤ 《人海潮》，王锳点校，上海：上海古籍出版社，1991年，第263页。

目顿口呆

　　即"目瞪口呆"。清佚名《说呼全传》第五回:"夫人听说,唬得目顿口呆,魂消胆丧。"(69页)又第六回:"那员外府中这些男女,个个唬得目顿口呆。"(91页)又第十一回:"丞相急得目顿口呆。"(173页)清佚名《云钟雁三闹太平庄全传》第二十七回:"可怜夫人小姐惊得目顿口呆,扒到中舱。"(594页)民国抄本《精孝流名宝卷》:"大娘听了丈夫的话,目顿口呆。"(民15-516)吴方言中"顿""登"音近,《绣像义妖传·收青》:"小青此刻气咆哮,(秃驴,擅敢破我的法宝么!)说声未了又把飞刀登,万道金光旋几遭。"此"登"即今言"扽",为"抽;扯"之义。参看"哼哼腾腾"条。

N

拿主

同"拿主意"。作主。清梦梦先生《红楼圆梦》第十一回:"袭人道:'麝月妹妹,人又稳重又本分,难道倒没用么?'焙茗道:'府里此刻多是郡主拿主,他挑的人总要聪明伶俐;若是心上做工夫的,郡主说他阴险,概不用的。'"(216页)清逍遥子《后红楼梦》第七回:"现在都中一切事情虽有王元总管,亦且忠诚,但则年纪上了,千叮万嘱的托黛玉拿主,黛玉也就推不开来。"(183页)又第十一回:"平儿帐房的事原亏着喜鸾相帮,至自己喜事,如何管得?虽有喜凤,也替他姊姊避着些儿,单是探春拿主。"(297页)又第十九回:"黛玉道:'甥女愚见,既然交给甥女,往后这府里一切事情,统是甥女一个人拿主,连那府里同姨太太那里,也交给甥女。'"(547页)"拿主"可分开使用,《后红楼梦》第八回:"王夫人道:'老爷说个次序儿的话极是,林家外甥的亲事原也是个时候了。凭怎么样他上头没有什么人,你亲舅舅原该拿个主。'"(219页)又第十三回:"贾政想起黛玉的事日子也近了,王夫人、薛姨妈又这么一闹,外面连两位王爷通知道了,怎么样我就惧着内里拿不得主来?"(371页)该词今吉林公主岭方言中仍言。

那把刀儿/这把刀儿

隐语,犹"那话儿""那勾当",用来代指不便明说之事。明潘镜若《三教开迷归正演义》第二十二回:"却遇着丈夫与妾在床上那把刀儿,哼哼啧啧。"(325页)清夏敬渠《野叟曝言》第二十八回:"他和你一窝一块的过活,整日闩上房门,去干那把刀儿,不管你家祖宗三代子子孙孙的干系,连夜送你到阎老子家去了。"(770页)以上"那把刀儿"指性事。明金木散人《鼓掌绝尘》第三十三回:"陈通笑道:'这也错怪你了。张大哥,闻你这几年在外,着实赚钱,那把刀儿还想着么?'"(970页)上文陈通与张秀见面时曾言:"我姓陈名通,六七年前,曾与老哥在教坊司里赌钱顽耍，可还想得起么？"可知，"那把刀儿"此处指"赌钱"。清华阳散人《一枕奇》卷二《轻财色真强盗说法　出生死大义侠传心》："那日腹中饥饿无可消遣，只得往城外闲行。只见一所破屋里面，有许多大汉，撑拳摸臂，在那里痛饮雄谈。张齐贤晓得是那把刀儿。"（174页）从回目及上下文看，"那把刀儿"此处指"强盗"。或言"这把刀儿"，明吕天成《齐东绝倒》："况且我哥哥，又不是好这把刀的，家伙也不十分弄坏。"① 明东鲁古狂生《醉醒石》第十四回："想是妇人好这把刀儿，他来不得，所以生离。"（546页）清佚名《生绡剪》第十二回："又是新讨娘子，才方吃着甜头，日夜缩在房中，舞弄这把刀儿。"（679页）以上皆指性事。明佚名《宜春香质·风集》第二回："小孙看了道：'原来先生也好这把刀儿，我若搭上了先生，日日有人弄，岂不强似把筲僮龕？'"明桃源醉花主人《别有香》第六回："晓得子承是娇养子弟，不曾做这把刀儿，固放些温存与他。"② 此二例言男风事。《生绡剪》第六回："三个笑做一团，全不惊惧半毫，到像是久惯做这把刀儿的一般。"（324页）此指杀人越货。

那道儿/这道儿

隐语，犹"那话儿"。《白话小说语言词典》（2011：1064）"那道儿"条："婉辞。指男性生殖器。[例]若肯将那道儿割去，有什么进宫不得！（艳史·七）"此释义偏窄，"那道儿"为隐语，不单指男性生殖器。《白话小说语言词典》（2011：247）"道儿"条："某一方面的事情（多指不正当的事）。[例]……方才那女人送酒菜与他，这一种亲密的意思，多分是那道儿。（野叟·一四）"此"那道儿"指二人关系暧昧。再如清小和山樵《红楼复梦》卷九十："侯氏唬了一跳，将众人看了几眼，说道：'相公，你们到底是做什么买卖的？银子来这样泼澌！咱是清白良民，从不干那道儿，明日闹出来是不当玩的。'"（3196页）此指抢盗剪绺之类。《醒世恒言》卷三十六："寻访同乡一个相识商议，这人也是走那道儿的，正少了银两，不得完成，遂设计哄骗胡悦，包揽替他图个小就。"（2199页）此指花钱买官。或言"这道儿"，明长安道人国清《警世阴阳梦·阳梦》第七回："这里僻静，没人住的，正好俺住着，做这道儿。"（116页）

---

① 《齐东绝倒》，《盛明杂剧卅种》，1918年春仲诵芬室仿明本精刊本。
② 《别有香》，《思无邪汇宝》，第115页。

此指"净身入伙"。

男的

丈夫。清逍遥子《后红楼梦》第二十四回:"(袭人)便拉住彩云道:'好妹妹,要便有一个主意,三爷只告诉我要多少银子,等我叫我们男的打算给他。'"(696页)又同回:"我而今没有别法,只得求你老人家暂时包涵些儿,等我出去了一定赶紧着先叫我们男的赎了出来,悄悄的送进来交代。"(698页)清讷音居士《三续金瓶梅》第十九回:"(官人)又问:'你男的叫什么?多少岁了?'"(411页)清瘦秋山人《金台全传》第二十一回:"他娘子道:'唉,男的,到底怎么东西呢?'小二道:'娟根,告诉了你罢。'"(178页)又第三十九回:"牛妻道:'男的,如何啊?听得就在那间想逃了。'牛勤道:'二爷,二爷,倍若当真逃走,先要说一声的嚄。'"(332页)同回:"牛勤别了家婆,挂着腰刀,拿着棍子,他妻说道:'男的,文书呢?'牛勤道:'收拾在包里了。'"(333页)元代以来戏曲小说中习见称丈夫为"男子""男儿"者,可以比勘。

喃/舓/糈

《金瓶梅词话》第六十七回:"这伯爵把汗巾儿掠与西门庆,将瓜仁两把喃在口里都吃了。"(1873页)又第六十八回:"西门庆道:'你问那讪脸花子头,我见他早时两把挝去,喃了好些,只剩下不多,我吃了。'"(1931页)

王利器(1988:375)指出:"喃,即'唵'之借音字。《广韵》卷三第四十八感韵:'唵,手进食也。'鲁南苏北一代称手抓食物往嘴里塞为唵。按:喃今音 nán,唵今音 ān。杨耐思《中原音韵音系·同音字表》监咸韵引《韵学集成》'俺'下注引《中原雅音》云:'女敢切,我也。'其时'俺'应读'nan',鲁南苏北方音或读'俺'、'唵'同为 án,亦有读'唵'为 nán 的。《金瓶梅》作者使用的方音'喃'、'唵'为同音字。"张惠英(1992:246)云:"掩的意思。可能因为河北一些方言'庵、安、暗'等 an 音的字读成 nan,因而把'掩'也模仿为'喃'。"白维国(1991:369)则云:"用嘴唇和舌头摄取食物。光绪十年《玉田县志》:'喃,以口拾物也。'"字或记作"舓",如1933年《沧县志》:"舓,以舌舐物也……今沧人谓以舌舐物为舓,当是俗字,非误也。"张克哲（1997）则认为"喃""唵"一直是音义有别的两个词，"鲁南、苏北及皖北、豫东南一带的口语中，'喃'音［næ³⁵］而'唵'音［æ³⁵］，声母仍然不同；在意义上，二者均表进食，而且都要求所进之食是细碎状的，但其具体动作仍有舌动手动之别。如'喃'，是低头俯面，把掌上或器物上的食物舐取入口；而'唵'，则是在仰面的同时，举掌覆口，把置于掌上的食物送入口中"。张文又指"喃"的本字似应作"糣"，《集韵》："糣，糁茹也。""糣"即以粒状进食之义，用为进食义动词时，当即借"喃"代"糣"，是文字的通假。《金瓶梅词话》第五十三回又作"罨"："（吴月娘）先将符药一把罨在口内，急把酒来大呷半碗，几乎呕将出来，眼都忍红了。"（1424 页）张文认为此例中"罨"即"唵"，意义为用手掌将药仰面送入口中，前两例"喃"则为低头以舌舔食。

"喃"为"唵"在方言中的记音字无疑。据《汉语方言大词典》（1999：5413），"唵"有"用嘴直接取食物（指粉末状的食品）；用嘴向手心取食物"义，实际上其音两读，北京、山东莱阳、郯城、东平、江苏徐州等地读为零声母，天津、山东枣庄、内蒙古包头等地有鼻音声母 n 或 ŋ。另外，同一字在某一方言内部也可能有文白两读的情况，如东北一些地区零声母字白读时带声母 n 较常见，如"鹅"读如 né，"恩"读如 nēn，"殴"读如 nōu，"矮"读如 nǎi，"俺"读如 nǎn，"按"读如 nàn，不一而足。

诸家对"喃"的释义仍存争议。在不同方言中，"喃"的意义不尽相同，或以手进食，或以口拾物，或以舌舔物。语言不是静态的，词义是发展变化的，词义在不同地域也会发生变化，仅以方言证古语有时是不可靠的。上述诸家因拘于各地方言，故难以做出确诂。张克哲（1997）仅据几处方言而强分"唵""喃"为二词值得商榷，将"喃在口内"释为"低头弯腰伸颈舒舌"，"罨在口内"释为"在仰面的同时，举掌覆口，把置于掌上的食物送入口中"亦颇牵强。根据生活中吃东西的经验，吃芝麻、瓜仁儿等粒状物时，和吃药并无明显区别，吃到最后所剩无几时亦多仰面以手覆入口中。另张文以《集韵》的"糣"为"喃"之本字，亦不确，"糣"亦记音字。

从义素分析的角度来看，对"唵"的解释都有一共同义素［+吃］，分歧在于对其他区别性特征的侧重不同，或侧重［+掌进食］，或侧重［+口就食］，或侧重［+舌舔食］。"以掌进食"本唐慧琳《一切经音义》，慧琳《一切经音义》卷五十六《正法念经》卷五音义"掩面"条："经文作唵，一感反。唵，啖也。《埤苍》：唵，哈也，谓掌进食也。唵非此义。"① 又卷七十五《百喻经》卷四音义"唵米"条云："《字林》:唵,唊也。谓向口唵也。"②《五音集韵·覃韵》："唵,手掬物奔口也。"(四库 238－131) 吃东西时,如"以掌进食""向口唵""手掬物奔口"则口必就之,而不会一动不动地等着手将东西纳于其中,手口皆动才是一个完整的动作,"唵"所指的正是这样一个完整的动作,"以掌进食"和"以口就食"仅是着眼点不同,只不过在"唵"的过程中手部动作更大,更具显著度,所以才释为"掌进食"。"以口拾物"即是从另一角度看的结果,如果所食为芝麻等物,则又必以舌舔之。故《集韵·感韵》中"唵"字两解:"唵,《博雅》:'哈,唵也。'一曰手进食。"是浑言则"唵"与"唊""哈""食"等不别,如《龙龛手镜·口部》即云："唵,进食也。"除此以外,"唵"因两个区别性特征有别于一般的"吃":一是所食之物为粉粒状([+对象粉粒状]),《集韵》言"糁茹也"即是其证;二是"唵"强调吃相极为不雅([+吃相不雅])。下面试举更多语例说明。唐道世《法苑珠林》卷五十三《唵米》引《百喻经》云："昔有一人,至妇家舍,见其捣米,便往其所偷米唵之。妇来见夫,欲共其语,满口中米都不应和,羞其妇故,不肯弃之,是以不语。妇怪不语,以手摸看,谓其口肿。"③ 此言夫偷米吃,必因饿极乃大口吞食,米填满口,吃相极其难看。又《敦煌变文集·李陵变文》："人执一根车辐棒,着者从头面唵沙。"蒋礼鸿(1994:5) 云："'唵'谓以手掌进食,'唵沙'即将沙土吃进嘴里,'面唵沙'谓被打者俯身倒下,脸面着地,嘴啃沙泥。"又《捉季布变文》："上厅抱膝而呼足,唵土叉灰乞命频。"蒋礼鸿(1994:6) 云："'唵土叉灰'即自坌其身,口唵泥土,为怀忧乞救之表达方式。"此两处用"唵",并非取以手进食之义,尤其前一例,被打者不是自己抓土吃,是因脸面着地而口唵泥沙,用"唵"是象其"唵土"之狼狈相。或记音作"䎃",后蜀何光远《鉴诫录》卷十《攻杂咏》引陈裕《过旧居》诗："昔日颜回宅,今为裹饭家。不闻吟秀句,只见䎃油麻。"④ 旧宅原以吟诗为雅事,但今却不闻,只见"䎃油麻"的不雅之相。又宋道原《景德传灯录》卷十二《镇州临济义玄禅师》："师因半夏上黄檗山,见和尚看经,

---

① 《一切经音义》,《正续一切经音义附索引两种》,上海:上海古籍出版社,1986年,第2225页。
② 《一切经音义》,《正续一切经音义附索引两种》,上海:上海古籍出版社,1986年,第2968页。
③ 《法苑珠林》,《碛砂大藏经》(第104册),北京:线装书局,2005年影印宋元版,第88页。
④ 《宋重雕足本鉴诫录》,上海:上海科学技术文献出版社,2004年影印。

师曰：'我将谓是个人，元来是唵黑豆老和尚。'"① 此亦以"唵"之吞食不雅之相来形容和尚看经而并不识其真义，犹如猪八戒吃人参果时"毂辘的吞咽下肚"而不知其味一般。② 蒲松龄《日用俗字·庄农章》："儿童大把唵青麦，麦芒齩怡着叫讙讙。"③ 此言小儿食青麦时因贪多而大把吞食，故麦芒齩在口牙而大喊大叫，极其狼狈。

综上，"唵（喃）"强调因贪而吃相之不雅，也就是说，[＋吃相不雅]是"唵"最重要的区别性特征。吃饭当以箸戟之，如径以手相送并以口相接则为不雅（尤其是以口相就吞食或以舌舔食），是为下作贪吃之相。从以上用例来看，"唵"的对象如瓜仁儿、米、沙土、油麻（即芝麻）、黑豆、青麦等皆为颗粒状，以手抓之、以口就之最为方便。从下文来看，吴月娘吃药时将药"罨在口内"，其相也是极狼狈的。这个词又用于动物，意义更加彰显，金张行简《人伦大统赋》卷下："狗贪马馁，鼠诿蜂单。"元薛延年注："凡人食物若似狗之贪食，饿马之喃草，如鼠蜂之偷食，皆下贱之相也。"（四库810－845）此处显然不能解释为"用手将东西送入口中"，所食之草亦非颗粒状，这是"喃"的引申用法，是言饿马在吃草时必然大口吞食，吃相难看，"喃"的[＋吃相不雅]特征在这个例子中得到了凸显。薛注是对"喃"义的最好注解，人如果像动物一样"喃"食，正是所谓"下贱之相也"。石派书《精忠风波亭》："使大碗，胜小盅，把抓口唵吃个不住，犹如那，饿鬼争餐的一般同。"④《金瓶梅词话》用"喃"正是描写应伯爵抢食瓜仁时的下贱之相，本来是爱月送与西门庆的"一包亲口嗑的瓜仁儿"，却被应伯爵抢去，因是抢的，怕被抢回，所以他两把"喃"在嘴里吃完了。

故此，可以将"唵（喃）"的意义表示如下：[＋吃相不雅，＋对象粉粒状，＋以手掬物，＋吃]。我们推测，"唵"即"掩"的记音字，从慧琳的记述中可知，在经文中，"掩面"写作"唵面"，"掩""唵"有混

---

① 《景德传灯录》，《四部丛刊三编》影常熟铁琴铜剑楼藏宋刻本。
② 慈怡《佛光大辞典》（1988：5382）"黑豆法"条："黑豆，原为黑色大豆。禅林以黑豆转指文字。谓研究经典之文字言句法数，其态度绵密微细，有如计数黑豆一般；由于过分执着文字之字面意义，以致不明真实义。黑豆法即用以贬讽此种陷于文字经句之迷执态度……又唵（揞）黑豆，亦指执着经文之态度。"又慈怡（1988：4416）"唵黑豆"条："禅林用语。系骂人仅就经卷之文字表面意义加以理解，而疏忽内涵之真意。黑豆，即文字。唵，又作揞、掩、淹，指以手进食，或含于口中。"此例中如仅释为"以手进食"则难摹其"囫囵吞枣，不知其味"之状，无法体现"骂人"之意。
③ 《日用俗字》，《山东文献集成》（第4辑第11册），济南：山东大学出版社，2011年，第544页。
④ 《精忠风波亭》，《故宫珍本丛刊》（第703册），海口：海南出版社，2001年，第19页。

用的情况，后晋可洪《新集藏经音义随函录》卷十三《正法念经》卷五音义"唵面"条亦云："上乌感反，手覆也，正作揞也。"①"唵米"亦写作"掩米"，《新集藏经音义随函录》卷二十一《百喻经》卷四音义"掩米"条云："上乌感反，正作唵也。"②"唵"即以手掬物而掩向口，因与口有关，故记作"唵"，这种用字心理与表"狼吞虎咽进食"的"攮"记作"囔"、"揉"记作"嗓"、"揎"记作"喧"等是一致的。

挠鸭子/绕鸭子/拿鸭子/蹽丫子

逃跑。清佚名《大八义》第十三回："石禄说：'我跟大何二何，上滩子打峰子。后来那莲峰子挠鸭子啦，连铠儿也没啦，不知上那里去啦？'"③或作"绕鸭子"，《大八义》第八回："刘荣说道：'玉篮呀，你可千万别叫他走了，睡下为止。'石禄说：'知道啦，他绕不了鸭子。'"④按："绕""挠"字形语音皆可通，光绪《黄岩县志》卷三十二《方音》："至于俗语则柔为牛……而肉为衄，瓢为娘，（日母）又转为娘母矣。"或单言"挠"，石派书《包公案铁莲花》："先将恶妇痛责一顿，后与他，一纸休书叫他把道儿挠。"（俗402 – 470）"鸭子"即指脚丫子，《曲本》第二十一册《于公案·布店》："并无穿袜露着腿，光着鸭子把鞋登。"（374/2/a6）清蘧园《负曝闲谈》第五回："少年道：'你这人真是不开眼！咱们还拿鸭子吗？有的是马车、东洋车，一会儿就到了。'"又第二十八回："（尹人）又道：'你坐了我的车去罢，回来我来找你。'汪老二道：'你自己怎样？'尹仁道：'说不得，拿鸭子了！'"此二例"拿鸭子"指步行。"拿鸭子"亦指"逃跑"，《曲本》第三十册《神州会代赞》："（稍长大汉）忍着疼爬起来，拿了衣裳，连曾（声？）也不敢谈，就拿了鸭子咧。"（356/1/c2）"挠鸭子""拿鸭子"今北京话、东北话仍言，参看《汉语方言大词典》（1999：4001，4975）"挠丫子""拿鸭子"条及高艾军、傅民《北京话词典》（2013：641）"挠鸭子"条。或言"拿腿"，《聊斋俚曲集·磨难曲》第十八回："咱不如也就嘣，也就吶，也就吶嘣拿了腿。"⑤

---

① 《新集藏经音义随函录》，《中华大藏经》（第59册），北京：中华书局，1993年，第1062页。
② 《新集藏经音义随函录》，《中华大藏经》（第60册），北京：中华书局，1993年，第219页。
③ 《大八义》，北京：燕山出版社，1997年，第244页。
④ 《大八义》，北京：燕山出版社，1997年，第126页。
⑤ 《蒲松龄集》，路大荒整理，上海：上海古籍出版社，1986年，第1456页。

《大词典》"拿"条:"拔,抬。指把脚从地面提起。《红楼梦》第三二回:'上回也是宝姑娘说过一回,他也不管人脸上过不去,咳了一声,拿起脚来走了。'"影戏《东汉》卷五:"我就着了慌,急忙拿起脚,连跑带着颠,来见姑娘老。"(俗178-443)疑"挠"为"拿"之俗音,参看"一股脑儿"条。

据《汉语方言大词典》(1999:7448),又言"蹽丫子","蹽"本字为"撩",乃"放;摆"之义,《龙龛手镜·手部》:"撩,掷也。""蹽鸭子"即放开脚步。或言"撒鸭子",《儿女英雄传》第二十一回:"他爹说:'我怕甚么?撒开鸭子就到咧!你那踒拉踒拉的,踒拉到啥时候才到喂!'"(847页)"撒"亦"放"也,明沈榜《宛署杂记》卷十七《民风二·方言》:"放开曰撒。"① "撒鸭子"即"放开脚步"。或言"撒脚",《聊斋俚曲集·增补幸云曲》第五回:"撒脚不敢回头看,口中只说不好了。"② 影戏《龙图案》卷四:"王朝马汉撒开脚。(下)不多时回来了。(上)走上大堂一齐跪倒。"(未刊75-75)或言"撒步",《曲本》第二十一册《于公案·访煤窑》:"大家撒开步儿,不多时出了关厢。"(113/2/b6)或言"放脚",《醒世恒言》卷三十二:"却说黄秀才自离帅府,挨门出城,又怕有人追赶,放脚飞跑。"(1941页)或言"放步",清佚名《粉妆楼全传》第二十五回:"他也不回家去,就在胡府收拾收拾,带了几两银子,离了胡家镇,放开大步,进得城来,走到府口。"(215页)又有"撒腿"一词,《曲本》第二十册《于公案·出窑》:"我等大料敌不住,撒腿回身跑出门。"(342/2/b8)又第二十一册《于公案·察院》:"刚然上坡撒开腿,竟扑正东跑似风。"(27/1/a1)"撒腿"方言中又言"蹽腿""蹽开腿""蹽开脚"(参看《汉语方言大词典》1999:7448),或作"炮开脚"(参看《汉语方言大词典》1999:1780),1915年《(辽宁)宽甸县志·风俗略·土语》:"撩啦,是已跑了。"影戏《小英杰》第四本:"那时我见事不好,我把他一刀子扎死,贼也未做的成,我便了一个大远的出去了。"(绥42-275)"了一个大远"之"了"记"蹽"音。据《汉语方言大词典》(1999:7030),又言"撩干子",1928年《(辽宁)义县志》:"撩干子,跑去也。"今东北话仍言"撂杆子",高永龙(2013:356)"撂杆子"条:"放下不干:队长一生气撂杆子了,大家劝劝他才是。"《汉语方言大词典》(1999:7448)"蹽杆子"条:"拔腿逃跑了。东北官话。内

---

① 《宛署杂记》,《稀见中国地方志汇刊》(第1册),北京:中国书店,1992年,第162页。
② 《蒲松龄集》,路大荒整理,上海:上海古籍出版社,1986年,第1568页。

蒙巴林左旗。""放下不干"与"逃跑"义通，皆"跑去"也。或言"撂挑子"，高艾军、傅民（2013：553）"撂挑子"条："弃职不干；不承担。""撂挑子""撂杆子"皆言放下杆子（挑子）。又言"蹽杠""蹽岗子"，皆言放下杠子，即"溜走；跑掉"之谓。或言"挠杠子"（参看《汉语方言大词典》1999：4002），宣统《抚顺县志·风俗略》："撩拉、挠杠，均称人跑走。"马思周（2011：34）认为东北话"蹽"的本字为"镠"，《玉篇·足部》："镠，走也。"又据姚雪垠《李自成》注，陕西商洛地区与河南安阳一带，以"杆子"为土寇之名，以"蹽杆子"为东北"跑胡子"之代称。此说无法解释"蹽鸭子""蹽开腿"等词，另外北京方言、东北方言似未见以"杆子"称土匪者，亦未见以"蹽杆子"指为躲避土匪而逃。

捏鬼

捏造鬼话；编谎话（骗人）。《近代汉语词典》（2015：1363）"捏鬼"条："捣鬼；耍花招蒙骗。明康海《骂玉郎感皇恩采茶歌》：'假妆幺，胡捏鬼，大欺天。'《二刻拍案惊奇》卷三四：太尉叫他把任生看一看，法师捏鬼道：'是个着邪的。'清《好逑传》九回：'大人曰毁，小人谓之捏鬼。既莫瞒天，又难蔽日，空费花唇油嘴。'"从《好逑传》例来看，"毁"是"毁谤"之义，与"捏鬼"对言，皆与言语有关。此回回目为《虚捏鬼哄佳人止引佳人喷饭》，据文意，"捏鬼"指"编谎话"，下文"空费花唇油嘴"亦可为证。其例再如清墨憨斋主人《十二笑》第二回："将次到家，赵华向钦泊忽然皱眉捏鬼道：'我未出门时，家中饭米已少，如今出外半月，不知怎生度口。前面有个敝亲住在那里，趁此便道，待我先上岸去，向他告贷些米粮，省得归家釜中如洗，不好意思。'"（65页）此"捏鬼"亦"编谎话"。再如清烟霞散人《凤凰池》第三回："就有人打听得张门、李宅有个小姐，虚神捏鬼，说是真正佳人。"（85页）

纽儿邱儿

即"扭窍儿"。清小和山樵《红楼复梦》卷三十五："宝钗们到了秋爽斋，芙蓉不敢同坐，再三谦让。宝钗道：'好讨嫌，你怎么也闹的这么酸手儿？'珍珠道：'老太太！你坐下罢，别闹的纽儿邱儿的，叫人发烦！'"（1225页）《白话小说语言词典》（2011：1109）"扭窍儿"条：

"违拗、逆阻别人的意见或打算。[例]明知王中好说扭窍扫兴的话，你偏偏又叫他回来商量。（歧路·七一）"儿化后二词音近。据李荣（2002：2095），扬州话中"拗翘［ɔ̣ tɕʻiɔ］"一词有"闹别扭；不顺从"义，当与此同。

抅/拘

"拗"之俗讹。《金虏海陵王荒淫》："那贵哥扭头捏颈不肯顺从，被海陵拦腰抱住，左凑右凑，贵哥抅不过，只得做了个肥嘴。"①《中华字海·补遗·手部》（1994：1765）："抅，音义待考。"此即"拗"之俗字。"拗"或作"拘"，清佚名《雅观楼全传》第十四回："赖氏不能拘他，这得让他在花园养病，贴身惟玉郎、桂郎二人伏伺。"（264页）或作"拘"，明东鲁古狂生《醉醒石》第七回："拘不过，只得纳中书。"（246页）清佚名《粉妆楼全传》第五回："酒保想来拘他不过，只得求道：'三位少爷既不回去，只来求少爷莫管他们闲事才好。'"（41页）又第七回："掌店的不敢违拘。"（58页）清天花才子《快心编初集》第五回："妇人家心胆小，又不知事务，兼是本官作主，何敢违拘？"（249页）影戏《琼林晏》："这个现成，牵过去罢。」（驴踢咬，穆白）咳呀，好拘气的牲口！连踢带咬，想是不愿投我这个好主儿去。"②疑"拘"亦"拗"字之讹，"拘气"即"拗气"，此例《俗文学丛刊》影宣统三年石印本《琼林晏》作"胸"（俗225-511），误。俗书"扌""土"二旁相混，又作"坳"，清佚名《万年清奇才新传》第二十回："此番督带人马来征，实乃黄协镇得升之过，按察邹文盛亦曾与执坳，他志不从，自起兵前来。"（645页）"执坳"即"执拗"。俗书"扌""牛"相混，又讹为"物"，《绣像义妖传·二赏》："并非夫命敢违物，做妻子曾经立愿告青苍。"③"呦"或作"吻"，影戏《镔铁剑》卷三："可那们的是为煞呢？」我有心事吻。"（俗179-478）"吻"即"呦"字俗写，可以比勘。又影戏《三贤传》卷六："你不疑惑奴家就匆了，奴怎敢记恨相公？"（俗186-252）"匆"即

---

① 《金虏海陵王荒淫》，《京本通俗小说》，日本东京大学东洋文化研究所藏己未年（1919年）排印本。

② 《琼林晏》，黄仕忠、（日）大木康主编《日本东京大学东洋文化研究所双红堂文库藏稀见中国钞本曲本汇刊》（16），桂林：广西师范大学出版社，2013年，第25页。

③ 《篇海》引《龙龛手鉴》云："坳，旧藏作物。""物"为"坳（抝）"之讹，参看杨宝忠（2005：80）"坳"条。可资比勘。

"勾"。《梨园集成·摘星楼》："你我俱是纣王的臣子，退却忠心，不从物造恶言，结连诸侯，动此无名之兵，杀得尸骨堆山，血流河水。""物造"当即"构造"之讹。① 俗书"扌""礻"相混，又讹为"衤"，清守朴翁《醒梦骈言》第四回："俞大官衤他们不过，只得定了续娶之局。"（143页）"幼"作"勾"古已有之，据黄征《敦煌俗字典》（2019：9），敦煌文献中"拗"俗或作"拘"。《龙龛手镜·土部》："坳，旧藏作㘄。"又清邗上蒙人《风月梦》第七回："凤林睡在床上打烟，拘起身来道……"（79页）"拘起"即"拗起"②，此字当读如 ǎo，为"弯转"义。宣统元年《新镌智灯杂字·饮食类》中"爊炒"一词音注为"拗草"③，"拗"记"爊"音，即"拗"字。《金瓶梅词话》第二十四回："惠莲道：'若打我一下儿，我不把淫妇口里肠拗了也不算。'"（632页）通常将此字录为"拘"，误。此为"拗（抝）"字，"口里肠"指舌头，此言将其舌头扭断。《金瓶梅词话》第四十回："不论上短下长，那管襟扭领拗？"（1071页）"拗""扭"对文，义同。《保命金丹》卷四《孝妇脱壳》："叫鬼卒割舌头又把牙拗，免我说冤枉话碎碎滔滔。""拗"与"滔"押韵，亦"拗"字，"把牙拗"即把牙折断。清夏敬渠《野叟曝言》第三回："那知素臣不跌下来，因复尽力一夹，趋势又把他颈骨一抝，怪已腾踔起来，望前直泅。"④"一抝"犹"一扭"。又同回："素臣骇极，急抝柳枝如前射去。""抝"为"折"义。可以参证的是，《金瓶梅词话》第一回："这妇人见拘搭武松不动……"（83页）"拘搭"即"拗搭"，"拘"与"拗"极似，又第五十五回直接刻成了"拗"："（潘金莲）也不顾人看见，只想着与陈经济拗搭。"（1491页）"拗搭"即"拗搭"，此是刻者知"拘"为"拗"的俗写，从而错误还原的结果。张文冠《构件"幼"俗作"勾"例释》（2018b）分析了"幼"作"勾"的原因，并列举了大量语例，可参看。另，《广韵·先韵》有"犿"字："兽。似豹而少文。"张涌泉（2000/2020：246）引《山海经·北山经》指"如豹而文首的当是狇"。"拗"作"拘"犹"狇"作"犿"，杨宝忠（2005：452）指"'毪'又'毯'字之变也"，亦可为证。

---

① 疑"不从（從）"二字有误，或后有脱文。《京剧传统剧本汇编》（第 1 册，北京出版社，2009 年，第 53 页）作"不思报本，捏造恶言"，可资比勘。

② 此例北京图书馆藏本《风月梦》正作"拗"（1338 页），见《北京图书馆藏珍本小说丛刊》（第 1 辑第 2 册），北京：书目文献出版社，1996 年，第 1338 页。

③ 《杂字类函》（2），李国庆编，北京：学苑出版社，2009 年，第 291 页。

④ 《野叟曝言》，哈佛燕京图书馆藏光绪八年本。

噜/𢶐/掜/呶/哢

即"努"。凸出；鼓起。清佚名《婆罗岸全传》第六回："说着那嘴往里边一噜道：'我家这个就是难说。'"（156 页）又作"𢶐"，清嫏嬛山樵《补红楼梦》第十八回："说着便向贾珠𢶐嘴儿。"（541 页）又作"掜"，甲戌本《红楼梦》第七回："只见王夫人的丫鬟名金钏儿者，和一个才留了头的小女孩儿站在台矶上顽，见周瑞家的来了，便知有话回，因向内掜嘴儿。"（191 页）又作"呶"，清小和山樵《红楼复梦》卷九十九："柏夫人们知老太太之意，向着宝钗众人用嘴呶道：'你们去罢。'"（3489 页）清夏敬渠《野叟曝言》第六十一回："那孩子呶着嘴道：'那不是浴日山？'"（1683 页）又作"哢"，清天花才子《快心编三集》第六回："自足双手递上，慕虚不接，把嘴向挑箱的哢着，那人会意接去。"（290 页）石派书《摔琴》："伯牙全无客礼，向着樵夫将嘴一哢，你上坐了。"（俗 401–015）字又或作"弩"，王学奇、王静竹（2002：784）云："呶、掜、弩用皆同'努'。"

怒子/威风子

惊堂木。清佚名《生绡剪》第六回："瞎子跪在案前，沈公问道：'李心所，你是个瞎子，干得好事！可怜那个小小呱子！'将怒子案上一扑。瞎子吃惊道：'老爷哟，不干我事，这小使原是做贼的，事已多时了，老爷问他做甚么？'"（335 页）"怒子"即惊堂木。或言"怒棋"，周志锋（2006：91）"怒棋"条："犹惊堂木。"清李渔《无声戏》第二回："怒棋响处民情抑，铁笔摇时生命危。"（91 页）清李渔《连城璧》第三回："知县见他不招，就把怒棋一拍，分付禁子：'快夹起来！'"（188 页）或言"棋子"，明陆人龙《型世言》第三十五回："御史道：'你把那十四年前事细想一想，这一报还一报。'连把棋子敲上几声。只见彭氏脸都失色，御史道：'你快招上来！'"（1537 页）清李渔《十二楼·夺锦楼》第一回："刑尊把棋子一拍，大怒起来道：'你夫妻两口全没有一毫正经，把儿女终身视为儿戏！'"（89 页）"怒棋"又叫怒子、棋子，犹"鼠耗"又叫鼠子、耗子。或言"威风子"，清佚名《万年清奇才新传》第四回："（胡知府）在公案上将威风子一拍，喝令将高天赐锁了收监候办。"（74 页）又第十二回："伦知府将威风子一拍，骂道……"（326 页）

P

拍/趴/爬/㐷/仈

记｛趴｝。清秦子忱《续红楼梦》卷十三:"我们送了大叔回家之后,就大碗家闹起酒来了,把老冯灌了个烂醉,进了洞房拍在枕头上动也动弹不得了。"(553页)又作"趴",清花月痴人《红楼幻梦》第二十回:"小和尚说:'磕我几个头,婆子即趴下去。'"(960页)周志锋(2006:27)指出:"'趴'即'爬'之俗写……'爬'又可写作'扒',取'爬''扒'各一半,也可构成'趴'字。"明清汉语中,"爬"既可用于记录｛爬｝,又可用于记录｛趴｝,此例中"趴"记录的是｛趴｝这个词。或作"爬",清石玉昆《忠烈侠义传》第二十一回:"老道往前一扑,爬伏在地。"(734页)或作"㐷",《曲本》第十四册《金印记》第四出:"我的媳妇,谁敢不叫我打?㐷下!(正白)哦,跁下。"(143/2/b2)抄本戏曲中"㐷"字常见。《曲本》第二十册《于公案·出窑》:"悲音惨凄个个痛,㐷伏尘埃泪纷纷。"(341/2/c8)"㐷"为"㐷"之俗增。或作"仈",《唱本一百九十册·枕头案》:"有张松,仈井听。""仈井"即"趴井"。刘君敬(2020:68)已指｛趴｝有"爬、扒、跁、趴、叭、舥、跑、㐷"等形,可参看。

八/趴/跁/把/爬/邑/色/抓/㐷/摇/跑/跀/吧/仈/扒

记｛爬｝。明潘镜若《三教开迷归正演义》第十七回:"那矜肆、忿戾二迷顺着团子往喉中直八。"(260页)或作"趴",《曲本》第四十四册《寿荣华》第七部:"横行大王往上跑,小小螃蟹往上趴。"(93/1/b1)或作"跁",明嘉靖刊本《三国志通俗演义》卷二十《孔明智败司马懿》:"郭孙二人弃马跁山而去。"(3191页)或作"把",清石玉昆《忠烈侠义传》第八十一回:"脚下却又滑了几步,弥缝脚踪,方拢了如意绦,倒把而上。到了天花板上,单手拢绦,脚下绊住,探身将天花板放下,复又倒把上了后坡,稳住了脚。"(2535页)又石玉昆《七侠五义》第二十二回:"他却转过左手抓住橼头,脚尖儿登定檁方上面,两手倒把,下面两脚拢步由东边串到西边,由西边又串到东边。"(160页)又第八十回:"他把毡帽一接,猴儿正掉在毡帽里面,连忙将毡帽沿儿一折,就用锁链捆好,衔在口内,两手倒把,顺流而下。"(555页)"爬""把"相通很早,唐慧琳《一切经音义》卷五十四《佛说兜调经》音义"爬地"条引《考声》云:"或作把。"① 或作"爸",影戏《双龙璧》第二部:"母子爸出泥外,不见(我)的夫君。"(俗188-105)或作"邑",早稻田大学图书馆藏文萃堂梓《刺虎子弟书》第三回:"小金莲跌倒邑起似风里花枝。"《唱本一百九十册》经义堂梓《大秧歌》:"掌着银灯只一焰,原是蝎子往下巴。"子弟书《哭长城》第四回:"众民夫运水搬石色山越岭,真是披星戴月那个敢消停。"(俗384-458)或讹作"色",鼓词《阴阳斗》卷三:"石妈妈闻听十分欢喜,连忙止住了哭声,便色将身站起,望着桃花女拜了两拜。"(未刊95-396)或作"抓",影戏《镇宫图》第八部:"忙得豪杰下了马,一撩袍衿跪在尘……万凤跪哭抓不起。」国母娘娘把话云。"(俗176-77)或作"芭",影戏《双龙璧》第三部:"咳呀!好厉害家岔子!叫他们俩把咱们打了个龟芭鳖叫,屁滚尿流。"(俗188-189)或作"挹",《唱本一百九十册》致文堂板《武松发配夺酒店》:"挹起又是一巴掌。"《曲本》第四十三册《刘公案·句容县》:"焉知在下说的江宁刘大人的承差大勇越墙就要挹房呢?"(349/2/a2)影戏《牛马灯》三部:"忙挹起,把话明。"(未刊59-416)或作"跪",《曲本》第五十七册《望山跑死马》赶板:"自己栽倒自己跪。"(235/2/a1)影戏《泥马渡江·可部》:"二人跪起来,不敢再说话。"(未刊64-433)《镇宫图》第七部:"我本是,老虎妈,每寻你,不遇侠,会凑巧,你难跪。"(俗175-548)从押韵来看,此亦"跪"字。或作"趄",《曲本》第四十三册《刘公案·句容县》:"(何月素)一番身趄将起来,楞里楞争坐在炕上。"(357/2/a1)或作"吧",《唱本一百九十册》宝文堂板《丁郎中状元》:"二鬼那容叫他吃,推了一跤吧不起来。"或作"仈",《唱本一百九十册·枕头案》:"有田桂,把身翻,仈将起来坐床前。"或作"扡",影戏《四平山》卷五:"矬爷变猫望里扡。"(俗204-538)又:"姐姐拉住我的棒槌往上扡呀。"(俗204-539)

---

① 《一切经音义》,《正续一切经音义附索引两种》,上海:上海古籍出版社,1986年,第2158页。

扒脚扒手／扒手扒脚

形容手脚摊开、走路时身体不平衡的样子。清佚名《生绡剪》第十二回："临期极了，瞒着父亲，将些刊刻文字，揉作一团，塞在谷道眼口，贴个膏药。点名到他，搜简的见他扒脚扒手，细细一搜，挖到臀孔，肿出馒头大一块。"（680页）此因肛门中塞有纸团，故走路时腿脚分得很开。清佚名《八美图》第十六回："再说华鼎山即行回家，开了心怀，扒手扒脚入内，哈哈笑个不住道：'可笑铁门闩今日被树春抛杀台下，做了阴间好汉。'"① 此"扒手扒脚"形容华鼎山因开了心怀，所以走起路来两腿向外分开，大摇大摆，摇摇晃晃。或单言"扒脚"，《生绡剪》第七回："蚂蚁扛着鳌骨，苍蝇㘎了脓包。孝无常出头透气，黑脸鬼扒脚流涎。"（378页）今亦用以形容睡觉时的姿势，如张佩莺、张又虹《母亲的戏剧人生》第二章："女孩子睡觉，不可以仰面朝天睡，扒手扒脚睡，要侧倒来睡。"② "扒手扒脚睡"指趴在床上，手脚分开呈"八"字形如乌龟状。

班驳／班卜／搬拨

即"盘驳"。盘问；盘查。明方汝浩《禅真后史》第五回："裘五福笑道：'好兄弟，你年纪小，不知当官对理的利害。若不是我口舌利便，班驳你时，险些儿夹棍移在区区脚上了。兄弟不要发恼，请你吃一壶消释罢！'"（96页）又第四十二回："话说羊雷因大尹把杀潘鲔一事班驳不信，一时怒气填胸，厉声道：'……'县官大怒道：'白昼山径杀人，关系匪轻，我怎不要详细审鞫？这杀才反大言抵触！我偏不用死证活证，止断你杀人偿命！'"（971页）"班驳"与"详细审鞫"义近。清佚名《听月楼》第十一回："裴仁兄口口声声说是他的堂妹，我若问他细底，倘被他班驳起来，叫我何以回答？"（217页）清天花藏主人《两交婚小传》第十八回："辛光禄止有一女，合扬城内皆知。今既躲到蜀中来嫁甘探花，则前日在扬州嫁暴公子的又是何人？这事一发要犯班驳了。"（607页）或作"班卜"，清瘦秋山人《金台全传》第二十五回："酒至三杯，张兴启口问金台道：'金兄弟，吾与你初交之时，你说只有一个姐姐，没有弟兄的。

---

① 《八美图》，柯杨校点，陈华昌、黄道京主编《中国古代禁毁小说文库》，西安：太白文艺出版社，2000年，第108页。

② 《母亲的戏剧人生》，北京：中国戏剧出版社，2011年，第11页。

什么今日有起哥哥来呢？'金台道：'列位有所不知。吾从前说没有的亲兄弟，这位哥哥是族分中的，出外多年了，他的名字叫金隆。'张兴道：'吓，原来是族分中哥哥，吾道是你亲的，故而把你班卜起来了。'"（210页）或作"搬拨"，《曲本》第四十三册《刘公案·苍州》："就把大人搬拨此案、家丁李忠告状前后说了一遍。"（450/1/c8）

按："班驳"等即"盘驳"之异写，又作"搬驳""扳驳""扳剥""板驳"等。王东中（1994）、雷汉卿（2006：284）已指"班驳"有"盘问，诘难"义。《明清吴语词典》（2005：25）"扳驳"条释为"（在别人说的话中）找岔子进行批评"，《白话小说语言词典》（2011：31）"扳驳"条释为"反驳；批驳"，《近代汉语词典》（2015：41）"班驳"条释义②作"反驳；异议"，皆未列"盘问"义。《近代汉语词典》（2015：41）"班驳"条释义③："责难；申斥。元佚名《黄孝子》一五出：'我一身拼死，免教受班驳'。"此"班驳"亦"盘问诘难"之义，是言曾小姐被逼改嫁，欲一死而免受班驳，即免受人诘问为何改嫁之谓。

咆哮/跑踭

性情急躁。清瘦秋山人《金台全传》第三回："蛋僧道：'吾在泗洲城里宁辉寺内出家的，只为吾素性咆哮，出外惹祸淘气，师父不用，赶出来的。'"（21页）又第四回："老人哈哈哈的道：'好个莽和尚，你的性子果然咆哮的。'"（35页）又第二十七回："现有金菊见他性急咆哮而走，不是金台还有何人？"（226页）《绣像义妖传·化檀》："多是奴性太咆哮，错怪夫君心一条。"此言白氏未等许仙将话讲完即发怒，故称自己性情咆哮。清陆士珍《麒麟豹》第三十回："阿，外甥，转来！见一见外祖母去也未迟！（唱）急速上前拖住了，阿，外甥，你的性情太莽太咆哮。"或作"跑踭"，《金台全传》第五回："（李溜）就把拳头在门上敲了两下，叫道：'金兄弟，开门，开门，快些开门！开呢勿开？若勿开打进来了。'那敲门之声宛如擂鼓，李溜生成是个性急跑踭的人。"（45页）

跑马

不自主地射精。姜亮夫（2002：291）云："昭人谓男子梦遗曰跑马，按此当为借语，昭人谓春三月使骡马受精曰保马，保即孵之声借，跑则保之声变，且丁壮易知，知遗如马走之义云耳，俗又有跑洋之说，洋即阳，言阳物出精如跑耳。"杨琳（1996：125）则指出"跑马"与《抱朴子内篇·微旨》中的"走马"相应，似更胜。《曲本》第四十三册《刘公案·鸳鸯案》："老弟呀，要叫你瞧见这个女子的容貌，你不跑了马的方法希！"（277/2/b4）又："南边这个说：'人家自然不依吗！也有在脸上跑马的吗？要踢了人家的鼻子呢。'北边那个人说：'卖线的不知道是马，他说："大太爷醒鼻淀，你哪到底瞧着人，怎么向人家脸上摔！"'"（277/2/c7）此二例皆非言"梦遗"。该词亦用于女性，清王兰沚《绮楼重梦》第四十七回："瑞香吃了一服药，出了些汗，果然头不疼了，热也退了。谁知晚上又梦见小钰，又跑了马。第二天不但心口发疼，连周身骨节都是痛的。王太医道：'昨儿用的药是发表风邪，不曾治得本病，谅来晚上又梦遗了。'"（1117页）

胚/坏/坯/盃/躯/呸

天生具有某种禀性的人，多用于贬义。该词辞书多释为"詈词"或"轻贱他人之词"，如《近代汉语词典》（2015：1445，1477）"胚""坏"二条，此乃误解。清苏庵主人《绣屏缘》第十四回："年老的赞道：'鳌头独占，断属老成。想是万民有福，又添出一位宰相的肧子。'"（255页）"肧"即"胚"之俗写。或作"坏"，清墨憨斋主人《十二笑》第三回："如今秀才们若说有个发积丈人要招他为婿，他便要拿班做势，开口就道：'我们读书君子，是个举人、进士坏儿，不值得扳这样蛮牛。'"（120页）由此二例可知，该词亦可用于褒义。① 或作"坯"，清李渔《连城璧》卷五："但凡生出个红颜妇人来，就是薄命之坯_{音倍}了，那里还有好丈夫到他嫁，好福分到他享？"（269页）或作"盃"，清好古主人《宋太祖三下南唐》第六回："只闻印口中长叹一声：'吾郑印生来真乃一苦盃之命也！'"（80页）或作"躯"，清佚名《生绡剪》第十六回："那林公人抡起水火棍便打，喝道：'你这个死贼军躯，你睁开驴眼看看，这个所在，前不巴村，后不着店，离那县里尚有四十里路，此时天色将晚下来，难道叫我睡歇在这草里不成！'"（861页）又同回："那公人道得好：'你这死贼军躯，你当初可怜那张丽贞么！'"（861页）周志锋（1998：118）指出："'躯'同'坏'。……以其施于人，故易'土'为'身'。"或作"呸"，

---

① 《近代汉语词典》（2015：1445）"胚子"条举《绣屏缘》例，释为"根基；根苗"。"胚子""坯儿"中，"子""儿"皆词尾，"胚子"与"胚"义同，皆指"天生具有某种禀性的人"，只是常用于詈词而已。

光绪三十二年尤轮香抄本《白兔记》:"啰里晓得个只福鸡到是个贼呸吃了。"

匹立扑六/劈立朴六/别力朴六/别立扑六/劈立拍陆

物体连续撞击时发出的声音,常形容滚跌声。明袁于令《隋史遗文》第二十七回:"尤员外道:'尤通久慕令郎大哥高义,情愿如此,不敢失言。分付铺毡,匹立扑六一顿拜过了。'"(688页)清瘦秋山人《金台全传》第三十二回:"江兴说:'阿呀,原来强盗!要啥东西要问我们员外的。'便劈立朴六一同跌入中舱来,说与金台知道,又去叫员外。"(269页)又第三十四回:"这些人别力朴六,跌的跌,倒的倒。"(290页)又第四十回:"金台并不用力,把两臂轻轻拉开,别立扑六,人人跌倒,跌得五个跑堂真正可怜。"(341页)清陶怀真《天雨花》第二十一回:"轻轻一脚周宫女,绛桃滚在地埃尘,劈立拍陆连声响,警醒丫环两个人。"参看《大词典》"匹力扑六"条及《汉语方言大词典》(1999:519,7181)"匹力朴六""劈立扑簏"等条。

平班

平辈;平级。"班"有"辈"义,为"位次;序列"义之引申,或作"豳",《广雅·释诂一》:"豳,辈也。"王念孙疏证:"豳之言班也。"清娜嬛山樵《补红楼梦》第二十二回:"宝钗道:'这里头祥哥、瑞哥是小一辈的弟兄,那七个都是平班的姊妹了。'"(782页)清陈端生《再生缘》第六十一回:"父为同殿平班论,夫作门生小辈排。"① 清黄小配《廿载繁华梦》第二十四回:"还幸得了个京堂,对着督抚大员,也是平班一辈子,便是关书里甚么事,还有那个敢动弹得来?"② 影戏《金蝴蝶》第五部:"细想情,真乃对,你我兄弟,一般一辈,你在奴辈中,出乎又拔萃。"(未刊62-120)"一般一辈"即"一班一辈"。影戏《闵玉良》首部:"说来说去还是天官之子,宰相之婿,怪不得说话竟闹字眼,老汉那里懂得吧?今个和我儿子八拜为交,哥俩真是奇奇柏柏的,体面的很。"(未刊68-399)"奇奇柏柏"即"齐齐班班","柏""班"音近,如"摆子"

---

① 《再生缘》,刘崇义编校,郑州:中州书画出版社,1982年,第863页。
② 《廿载繁华梦》,广东时事画报社,光绪丁未年(1907年)刊。

一词,四川方言又作"趴子"(参看蒋宗福 2002:14),口语中"班""柏"儿化后音同。

奻妇

即"仆妇"。年龄较大的女仆。清佚名《绿牡丹全传》第四十八回:"打开后门,将丫鬟奻妇尽皆诛之。"(469页)北京师范大学出版社①、浙江古籍出版社②本《绿牡丹》皆校作"娘妇",误。"奻"乃"仆"之俗写,"仆妇"一词白话小说中习见。《曲本》第二十二册《五虎平西》:"奻妇小子落水中,家中尽被水内冲。"(461/2/b3)此亦"仆妇",前文言:"那些使女仆妇有跟上楼去,也有作了水鬼。"(461/1/c2)又:"老者一面分付奻童到后面叫你娘娘预备,少时好请这位老太太后面而坐。"(463/1/b7)"奻童"即"仆童"。又第三十册《金盒春秋》卷一:"燕丹公主一同爱宝小姐带领奻妇丫环一齐来至银安殿。"(384/2/b3)下文正言"仆妇丫环"(386/1/a6)。《少华山》全串贯:"(小生唱)他主奻重相会神圣保佑。"(未刊 10-373)俗书从"女"或换从"亻",如"婢"或作"俾",《合欢图》第四本:"只为有个侍俾巧奴,持了我父的令箭并携了应天球、合欢图去投贵营,可有此事么?"③石派书《三矮奇闻》第一回:"翏氏终日小心,一切年幼丫环、青春俾子一概不容与老爷相见。"(俗 401-437)又:"今日晚,务要捉住看一看,是那个贱俾怎样形容?"(俗 401-466)又:"卖女为俾那狠心娘。"(俗 401-491)笔者所见唱本《焚楼滚包》:"(上丫介)奴俾见过状元公有礼。""嫂"又作"傻",影戏《天门阵》卷五:"你接本帅令箭一支,去上孤凤山请你王氏嫂嫂下山破阵。」咳咳咳,罢罢罢!六哥呀,十冬腊月吃凉冰——傻傻那里寒透了心了。"(未刊 58-164)"妖"又作"伏",影戏《双祠堂》卷八:"丫头,要问听真,吾元青!知吾厉害,早早下马受死。」伏道,着刀!」来,来!」(杀,旦败上)呀,妖道果然骁勇!"(俗 173-265)影戏《定唐·长部》:"定是铜筋铁骨突,不然定是伏魔性。"(未刊 64-195)或作"朴妇",《绣像义妖传·降妖》:"合府之人多怨恨,朴妇丫环把我欺。"或作"扑妇",《曲本》第二十一册《于公案·红门寺》:"只见一扑妇高声说:'回太太,

---

① 《龙潭鲍骆奇书》(《绿牡丹》),北京:北京师范大学出版社,1993年,第246页。
② 《绿牡丹》,杭州:浙江古籍出版社,1985年,第252页。
③ 《合欢图》,《故宫珍本丛刊》(第680册),海口:海南出版社,2001年,第133页。

田虎回来咧!'"(306/2/b3)

普里普儿

所有的(人或物)都算上。清小和山樵《红楼复梦》卷五十七:"汝湘正要说话,只见兰生往外面匆匆进来,说道:'快别说闲话,还不去瞧瞧,老太太在那里大动气,普里普儿都得了不是,你们还在这里乐呢!'"(2008页)又卷七十四:"宝钗道:'只要每一家佃户赏封一个,原不必见人就赏,不过是老太太到这儿逛逛,格外的恩典。那些小人儿们,有咱们带出来的果子,普里普儿一分也就很好。'"(2635页)《汉语方言大词典》(1999:6958)"谱里谱儿"条:"〈动〉按全数来说,估计全数。北京官话。北京。谱里谱儿的得花二三百。"该词朝鲜汉语教科书中又作"哺哩哺哩""哺哩",参看任玉函(2013:74)。

Q

齐

凑齐；聚齐；与既定数目平齐。清曹去晶《姑妄言》第二回："依我的主意，你齐了银子，买一口猪，叫屠户宰了，再抬一坛酒，剩多剩少与他买柴米，这或者他还收拾的好看。"（210页）又第二十一回："主意定了，便道：'罢，这一件事我独任了罢。我今日齐了银子，明早去亲见乐公。'"（2625页）清佚名《醉春风》第四回："他对众人道：'捉奸也不消，只消齐了十来个邻舍，到他里面要他酒吃，要他钱使。'"清江左樵子《樵史演义》第十回："或道：'不如齐了几百人往北京叫冤屈，方才有救。'"（180页）《曲本》第二十一册《于公案·红门寺》："法成听罢金山话，穿衣服，分付你等快齐人，手使兵器预备妥，莫到临期误事情。"（314/2/b1）清正一子、克明子《金钟传》第五十四回："二人对坐，说了回买卖，算了回帐。凉帽已发出大半，遂商量买齐了银子，带货进京，或可多找点利息。"（767页）"买齐了银子"指买了与既定银子相等的货物。《于公案·访煤窑》："这日正在柜房内，收拢账目尽算清，赊去了，共是几千几百吊，现钱卖了几百千。齐了账目钱儿数，全然收在柜内存。"（119/1/b1）此指核对钱与账上的数目是否相符。

牵扳/牵绊

牵连扳扯；重提窘事以讽刺、挖苦人。《白话小说语言词典》（2011：1215）"牵扳"条："牵连扳扯。[例]莫说是假的，就是真的，也使不得，枉做了一世牵扳的话柄。（古今·二）"又专指"重提窘事以讽刺、挖苦人"，清逍遥子《后红楼梦》第五回："吴新登笑道：'周兄弟也在这里，不是咱们牵扳你们的主子，从前你们琏二奶奶在日，连公中的也要弄些到房基里去，连我们的月钱也被他老人家压住了盘放起来，你也曾跟我们埋怨过的。'"（132页）又第十三回："又是侄儿媳妇从前闹得那样，到而今人也死过了，人不提他，侄儿也要牵扳他。"（378页）又第十七回："那紫鹃老老实实的，只怕还有些旧姊妹的情分儿。惟独晴雯，仇也深，嘴也利，性也刚，只好三零四碎受他的牵扳便了。"（469页）又第二十八回："湘云笑道：'我就醉了一场，惹你们牵扳到而今。'"（826页）旧抄本《方卿宝卷》："姑娘听说，就高声大骂：'你个小畜生！你到我家来，又何得罪？我到不说你，你到来牵扳我么？你自己穷苦，与我什么相干？'"（民19－649）此是重提姑姑出嫁时曾给予了很多银钱作为陪嫁。或作"牵绊"，《后红楼梦》第一回："只是想起离家之日对着太太、大嫂子、宝姐姐说起进场的话，带些禅机话头，临行还仰着天说：'走了！走了！'这回子又跟了老爷回去，可不燥呢！就算他们不牵绊，被环兄弟、兰儿说笑也就燥得了不得。"（18页）

箝红做六/撑红坐六/箝红捉绿/钳红捉绿/钳红坐绿/捉绿箝红/坐六箝红/抠幺坐六

博戏时的一种作弊手法，将骰子掷出想要的点数。明潘镜若《三教开迷归正演义》第七回："他二人见不惹油又滑，遂实心结交，以后不做偷儿剪绺，乃学会了箝红做六，相识人家子弟得了些钱钞，来旧院寻觅宗儿。"（109页）或作"撑红坐六"，《二刻拍案惊奇》卷八："又有惯使手法，撑红坐六的；又有阴阳出注，推班出色的。"（387页）亦简言"坐六"，清李绿园《歧路灯》第二十回："说的无非是绸缎花样，骡马口齿，谁的鹌鹑能咬几定，谁的细狗能以护鹰，谁的戏是打里火、打外火，谁的赌是能掐五、能坐六，那一个土娼甚通规矩，那一个光棍走遍江湖，说的津津有味。"（431页）"掐五"指五子一色，"坐六"指六个全色，称为"大快"，皆庄家赢。清东隅逸士《飞龙全传》第十六回："相闻传流的六个骰子，辨别输赢。以五子一色，六个全色，名为大快。其余除了三同不算，那三个十点以上者为赢，十点以下者为输。"（393页）"绿""六"同音，故又作"箝红捉绿"，明金木散人《鼓掌绝尘》第十三回："主人家道：'那中等的，也去弄了几件好衣服，身边做了一包药色骰子，都是些大面小面，连了几个相识，撞着个酒头，箝红捉绿，着实要他一块，大家烹（亨）分，也好养家活口。'"（402页）又作"钳红捉绿"，明陆人龙《型世言》第三十六回："初去倒赢一二钱银子，与你个甜头儿，后来便要做弄了，如钳红捉绿，数筹码时添水，还有用药骰子，都是四、五、六的。"（1554页）或作"钳红坐绿"，明伏雌教主《醋葫芦》第十一回："那知张煊换了肚肠，放出辣手，起落之间，眼挫里换下一付药色。也不知是甚么大小面、夹板、吊角、钻铅、灌汞之类，加之钳红坐绿，在张煊那一些儿不会？"（396页）或言"捉绿箝红"，清青莲室主人《后水浒传》第十三回："瑶琴只是暗笑，遂用纤纤玉手轻轻的捉绿箝红，掷将下去，盆内不是三红便是五红，弄得董敬泉吃也吃不及。"① 或言"坐六箝红"，清佚名《小五义》第七十六回："至于开场诱赌，如蛛结网，或药骰密施坐六箝红之计，或纸牌巧作连环心照之奸。"（370页）或言"抠幺坐六"，清烟霞散人《斩鬼传》第五回："这是湾人锅勾来一人，名呼抠掐鬼，此人善能抠幺（幺）坐六。四家坐下就要起来，输杀鬼一夜输了七八十串。"（100页）

嵌字眼

（1）做诗文或对联时，将特定的字词嵌在文中某个位置。明毕魏《三报恩传奇》第十九出："（小净）怎么样的字眼？（末）第七篇大结中有'后生可畏'四字就是了。（小净）试卷甚多，借重年兄一同翻阅，还有一言，小弟也有个敝门生，字眼也在第七篇结中，年兄留意。（末）年兄，什么字眼？（小净）是'财旺生官'四字。……（末）陈生毕竟会做文字，这字眼呵，嵌入无痕迹。"② （2）喻指说话时将关键字眼夹杂在话语之中，使所说的话富有针对性。清逍遥子《后红楼梦》第八回："黛玉也明白他两人的意思，也顺便的顽顽他，就说道：'姜大爷既是大爷吩咐着要怎么样伺候就那么样便了，敢说他不是主儿？'这紫鹃、晴雯探了这个口气，明明是黛玉顺着哥哥，心上有这个人了，宝玉还有什么分儿？紫鹃尚在猜疑，唯独晴雯直性，着实的相信了，替宝玉恨起来。便嵌起字眼来道：'咱们良大爷原也为人义气，这姜大爷也太便宜了他。若是没趁了大爷便，难道他坐了西洋船来的？不是大爷那么护着，差不多要赶他出去。就算咱们姑娘顺了大爷的意，他自己也想想，倒底算咱们那一宗的主儿？'"（221页）此所嵌字眼儿为"主儿"。又第十三回："蝌二弟还说着许多嵌字眼的话儿，叫人当不起。"（353页）又第二十六回："这晴雯生性爽直，受不得一点委屈，如何拦得住？便出出进进嵌字眼儿伤着袭人。"（762页）前第十九回有"又是晴雯只管借影儿骂小丫头子，说是水蛇腰的，狐狸似的，花红柳绿的，字字儿打在袭人心上"之语。影戏《三贤

---

① 《后水浒传》，《大连图书馆藏孤稀本明清小说丛刊》，大连：大连出版社，2000年。
② 《三报恩传奇》，《古本戏曲丛刊二集》影北京图书馆藏明末刊本。

传》卷二:"你随妈到场房里如此这般把那小娼妇叫回家来打入磨房,折磨苦了好卖那小娼妇,就值个四五百银子。那场房若有值钱东西,你就与我都收拾来。」与他个字儿吃,不愁他不来。」使的。"(俗185-162)此言婆婆与二儿媳欲将大儿媳卖掉,"与他个字儿吃"即指下文二人夹枪带棒地说大儿媳与人有染。

敲订

犹"敲定"。反复推敲,确定下来。清天花才子《快心编三集》第五回:"世誉道:'那得抢错?是他兄弟对媒人说侄女坐的是一乘大轿,其余十来乘都是小轿,再三敲订明白,我这里认定大轿抢的,明是他做就圈套,设此诡计。'"(202页)又第七回:"张芳看见光景诧异,只管敲订两人,那高、童也只得直说。"(340页)此指反复询问以得确信。又第十二回:"金有光便道:'弟有主意,各位大家看这石某议论,可有渗漏处批驳敲订?'"(628页)清汪象旭、黄太鸿编《西游证道书》第八十四回憺漪子评:"然则因杀僧而后名灭法耶?抑先名灭法而后杀僧耶?此中殊费敲订。"(1652页)《大词典》"敲订"条:"把事情交代清楚。"《近代汉语词典》(2015:1693)"敲订"条:"说明解释。"皆举《快心编三集》第五回例,未确。

青昌七尺/青昌七折

物体撞击声,常用以形容做事干净利落。《麒麟豹》第九回:"梅三官东一看西一看,拎子大半甏路天尿,望子蜘蛛头浪连甏连尿打得下去,拆屋斧头立来朵蜘蛛身浪像死子踏菜,青昌七拆唧吼际撞,说呀苦恼,勿上两个时辰变为肉酱。"清瘦秋山人《金台全传》第三十四回:"忽有一人自言道:'阿唷,今朝人如此多法,关紧了城门,青昌七尺杀得精光,倒是个大胜会。'"(289页)又作"青昌七折",《金台全传》第四十八回:"郑千大叫:'先落手为强。'众人同声发喊,大家动手,各出家伙,将旁边七八个喽啰青昌七折,七八个头儿谷六六滚将下来。"(415页)《明清吴语词典》(2005:504)"青昌七折"条:"〈拟〉金属撞击声。"举《金台全传》四十八回例,并按:"折,当是拆。"仅言"金属撞击声"偏窄。该词义同"叱咥喀咥",清佚名《小五义》第五十三回:"张豹拿刀出去……叱咥喀咥的乱砍,杀将进去,冲开一条道路。"(261页)或作"叱咥磕咥",清佚名《续小五义》第三十三回:"展爷右手搂住蒋爷的脖子,左手推着那边借水的缝儿那边的砖,蒋爷用剑砍这边的砖,叱叹磕叹连铜蒙子带砖一路乱砍。"(183页)"叹"即"叹","叱"读如"七"。或作"唏咻唠叹",《曲本》第二十册《于公案·出窑》:"一齐忿勇把刀抡,只听唏咻唠叹响,挞了头目叫何兴。"(347/1/c2)① 又第四十四册《寿荣华》第四部:"(卞大汉)越杀越勇把人伤,只听喫哧唠叹响,地倘横尸血汪洋。"(47/2/b1)该词又用来形容做事干净利落,今东北话、山东话、北京话、河北话仍言。董文斌《济南老侃子集锦》:"快刀切西瓜——嘁哩喀喳。[注释]喻指说话办事干脆利索。"②《汉语方言大词典》(1999:110)"七叉喀叉"条:"〈象声〉快速声做事。北京官话。这么点儿活儿,算得了什么,七叉喀叉一下手就完了」长江大桥,大不大?可是到了今天的工人手里,七叉喀叉也修成了。""快速声做事"当为"快速做事声"之误。《金台全传》中,"青昌七尺杀得精光""将旁边七八个喽啰青昌七折,七八个头儿谷六六滚将下来"皆重在指做事利索,不拖泥带水。

轻强

病体渐渐轻强。清东隅逸士《飞龙全传》第二十二回:"正在两难之际,只见店主走将进来,叫一声:'柴客人,你今日的容颜,比昨日又好了许多,身子也渐渐轻强起来,应该出外经营,方好度日。'"(537页)清瘦秋山人《金台全传》第四十八回:"只为他染了一场大病,才得轻强,尚在调理,未曾还元。"(416页)《绣像义妖传·聘仙》:"还有一包灵丹药,煎汤吃下病轻强。"又《虑后》:"如今儿病已轻强,救度深情恩莫忘。"人生病后则身体沉重软弱,影戏《红梅阁》第二部:"我儿病体今夜如何?……我儿身体软弱,快些坐下讲话。"(未刊67-99)《唱本一百九十册》宝文堂板《小姑出阁》:"有心叫我娘去做,这几天身子不强壮。"病好则身体轻强。

清书

(1)誊写。清佚名《生绡剪》第十一回:"李官人听了这书,就是一

---

① "挞"即"拔"字,这里记"罢"音,"罢了"清代通俗戏曲小说中常见,参看《白话小说语言词典》(2011:22)"罢了"条。

② 《济南老侃子集锦》,济南:济南出版社,2013年,第137页。

个大揖道：'妙，妙，妙！一发烦兄清书封好，商量送递之法。'曹十三即为精精的楷书写毕封完，遂道：'小弟同尊管去递，何如？'"（635 页）（2）誊写文书、信件等的人。清邗上蒙人《风月梦》第二回："这一日午后，正同盐运司衙门里清书贾铭，扬关差役吴珍在教场方来茶馆，一桌吃茶闲谈。"（16 页）又第二十四回："袁猷道：'还要叨光将差禀批示同前日讯的堂谕赐了底稿。'卞冶池道：'今日着清书抄好送上。'"（329 页）清邹弢《海上尘天影》第六回："内外书房管理书籍文具，兼合府一切所用书画玩具并清书二名：徐起，顾喜。"（53 页）

蛆虫

指禽鸟。清瘦秋山人《金台全传》第二十一回："小二道：'娼根，告诉了你罢。这只蛆虫叫作罗纹鸟，外国飞来，无价的珍宝，能说人言，天下少的。'"（178 页）《大词典》"蛆虫"条："比喻令人厌恶的东西。明单本《蕉帕记·闹婚》：'呸呸呸，就扭死这些蛆虫不许啼。'"乃随文释义，例中"蛆虫"指报晓鸡。《六十种曲·蕉帕记》第二十三出："江水上一对鸳鸯弗走开，好像梁山伯了祝英台。雌个蛆虫乃亨偏要搭子雄个走也。"此"蛆虫"指鸳鸯。明谈迁《枣林杂俎》中集《赜动·海雕》："正德末，有鸟黑色，大如象，舒翅如船蓬，飞入长安门内大树上，唉人鹅如拾蛆虫然。数月方去，人以为海雕也。"（续四库 1135-84）"拾"有"抓；捉"义，此"拾蛆虫"当为抓捕小鸟之义。"虫蚁""鸟虫"亦有此义，《六十种曲·琵琶记》第三出："（丑）春昼，只见燕成双，蝶引队，莺语似求友。（贴）呀，贱人！你是人，却说那虫蚁做甚么？"《曲本》第四十四册《寿荣华》第一部："大家寻鸡且莫讲，再说九州找鸟虫……卞九州正在林内寻找鸟雀……"（5/1/b3）又今多地方言称麻雀为"小虫儿"或"小虫子"（参看《汉语方言大词典》1999：436），皆可资比勘。"鸟"改称"虫蚁""蛆虫"与避讳有关，参看汪维辉（2018a：236）。

圈声

圈读某声。用小圈或小点表示读作假借字，或者改变读音来表示语义、词性的转变。唐作藩（1979）指出："凡在字的右上角加圈的就是破读音，不圈的读如字。"民国谢会心《评注灯虎辨类·格式全卷·系铃》：

"我国文字，义颇复杂，复加四声，辨之不得不审。制谜于择底挂面时，将本字故意圈读，使之转成别解，是谓系铃。……'野人献日'射四书句'暴见于王'。按：暴，本庄暴（四书人名），故意圈读入声，转通作曝，文义迥别，趋径自觉不同。"又："近人尝本其事，以'郑侠上《流民图》'为面，扣《书经》句'奏庶鲜食'。按：鲜，本鲜美，故意圈读上声，转通作少。"①《二十年目睹之怪现状》第六十七回："我道：'我出一个：山节藻棁，素腰格，《三字经》一句。这个可容易了，子翁、德翁都可以猜了。'子安道：'《三字经》本来是容易，只是甚么素腰格，可又不懂了。'述农道：'就是白字格；若是头一个字是白字，叫白头格；末了一个是白字，叫粉底格；素腰格是白当中一个字。'德泉道：'照这样说来，遇了头一个字是要圈声的，应该叫红头格；末了一个圈声的，要叫赤脚格；上下都要圈声，只有当中一个不圈的，要叫黑心格；若单是圈当中一个字的，要叫破肚格了。'"②黄耀堃、丁国伟（2001）指出："'圈声'本来指用小圈或小点表示读作假借字，或者改变读音来表示语义、词性的转变。"上例"圈声"指所圈之字要读作同音字。

借指读错字音。清归锄子《红楼梦补》第四十七回："（贾母）说着，向纱橱子里面一瞧，道：'那黑鸦鸦坐的半屋子都是些什么人？'凤姐陪笑道：'那都是跟姑娘们的丫头，同咱们自己家里的。林妹妹叫都来伺候老太太，赏他们也乐一天。'贾母道：'原该是这么样，我记得当年，先你爷爷晚上叫宝玉的老子念书，讲的什么《孟子》上的"独乐乐，不如与人乐乐"。'众人从没听见贾母讲过四书，犹如听贾政讲笑话一般。又听贾母把四个'乐'字都作圈声念了，先是湘云要出出来③，忙拿手帕子握了嘴勉强忍住。"（1953页）此例贾母把四个"乐"字都念作圈声，似指其将四个"乐"字读音都改了，即将一般读成"yuèlè"的"乐乐"读成了"lèle"，后一"乐"被读成了轻声。

---

① 《评注灯虎辨类》，潮州市灯谜协会重印，2005年，第117页。
② 《二十年目睹之怪现状》，北京：人民文学出版社，2000年，第616页。其"山节藻棁"注云："《论语》上有'臧文仲居蔡，山节藻棁'这一句话。臧文仲，鲁国大夫。蔡，大龟。山节，把屋上的斗栱刻划为山形。藻棁，把梁上的短柱绘上水草。古人迷信，以为龟是神物，所以用这种奢侈精致的屋子来养着它。这里以'山节藻棁'为迷面，射'有龟藏'三字，又因《三字经》上是'有归藏'，所以采用束腰格，当中用一个别字，谐'龟'为'归'。"
③ "出出来"不辞，申报馆仿聚珍板重印本《红楼梦补》（《善本初编》第十辑）作"笑出来"。

拳教

同"拳教师""拳师"。教授拳术或精于拳术的人。清瘦秋山人《金台全传》第三十四回:"不想那年被拳教何同连跌三交,逼装犬叫……如今闻得淮安姚通政的公子姚能,聘请拳教何其,要打百日叙雄台。"(290页)又第三十六回:"台主聘请拳教雷蓬,本领高强,连打七日,共总打败了六十五个英雄。"(302页)又第四十三回:"金台道:'大凡名功拳教,自家总不肯夸张大口的。'"(369页)"拳教"即"拳教师"的简称,《金台全传》第三十三回:"安人道:'不过做了一个拳教师罢了啊。'员外哈哈笑道:'拳教师还不希罕。'"(277页)清梦花馆主《九尾狐》第二十七回:"其初,上海的人未知他的来历,因他带着马匹,只道他是做马贩子的;后来被徒弟们传扬,方知他做过武职,是一位有名的拳教师。"[①] 清桃花馆主《七剑十三侠》第四十八回:"三保道:'周大是个生意人,虽然爱弄拳棒,他一时那里去聘请许多拳教师来?'"(237页)参看《大词典》及王宝红、俞理明(2012:72)"拳师"条。

雀剥/雀薄/屈薄/切薄

清曹去晶《姑妄言》第一回:"到听发急道:'我是千真的话,你们当我说谎,这样雀剥我。'"此"雀剥"《思无邪汇宝》本《姑妄言》校作"省剥"(146页),误。按:"省剥"当为"雀剥","省"与"雀"形近而误。"雀"是记音字,"雀剥"为"挖苦"之义。或作"雀薄",如清小和山樵《红楼复梦》卷二十九:"彩凤将杨嫂子的桃红单绸裤子扯开,在那像羊脂玉的屁股蛋上一面打着一面问道:'你还雀薄我们不雀薄呢?'"(1043页)又卷六十:"仙凤指着鼻子晃着脑袋笑道:'错了大爷们,谁还巴结得上这差使?叫书带姑娘狠狠的雀薄了他们一顿。我听着也很有气,为什么姨娘就赶不上他们?'"(2127页)据《汉语方言大词典》(1999:3744)又作"屈薄",《川剧传统剧本汇编》第五集《绣襦记》第九场:"说此言全不怕把脸羞破,羞先人当耍意又挨屈薄。"以上诸例中,"雀薄"等为动词,为"挖苦"义。或作"切薄",清归锄子《红楼梦补》第四十回:"讲到别的,还有什么希罕东西?知道的呢,说我尽一点

[①] 《九尾狐》,上海:上海古籍出版社,1997年,第162页。

穷心,那一等切薄嘴一定说那讨人厌的刘姥姥又拿了两篮子虫蛀匾豆、退倭瓜来打抽丰了。"(1605 页)此"切薄"即"雀薄",为形容词,乃"刻薄"之义,此例镕经阁石印本及北京大学出版社点校本皆据义改为"刻薄"①,误。另按:"雀薄"本字当为"确薄",除以上所举外,亦有其他文字形式,可参看曹海东、李玉晶(2015)。

群墙

围墙。《红楼梦》第十七回:"那门栏窗隔,皆是细雕新鲜花样,并无硃粉涂饰;一色水磨群墙门雅墙雅,不落俗套,下面白石台矶,凿成西番草花样。"(345 页)清郭广瑞《永庆升平》第三十六回:"二人用完了茶,出离茶馆,来至正西八里之遥,有一座大庄院,坐北向南的大门,周围群墙,外面有护庄濠沟,里面房屋甚多。大门以外一带,垂杨柳树映着雪白的群墙。"(452 页)清贪梦道人《永庆升平后传》第二十五回:"这四个人由东边顺山坡上去,见路北有座山神庙,就是一间殿,并无群墙。"(128 页)《儿女英雄传》第三十九回:"那院子里有合抱不交的几棵大树,正面却没大厅,只一路腰房。东西群墙,各有随墙屏门。"(1962 页)《曲本》第四十三册《刘公案·莲花庵》:"原来是孤孤零零一间小庙,四面并无群墙。"(298/2/c2)又第二十一册《于公案·红门寺》:"但见迎面一座庙,周围树林尽成林。群墙高砌多坚固,上抹青灰下抹红。"(312/2/b2)石派书《通天河》:"只见迎面有一所大庄院,广梁大门建造得齐齐整整,高高大大,左右有虎皮石的群墙。"(俗 401 – 259)影戏《五虎平西》卷五:"此处望夫山离此不远,山高二十余丈,如同群墙铁壁,中间是荒草,别无出路。"(绥 40 – 118)蒲松龄《日用俗字·泥瓦章》:"四周群墙一趄庍,锫锫钉密裹双扉。"② 张树铮(2015:163)注云:"群墙:当指裙墙,屋墙靠近地面的一段。旧时一般人家无财力盖全砖的房子,只在裙墙用砖。"未确。

---

① 《红楼梦补》,宋祥瑞点校,北京:北京大学出版社,1988 年,第 453 页。
② 《日用俗字》,《山东文献集成》(第 4 辑第 11 册),济南:山东大学出版社,2011 年,第 554 页。

R

惹骚

（1）挑逗；诱引。《三国演义》第四十六回："坐定，瑜问孔明曰：'即日将与曹军交战，水路交兵，当以何兵器为先？'孔明曰：'大江之上，以弓箭为先。'"李渔评："卖弄惹骚，故犯其令。"①《明清吴语词典》（2005：513）"惹骚"条："挑逗；调戏。"（2）自找麻烦；惹事。《二刻拍案惊奇》卷三十八："莫大姐称心像意，得嫁了旧时相识。因为吃过了这些时苦，也自收心学好，不似前时惹骚招祸，竟与杨二郎到了底。"（1764页）前文言莫大姐"撩拨男子汉，说话勾搭"，最后为人所赚，卖入娼家。例中"惹骚"仍有"挑逗；诱引"义，然与"招祸"连用，其引申义可见端倪。《三国演义》第四十八回："操顾诸将曰：'青、徐、燕、代之众，不惯乘舟。今非此计，安能涉大江之险！'只见班部中二将挺身出曰：'小将虽幽、燕之人，也能乘舟。今愿借巡船二十只，直至江口，夺旗鼓而还，以显北军亦能乘舟也。'操视之，乃袁绍手下旧将焦触、张南也。操曰：'汝等皆生长北方，恐乘舟不便。江南之兵，往来水上，习练精熟，汝勿轻以性命为儿戏也。'焦触、张南大叫曰：'如其不胜，甘受军法！'……却说焦触、张南凭一勇之气，飞棹小船而来。韩当独披掩心，手执长枪，立于船头。焦触船先到，便命军士乱箭望韩当船上射来，当用牌遮隔。焦触捻长枪与韩当交锋，当手起一枪，刺死焦触。"李渔评："如此不耐死，何苦惹骚？"②此"惹骚"指"自找麻烦"，即自寻死路。清瘦秋山人《金台全传》第十二回："本城地方的女眷真正惹骚，要看斗法的了，一班雌朋友倒要请他们吃饭，总是家公破钞的。"（107页）此亦言"自找麻烦"。此义现代仍用，《汉语方言大词典》（1999：5923）"惹臊"条："惹事。中原官话。兰银官话。"《米泉回族民

---

① 《三国演义会评本》，陈曦钟等辑校，北京：北京大学出版社，1986年，第578页。
② 《三国演义会评本》，陈曦钟等辑校，北京：北京大学出版社，1986年，第606页。

间文化·方言荟萃》:"惹骚——自找麻烦。"① 张艳荣《关东第一枪》第二十五章:"上次没整死章啸天,这是回来报仇啊。他知道,自己惹骚了。"②

入港

引到相关话题或事情上去。清天花才子《快心编二集》第九回:"世誉道:'我因一时性急,便催你去。方才思量起,若相会了,将怎么话入港?'白子相笑道:'这般事,不消二相公费心,我早已打点去的。有个舍亲,为件官司,今已讲明了,恐当堂回销不便,商意要去寻个分上,暗里批豁。我想,不如去浼李再思,倒是一个入门诀,所以去寻他。把这官事入了头,便有文章做了。难道我真个孟浪,便突然说起么?'"(459页)贯华堂本《水浒传》第三回:"那个员外也爱刺枪使棒。"夹批:不重员外枪棒,只借此使文章入港耳。(199页)蒙府本《红楼梦》第十二回:"贾瑞笑道:'别是在路上有人牵住了脚〔侧批:旁敲远引。〕不得来?'凤姐道:'未可知。男人家见一个〔侧批:这是钩。〕爱一个也是有的。'贾瑞笑道:'嫂子这话说错了,我就不这样。'〔夹批:渐渐入港。〕"③ 甲戌本《红楼梦》第二十六回:"出了怡红院,贾芸见四顾无人,便把脚慢慢的停着些走,口里一长一短和坠儿说话,先问他'几岁了?名字叫什么?你父母在那一行?在宝叔房内几年了?〔侧批:渐渐入港。〕一个月多少钱?共总宝叔房内有几个女孩子?'那坠儿见问,一桩桩的都告诉他了。贾芸又道:'刚才那个与你说话的,他可是叫小红?'"(398页)早稻田大学图书馆藏《闹里闹》:"今日在下做这一本俗话,因为要说孝妇这一段话文,先说火烧的事情,做个入港。"

---

① 《米泉回族民间文化·方言荟萃》(内部资料),米泉新区文化馆编,2006年印,第39页。按:米泉属新疆昌吉回族自治州。
② 《关东第一枪》,北京:新华出版社,2015年,第187页。
③ 蒙府本《红楼梦》,北京:北京图书馆出版社,2007年,第426页。

S

扱

清古吴憨憨生《飞英声·合玉环》:"和氏自料难脱虎口,要寻死路,尽力将身一挣,却便挣脱扯者之手,望着地上撞将下去,也一交跌翻,险些撞破头脑,长发扱了满面。"(40页)此"扱"记"撒"音,为"洒落"之义。石派书《包公案铁莲花》卷五:"出村十里紧扱一辔,要扑江南一座城。"(俗402-267)"扱辔"即"撒辔",又卷二十四:"伯侄俩紧撒一辔,行至缎店门首下马。"(俗402-494)明佚名《天凑巧》第三回《曲云仙》:"这云仙一拍鞍子,跳上马去,加上一鞭,撒了一撒辔头,四个锡盏子搅雪的一般飞去。"(128页)清佚名《锋剑春秋》第五回:"单讲孙燕主仆二人,闯出重围,也不顾身上湿透,腹中饥饿,紧撒一辔,直跑到申后方才雨止。"(79页)《白良关》全串贯第二本:"(净上唱)紧撒辔铃抖丝缰,定分谁弱共谁强。"(未刊10-451)又《包公案铁莲花》卷五:"李兴娘刚然分辨几句,谁知恶妇竟自扱起刁来。"(俗402-274)又卷六:"口内不住扱村骂,恶妇长娟妇短对不上言。"(俗402-315)又卷七:"大叫畜生小孽种,真真的扱野礼该诛。"(俗402-371)三例中,"扱"亦皆记"撒"音。

搔号

即"销号"。清花月痴人《红楼幻梦》第一回:"鬼役进去,见判官在堂上伺候城隍老爷查点案卷,向前跪禀道:'现有本城土地,带领女鬼一名,前来搔号。'"(5页)"蚤"草书或作"叄",其上类"天"形,故"搔"即"搔"字,"搔号"即"销号"之记音。"搔""销"同为心母字,一为豪韵,一为宵韵,某些方言(如苏州、无锡)中分尖团音,"销"与"搔"音近,故记为"搔"。方言中不分平翘舌,"搔"读如稍,"稍"又或记作"小",《曲本》第二十册《于公案·出窑》:"不必挨迟咱快去,小若担搁兵将进山,想跑万万不能。"(353/1/b2)"小若"当即

"稍若"。"稍"又或通"消",《曲本》第五十六册《蟠桃会》:"纵有精灵,全在我一力担承。不稍阴寻,一同着顺海而行。"(410/2/a2)"不稍阴寻"即"不消因循",皆可为证。"销号"明清小说中习见,如《红楼梦》第一回:"只听道人说道:'你我不必同行,就此分手,各干营生去罢。三劫后,我在北邙山等你,会齐了,同往太虚幻境销号。'"(14页)

杀野/煞野

即"撒野"。清庾岭劳人《蜃楼志全传》第十回:"牛巡检道:'你这般杀野,定是洋匪无疑。'"清鸳湖渔叟《说唐演义后传》第八回:"众人怒道:'好杀野火头军!若再多言,我们要打了。'"(371页)清瘦秋山人《金台全传》第二十九回:"金忠哈哈道:'大胆的狗头,在吾金大爷面上杀野么?'"(240页)又同回:"刘乃在门背后看得明明白白,走进来对女儿说道:'如今才晓得,金台果然是个英雄。三个拳教师见了他,再也勿敢杀野,倒在那里讲正经哉。'"(243页)或作"煞野",清佚名《说呼全传》第三十五回:"翠桃见了道童,就骂道:'你这妖道,黄毛未退,敢在此煞野!'"(527页)《大话》串关:"(丑)自然!你们这起人煞野得紧,我若勿管,你们还了得!"(升52-27612)

煞白/刷白/沙白

因恐惧、愤怒或疾病等而面无血色;惨白。清醉月山人《狐狸缘全传》第二十一回:"只见红索拴着一个煞白的脸、九节尾、毛烘烘的狐狸。"(411页)或作"刷白",清小和山樵《红楼复梦》卷二十二:"一面同石夫人、秋琴三人飞身来到茶房,看见紫箫面色刷白,一手是血。"(764页)清秦子忱《续红楼梦》卷二十二:"晴雯听了,气的脸儿刷白。"(1013页)石派书《三矮奇闻》第五回:"刷白牙,银光露。"(俗401-500)或作"沙白",清娜嬛山樵《补红楼梦》第八回:"只有这个三姑爷急的满脸飞红,头上的汗就像蒸笼一般,总说不出来,把这个三姑娘气的脸儿沙白的,恨的悄悄儿的在他大腿上拧了一把。"(241页)按:《大词典》收"煞白""刷白"二词,"煞白"释为"犹惨白。多形容因恐惧、愤怒或疾病等而脸无血色","刷白"释为"色白而略微发青",二词实为同一词的方言变体,释义当一致,① 所举书证亦偏晚。

山招

证据确凿、不能推翻的判决。清天花才子《快心编三集》第十回:"所以同乔亲家算计,贿嘱县官,以为审断定了,出了山招,有了墙壁。"(509页)又同回:"后来洪源竟要赖婚,是职官不甘,请同原媒到他家里,抬了他女儿回来,洪源反捏词诳告在县里,蒙县主审明,现有山招,并洪源自认赖婚口供可据,只求老大人明察。"(514页)清夏敬渠《野叟曝言》第四十九回:"吾兄可请同守道,齐集府厅县各官,录取确供,一面申详,一面请了军门令箭,驰赴景州,密拿要犯,众证供明,山招铁案,便不怕他了!"(1382页)

烧火凳/烘凳/灶凳

烧火(向灶膛里送柴火)时坐的凳子。明西湖渔隐《欢喜冤家》第三回:"月仙见是他的原媒,住了两泪,扯他在水缸上坐着,自己坐于烧火凳上。"(137页)明周清原《西湖二集》卷十九:"还有无廉耻丫鬟,像《琵琶记》上惜春姐道'难守绣房中清冷无人,别寻一个佳偶',要去烧火凳上、壁角落里偷闲养汉,做那不长进之事。"(806页)明桃源醉花主人《别有香》第十四回:"坐在烧火凳儿上,想了一回。"② 清蘧园《负曝闲谈》第二回:"(沈老爷)坐在烧火凳上,把柴引着了,一面往灶堂里送,一面唱着京调《取成都》。"又言"烘凳",《别有香》第十四回:"在烘凳上热哄得有趣。"③ 又言"灶凳",《别有香》第十四回:"只见那婢抱了狗儿,在灶凳儿上作颠。"④

舍/子舍

《白话小说语言词典》(2011:1355)"舍"条:"宋元以来通称官宦子弟为舍人,省称舍,也用来称儿媳。[例]那卢家在船里,胡舍还在岸上

---

① 关于"煞""刷"音同,参看张文冠(2018a)。
② 《别有香》,《思无邪汇宝》,第260页。
③ 《别有香》,《思无邪汇宝》,第261页。
④ 《别有香》,《思无邪汇宝》,第261页。

接婊子未来。(通言·一五)懒龙掣住其衣,问道:'你不是某舍么?'(二拍·三九)潘大嫂又无第二位令郎,何不领着令子舍,同我们一齐到那里,好歹交还他两个媳妇。(石点头·十四)"至明清时期,"舍"已由专指显贵官宦子弟而扩展到泛指普通人,清佚名《生绡剪》第八回:"偶有顾生邻舍,叫名杜小七,与人挑脚,送至毗陵。经过身边一看,认得这是顾大舍,客死穷途。"(437页)此顾大舍乃一穷书生。又同回挑脚夫"杜小七"又被称为"杜七舍":"石崖柴假在中间做好人:'众兄弟不可动粗,他斯文一脉,只要他今日写个八字与杜七舍便罢。'"(444页)清佚名《醉春风》第四回:"两个旦扯一条绵被在这头同睡了,叫一声:'袁舍,你陪娘娘睡。'"此袁舍乃一戏子。这种演变与"官(人)"演变之路径相同,《大词典》"官人"条据清赵翼《陔馀丛考》卷三十七载云:"唐以前唯有官者方称官人,至宋已为时俗通称,明代以后遍及士庶,奴仆称主及尊长呼幼,皆可称某官人。"上引"顾大舍"又称"顾大官",《生绡剪》第八回:"可恨小七,就起天大不良之心,暗想:'他新娶的娘子,乃是陆酒鬼之女,此妇十分标致。今顾大官死了,两家一样精穷,毕竟思量改嫁。'"(438页)《唱本一百九十册·杨七郎打擂》:"六郎便在头里走,后跟七舍八将军。""七舍"即七郎。又:"七郎八舍交与你,叫你早去早回门。"

另有"子舍"一词,明天然痴叟《石点头》第十一回:"婆婆,媳妇归来了。你儿子娶了一个不长不短、不粗不细、粉骨碎身的偏房,只是原来的子舍。"(777页)又第十四回:"张三老道:'原来令郎也还不曾完姻。据老夫愚见,令郎既同小婿在罗浮山中,潘大嫂又无第二位令郎,何不领着令子舍,同我们一齐到那里,好歹交还他两个媳妇,完了我们父母之情。'"(971页)清烟霞散人《凤凰池》第十五回:"太仆大笑道:'尚书公不须疑了,令爱嫁与石霞文,竟是自嫁自了;小女嫁与云湘夫,竟是嫁与令爱了。如今令爱也在此,令坦也在此,令子舍也在此,小弟与尚书竟是儿女亲家。'"(420页)清五色石主人《八洞天》卷七:"没鸡巴的公公,倒娶了个有鸡巴的子舍;有阳物的妈妈,倒招了个没阳物的东床。"(487页)上述诸例中,皆是"子舍"连用指儿媳,辞书立目当立"子舍"。我们认为,指称"儿媳"的"子舍"源于"舍"的"房舍;居室"义。古称妻为"房"为"室",文献中有"子室"一语,指儿媳,如罗贯中《隋唐两朝志传》第一○八回:"庄曰:'燕帝不仁,奸淫子室,紊乱纲常,天人共怒。'"(278页)明孙一奎《医案》卷二:"李坦渠老先生令子室,十月发寒热起,一日一发,咳嗽,心痛,腰亦痛。"(存目子

48-62）同治《九江府志》卷四十二《贞女》："戴女，儒士何章彬配，职员文涛三媳，监生仁女。幼通《孝经》《内则》诸书，解吟咏，父疾，剧刲股救，痊。姑母爱之，聘为三子室。""三子室"即"三媳"。"子舍"构词理据当与"子室"相同。

慎/唄/甚/慎/渗/瘆

令人害怕。清醉月山人《狐狸缘全传》第四回："眼如灯，瞧着慎。"（89 页）"慎"即"瘆"。影戏《泥马渡江·如部》："二妖何处遁？必是现了形，可算运气顺。忙忙叫大哥，不用再发唄。"（未刊 65-461）"唄"乃"慎"之讹省，敦煌文献 P.3720 中"斟"或省作"斟"（张涌泉 2015：916），影戏《飞虎梦》第七部："何须太谦斟上酒，老哥尊姓那班里？"（俗 217-283）"斟"即"斟"，皆可资比勘。《泥马渡江》例《清车王府藏戏曲全编》校为"嗔"，未确。① 影戏《天门阵》卷七："见他就发甚，胆战心也寒。"（未刊 58-399）影戏《卧龙岗》第六部："劈雷响咕噜，打的人发甚。"（俗 170-388）"唄"亦可能是"慎"之俗写，石派书《九头案》："不由得，心内发毛实在慎人。"（俗 405-274）影戏《双龙璧》第二部："执掌几万兵，人人见发慎。"（俗 188-100）影戏《群羊梦》第五本："昂然立，面生唄，口呼陛下，太欠思忖。"（俗 220-403）"唄"即"嗔"。

王锳（2004：52）认为元曲等文学作品中出现的"渗人"一词中的"渗"是"惨"字之误，并引钱南扬《小孙屠戏文》第十四出注语，指出"惨"字或误作"碜"。接着又说："但'渗''碜'二字应看作借字还是错字？按：'渗''碜''惨'三字意义各别，读音也不尽同。如《说文》：'渗，下漉也，又泽名。'《广韵》上声寝韵：'碜，食有沙碜。'均与愁怕义无涉。'渗''碜'在《中原音韵》属侵寻，而'惨'为监咸。因此，宜将'渗''碜'看作形近致误之字。"故王锳（2005：32）又云："'渗''碜'二字在字书中均只有'下渗'及'食物杂沙'之义，其表'愁怕'义应是'惨'的假借字或俗误字。"王福利（2008）认为："王锳及钱南扬的以上理解均有偏差，在'瘆人'等语境中，这类戏曲小说作品中出现的'渗'、'惨'、'碜'等字，皆读作'shèn'，只是因为戏文或小说的书写者或刊刻者，将其字写成或刊刻成了不同的形状而已，故均可

---

① 《清车王府藏戏曲全编》（第 19 册），广州：广东人民出版社，2013 年，第 325 页。

视为'瘆'字的异文,因而,它们在读音和含义上是完全相同的,并非形近致误,其意义也并非各别。"王学奇、王静竹(2002:978)"渗"条:"指骇怕、恐惧的感觉。一作'瘆'。《集韵》谓骇恐貌。宋·释延一《广清凉传》卷上:'神龙宫宅之所在,为人暂视之,瘆然神骇。'……北语把威势可畏或阴森可怕叫作渗人。"近代汉语中｛瘆｝是个常用口语词,其来源于"惨"。王锳认为"惨"是本字,其余为假借字或俗误字,王福利认为"瘆"是本字,余为异文。之所以有此分歧,正因为"惨"是"瘆(渗)"之语源。

"惨"有"寒"义。《黄帝内经素问》卷二十一《六元正纪大论》:"五之气,惨令已行。"①《逸周书·周月》:"阴降惨于万物。"朱右曾校释:"惨,寒气惨烈也。"《文选》卷二张衡《西京赋》:"雨雪飘飘,冰霜惨烈。"李善注:"惨烈,寒也。"梁僧佑《出三藏记集》卷十五:"寒气惨酷,影战魂慄。"②《法苑珠林》卷三十一:"或于凝雪之辰,叩冰盥浴,肤色辉然,不以寒惨。"③"惨"又有"骇恐貌"义,较早用例在《诗经》中已见。《诗经·小雅·北山》:"或湛乐饮酒,或惨惨畏咎,或出入风议,或靡事不为。""惨惨"为害怕获罪而惊恐不安的样子。晋葛洪《抱朴子外篇》卷三《博喻》:"何必曲穴而永怀怵惕,何必衔芦而惨惨畏罥?"(四库1059-209)又《旧唐书》卷一四三《刘怦传》:"初,总弑逆,后每见父兄为祟,甚惨惧,乃于官署后置数百僧,厚给衣食,令昼夜乞恩谢罪。"元王实甫《西厢记》卷二第二折:"劣性子人皆惨,舍着命提刀仗剑,更怕甚勒马停骖。"④元贾仲名《萧淑兰》(顾)第二折:"烦恼这场非是揽,恶风声委实心惨。""寒"义往往与"骇恐"义相联系,如"癛"有"寒"义,《说文·仌部》:"癛,寒也。"字或作"凛",朱骏声《说文通训定声》:"字亦作凛,又作懔。"⑤《集韵·寑韵》:"凛,《说文》:'寒也。'"段注依《文赋注》补"凛凛"二字:"癛,凛凛,寒也。引申为敬畏之称,俗字作懔懔。"依段注,"凛"俗又作"懔",《广韵·寑韵》:"懔,畏也。"《集韵·寑韵》:"懔,惧貌。""懔"之"畏惧"义由"寒"义引

---

① 《重广补注黄帝内经素问》,唐王冰注、宋林亿等校正,《四部丛刊初编》影明顾氏翻宋本。
② 《出三藏记集》,《碛砂大藏经》(第94册),北京:线装书局,2005年影印宋元版,第573页。
③ 《法苑珠林》,《碛砂大藏经》(第103册),北京:线装书局,2005年影印宋元版,第374页。
④ 《新刊奇妙全相注释西厢记》,《古本戏曲丛刊初集》影北京大学图书馆藏明弘治刊本。
⑤ 《说文通训定声》,武汉:武汉市古籍书店,1983年影印,第97页。

申而来。又有"惨栗"一词,为"极寒"之义,《皇帝内经素问·至真要大论》:"岁太阳在泉,寒淫所胜,则凝肃惨栗。"王冰注:"惨栗,寒甚也。"①《古诗十九首·孟冬寒气至》:"孟冬寒气至,北风何惨栗。"刘良注:"惨栗,寒极也。"②《抱朴子外篇》卷四《广譬》:"凝冰惨栗而不能凋款冬之华。"(四库 1059－221)"栗"又有"恐惧"义,《尔雅·释诂》:"栗,惧也。"可以参证的是,《世说新语》卷中之下《规箴》:"郄遂大瞋,冰衿而出,不得一言。"③ 王云路(1996)指出,唐写残卷作"冰矜","'矜'或'衿'都是'凛'的借字,表寒冷;'冰矜'(或'冰衿')同义连言,不可分释,可译为'冷冰冰的样子',是由生理上的寒冷引申为心理或表情上的冰冷"。从语义上看,据《集韵·寝韵》,"瘆"有两义:一为"寒病",一为"骇恐貌",与"惨"义合。《玉篇·疒部》:"瘆,寒病。"较早用例见于唐代,如唐刘禹锡《述病》:"如是未移日而疾也,瘆如覆癓于躬。"④ "瘆"之"骇恐"义用例出现较晚,明汤显祖《牡丹亭》第二十七出:"(旦惊科)一霎价心儿瘆,原来是弄风铃台殿冬丁。"⑤ 从语音上看,《集韵·寝韵》"惨""瘆"同音楚锦切。

　　下面我们尝试论证"惨"写作"瘆"之原因。"惨"后又写作"瘆",盖因从"心"之字多与从"疒"之字通。如"憪"又作"瘌",《说文·心部》:"憪,憼也。或从疒。"又"恙"与"痒"同源,忧思为"恙",为病则曰"痒"。《尔雅·释诂》:"恙,忧也。"又:"痒,病也。"邢昺疏:"痒者,舍人曰:'心忧愈之病也。'"又"悼"或作"痹",《方言》卷一:"悼,哀也。"《龙龛手镜·疒部》:"痹,伤也。"《正字通·疒部》:"痹,伤也,与悼义近。"又"瘉"或作"愈",《说文·疒部》:"瘉,病瘳也。"徐锴系传:"今作愈字。"《集韵·嚘韵》:"瘉,通作愈。"又"憯"或作"瘠",《说文·心部》:"憯,痛也。"《集韵·感韵》:"憯,或从疒。""惨"与"憯"又多有所混,唐慧琳《一切经音义》卷八十一《集神州三宝感通录》卷一音义"懂惨"条:"下参感反……亦作憯,痛也。"⑥《经典释文》卷七:"惨不,七感反,本亦作憯,曾也。"宋戴侗

---

① 《重广补注黄帝内经素问》,《四部丛刊初编》影明顾氏翻宋本。
② 《六臣注文选》,《四部丛刊初编》影宋刊本。
③ 《世说新语》,《四部丛刊初编》影明袁氏嘉趣堂刊本。
④ 《刘梦得文集》,《四部丛刊初编》影董氏影宋本。
⑤ 《牡丹亭》,《古本戏曲丛刊初集》影明朱墨刊本。
⑥ 《一切经音义》,《正续一切经音义附索引两种》,上海:上海古籍出版社,1986 年,第 3170 页。

《六书故》卷十三："慘，七感切，凄惨也。或曰憯、惨实一字。"①《康熙字典·疒部》："瘆,《集韵》《韵会》《正韵》并七感切，与惨同。"按："憯"与"惨"同，皆有"惨痛""忧伤"义，二者常混用，为痛疾则换旁从"疒"为"瘆"，为寒病则从"疒"作"瘆",《集韵·寝韵》："瘆，痛疾。"《玉篇·病部》："瘆，寒病。""惨懔"或作"瘆懔"，《增广注释音辩唐柳先生集》卷三十《与萧翰林俛书》："意以为常，忽遇北风，晨起薄寒中体，则肌革惨懔。"潘纬音义："惨，七感切，懔，来感切，阴寒貌。'惨'一本作'瘆'，所锦切，懔，力锦切，病寒也。"②"惨栗"或作"瘆栗"，明王鏊《震泽集》卷一《吊阖庐赋》："将举首而闯其浅深兮，先魂惊而瘆栗"。（四库 1256 – 121）故从语义、语音、字形上都说明"瘆"源于"惨"，后又记作"渗""碜""慘"等。

综上，"瘆"源于"惨"，"惨"是多音字，在词语发展过程中，由于语音分化和部件相通，读"楚锦切"的"惨"又记为"瘆"。直到元曲时代，{瘆}的字面都没有固定。③

生活

指房事。清曹去晶《姑妄言》第二回："铁化同玉仙到了一间房内共寝，少不得脱得精光做一番生活。"（266 页）又第十二回："况承你的好情，又与了我丫头，家里的生活还做不完，还想外边些甚么？"（1405 页）又第十四回："他这妻子袁氏，只能在被窝中做生活，至于女工针指，当家立计，全然不会。除了行房之外，但能食粟而已。"（1664 页）"做生活"即行房事也。清瘦秋山人《金台全传》第三十五回："女人勿是爱他黑得好，蠢得好，只贪图他的生活好，实有通宵不泄的本事。"（294 页）参看《近代汉语词典》（2015：2788）"做生活"条。

---

① 《六书故》，上海：上海社会科学院出版社，2006 年，第 319 页。
② 《增广注释音辩唐柳先生集》，《四部丛刊初编》影元刊本。
③ 元曲中"惨可可"又作"碜可可""参可可""嗲可可"，可资比勘。另，王学奇、王静竹（2002：162）指以上诸形是因"嗲、参、碜音近；惨、碜义通"。今谓以上诸形所记为一词，"碜""惨""嗲"其时皆当音近。"碜"或为"惨"之俗写，慧琳《一切经音义》卷四十二《观自在菩萨如意轮瑜歧法经》卷七音义"惨心"条："《说文》云：'惨，毒也，从心参声。'经作碜，俗字也。"（1669 页）又卷五十七《天请问经》音义"惨毒"条："经文作碜，亦通用也。"（2311 页）

箸/跌箸

"箸"之俗讹。卜卦。清素庵主人《锦香亭》第一回:"苍头道:'莫非为着功名么?我前日在门首,见有个箸的走过,我叫他跌了一箸。他说今年一定高中的,相公不须忧虑。'"(11页)"箸"即"蓍"字,"蓍"或俗省作"箸""箸"(韩小荆2009:673),俗书"日""口"相乱,故讹。清李绿园《歧路灯》第七十二回:"昨发程济署,连日风恬日霁,履道坦吉,不箸可知。"(1504页)清逍遥子《后红楼梦》第二十八回:"前日北靖王在朝里,当面说起有一位南方先生高明的狠,姓张号梅隐,撰得好箸,灵得了不得。"(831页)《儿女英雄传》第三十六回:"(安老爷)忙忙的洗了手,换上大帽子,到了自己讲学那间屋子去,亲自向书架子上把《周易》、蓍草拿下来,桌子擦得干净,布起位来,必诚必敬撰了回箸,要卜公子究竟名例第几。撰完,却卜着火地晋卦。"(1751页)《近代汉语词典》(2015:387)"跌"条:"掷钱以赌输赢或卜吉凶。明张岱《陶庵梦忆》卷五:'随有货郎路傍摆设骨董古玩并小儿器具,博徒持小机坐空地,……以钱掷地,谓之跌成。'"盖占卜时初用蓍草起卦,后蓍草难寻,起卦又较复杂,故改以跌铜钱起卦,《中原音韵·车遮韵》"撰""跌"同小韵,"撰"或音"跌",故"撰箸"又作"跌箸"。

浕

清守朴翁《醒梦骈言》第二回:"顷刻间大雨如注,把张登身上那件破衣打个透浕,连忙背了这一束柴奔到一个山神庙内去躲。"(68页)"浕"为"識"之省,"識"俗或作"湁"(曾良、陈敏2018:554),又省作"浕",此例中记"湿"音。明方汝浩《禅真逸史》第二十三回:"只听得呼呼之声,一派水响,将船浇得透湿。"(989页)清褚人获《隋唐演义》第二十六回:"一行人在路上,遇着这疾风暴雨,个个淋得遍身透湿。"(617页)清佚名《双凤奇缘》第三十二回:"苏爷一见心下甚是着慌,冒着大雪大风站起身来,也不顾衣衫透湿,在山上四处赶拢羊来。"(283页)

事头

店铺之主事者。清佚名《万年清奇才新传》第四回:"忽见有一老者挑了一担盐，冒雨走将进铺里，口中说道：'求各位大事头与老汉避一避雨，免淋坏了这担盐，感恩不浅。'"（83 页）清庚岭劳人《蜃楼志全传》第一回："这日正在总行与事头公勾当，只见家人伍福拿着一张告示进来。"清邵彬如《俗话倾谈》卷一："既到龙湾大埠，寻着大绸缎铺，手指货架上说：'事头公，我要这的货，又要那的货。搬运落来，择其合意者买之。'既讲成价，二成擒一包银五十两出来兑，事头看过，惊曰……"（64 页）清曾衍东《小豆棚》卷八《闺阃·阿嬙》："粤省风土最异……主事者曰'事头婆'。"① 此例中，"事头婆"指妓院之主事者，鸨母一类。清徐珂《清稗类钞·方言·广州方言》："师头婆，商店女主人也，老鸨也……市头，商店主人也。"② 蒋礼鸿（2001：18）指敦煌文献中"使头"有"主人"义，"事头婆"当即"使头婆"。又可参看《汉语方言大词典》（1999：3170）"事头"条。

是一是二

是一还是二？喻无法确定。明冯梦龙《情史》卷四《情侠类·于頔韩滉》："戎使君所欢歌妓，是一是二？一夺于于帅，再夺于韩公，而俱以闻诗放还，何戎之多幸也！"（325 页）此"是一是二"指是否为同一人。清李渔《闲情偶寄》卷十四《种植部·蝴蝶花》："蝴蝶，花间物也，此即以蝴蝶为花。是一是二？不知周之梦为蝴蝶欤？蝴蝶之梦为周欤？"（续四库 1186 - 685）清季六奇《明季北略》卷五《李自成起》："各本俱载贼首高迎祥，而此独言高如岳，是一是二？存实以俟考。"（续四库 440 - 77）又卷十七《张献忠毁驿道》："他卷仿此，但自成陷南阳，刘士杰战死，而此亦载士杰战死，未知是一是二。"（续四库 440 - 186）清佚名《续西游记》第五十三回《总批》："毕竟鬃毛是你，你是鬃毛？此语大可参禅。客以举似柳子，柳子曰：'铲断蚯蚓，两头俱动，是一是二？'"（947 页）清烟霞散人《凤凰池》第十六回："今特请问：'石霞文果是令坦，与相水兰果是义弟兄？是一是二？是假是真？望乞明示。'"（445 页）清梦梦先生《红楼圆梦》第三十回："仙妃复站起，向南叩齿道：'既可借形，亦可借神；是一是二，非假非真。速请青霞姐姐到坛。'"（637 页）清陈森《品花宝鉴》第十回："猜不透是一是二，遂越想越成疑团，却又不便问

---

① 《小豆棚》，济南：齐鲁书社，2004 年，第 139 页。
② 《清稗类钞》（第 5 册），北京：中华书局，1984 年，第 2227 页。

他们。"(416页)

另按,《白话小说语言词典》(2011:1400)"是一是二"条:"形容叙述完整清楚;一五一十。[例]是一是二,说得明白,还有个商量。(通言·二一)"清逍遥子《后红楼梦》第七回亦有此用法:"紫鹃也会意,趁着惜春盘问,也便是一是二的将薛姨妈的一番议论一字不改的尽数说将出来。"(194页)

寿头码子/受头

指土里土气、呆傻之人。周志锋(1998:184)指出:"寿头,指举止言谈不合时宜,惹人讨厌的人。"清张春帆《九尾龟》第十三回:"秋谷见了这副怪状,忍不住哈哈一笑,心想:'天下真有如此寿头码子,真是可笑!'"(70页)或作"囚头码子",清梦花馆主《九尾狐》第十三回:"谁知子青是个囚头码子,果然弄错。"[①] 石汝杰(2005)指出:"[zy²³]呆;傻;行事不合常理的;有土气;二百五。读阳平。单用的书证很少,大多用于'寿头'等复合词中。苏州'寿、囚'声韵母同,声调不同,但连读时就混同了。'寿、囚'等都是用借字,无本字可考。从用例来看,这一词可能产生于清末的上海。""寿头码子"言人举止粗俗、有土气,"寿头"或指"壽"字之头,民国汪仲贤《上海俗语图说》(2015:400):"城里人称乡下人为'土头土脑',寿字是一个土字的头,上海人称乡曲为'寿头',即隐射一个'土'字。"《九尾龟》第十五回:"秋谷笑道:'我今日看见一桩笑话,真是奇谈。就把在大新街,遇见金汉良,坐着倌人的轿子,在四马路过去。他还在轿中招呼了我一声,天下竟有这样土气的人,你道可笑不可笑?'春树听了笑不可仰,张书玉也笑起来。春树道:'这个人本来是个出名的寿头码子,现在忽然跑到上海来出起风头来,正不知以后还要闹出多少笑话呢!我们只打点着耳朵,听就是了。'"(82页)"寿头码子"又言"土地码子"(参看曲文军2015:35),可资比勘。或作"受头",影戏《松棚会》第五本:"到也不错,你就招呼招呼,倘若来了受头,大家看眼色行事。"(俗177-454)此指以赌骗人,称被骗者为受头。

[①] 《九尾狐》,上海:上海古籍出版社,1997年,第66页。

水皮泡儿/水皮

犹"泡子"。水塘。清佚名《生绡剪》第十五回:"言渊解道:'不上岁把一丢水皮泡儿,阎罗王的点心,也不计较。'"(809页)"水皮"或指水面,清石玉昆《忠烈侠义传》第四十九回:"只见那蟾在水皮之上发愣。"(1574页)《曲本》第四十三册《刘公案·鸳鸯案》:"众人这才送下井去,直到水皮上将绳子才拉住。"(275/1/a2)子弟书《花木兰》第六回:"真可恨风尘不染梨花面,水皮儿上照处依然是旧容颜。"(俗386 - 152)影戏《天门阵》卷十:"执剑腾空而起,悠悠起在云端。不高不矮水皮上,孽龙不敢近跟前。"(未刊59 - 107)影戏《对菱花·四部》:"飘飘洮洮的浮水皮,兄弟你将船支在那莲花处。」使得,振就好呦。"(未刊72 - 70)犹"地皮"或指地面,石派书《包公案铁莲花》卷六:"土地爷,看罢忙把云头落,将李氏,母女轻轻放在地皮。"(俗402 - 337)《对菱花·平部》:"从龙情虚难再讲,无奈含泪跪在地皮。"(未刊72 - 302)

唑交

清萧湘迷津渡者《都是幻·梅魂幻》第五回:"南斌诉道:'我在康山梅树下唑交,好好一个宫主,同我来此避火,我一时失落在后。'"(80页)此例春风文艺出版社点校本作为"字迹难辨"之字以"□"代替,[1]后来者多据此排印,如中国戏剧出版社排印本[2]、北方妇女儿童出版社排印本[3]等。此乃南斌因在梅树下昏死过去,梦与宫主等欢娱,后因失火惊醒,方有此语。据文意,"唑交"当是"睡觉"之义。《都是幻》中"睡觉"之"觉"有刻作"交"者,《都是幻·写真幻》第二回:"想到得意处,不觉暗中欢笑。翻来覆去,到夜半以后,一交睡去。"(151页)清瘦秋山人《金台全传》第十五回:"他便上前摸摸他们三人,劝道:'不要哭了,今宵不乐是徒劳了。吾今与你们三个姐妹一样款待,一样睡交,若抢不到便罢,既抢了来,任凭你好汉英雄,没处逃的了。快来一同饮酒,四个人一床睡交。'"(134页)民国朱瘦菊《歇浦潮》第七十八回:"二

---

[1] 《都是幻》,《中国古代珍稀本小说》(7),沈阳:春风文艺出版社,1994年,第43页。
[2] 《都是幻》,《中国秘本小说大系》,北京:中国戏剧出版社,2000年,第34页。
[3] 《都是幻》,《中国私家藏书·古典文学珍惜文库》,长春:北方妇女儿童出版社,2001年,第144页。

姐回转卡德路，媚月阁刚睡交醒转。"① 笔者所藏 1938 年抄本《桑园会》："准是自己娶下的老婆，又吵咧，又闹咧，霎时倒唤我睡交咧？"旧抄本《绿秋亭宝卷》："王家个星丫环使女在拉丢讲谈：'今夜早点困交。'"（民 20 – 56）"困交"即"困觉"。或作"胶"，川戏《顺天时》："百姓们只说为君好，谁知为王更心焦。半夜三更未躺**胶**，东方发白着龙袍。"（俗 101 – 9）"躺胶"即"躺觉"。影戏《大团山·春部》："（合）用毒药，肚肠崩；刀儿一抹，就要流红；还是麻绳子，彼此略交轻。只好悬梁自尽，省的落人手中。"（未刊 57 – 41）"略交轻"即"略觉轻"，"交"记"觉"音。或作"睡教"，清佚名《雅观楼全传》第四回："赖氏点点头，向观保说：'到人家睡教放乖些，不要在床上夜里搅嘴。'"（81 页）《绣像义妖传·客阻》："我们关好睡教，明日斋仙人。"草书"睡"常作"**䑃**""**晥**"，与"唤"极似，刻工因不识"交"乃"觉"之借字，不能将草书"**䑃**"与"睡"联系起来，而据其形误将此字刻为"唤"，以致今人亦不识"唤交"一词。

四脚/四脚子

谓有四只脚，指代四脚动物。《大词典》"四脚"条："谓有四只脚。借指马匹。《宋书·臧质传》：'尔自恃四脚，屡犯国疆。'"此释义偏狭，四脚可泛指有四脚之动物。宋胡仔《苕溪渔隐丛话后集》卷三十七《缲黄杂记》引《东皋杂录》云："裴休与黄蘗为忘年友。一日，同行宛水上，见有驾柴车过堤下，泥深牛毙，鞭之不已。休方止其鞭者，蘗遽曰：'不可不重打！两脚时，劝不得；四脚时，不肯行，也好打。'"② 此"两脚时"指做人时，"四脚时"指做牛时。或言"四脚子"，明潘镜若《三教开迷归正演义》第六十六回："一九分道：'俺也说师父有手段，只是莫把前边四脚子门户叫俺当了。'"（1011 页）前文言一九分被头陀变为乌龟，"四脚子"指乌龟。傅朝阳（1987：101）"四脚子"条："无锡方言。四脚的动物。从前有人师傅，专捏四脚子。一块烂泥，到他手里，团团捏捏，转眼工夫就成了牛呀，马呀，猫呀，狗呀，放下来就跟活的一样。"

---

① 《歇浦潮》，上海：世界书局，1924 年。
② 《苕溪渔隐丛话后集》，北京：人民文学出版社，1962 年，第 303 页。

耸

戳；捅。胡竹安《水浒词典》（1989：407）"耸"条："同'扨'，推。[例]秦明急躲飞刀时，却被方杰一方天戟耸下马去，死于非命。""耸"有"推"义，然《水浒词典》所举《水浒全传》一一八回例中"耸"非"推"义，"耸下马"即"戳下马"，许少峰（2008：1762）释为"搠"，可从。明西湖渔隐《欢喜冤家》第十回："就把抬材长扛木往上一耸，那许玄一闪，跌将下来，恰好跌在众人身上。"（444页）例中"耸"为"戳；捅"义，本例言许玄以木板担于两楼窗槛之上过去与对楼女子偷情，事后复从木板回已楼，正走在木板上时，被楼下众人用长扛木捅了下来。《明清吴语词典》（2005：572）"耸"条："举；顶。□说罢，将腰下乱颠乱耸，紧紧抱住郁盛不放。（二刻拍案惊奇38卷）就把抬材长扛木往上一耸，那许玄一闪，跌将下来，恰好跌在众人身上（欢喜冤家10回）。重整雄风，将此物一耸进去，只见新玉的家伙紧固、火热的。（一片情1回）"所举《欢喜冤家》书证不确，"耸"无"举"义。"耸"的"戳；捅"义由"竖立"义引申而来，参看"笃"条。"耸"又多用于性交动作，例多不烦举。

苏甦

即"苏醒"。清小和山樵《红楼复梦》卷五十二："梦玉渐渐蘇甦，众人放心。"（1816页）又卷六十五："珍珠将怎样落江，在波浪中如何光景及在牌楼下蘇甦过来，所见所闻……直说到清凉观与惜春见面，今日骨肉重逢之事。"（2305页）此二例北京大学出版社点校本作"苏苏"[1]，误。春风文艺出版社校点本前例作"苏省"，亦误，后例校作"苏醒"[2]，是。今谓"甦"是"醒"的俗写。清佚名《善恶图全传》第三十八回："两边一声吆喝，将王志远拖下，褪去鞋袜收了三绳，死去还魂，冷水喷面，复又苏甦。"（783页）又第三十九回："李雷昏晕过去，凉水喷面，苏醒过来。"（800页）可证"苏甦"即"苏醒"。"醒"俗或作"甦"，清归锄子《红楼梦补》第十一回："宝钗已渐渐甦醒过来，搭在臻儿肩上。"

---

[1] 《红楼复梦》，张乃等点校，北京：北京大学出版社，1988年，第560页，第712页。
[2] 《红楼复梦》，孙钧等校点，沈阳：春风文艺出版社，1988年，第603页，第764页。

(431页)旧抄本《绿秋亭宝卷》:"进贵酒醒四更尽,心急慌忙走匆匆。"(民20-58)民国抄本《玉燕宝卷》:"小春着急高声喊,悠悠醒转泪双淋。"(民20-514)"醒"是"醒"的俗写,"醒"受"甦"的类化影响从"更"。"苏甦"之"甦"又是"醒"的简省俗字。俗书"星""生"相通,《泥马渡江》第九部:"旗旌招展军威壮,人人尽唱凯歌声。"(俗234-355)"旌"即"旌"。再如"猩"又作"狌",《玉篇·犬部》:"猩,猩猩。如狗,面似人也。狌,同猩。""鯹"又作"鮏",《集韵·青韵》:"鮏,《说文》:'鱼臭也。'或从星。""醒"亦作"酲",P.3065《太子入山修道赞》:"三更夜亦(月)停,鬓肥(嫔妃)睡不酲。"①"酲"即"醒"之简省俗字。《六十种曲·双珠记》第十六出:"(旦)有这等事!岂不痛杀我也!(哭倒介)(生)死生有命,娘子苏甦。"又《怀香记》第三十出:"孩儿苏甦,不必性急,我即着管家婆去放出春英。"许少峰(2008:1767)将上两例中的"苏甦"释为"犹苏醒",不确,当作"即苏醒"为妥。

算

装,扮。清佚名《说呼全传》第十五回:"大嫂道:'此处离山已是二三百里,我们且脱了甲胄,算为土民,方好再等救兵。'凤奴道:'这倒不错。'大家卸了甲胄,改作土民不题。"(244页)下文:"且喜俺凤奴妹子到也足智多谋,大家卸了军装,扮做了乞儿,日间沿途求讨,晚间枯庙顿住。"(246页)《曲本》第二十册《于公案·安家村》:"主仆进了树林,脱去道袍,换上俗家的衣服,老爷算游学的秀士,家丁算作书童。"(445/2/b1)"算作"即"扮作",下文又云:"他主仆,仍旧改作俗家相,迈步出了密松林。"《打刀》串关:"(丑)合!我不过是个堂托呀!他叫我伙计出来见他,黑更半夜的,我那找伙计去呢?有了,拿我老婆算我的伙计。"(升100-59051)又下文:"(丑)你算我的伙计。(旦)哎,咱们是两口子,我怎么算你伙计呢?"此"算"亦"算作;装作"义。《于公案·安家村》:"张宫别充你财主,能有多少钱共银?摇头晃脑你豪富,自尊自大自为尊。靠齐你,穿宫太监算什么蒜?也不过,穷极无奈才净身。"(452/1/a7)"算什么蒜"犹言"装什么蒜"。

---

① 《法藏敦煌西域文献》(21),上海:上海古籍出版社,1995年,第215页。校文据任半塘《敦煌歌辞总编》,上海:上海古籍出版社,1987年,第1459页。

锁头/贠头

禁子;狱卒。《近代汉语词典》(2015:2043)"锁头"条:"牢头;狱卒。"清江左樵子《樵史通俗演义》第九回:"到这日同饭未完,锁头郭元忽跑来叫道:'堂上请二位爷讲话。'忙忙都带了锁钮,跟跄奔出。有个刘锁头扯顾大章的衣袖道:"且还房,今日不干爷事,内里要周爷的命。"(169页)清倚云氏《升仙传》第十二回:"(李七)遇着一个乡里,现当刑部监的锁头,李七托他买了一个提监禁子的差使。"(80页)又:"到了第四日早晨,锁头换班,把犯人全叫出来点名,点到一枝梅的名次,这锁头上下打量一番,说:'一枝梅,你可认的我么?'一枝梅看了一看说:'倒有些面善,一时想不起来。'锁头说:'我就是卖身葬母的李七,你可认的了么?'"(83页)或作"贠头",《曲本》第四十三册《刘公案·苍州》:"他转身出去,转弯抹角,来到监中,叫门而进,贠头黄直正坐在狱神庙前。"(450/2/a7)又:"武举李国瑞,听贠头叫他板房儿饮酒去,不知是件什事,连忙迈步。"(451/2/a1)下文多次称黄直为"禁子",如:"武举正然着急处,又见禁子转身形。"(452/2/b2)《曲本》第二十册《于公案·锥子营》:"回老爷,小的至今十四年了,先当快手六年,后当贠头,这又是八年。"(402/2/b8)从以上诸例来看,"锁头"皆指狱卒,而未必是牢头。

T

汰化

《白话小说语言词典》(2011：1483)"汰化"条："开发（钱）。[例]再三再四讲定了，连下午茶叶炭共总六块洋钱，另外汰化伙计。（风月·一二）芍药市大船要四块洋钱外汰化。（风月·四）"王宝红、俞理明（2012：210）"塌化"条："为人服务所得的酬劳；小费。《夜航船》卷五'狎客变龟'：'若纨裤子弟，及富商豪华，按曲怡情，必命清音，吹笛弹弦，敲鼓击板，偿其劳，谓之塌化。'……又作'汰化'。《扬州梦》卷三：'老练者率先关照主人，面必较佳，常至者亦然。常至而汰化多者，则尤佳。'清代白话小说中亦用。《风月梦》第八回：'庾嘉福算清了酒饭帐，汰化、水烟一齐写了，叫到强大家拿钱。'"清佚名《雅观楼全传》第六回："观保进房，赖氏另取两锭银子赏十番、两个送房小的，小伴娘想出这个法来，又汰化他一锭银子。"（127页）由上述语例可知，"汰化"有"额外给人小费"义，故又引申指"格外给予好处；讨好"，《雅观楼全传》第十三回："雅观楼进房，汰化安慰了福官半夜，允了他呆包一百两一月，不接外客。"（252页）此例中，"呆包"即给予福官的格外好处。清浦琳《清风闸》第二回："'妹妹，妹夫待你可好么？''好得很呢！他见我动了气，不是倒茶，就是装烟，还要时刻汰化我，生怕我气出病来，还要代我捶捶扭扭，百般殷勤。晚上还要我先睡，代我把衣裳盖得好好的，被内还要汰化。他因为我身子虚弱，气不得的，恐有点差迟，大为不便，所以每日总要汰化我笑起来才罢。'"（12页）此例中，"被内还要汰化"特指以房事讨好。又隐指以性事讨好，《清风闸》第三回："一日无事，晚上回来，未免新婚，虽系年老，风月之事无人不有，进房未免汰化了强氏一回。"（29页）又第五回："进房拴了房门，老爹同奶奶上床。老爹今日又汰化了奶奶一次。"（74页）此两例亦指老爹以性事讨好年轻的强氏。周志锋（2006：106）"汰化"条举《清风闸》例指出："汰化，犹'慰藉'。亦指爱抚、交合。"武建宇（1998）认为"汰化"其实就是通语中的"打发"，亦举《清风闸》第二回、第三回两例，此两例中"汰化"之义非"打发"可该,"汰化"又有名词"赏钱;小费"义,更与"打发"不同。

汤

杀;宰。清小和山樵《红楼复梦》卷七十一:"那孩子也本来好,遇着村里汤猪的日子,他定要称两斤肉去请干爷干妈。"(2523页)广东民间故事《白食鬼》:"一个教书先生邀集一个吹唢呐的师傅,一个汤猪师傅商议,以打斗四的形式,用题诗作对的方法,迫使白食鬼出钱请食。……汤猪师傅紧跟着也题了一首:'猪刀尖尖,猪盆圆圆,大猪汤过千千万,小猪汤过万万千,有冇没杀死的?唔田。'"① 字或作"劏",《大字典》"劏"条:"方言。宰杀。如劏猪;劏牛;劏鸡。《太平天国歌谣·先送半边天军吃》:'劏只肥肥大黑鸡,桌前未曾尝一块,先送半边天军吃。'"

提携

搭救;拯救。P.2292《维摩诘经讲经文》:"此界他方,四生赖汝提携,六道蒙君救度。"② 明佚名《香山记》第二十一出:"阎罗天子容奴诉与,只为严父生嗔,将奴千般磨灭,陷在轮回之地,望伊周济,难中救取,望提携奴身,若得登彼岸,乐道修真度岁时。"③ 清魏文中《绣云阁》第十七回:"三缄于万死一生之际,得此提携,遂乐任汲水之劳,以求安身于此。"(279页)又第四十六回:"厉鬼曰:'复见天日,安有不思,但无人提携,如何得离苦海?'"(728页)清潘昶《金莲仙史》第十六回:"(玉蟾)遍游天下,行法积功,画梅画竹以自娱。接引多方之士,且饮且吟而勿倦,提携无数众生,跣脚蓬头,风流自在不喍。"(283页)《绣像义妖传·盘姑》:"我许梦蛟怎能学沉香救母华山去,怎能个提携我母出牢笼?""提携"有"帮扶;提拔"义,又引申为"拯救"。"拔"有"帮扶;提拔"义,又引申有"拯救"义,可资比勘。

---

① 《白食鬼》,紫金县民间文学三套集成领导小组《中国民间故事集成·广东卷·紫金县资料本》,1990年,第149页。《红楼梦》中有"汤猪"一词,"汤猪"是什么东西争议颇大,《茂汶羌族自治县志》(1997:99)记录动物资源时融科有"貛(汤猪)",曲文军(2015:257)指其为"阉割过的公猪",《大词典》释为"经滚水烫洗并去毛的猪",皆可参考。

② 《维摩诘经讲经文》,《法藏敦煌西域文献》(11),上海:上海古籍出版社,2000年,第88页。

③ 《香山记》,《古本戏曲丛刊二集》影北京图书馆藏明富春堂刊本。

调拑

即"调摄"。安排筹划。清佚名《说呼全传》第七回:"包公道:'贤侄不必悲苦,老夫不久就要复官,将来慢慢的调拑便了。'"(105页)"拑"为"摄"之俗写(参看曾良、陈敏2018:542)。下文亦言此事:"员外道:'公子,你不过冒了些风寒,须耐性调养,切勿忧闷,且把愁肠放下,在舍下消停岁月,少不得文正复官之后,将来自有区处。'"(106页)可知,"调拑"与"区处"义近,为"处理;筹划安排"之义。《大词典》"调摄"条:"调弄整顿。郭沫若《高渐离》第四幕:'调摄停妥之后,开始击筑,继续以歌。'"此"调摄"乃唱歌之前的准备工作,包括调喉嗓、调筑等。

跳

算;算计;筹办。

(1) 明罗懋登《三宝太监西洋记演义》第七十四回:"尊者道:'他说是我若真心化缘,这个银钱,一生受用他不尽;我若假意化缘,这个银钱,半刻儿不肯轻放于我。跳起来只是一个银钱,怎说得不肯轻放于我的话?'"(1998页)

(2) 罗贯中《三遂平妖传》第一回:"莫不这先生作耍笑?跳起来这画儿值得多少?"(11页)此例《明清吴语词典》(2005:601)释"跳起来"为"比喻算足了(价值)"。

(3)《儒林外史》第五十四回:"丁言志道:'陈思阮,你自己做两句诗罢了,何必定要冒认做陈和甫先生的儿子?'陈和尚大怒道:'丁诗,你几年桃子几年人!跳起来通共念熟了几首赵雪斋的诗,凿凿的就呻着嘴来讲名士!'"(1781页)此例《大词典》释为"充其量;至多不过"。

(4)《儒林外史》第三十二回:"王胡子走上来道:'鲍师父,你这银子要用的多哩,连叫班子、买行头,怕不要五六百两。少爷这里没有,这好将就弄几十两银子给你,过江舞起几个猴子来,你再跳。'杜少卿道:'几十两银子不济事,我竟给你一百两银子,你拿过去教班子,用完了你再来和我说话。'"(1093页)此例《大词典》释"跳"为"方言。搞;干"。《近代汉语词典》(2015:2138)亦同。

(5)《儒林外史》第五十二回:"陈正公道:'呆子!你为甚不和我商

量？我家里还有几两银子，借给你跳起来就是了。还怕你骗了我的？'"（1717页）此例《大词典》释"跳起来"为"搞起来；干起来"。

"跳"有"算；算计，谋划"之义。前三例中，"跳起来"即"算起来"之义，例（3）清黄小田评《儒林外史》："'跳起来'是土语，犹言算起来。"①《大词典》乃随文释义。《明清吴语词典》将例（2）中"跳起来"看成"跳跃"义的比喻用法，故曰"算足"，亦未得其要。《大词典》释例（4）中"跳"为"搞；干"，于文意不通，已经"舞起几个猴子来"（指教起戏班），再言"你再干"则不知所云。从文意来看，鲍师父需要的银子较多，但目下只能先借他几十两，让其先教起戏班子来，然后"再跳"，即再算计、再谋划，下文杜少卿言"再来和我说话"亦再算计、再谋划之义。清逍遥子《后红楼梦》有一例亦可证"跳"有"算"义，《后红楼梦》第四回："王夫人听着惊呆了，原有些梯己，怕充了公，便慢慢地道：'怎么好？可好叫两个媳妇寻寻去。'贾政叹气道：'孩子们东西没奈何且典当着，过了年再跳还他却也便当。'"（99页）"跳还"即"算还"，清佚名《万年清奇才新传》第十回："仁圣天子打发关最平进京之后，随即与周日青算还了店钱。"（244页）清五色石主人《八洞天》卷五："我向因本钱少，故生意淡薄，若得这九两银子做本钱，便可酿些白酒，养些小猪，巴得生意茂盛，那时算还他本利，有何不可？"（286页）例（5）中，"借给你跳起来"即借给你筹办起来，"筹办"是"谋划"义的引申，下文言"我这银子，你拿去倒了他家货来""今且交与老哥先回去做那件事"，皆可证。

"跳"当记"调"音，《大字典》"调"条："计算，打算。《玉篇·言部》：'调，度也。'《篇海类编·人事类·言部》：'调，算度也。'"《近代汉语词典》（2015：385）"调"条："谋划；打算。唐王梵志《富者办棺木》：'有钱但着用，莫作千年调。'""千年调"或作"千年计"，王学奇、王静竹（2002：863）"千年调"条："即'千年计'……谓长久的打算，计划。明陈与郊《袁氏义犬》一［溜花泣］白：'则你那短时辰揑作千年计。'"《汉书》卷七十六《赵广汉传》："至冬当出死，豫为调棺，给敛葬具。"颜师古注："调，办具之也。"例（5）中"跳"即"办具"也。方言中"调""跳"音同或极近，《中原音韵·萧豪韵》"调""跳"同小韵，读阳平；读去声时二字旁纽双声。明徐孝《合并字学集韵·皓

---

① 《儒林外史汇校汇评》，李汉秋辑校，上海：上海古籍出版社，2010年，第656页。

韵·端母》"跳""调"同音"掂要切"。①

跳包/挑包

习武之人所佩带的"缠袋"或"搭膊（包）"的另一名称。束腰的宽带，上有口，用以盛钱物。清佚名《善恶图全传》第九回："小姐睁眼一看，只见一条大汉，身高七尺向开，头戴随风瓦楞帽，乌绫手帕打了个拱手疙瘩，身穿青布短袄，鱼肚跳包，裹足打腿，足蹬皮靴。"（188页）清瘦秋山人《金台全传》第二十一回："金台不慌不忙走出来，抬眼一看，只见一个大汉，身高九尺，年约四十光景，头戴映绿方巾，身穿大红袄，银红滚裤，腰束跳包，足登靴子。"（180页）又第二十五回："说罢，连忙脱去海青，露出一条猩猩血染的大红裤子，齐腰短袄，银红色的是片金镶成的仙鹤跳包，腰内束着，威风赫赫，鬼神多惊。"（212页）同回："但见人淘内走出一个英豪来……穿着黑布裤儿，黑布短袄，腰内拴一条花跳包，黑布盘头，脚上杀鞋。"（213页）《麒麟豹》第十一回："只见一条汉子当台站立，……腰束绣花跳包……"或作"挑包"，清佚名《施公案》第一九五回："那黑脸的，也是二十左右的年纪，生得细眉圆目，尖嘴缩腮，身材短小，骨瘦如柴，身穿皂绢小袖短袄，英雄挑包，下面兜裆扎裤，足登薄底快靴。"②参看《大词典》"缠袋""搭膊"两条。

听档

即听档子班。清梦梦先生《红楼圆梦》第十二回："那班趋炎附热的邀他今日听戏，明儿听档，无日不醉，把呆子几乎乐而忘返了。"（236页）清逍遥子《后红楼梦》第二十四回："原来贾环近日瞒了父兄在南城外瞧戏听档，合了贾芸，串些私门，拉下许多欠帐，滚不过来，只得与彩云商议。"（694页）又第二十五回："他就没斧子弄了，就勾出这位爷去往前门外听档儿。"（710页）下文："平儿道：'他两个得了这个手，就闹得大了，在什么档儿下处租了屋子，也弄些铺设，遇空就去听小曲玩儿，干儿子认了无数。'"（711页）此"档儿下处"指档子班临时住所。又同回："黛玉便叫林良玉去各处兵马司告诉，立刻严查，将档儿娼妓一齐撵

---

① 《合并字学集韵》，《四库全书存目丛书·经部》（第193册），济南：齐鲁书社，1997年，第493页。

② 《施公案》（中），北京：宝文堂书店，1982年，第644页。

逐。"（713 页）"档"即"档子班"之省，清娜嬛山樵《补红楼梦》第十三回："薛蟠道：'除了他这里，就没处逛吗？前儿蒋玉函来了，说他又领了一起档子班儿来了，寓在小花枝巷里头，请我无事到他那里坐坐去呢。'"（394 页）《大词典》"档子班"条："旧指艺妓班子。清张焘《津门杂记·小班》：'档子班，一名小班，亦妓女之流亚也。'""档子班"不但唱戏，且其中戏子又兼妓女，清邱炜萲《菽园赘谈·花间冠首槛对》："忆昔壬辰夏秋间，偕亡室东门女士避暑鹭门，地多流莺，即俗所谓档子班也。"①

听头

名望；名头。清佚名《施公案》第一三一回："那人带笑说：'你们少坐片时，待我去禀。若是别的大人下帖，未必能见；这位大人很有听头，是我领你同去。'"②又第一三二回："耳闻他有个听头儿，会想邪钱，故此我喜欢他，又是好汉的后代。他也知道咱家爷们，有个名望，因此才下请帖，请我相见。"③《曲本》第四十三册《刘公案·江宁府》："闻听说新近升来的这位知府说是乾隆爷御笔钦点，这位爷外号叫刘罗锅子，这位老大人大大的有个听头儿，不怕势力。"（259/1/b8）下文有"素日的清名全是假，过耳之言不可听"（259/2/b5）、"北京城中大有名"（261/2/a6）之语，可为参证。

退

剩。清归锄子《红楼梦补》第四十回："知道的呢，说我尽一点穷心。那一等切薄嘴，一定说那讨人厌的刘姥姥又拿了两篮子虫蛀匾豆、退倭瓜来打抽丰了，不如塌拉了两条胳膊进来看看奶奶倒干净。"（1605 页）此"退"乃"剩"之义，"退倭瓜"即吃不完剩下的倭瓜。《汉语方言大词典》（1999：4509）"退"条："剩，吴语。还退几许钞票｜佢吃吃退一点儿。"蒋礼鸿（2001：360）"退故/故退/退"条："器物陈旧而不用叫退故……因为不用，所以说'退'。""陈旧不用"与"剩"语义相通。

---

① 《菽园赘谈节录》，《丛书集成续编》（第 24 册），台北：新文丰出版股份有限公司，1989 年，第 321 页。
② 《施公案》，上海：上海古籍出版社，2001 年，第 387 页。
③ 《施公案》，上海：上海古籍出版社，2001 年，第 389 页。

W

挽抹

要紧。清佚名《生绡剪》第九回:"说他有甜头儿,便当面软款;没挽抹的,便当面奚落。"(487页)"挽"有"要紧"义,明陆人龙《型世言》第二十四回:"那宗旺道:'这是文德坊裘小一裘龙的好朋友,叫陈有容,是他紧挽的。'朱恺道:'怎他这等相处得着?'姚明道:'这有甚难?你若肯撒漫,就是你的紧挽了,待我替你筹画。'"(975页)又第三十三回:"一个是村中俏花芳,年纪也到二十,只是挣得一头日晒不黄的头发,一副风吹不黑的好脸皮,妆妖做势,自道好的人,与鲍雷是紧挽好朋友。"(1438页)《明清吴语词典》(2005:327)"紧挽"条:"〈形〉关系紧密。"据《大词典》,"抹"亦有"紧贴"义,清徐珂《清稗类钞·服饰类·抹额》:"抹者,附着之义。"① 其例如抹胸、抹额等,"转湾抹角"之"抹"义为"紧挨着绕过"。故此,"挽抹"当为"要紧"之义,"没挽抹的"义为"没要紧的",故"便当面奚落"。

忘情

释怀;放下(仇怨)。明陈忱《水浒后传》第九回:"高青道:'不可。丁自燮与吕太守挽手诈人,谁不知道?前日这番厮闹,他决不能忘情。'"(276页)此例《白话小说语言词典》(2011:1605)"忘情"条释为"忘记",未确。清名教中人《好逑传》第九回:"(小姐)暗想道:'他为我结仇,身临不测,今幸安然而去,也可完我一桩心事。但只虑过公子与叔子相济为恶,不肯忘情,未免要留一番心机相对。'"(145页)清天花才子《快心编初集》第三回:"相公可假言有病,故意请医调治,临期不去,便可避此番算计。只是我家相公不能忘情,必定还有暗算。"(97页)明东鲁古狂生《醉醒石》第八回:"王千户恼了道:'我知道苏

---

① 《清稗类钞》(第13册),北京:中华书局,1984年,第6197页。

州朋友极轻薄。前日在王家,这干人将我玩弄,又不救我。我正不能忘情,他倒老虎头上来揉痒。'"(299页)上揭诸例中,"忘情"皆指放下仇怨。

文星/闷信/问心

即"问讯"。清佚名《风流和尚》第二回:"净海打一文星,叫声:'奶奶万福'。"(20页)又作"闷信",《清平山堂话本·快嘴李翠莲记》:"说罢,卸下浓妆,换了一套绵布衣服,向父母前合掌闷信拜别。"(114页)《曲本》第二十一册《于公案·红门寺》:"但见迎面一和尚,手打闷信带笑云。"(275/1/c6)又作"问心",《曲本》第十四册《金印记》:"我上香去,回来再和你算账,南无阿弥陀佛。(打问心,丑下,贴跟下。)"(137/1/a4)"打问心"即"打问讯"。

乌嘈嘈/乌蹧蹧

即"乌糟糟"。肮脏。清落魄道人《常言道》第十六回:"为人在世乌嘈嘈,只要身上暖热肚里饱。"(327页)"乌嘈嘈"即"乌糟糟","乌糟(糟)"是清代小说中的常用词,义为"肮脏"。如清张南庄《何典》第九回:"城隍问了口供,准了状词,一进衙门便委判官乌糟鬼去相了尸。"(130页)清蘧园《负曝闲谈》第十四回:"那颜色的耐乌糟些,至少可以过七八天。"清梦花馆主《九尾狐》第六十一回:"好在上海地面是个乌糟糟的所在,不论绅衿客商,所重者金钱主义,即极卑极污的,一朝发迹,他们也肯俯就往来。"① 或作"乌蹧蹧",民国李涵秋《广陵潮》第二十九回:"地下这样乌蹧蹧的,也不扫一扫。"②

无般百样/无般不样/无般不识/无般不识样/千般百样

犹"千般""千般万样"。极言品种、方式、言语、手段等各种各样。清逍遥子《后红楼梦》第五回:"(紫娟)走回来问了黛玉,就同晴雯叫了柳嫂子、老婆子、小丫头们烧了一架小焰炉柴点着,就将玉兰、珍珠

---

① 《九尾狐》,上海:上海古籍出版社,1997年,第380页。
② 《广陵潮》,上海:震亚书局,1930年。

帘、柏子屏、遍地梅、泥筒、满天星、遍地菊、洋绣球、金蝴蝶、双九龙、洒落金钱，无般百样的放将起来。"（146页）又第十八回："大家慢慢的坐下，黛玉就说道：'你们统没有到过南边，不知道常州的扎彩灯儿有趣呢。也有豳风图灯、月令灯、十爱灯、千家诗灯、二十四孝灯。'……这里众姊妹就各自各的无般百样扎将起来。"（504页）又第十九回："宝玉重新说起从前的事，怎么样的单为了黛玉，一会子哄他，到后来又恶声恶气的不理他，而今也一床了，就无般百样的替他玩。"（578页）又第二十一回："那三个妓女，一倪若水，一陈九官，一陆银官，都来凑趣，无般百样的话都说出来。"（620页）又第二十三回："贾政回来，最把这一件得意，告诉林良玉、曹雪芹说：'这班放账的西人实在可恨，放了账祖宗似的同着走，监着坐，人家到了任，也就要无般百样的闹人家，动不动还要告张状儿，实在可恨。'"（654页）或作"无般不样"，清江左樵子《樵史通俗演义》第二十七回："李自成便把邢氏做了老婆，爱他就如活宝。只有一件，那西人与南方不同，男女才上交，女人口里就道：'我的亲哥哥，亲爹爹，射死我了，射死我了！'又有的道：'亲亲，你射死了小淫妇儿罢，射死了不要你偿命。'妖声浪气，不只一样。若不叫唤，男子汉就道他不喜欢了。况且营里，没有铜墙铁壁遮隔，两边叫唤的声音，着实难听。夜夜各营的头领搂着妇人戏弄，无般不样叫出来。"（487页）"不""百"音近，文献中常相通，如"仰不叉"又作"仰百叉"（参看"仰爬脚子"条）。《白话小说语言词典》（2011：1634）"无般不样"条："犹'无般不识'。"又"无般不识"条："没有哪一样不知道的。指什么话（事）都说（做）。[例]你无般不识的雌着牙好与人顽，人也和你顽顽，你就做弄我捱这一顿打。（醒世·六二）把个素姐打的起初嘴硬，渐次嘴软，及后叫姐姐，叫亲妈，叫奶奶，无般不识的央及。（醒世·九五）"《大词典》"无般不识"条："犹百般，用尽方法。""无般不识"犹"无般百样"，亦"各种各样"之义。上揭"无般不样叫出来""无般不识的央及"即"无般百样叫出来""无般百样的央及"，极言各种言语都喊出来之义。"无般不识的雌着牙好与人顽"是极言各种呲牙讨好与人玩。《醒世姻缘传》第二十六回："若是该雨不雨，该晴不晴，或是甚么蝗虫生发，他走去那庄头上一座土地庙里，指了土地的脸，无般不识的骂到。"（714页）此例即各种各样的都骂到之义。又第三十三回："狄员外的儿子狄希陈，起先都是附在人家学堂里读书，从八岁上学，读到这一年长成了十二岁，长长大大，标标致致的一个好学生，凡百事情，无般不识的伶俐；只到了这诗云子曰，就如浆糊一般。"（897页）此前言

"凡百事情","无般不识的伶俐"即各种各样的事情皆伶俐之义。又言"无般不识样",《醒世姻缘传》第七十二回:"魏三封在门前跳达着,无般不识样的毒骂。"(1954 页)或言"千般百样",《后红楼梦》第二十五回:"那晴雯的嘴头子还了得,就狐狸妖精千般百样的骂将出来,还要到各处去告诉。"(729 页)

秃情

清夏敬渠《野叟曝言》第五回:"(素臣)只得开言道:'夜来之事极感盛意,非我秃情,实在别有苦衷,令妹相貌系大贵之格,不宜屈为妾媵,将来自有佳偶。'"(111 页)清安阳酒民《情梦柝》第十二回:"楚卿道:'一日不见,如隔三秋。难道你这样秃情不肯了?'衾儿道:'堂堂女子,决不干这勾当。'"(175 页)

按:二例中"秃情"不辞,故哈佛燕京图书馆藏光绪八年刊本《野叟曝言》改作"寡情"。今谓"秃"乃"无"之讹,"秃情"即"无情"。"无"俗或作"旡""兂"(黄征 2019:839),与"秃"形类,其例再如影戏《镇冤塔》首部:"况且不待父母之命,断旡应允之理。"(未刊 75 - 288)又或作"旡",影戏《薄命图》第二部:"听说他是旡主的,该我发财造化高。"① 又或作"兂",《镇冤塔》首部:"咳呦咳呦,你看这小子枪马骁勇,杀死人马兂数。"(未刊 75 - 269)又:"料他难免丧兂常。"(未刊 75 - 272)又:"管叫他劳而兂功。"(未刊 75 - 309)又或作"芜",《镇冤塔》首部:"妹夫子指日高升实可敬,荣任淮安你可知?」知道么,俱是老爷抬举我,这番恩情难感激。」你本是相府娇客尊又贵,要是白人芜面皮。"(未刊 75 - 257)此例道光抄本正作"要是个白丁无有面皮。"(257 页)又《镇冤塔》第二部:"芜的说了由天定,只好束手任捉拿。"(未刊 75 - 358)《施公案·虎鸾聚》第三本:"他若是,平民俗子还罢了,杀了抬埋兂事情。"(未刊 94 - 75)由以上诸例可知,"无"之俗写与"秃"极似,日本关西大学图书馆藏《盗袈裟》:"听说罢不由人心中气涌,恨兂僧把世界贪心顿蒙。""兂"即"秃"。刊刻者见"芜""兂"等,误以为"秃"字,写样时径改作"秃",故讹。

---

① 道光抄本《薄命图》,《皮影戏影卷选刊》(3),天津:天津古籍出版社,2014 年,第 268 页。

五更半夜

指深夜。《水浒传》第十六回："杨志道：'你这般说话，却似放屁。前日行的须是好地面，如今正是尴尬去处。若不日里赶过去，谁敢五更半夜走？'"（475 页）明洪楩《雨窗集·曹伯明错勘赃记》："却说五更头有个剪径的，唤做独行虎宋林，白日不敢出来，只是五更半夜行走。"① 清余治《得一录》卷十五《官长约》："那行善的人，五更半夜，都有安稳的。"② 今东北方言仍以"五更半夜"指深夜。又作"半夜五更"，明冯梦龙《挂枝儿》卷三《帐》："冤家呀，睡到半夜五更头，你手摸着胸膛，自家去思想，自去度量。"③《明儒学案》卷三十四《泰州学案·参政罗近溪先生汝芳》："我今劝汝且把此等物事放下一边，待到半夜五更自在醒觉时节，必然思想要去如何学问。"④ 另，多有文章指出"五更半夜"不辞，认为"五更"不是半夜，当作"三更半夜"。⑤ "三更半夜"并不专指三更天，亦泛指深夜，与"五更半夜"同义。《大词典》"三更半夜"条："指午夜时。一夜分成五更，三更为午夜。亦泛指深夜。"清李伯元《文明小史》第四十五回："黄抚台骂声：'混帐！你当外国人是同咱们中国人一样的么？不要说现在还不过午牌时分，就是到了三更半夜，有人去找他们，他们无有不起来的。你不记十二姨太太前番得了喉痧急症，那天晚上已经是三点多钟了，打发人去请外国大夫，听说裤子还没有穿好，他就跑了来了。'""三点多"已是五更，亦言"三更半夜"。《红楼梦》第一百一回："那边李妈从梦中惊醒，听得平儿如此说，心中没好气，只得狠命拍了几下，口里嘟嘟哝哝的骂道：'真真的小短命鬼儿，放着尸不挺，三更半夜嚎你娘的丧！'一面说，一面咬牙便向那孩子身上拧了一把。那孩子哇的一声大哭起来了。凤姐听见，说：'了不得！你听听，他该挫磨孩子了。你过去把那黑心的养汉老婆下死劲的打他几下子，把妞妞抱过来。'平儿笑道：'奶奶别生气，他那里敢挫磨姐儿，只怕是不隄防错碰了

---

① 《清平山堂话本》，王一工标校，上海：上海古籍出版社，1992 年，第 110 页。
② 《得一录》，《中华文史丛书》（第 10 辑），台北：华文书局，1969 年，第 1002 页。
③ 《挂枝儿·山歌》（合一册），魏同贤主编《冯梦龙全集》，上海：上海古籍出版社，1993 年，第 67 页。此句《小妹子》（总本）引用亦作"半夜五更"（升 100-58928）。
④ 《明儒学案》，《黄宗羲全集》（第 8 册），杭州：浙江古籍出版社，1992 年，第 12 页。
⑤ 如李绍智《何来"五更半夜"》（2010）、潘传国《"五更"是"半夜"吗》（2015）等皆认为"五更"不是半夜，文献中的"五更半夜"是作者用错了。这种忽视语言中客观存在的词语、意图对语言做出规定的做法并不可取。

一下子也是有的。这会子打他几下子没要紧,明儿叫他们背地里嚼舌根,倒说三更半夜打人。'凤姐听了,半日不言语,长叹一声说道:'你瞧瞧,这会子不是我十旺八旺的呢!明儿我要是死了,剩下这小孽障,还不知怎么样呢!'平儿笑道:'奶奶这怎么说!大五更的,何苦来呢!'"(2723页)此例上文已言"天已五更",后文又言"大五更的",可知此处"三更半夜"并不指午夜,而是指深夜。实际上,一夜分五更,五更才凌晨三四点钟,亦是深夜。清石玉昆《七侠五义》第五十四回:"这也是兆兰兆蕙素日吩咐的,倘有紧急之事,无论三更半夜,只管通报,决不嗔怪。"(376页)① 清庾岭劳人《蜃楼志全传》第二十三回:"摩刺道:'你须小心伺候,倘有紧急军情,不论半夜五更,都要飞报与我知道。'"可知,"五更半夜"与"三更半夜"同义,皆指深夜。

---

① 此例《三侠五义》(又名《忠烈侠义传》,《七侠五义》据此重编)作"三更五鼓"(1748页)。

X

稀呼脑子烂／稀糊脑子烂／希糊脑子烂／稀乎脑子烂／希脑子烂／西恼乱／奚脑烂／西胡脑子乱遭／希破遭拦／希扒脑子乱

犹"稀烂"。破碎到极点；乱到极点。《儿女英雄传》第四十回："谁知叫这位老爷子这么一拆，给拆了个稀呼脑子烂。"（2087页）或作"稀糊脑子烂"，清小和山樵《红楼复梦》卷一："花自芳弄的没有主意，说道：'成不成由你，仔吗将人家的东西砸个稀糊脑子烂？'"（16页）或作"希糊脑子烂"，清归锄子《红楼梦补》第三十三回："麝月道：'二爷去嚷他们呢，少不得栽下来跌个希糊脑子烂才免淘气呢。'"（1332页）或作"稀乎脑子烂"，《曲本》第十四册《金印记》第四出："我打他娘个稀乎脑子烂！"（143/1/b2）或言"希脑子烂"，清佚名《说呼全传》第三十八回："赛金赶上又是几刀，砍得他希脑子烂。"（580页）或言"西恼乱"，影戏《大团山·冬部》："刁翎箭穿西恼乱，一后卸下用锅煎。"（未刊57-317）或言"奚脑烂"，《曲本》第四十三册《刘公案·江宁府》："方头皂靴奚脑烂，前后补丁数不清。"（246/1/c4）或言"西胡脑子乱遭"，影戏《红梅阁》第四部："咱们锅儿灶儿箱子柜子弄一个西胡脑子乱遭，银子钱的都还不抢了去呀？"（未刊67-329）或言"希破遭拦"，《曲本》第二十一册《于公案·红门寺》："文武众人一齐观看，原来是个希破遭拦的和尚，恍头恍脑跪下。"（329/2/a3）此指和尚穿的衣服极破。或言"希扒脑子乱"，影戏《琼林晏》："咳，坏了坏了，抓了个希扒脑子乱，粉团团的脸成了血葫芦了。"[1]

稀希

稀罕；稀奇。清逍遥子《后红楼梦》第七回："且说薛姨妈真个到了

---

[1]《琼林晏》，黄仕忠、（日）大木康主编《日本东京大学东洋文化研究所双红堂文库藏稀见中国钞本曲本汇刊》（16），桂林：广西师范大学出版社，2013年，第66页。

王夫人那边是一是二地告诉他，王夫人也稀希，也喜欢，也将贾政一到家的言语告诉，彼此意见相同。"（196 页）又第二十一回："却说宝玉被贾政无缘无故的发挥了一番，心里想来：'老爷的教训呢，原也该应。但只是甄宝玉这个禄蠹庸才，也没有什么稀希。'"（614 页）清小山居士《平金川》第十七回："原来这员大将名叫萨得麻，头大如斗，身长只得四尺，两只手反大如蒲扇，面孔黑如浓墨，形容古怪，相貌稀希。"① 民国钟毓龙《上古秘史》第六十一回："我是向来欢喜研究草木的，趁便向左右寻觅寻觅，不料走了许多路，忽然见岩石下有这一种树，从来未曾见过，甚为稀希。"②

溪毛

本指溪边水草，喻指表达诚心之礼物。《大词典》"溪毛"条："溪边野菜。语出《左传·隐公三年》：'苟有明信，涧溪沼沚之毛……可荐于鬼神，可羞于王公。'杜预注：'溪，亦涧也。毛，草也。'宋辛弃疾《鹧鸪天·睡起即事》词：'呼玉友，荐溪毛，殷勤野老苦相邀。'"辛词中"荐溪毛"喻指献上表达诚心之礼物。清萧湘迷津渡者《锦绣衣·换嫁衣》："所具溪毛，万祈笑纳。"（11 页）此例中"溪毛"指表达诚意之银两。明伍福《过太史司马迁墓》诗："我来谒拜微诚滴，薄采溪毛奠一杯。"阎崇东注："溪毛：古代用来作祭奠用的物品。"③ 此注释误。"涧溪沼沚之毛"指祭品微薄，然苟有明信，亦可献于鬼神王公，故后人用"溪毛"盖取其"有明信"以喻，犹今言"礼轻情义重"耳，而非真采溪毛以荐。

媳妇/媳粉/媳妢

（1）妓女。清娜嬛山樵《补红楼梦》第十三回："薛蟠道：'我昨儿听见人说，锦香院云儿那里新来了几个媳妇很好。'"（392 页）又第十四回："贾蔷道：'他们原本不是当媳妇儿的，只为给人卖了，平空的到了火坑里头，都是没及奈何，才受了这样的糟蹋。'"（432 页）清秦子忱《续

---

① 《平金川》，唐继校点，《中国神话小说大系》，成都：巴蜀书社，1989 年，第 430 页。此例哈佛大学图书馆藏光绪己亥富文书局刊石印本作"相貌稀奇"。
② 《上古秘史》，北京：大众文艺出版社，2000 年，第 504 页。
③ 《史记史学研究》，张大可、丁德科编《史记论著集成》（第 8 卷），北京：商务印书馆，2015 年，第 424 页。

红楼梦》卷十三:"走堂的笑道:'我的老爷,我看你老的年纪也有十八九了,怎么还是这么怯呢?弹琵琶的无非是媳妇儿罢了,还有什么人呢!'湘莲听了笑道:'你莫笑话他怯,他本来是大家子的公子哥儿,他可知道什么叫个媳妇儿呢?'……宝玉埋怨道:'柳二哥,咱们千辛万苦的到此是作什么来了,你怎么又高兴闹起嫖来了呢?'"(568页)又同卷:"湘莲听了大怒,道:'你们这俩东西,满嘴里混嗳的是什么?你们不过是叫了两个婊子在这里弹唱罢了。'"(576页)此例《补红楼梦》第十九回作"媳妇儿"(580页)。《曲本》第四十三册《刘公案》:"青衣出了衙门,一边走着道一边说话:'细想刘大人真胡闹,今想起什么来咧,虎不拉的要叫个媳妇,这是怎么元故呢?'"(413/2/b7)此例前言刘墉欲找妓女假扮良家妇女去探案,"媳妇"指妓女。《曲本》第三十一册《施公案·故城县》:"下了店,叫个息妇招出事。"(439/1/c5)此亦指妓女。影戏《红梅阁》第五部:"还有一个人,长的相儿是老怔。(他叫什么名字?)万里是他名,听说尤是姓。他俩看媳妇,一齐发了横。"(未刊67-443)此指尤万里去教坊司找人,故言"看媳妇"。影戏《群羊梦》卷一:"正是,你我选媳妇没甚要紧。"(未刊70-73)此亦指妓女。(2)年轻漂亮的女子。《红梅阁》第六部:"今日甚觉烦闷,何不到外面逛荡逛荡,看个蹭媳妇也是好的,哈哈,走走便了。(唱)大爷生来不好静,最爱嫖赌与吃喝。"(未刊68-50)影戏《闵玉良》首部:"今日是清明佳节,家家户户女娘们上坟祭扫,我何(不)游玩一回?小子吧!(有!)带马跟我游春,走,走!」(丑)大爷呀,逛去是逛去,总得老老实实的,别着骂呀。」打,打!胡说!正是:安心看媳妇,假意去游春。"(未刊68-404)影戏《对菱花·安部》:"中军官贪看媳妇身不动,」老柳氏忍不住的气勃勃。"(未刊72-368)此指中军官偷看金三娘。影戏《镇冤塔》第四部:"男子躲了无要紧,媳妇躲了看什么?"(未刊76-157)影戏《锁阳关》第三部:"乘鹿擎铲不恋战,连连只夸好媳妇。"(俗201-221)影戏《五虎平西》卷六:"离山剩了五十里,碰见两个活菩萨。」菩萨咱在道上作啥?」不是南海观音士,是俩上坟的女娇娃。」哦,还是两个媳妇哇。两个闺女俊个俊,听我细细把他夸。"(绥40-134)又作"媳粉",《闵玉良》首部:"小子们一见着了慌……齐打伙儿拉出坑,(拉,拉!)那叫眼馋看媳粉!"(未刊68-410)此指田松偷看单小姐。又作"媳妢",影戏《镇宫图》第九部:"全仗姑姑娘,朝廷爱媳妢。"(俗176-108)此"媳妢"指受皇帝宠幸的苗妃,是说话者的姑姑。

瞎钱

冤枉钱。明佚名《梼杌闲评》第十回:"刘瑀道:'事甚紧急,须早作法,不要空使了瞎钱,到没用哩。'"(335 页)清荑秋散人《玉娇梨》第八回:"家中人虽有一二看得破的,但是张轨如这个先生与别个先生不同,原意不在书,又肯使两个瞎钱,又一团和气,肯奉承人,因此大大小小都与他讲得来,虽有些露马脚的所在,转都替他遮盖过了。"(292 页)清刊本《飞花咏》第四回:"我为他担了多少干系,费了多少心机,用了无数瞎钱,只指望偕老夫妻。谁知你怀恨死了!"(105 页)清王兰沚《绮楼重梦》第四回:"(巧姐)瞧见了钱米,便顺口说道:'二太太天天说家道艰难,偏又会做教花孟尝君,这些瞎钱尽好省他的。'"(88 页)

仙戏

仙术戏法。清李雨堂《万花楼演义》第三十七回:"焦廷贵仍把割下首级三颗,共为一束,笑曰:'果好妙妙仙戏!'……狄青收回法宝,焦廷贵大悦,拿了三颗首级,抛掷起空中又接回,大呼:'狄王亲好戏法也。'"(501 页)又第五十一回:"焦廷贵挺胸膀喝曰:'尔这黑人,真不是个清官儿了!吾那里受他财帛,岂是李成父子杀的西夏将?实乃狄钦差的好仙戏,好手段的戏法。'……包爷听了一番混语,想这莽夫之言,三不对四,是什么仙戏奇词?料然狄青有此仙术之能,故得立除敌将也。"(689 页)喻指不可思议之事。清瘦秋山人《金台全传》第三十二回:"张其一想:'抢来抢去,抢了多少?从来未有茶吃,今夜吃茶倒是仙戏了。'"(271 页)

想方(子)/碰方子

打人钱财的主意。清省三子《跻春台》卷二《审豺狼》:"一日,在私窝子饮酒,有一乌七麻子专爱想方戳事,见史银匠在那里吃酒,一阵刀背说要送官。史无奈讲钱四串,回家寡气……二天邓大爷做闲事了,拿几串钱,我保举你当个光棍。莫说无人想方子,而且还要肘架子。"(396 页)又《捉南风》:"吴豆腐曰:'这是差人想我的方子,无故锁我,我不出钱,他就说我知道人头。'"（291页）① 又言"碰方子"，清佚名《雅观楼全传》第十二回："尤进缝便道：'非是我说倒旗枪话，你我背后讲，大小要有个老虎皮遮身，原不出奇。即如昨日事，你若有个功名在身上，无论自挣捐纳，那些匪徒也不敢啰唣。平日再同些小官酬应，他肯来碰这个方子？'"（215页）

像生花/生花

假花。《大词典》"像生"条："仿天然产物制作的花果人物等工艺品，因形态逼真如生，故称。"清逍遥子《后红楼梦》第十八回："黛玉拾起来，心里想道：'颜色娇到这样，倒该一些香也没有才配得过呢。'就嗅了一嗅，果然像生花似的没一些香。"（486页）清西湖散人《红楼梦影》第十六回："进了园门望去，早有各房丫头、婆子把那些斗巧争奇的像生花挂在树上，小丫头们也弄些红绿绸子条儿在花草上挂满，却也十分绚烂。"（287页）或省作"生花"，清黄小配《廿载繁华梦》第八回："五嫂就与桂妹脱褐，念经礼斗，又将院里挂生花、结横彩，门外挂着绉纱长红，不下十余丈。"②

消豁/销豁

处理；了结。《醒世恒言》卷二十九："且说卢楠一日在书房中查点往来礼物，检着汪知县这封书仪，想道：'我与他水米无交，如何白白里受他的东西？须把来消豁了，方才干净。'"（1730页）《大词典》"消豁"条释为"打发掉；花费掉"，《白话小说语言词典》（2011：1706）及《近代汉语词典》（2015：2306）"消豁"条皆释作"花费；消耗"，皆未允洽。"消豁"本为"消释排遣"义，引申指"处理；了结"。或作"销豁"，清古吴憨憨生《飞英声·闹青楼》："龟儿道：'我们小人钱是命，命是钱的，这两张身契不打紧，这四百二十两雪花作何销豁？'"（20页）此例前言龟儿花四百二十两买了慧英小姐，此时小姐以武力制伏龟儿，欲索回身契，龟儿方有此问，"作何销豁"义为"怎么了结"。又《飞英声·

---

① 参看曹小云（2004：198）"想方"条的讨论。该书所列语例颇多，然将"想方（子）"分释为"打主意""勒索钱财"二义恐未洽，除《捉南风》"一见得妇女就想方"例外，余者皆可释为"打人钱财的主意"，疑此例为临时的引申用法。

② 《廿载繁华梦》，广东时事画报社，光绪丁未年（1907年）刊。

宋伯秀》："朱婆道：'因先受二三两东西用了，难好销豁，只得葫芦提与他鬼混。可惜事难成就，若成了，尽可大大里赚他一注钱财。'"（154页）此例是说先前受用了人家"二三两东西"，现在不好处理，难以了结，只能糊涂过去。《醒世恒言》中"消豁"亦"处理；了结"之义，是言卢柟不想白受汪知县礼物，须要了结了此事方才无忧。许少峰（2008：2038）"消豁"条："同'消缴'。"其"消缴"条释义③为"解决；了却"，当从。

销化/消化/烧化

本指"销熔；消散"，喻指将财物等用完、败光。《古今小说》第十二回："耆卿所支俸钱，及一应求诗求词馈送下来的东西，都在妓家销化。"（472页）明长安道人国清《警世阴阳梦·阳梦》第四回："兰生叮咛进忠道：'这银子你不可通我家娘知道。他若知道，便千方百计要销化你的了。'"（67页）此谓将其银子用完。又第十回："看看混过半年，盘费了二十多两银子，置办些衣服，又去了二十多两，只剩得七十来两了。暗想道：'再住半年，便都销化。若是弄完了这银子，又是一个死也。'"（155页）清张春帆《九尾龟》第二十二回："不到两年，就把那百万家财销化了十分之四。"（118页）或作"消化"，清东隅逸士《飞龙全传》第十三回："这郑客人生来耿直，虽然他把本钱消化去了，却是与你又是义气相交，不比别人。"（327页）笔者藏晚清刊本《保命金丹》卷二《孝儿迎母》："二子见父一死，愈无忌惮，把一分家业尽行消化，各带妻儿搬往别方去了，单丢刘氏孤寡无靠。"下文有"浪败家业，各奔他方"之语，可知此亦言将家业败尽花完。《白话小说语言词典》（2011：1708）"销化"条："花销；花费。"举《古今小说》例，未确。《醒世姻缘传》第二十五回："这单于民恨命问他要钱，上了比较，一五一十的打了几遭，把丈母合媳妇的首饰也烧化了，几件衣服也典卖了。"（686页）徐复岭（2018：636）"烧化"条："倾销熔化金银。这里指变卖。"举此例，并注：黄本、徐本作"销化"。①"烧化"即"销化"，中古"烧"书母宵韵，"销"心母宵韵，《金瓶梅词话》时代见组细音与精组细音即有同音现象，变成了舌面音声母（张鸿魁1996：190-192），这种情况在《醒世姻缘传》中亦有反映（邸宏香2011），则心母细音其时在山东某些方言中

---

① 笔者见民国上海受古书店石印本亦作"销化"。

已腭化。学者们多将近代章组拟为［tɕ、tɕ'、ɕ］或［tʃ、tʃ'、ʃ］（李无未 2006：164-165），tʃ、tɕ 两组音值相近（钱曾怡 2012），则"销""烧"二字音义皆近。其例再如明清小说中习见的"销金"一词或作"烧金"，《金瓶梅词话》第五十一回："经济道：'门外手帕巷，有名王家，专一发卖各色改样销金点翠手帕汗巾儿，随你问多少也有。'"（1369 页）又第五十九回："旁边烧金翡翠瓯儿斟上苦艳艳桂花木樨茶。"（1608 页）清邗上蒙人《风月梦》第五回："斜插了一根烧金点翠软翅蝴蝶银耳挖。"（47 页）《针心宝卷》："簪环首饰多讲究，不是点翠就烧金。"① 影戏《镇冤塔》首部："有女如此胜男子，真叫那天下英雄面发消。"（绥 37-307）"发消"当即"发烧"。

蟹壳脸/壳脸

如蟹壳般青黑方阔的脸，多用以形容面相凶恶。清东隅逸士《飞龙全传》第二十回："面犹蟹壳，狰狞不亚揭波那；目若朗星，润泽无殊阿傩汉。"（495 页）清佚名《善恶图全传》第三十二回："第五位门娄头，蟹壳脸，荷叶眉，塔鼻梁，一张钳口。"（649 页）清苏同《无耻奴》第二回："（谈氏）嫁了过来，嫌着颖甫的相貌不好，眉横杀气，眼露凶光，一张蟹壳脸儿，一付松段身体，更兼脾气不好，动不动一味咆哮。"② 今人奇山《潮烟人家·带鱼头轶事》："带鱼头爆了：'你好你好，长得真好了。一副的蟹壳脸！'那当然指的是青蟹的壳，而不是梭子蟹，青蟹的壳两侧没有尖尖。她见带鱼头揭自己脸形有些横阔的短，火更大……"③ 或作"壳脸"，清瘦秋山人《金台全传》第二十一回："众人正在闲谈，忽然走出一个汉子来，名叫张恺，看他身长九尺，生就一张壳脸，圆目竖眉，阔口方腮。"（175 页）以蟹壳形容脸者常见，清郭广瑞《永庆升平》第八十回："为首有两个头目……一个是面如蟹盖，长眉大眼，年约三十以外，手执九耳八环刀，在南边站着；北边站着一个是面如茄皮。"（1037 页）石派书《精忠风波亭》利部下："一声响亮金光闪，山头显出恶魔神，猪嘴獠牙阔巨口，活蟹脸，青筋叠暴肉横生。"④ 清佚名《万年清奇

---

① 《针心宝卷》，《美国哈佛大学哈佛燕京图书馆藏宝卷汇刊》（第 4 册），桂林：广西师范大学出版社，2013 年，第 165 页。
② 《无耻奴》，北京：中国文史出版社，2005 年，第 197 页。
③ 《潮烟人家》，杭州：浙江人民出版社，2003 年，第 126 页。
④ 《精忠风波亭》，《故宫珍本丛刊》（第 703 册），海口：海南出版社，2001 年，第 94 页。

才新传》第六回："两臂有千斤之力，面如螃蟹，眼露凶光。"（133页）

行达

即"行踏"。行径；行为举动。清天花才子《快心编三集》第八回："禹嘉也诧异道：'他既是总兵，为何这等行达？'"（402页）又同回："禹嘉道：'我和你只做不知，且看他明日何如行达。'"（404页）又同回："初先见了众人那等行达，晓得做了官了。"（409页）又第九回："便叫兰英坐，兰英再三不肯，丽娟必叫他坐，乃拜谢了后坐。"夹批："是个女人行达，不比驾山之于柳俊。"（452页）参看《近代汉语词典》（2015：2343）"行踏"条。

虚神

指诗句、绘画等之神韵。清李汝珍《镜花缘》第八十一回："廖熙春道：'我才想了一句："你有心争似无心好。"不知可是？'春辉道：'此句狠得"叹"字虚神；并且"争似无心好"这五个字，真是无限慷慨，可以抵得比干一篇祭文。'"（1458页）清花月痴人《红楼幻梦》第十二回："又登阁一望，更着畅怀。匾上题着'天籁阁'，黛玉道：'确不可移。听月楼写其虚神，天籁阁论其实事。向背文章大妙。'"（569页）又第二十回："康老六说：'这题目重在个"归"字，看这画的，作"带月荷锄行"也说得去。这"归"字的虚神如何画得出来？'"（971页）

絮答／絮搭／絮搭搭／絮絮答答

絮叨；来回地说而絮烦人。清天花才子《快心编三集》第五回："看庄的陈老儿是个死老实人，他不来与你絮搭么？"（243页）《白话小说语言词典》（2011：1767）"絮搭"条："纠缠勾搭。"举此例，释义未确。《快心编初集》第七回："兰英看了笺纸道：'小姐，这不是那山相公的原纸，小姐为何又换了他的？他若见换了，定向兰英絮答，我须不好送去。'"（311页）此即"来回地说而使人感到厌烦"之义，"来回地说"有纠缠义，然无勾搭义。《六十种曲·投梭记》第二十出："临行再说句衷肠话，切莫向小鬼头儿说絮搭，我自去弄舌调唇闲嗑牙。"或言"絮搭搭"，清华广生《霓裳续谱》卷一《红铺闲砌》："触景关心，一声声，一片片，烦眸聒耳絮搭搭，猛听得笑语喧哗。"（续四库 1744-547）或言"絮絮答答"，元王实甫《西厢记》卷三第三折："张生无一言，呀，莺莺变了卦。一个悄悄冥冥，一个絮絮答答。"①"絮絮答答"犹"絮絮叨叨"，亦"说话啰啰嗦嗦、来回地说"之义。参看《汉语词典》（2013：692）"絮搭"条、《近代汉语词典》（2015：2360）"絮嗒"条。

筌/撱/圈/卷/镟/揎/旋/喧/宣

回旋着削。清归锄子《红楼梦补》第三十八回："紫鹃、晴雯两个人连忙过去与他脱了衣服靴子，换上煞鞋，叫小丫头去取了凉水渰的西瓜来剖开，筌了一碗，插上银叉子。"（1532页）或作"撱"，《唱本一百九十册》大鼓书《十枝梅上寿·十女夸夫》："七十二行不如撱罗将，听我从头夸上一回。长的会撱赶面杖，短的会撱捣蒜槌。"又："三姐夫撱刀得了样。"又："三姐嫁个圈罗的将。""圈罗"亦即"撱罗"，可证"筌"即"旋"。或作"卷"，《十枝梅上寿·十女夸夫》："三姐说处磨不如我们圈罗匠，四姐说卷罗不如我们当厨的。"或作"镟"，《聊斋俚曲集·禳妒咒·挞厨》："俺可镟了一块肉胡儿，转了一个鸡脯儿，偷了两对鸽雏儿。"②又作"揎"："那一日俺家里杀了一只鸡待亲家，才煮出来，我没犯寻思，就把那胸脯揎下来，包了包掖在腰里。"③或作"旋"，清佚名《武则天四大奇案》第五十一回："说着，又见他将刀执定，由上而下四围一旋，顷刻之间，只见薛敖曹在板凳上，半截身子跳上跳下，知他是疼痛万分……又见禁卒将周围旋开，惟有中间那个溺管未断，尚挂在上面。"（195页）清佚名《绣像闺门秘术》第五回："复又带泪祷告已毕，就将利刃先在大膀子上用力一截，已有二三分之深，即将利刃一旋，已经割下一块肉来。"④清郭广瑞《永庆升平》第六十回："说罢，宝刀望门上一插，只听'哜崩'一声响，山东马用手一拎劲，望下一按，又把宝刀拉出来，一连几刀，旋了一个小门，一脚踢开。吓得贼人直嚷说：'了不得了！山东马把门给旋了一个小门！'"（741页）《绣像义妖传·收青》："半空丢起一飞刀，直望法海顶心来旋下。"或作"喧"，《五圣宫》总讲二本第四场："最可恨付云庄行事不端，征北回险将我项上刀喧。"（未刊 10-279）或

---

① 《新刊奇妙全相注释西厢记》，《古本戏曲丛刊初集》影北京大学图书馆藏明弘治刊本。
② 《蒲松龄集》，路大荒整理，上海：上海古籍出版社，1986年，第1236页。
③ 《蒲松龄集》，路大荒整理，上海：上海古籍出版社，1986年，第1234页。
④ 《绣像闺门秘术》，北京：中央民族学院出版社，1994年，第28页。

作"宣",影戏《五虎平西》卷十一:"双阳越说越有气,双手抡刀照顶宣。"(绥 41-332)

券

即"楦"。《西游记》第七十五回:"他想道:'我把身子长一长,券破罢。'好大圣,捻着诀,念声咒,叫:'长!'即长了丈数高下,那瓶紧靠着身,也就长起去,他把身子往下一小,那瓶儿也就小下来了。"(1914页)《大词典》"券"条:"方言。用身子撞,撑。"《白话小说语言词典》(2011:1273)注"券"为 quàn,释为"拱;撑"。言"拱"或"用身子撞"皆随文释义,"券"即"楦(揎)"之记音,指"将物体的中空部分填实或撑大"。此言孙悟空要用自己的身体将瓶撑破。其例再如明潘镜若《三教开迷归正演义》第六十三回:"老奸笑道:'他果真是个私行官府,你去讨饶越破了法。惹起他怒,剥了你皮,还要券草!'"(962页)此"券"为"填实"之义。字或作"旋",《唱本一百九十册》新出《大杂会》:"拿住你剥皮旋草抽你筋。"或作"挦",明佚名《别有香》第十回:"他那物又好似挦头,一挦就大了。"① 故此,"券"注 xuàn 更合适。

楦头

楦头往往用来将物(如鞋、袜等)撑大,故引申指"借以撑门面的东西或人"。明陆人龙《型世言》第三十二回:"那孙监生便怪了詹博古,心里想一想道:'他是有个毛病的,前日赢了二十多两,想是把来做楦头,夺买我的。'"(1407页)此指将银子拿来买东西撑门面。明陆云龙《魏忠贤小说斥奸书》第七回:"就是这些当道,与他往来,也只是个不奈他趋承,不峻绝他,谁知他暗里却把来做楦头。"(116页)"把来做楦头"指利用当道们来撑门面。许少峰(2008:2499)"做楦头"条:"作为显耀的资本。"又引申指"被利用而替人出头或受过的人",明伏雌教主《醋葫芦》第十四回:"陈敬便生情道:'员外,不是这等做事。你要教训儿子,只把我家老爷来做楦头,自己训他不落,衙门中替你累纸累笔;自家处明,把衙门丢番上壁。'"(521页)《近代汉语词典》(2015:2789)"做喧头"条:"比喻做陪衬;垫陪。喧头,做鞋时所用的模子。"举《醋

---

① 《别有香》,《思无邪汇宝》,第 147 页。

葫芦》例，未洽。此例中，"做楦头"亦不宜释为"作为显耀的资本"，此回叙员外状告自己的义子，义子却跑得不知去向，差人欲讹诈其钱财而拿知县老爷说事，"做楦头"意指员外利用知县老爷来教训儿子，犹今言"拿人当枪使"。《中国靖江宝卷·香山观世音宝卷》第二册："'徒弟，寺里罚她做营生么，我在皇上不曾提到这一条，叫我怎好开口了？''啊呀，你好说得很哩，对我们身上推，拿我们做楦头，说是我们的主意，寺里的规矩。'"①

学/学骗

坑骗；哄骗。明陆人龙《型世言》第九回："他见了不由得不心头火发，道：'崔科忘八羔子，怎诓了人钱财，不与人造册？'崔科道：'咄，好大钱财哩，我学骗了你一个狗抓的来。'"（401 页）此上言"诓"，下言"学骗"，其义可证。明东鲁古狂生《醉醒石》第九回："到后来，王四道：'他既要嫁个单身，我兄弟王三，还没有妻，我娶与王三罢。'又有那闲管的，对陈家道：'这厮学骗了一个人，许了他，知道配王三，配王四？'"（321 页）清邗上蒙人《风月梦》第八回："邀请着尤德寿们并白实新同那些学骗的朋友，出了泠园茶馆。"（109 页）"学"有"坑骗"义，或作"㩦"，《汉语方言大词典》（1999：6756）"㩦"条："使别人吃亏、上当。中原官话。"又董绍克、张家芝《山东方言词典》（1997：283）："㩦：坑骗。"又："靴：哄骗。"皆可为证。

按，《醉醒石》（辑补）第五回："肯走便走，不肯走拴了走。再无礼，刀在这里，不学砍你这一个人。"（26 页）《醉醒石》第九回："只见阮良走来道：'这件事明是冤枉。但衙门中，也不学冤你一人，除是大财力，可以挣脱。'"（327 页）此二例中，"学"疑为"缺"之记音，"不学砍你这一个人"即"不缺砍你这一个人"，亦即"不差砍你这一个人"。可参看"筌""券"两条。

---

① 《中国靖江宝卷》，尤红主编，南京：江苏文艺出版社，2007 年，第 226 页。

Y

丫/枒杞

本指分叉之处，借指阴部。清萧湘迷津渡者《锦绣衣·换嫁衣》第二回："花笑人也道有贼，忙走起来赶去，原来是旧相知，把他下身一摸，丫都是精赤的。"（26页）又《锦绣衣·移绣谱》第三回："燕娘见奶娘默默无言，又骂道：'见了赃证塞了嘴儿，原来夹了丫儿坐着。如今还瞒得哪个？'"①《西游记》第二回："那魔王被悟空掏短肋，撞丫裆，几下筋节，把他打重了。"（48页）明桃源醉花主人《别有香》第十一回："视素英，以手度其牝，去脐不远，两辅高隆，状如莽麦，羡道：'此牝桃花紧靠丹田，再不等到腿儿枒杞摸索。御时只把身子平平压着，茎便尽根。大异凡品，当居第四。'"②疑"枒杞"为"枒杷"之讹，影戏《薄命图》首部："咳，都是你只两个*丫*头，吓死我也！"③影戏《两界山》卷一："立什么功建什么业？*丫*头家体统一概伤。"（俗241-319）"*丫*头"即"丫头"。"枒杷"即"丫巴"，本指树枝的分叉，清石玉昆《忠烈侠义传》第三十五回："一棵梧桐树，两个大槎枒。"（1172页）此抄本"枒"旁注"朳"字。据姜亮夫（2002：8），河北、山东及昭通方言谓"树两枝间曰树介八"，昭通人又言枒八。"巴"涉上类化从木作"杷"，又讹作"杞"。文献中"巴""己"常相混，如影戏《东汉》卷七："小王慌忙*把*坐离，口尊仙姑免大礼。"（俗179-129）广州以文堂刊粤戏《水浸金山》："何不请妻子出来嘱咐一回，前往游玩，*岂*不是好？"（俗134-8）"*岂*"即"岂"。清佚名《万年清奇才新传》第九回："再糊说，仔细你的嘴巳疼！"（221页）"嘴巳"即"嘴巴"。"把"或作"*把*"，《唱本一百

---

① 《锦绣衣·移绣谱》，《中国禁毁小说百部》，北京：中国戏剧出版社，2000年，第67页。《锦绣衣·移绣谱》为六回本，藏于日本无穷会织田文库，参看石昌渝（2004：70）"飞英声"条。

② 《别有香》，《思无邪汇宝》，第173页。

③ 《薄命图》，《皮影戏影卷选刊》（3），天津：天津古籍出版社，2014年，第239页。

九十册》大鼓书《武松打虎》:"大白天日𢫦人伤。"① 清烟水散人《灯月缘》第三回:"兰娘也𢫦真生自上自下仔细相看了一会。"(63 页)"腿儿桠杷"指腿分叉处,即正常女阴所在,可参看《汉语方言大词典》(1999)"鸭儿""鸭巴子"等条。

挵

"押"之讹字。明袁于令《隋史遗文》第六回:"(王小二)将批文已拿在手内,叫婆娘:'这个文书是要紧的东西,秦爷若放在房内,他好耍子,常锁了门出去。深秋时候,连阴久雨,屋漏水下,万一打湿了是我开店人的干系,你收拾好在箱笼里面,等秦爷起身时,我交付明白与他。'秦叔宝心中便晓得王小二挵作当头,假做小心的说话,只得随口答应道:'这却极好。'"(150 页)

由《隋史遗文》改编而成的《隋唐演义》(第七回)于"挵"后注"音班"(154 页),受此影响,人民文学出版社点校本②、中华书局点校本③、上海古籍出版社点校本④《隋唐演义》皆作"扳作当头",误。日本东京大学东洋文化研究所藏民国商务印书馆排印本《隋唐演义》作"揑作当头"(33 页),同误。又因"挵"是"挥"之异体字,《正字通·手部》:"挵,同挥。"故中华书局点校本《隋史遗文》作"挥作当头"⑤,亦误。此处"挵"当是"押"之讹误。"押"字俗书或增笔作"𢫦",字形五代已见,《可洪音义》记"押"有作"𢫦""𢫦","胛"有作"𦙾"者(参看韩小荆 2009:762、502),明佚名《壶中天》第七回:"旗卫𢫦下镇抚司狱中,上下都知他是神医,大是敬重。"(62 页)《曲本》第二册《搜孤救孤》:"𢫦晋君独霸朝纲。"(225/1/a1) 又第七册《滚钉板》:"将他𢫦奈班房。"(127/2/b2) 又:"好呵,𢫦下去。"(133/1/a3) 又:"𢫦(压)诸侯扫妖氛四海皆闻。"(134/1/c1)《五圣宫》总讲二本第二场有"𢫦只下"语(未刊 10-293)。再如《绣像义妖传·赠银》:"将舍旧(舅)锁拿,暂𢫦班房。"又《赠符》:"也罢,我把人参二两权为抵𢫦。"又《斗法》:"我夫将二两人参灵符𢫦。"《唱本一百九十册》新刻小段

---

① 关于"己""巳""巴"相讹,参看张涌泉(2015:446)"巴""𢺵"两条相关例字。
② 《隋唐演义》,北京:人民文学出版社,2007 年,第 53 页。
③ 《隋唐演义》,北京:中华书局,2009 年,第 45 页。
④ 《隋唐演义》,上海:上海古籍出版社,2006 年,第 41 页。
⑤ 《隋史遗文》,冉休丹点校,北京:中华书局,2001 年,第 37 页。

《武松打虎》："㧍下梁山且不表，再表好干（汗）二天罢。"又："㧍下二爷且不表。"又京都藏板《赵小姐守节》："㧍下姑娘且不言，再表他公公出房间。"又第一书局板《饽饽阵》："荞麦饼催粮㧍寨后营。"

俗书"車"常简为"丰"①，P.3137《南歌子·奖美人》："一段风流难比，像白莲出水。"②《曲本》第二十一册《于公案·元案》中"车"多写作"丰"，如："侄儿装入囚丰内，起解保府上省城。"（8/2/c3）又："丰轮走动声振耳，赶丰不住打能行。"（10/1/b6）又影抄本《湘江会》："灵王道某降齐，将我双爷娘斩首。"（俗287-413）"斩"即"斩"字。吐鲁番文献中"转"或作"轉"（张显成2020：686）。又《武松打虎》："武松连夸一个好，轉过酒保答上腔。""轉"亦"转"。又《唱本一百九十册》致文堂板《丁郎中状元》："头一天，肚内空，轉湾回头总布胡同。""轉湾"即"转湾"。《伐齐东》总讲第六本："（豹白）也罢，暫忍一时之气，看他怎样用兵！"（未刊1-391）"暫"即"暂"。又："甲子日兵马起朝歌城进，六百載锦华夷一旦消倾。"（未刊1-411）"載"即"载"。"军"之草书常作"軍""軍"，吐鲁番文献中"军"或作"甲"（张显成2020：685），《曲本》第二册《夺昭关》："我有吾儿抢夺关，三甲速速把令传。"（270/2/c3）又："三甲齐把威风现，个个勇力去争先。"（271/1/b1）又第四十二册《慈云走国》卷十六："甲师在上报军情。"（473/1/b4）又第四十三册《刘公案·沙河驿》："吓得一个个渾身打战。"（380/1/a7）《唱本一百九十册》宝文堂梓行《蚂蚱算命》："苦坏了少皮没骨渾草虫。""渾"即"浑"。《曲本》第二十册《于公案·锥子营》："王氏一门俱好善，我父一生不动辇。"（380/2/a7）"辇"即"辇"。明佚名《壶中天》第七回："故有了扶业，必得时迋，其道方行。"（9页）③"迋"即"运"。又《刘公案·江宁府》："陈大永本是武举出身，作过一任迋粮千总。"（263/2/c3）上述诸例中"军"之俗写与"甲"之增笔俗写极似。

"挥"之草书常作"揮""揮"，明董其昌书李颀《赠张旭》诗"挥笔如流星"中"挥"作"揮"④。或作"揮"，子弟书《别姬》第二回：

---

① 俗书"宣"或作"宣"，《唱本一百九十册》宝文堂板《最新灯虎》有谜面"登台演说皆鼓掌"，谜底为梁山好汉"宣赞"，亦可为证。"车"俗书作"丰"形六朝以来文献中已见，参看张涌泉（2015：85）、孟闯（2021）。
② 《法国国家图书馆藏敦煌西域文献》（22），上海：上海古籍出版社，2002年，第2页。
③ "扶业"当即"技业"，参看曾良、陈敏（2018：781）。
④ 《赠张旭》现藏中国国家博物馆。

"代喉舌，青园拌洒千行墨；惨别离，今古同怀寂寞情。"（俗384－496）影戏《卧龙岗》第四部："我乃强为义，先父也从作过代刀指挥。"（俗170－220）鼓词《紫金镯》卷十："相离切近拌利刃，对准了，姜义钢枪响一声。"（未刊97－241）又《曲本》第二十一册《于公案·花儿窑》："纸铺桌上提笔写，一挥而就写完成。"（224/2/c4）又第三十三册《施公案·集贤村》："皇上家，亲封指押恩非浅。"（473/1/b4）此"押"字与"押"之手写体极似，《于公案·元案》："吩咐尔等去几名，帮着押解张太监。"（19/2/b3）又影戏《天门阵》卷四："你吃紧了，押着气儿了，待我与你扒撒扒撒巴。"（未刊58－83）"押"即"押"，下文正作"喝紧押住气"（102页）。因"押"之俗写"押""押""押"等与"挥"之俗写"挥""挥""挥"极似，刊刻者遇到"押"之俗写，误将其认作"挥"字，又在刊刻过程中将其刻为"挥"。故《隋史遗文》例当校为"押作当头"，"当头"为"抵押品"之义，《拍案惊奇》卷三十六："那押的当头须不曾讨得去，在个捉头儿的黄胖哥手里。"（1584页）明佚名《宜春香质·风集》第四回："有的是当头，押些银子见买。"清石玉昆《忠烈侠义传》第十三回："到了京师，费用多少合他那里要，他若不给，叫他将细软留下作为押账当头。"（511页）"当头"属"抵押"之物，文中因秦琼欠下店钱暂时无法偿还，王小二假意将批文代为小心保管，实际则是当作抵押，故秦琼才有"押作当头、假作小心"之语。

《隋唐演义》源自《隋史遗文》，其作者不识"挥"为"押"之误刻，将"挥"认作"挥"又于文意不通，乃据字形将其认成了"搬（扳）"的俗写，误注"音班"。《醒世恒言》卷三十六："这番在下路脱了粮食，装回头货归家，正趁着顺风行走，忽地被一阵大风直打向到岸边去。稍公把舵，务命推挥，全然不应，径向贼船上当稍一撞，见是座船，恐怕拿住费嘴，好生着急。"（2185页）① 曾良（2017：360）指出"推挥"当作"推扳"讲，"挥"是"扳"的俗写。可见，确实有将"挥"当作"扳"之俗字的情况。将"搬"写作"挥"是受了"运（運）"字的影响。"搬""运"同义，又常连用（文献中"搬运"一词常见，不烦多举），受此影响偏旁类化作"挥"。这种类化的情况较为常见，如因"么"经常与"怎"字连用，受"怎"影响类化为"怎"，"怎"字产生以后又可脱离"怎"字单用，辽宁省图书馆藏本衙藏板清梧岗主人《空空幻》第一回："花春又气又恼道：'难道我相公换得一身衣服，你就不认得了怎？'那管

---

① 此例双红堂文库藏衍庆堂刊本《醒世恒言》作"挥"。

门的亦嚷道：'你说的什么话？怎样可以冒得？难道我家相公的容貌都认识不出了？敢来假冒么？'"再如因"幕僚"常连用，"僚"或作"幕"，《伐齐东》总讲头本第十场："感卿竭力诛强幕，感卿神通仙法高。"（未刊 1－179）"强幕"即"强僚（獠）"。

押静/押净/哑静

即"压静"。肃静。清讷音居士《三续金瓶梅》第四回："列位押静，人生官星财运，是命中柱定。"（74 页）清石玉昆《忠烈侠义传》第二十五回："众位押静，待我细细的问他。"（863 页）又第八十回："拦至再三，众人方押静了。"（2514 页）或作"押净"，影戏《奇忠烈》第四本："我倒有一条主见，其妙不可言咧，列位押净，听我道来。"（俗 194－298）《唱本一百九十册》鼓词《王定保借当》："且押争，请听言，此事出在京西南。""争"即"静"之讹省。影戏《三贤传》卷七："丞相贵恙新愈，就该在府中争养才是。"（俗 186－337）明佚名《南海观世音菩萨出身修行传·妙善驾云归香山》："尔众臣僚，共诸眷属，可速持斋戒，清争身心，竟往香山面谢仙姑。"（111 页）"争"亦为"静（净）"之讹省，皆可资比勘。清华广生《霓裳续谱》卷八《留神听》："猪市口儿往南一行，列位押静听我分明。"（续四库 1744－645）此例多有断为"列位押，静听我分明"者①，误。或作"哑静"，《梨园集成·药王传》："（生）吩咐宫中哑静。（丑白）孩子们，哑静些。"

醃

用糖、盐等浸渍东西（使不变质腐烂）。《大词典》"醃"条："用盐浸渍食物。"此释义偏狭，除盐外，亦可用酒、酱、糖、石灰等。清邗上蒙人《风月梦》第十三回："月香叫老妈剥了一盘粽子，又拿了一个五彩细磁碟，盛的是上白洋糖醃的玫瑰花膏，请陆书吃粽子。"（169 页）亦指用腌渍的方法处理尸体。《警世通言》卷三十五："却说支助将血孩用石灰醃了，仍放蒲包之内，藏于隐处。"（1455 页）清瘦秋山人《金台全传》第三十八回："便用石灰把着猴儿醃起来，省得还去凭据全无。"（326 页）

---

① 如章依萍校订《霓裳续谱》，中央书店，1935 年，第 345 页；邓晓东编《清代民歌集》（下），南京：南京师范大学出版社，2019 年，第 221 页。后者注云："'押'当作'呀'。"误。

清天花才子《快心编二集》第七回:"便将赖录、慎明重审录一番,上了木驴,推在闹市剐讫,将首级用石灰醃在桶内。"(327页)

厌钝/钝/屯

(以不吉利的兆头)妨克人或事,使人感到晦气;让人感到不吉利的兆头;晦气。清佚名《生绡剪》第八回:"他父亲杜济闻跳将出来,把石崖柴打了四五个靶掌道:'都是你做媒的不是,将一个新娘子扮得像送丧的一般,来厌钝我的儿子,不死不活,如何处置?'"(449页)又同回:"白轿一去,正是新年朝头,那杜老儿见白轿子进门,说:'又来厌钝我了。'把来人抢白一场。"(469页)上述诸例中,"厌钝"是动词,为"(以不吉利的兆头)妨克人或事,使人感到晦气"之义,"扮得像送丧的一般""白轿子"皆是不好的兆头。《生绡剪》第九回:"那卜监生已六十多岁,怕的是死,伤寒新好,是个喜日头,了还愿心,撞着这节厌钝,只是跌脚。"(515页)此例中,"厌钝"为名词,是"让人感到不吉利的兆头;晦气"的意思。《白话小说语言词典》(2011:1804)"厌钝"条:"扫兴;不顺遂。[例]我出家人远来借宿,就把这厌钝的话吓唬我。(西游·二〇)"此乃随文释义,"厌顿的话"即晦气的话,是听话人觉得别人讲的话不是好兆头、不吉利。《西游记》例王毅(2012:194)正释作"言语或行为对人不吉利"。

或单言"钝",清古吴憨憨生《飞英声·宋伯秀》:"(婆子)乃道:'既承大官人感情,权且收下,倘或说合不来,休得见罪。'宋隽道:'莫说这钝话,你若肯用心,再无不就。'"(152页)"钝话"即"不吉利的话;晦气话"。李荣(2002:4452)"钝话"条:"丹阳。不吉利的话。"或作"屯",清瘦秋山人《金台全传》第二十四回:"一个道:'打杀了房下勿知道的,我与你朋友之情,自然报个凶信居去,你道可是勿差么?'老二道:'娘贼,屯我的色头。'"(206页)又第三十九回:"马俭道:'阿哥,我搭倍出路之人,为啥说屯色头说话?'牛勤道:'色头啊,被娼根屯尽的了。'"(331页)《明清吴语词典》(2005:164)"钝色头"条:"使倒霉。"《近代汉语词典》(2015:419)"钝"条:"倒霉;不顺利。明《警世通言》卷一七:'至今延平府人,说读书人不得第者,把钝秀才为比。'清《绿牡丹》二八回:'脾胃燥时偏要钝,因缘缺处几时完?'"二者释义皆未确。"钝"与"倒霉"有别,"钝"强调不吉利的兆头给人带来晦气,让人感到很不吉利,侧重主观感受,往往有迷信的成分在里面；"倒霉"则指遇事不利，遭遇不好，往往是客观已经遭遇的事情。上例中，"屯色头"犹言"妨害好运气"。《警世通言》卷十七："又有刻薄小人对他说道：'马德称是个降祸的太岁，耗气的鹤神，所到之处必有灾殃。赵指挥请了他就坏了粮船，尤侍郎荐了他就坏了官职，他是个不吉利的秀才，不该与他亲近。'刘千户不想自儿死生有命，到抱怨先生带累了。各处传说，从此京中起他一个异名，叫做钝秀才。凡钝秀才街上过去，家家闭户，处处关门。但是早行遇着钝秀才的一日没采，做买卖的折本，寻人的不遇，出官的理输，讨债的不是厮打定是厮骂，就是小学生上学也被先生打几下手心。"（634页）"钝秀才"即"不吉利的秀才"，碰到秀才是不好的兆头。《绿牡丹》例中"钝"是动词，指自己"脾胃燥"时为不吉利的兆头所"钝"，所妨害，而非言自己倒霉。清薇园主人《清夜钟》第五回："人道是学问不济，偏会高飞；目奇是学问渊深，不能远达。又有总是这人，今日钝，明日利，竟难主持；总是这篇文字，今日好，明日歹，任人高下。"（143页）例中"利"指吉利，"钝"指晦气，此乃迷信说法，是说哪天吉利哪天晦气根本不由个人作主。明东鲁古狂生《醉醒石》第十四回："人的意气鼓舞则旺，他遭家里这样摧挫，不惟教书无心，应考也懒散，馆也不成个馆，考事都不兴。向来趋承他的，都笑他是钝货了。"（535页）此"钝货"与"钝秀才"同义。又有"利市"一词，《大词典》"利市"条："吉利；好运气。宋孙光宪《北梦琐言》卷三：'夏侯孜相国未偶，伶俜风尘，蹇驴无故坠井。每及朝士之门，舍逆旅之馆，多有龃龉。时人号曰不利市秀才。'"可资比勘。

扬花

卖唱。明长安道人国清《警世阴阳梦·阳梦》第五回："随路逢着村镇上茶坊、酒馆、典当铺、䌷段铺、香蜡铺、故衣铺，走上阶头，或吹或唱，过路的人都站住了听着，倒也混得有两分儿。原游到涿州去了，借道士房内拉脚小破屋半间住着。日里出去扬花混些酒食吃了，夜里回来也不张灯烛，也不动火烟，铺下些乱草和衣儿睡了。"（99页）又第六回："且又夏天了，泰山上也没人来进香，酒馆内也没人来吃酒，进忠便无处扬花讨钱了。"（101页）又第十回："看这些方上人，有行医卖药的，相面算命的，堪舆卖卜的，说评话、弹词、走唱、扬花的，耍拳、撮弄、跑马、踹索的。"（154页）明佚名《宜春香质·风集》第四回："日里同孙去扬花，又有钱趁，晚上又当得老婆……卖他去做了小唱。"据《中国戏曲志·江苏卷·序言》:"康熙二十六年六月苏州阊门外广济桥堍立有《长洲吴县二县永禁扬花在街头吹唱占夺民间吹手主顾哄骗民财碑记》,内称:'近有一般奸棍,不务本业,串同游妓,在于街头吹唱,名曰扬花。'扬花即扬州花鼓之简称。"①

仰爬脚子/仰把脚/仰八角子

犹"仰八叉"。仰面倒在地上,四肢叉开的样子。《儿女英雄传》第十八回:"照着那先生的腿洼子,就是一脚,把先生踢了个大仰爬脚子,倒在当地。"(715页)又第三十九回:"一天,他忽然跐着个板凳子,上柜子去不知拿甚么,不想一个不留神,把个板凳子登翻了,咕咚一跤跌下来,就跌了个大仰爬脚子。"(1968页)或作"仰把脚",《唱本一百九十册》大鼓书《小寡妇上坟》:"岔了奴家气,扭了奴家腰,摔了一个仰把脚。"又作"仰八角子",清醉月山人《狐狸缘全传》第十二回:"谁知妖精身体灵便,往后一闪,倒把自己摔了个仰八角子。"(247页)今北京官话和东北官话中仍云"仰爬脚子"或"仰巴脚子"(参看《汉语方言大词典》1999:2044)。《大词典》"仰八叉"条:"亦作'仰巴叉'、'仰爬脚子'、'仰巴跤'。仰面倒在地上,四肢叉开的样子。"

下面谈谈"仰爬脚子"的来源。"仰爬脚子"是一个记音词,义同"仰八叉","仰八叉"明清小说语例较多,《金瓶梅词话》第十九回:"不提防鲁华又是一拳,仰八乂跌了一交,险不倒栽入洋沟里,将发散开,巾帻都污浊了。"(489页)俗书"叉""乂""义""又"相混,"仰八乂"即"仰八叉"。或作"仰拍叉",《醒世姻缘传》第九十五回:"寄姐不曾隄防,被素姐照着胸前一头拾来,磕了个仰拍叉。"(2596页)较早又作"仰剌叉""仰不剌叉"(参看《大词典》"仰剌叉"和"仰不剌叉"两条的释义和语例)。《近代汉语词典》(2015:2419)"仰不剌叉"条:"即'仰拉叉'。不,用来加强语气。"元曲中"不"的这种用法常见,如"呆邓邓"又言"呆不邓","舌剌剌"又言"嘴不剌",再如"光出律"今又言"光不出律(溜)","滑出律"今又言"滑不出律(溜)"等。"剌叉"即"拉叉",为方言词缀,形容人肢体张开的样子,《醒世姻缘传》第五十八回:"'变'的一声,把个狗震的四脚拉叉,倒在地下。"(1573页)清娜嬛山樵《补红楼梦》第十七回:"凤姐看时,却是马道婆四脚拉

---

① 《中国戏曲志·江苏卷》,北京:中国ISBN中心,2000年,第20页。

叉的插在刀山之上。"(522页)《曲本》第四十三册《刘公案·江宁府》："不知女子往何方去,光剩男子在房中。四脚拉叉炕上躺,仔细看,被人杀死赴幽冥。"(235/1/a2)又《刘公案·都察院》："女僧一见心害怕,迈步番身跑似风,意乱心忙腿发软,二门坎,'咕咚'绊了一个倒栽葱。四脚拉叉躺在地,露出那,腰中的汗巾是大红。"(424/2/c3)因人仰面跌倒,四肢即呈八字形,又省作"仰八叉"。

因经常用"仰八叉"形容跌跤,元孟汉卿《魔合罗》(脉)第二折:"原来是不插拴牢,靠着时'呀'的门开了,滴留扑仰刺叉吃一交。"《金瓶梅词话》第三十八回:"把二捣鬼仰八叉推了一交,半日扒起来。"(994页)所以又把仰面跌倒称为"仰八跤",{跤}元杂剧中作"交",明佚名《桃符记》作"脚","交""脚"音近,王学奇、王静竹(2002:553)指"元代中州音,呼'脚'作'交',把仰跌叫仰别交子,也叫仰别脚子"。今冀鲁官话云"仰巴跤""仰摆脚儿",中原官话云"仰扳脚""仰绊脚"(《汉语方言大词典》1999:2043),皆可参证。明清时期词语多加"子"尾,如"茶缸"又名"茶缸子",清邗上蒙人《风月梦》第七回:"凤林邀请贾铭坐下,喊老妈烹了一壶浓茶来,亲自取了一个五彩细磁茶缸,斟了大半茶缸子,恭敬贾铭。"(93页)"行货"又称"行货子",《金瓶梅词话》第十一回:"那孙雪娥看不过,假意戏他道:'怪行货子,想汉子便别处去想,怎的在这里硬气?'"(276页)"跤"亦称"跤子",清省三子《跻春台》卷二《捉南风》:"长年见他吃醉,疑他滚跌,便道:'你滚了跤子么?'光明曰:'我,我,我未买刀子。'长年曰:'不是得,说你滚了筋斗。'"(280页)"脚"与"跤"音近,故又记作"仰八脚子"。①

"仰爬脚子"的源流如下:仰拉叉、仰不拉叉—仰不叉、仰八叉—八跤、仰爬跤—仰爬脚子(儿)。

样子

办法;主意。清佚名《婆罗岸全传》第六回:"可巧,范昆出去解手

---

① 蒋宗福(2002:756)指"仰不剌叉"就是"仰八叉","八"为"不剌"的合音。魏启君、王闰吉(2021)指《金瓶梅词话》中的"擤"与南方方言、藏缅语中的"拏"语音及语义上存在相似性,泛言"四肢向左右伸开","仰拍叉"中的"仰拍"犹言四肢伸开,"叉"亦有分开义,因此"仰拍叉"为语义溢出形成的叠架结构。今按,《近代汉语词典》(2015:1392)以"擤"为"拍"的俗写,"仰拍叉"较早用例是《醒世姻缘传》,该词《金瓶梅词话》中作"仰八叉"(共三例),结合元杂剧已有"仰刺叉""仰不刺叉"的例子,我们不采用"仰拍"即"仰擤"这种说法。

时，一眼瞥见那朱家的妻子，有几分姿色。心里想道：'这雌儿竟有这样的容貌，可慢慢的出样子，定要弄他到手。'"（150页）"出样子"即想办法、出主意。"出样子"犹言拿出一个样子来，好照着去做，故引申指想方法。又同回："这范昆想道：'朱大的雌儿，好似萤火虫儿，照了一面，便不见了。朱大又想着我替他出样子，赎出他雌儿的物事来。我想这件事，须得要几十两银子，才能够办。'"（153页）前文亦提到此事："（白强）答道：'这也不难，如今朱大输空了，他雌儿的物事，尽被他花去了。你能够替他想个方儿，办了还他，那人必定心中感激你的，然后渐渐入门，自然得到手了。'"（151页）"出样子"即"想个方儿"之义。又第七回："白强道：'我却替哥想着个样子在此，不知可合意思？'范昆道：'我的哥，你替我办了这件事来，我总有好处到你，断不辜负的。你且告诉我是何样子，我只要弄得妥就是了。'"（164页）又第十一回："这兰姐出了许多的样子，那里中用？"（280页）子弟书《司官叹》："这如今我真可是了不了，你出个样子闹个刀儿毛。"（未刊115–197）

一个字

隐指"偷"或"抢"。清克敏《热血痕》第三十一回："仇三道：'……我们两人不是吃喝，就是嫖赌，不到三年，都弄得赤手空拳，无法度日，便商量去做那一个字的行道。'卫茜道：'甚么叫一个字的行道？'仇三道：'偷。……我们又商量，另换了一个字的行道。'卫茜道：'又是一个甚么字？'仇三道：'抢。'"① 清佚名《离合剑莲子瓶》第四回："江湖做一个字的生意，是个贼。"（57页）清瘦秋山人《金台全传》第二十一回："和尚道：'小僧是贝州出身，俗家姓赵，小名天宝，父母双亡，六亲无靠，又无行业，穷苦不堪，做了一个字的卖买。三年前犯了血案，拿住了，蒙金头儿暗中释放，吾就逃到此地为僧。'"（182页）从犯了血案来看，此处"一个字"当指"抢"。清省三子《跻春台》卷三《阴阳帽》："一日，打听有一皮大豪，外人讹喊'皮无毛'，结交红黑，在江湖上作一个字的生意起家，横行霸道，压善欺良，家中广有银钱。"（573页）又下文："官命内差查皮大豪行为，回禀此人以黑船起家，横行抢夺，无恶不作。"（576页）可知，此"一个字"亦指"抢"。清松云氏《英云梦传》第二回："却说阊门外有两个皮赖，一姓滕名武，一姓温名别，终

---

① 《热血痕》，长春：吉林文史出版社，1987年，第254页。

日游手好闲，赌钱场里又要去走走，所以弄得穷死烂矣，终日偷偷摸摸，就做了一个字的客人。"（52页）从下文来看，二人纠集了七八个人欲翻墙入室绑人，此"一个字"亦指"抢"。《明清吴语词典》（2005：709）"一个字"条："暗指'偷'。"举《英云梦》例，未确。

一股脑儿/一古脑儿/一箍脑儿/一柜脑儿/一箛脑儿/一筲脑儿/一裹脑子/一股脑子/一孤恼子/一古恼子

通通。"一股脑儿"在清代已经是个常用词，《二十年目睹之怪现状》第九十四回："却是苟太太不答应，说是要去大家一股脑儿去，你走了，把我们丢在这里做甚么。"① 又作"一古脑儿"，清夏敬渠《野叟曝言》第八回："这句话没有说完，就从这一拍里，房舱内'豁琅'一声响，一张桌子倒下，把桌上的碗儿、碟儿、箸儿、勺儿、菜儿、饭儿、酱儿、醋儿、汤儿、汁儿一古脑儿都倾翻船板之上。"（206页）或作"一箍脑儿"，清归锄子《红楼梦补》第五回："凤姐道：'……我就请了太太的示，按着他们月钱的分例，里里外外一箍脑儿散给他们了。'"（173页）或作"一柜脑儿"，清小和山樵《红楼复梦》卷二："我的那些衣服留着无用，叫他一柜脑儿卖掉，给我热热闹闹的做个大发送。"（53页）"柜"为"箍"之讹俗字，"匝""匚"形近，故"箍"又省作"柜"。俗书"木""扌"不别，"一箍脑儿"又作"一箛脑儿"，清张春帆《宦海》第一回："所有那立法权、行法权、议法权，统通都给政府里一箛脑儿霸了起来，弄得个上下不通，官民不洽。"② 《红楼复梦》卷八又作"一筲脑儿"："我还有顶新做来的如意挖云青纱头巾，同那双新皂靴一筲脑儿送了他。"（279页）"筲"亦是"箍"的简省俗字。或言"一裹脑子"，《红楼梦》第三十六回："别做娘的春梦！明儿一裹脑子扣的日子还有呢。"（816页）或作"一股脑子"，《儿女英雄传》第十二回："无奈他此时又盼事成，又怕事不成，把害怕、为难、畅快、欢喜一股脑子搅成一团，一时抓不着话头。"（426页）或作"一孤恼子"，影戏《大团山·春部》："还有韩氏娘儿三个，一孤恼子全得出。"（未刊57-62）或作"一古恼子"，影戏《天门阵》卷三："叫你们一古恼子拿进去呢。"（未刊58-11）

"一股脑儿（子）"源于"一滚"。据《大词典》，"一滚"义为"犹

---

① 《二十年目睹之怪现状》，北京：人民文学出版社，2000年，第884页。
② 《宦海》，上海：上海古籍出版社，1997年，第3页。

言混在一道"，如宋张载《横渠易说》卷三："天人不须强分，《易》言天道，则与人事一衮论之，若分别则是薄乎云耳。"（四库 8 - 754）"一衮"即"一滚"。又宋石𡭲编朱熹删定《中庸辑略》卷上："又曰：'《中庸》之书是孔门传授，成于子思，传于孟子，其书虽是杂记，更不分精粗一滚说了。'"（四库 198 - 560）宋末"一滚"已引申出"通通"之义，《朱子语类》卷一四〇："古诗须看西晋以前，如乐府诸作皆佳，杜甫夔州以前诗佳，夔州以后自出规模不可学。苏黄只是今人诗，苏才豪，然一滚说尽无余意，黄费安排。"（四库 702 - 806）此"一滚"非"混在一道"之义，当为"通通"义无疑。其例又如《警世通言》卷四十："蘖龙曰：'昨夜月离于毕，今夜酉时，主天阴晦暝，风雨大作，我与尔等，趁此机会，把豫章郡一滚而沉，有何不可？'"（1687 页）"一滚"又增音作"一股那"，元王实甫《西厢记》卷二第四折："费了甚一股那，便（待要）结丝萝。"王季思（1987：84）校注引赵章云曰："一股那即一股脑儿，一起、一共之意。'费了甚一股那'，意即一共费了些什么。"又作"一骨辣"，《西游记》第五十四回："那八戒那管好歹，放开肚子，只情吃起，也不管甚么玉屑、米饭、蒸饼、糖糕、摩菇、香蕈、笋芽、木耳……一骨辣噇了个罄尽。"（1383 页）"一股那""一骨辣"为同一词，某些方言中 n 和 l 是同一音位的自由变体。上例"一股那""一骨辣"即是"一滚"的增音，辅音韵尾字有时可以带出一个音节来，如"荨"之变为"荨麻"，"鸭"之说成"鸭巴"，"寻"又说成"寻摸"，"眨"又说成"眨巴"等，参看张惠英（1982）及罗常培、王均（2002：188）。"一股那（辣）"中"那"又增加韵尾，即"一股脑"，这种增音在近代汉语也较常见。胡竹安（1983）在释"争叉"时指出："宋元白话里，'叉'和'吵''抄'音同或音近，这可以从'叉手'（如《京本通俗小说·碾玉观音》：'当时叉手向前，对着那王道。'）又作'抄手'（如《水浒传》第三回：'酒保抄手道："官人要甚东西，分付买来。"'）'吵'又作'抄'（如《六十种曲·牡丹亭还魂记》第九出'写真'：'【朱奴儿犯】这两度春，游戏分晓，是禁不得燕抄莺闹。'）证实：'争叉'是'争吵'的方言音变字。"再如"收杀（煞）"或作"收稍（梢）"[①]，《朱子语类》中多次提到"没收杀"，又作"没收梢"，《红楼复梦》卷三十："若太太不带我回去，我到馒头庵也出了家，修修来世，别像这辈子做这样没收稍的人。"

[①] 关于二词的释义及相关语例，参看《近代汉语词典》（2015：1967）"收杀""收煞""收梢"等条。

(1074页)"一股那"又作"一股脑",正如"叉手"又作"抄手"、"收杀"又作"收稍"一般,"子""儿"皆为明清时期常见语尾,只起补充音节作用。"一滚"或失掉韵尾作"一股"亦可作为旁证,《西游记》第八十八回:"他爱心一动,弄起威风,将三般兵器一股收之,径转本洞。"(2261页)《金瓶梅词话》第八十七回:"那一百两银子,止交与吴月娘二十两,还剩了八十五两,并些钗环首饰,武松一股皆休,都包裹了。"(2626页)"一股烟"或作"一滚烟"亦可为参证,《金瓶梅词话》第五十二回:"只见傍边大黑猫,见人来,一滚烟跑了。"(1408页)又第五十三回:"忽听得外面狗子都嗥嗥的叫起来,却认是西门庆吃酒回来了,两个慌得一滚烟走开了。"(1421页)由此,在语流中,"一滚"有时因缓读而增音,即为"一股那",有时又因急读而造成语音脱落,即为"一股"。姜亮夫(2002:106)云:"昭又别有一古脑儿之四字式词,其义即骨录,一周帀也。"近代汉语中"骨碌""毂碌""毂辘"等皆有"滚"义,即"滚"之缓读。

由"一滚"到"一股脑儿"的发展过程为:一滚——一股那(辣)——一股脑(子、儿)。

倚柳歪斜/礼拉歪斜/一溜歪斜/离留喔邪/一六歪斜/一六歪邪

形容走路不稳、歪歪扭扭之状。清小和山樵《红楼复梦》卷二十二:"又见他喝的烂醉,歪斜着两眼望着书带,笑嘻嘻叫了声'书姑娘,我去了',倚柳歪斜的走了出去。"(759页)或作"礼拉歪斜",《唱本一百九十册·枕头案》:"叫爹哭妈喊不应,扎拉歪斜望前行。""扎"为"礼"之俗讹。或作"一溜歪斜",《唱本一百九十册》大鼓书《呼延庆打擂》:"这日喝了醺醺醉,自己偷跑出门庭。出府不往别处去,一溜歪斜上正东。"《曲本》第四十三册《刘公案·翠花庵》:"忽见那,一个人从屋中一溜歪斜向外行。"(309/2/b6)又第二十一册《于公案·访煤窑》:"一溜歪斜要出门。"(132/2/a2)影戏《松枝剑》卷十四:"大吼一声败下去,一溜歪斜扑正东。"(俗168-92)又作"离留喔邪",《松枝剑》卷二十:"离留喔邪往下败。"(俗169-114)又作"一六歪斜",影戏《双祠堂》卷五:"红绫盖头无见面,金莲走动一六歪斜。"(俗173-28)又作"一六歪邪",影戏《泥马渡江》第五部:"一六歪邪败阵逃。"(俗233-433)本字似当作"一路歪斜"。今冀鲁官话、东北话中仍言"离溜歪斜""离拉歪斜"等(参看《汉语方言大词典》1999:5032)。

义媳

对女仆人的美称。清陈弘谋《教女遗规》卷下："律有入官为奴之条。士庶之家，安得有奴？故仆曰义男，婢曰义媳，幼者曰义女，皆与己之儿媳子女同称。虽有贵贱，非犬马之与我不同类者。"① 清萧湘迷津渡者《锦绣衣·换嫁衣》第四回："花玉人携了绝色的贡氏、三岁的关宁，一个丫头，一房义男义媳，自己一乘轿子，贡氏与关宁一乘轿子，又雇了许多驮担，闹闹热热归来。"（90页）《锦绣衣·移绣谱》第一回："（凤娘）日日着义媳到宫家探望，一日，燕娘说有些肚痛，义媳回去说了。"②

游店/浮店

犹"浮铺"。临时的铺面。明张应俞《杜骗新书》卷一《脱剥骗·遇里长交脱茶壶》："（钱一）更问店主曰：'这里有好红酒猪肉否？'店主曰：'市前游店，肉酒俱有。'"（15页）或言"浮店"，清逍遥子《后红楼梦》第二十七回："说定了十日后付银，到今分厘没有。小店是个浮店，招架不起。"（775页）清天花才子《快心编二集》第五回："巫仙等只得拣一宅出赁浮店的房子里，把丁孟明藏过了，这些妇女们还闹个不休。"（235页）清蔡云《吴歈百绝》有诗："蚕家多半太湖滨，浮店收丝只趁新。"③ "浮"有临时义，石派书《藏春酒》第一回："现在那，东皋林道傍观音庵内，暂时浮住把身栖。"（俗405－536）"浮住"谓临时居住。参看《白话小说语言词典》（2011：378）"浮铺"条。

有一手/有一首

（1）有暧昧关系。明长安道人国清《警世阴阳梦·阳梦》第五回："何旺候了几日，不见动静，走到城上道里，要出催牌。那道里吏书，原来与王小二有一手的，对何旺说道……"（91页）《警世阴阳梦·阴梦》第十回："智因便道：'你是什么人？来管我们的事？精扯淡！想是与这小狗才有一手，做没廉耻事的。'"（651页）（2）特指有性方面的暧昧关

---

① 《教女遗规》，清陈弘谋辑《五种遗规》，续四库 951－95。
② 《锦绣衣·移绣谱》，《中国禁毁小说百部》，北京：中国戏剧出版社，2000年，第55页。
③ 《吴歈百绝》，《姑苏竹枝词》，上海：百家出版社，2002年，第70页。

系。明风月轩又玄子《浪史》第二十三回:"俊卿道:'心肝,闻你与相公有一首儿,果有此事么?'"① 又第二十四回:"陆珠道:'不瞒相公说,我到与他有一首儿,约吾明晚再去。'" 又第二十九回:"那小雪却与陆珠有一首的,他却故意推托道:'羞人答答的,怎的好作这桩事也?'"清佚名《醉春风》第三回:"谁知中年那一个和尚,想是与那三娘平常有一手儿。"清酌玄亭主人《闪电窗》第四回:"胡有容道:'我猜着了,想是邬年兄同秃小厮有一手的。'"(124 页)

腹

"腴"之俗写。明东鲁古狂生《醉醒石》第八回:"子孙承他这些基业,也良田腹地,丰衣足食,呼奴使婢。"(271 页)"腹"是"瘦"的俗字,但在本例中,"腹"应是"腴"的讹刻(曾良、陈敏 2018:764)。清佚名《后西游记》第十二回:"苦禅和尚看了道:'这等膏腹田地,我等尽力种将起来,怕不收他千箱万廪?但此田坚厚有力,不知可有趁手的田器?'"(242 页)清李渔《十二楼·闻过楼》第三回:"趁他未到的时节,先在这半村半郭之间寻下一块基址,替他盖几间茅屋,置几亩腹田,有了安身立命之场,他自然不想再去。"(772 页)清浦琳《清风闸》第六回:"奶奶皮子白腹腹的,嫩嫩兜兜的,软抽抽战兜兜的。"(81 页)"白腹腹"即"白腴腴",相关整理本多失校。② "叟""夷"常相混,如"搜"或作"搜",清石玉昆《忠烈侠义传》第四十一回:"陈公公立刻派人查验,又在各处搜寻。"(1344 页)又第四十二回:"又吩咐各处搜寻。"(1369 页)

月亮

月光。《西游记》第八十四回:"那楼上有方便的桌椅,推开窗格,映月光齐齐坐下。只见有人点上灯来,行者拦门,一口吹息道:'这般月亮不用灯。'"(2148 页)《牡丹亭》第七出:"(末)古人读书,有囊萤的,趁月亮的,知道么?(贴)待映月,耀蟾蜍眼花;待囊萤,把虫蚁儿

---

① 《浪史》,《善本初编》第十八辑。
② 如《清风闸》,李道英等点校,北京:北京师范大学出版社,1992 年,第 28 页。

活支煞。"① 清逍遥子《后红楼梦》第八回："黛玉说：'只开了上好的茶送来，可可月光又大好了，又叫他们支起窗子，放些月亮进来。咱们大家有了酒，就有些风儿也不怕。也将所有的兰花尽数的放上了高架子，一总靠在窗儿外，借些兰花的香儿过来助助茶兴。也将灯儿吹着些，让让月亮。'"（260 页）又第十五回："探春就说道：'林姐姐，你这个红烛太耀眼，差不多月亮要过来，倒是灯儿好。'"（425 页）清曹去晶《姑妄言》第十三回："他等了一会，悄悄到阮优房中来。微有月亮，到床前，脱了衣服爬上来。"（1571 页）清苏庵主人《归莲梦》第一回："适值日晚，无处投宿，他就趁着月亮从山中僻路走进去。"（23 页）值得注意的是，汪维辉（2018b）指出："凡是能作'月光'讲的'月亮'，都是缘于'月亮'词义的灵活性，在'月亮'这一组合中，'亮'不等于名词'光'。"

按：蒋绍愚（2012）讨论了指"月"的"月亮"的成词过程，认为最开始"月+亮"是主谓结构，明代时"月亮"开始合在一起做定语，如"月亮地里""月亮去处"等，"月"和"亮"凝固得比较紧密了，加之"太阳地里"的"太阳"指"日"，那么"月亮地里"的"月亮"也可指"月"。汪维辉（2018b）认同这种类推，并举了大量例子支持"月亮"来自主谓短语的词汇化这一观点，认为至迟到明代晚期"月亮"已指"月"。董秀芳（2013：348）亦持此观点，但觉得明代的例子还不太典型。与上述观点不同的是，谭代龙（2004）认为"月亮"应看作定中结构，其本来意义是"月光"，后由部分指全体，成为"月球的通称"。

值得注意的是，将"月亮"置于同时期以"亮"为中心构成的语义场中，同其他含"亮"的词对比，可以发现"月亮"指"月"确实受到了语义场中其他词的影响。如有"灯亮"一词，初为"灯光"之义，《金瓶梅词话》第六十一回："这胡秀只见板壁缝儿透过灯晓来，只道西门庆去了，韩道国在房中宿歇。"（1671 页）明方汝浩《禅真逸史》第五回："林澹然走进石门禅房里，觉有些灯亮。"（143 页）又以"灯亮"指"灯"，明罗懋登《三宝太监西洋记演义》第六十三回："一会儿体探的回来说道：'南船上人人都在做梦，个个都在扯呼，只有一只船上有些灯亮。'这灯亮不知是谁？原来是官封引化真人张天师，天师怎么还有灯

---

① 《牡丹亭》，《古本戏曲丛刊初集》影明朱墨刊本。《西游记》和《牡丹亭》例中"月亮"指"月光"还是"月球"仍有争议。我们更倾向于认为此处指"月光"，《牡丹亭》例中，"映月"当是映着月光之义，说成"映月"是格式要求使然，参看《汉语大词典订补》（2010：601）"映月光读书"条。

在?"(1719页)此例中,"灯亮"可能是灯光,也可能指灯。明邓志谟《咒枣记》第九回:"乃提过个灯亮走在萨真人睡处而来。"(125页)又同回:"提着灯亮出去。"(127页)清小和山樵《红楼复梦》卷二十三:"只见中间的一间屋子点着灯亮。"(814页)清眠鹤道人《花月痕》第十二回:"他妈从睡梦中听见响,又听见他女儿厉声叫唤,陡然爬起,应道:'什么事?'剔起灯亮,点着烛台。"(243页)又有"火亮"一词,初指"火光"。《三宝太监西洋记演义》第八十五回:"好个黄凤仙,就在船仓板上画一个城门,船仓头上放一盏灯,取过一条纸来,画上一道符,递在唐状元手里,教他拿着符,自己叫门。又叮嘱他道:'你进门之后,逢火亮处,照直只管走。走到金银财宝去处,你却就住,纽转身子就回来。'唐状元道:'晓得了,只你也要看灯。'……唐状元挺身而进,进到里面,果是一路火光,唐状元遵着老婆的教,照着火光路上一直跑。"(2312页)此例上言"火亮",下言"火光",可知"火亮"即"火光"。清佚名《生绡剪》第一回:"果然更夫睡着,走上船头,二人摸出火种,发焠焠起,烧旺阡张。船中人见火亮,一齐扒起,执了器械,走出船头,一棍一个,打下水了。"(20页)清李绿园《歧路灯》第四十四回:"望着西边有个火亮儿,定有人之境。谁知到了跟前,乃是村头一所古庙儿,内中有两个乞丐向火。"(855页)清天花才子《快心编初集》第四回:"裴老儿见女儿反有些主意,只得悄悄地摸到门前,只见门外有灯笼火亮。"(177页)以上"火亮"指火光。又以"火亮"指灯火,如清石玉昆《七侠五义》第五十一回:"张龙说:'贤弟千万莫揭此板,你就在此看守。我回到庙内,将伴当等唤来,多拿火亮,岂不拿个稳当的。'"(351页)清夏敬渠《野叟曝言》第十回:"有两个喽啰模样,四只手擎着七八把火亮。"(276页)又同回:"且待我看来,一手拿过火亮,细把众盗照看。"(278页)谭代龙(2004)亦注意到了这一现象:"'灯亮'就是'灯','火亮'也是灯或者火把一类的照明物,其形成与'月亮'的情况相同,可见'月亮'一词在明代出现并不是偶然和孤立的现象,实际上是顺应了本时期内处于强势的'亮'的发展轨迹。"谭文并未发现明代有"火亮"指"火光"、"灯亮"指"灯光"的例子,所以汪维辉(2018b)认为"'亮'当名词'光'讲实际上用法很有局限,而且例子很少,不能随意类推"。

综上,"月亮"指"月"既受到"太阳地里"类推的影响,似也与同时期语义场内其他词的影响有关,可能是综合作用的结果。

Z

砟/碴/䂳/砸

"砸"之俗写。清逍遥子《后红楼梦》第七回:"那黛玉听见了,不觉的红云满面,一手到水碗里抢起这个金鱼儿往地下一掷,还要寻东西砟它。慌得紫鹃、晴雯一头哭,一头将金鱼儿拾起来,说道:'我的姑娘,你凭什么生气,也不犯着砟这个命根子!'"(195页)又同回:"怎么我从前要砟这个捞什子,他如今又要砟那个捞什子,连这金玉的两个东西也吃了多少苦,天下竟有这样印板的事情!"(197页)此"砟"即"砸"之俗字。或作"碴",影戏《绣绫衫·必部》:"回身拿起一个茶盅,劈头搂面碴了去。"(未刊78-249)又《绣绫衫·邻部》:"这等,小子们,将桌椅毁坏,诸所物件俱个碴碎,看车辆一上京城。"(未刊78-449)或作"䂳",关西大学图书馆藏《五百出戏名》:"第二天夸官碰见西宫娘娘,二人说查子,䂳銮驾。"或作"砸",鼓词《紫金镯》卷二:"但见他,脑袋砸了大窟窿。"(未刊96-409)

燥踱/燥蹕

痛快上路。清佚名《生绡剪》第一回:"手下人各赏数十两一个,开船燥踱,好不燥皮。"(23页)又第四回:"以此七年迁调,他就知足,燥踱回家。"(199页)"燥踱"为"痛快行路"之义。又作"燥蹕",明杨尔曾《韩湘子全传》第十一回:"淌老儿道:'我白白地舍与你吃,你倒来揭跳我!你这样人也来出家,请燥蹕!'"(261页)此例中,"燥蹕"即"燥踱","请燥蹕"即言"请快走",是淌老儿驱赶前来求布施的韩湘子的客气话,带有讽刺意味。《盘陀山》第十一出:"澹宗利一心要想受用伯伯家私来里,守个老老早点燥踱子,遂子我个心愿哉。"① 此例中,"燥踱"亦痛快地走,喻指死去。《西游记》第四十九回:"行者性急,那

---

① 《盘陀山》,《古本戏曲丛刊五集》影巴黎国家图书馆藏旧抄本。

里等得,急耸身往里便走。噫——这个美猴王,性急能鹘薄。诸天留不停,要往里边躩。"(1249页)此"躩"即"踱"字,"踱"本为"慢走"义,此处当释为"走",用此字当是出于押韵的需要。"躩"为"踱"之俗,参看张涌泉(2000/2020:659)及张文冠(2014:98)。

燥头骡子/躁头骡子

脾气暴躁的骡子,喻指脾气暴躁、倔强的人。清陈森《品花宝鉴》第四十三回:"(长庆媳妇)主意已定,口中还说要添,经不得叶茂林这个老头子,倒是一条软麻绳,嫂子长,嫂子短,口甜心苦,把个长庆媳妇,像个燥头骡子似的,倒捆住了,只得应允。"(1777页)此是讨价还价过程中,"长庆媳妇"一直不肯松口,故以"燥头骡子"为喻。清逍遥子《后红楼梦》第三回:"只是他这个人是个躁头骡子,顺毛儿众生。太太只要将从前挂心他的话,当面说破了,叫他死也肯。"(75页)此言晴雯是燥头骡子、顺毛畜生,是说其性格倔强,只能顺着来。下文央晴雯时,王夫人"又晓得他性傲,不好逼着他",可参证。

躁力/燥力/爆力

力气;爆发力。清佚名《善恶图全传》第二十三回:"公子又将宝书一展,上写:'此法能长人气力。书此符法,有人学得,能添数百斤躁力。'公子照法书符焚化,用水吃下,登时骨接响哓,周身紧密,陡长有五百斤气力。"(473页)或作"燥力",清瘦秋山人《金台全传》第三十回:"只因此人姓段名龙,年方三九,身高九尺五寸,魁伟胖壮,一张黄脸,豹目浓眉,仗了几百斤燥力,威霸一方。"(255页)又第三十五回:"此人……也曾习学过拳头,有数百斤燥力。"(293页)清夏敬渠《野叟曝言》第七回:"船上水手、舵工都吓呆了,道:'这样碗口大的柴棍,截作四段,没有几千斤的燥力,也休想罢。'"(165页)或作"爆力",清李雨堂《万花楼演义》第六十七回:"只闻二员敌将大吼一声,真觉振天响亮,狄帅也觉心惊,收回宝箭,忽又斗杀,但王强、吴烈是个爆力,全弄混气元神强逼精力,喊斗过一刻,渐渐力疲困了,必须又要弄顿气息,一会方得叫响如初。"(897页)"爆力"即"燥力"。

站驴

驿站用来出租的代步之驴。《元史》卷一百一《兵志四》"站赤"条："元制站赤者,驿传之译名也……凡站,陆则以马以牛,或以驴,或以车,而水则以舟。"《清实录·高宗纯皇帝实录(三)》卷一百七十："黄甫、木瓜、二营堡,接连山西楼子营,并宣化、大同归化城一带,亦属孔道。旧设站夫各二名,站驴各十头。"[①] 清夏敬渠《野叟曝言》第十九回："店家道:'直要过了庐州府,到宿州、桃源一带,才有骡雇哩。沿路若撞着回头骡子,更是便宜;若雇紧包程,须十两一头;不如骑站驴便宜,也是快的。'又李想:'雇包程的好。'打开被囊,却并没银钱,路上没有解动,定是他们忘记的了。忙把顺袋翻转,倒出家中带的盘费,钱文药物以外,约有八九两银子,想那包程是雇不成的了;且骑站驴趱路罢。走了五日,才到红心驿地方,问明设有站房,那日就往站房里歇了。那知又李是骑不惯小牲口的,那驴又驼不动,要跌仰下来,紧勒一勒驴口,又勒破了,到了站里,费尽唇舌,赔了一二百钱,站驴又雇不成了。"(555 页)清丁秉仁《瑶华传》第四十一回："倪二道:'我还有八百个钱在这里,你身边少不得还有。我们骑个站驴,不过五天多,就到京了。'"(981 页)

招₁/照₁/撼/着₁

击中。清佚名《说呼全传》第十二回："忽内中一员小将闪来,指定了老夫骂道:'奸贼招箭!'"(198 页)又第十四回："赵虎臣夫妻听说,不觉怒气直喷,骂道:'你这乳臭的龟子,招枪!'"(227 页)或作"照",清鸳湖渔叟《说唐演义后传》第十回："说声未了,把刀一起,叫声:'小蛮子,照魔家的刀罢!'"(152 页)清中都逸叟《异说后唐传三集薛丁山征西樊梨花全传》第二十回："再讲罗通听了此言,开言说:'狗达且不必多言,照枪!'劈面一枪。"(137 页)清佚名《锋剑春秋》第三十四回："孤亦知尔的本领,今日特来会尔一会,不必多言,照枪罢。"(602 页)清瘦秋山人《金台全传》第十五回："何其道:'嗖!孟龙休得无礼,照俺的打罢!'"(132 页)民国抄本《雕龙扇宝卷》:"德华手执宝剑,走来喝道:'妖怪,照小爷的家伙!'"(民 20-247)又增旁作

[①] 《清实录》(第 11 册),北京:中华书局,1985 年,第 164 页。

"撼",川剧《顺天时》:"(丑介)撼打!(杨败下)"(俗101-37)又作"着",清佚名《双凤奇缘》第二十五回:"百花只固追赶,过了山林,不防庆真闪在背后,暗放一箭,叫声:'着!'只听弓弦一响,未知百花可曾着箭否,且听下回分解。"(225页)《大词典》"着"条:"中。元郑廷玉《后庭花》第二折:'我如今不先下手,倒着他道儿。'"《白话小说语言词典》(2011:1973)"着"条:"击中。[例]急躲闪时,不能措手,被他着了一下。(西游·四)"上揭"招(照)箭""招(照)枪"中"招"皆"中"义,"招箭"犹"中箭","招枪"犹"中枪"。这是一种语言巫术,在刀、枪、箭等发出之前,言其必中以增强气势,犹如古人狩猎前于石壁上画猎物中箭一般。

招头₁

zhāotóu,供状中列在开头的犯人;首犯。清郑端《政学录》卷五:"凡论串招招首,先将罪重一人作招头,如事内有应议之人共犯,则以罪重者为招首。"(续四库755-260)明佚名《梼杌闲评》第三十七回:"遂把一干人带上来,每人一夹棍,不招又敲。这些人也是父母皮肉,如何熬得起?昏愦中只得听他的供词,把刘福为招头,道是:'原任扬州府知府刘铎,嗔恨厂臣逮出遣戍,着家人刘福持银二百五十两,同伊亲彭文炳、曾云龙、辛云等,贿嘱缘事之方景阳,书符魇魅厂臣,希图致死。'"(1267页)明陈与郊《袁氏义犬》第二出:"(净)倘要追求事露时,将何抵对?(旦)万一风声露,则我是招头!"①明范凤翼《畊阳客问》:"向非景老作投渊故事,则一落崔手,崔必立招罗织,予之惨死无疑。惟不得景老作招头,无从杀予耳。"②

按:此义王锳(2015:190)"招头"条论述颇详。《近代汉语词典》(2015:2622)"招头"条:"幌子;出头人。明《梼杌闲评》三七回:'遂把一干人带上来,每人一夹棍,不招又敲。这些人也是父母皮肉,如何熬得起?昏愦中只得听他的供词,把刘福为招头。'清《醒世姻缘传》八一回:'有什么话,俺只和童奶奶商议,狄爷当个招头儿罢了。'"此乃误将同形词视为一词。二例中"招头"并非一词,前者"头"读阳平,指首犯;后者读轻声,乃"幌子"之义,参下条。

---

① 《盛明杂剧卅种》,1918年春仲诵芬室仿明本精刊本。
② 《范勋卿诗文集》卷六,《四库禁毁书丛刊·集部》(第112册),北京:北京出版社,1997年,第425页。

招头₂

zhāotou，（1）告示；招牌。明佚名《宜春香质·月集》第一回："这首《碧芙蓉》调，单说男子生得标致，便是惹贱的招头。"清佚名《生绡剪》第二回："次日就寻些药料，熬起膏药来。贴起膏药招头，到也有人来买。"（107页）（2）喻指进行某种活动时假借的幌子。明陆人龙《型世言》第四回："妙珍就想道：'我当日不要里递申举，正不肯借孝亲立名。如今为这些人尊礼，终是名心未断，况聚集这些人，无非讲是讲非。这不是作福，是造孽了，岂可把一身与他作招头？'"（187页）《宜春香质·花集》第三回："傅芳道：'娘若怕羞，着我做个招头，引之而入，何如？'"《生绡剪》第十一回："只见阊门外吊桥河下，有一团人观看，却正是卖老鼠药的。曹十三也挨进去看看，见他老鼠招头有三四十个，口里唠唠叨叨高声大叫：'赛狸猫，老鼠药……'"（623页）

着₂/照₂/嗜/召/啫

对；是。用于应答，表肯定与赞同。《六十种曲·投梭记》第十一出："（净）莫不又是谢穷？（丑）着。正是他，又在那里调戏我女儿。"清瘦秋山人《金台全传》第三十二回："郑千等七人多说：'金二哥到东，我们也到东，金二哥到西，我们也到西。'张其说：'照阿，杀也杀在一块，死也死在一堆。'"（273页）又第三十四回："草桥花三道：'呀，咴！我把你这戎囊的，这等放刁，既是四分半一斤，九钱银子只买得二十斤，怎么说是三十斤？这个油不是你的，一个钱也不赔，怕你怎样！'张其说：'照阿，照阿，还不走你娘的路！'"（286页）又第五十五回："张其道：'哔，昏尺尺了，等也没用，大家赶路要紧。'众人道：'照阿，大家赶路。'"（469页）又第五十六回："有几个说：'陈抟老祖是有名的仙家，不要听那张鸾的说话，竟听陈抟老祖，帮扶大宋的好。'多应道：'照照照，我们竟到东京寻取金台便了。'"（473页）《明清吴语词典》（2005：746）"照"条："〈叹〉行；好。□马俭道：'今朝阿哥出了，明朝兄弟出就是了。'金台接口说：'照啊，一日一个，轮流倒也公道。'（金台全传39回）""照"释为表赞同的"对；是"更准确，以下例中"照（着）"皆不宜释为"行；好"。影戏《二度梅》头本："请问店东，贵县的县尊可是姓侯吗?」正是姓侯。」可是常州武锡县人氏?」着着着,不错不错。"① 影戏《渔家乐》:"(哎呀,莫非都是娘儿们?)着着着,不错不错,对了个对。"(俗182-238)《金台全传》第三十四回:"郑千说:'可见你这个人心粗得紧,他叫苏云,住在杭州,不是苏小妹的父亲么?'张其道:'照阿,照阿。'"(287页)又第五十五回:"张其道:'他与王则是个好朋友,如今王则在贝州造反,自立为王,那金台必在王则一边,助他一臂之力,所以不来呢。'众人道:'哈哈哈,照阿,照阿。'"(464页)清华琴珊《续镜花缘》第二十六回:"一个宫娥道:'姊姊可晓得公主定要把花如玉验明男女的缘故么?'一个宫娥道:'这是那里知道得来?'又一个宫娥道:'妹子倒有八九分猜着公主的心思。'那边两个宫娥都道:'姊姊既是猜有八九分着,何不说与妹子们听听?'那个宫娥道:'妹子猜公主的心思,花如玉是女子,便把他杀却,以报驸马之仇。花如玉是男子,就不记驸马之仇,爱他青春年少,俊俏容颜,便要把他招做驸马的替身了。'那两个宫娥都道:'照阿!'"(239页)民国朱瘦菊《歇浦潮》第五十三回:"(七太太)又对匡太太面上端详多时,说:'几个月没见你,你近来脸上又消瘦多了。'匡太太自己摸摸两腮道:'何尝不是。'七太太接着说:'大约又是那边姨太太惹你受气的缘故。'匡太太拍手道:'照啊!我那一天没被她毒死,终算万幸。'"②《曲本》第七册《劈山救母》第三本:"(桂白)但不知打死他几个孩儿?(昌白)一个孩儿。(桂白)着哇,打死他一子,有我一子与他偿命,为何要我两个孩儿偿命?"(386/2/c3)影戏《对金铃·天部》:"(孟)哦,说了半日我才懂的,是叫他作我姐夫,我作小舅子呢。(白)可是这个心眼不是?(旦)着着着!"(未刊71-181)《乌龙院》总本:"(宋江白)我失落了一样东西,大姐你曾看见?(阎婆惜白)敢是你讨饭吃的口袋?(宋江白)不错,正是我讨饭吃的口袋。"(升100-58698)此抄本于"不错"前补"着着着"三字,"着着着"即"对对对"也。以上"照(着)"皆表示赞同,当释为"对"。影戏《群羊梦》卷六:"急令众将迎敌,不得有误!」着!"(未刊71-89)此"着"犹"是",《俗文学丛刊》本《群羊梦》正作"是"(俗220-579)。字或作"嗻",《赵家楼》总本:"(王通白)众位英雄,今日你我大家饮宴好有一比。(化白、众白)比从何来?(王通白)好比英雄会也。(化白)嗻哇。"(俗324-337)《曲本》第三册《下邳城》第

---

① 《二度梅》,《富连成藏戏曲文献汇刊》(1),北京:国家图书馆出版社,2016年,第87页。

② 《歇浦潮》,上海:上海古籍出版社,1991年,第745页。

八场:"(刘白)吓,丞相,不记得丁建阳、董卓之故尔吓!(曹白)嗜哇!"(101/2/b1)或作"召",《踢球》串关:"(小旦)大号?(丑)在你家半个月不出门。(小旦)敢是韩十五相公吗?(丑)召召召!"(升100-59027)或作"啫",影戏《五虎平西》卷一:"姐姐太谦了,小妹应当效力,何言答报二字呢?」(外)啫啫啫,只才是么,我就备马去。"(绥39-84)"着"当为本字,参看周志锋(2013:210)。

招₂／照₃

即"找"。《红楼梦》第七十八回:"待回至房中,甚觉无味,因顺路来招黛玉。"(1840页)清逍遥子《后红楼梦》一书中"找"皆作"招",如第六回:"到得潇湘馆没人的时候,不是王夫人叫他问宝玉,即便宝钗叫他招东西,偏又薛姨妈不放心宝玉,也叫他去问他。"(165页)第八回:"紫鹃便想道:'咱们的姑娘也受这宝玉的魔难够了,只说道除了宝玉就没有别的人儿配上他。而今好了,真个大爷在南边招了一个好的来了,也压着宝玉,替咱们吐气。'"(216页)又同回:"宝玉就很不快活,别了回来,招雪芹闲话去了。"(229页)又第十一回:"李纨也慌了,贾政又有公事未回,贾琏飞风的叫人骑着马请王太医去。去的人一会子就转来,回道:'王太医出城去了,小的已经叫人打着车沿路儿招去,也留人在他家里,省得错过了。'"(291页)第十九回:"不期这年会试榜发了,天子将进呈文字逐一看过,嫌他平平无奇,忽忆起从前看见的宝玉乡举文字来,便查问前科走失的第七名举人贾宝玉曾经招着没有。"(559页)又同回:"姥姥道:'太太说的要往屯里去住几天,咱们屯里人家,好不啰唣,一扇板门儿推进去,猪圈也是里头,狗圈也在那里,还怕扒手儿招个把鸡子,连鸡房也在那里。'"(567页)此"招"亦"找",乃言怕小偷找到个把鸡,连鸡房也放到屋里。《儒林外史》第十二回:"不多几日换船来到萧山,招寻了半日,招到一个山凹里。"(414页)《绣像义妖传·游湖》:"因为湖塘失散,四处招寻不见,老奴只道小姐先回来了,故此方才到来。"又《赛盗》:"洛里晓得个匙钥竟无处招尽,满房各处影迹全无。""招尽"即"找寻"。按:"尽"是苏州话中"寻"的记音字。旧抄本《玉蜻蜓宝卷》:"差你各处去察访,招寻大爷转家门。家人听说忙不住,各处招寻大爷身。"(民20-88)清刻本《雪梅宝卷》卷上:"上京招寻亲夫主,陈世美就是我夫君。"(民20-420)或作"照",《雪梅宝卷》卷下:"他那是,上京都,照寻夫君。"(民20-436)

找项

未付还之余款。清娜嬛山樵《补红楼梦》第二十二回:"到了淮安,还有几处找项未曾清楚,又住了几个日子,方才起行。"(660页)又第二十三回:"却说薛蟠回到家中,张德辉把货物发出,还了一千银子找项,除了一千银子本钱,净赚了一千六百两银子。"(679页)此例前言薛蟠办了两千银子的货物,但只付了一千两,"那一半许在半年内归还","找项"即指没有还的那一千两。清佚名《雅观楼全传》第十四回:"此事有费人才说合,五百两银子包医。当兑一百两合药,完口后要一百天不近男女二色,犯者性命不保。……外科一天看两回,指望收功,好得找项。大脓出过定疼,无如两个怪物在他左右,不无有了余事,暂时疮口迸裂,疼昏过去。赖氏唬得浑身发战,即请外科来看。外科说:'我与费公说过,百日内不犯色欲。女色犹可,况系男色?非我误事不能医好,速将药本找项见赐,所办药料,即刻送到尊府,听府上斟酌。'"(264页)清邗上蒙人《风月梦》第二十五回:"吴耕雨早已听闻人说,桂林已将衣饰当尽,现在差人的钱尚未清楚……各债主见桂林已将衣饰当去,总逼着要钱。那差人的找项,又约在明日交代。"(338页)前文言桂林共欠四十千钱,当衣饰还了二十四千,又"叫三子去请吴耕雨,要托他在那里借贷,好把差人尾项"。(336页)"找项"即"尾项"。

真病

不治之症。清素庵主人《锦香亭》第一回:"那日,钟景期延医问卜,准准忙了一日,着实用心调护。不想犯了真病,到了第五日上,就呜呼了。景期哭倒在地,半晌方醒。钟秀再三劝慰,在家治丧殡殓。方到七终,钟秀也染成一病,与袁氏一般儿症候。景期也一般儿着急,却也犯了真病,一般儿呜呼哀哉了。"(8页)金成无己《伤寒明理论》卷一《无汗》:"一或当汗而不汗,服汤一剂,病证仍在,至于服三剂而不汗者,死病也。又热病脉躁盛而不得汗者,《黄帝》谓阳脉之极也,死。兹二者,以无汗为真病,讵可与其余无汗者同日而语也?"又卷二《哕》:"又不尿、腹满加哕者,不治,是为真病。"又卷三《发狂》:"汗出辄复热,狂言不能食，又为失志死。若此则殆非药石之所及，是为真病焉。"①

踭₂

挣；挣扎。清佚名《生绡剪》第十八回："那虾蟆要上崖踭命，旁边却有一根班竹竿儿，韩氏拿起一点两点，就点一个白肚子向天，虾蟆竟起来不得了。"（956页）又同回："我为贪你容貌，那郎伯升是我泖上推他下水的。他要踭起来，被我将竹篙点下，就和你方才点虾蟆的一般。"（957页）又第十九回："子常踭着要脱，那些妻妾也来抵死拦住。"（982页）周志锋（1998：276）已指出"踭"有"挣；挣扎"义。"踭"当即"挣"的方言记音字，辽宁图书馆藏本衙藏板清梧岗主人《空空幻》第一回："（那道者）逐携了花春的袖，一步步走近溪边，竟把花春一推推下。花春在水中挣了多时，然后挨近岸旁，慢慢扒起，那道人已倏无踪影了。"明陆云龙《魏忠贤小说斥奸书》第十二回："忠贤道：'咱知道已来了，只是这干人若等他挣了性命去，也不见咱手段。'"（193页）早稻田大学图书馆藏子弟书《刺汤》第二回："侠烈女见他挣命忙伸玉腕，挤了命的贤人怎肯相容？"鼓词《紫金镯》卷一："只噎的两眼发直，身形无主，一番身栽倒在地，手脚乱挣。"（未刊96-395）《醒世恒言》卷二十："正是：运退黄金失色，时来铁也增光。"（1094页）《六十种曲·义侠记》第二十七出作"时来铁也争光"。《曲本》第四册《五圣宫》二本第七场："在东宫同御妹曾把宴摆，听万岁一声宣步足前来。"（258/2/a3）此"曾"即"正"的记音。影戏《松枝剑》卷十一："曾开大膀子，空中伸下爪。"（俗167-368）"曾开"即"挣开"。《松枝剑》卷九："一日增银几十两，宋异人欢喜马氏随心。"（俗167-209）"增银"即"挣银"。《松枝剑》卷十五："你到是马上发的什么愣曾？"（俗168-191）"愣曾"即"愣怔"。《曲本》第四十四册《寿荣华》第六部："暗暗只叫天伦父，老运生来苦又凶……回关来，这才父女见了面，好似古镜铮又磨。"（80/1/c1）"铮又磨"即"踭又磨"。另外可以参考的是，朝鲜刊《骑着一匹》中"挣"多写作"增"，如："不论行市好歹，只照大恒大事，现增现卖，那怕费呢？增钱费钱是古得常事，一个行市么，作生意家又顾得那个吗？"②笔者所见抄本满语课本有"赠了 红居咥 赔了 尔达咥"，"赠"疑即"挣"

---

① 《伤寒明理论》，《中华再造善本》，北京：北京图书馆出版社，2003年。
② 《朝鲜时代汉语教科书丛刊续编》（下），汪维辉等编，北京：中华书局，2011年，第71页。

之记音。影戏《红梅阁》第六部："今日甚觉烦闷，何不到外面逛荡逛荡，看个蹭媳妇也是好的，哈哈，走走便了。（唱）大爷生来不好静，最爱嫖赌与吃喝。"（未刊 68 - 50）媳妇有"妓女"义，但此处指妇女，影戏《闵玉良》首部："今日是清明佳节，家家户户女娘们上坟祭扫，我何（不）游玩一回？小子吔！（有！）带马跟我游春，走，走！」（丑）大爷呀，逛去是逛去，总得老老实实的，别着骂呀」打，打！胡说！正是：安心看媳妇，假意去游春。"（未刊 68 - 404）此例中"媳妇"指女娘。①"蹭"记"挣"音，"挣"有"漂亮；老练"义，参看张相（1953/2008：718）"撑达"条。元商政叔《一枝花·叹秀英》套曲："纠撅丁走踢飞拳，老妖精缚手缠脚，拣挣勤儿到下锹镬。甚娘，过活！"张相（1953/2008：719）指出："勤儿，嫖客也，挣勤儿，即漂亮之嫖客。"则"蹭媳妇"即漂亮之女娘也。影戏《镇冤塔》第七部："（刘）方才马安达吩咐你我把守城门，等至夜晚早早悬起红灯接应大兵进城便了。」（袁）使得，使得！哈哈哈，有音有音！可要赠媳妇了。"（未刊 77 - 54）此指刘能、袁滚二人为间谍，前文袁滚言立下功劳可以向元帅求娶侍女可梅为妻，故有此语，"赠"记"挣"音，即谓可以挣下一个媳妇了，道光抄本《镇冤塔》作"证"（绥 38 - 392）。抄本《两界山》卷一："像你有南有北的，舍死忘生呢，赠一个夫容妻贵。要像我呢，」你又咱的呀？"（俗 241 - 318）再如"撙"既可记"蹭"，又可记"挣"，《唱本一百九十册》壬寅新刻书段《小姑不贤》第四部《小姑受气》："女婿扯腿往外拽，撙的几良（脊梁）流血光。"抄本《两界山》卷一："撙下功劳中何用？那里有，丫头作官伴君王？"（俗 241 - 321）明阮大铖《春灯谜记》第二出："（末）半生灯火，出落的鬓如丝，空蹭扎，暂羁栖。望九嶷如黛列修眉。"②"蹭扎"即"挣扎"。又《燕子笺》第十七出："仗君早把事儿行，倘托庇一朝札蹭，便来生犬马，难忘你深恩。"③"札蹭"即"扎挣"。"挣命"今东北方言亦读如"赠命"，中原官话、兰银官话亦有读平舌音者，参看《汉语方言大词典》（1999：4028）"挣命"条。

治政/治公/治事

本为处理公事，常用于请对方不必费心自己，优先处理其他事务的客

---

① "媳妇"有"妇女"义，参看"媳妇"条。
② 《春灯谜记》，《古本戏曲丛刊二集》影长乐郑氏藏明末刊本。
③ 《燕子笺》，《古本戏曲丛刊二集》影上海图书馆藏明末刊本。

气话。明佚名《山水情》第十三回:"了凡见得是杜卿云到来,即忙下阶迎接道:'杜相公,今日何缘到此?请到方丈坐了吃茶。'卿云道:'你自去治政,不消费心。'"(329页)清逍遥子《后红楼梦》第二十四回:"赖大家的道:'阿唷唷,柳老太太快些治政去罢。'柳嫂子就得意洋洋的去了。"(704页)或言"治公",《曲本》第二十一册《于公案·察院》:"关三太与郭四闯口说:'二位太爷只管请罢,我们哥俩说话到不闷的荒,二位治公。'"(55/1/c7)或言"治事",清石玉昆《忠烈侠义传》第四十四回:"朋友,这个事情你管不得,我劝你趁早儿有事治事,别讨没趣儿。"(1432页)石派书《通天河》:"员外说:'你去告诉安人,前厅有客在此,少时就去。'小童答应去了。唐僧说:'员外有事请便,治事要紧。'"(俗401-273)《曲本》第四十三册《刘公案·苍州》:"皂役说:'你治你的事去罢,我要回家了。'"(451/1/a8)刘一芝、矢野贺子(2018:586)"治公"条释为"工作",未洽。

转身

月事之委婉语。清王兰沚《绮楼重梦》第三十三回:"施妈说:'我家小姐也是两个多月不曾转身,不知是不是?'"(790页)又同回:"莺儿道:'不妨,我还不曾转身的,那会受胎呢?'"(795页)又第四十四回:"玉卿道:'佩荃妹妹有三个月身上不转,饭也吃少了,今儿叫肚疼得很。园里除了你,并(没)有第二个男人,可不是二爷闹的?'"(1066页)

转手

(1)在办事的中间环节获利。清逍遥子《后红楼梦》第十四回:"独有贾琏的把式打不开,一起一起的办些大事,渐渐的支不上来。倒亏了赖大的孙子寄了许多宦囊回来,赖大料定了这府里重新兴旺,情愿将二万金算作客帐,借与贾琏。贾琏从中也有些转手,所以趁手得很,一面就办起事来。"(394页)《官场现形记》第二十五回:"至于那些姑子,你认得他,他们就是真能够替你出力,他们到里头还得求人;他们求的无非仍旧还是黑大叔几个。有些位分还不及黑大叔的,他们也去求他。在你以为这当中就是他一个转手,化不了多少钱,何如我叫八哥带着你一直去见他叔叔,岂不更为省事?前天我见你一团高兴要去找姑子,我不便拦你。究竟我们自己弟兄,有近路好走,我肯叫你多转湾吗?"① (2)倒手;暂时借钱应付。清陈森《品花宝鉴》第八回:"保珠道:'我到没有什么不相信。况且二位老爷都是头一回的交情,决没有安心漂我们的。但我们回去,是要交帐的。再是新年上,更难空手回去。非但难见师傅,也对不住跟的人。求你能那里转一转手,省得我们为难。'即对二喜道:'喜哥,可不是这样么?'元茂道:'与你们说,你们不信。我今日是带着八块银子,足有十两多。也没有包,装在一个褡裢袋里,他倒连袋子都拿了去。此时要我们别处去借,那里去借?不是个难题目难人?'"(337页)清张春帆《九尾龟》第五十九回:"宋子英摇头道:'我如今是个客边,和你一样,怎么一刻儿工夫就借得出这许多银子?就是借起钱来,只好二三百银子,多至四五百银子,还好和你转转手儿,那里凑得出一千银子?'"(308页)

转折

周折;波折。明金木散人《鼓掌绝尘》第九回:"你道他两家难道果是不相认得么?只因舒状元把杜姓改了,所以有这一番转折,却怪不得杜翰林怀着鬼胎。"(279页)清荑秋散人《玉娇梨》第二十回:"白小姐道:'总是一个人,不意有许多转折,累爹爹费心。'"(715页)清烟水散人《合浦珠》第十四回:"只有宋瑄心下不悦,私谓翔卿道:'若非信之之力,小姐怎得保全?今日此举,反为钱君作嫁衣裳也。只可笑范先生何不直言回了逸菴,多此一番转折?'"(439页)清天花藏主人《人间乐》第十五回:"试看这番多转折,大都欲吐复牢骚。"(341页)清佚名《武则天四大奇案》第十六回:"狄公听毕心下大喜:'原来"四川人"三字,有如此转折在内。'"(56页)

撞影

不管成功与否,先试试,碰运气图赖。明潘镜若《三教开迷归正演义》第八十三回:"他却逃躲京师,改名换姓叫做吴有,与一个同乡人姓岳名泰相与莫逆,专一走空撞影,诳设外来的士客财物。"(1276页)本例下文言吴有、岳泰以为有外地口音的知求可能是犯罪逃到本地,欲将其拉扯去鸣官以诈勒钱财,可知,"撞影"是言只要听到士客是外地口音,

---

① 《官场现形记》,北京:人民文学出版社,2000年,第381页。

就上前碰运气诓诈,一旦士客确有事在身,则入其彀中。或言"撞影壁",清佚名《续西游记》第七十三回:"妖魔王袖占一课道:'休要夸你能,是你分身变化,块块撞个影壁,你何尝直指那块是我?'"(1300页)此言行者与魔王斗变化,魔王化为山中众石之一,行者化身千万,块块石上敲敲打打,从而认出魔王,魔王指出行者能认出自己完全是讨巧碰运气而非真本事。又言"撞影影壁",《续西游记》第三十三回:"众人笑道:'我说你是骗斋吃的。我们方才摆列小菜,你便去了灵山来,有如此之速?'店主说:'也不管他迟速,只问他宝贝在那里,分明是撞影影壁,巧儿诈冒斋饭。'"(590页)前文孙行者曾夸口能替众人取回宝物,"行者道:'列位善人,你们若是化我小和尚一顿饱斋,我便替你请了返照童子来。'众人笑道:'这骗斋和尚,你若能远请的童子来,不等的腹饿了。'"后来没能成功取回,故众人指责行者空口白话——不管能不能找到,先说可以找到,骗了斋饭再说。"影壁"为门内做屏蔽用的墙壁,"撞影壁"本指撞入人家盗窃。方言中有"白(日)撞"一词,可堪比较,早稻田大学图书馆藏清葛元煦《沪游杂记》卷二《剪绺白撞》:"若白撞,更难防范,衫履翩翩,直入行栈及住宅,遇人诡称觅友,或称买物,乘间窃取者甚多。"撞入人家,能窃则窃,不能窃则找借口离开。齐省堂本《儒林外史》第四十三回:"难道要本县专听你父一面之词,任凭你父白撞五百两银?"① 字或作"创",明长安道人国清《警世阴阳梦·阳梦》第六回:"肚子里嘈得慌,且起个早,出去创创看。寻个钱儿,买碗汤水圆儿点点饥。"(110页)《警世阴阳梦·阳梦》第五回:"遇着雨天就挨到各道士房去创饭吃,个个厌恶不睬他。"(99页)"创饭"指到各道士房里去碰运气,看能否给点饭吃。"创"今言"撞",撞运气之谓。

谆谆

再三(做某动作);仔细;认真。此义由"反复告诫;再三叮咛"义引申而来。清惜阴堂主人《二度梅》第二十九回:"邹公常常送他古玩之物,良玉更觉十分照察。丝毫细事,必要谆谆推敲,每夜三更才睡。"(351页)清石玉昆《忠烈侠义传》第一〇六回:"只因他撬栓之时,韩二爷已然谆谆注视,见他将门推开,便持刀下来。"(3327页)又第一一五回:"(柳青)连忙将簪子别在头上,戴上头巾,两只眼谆谆望屋内瞅着,

---

① 《儒林外史汇校汇评》,李汉秋辑校,上海:上海古籍出版社,2010年,第716页。

以为看他如何进来，怎样偷法？"（3598 页）又第一一六回："此时智化谆谆要行礼，钟雄托住道：'若论你我兄弟，劣兄原当受礼，但贤弟代劣兄操劳，已然费心，竟把这礼免了吧。'"（3627 页）又第八十四回："白玉堂蹀来蹀去，淳淳在水内留神。"（2648 页）"淳淳"为"谆谆"之讹，影戏《渔家乐》："老爷何须谆谆问，管保着马到疆场就成功。"（俗 182 - 416）可以比勘。此例《古本小说丛刊》影光绪五年本《忠烈侠义传》正作"细细"（1922 页）。

拙智/拙志/拙想

拙于智慧；糊涂。《金瓶梅词话》第二十六回："西门庆道：'好犟孩子，冷地下冰着你。你有话对我说，如何这等拙智！'"（683 页）"这等拙智"犹言"如此糊涂"。白维国（1991：698）正释为"糊涂"。又言"拙想"，影戏《定唐》第二本："你你你去杀那个？」去杀王氏，任着我碎刮凌迟，与他偿命。」咳，你不要拙想。"（俗 211 - 311）影戏《群仙阵》卷二："千岁不必拙想，快随为臣秘密出宫，好避杀身之祸。"（俗 183 - 119）又引申指糊涂的想法或行为，多指自杀。《白话小说语言词典》（2011：2038）"拙志"条："短见，指自杀行为。"《金瓶梅词话》第五十九回："西门庆怕他思想孩儿，寻了拙智。白日里分付奶子、丫鬟和吴银儿相伴他，不离左右。"（1632 页）"自杀"虽为"拙智（拙志）"常义，但以下三例非"自杀"义。清佚名《绘图施公案》第二十二回："刘君配疼银，又生拙志，棍打顾生，埋在一处。"① 《曲本》第三十一册《施公案·黄兴庄》："李氏又是个坤道，家中无钱，将住房卖了殡埋葬公公，自然也是万分无奈，就该在家内咬钉嚼铁，那怕寻茶讨饭度日月，等候夫主回来才是正礼。为何你心生拙志，女扮男装前去寻夫？才生出丧命身亡的这一场大祸。"（368/1/a1）又《施公案·故城县》："小人心中生拙志，反到去，大人台下把冤鸣。"（461/2/b6）

喺

（动物）聚食；聚集到一起叮食。甲辰本《红楼梦》第六十七回："还有一个毛病，无论雀儿虫儿，一嘟噜上，只咬破三五个，那破的水淌

---

① 《绘图施公案》，杭州：浙江人民出版社，1985 年据上海广益书局石印本影印。

到好的上头，连这一嘟噜都是要烂的。这些雀儿蚂蜂可恶着呢，故此我在这里赶。姑娘你瞧，咱们说话的空儿没赶，就噪了许多上来了。"① 此例戚序本作"蝬"（2599 页），列藏本作"踪"②，程甲本作"落"（1817 页）。又清佚名《生绡剪》第七回："蚂蚁扛着鲞骨，苍蝇噪了脓包。"（378 页）"噪"是记音字，为"聚食；叮食"义，今赣语仍言，《汉语方言大词典》（1999：3680）"宗"条："叮食。赣语。江西宜春。蝇子宗菜。"董树人《新编北京方言词典》（2010：587）"踪"条："苍蝇餐食。"③ 陈刚（1985：341）"燮"条："①（苍蝇）接触。②聚集。都燮在一块儿看什么呢？③（众人）紧跟不放。别老燮着他。｜走到哪儿，他们燮到哪儿。"义项②③皆"聚集在一处叮食"义之引申，为"簇拥；簇聚"之义，似当合二为一。

作娇/作姣

因有恃而作态。明周清原《西湖二集》卷五："因皇帝郊天之时，宿于斋宫，李后便叫几个心腹勇健宫人，将黄贵妃绑缚将来，大骂道：'你这贼贱婢！大胆引汉的贱婢！你倚谁的势作娇，夺我恩爱？'"（187 页）清佚名《生绡剪》第四回："左环想道：'云巢已去云南，什物又都卖尽，再没处作娇了。'"（252 页）清李渔《十二楼·生我楼》第二回："小楼又故意作娇，好的只说不好，要他买上几次，换上几遭，方才肯吃。"（685 页）明伏雌教主《醋葫芦》第五回："周智道：'这些闲话，说来只觉在院君面前作娇，不知事的，又道你诈小老婆的面孔。'"（147 页）《白话小说语言词典》（2011：2062）"作娇"条："即撒娇（儿）。"其"撒娇儿"条："故意显示娇气。"从语例来看，"作娇"与"撒娇"义别。"作娇"当释作"因有恃而作态"，所恃或为宠爱，或为恩惠，或为苦楚，或为贿赂，或为势力，不一而足。如上揭《生绡剪》例中左环因父母生前将家资委托云巢，家里又有些遗留物品，故有所恃，结果物品银钱皆为人所骗而无所恃，故言没处作娇了。《醋葫芦》例是员外因无子而作态欲娶偏房，周智才有此语。其例再如明陆人龙《型世言》第六回："在那媳妇也有不好的，或是倚父兄的势作丈夫的娇；也有结连妯娌、婢仆，故意抗拒婆婆。"（245 页）又第二十四回："若是收了他的，到任他就作娇，告

---

① 甲辰本《红楼梦》，北京：书目文献出版社，1989 年，第 2221 页。
② 列藏本《红楼梦》，北京：中华书局，1986 年，第 2929 页。
③ "踪"是"聚食"义，此处"餐"当是"聚"之误。

病不来请见,平日还有浸润。若是作态不收,到任只来一参,以后再不来。"(1020页)此例为恃已送贿赂而作态。《型世言》第三十一回:"胡似庄也来贺喜,因是他做媒,在杨奶奶面前,说得自己相术通神,作娇要随行。"(1366页)此恃自己有恩于人而作态。抄本影戏《松枝剑》卷三:"住了,你那是不知,分明是以色作姣,目中无人,小视国母。"(俗166-191)

作料

打算;准备。清天花才子《快心编初集》第一回:"哭到天明,到老者家里还了铺盖,作料下乡报母。"(31页)又第四回:"裘老儿道:'也不为别事,只为小女起见。因他略有姿容,以致强人劫夺。那时老朽已作料骨肉分离,一家拆散。'"(195页)《快心编三集》第四回:"二刁子原作料把郍一进与刘公子,故同他出京到涿州。"(194页)又第一回:"且说李再思虽许了恃女一两日后起身,其实心下原不作料,倘恃女再来催促,怎生抵赖?"(4页)又:"净莲道:'……小姐回来已三个月头,小尼总不知道,来看迟了,小姐休要见怪!'丽娟道:'怎说这话!我回来没有差人候你,原作料十月朝祭墓,便来相看。'"(15页)此二例《白话小说语言词典》(2011:2062)"作料"条释作"预料;估计",未确。"原不作料"言原来未作打算,"原作料十月朝祭墓,便来相看"指原来打算十月初祭墓时就去看望(你)。

坐命/坐

命犯某星宿;某星宿主宰命运。明杨尔曾《韩湘子全传》第二回:"吕师道:'学生唤做开口灵,江湖上走了多年,极算得好命。遇见太子就算得他是帝王子孙,遇见神仙就算定他是老君苗裔,遇见夫人就算得他丈夫是宰相、公卿,遇见和尚就算定他是华盖坐命。'"(53页)《儒林外史》第五十四回:"那瞎子道:'姑娘今年十七岁,大运交庚寅,寅与亥合,合着时上的贵人,该有个贵人星坐命。'"(1771页)清守朴翁《醒梦骈言》第六回:"月英也叫破财星坐命,信了那话,便把五百银子尽行交付丈夫。"(267页)清瘦秋山人《金台全传》第三十回:"列位,金台乃自天巧星临凡,不知怎样倒像驲马星坐命一般,总要走的。"(248页)民国网蛛生《人海潮》第二十七回:"今年天喜鸿鸾星坐命,一定要嫁人。"① 双红堂文库藏清钞本《红梅算命》:"这个罗计星是他的仇星,他旧年九月十三进宫,才到七月十三出宫,准的在宫中坐了十个月呢。"又:"太岁主命当头坐,遭逢罗计定为殃。"《曲本》第二十册《于公案·锥子营》:"今岁白虎当头坐,丧门吊客又穿宫。"(380/1/a5)

做嘴

犹"做嘴脸"。装模作样,给人脸色看。清萧湘迷津渡者《笔梨园·媚婵娟》第五回:"鸨妈做嘴道:'好个油脸儿,来扯这们光淡。'"(93页)清萧湘迷津渡者《锦绣衣·换嫁衣》第四回:"乌心诚恐怕有人听见,气□□□□得忍耐,做起了嘴儿坐着。"(83页)清佚名《五美缘全传》第十五回:"(花文芳)到得里头,想到:'那个春英丫环每每与人做脸做嘴,等我叫他出去,送他性命。'"(269页)

---

① 《人海潮》,王锳点校,上海:上海古籍出版社,1991年,第451页。

常引文献目录

《保命金丹》，笔者藏晚清刻本。
《唱本一百九十册》，日本东京大学东洋文化研究所双红堂文库藏本。
《负曝闲谈》，载《绣像小说》，上海：上海书店，1980年。
《古本戏曲丛刊初集》，上海：上海商务印书馆，1954年。
《古本戏曲丛刊二集》，上海：上海商务印书馆，1955年。
《古本戏曲丛刊三集》，上海：文学古籍刊行社，1957年。
《古本戏曲丛刊四集》，上海：上海商务印书馆，1958年。
《古本戏曲丛刊五集》，上海：上海古籍出版社，1986年。
《古本小说丛刊》，北京：中华书局，1987—1991年。
《古本小说集成》，上海：上海古籍出版社，1990—1995年。
《绘芳录》，东京大学东洋文化研究所双红堂文库藏光绪四年申报馆仿聚珍板。
《梨园集成》，东京大学东洋文化研究所双红堂文库藏光绪庚辰竹友斋板。
《邻女语》，载《绣像小说》，上海：上海书店，1980年。
《龙龛手镜》（高丽本），北京：中华书局，1985年。
《民间宝卷》，合肥：黄山书社，2005年。
《明清善本小说丛刊初编》，台北：天一出版社，1985年。
《麒麟豹》，首都图书馆藏光绪元年重刊本。
《清车王府藏曲本》，北京：学苑出版社，2001年。
《肉蒲团》，东京大学东洋文化研究所双红堂文库藏日本钞本。
《蜃楼志全传》，法国巴黎国家图书馆藏嘉庆九年刊本。
《思无邪汇宝》（明清艳情小说丛书），台北：台湾大英百科股份有限公司，1994—1997年。
《四部丛刊初编》，上海：商务印书馆，1929年。
《四部丛刊三编》，上海：商务印书馆，1936年。
《四部丛刊续编》，上海：商务印书馆，1932年。

《四库全书存目丛书》,济南:齐鲁书社,1995年。

《俗文学丛刊》(1—5辑),台北:新文丰出版股份有限公司,2001—2005年。

《绥中吴氏藏抄本稿本戏曲丛刊》,北京:学苑出版社,2004年。

《未刊清车王府藏曲本》,北京:学苑出版社,2017年。

《文明小史》,载《绣像小说》,上海:上海书店,1980年。

《文渊阁四库全书》,台北:台湾商务印书馆,1983年。

《天雨花》,同治丁卯纬文堂刊本。

《新刻绣像批评金瓶梅》,北京:北京大学出版社,1988年。

《绣像小说》,上海:上海书店,1980年。

《绣像义妖传》,日本早稻田大学图书馆藏嘉庆十四年心斋顾光祖序本。

《续修四库全书》,上海:上海古籍出版社,2002年。

《宜春香质》,《明清善本小说丛刊初编》第十八辑。

《怡情阵》,《明清善本小说丛刊初编》第十八辑。

《中国国家图书馆藏清宫升平署档案集成》,北京:中华书局,2011年。

《醉春风》,北京大学图书馆藏啸花轩本。

参考文献

[1] 白维国.金瓶梅词典［M］.北京：中华书局，1991.

[2] 白维国，等.白话小说语言词典［M］.北京：商务印书馆，2011.

[3] 白维国，等.近代汉语词典［M］.上海：上海教育出版社，2015.

[4] 北京大学中文系语言学教研室.汉语方音字汇：第二版重排本［M］.北京：语文出版社，2003.

[5] 曹海东，李玉晶."鹊薄"及相关异写形式考辨［J］.汉语学报，2015（1）.

[6] 曹思谨.历代名家行草书字典［M］.兰州：兰州大学出版社，2009.

[7] 曹小云.《跻春台》词语研究［M］.合肥：安徽大学出版社，2004.

[8] 陈刚.北京方言词典［M］.北京：商务印书馆，1985.

[9] 陈敏.《西游记》俗语词俗字研究［D］.厦门大学，2012.

[10] 陈雯洁.《江都方言考释》方俗词研究［D］.南京林业大学，2013.

[11] 程毅中.清平山堂话本校注［M］.北京：中华书局，2012.

[12] 程志兵.明清白话小说词语研究［J］.山东理工大学学报（社会科学版），2010（3）.

[13] 慈怡.佛光大辞典［M］.台北：佛光文化事业有限公司，1988.

[14] 邓章应.《跻春台》婚嫁丧葬类方言词汇散记［J］.成都大学学报（社会科学版），2004（2）.

[15] 邱宏香.从谐音和异文看《醒世姻缘传》的声类现象［J］.东疆学刊，2011（1）.

[16] 董绍克，张家芝.山东方言词典［M］.北京：语文出版社，1997.

[17] 董树人.新编北京方言词典［M］.北京：商务印书馆，2010.

[18] 董秀芳.词汇化：汉语双音词的衍生和发展：修订本［M］.北京：商务印书馆，2013.

[19] 董遵章.元明清白话著作中山东方言例释［M］.济南：山东教育出版社，1985.

[20] 方一新.中古近代汉语词汇学［M］.北京：商务印书馆，2010.

［21］傅朝阳.方言小词典［M］.济南：山东教育出版社，1987.

［22］高艾军，傅民.北京话词典［M］.北京：中华书局，2013.

［23］高明.中国古文字学通论［M］.北京：北京大学出版社，1996.

［24］高明凯，刘正埮.现代汉语外来词研究［M］.北京：文字改革出版社，1958.

［25］高永龙.东北话词典［M］.北京：中华书局，2013.

［26］高志佩，辛创，杨开莹.宁波方言同音字汇［J］.宁波大学学报（人文科学版），1991（1）.

［27］顾之川.明代汉语词汇研究［M］.开封：河南大学出版社，2000.

［28］韩小荆.《可洪音义》研究——以文字为中心［M］.成都：巴蜀书社，2009.

［29］汉语大词典编纂处.汉语大词典：第1卷［M］.上海：上海辞书出版社，1986.

［30］汉语大词典编纂处.汉语大词典：第2—12卷［M］.上海：汉语大词典出版社，1988—1993.

［31］汉语大词典编纂处.汉语大词典订补［M］.上海：上海辞书出版社，2010.

［32］汉语大字典编辑委员会.汉语大字典：第二版［M］.武汉：崇文书局，成都：四川辞书出版社，2010.

［33］黑维强.明清白话词语选释［M］//汉语史研究集刊：第七辑，2005.

［34］胡竹安.《永乐大典戏文三种校注》《元本琵琶记校注》斠补［J］.中国语文，1983（5）.

［35］胡竹安.水浒词典［M］.上海：汉语大词典出版社，1989.

［36］黄耀堃，丁国伟.《唐字调音英语》与二十世纪初香港粤语的声调［J］.方言，2001（3）.

［37］黄征.敦煌俗字典：第二版［M］.上海：上海教育出版社，2019.

［38］季华权.江苏方言总汇［M］.北京：中国文联出版公司，1998.

［39］江蓝生.演绎法与近代汉语词语考释［M］//江蓝生.近代汉语探源.北京：商务印书馆，2000.

［40］江蓝生.语词探源的路径：以"埋单"为例［J］.中国语文，2010（4）.

［41］姜亮夫.昭通方言疏证［M］.昆明：云南人民出版社，2002.

［42］蒋礼鸿.义府续貂：增订本［M］.北京：中华书局，1987.

[43] 蒋礼鸿.敦煌文献语言词典［M］.杭州：杭州大学出版社，1994.

[44] 蒋礼鸿.敦煌变文字通释［M］.杭州：浙江教育出版社，2001.

[45] 蒋绍愚.汉语常用词考源［M］//国学研究：第29卷，2012.

[46] 蒋宗福.四川方言词语考释［M］.成都：巴蜀书社，2002.

[47] 蒋宗福."偩僽"、"没偩僽"考辨［M］//汉语史研究集刊：第十六辑，2013.

[48] 蒋宗福.四川方言词源［M］.成都：巴蜀书社，2014.

[49] 雷汉卿.近代方俗词丛考［M］.成都：巴蜀书社，2006.

[50] 冷玉龙，等.中华字海［M］.北京：中华书局、中国友谊出版公司，1994.

[51] 李恭.陇右方言发微［M］.兰州：兰州大学出版社，1988.

[52] 李荣.现代汉语方言大词典［M］.南京：江苏教育出版社，2002.

[53] 李绍智.何来"五更半夜"［J］.咬文嚼字，2010（10）.

[54] 李申.方言小考［M］//李瑞林.徐州访古.北京：中国新闻出版社，1990.

[55] 李申.金瓶梅方言俗语汇释［M］.北京：北京师范学院出版社，1992.

[56] 李无未.汉语音韵学通论［M］.北京：高等教育出版社，2006.

[57] 梁春胜.字书疑难字考释拾遗［M］//汉语史学报：第九辑，2010.

[58] 林昭德.诗词曲词语杂释［M］.成都：四川人民出版社，1986.

[59] 刘君敬.唐以后俗语词用字研究［M］.北京：商务印书馆，2020.

[60] 刘瑞明.刘瑞明文史述林［M］.兰州：甘肃人民出版社，2012.

[61] 刘瑞明.方言词语谐音理据研究——以《明清吴语词典》为例［M］//励耘语言学刊：第21辑，2015.

[62] 刘一芝，矢野贺子.清末民初北京话语词汇释［M］.北京：北京大学出版社，2018.

[63] 陆澹安.小说词语汇释：新1版［M］.上海：上海古籍出版社，1979.

[64] 陆忠发，李艳.敦煌写本汉字形体变化研究［M］.上海：上海教育出版社，2019.

[65] 栾德君.辽东方言［M］.北京：大众文艺出版社，2006.

[66] 罗常培，王均.普通语音学纲要：修订本［M］.北京：商务印书馆，2002.

[67] 罗宁.重编《说郛》所收宋元诗话辨伪［J］.华南师范大学学报（社

会科学版），2016（6）．

[68] 马思周.俗言俗谈［M］.北京：商务印书馆，2011.

[69] 毛远明.汉魏六朝碑刻异体字典［M］.北京：中华书局，2014.

[70] 孟闯.《宋代墓志辑释》释文斠补［M］//中国文字研究：第三十四辑，2021.

[71] 孟广来.元明散曲详注［M］.济南：山东文艺出版社，1990.

[72] 弥松颐.京味儿夜话［M］.北京：人民文学出版社，1999.

[73] 潘传国."五更"是"半夜"吗［J］.咬文嚼字，2015（3）．

[74] 齐如山.北京土话［M］.沈阳：辽宁教育出版社，2008.

[75] 钱曾怡.从现代山东方言的共时语音现象看其历时演变的轨迹［J］.汉语学报，2012（2）．

[76] 曲文军.《汉语大词典》词目订补［M］.济南：山东人民出版社，2015.

[77] 任鹏波.释"尴尬"——从《红楼梦》第46回"尴尬人难免尴尬事"谈起［J］.中国语文，2019（4）．

[78] 任玉函.朝鲜后期汉语教科书语言研究［D］.浙江大学，2013.

[79] 沈卫新.吴江方言俚语集成［M］.扬州：广陵书社，2013.

[80] 盛益民.吴语绍兴柯桥方言音系［M］//东方语言学：第十二辑，2012.

[81] 石昌渝.中国古代小说总目：白话卷［M］.太原：山西教育出版社，2004.

[82] 石汝杰.明清时代吴语形容词选释［C］//吴语研究：第三届国际吴方言学术研讨会论文集，上海：上海教育出版社，2005.

[83] 石汝杰，宫田一郎.明清吴语词典［M］.上海：上海辞书出版社，2005.

[84] 四川省阿坝藏族羌族自治州茂汶羌族自治县地方志编纂委员会.茂汶羌族自治县志［M］.成都：四川辞书出版社，1997.

[85] 谭代龙."月亮"考［J］.语言科学，2004（4）．

[86] 唐作藩.破读音的处理问题［J］.辞书研究，1979（2）．

[87] 汪如东.近代汉语语词训释四则［J］.连云港教育学院学报，1996（4）．

[88] 汪维辉.《两拍》词语札记［J］.语言研究，1993（1）．

[89] 汪维辉.汉语核心词的历史与现状研究［M］.北京：商务印书馆，2018a.

[90] 汪维辉.说"日""月"[M]//汉语词汇史新探续集,杭州:浙江大学出版社,2018b.

[91] 汪维辉,顾军.论词的"误解误用义"[J].语言研究,2012(3).

[92] 汪维辉,朴在渊,姚伟嘉.会话书"《骑着一匹》系列"研究[M]//中文学术前沿:第五辑,2012.

[93] 汪仲贤.上海俗语图说[M].上海:上海大学出版社,2015.

[94] 王宝红.说"打砖"[J].咸阳师范学院学报,2014(5).

[95] 王宝红,俞理明.清代笔记小说俗语词研究[M].成都:巴蜀书社,2012.

[96] 王东中.明清白话小说词语札记[J].古汉语研究,1994(1).

[97] 王福利.戏曲小说中"渗人"、"可碜"音义正解[J].语言科学,2008(6).

[98] 王福堂.绍兴方言同音字汇[J].方言,2008(1).

[99] 王广庆.河洛方言诠诂[M].郑州:中州古籍出版社,1993.

[100] 王贵元.诗词曲小说语辞大典[M].北京:群言出版社,1993.

[101] 王虎.辽宁方言词语例释[M].北京:中国社会科学出版社,2019.

[102] 王季思.集评校注西厢记[M].上海:开明书店,1949.

[103] 王季思.集评校注西厢记[M].上海:上海古籍出版社,1987.

[104] 王利器.金瓶梅词典[M].长春:吉林文史出版社,1988.

[105] 王临惠.山西绛县方言同音字汇[J].方言,2014(2).

[106] 王启龙.杭州方言音系[J].清华大学学报(哲学社会科学版),1999(1).

[107] 王世华,黄继林.扬州方言词典[M].南京:江苏教育出版社,1996.

[108] 王学奇,王静竹.宋金元明清曲辞通释[M].北京:语文出版社,2002.

[109] 王毅.《西游记》词汇研究[M].上海:上海三联书店,2012.

[110] 王锳.俗语词研究与戏曲校勘[M]//近代汉语词汇语法散论,北京:商务印书馆,2004.

[111] 王锳.诗词曲语辞例释:第二次增订本[M].北京:中华书局,2005.

[112] 王锳.《汉语大词典》商补[M].合肥:黄山书社,2006.

[113] 王锳.《汉语大词典》商补续编[M].贵阳:贵州大学出版社,2015.

[114] 王云路.试说"冰矜"[J].中国语文,1996(6).

[115] 王重民.敦煌变文集[M].北京:人民文学出版社,1957.

[116] 魏启君,王闰吉."挐"义释疑[J].民族语文,2021(2).

[117] 魏子云.金瓶梅词话注释:增订本[M].郑州:中州古籍出版社,1988.

[118] 文俊威.《型世言》词语考释[D].江西师范大学,2013.

[119] 吴国群,等.中国绍兴酒文化[M].杭州:浙江摄影出版社,1990.

[120] 吴连生,等.吴方言词典[M].上海:汉语大词典出版社,1995.

[121] 吴士勋,王东明.宋元明清百部小说语词大辞典[M].西安:陕西人民教育出版社,1992.

[122] 武建宇.明清小说词语札记[J].古汉语研究,1998(4).

[123] 武振玉,韦露选.近20年明清小说词汇研究综述[J].吉林师范大学学报(人文社会科学版),2017(4).

[124] 谢留文.江苏高淳(古柏)方言同音字汇[J].方言,2016(3).

[125] 徐复岭.醒世姻缘传作者和语言考论[M].济南:齐鲁书社,1993.

[126] 徐复岭.《金瓶梅词话》《醒世姻缘传》《聊斋俚曲集》语言词典[M].上海:上海辞书出版社,2018.

[127] 许宝华,宫田一郎.汉语方言大词典[M].北京:中华书局,1999.

[128] 许宝华,汤珍珠.上海市区方言志[M].上海:上海教育出版社,1988.

[129] 许皓光,张大鸣.简明东北方言词典[M].沈阳:辽宁人民出版社,1988.

[130] 许少峰.近代汉语大词典[M].北京:中华书局,2008.

[131] 许政扬.许政扬文存[M].北京:中华书局,1984.

[132] 颜洽茂.舟山方言征故[J].杭州大学学报,1992(1).

[133] 杨宝忠.疑难字考释与研究[M].北京:中华书局,2005.

[134] 杨琳.汉语词汇与华夏文化[M].北京:语文出版社,1996.

[135] 杨琳.词汇生动化及其理论价值——以"抬杠""敲竹杠"等词为例[M]//南开语言学刊:第1期,2012.

[136] 杨琳."烧包"考源[M]//励耘学刊(语言卷):第十七辑,2013.

[137] 杨琳.方言词"尕""生"的由来[M]//南开语言学刊:第1期,2015.

[138] 杨琳."吃醋"考源[M]//励耘语言学刊:第二十三辑,2016.

[139] 杨琳.偷情为什么叫"挨光"[J].古典文学知识,2019(6).

[140] 杨小平.南充方言词语考释[M].成都:巴蜀书社,2010.

[141] 佚名.水浒传中的土话谚语[J].开封师院学报(哲学社会科学版),1972(12).

[142] 殷晓杰."面"与"脸"的历时竞争与共时分布[M]//汉语史学报:第九辑,2010a.

[143] 殷晓杰.试论《骑着一匹》的语料价值[J].聊城大学学报(社会科学版),2010b(1).

[144] 俞理明,谷肖玲."干隔涝汉子"再释[M]//汉语史研究集刊:第三十一辑,2021.

[145] 尉迟梦,等.上海话俗语新编[M].上海:上海大学出版社,2015.

[146] 遇笑容.《儒林外史》词汇研究[M].北京:北京大学出版社,2001.

[147] 袁丹.江苏常熟梅李方言同音字汇[J].方言,2010(4).

[148] 曾良.俗字及古籍文字通例研究[M].南昌:百花洲文艺出版社,2006.

[149] 曾良.明清通俗小说语汇研究[M].南昌:江西教育出版社,2009.

[150] 曾良.明清小说词语俗写考[J].合肥师范学院学报,2010(2).

[151] 曾良."甩"、"踩"的历时来源[M]//汉语史学报:第十二辑,2012.

[152] 曾良.明清小说俗字研究[M].北京:商务印书馆,2017.

[153] 曾良.小说戏曲俗写考[M]//文献语言学:第七辑,2019.

[154] 曾良,陈敏.明清小说俗字典[M].扬州:广陵书社,2018.

[155] 曾上炎.西游记辞典[M].郑州:河南人民出版社,1994.

[156] 曾晓渝.重庆方言词解[M].重庆:西南师范大学出版社,1996.

[157] 曾昭聪,刘玉红.《清平山堂话本》词汇研究综论[J].广东广播电视大学学报,2010(5).

[158] 詹镛安.萧山方言[M].杭州:杭州出版社,2010.

[159] 张鸿魁.金瓶梅语音研究[M].济南:齐鲁书社,1996.

[160] 张惠英.释"什么"[J].中国语文,1982(4).

[161] 张惠英.金瓶梅俚俗难词解[M].北京:社会科学文献出版社,1992.

[162] 张洁.萧山方言同音字汇[J].方言,1997(2).

[163] 张季皋.明清小说辞典[M].石家庄:花山文艺出版社,1992.

［164］张克哲.《型世言》词语例释［J］.淮北煤师院学报（社会科学版）1995（1）.

［165］张克哲.《金瓶梅》方言词语散记［J］.淮北煤师院学报（社会科学版），1997（4）.

［166］张梦露.《清车王府藏曲本》俗字考［D］.安徽大学，2018.

［167］张清常.古音无清唇舌上八纽再证［M］//张清常文集：第一卷，北京：北京语言大学出版社，2006.

［168］张树铮.蒲松龄《日用俗字》注［M］.济南：山东大学出版社，2015.

［169］张文冠.近代汉语同形字研究［D］.浙江大学，2014.

［170］张文冠."斜"字考源［J］.汉字文化，2015（1）.

［171］张文冠.《日用俗字》器物名词考释六则［J］.蒲松龄研究，2018a（1）.

［172］张文冠.构件"幼"俗作"勾"例释［M］//近代汉字研究：第一辑，保定：河北大学出版社，2018b.

［173］张显成.吐鲁番出土文书字形全谱［M］.成都：四川辞书出版社，2020.

［174］张相.诗词曲语辞汇释：第4版［M］.北京：中华书局，1953/2008.

［175］张新朋.山西杂字之俗字考释三则［M］//近代汉字研究：第一辑，保定：河北大学出版社，2018.

［176］张涌泉.汉语俗字丛考：修订本［M］.北京：中华书局，2000/2020.

［177］张涌泉.汉语俗字研究：增订本［M］.北京：商务印书馆，2010.

［178］张涌泉.敦煌俗字研究：第二版［M］.上海：上海教育出版社，2015.

［179］郑骞.从诗到曲［M］.北京：商务印书馆，2017.

［180］中国大辞典编纂处.汉语词典：重排本［M］.北京：商务印书馆，2013.

［181］中国社会科学院语言研究所词典编辑室.现代汉语词典：第7版［M］.北京：商务印书馆，2016.

［182］中国书店.草书大字典［M］.北京：中国书店，1983.

［183］钟兆华.元刊全相平话五种校注［M］.成都：巴蜀书社，1990.

［184］周定一，等.红楼梦语言词典［M］.北京：商务印书馆，1995.

［185］周俊勋，吴娟.相因生义的条件［J］.南京社会科学，2008（6）.

［186］周汝昌.红楼梦辞典［M］.广州：广东人民出版社，1987.

[187] 周汝昌，晁继周.新编红楼梦辞典［M］.北京：商务印书馆，2019.
[188] 周志锋.大字典论稿［M］.杭州：浙江教育出版社，1998.
[189] 周志锋.明清小说俗字俗语研究［M］.北京：中国社会科学出版社，2006.
[190] 周志锋.《明清吴语词典》释义探讨［M］//中国训诂学报：第二辑，2013.
[191] 周志锋.训诂探索与应用［M］.杭州：浙江大学出版社，2014.
[192] 佐藤晴彦.从语言角度看《古今小说》中冯梦龙的创作［J］.云南教育学院学报，1988（1）.

待质录

阿谜

清落魄道人《常言道》第三回:"两边挂着一副对联,上联写着'大姆哈落落',下联写着'阿谜俚沮沮'。"(46页)按:"阿谜"当即"阿㜷",第十五回正作"阿㜷":"上联'大姆哈落落'如旧;下联'阿㜷俚沮沮'字迹模糊。"(300页)《集韵·霁韵》:"吴俗呼母曰㜷。""阿㜷"正与"大姆"对言,然此联何意仍不解。

搭

清瘦秋山人《金台全传》第十三回:"两手搭了拳头,在小三肩上乱打。"(115页)按:疑"搭"为"搭起"之义,"搭了拳头"即抬起拳头。

蹲

清佚名《生绡剪》第十九回:"只见那畜生掇转身来,眼睛就是灯笼,把衙的个人掉在地下,将嘴蹲一蹲,竟自去了。"(978页)疑"蹲"即"撺",此处指用嘴拱了拱,推了推。或作"噉",《曲本》第五十七册《身大力不亏》赶板:"莽鸡噉粟㥓憧一嘴。"(230/2/a3)"噉粟"即以嘴啄粟。

痕汉子

哈佛大学燕京图书馆藏清青阳野人《春灯迷史》第六回:"金华道:'你二人都不吃亏哩,还是我自己吃亏了。'俊娥笑道:'你个痕汉子,吃甚么亏哩?'"

蹢

明桃源醉花主人《别有香》第五回:"奶吁然自叹道:'予始贪结子,

只欲觅林生，和露一种。不意蹿及裴郎，春情牵惹，已成墙外之枝。若与诸君再染，诸君将视我为何如人？'"（83 页）

陆花花

哈佛大学燕京图书馆藏清青阳野人《春灯迷史》第九回："韩印得了空儿便急忙跑下楼来，独自寻了一个洁净屋儿，一溜钻在里头，悄悄的藏在里边，犹怕刘氏赶来，找了一个棍儿把门顶上，两个眼儿不住的陆花花从门缝里往外偷瞧。"

蜜呔

清佚名《风流和尚》第五回："虚空就如吃蜜呔糖瓜子的一般。"（51 页）按："呔"或记"汰"音，"汰"有"淘洗"义，以此指蜜浸洗过的瓜子。

摁头

清佚名《生绡剪》第五回："大约东坡这个人，虽有文学，未免性情拓落，闺房之事造次不辩，若是那幽细殢情之人，与他绝不摁头。"（275 页）又第十二回："他或者是奚落我，初时耐了，吃了数巡酒。后来一句不摁头，遂扭着那小畜生的胸脯打下三五个嘴靶，众人一齐上前来劝扯散了。"（670 页）按：从文意看，"不摁头"为"不对头"之义，然其理据未知。

俗团

《别有香》第十四回："那厮道：'我也不要钱，要钱是俗团了。'"（257 页）按：疑"俗团"记"俗套"音。

摇

明伏雌教主《醋葫芦》第三回："每日好嫖好赌，又兼好摇好吃，把公祖家业，耗得越发精一无二。"（89 页）"摇"疑为"摇摆"之省，人怡然自得则走路摇摆，故"摇摆"又引申有"炫耀；卖弄"义，参看《近代汉语词典》（2015：2427）"摇摆"条。

尉

清花月痴人《红楼幻梦》第十八回："这总兵欲将杆子向包勇胯当里一搅，再往上一挑，此名拨草寻蛇，乃枪法中有名解数。包勇见杆将到，迅即退后一纵，将自己的杆子逼着总兵的杆子只一尉，使得力猛，将总兵提离地有数尺高。两人对尉了十几杆，总兵招架不住，力败气喘。"（872页）包勇尉以使总兵离地，故"尉"似当为向上挑之义。又同回："湘莲又叫数百兵尽执长枪，枪头上系一石灰袋，自己穿一领青布袍，叫众兵团团围绕，一齐用枪刺入，自己只拿条杆子提拦镇尉。"（874页）"镇"为向下压，"尉"似亦当为向上挑。按：语例不足，故存疑。

遭挠

清娜嬛山樵《补红楼梦》第十七回："凤姐忙搀了贾母，转身将要出来，忽见里面跑出一个披枷带锁蓬头垢面的妇人来，拉住贾母的衣襟，大哭道：'老太太，救我一救罢，我再不敢黑心乱肝花的了。'贾母倒退了两步，仔细瞧他，遭挠的竟不像个人形，那里还认得出谁来呢？"（523页）按：疑"遭挠"即"鏖糟"的异序形式，方言中零声母字白读或读n声母，"挠""鏖"同音。从前文"蓬头垢面"来看，此"遭挠"是"肮脏"的意思。据《汉语方言大词典》（1999：7367），吴语中"糟牢"有"肮脏"的意思，或可为参证。

走溜

清花月痴人《红楼幻梦》第十四回："琼玉道：'说破不值什么。那是塔后竖着一根大桅杆，梢上系着横担，挂上走溜，穿着一条粗绳，系住塔顶。此塔是七层软折的，底下用人拉着绳子一扯就上去了。'"（675页）按："走溜"似为滑轮一类的东西。